CONTATO

CARL SAGAN

# CONTATO
*Romance*

*Tradução*
Donaldson M. Garschagen

*12ª reimpressão*

Copyright © 1985 by Carl Sagan
Todos os direitos reservados.
Publicado segundo acordo com Simon & Schuster, Inc.

*Grafia atualizada segundo o Acordo Ortográfico da Língua Portuguesa de 1990,
que entrou em vigor no Brasil em 2009.*

*Título original*
Contact

*Capa*
Jeff Fisher

*Preparação*
Carlos Alberto Inada

*Atualização ortográfica*
Verba Editorial

*Revisão*
Renato Potenza Rodrigues
Flávia Yacubian

Dados Internacionais de Catalogação na Publicação (CIP)
(Câmara Brasileira do Livro, SP, Brasil)

Sagan, Carl, 1934-1997.
   Contato : romance / Carl Sagan ; tradução Donaldson M.
Garschagen. — 1ª ed. — São Paulo : Companhia das Letras, 2008.

   Título original: Contact.
   ISBN 978-85-359-1351-4

   1. Ficção científica norte-americana I. Título.

08-10238                                          CDD-813.0876

Índice para catálogo sistemático:
1. Ficção científica :  Literatura norte-americana 813.0876

2023

Todos os direitos desta edição reservados à
EDITORA SCHWARCZ S.A.
Rua Bandeira Paulista, 702, cj. 32
04532-002 — São Paulo — SP
Telefone: (11) 3707-3500
www.companhiadasletras.com.br
www.blogdacompanhia.com.br
facebook.com/companhiadasletras
instagram.com/companhiadasletras
twitter.com/cialetras

*Para Alexandra,*
*que chegará à maioridade*
*por ocasião do Milênio.*
*Oxalá leguemos à tua geração*
*um mundo melhor do que este que recebemos.*

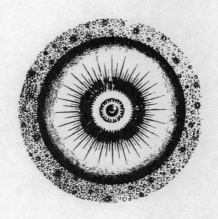

# SUMÁRIO

PARTE 1. A MENSAGEM
1. Números transcendentais *10*
2. Luz coerente *22*
3. Ruído branco *47*
4. Números primos *67*
5. Algoritmo decriptográfico *81*
6. Palimpsesto *96*
7. O etanol em W-3 *115*
8. Acesso aleatório *131*
9. O numinoso *150*

PARTE 2. A MÁQUINA
10. Precessão dos equinócios *162*
11. O Consórcio Mundial da Mensagem *180*
12. O isômetro um-delta *202*
13. Babilônia *216*
14. Oscilador harmônico *235*
15. Tarugo de érbio *257*
16. Os Sábios de Ozônio *281*
17. O sonho das formigas *298*
18. Superunificação *312*

PARTE 3. A GALÁXIA
19. Singularidade nua *328*
20. Estação Central *344*
21. Causalidade *375*
22. Gilgamesh *395*

23. Reprogramação *402*
24. A assinatura do artista *425*

Nota do autor *433*
Sobre o autor *435*

# Parte 1
# A MENSAGEM

*Meu coração vacila como uma folhinha.*
*Os planetas rodopiam em meus sonhos.*
*As estrelas assediam minha janela.*
*Giro em meu sono.*
*Minha cama é um planeta quente.*
Marvin Mercer, Escola Pública 153, quinto ano,
Harlem, Nova York, NY (1981)

# 1. NÚMEROS TRANSCENDENTAIS

*Pequena mosca,*
*Com minha mão*
*Bruta, cortei*
*Teu jogo vão.*

*Não serei, mosca,*
*Um igual teu?*
*Ou não és tu*
*Homem, como eu?*

*Pois amo a dança,*
*Canções, bebida,*
*Até que a mão cega*
*Me corta a vida.*
William Blake, *Songs of experience*, "The fly" [A
mosca], estrofes 1-3 (1795)

*A julgar pelos padrões humanos, aquilo não poderia, de modo al-*
*gum, ser artificial: tinha as dimensões de um mundo. No entanto,*
*possuía forma tão estranha e complicada, tinha nitidamente fina-*
*lidade tão complexa, que só poderia ser a expressão de uma ideia.*
*Deslizando em órbita polar em torno da enorme estrela branco-*
*-azulada, assemelhava-se a um imenso e imperfeito poliedro no*
*qual estivessem incrustadas milhões de cracas em forma de prato.*
*Cada um dos pratos apontava para determinada parte do céu. To-*
*das as constelações estavam sendo acompanhadas. O mundo polié-*
*drico vinha desempenhando sua função enigmática havia eras e*
*eras. Era pacientíssimo. Podia esperar eternamente.*

QUANDO A TIRARAM PARA FORA, ela não chorou nem um
pouco. Sua testa, pequena, estava franzida, e logo seus olhos se
arregalaram. Olhou para as luzes brilhantes, para as figuras ves-

tidas de branco e de verde, para a mulher deitada na mesa, abaixo dela. Sons de certa forma familiares pareceram envolvê-la. Em seu rosto havia uma expressão insólita para um recém-nascido — perplexidade, talvez.

Aos dois anos de idade, ela erguia as mãos sobre a cabeça e pedia, muito doce: "Papai, subir". Os amigos do pai manifestavam surpresa. O bebê era uma criatura educada. "Não se trata de educação", explicava ele. "Ela chorava quando queria que a pegássemos. Por isso, um dia eu lhe disse: 'Ellie, não precisa chorar. Diga apenas: *Papai, subir*'. As crianças são sabidas. Não é, Prinça?"

Assim, agora ela estava no *alto*, a uma altitude estonteante, encarapitada nos ombros do pai e se agarrando a seus cabelos já um tanto ralos. A vida era melhor ali em cima, muito mais segura do que quando ela rastejava por uma floresta de pernas. Lá embaixo ela podia ser pisada, podia perder-se. Agarrou-se ao pai com mais força.

Deixando os macacos, viraram uma esquina e deram com um imenso bicho de pernas compridas, pintalgado e de pescoço comprido, com chifrinhos na cabeça. "O pescoço é tão comprido que a voz não consegue sair", disse o pai. Ela sentiu pena da infeliz criatura, condenada ao silêncio. Entretanto, sentiu-se também feliz pela existência do bicho, exultante com o fato de existirem tais prodígios.

"Vamos, Ellie", insistiu a mãe, com suavidade. Havia uma cadência melodiosa na voz tão conhecida. "Leia aquilo." A tia não havia acreditado que Ellie, aos três anos, já soubesse ler. As historinhas, afirmava ela, tinham sido decoradas. Estavam agora passeando pelo centro da cidade, num dia fresco de março, e haviam parado diante de uma vitrine. Lá dentro, uma pedra, vermelha como vinho borgonha, cintilava ao sol. "Jo-a-lhe-ri-a", leu Ellie devagar, pronunciando bem as sílabas.

\* \* \*

Tomada de culpa, ela entrou no quarto de hóspedes. O velho rádio Motorola estava na prateleira, onde ela se lembrava de tê-lo visto. Era muito grande e pesado, e, apertando-o ao peito, quase o deixou cair. Na parte de trás estavam escritas as palavras "Perigo. Não remova a tampa". Mas ela sabia que, se o rádio não estivesse ligado à rede de energia, não haveria perigo. Pondo a língua entre os lábios, ela retirou os parafusos e expôs as entranhas do aparelho. Tal como suspeitava, não havia minúsculas orquestras e locutores em miniatura a levarem suas pequeninas vidas na expectativa do momento em que alguém ligasse o rádio. Em vez disso, havia lá dentro belos tubos de vidro, um pouco parecidos com lâmpadas. Alguns se assemelhavam às igrejas de Moscou, que ela vira num livro de figuras. Os dentes de suas bases ajustavam-se perfeitamente a receptáculos em que se encaixavam. Com a tampa traseira removida e o botão ligado, ela meteu o plugue numa tomada da parede próxima. Se não tocasse no aparelho, se nem chegasse perto dele, como lhe poderia fazer mal?

Passados alguns momentos, as lampadazinhas começaram a brilhar, mas não houve nenhum som. O rádio estava estragado e tinha sido aposentado alguns anos antes, trocado por um modelo mais moderno. Uma das lampadazinhas não estava acesa. Ela tirou o plugue da tomada e arrancou a lâmpada teimosa de seu receptáculo. Havia dentro do vidro um quadrado metálico, ligado a fios pequeníssimos. A eletricidade corre pelos fios, pensou ela vagamente. Primeiro, entretanto, precisava entrar na lâmpada. Um dos dentes parecia torto, e com um pouco de esforço ela conseguiu endireitá-lo. Recolocando a lampadazinha no lugar e tornando a ligar o aparelho à tomada, ela ficou feliz ao vê-la começar a brilhar, e um mar de estática se agitou em torno dela. Olhando para a porta fechada com um sobressalto, ela abaixou o volume. Virou o botão em que estava escrito "sintonia" e encontrou uma voz falando de modo muito agitado; até onde ela conseguia compreender, falava de uma máquina russa que estava no céu, girando interminavelmente em torno da Terra. Interminavelmente, pensou ela. Tornou a girar o botão, procurando outras estações. Depois de algum tempo, temendo ser descoberta, desligou o aparelho, aparafusou a tampa traseira sem apertar muito e, com maior dificuldade ainda, levantou o rádio e o repôs na prateleira.

Ao sair do quarto de hóspedes, um pouco sem fôlego, encontrou a mãe e se sobressaltou novamente.

"Tudo bem, Ellie?"

"Tudo bem, mamãe."

Simulava naturalidade, mas seu coração estava descompassado e suas mãos suavam. Instalou-se num de seus lugares prediletos no quintalzinho, com a cabeça apoiada nos joelhos, e se pôs a pensar no interior do rádio. Seriam todas aquelas lâmpadas realmente necessárias? Que aconteceria se a gente retirasse as lâmpadas, uma a uma? Certa vez ouvira o pai chamá-las de válvulas. Que acontecia dentro de uma válvula? Estariam realmente vazias de ar — o pai dissera "válvulas de vácuo"... Como é que a música das orquestras e a voz dos locutores *entravam* no rádio? Gostavam de dizer: "Está no ar". O rádio era carregado pelo ar? Que acontece dentro do aparelho de rádio quando a gente muda de estação? Que era "sintonia"? Por que é preciso ligar o aparelho à rede elétrica? Seria possível desenhar uma espécie de mapa mostrando como a eletricidade corre pelo rádio? Uma pessoa poderia desmontar o aparelho sem se machucar? Poderia montá-lo de novo?

"Ellie, que você andou fazendo?", perguntou a mãe, passando em direção ao varal com roupas na mão.

"Nada, mamãe. Só estou pensando."


Por ocasião de seu décimo verão, foi levada, nas férias, para visitar dois primos que detestava, num grupo de cabanas junto a um lago na península setentrional de Michigan. O motivo pelo qual pessoas que viviam à beira de um lago no Wisconsin eram capazes de perder cinco horas viajando de carro até um lago no

Michigan era para ela algo incompreensível. Sobretudo para ver dois garotos bobos, que mais pareciam nenéns. Só tinham dez e onze anos. Uns verdadeiros chatos. Como era possível que seu pai, que tanto se interessava por ela em outros assuntos, pudesse desejar que a filha brincasse dia após dia com idiotas? Ellie passou o verão a evitá-los.

Numa noite sem luar, quente e abafada, saiu caminhando depois do jantar, sozinha, na direção do atracadouro. Uma lancha tinha acabado de passar, e o bote do tio estava amarrado ao cais, balançando de leve nas águas iluminadas apenas pelas estrelas. Com exceção de cigarras distantes e de um grito quase subliminar que ecoava do outro lado do lago, tudo era silêncio. Ellie ergueu os olhos para o céu pontilhado de estrelas e sentiu o coração disparar.

Sem olhar para baixo, e com apenas a mão estendida a orientá-la, encontrou uma área de relva macia e se deitou. Havia no céu uma fogueira de estrelas. Milhares delas, na maioria piscando, algumas brilhantes e firmes. Olhando com cuidado, era possível distinguir ligeiras nuances de cor. Aquela brilhante lá... não era azulada?

Ellie novamente tateou o chão sob si, sólido, firme... tranquilizante. Cautelosamente, sentou-se, olhando para a esquerda e para a direita, para cima e para baixo, cobrindo toda a vasta extensão do lago. Podia avistar ambas as margens. O mundo só é plano na aparência, pensou ela. Na verdade, é redondo. É uma imensa bola... girando no meio do céu... uma vez por dia. Tentou imaginá-lo a rodar, com milhões de pessoas coladas a ele, falando em línguas diferentes, usando roupas engraçadas, todas presas à mesma bola.

Estendeu a mão outra vez e tentou sentir a rotação. Poderia, quem sabe, senti-la só um pouquinho. Do outro lado do lago, uma estrela brilhante piscava entre as copas mais altas das árvores. Se a pessoa apertasse os olhos, veria raios de luz saindo dela. Apertando um pouco mais, os raios mudavam, obedientemente, de comprimento e de forma. Estaria apenas imaginando coisas ou... A estrela estava agora, sem nenhuma dúvida, sobre as árvores. Somente alguns minutos antes, estava aparecendo e sumindo entre a galharia. Agora estava mais alta, disso não restava dúvida. Era isso que queriam dizer quando falavam que uma estrela estava subindo, disse ela consigo mesma. A Terra estava girando na direção oposta. Num dos extremos do céu, as estrelas estavam subindo. Aquele lado era chamado de leste. No outro extremo do céu, atrás dela, além das cabanas, as estrelas se punham. Aquele lado chamava-se oeste. A cada dia, a Terra dava uma volta completa ao redor de si própria, e as mesmas estrelas surgiam de novo, no mesmo lugar.

Mas, se uma coisa grande como a Terra fazia uma rotação por dia, tinha de estar girando a uma velocidade espantosamente alta. Todas as pessoas que ela conhecia deviam estar rodopiando com uma rapidez inacreditável. Naquele momento ela teve a impressão de poder verdadeiramente sentir a Terra girando — não apenas imaginar aquilo em sua cabeça, mas realmente senti-lo na boca do estômago. Era como descer num elevador veloz. Virou a cabeça ainda mais para trás, de modo a que seu campo de visão não fosse contaminado por nenhuma coisa terrena, até não enxergar nada senão o céu negro e as estrelas coruscantes. De maneira agradável, foi tomada pela sensação atordoante de que o melhor a fazer seria agarrar-se aos tufos de grama de ambos os lados de seu corpo e segurar-se com força, do contrário cairia no céu, seu corpinho minúsculo se perderia na imensa esfera lá embaixo.

Chegou mesmo a emitir um grito antes de conseguir abafá-lo com o pulso. Foi assim que seus primos conseguiram encontrá-la. Descendo a encosta aos pulos, encontraram no rosto dela uma inusitada mistura de vergonha e surpresa, que prontamente assimilaram, ansiosos que estavam por achar algum pequeno malfeito que pudessem levar de volta e oferecer aos pais dela.


O livro era melhor que o filme. Para começar, tinha muito mais coisas. E algumas das figuras eram bem diferentes das imagens do filme. Em ambos, porém, Pinóquio — um boneco de

pau, de tamanho natural, que por artes mágicas ganhava vida —
usava uma espécie de gibão, e parecia haver cavilhas em suas juntas. No momento em que Gepeto está dando os toques finais em
Pinóquio, ele vira as costas ao boneco e é imediatamente atirado
ao chão por um chute bem colocado. Naquele instante chega o
amigo do carpinteiro e lhe pergunta o que está fazendo prostrado no chão. Gepeto responde, com dignidade: "Estou ensinando o alfabeto às formigas".

Ellie achava isso extremamente gozado, e tinha enorme prazer em contar o episódio aos amigos. No entanto, a cada vez que
narrava o caso, pairava uma pergunta não formulada na fímbria
de sua consciência: seria realmente possível ensinar o alfabeto às
formigas? E alguém desejaria fazer isso? Deitar-se junto a centenas de insetos capazes de rastejar por toda a pele da pessoa, e
até mesmo picá-la? De qualquer maneira, o que as formigas poderiam saber?

Às vezes ela se levantava no meio da noite para ir ao banhei-
ro e lá encontrava o pai, só com as calças do pijama, com o pescoço virado para cima, e uma espécie de aristocrático desdém
acompanhando o creme de barbear em seu lábio superior. "Oi,
Prinça", ele dizia. Era um diminutivo de Princesa, e ele adorava chamá-la daquele jeito. Por que o pai fazia a barba de noite,
quando não havia ninguém para ver se estava com a barba por
fazer ou não? "Porque", explicava ele, sorrindo, "sua mãe vai
saber." Anos depois ela descobriu que só havia entendido essa
resposta jocosa pela metade. Seus pais na época estavam apaixonados um pelo outro.

Depois da aula, fora de bicicleta até um parquinho à beira
do lago. De uma bolsa presa à bicicleta tirou o *Manual do radioa-
mador* e *Um ianque na corte do rei Artur*. Depois de um instante
de reflexão, decidiu-se pelo segundo. O herói de Mark Twain levara uma pancada na cabeça, acordando na Inglaterra arturiana.

Talvez fosse tudo um sonho ou um delírio. Mas talvez fosse verdadeiro. Seria possível retroceder no tempo? Com a cabeça enfiada nos joelhos, Ellie procurou uma de suas passagens favoritas; aquela em que o herói é, pela primeira vez, capturado por um homem de armadura, que o toma por um doido que fugiu do hospício do lugar. Ao chegarem ao topo da colina, veem uma cidade diante deles:

"Bridgeport?", perguntei...

"Camelot", disse ele.

Ela olhou para o lago azul, tentando visualizar uma cidade que poderia passar tanto pela Bridgeport do século XIX como pela Camelot do século VI, quando a mãe correu até ela.

"Procurei você por toda parte. Por que nunca está num lugar em que possa encontrá-la? Ah, Ellie", murmurou a mãe, "aconteceu uma coisa terrível."


Na sétima série estavam estudando o "pi". Era uma letra grega parecida com a arquitetura em Stonehenge, na Inglaterra: dois pilares verticais ligados por uma barra em cima — $\pi$. Se alguém media a circunferência de um círculo e depois a dividia pelo diâmetro desse círculo, isso era pi. Em casa, Ellie pegou a tampa de um vidro de maionese, passou um barbante em sua volta, esticou o barbante e, com uma régua, mediu a circunferência do círculo. Fez a mesma coisa com o diâmetro e, efetuando uma longa conta, dividiu um número pelo outro. Obteve 3,21. Aquilo pareceu bastante simples.

No dia seguinte, o professor, sr. Weisbrod, ensinou que $\pi$ era igual a aproximadamente 22/7, ou cerca de 3,1416. Na verdade, porém, se a pessoa desejasse exatidão, era um número decimal que continuava crescendo a vida toda, sem parar, nunca repetindo a sequência de algarismos. A vida toda, pensou Ellie. Levantou a mão. Estavam no começo do ano letivo e ela não havia feito nenhuma pergunta naquela aula.

"Como é que se pode saber que os decimais continuam a vida toda, sem acabar?"

"É assim porque é", disse o professor, com certa rispidez.

"Mas por quê? Como é que o senhor sabe? Como se pode contar casas decimais a vida toda?"

"Srta. Arroway." O professor estava consultando a lista de chamada. "Essa pergunta é boba. Está nos fazendo perder tempo."

Ninguém jamais dissera antes que uma pergunta de Ellie era boba, e ela rompeu em lágrimas. Billy Horstman, que se sentava a seu lado, teve um gesto de simpatia e lhe segurou a mão. Pouco tempo antes seu pai havia sido processado por mexer nos hodômetros dos carros usados que vendia, de modo que Billy era sensível a humilhações públicas. Ellie saiu da sala aos prantos.

Depois de terminadas as aulas, ela foi de bicicleta à biblioteca de uma universidade próxima, a fim de consultar livros de matemática. Pelo que pôde discernir do que leu, a pergunta que fizera não era tão boba assim. Segundo a Bíblia, os antigos hebreus haviam considerado que pi era exatamente igual a três. Os gregos e romanos, que sabiam muitas coisas de matemática, não tinham nenhuma ideia de que os algarismos de pi prosseguiam eternamente, sem repetição. Na verdade, isso só havia sido descoberto há 250 anos. Como se poderia esperar que ela soubesse se não podia fazer perguntas? Entretanto, o sr. Weisbrod tinha razão com relação aos primeiros algarismos. Pi não era 3,21. Talvez a tampa do vidro de maionese estivesse um pouco amassada e não constituísse um círculo perfeito. Ou talvez ela não houvesse realizado a mensuração com o cuidado necessário. No entanto, mesmo que tivesse exercido todo o cuidado possível, não poderiam esperar que ela fosse capaz de medir um número infinito de decimais.

Havia, porém, outra possibilidade. Podia-se *calcular* pi com a exatidão que se desejasse. Conhecendo uma coisa chamada cálculo, podiam-se determinar fórmulas de pi que permitiriam calculá-lo com qualquer número de decimais que se desejasse, desde que houvesse tempo para isso. O livro fornecia fórmulas de pi dividido por quatro. Algumas dessas fórmulas eram absolutamente ininteligíveis para Ellie. Outras, no entanto, a deixaram deslumbrada: $\pi/4$, dizia o livro, era o mesmo que $1 - 1/3 +$

1/5 – 1/7..., com as frações continuando eternamente. Rapidamente, ela procurou fazer o cálculo, somando e subtraindo as frações alternadamente. A soma saltava de um lado para outro, desde um pouco mais que $\pi/4$ até um pouco menos que $\pi/4$, mas depois de algum tempo ela pôde perceber que essa série de números seguia uma trilha lenta em direção à resposta correta. Nunca se poderia chegar exatamente ao objetivo, mas se podia chegar tão próximo quanto se desejasse, desde que se tivesse uma paciência enorme. Pareceu a Ellie um milagre que todos os círculos do mundo estivessem ligados a essa série de frações. Como era possível que os círculos conhecessem frações? Ellie tomou a resolução de aprender cálculo.

O livro dizia mais uma coisa: pi era chamado de número "transcendental". Não existia nenhuma equação, contendo números comuns, que fosse capaz de dar pi, a menos que essa equação fosse infinitamente longa. Ellie já havia aprendido por si mesma um pouco de álgebra e sabia o que significava isso. E mais: pi não era o único número transcendental. Na realidade, existia uma infinidade de números transcendentais. Mais ainda: existiam infinitamente mais números transcendentais do que números ordinários, mesmo que pi fosse o único deles de que ela já havia ouvido falar. Em mais de um sentido, pi estava ligado ao infinito.

Ellie tinha captado um vislumbre de algo majestoso. Oculta entre todos os números ordinários, havia uma infinidade de números transcendentais de cuja presença uma pessoa jamais suspeitaria se não sondasse a matemática a fundo. A todo momento um deles, como pi, surgia inesperadamente na vida cotidiana. Entretanto, a maioria deles — um número infinito deles, ela frisou para si mesma — estava escondida, cuidando da própria vida, e quase certamente passava despercebida ao irascível sr. Weisbrod.

Ela compreendeu John Staughton logo que o viu. Constituía para Ellie um mistério impenetrável que sua mãe chegasse a pensar em se casar com ele — não importa que só tivessem passado dois anos desde a morte do pai. Staughton era um homem razoavelmente bem-apessoado, e era capaz de fingir, quando se dispunha a isso, que realmente se interessava pelas pessoas. No entanto, era um déspota. Nos fins de semana, obrigava os alunos a trabalharem no jardim da casa nova para onde se haviam mudado, e depois, quando iam embora, zombava deles. Disse a Ellie que ela estava apenas começando o segundo grau e não deveria olhar duas vezes para nenhum daqueles rapazes. Staughton era um homem muito cheio de si. Ellie tinha certeza de que, sendo professor, ele secretamente desprezava seu falecido pai, que fora apenas um lojista. Deixara claro que o interesse por rádio e eletrônica não ficava bem a uma moça, que com aquilo ela não conseguiria marido, que pretender aprender física era uma ideia tola e disparatada. "Pretensiosa", foi como se referiu a ela. Ellie simplesmente não tinha talento para aquilo. Eis um fato objetivo ao qual era melhor habituar-se. Ele lhe dizia isso para seu próprio bem. Mais tarde haveria de lhe agradecer por isso. Afinal de contas, ele era professor-adjunto de física. Sabia que tipo de pessoa se saía bem nessa atividade. Esses sermões sempre a deixavam furiosa, muito embora nunca — apesar de Staughton recusar-se a acreditar nisso — tivesse pretendido seguir uma carreira científica.

Ele não era um homem delicado, como fora seu pai, nem fazia ideia do que fosse senso de humor. Quando alguém a supunha filha de Staughton, Ellie se sentia ofendida. Nem a mãe nem o padrasto jamais sugeriram que ela mudasse o nome para Staughton; sabiam qual seria a reação.

Vez por outra o homem demonstrava certo calor humano, como na época em que ela se achava convalescendo de uma operação de amígdalas num quarto de hospital e ele lhe levara um magnífico caleidoscópio.

"Quando é que vão fazer a operação?", perguntara ela, um tanto sonolenta.

"Já fizeram", respondera Staughton. "Você vai ficar bem." Para Ellie, era inquietante que blocos inteiros de tempo pudessem ser roubados sem seu conhecimento, e jogou a culpa nele, mesmo percebendo que aquela era uma atitude infantil.

A possibilidade de que sua mãe realmente o amasse era-lhe inconcebível. Devia ter se casado com ele por solidão, por fraqueza. Precisava de alguém que cuidasse dela. Ellie jurou que jamais aceitaria uma situação de dependência. O pai de Ellie tinha morrido, sua mãe se distanciara e Ellie sentia-se exilada na casa de um tirano. Não havia mais ninguém que a chamasse de Prinça.

Ela ansiava por escapar.

"Bridgeport?", perguntei.

"Camelot", disse ele.

# 2. LUZ COERENTE

*Desde que adquiri o uso da razão, minha inclinação para o saber tem sido tão forte e violenta que nem as censuras de outras pessoas [...] nem minhas próprias reflexões [...] têm sido capazes de deter esse impulso natural de que Deus me dotou. Somente Ele deve saber por quê; e Ele sabe também que Lhe tenho suplicado que tire a luz de meu entendimento, deixando-me apenas o suficiente para seguir Sua lei, pois qualquer coisa além disso é excessiva numa mulher, segundo certas pessoas. E outras dizem mesmo que é nocivo.*

Juana Ines de La Cruz, Resposta ao bispo de Puebla (1691), que lhe criticara a atividade douta como imprópria ao seu sexo.

*Desejo propor à consideração benevolente do leitor uma doutrina que, creio, poderá parecer paradoxal e subversiva. A doutrina em questão é a seguinte: é inconveniente acreditar em qualquer proposição se não existir nenhuma base para que a suponhamos verdadeira. Devo admitir, naturalmente, que, se tal opinião se disseminasse, haveria de transformar completamente nossa vida social e nosso sistema político; como ambas as coisas são, atualmente, consideradas irrepreensíveis, isso deve pesar contra minha doutrina.*

Bertrand Russel, *Ensaios cépticos*, I (1928)

*A estrela branco-azulada era circundada, à altura de seu plano equatorial, por um vasto anel de destroços em órbita — rochas e gelo, metais e substâncias orgânicas —, avermelhados na periferia e azulados mais próximo da estrela. O poliedro que tinha as dimensões de um mundo precipitou-se por uma brecha nos anéis e saiu do outro lado. No plano do anel, havia sido intermitentemente obscurecido por blocos gelados e montanhas. Agora, entretanto, seguindo sua trajetória na direção de um ponto acima do polo oposto da estrela, a luz do Sol faiscava em seus milhões de apêndices em forma de prato. Olhando com todo o cuidado, era possível perceber um deles realizando um ligeiro ajuste de mira. Mas não se veria a rajada de ondas de rádio que jorrava dali rumo às profundezas do espaço.*

DURANTE TODA A EXISTÊNCIA da humanidade na Terra, o céu estrelado havia sido uma companhia e uma inspiração. As estrelas eram reconfortantes. Pareciam demonstrar que o firmamento fora criado para a alegria e a instrução dos seres humanos. Essa patética presunção tornou-se a sabedoria convencional em todo o planeta. Nenhuma cultura estava livre dela. Algumas pessoas encontravam no céu uma saída para a sensibilidade religiosa. Muitas se sentiam esmagadas e apequenadas pela glória e pela escala do universo. Outras ainda eram estimuladas aos mais absurdos desvarios da imaginação.

No mesmo momento em que o homem descobriu a escala do universo e verificou que suas mais loucas fantasias eram, na realidade, insignificantes em comparação às verdadeiras dimensões até de nossa própria galáxia, a Via Láctea, ele como que tomou medidas para que seus descendentes ficassem inteiramente impossibilitados de ver as estrelas. Durante 1 milhão de anos, os seres humanos haviam crescido com um conhecimento pessoal cotidiano da abóbada do firmamento. Nos últimos milhares de anos tinham começado a construir cidades e a emigrar para elas. Nas últimas décadas a maior parte da humanidade abandonara a vida rural. À proporção que a tecnologia avançava e as cidades se poluíam, as estrelas desapareciam das noites. Novas gerações chegavam à maturidade desconhecendo inteiramente o céu que havia transfixado seus antepassados e estimulado a era moderna da ciência e da tecnologia. Sem sequer perceberem, no momento em que a astronomia entrou numa época áurea, a maioria das pessoas se afastou do céu, num isolacionismo cósmico que só terminou com o alvorecer da exploração espacial.

Ellie levantava o olhar para Vênus e imaginava que fosse um mundo mais ou menos parecido com a Terra — povoado de plantas, animais e civilizações, mas diferentes das espécies aqui existentes. Nos arrabaldes da cidade, pouco depois do pôr do sol, ela examinava o céu e prestava atenção àquele firme ponto de luz. Em comparação com as nuvens próximas, logo acima dela e ainda iluminadas pelo Sol, Vênus parecia um pouco amarelo. Ela tentava imaginar o que se passava ali. Ficava na ponta dos pés e fitava o planeta como se olhasse de cima para baixo. Às vezes quase se convencia de que realmente podia vê-lo; um turbilhão de bruma amarela sumia de repente, e uma imensa cidade de cristal se revelava por um instante. Carros aéreos corriam entre flechas cristalinas. Às vezes ela se imaginava dando uma olhada num daqueles veículos e obtendo um vislumbre de um *deles*. Ou imaginava um jovem, olhando para um brilhante ponto de luz azul em *seu* céu, pondo-se na ponta dos pés e especulando sobre os habitantes da Terra. Era uma ideia irresistível: um planeta cálido e tropical, transbordante de vida inteligente, e logo ali.

Ellie admitia aprender coisas de cor, mas sabia que isso seria, no máximo, uma educação oca. Fazia o mínimo necessário para ser aprovada em seus cursos, e cuidava de outros interesses. Conseguiu autorização para passar os períodos livres e algumas horas depois das aulas no que chamavam de "oficina" — uma pequena fábrica, suja e atulhada de coisas, criada quando a escola dedicava mais atenção à "educação profissional" do que agora estava na moda. "Educação profissional" significava, mais que qualquer outra coisa, trabalhar com as mãos. Havia ali tornos, furadeiras e outras máquinas de que ela não podia aproximar-se, pois, qualquer que fosse sua habilidade, ela era ainda "uma menina". Com relutância, concederam-lhe permissão para levar avante seus projetos pessoais na área da "oficina" dedicada à eletrônica. Ellie construiu receptores de rádio mais ou menos a partir do nada, e depois passou para uma coisa mais interessante.

Produziu uma máquina cifradora. Era rudimentar, mas funcionava. Era capaz de tomar qualquer mensagem escrita em inglês e transformá-la, através de uma simples cifra de substituição, em algaravia. Construir uma máquina que fizesse o inverso — converter uma mensagem cifrada em linguagem clara quando não se dispunha da chave de substituição — era muito mais difícil. Podia-se fazer a máquina realizar todas as substituições possíveis (A significando B, A significando C, A significando D...) ou se podia lembrar que em toda língua algumas letras são mais utilizadas do que outras. Podia-se ter uma ideia da frequência das letras pelo tamanho dos compartimentos para cada letra nas mesas de composição manual da sala de tipografia ao lado. "ETAOIN SHRDLU", diziam os rapazes da tipografia, dando uma boa aproximação da ordem das doze letras mais frequentes em inglês. Ao se decifrar uma mensagem longa, a letra mais comum provavelmente representava o E. Certas consoantes tendiam a aparecer juntas, descobriu Ellie; já as vogais distribuíam-se de modo mais ou menos fortuito. A palavra de três letras mais comum em inglês era o artigo definido, "*the*". Se no interior de uma palavra aparecia uma letra interposta entre um T e um E, quase certamente era H. Não sendo, podia-se apostar num R ou numa vogal. Ellie deduziu outras regras e passou longas horas contando a frequência das letras em vários livros de texto, antes de descobrir que essas tabelas de frequência já haviam sido compiladas e publicadas. Sua máquina criptográfica destinava-se apenas a seu próprio prazer. Ellie não a usava para transmitir mensagens secretas a amigos. Sentia-se insegura quanto às pessoas com quem poderia falar sobre esses interesses eletrônicos e criptográficos; os meninos se tornavam irrequietos ou gabolas, e as garotas olhavam para ela de um jeito estranho.

Soldados norte-americanos estavam combatendo num lugar distante chamado Vietnã. A cada mês, ao que parecia, mais jovens eram arrebanhados nas ruas ou nas fazendas e embarcados para o Vietnã. Quanto mais coisas ela ficava sabendo a respeito das origens dessa guerra, e quanto mais ela escutava os pronunciamentos públicos dos governantes do país, mais irritada se tornava. O presidente e o Congresso estavam mentindo e matando, pensava ela consigo mesma, e quase todo mundo aceitava isso passivamente. O fato de seu padrasto defender as posições oficiais — ele falava de coisas como obrigações derivadas de tratados, teorias do dominó e simples agressão comunista — apenas fortalecia sua atitude. Ellie começou a assistir a reuniões e comícios na universidade próxima. As pessoas que ela conhecia ali pareciam muito mais inteligentes, amistosas e mais *gente* do que seus canhestros e insípidos companheiros de escola secundária. John Staughton primeiro a advertiu e depois a proibiu de se juntar aos universitários. Não haveriam de respeitá-la, disse. Iriam aproveitar-se dela. Ellie estava simulando uma vivência que não tinha e jamais teria. Seu modo de se vestir era ridículo. Uniformes militares de campanha não eram roupas apropriadas para uma moça, e constituíam uma caricatura, uma hipocrisia, para quem afirmava opor-se à intervenção americana no Sudeste asiático.

Apesar de suas débeis exortações a Ellie e Staughton para que não "brigassem", sua mãe pouco participava dessas discussões. Em particular, ela pedia a Ellie que obedecesse ao padrasto, que fosse "boazinha". A essa altura, Ellie suspeitava que Staughton se casara com sua mãe por causa do seguro do pai. Que outro motivo haveria? Evidentemente ele não mostrava nenhum sinal de amá-la — nem estava disposto a ser "bonzinho". Certo dia, tomada de alguma agitação, sua mãe pediu-lhe que fizesse uma coisa que agradaria a todos eles: frequentar a escola bíblica dominical. Enquanto seu pai, cético com relação às religiões, era vivo, nunca se falara em escola bíblica. Como poderia sua mãe ter se casado com Staughton? A pergunta cresceu dentro dela pela milésima vez. A escola dominical, insistiu sua mãe, ajudaria a instilar nela as virtudes convencionais; entretanto, o mais importante é que isso mostraria a Staughton que Ellie estava disposta a transigir um pouco. Por amor à mãe, e também por pena dela, Ellie aquiesceu.

Assim, todos os domingos, durante a maior parte de um ano letivo, Ellie frequentou as reuniões de um grupo de debates numa igreja próxima. Era uma das denominações protestantes respeitáveis, não maculadas por um evangelismo desordenado. Havia alguns secundaristas, uns poucos adultos e muitas mulheres de meia-idade; a instrutora era a esposa do pastor. Ellie nunca havia lido a Bíblia a sério antes e se inclinara a aceitar a opinião do pai, talvez carregada de certa implicância, de que se tratava de "histórias bárbaras misturadas com contos de fadas". Por isso, durante o fim de semana que precedeu a primeira aula, leu o que lhe pareceram ser as partes importantes do Velho Testamento, procurando manter uma atitude de boa vontade. Percebeu desde logo que havia duas narrativas da Criação, diferentes e mutuamente contraditórias, nos dois primeiros capítulos do Gênesis. Não entendia como era possível ter havido luz e dias antes de ser feito o Sol, e lhe foi difícil imaginar exatamente com quem Caim havia se casado. Ao ler as histórias de Lot e de suas filhas, de Abraão e de Sara no Egito, do casamento de Diná, de Jacó e de Esaú, sentiu-se estupefata. Admitia que a covardia pudesse acontecer no mundo real — que os filhos pudessem ludibriar um pai idoso, que um homem pudesse dar um pusilânime assentimento à sedução da esposa pelo rei, ou até mesmo estimular a violação das filhas. No entanto, nesse livro sagrado não havia uma única palavra de protesto contra tais absurdos. Na verdade, parecia que os crimes eram aprovados, até elogiados.

Quando começaram as aulas, ela estava ansiosa para discutir essas inquietantes contradições, queria um esclarecimento do Desígnio de Deus ou ao menos uma explicação do motivo pelo qual esses crimes não eram condenados pelo autor ou Autor do livro. No entanto, decepcionou-se. A mulher do pastor contemporizou. Por uma razão ou por outra, essas histórias nunca mais vieram à tona nos debates posteriores. Quando Ellie perguntou como as criadas da filha do faraó puderam afirmar, olhando de relance, que a criancinha na cesta de vime era hebreia, a professora corou violentamente e pediu a Ellie que não fizesse perguntas indecorosas. (Naquele momento, Ellie começou a entender a razão.)

Quando chegaram ao Novo Testamento, cresceu a inquietação de Ellie. Mateus e Lucas narravam a ascendência de Jesus até o rei Davi. Entretanto, para Mateus havia 28 gerações entre Davi e Jesus; para Lucas, 43. Quase não havia nomes comuns às duas listas. Como era possível que tanto Mateus como Lucas fossem a Palavra de Deus? As genealogias contraditórias pareceram a Ellie uma tentativa óbvia de cumprir a profecia de Isaías *post-facto*. No laboratório de química, isso se chamava "cozinhar os dados". Ellie ficou profundamente comovida com o sermão da Montanha, extremamente desapontada com a exortação para dar a César o que é de César e furiosa depois que a instrutora por duas vezes passou por cima de suas perguntas a respeito do sentido de "Não vim trazer a paz, mas a espada". Disse à mãe aflita que havia feito o melhor que podia, mas que nem cavalos xucros tornariam a arrastá-la a aulas bíblicas.

Ellie estava deitada em sua cama. Era uma noite quente de verão. Elvis cantava "One night with you, that's what I'm beggin' for". Os garotos da escola secundária pareciam dolorosamente imaturos, e era difícil — sobretudo por causa das determinações e proibições do padrasto — estabelecer um relacionamento firme com os jovens universitários que ela conhecera em palestras e reuniões. Relutantemente, admitia que John Staughton tinha razão pelo menos numa coisa: quase sem exceção, os rapazes inclinavam-se para a exploração sexual. Ao mesmo tempo, pareciam muito mais vulneráveis, emocionalmente, do que ela havia esperado. Talvez uma coisa provocasse a outra.

Tinha a sensação de que não entraria para uma universidade, embora estivesse resolvida a sair de casa. Staughton não pagaria para que estudasse em lugar algum, e as débeis intercessões de sua mãe eram inúteis. No entanto, Ellie obtivera resultados espetaculares nos exames de qualificação para o ensino superior, e para surpresa sua os professores lhe comunicaram ser possível que universidades famosas lhe oferecessem bolsas. Ela havia respondido várias questões de múltipla escolha por palpite, e achava que acertara na sorte. Se uma pessoa sabe muito pouco, apenas o suficiente para escolher entre as duas respostas mais prováveis, e marca ao acaso dez questões seguidas, tem mais ou menos uma possibilidade em mil de acertar todas as dez, dizia ela a si mesma. No caso de vinte questões seguidas, a probabilidade é de uma em 1 milhão. No entanto, mais ou menos 1 milhão de jovens haviam prestado aqueles exames. *Alguém* tinha de ter sorte.

Cambridge, Massachusetts, parecia longe o suficiente para fugir à influência de John Staughton, mas bastante perto para que nas férias ela pudesse visitar a mãe — que encarava a situação como um difícil meio-termo entre abandonar a filha e irritar o marido ainda mais. Ellie surpreendeu a si mesma ao escolher Harvard, de preferência o Instituto de Tecnologia de Massachusetts (MIT).

Chegou para o período de orientação. Era uma moça bonita, de cabelos escuros e estatura mediana, com um sorriso enviesado; e estava ansiosa por aprender tudo que pudesse. Começou disposta a ampliar sua instrução, matriculando-se no maior número possível de cursos, além daqueles que constituíam seus interesses básicos: matemática, física e engenharia. Entretanto, havia um problema com relação a seus interesses básicos. Era-lhe difícil discutir física, e mais ainda participar de debates sobre o assunto, com seus colegas de classe, predominantemente do sexo masculino. A princípio eles prestavam uma espécie de desatenção seletiva às suas observações. Seguia-se uma ligeira pausa e continuavam como se ela nada houvesse dito. Vez por outra registravam suas observações, até mesmo a elogiavam, mas mesmo assim continuavam em frente, inabaláveis. Ellie tinha razoável convicção de que seus comentários não eram de maneira alguma tolos, e não desejava ser ignorada, menos ainda ser alternadamente ignorada e tratada com superioridade. Sabia que em parte — mas apenas em parte — isso se devia à fraqueza de sua voz. Por isso passou a usar uma voz de física, uma voz profissional: clara, competente e vários decibéis acima do tom normal da conversa. Com tal voz, era importante estar correta. Tinha de escolher os momentos certos para intervir. Era difícil falar por muito tempo com essa voz, pois às vezes ela corria o risco de cair na gargalhada. Por isso, aos poucos começou a fazer intervenções breves, às vezes incisivas, em geral suficientes para atrair a atenção dos colegas; depois podia continuar a falar, durante algum tempo, num tom de voz mais normal. Toda vez que se encontrava num novo grupo tinha de conquistar novamente seu direito de simplesmente meter a colher na conversa. Nenhum dos rapazes jamais percebeu que ela enfrentava esse problema.

Vez por outra, num exercício de laboratório ou num seminário, o professor dizia: "Rapazes, vamos em frente", e, percebendo a insatisfação de Ellie, acrescentava: "Desculpe, srta. Arroway, mas é que eu penso na senhorita como um dos rapazes". O máximo elogio que eram capazes de fazer consistia em não a considerar ostensivamente feminina.

Ellie tinha de lutar contra a tendência a formar uma personalidade demasiado agressiva ou tornar-se uma completa misantropa. Em dado momento, percebeu a situação estranha. *Misantropo* é a pessoa que detesta todas as demais, e não apenas os homens. E decerto havia uma palavra para designar uma pessoa que não gosta de mulheres: *misógino*. No entanto, os lexicógrafos, todos homens, haviam deixado de criar uma palavra que designasse a aversão aos homens. Quase todos eles eram homens, pensou ela, e tinham sido incapazes de imaginar que houvesse necessidade dessa palavra.

Mais do que muitas de suas colegas, Ellie sofrera enorme carga de repressão familiar. Suas novas liberdades — intelectuais, sociais e sexuais — eram inebriantes. Numa época em que muitos de seus contemporâneos, rapazes e moças, optavam por um vestuário que minimizava a distinção entre os sexos, ela aspirava a uma elegância de traje e maquilagem que representava um ônus para seu limitado orçamento. Havia maneiras mais efetivas de deixar claras as posições políticas, pensava. Cultivava algumas amigas chegadas e criou várias inimigas, que a detestavam pelo seu modo de se vestir, suas ideias políticas e religiosas ou o vigor com que defendia suas opiniões. A competência e o prazer que demonstrava em relação à ciência eram vistos com reprovação por muitas outras moças, no geral talentosas. Algumas, porém, a encaravam como aquilo que os matemáticos chamam de teorema de existência — uma demonstração de que uma mulher pode, com certeza, destacar-se no campo da ciência — ou até mesmo como modelo de conduta.

No auge da revolução sexual, ela realizava experiências com crescente entusiasmo, mas verificava que intimidava seus possíveis amantes. As ligações que estabelecia tendiam a durar meses ou menos. A alternativa parecia ser disfarçar seus interesses e reprimir suas opiniões, coisa que ela havia resolutamente se recusado a fazer no segundo grau. A imagem da mãe, condenada a um encarceramento resignado e acomodatício, perseguia Ellie. E ela começou a pensar em homens que não estivessem ligados à vida universitária e científica.

Algumas mulheres, ao que parecia, eram inteiramente destituídas de malícia e concediam seus afetos sem um único instante de reflexão consciente. Outras se dispunham a uma campanha de precisão militar, prevendo situações de emergência e posições de recuo, com o único intuito de "fisgar" um homem desejável. A palavra *desejável* revelava tudo, pensava Ellie. O pobre coitado na verdade não era desejado, apenas "desejável" — um plausível objeto de interesse na opinião de tais moças, que armavam toda essa deplorável charada. A maioria das mulheres, refletia, colocava-se num meio-termo, buscando conciliar suas paixões com aquilo que acreditavam ser sua conveniência a longo prazo. Talvez houvesse comunicações ocasionais entre o amor e o egoísmo que escapassem à observação do consciente. No entanto, a simples ideia de uma captura calculada a fazia estremecer. Nesse assunto, concluiu, ela se colocava ao lado da espontaneidade. Foi quando conheceu Jesse.

\* \* \*

O rapaz com quem ela havia saído a levara a um bar perto da praça Kenmore. Jesse estava lá cantando *rhythm and blues* e tocando guitarra. A maneira como ele cantava e se movimentava deixava claro o que faltara a Ellie até então. Na noite seguinte ela voltou sozinha. Sentou-se à mesa mais próxima e ficaram de olhos grudados um no outro durante as duas apresentações de Jesse. Dois meses depois estavam vivendo juntos.

Só quando os compromissos profissionais de Jesse o levavam a Hartford ou Bangor é que Ellie conseguia realizar algum trabalho. Passava os dias com os outros estudantes: rapazes que traziam, pendurada nos cintos, a última geração de réguas de cálculo; rapazes com lapiseiras de plástico no bolso da camisa; rapazes empertigados, de riso nervoso; rapazes sérios que dedicavam todos os momentos em que não estavam dormindo à tarefa de se tornarem cientistas. Inteiramente absorvidos que estavam em sondarem os recônditos da natureza, eram quase néscios no que dizia respeito aos relacionamentos humanos comuns, área na qual, apesar de todos os seus conhecimentos, pareciam desastrados e rasos. Talvez a busca infatigável da ciência fosse tão exaustiva, tão competitiva, que não sobrava tempo para eles se tornarem seres humanos por inteiro. Ou talvez suas deficiências sociais os tivessem conduzido a campos em que esse problema não fosse notado. A não ser pela ciência, Ellie não os considerava boa companhia.

De noite havia Jesse, saltando e gritando suas canções, uma espécie de força da natureza que dominara a vida de Ellie. Durante o ano que passaram juntos ela não se lembrava de uma única noite em que ele lhe houvesse proposto irem dormir. Ele nada sabia de física ou matemática, mas se encontrava inteiramente desperto dentro do universo, e durante algum tempo o mesmo aconteceu com Ellie.

Ela sonhava em conciliar os dois mundos. Tinha fantasias de músicos e físicos atuando em harmonioso concerto social. Entretanto, as reuniões que organizava eram sem graça e terminavam cedo.

Certo dia Jesse lhe disse que queria um bebê. Ele se tornaria um homem sério, se aquietaria, arranjaria um emprego fixo. Talvez até pensasse em se casar.

"Um bebê?", perguntou Ellie. "Mas eu teria de deixar a escola. Ainda tenho anos pela frente, antes de terminar o meu curso. Se eu tivesse um filho, nunca poderia voltar à escola."

"É", respondeu ele, "mas nós teríamos um filho. Você não teria a escola, mas teria outra coisa."

"Jesse, eu *preciso* da escola", disse Ellie.

Jesse deu de ombros, mas ela sentiu que a vida em comum que partilhavam começava a ruir. Ficaram juntos ainda alguns meses, mas tudo na verdade fora resolvido naquele breve diálogo. Despediram-se com um beijo e Jesse partiu para a Califórnia. Nunca mais ela ouviu sua voz.

No fim da década de 1960, a União Soviética conseguiu fazer com que veículos espaciais pousassem na superfície de Vênus. Foram esses os primeiros engenhos da espécie humana a pousar, em condições de funcionamento, em outro planeta. Mais de dez anos antes, radioastrônomos americanos, confinados à Terra, haviam descoberto ser Vênus uma intensa fonte de radioemissões. A explicação mais difundida para isso era que a atmosfera de Vênus capturava o calor, através de um efeito estufa em escala planetária. Segundo essa concepção, a superfície do planeta era de um calor sufocante, demasiado quente para cidades de cristal e venusianos imaginativos. Ansiosa por alguma outra explicação, Ellie procurava em vão imaginar meios pelos quais a radioemissão pudesse provir de uma altitude elevada sobre uma clemente superfície venusiana. Alguns astrônomos, em Harvard e no MIT, afirmavam que nenhuma das alternativas imaginadas poderia explicar as emissões. A Ellie, a ideia de um efeito estufa tão colossal parecia improvável e, por algum motivo, odiosa; Vênus seria um planeta que se deixara degenerar. Quando, porém, as naves *Venera* puseram a funcionar um termômetro, este registrou uma temperatura suficientemente alta para fundir o estanho ou o chumbo. Ellie imaginou as cidades de cristal se liquefazendo (embora Vênus não fosse, afinal, *tão* quente), sua superfície transformada em lágrimas de silicato. Era uma romântica. Sabia disso havia anos.

Ao mesmo tempo, entretanto, tinha de admirar o poder da radioastronomia. Os astrônomos tinham ficado em casa, assestado seus radiotelescópios para Vênus e medido a temperatura da superfície do planeta quase com a mesma precisão das sondas *Venera*, treze anos depois. Desde que se entendia por gente, ela se sentira fascinada pela eletricidade e pela eletrônica. Entretanto, foi essa a primeira vez que ficou profundamente impressionada com a radioastronomia. O observador permanece com toda a segurança em seu próprio planeta e aponta seu telescópio, com seus acessórios eletrônicos; as informações sobre outros mundos chegam através das antenas. Ellie ficou maravilhada com a ideia.

Começou a fazer visitas ao modesto radiotelescópio da universidade, em Harvard, e por fim recebeu um convite para ajudar nas observações e nas análises de dados. Foi aceita como assistente remunerada, durante o verão, no Observatório Nacional de Radioastronomia de Green Bank, na Virgínia Ocidental, e, ao chegar ali, contemplou com êxtase o primeiro radiotelescópio, construído por Grote Reber em seu quintal de Wheaton, Illinois, no ano de 1938; agora ele servia como um lembrete do que um amador dedicado pode realizar. Reber fora capaz de detectar a radioemissão proveniente do centro da galáxia quando ninguém por perto estava dando partida no automóvel e nenhuma máquina de diatermia estava funcionando. O núcleo da galáxia era muito mais poderoso, mas a máquina diatérmica se achava muito mais próxima.

O clima de paciente investigação e as ocasionais recompensas, na forma de modestas descobertas, eram-lhe agradáveis. Estavam tentando medir em que grau o número de fontes de rádio extragalácticas distantes aumentava conforme sondavam cada vez mais profundamente o espaço. Ellie começou a pensar em modos mais eficientes de detectar débeis sinais de rádio. No devido tempo, formou-se com louvor em Harvard e prosseguiu seus estudos, matriculando-se num curso de pós-graduação em radioastronomia no outro extremo do país, no Instituto de Tecnologia da Califórnia.

Durante um ano foi orientada por David Drumlin, homem tido em todo o mundo como brilhante e que gozava da fama de não tolerar incompetentes, mas que no fundo era um daqueles homens que se podem encontrar no ápice de toda profissão: vivem em estado de contínua ansiedade, temerosos de que alguém, em algum lugar, se mostre mais capaz do que eles. Drumlin ensinou a Ellie alguma coisa da essência da disciplina, em especial seus fundamentos teóricos. Ainda que, inexplicavelmente, fosse considerado atraente pelas mulheres, Ellie verificou que com frequência ele se mostrava agressivo e tendia a levar tudo para o lado pessoal. Ela era demasiado romântica, dizia Drumlin. O universo segue rigorosamente suas próprias leis. O que um cientista deve fazer é pensar como o universo, e não dar asas às próprias predisposições românticas (e a anseios femininos juvenis, disse ele certa vez) com relação ao cosmo. Tudo que não seja proibido pelas leis do universo, garantiu ele — citando palavras de um colega da instituição —, é compulsório. No entanto, prosseguiu, quase tudo é proibido. Ellie o fitava enquanto ele fazia sua preleção, tentando entender aquela insólita combinação de traços de personalidade. Via um homem em excelente forma física: cabelos prematuramente grisalhos, sorriso sardônico, óculos de leitura encavalados na ponta do nariz, gravata-borboleta, queixo quadrado e resquícios do anasalado sotaque de Montana.

A ideia que ele fazia de diversão consistia em convidar seus alunos e alguns professores assistentes para jantar (ao contrário do padrasto de Ellie, que gostava de se ver cercado por estudantes, mas achava impróprio convidá-los para jantar). Drumlin demonstrava um extremado sentido de territorialidade intelectual, conduzindo a conversa para temas em que era tido e havido como especialista, e então descartando de imediato qualquer opinião divergente. Depois do jantar, com frequência ele submetia os convidados a uma exibição de slides, nos quais o dr. D. aparecia mergulhando em Cozumel, em Tobago ou nos recifes da costa australiana. Era comum ele ser fotografado sorrindo para a câmera e acenando, mesmo debaixo da água. Vez por outra, surgia uma imagem submarina de sua colega cientista, a dra. Helga Bork. (A mulher de Drumlin sempre fazia objeção a esses slides, alegando, o que era razoável, que a maioria dos presentes já os vira em jantares anteriores. Na realidade, os presentes já tinham visto todos os slides. Drumlin respondia exaltando as virtudes da atlética dra. Bork, e a humilhação de sua mulher aumentava.) Muitos estudantes aceitavam intrepidamente a exibição, procurando alguma coisa que tivessem deixado de observar antes entre os corais e os espinhentos ouriços-do-mar. Outros se remexiam, embaraçados, ou prestavam atenção no creme de abacate.

Para os estudantes, uma tarde animada consistia em serem convidados, em grupos de dois ou três, para levá-lo de carro à beira de um penhasco perto de Pacific Palisades. Preso à sua asa-delta, como se aquilo fosse a coisa mais natural do mundo, ele saltava do precipício em direção ao mar tranquilo, cento e poucos metros abaixo. A tarefa deles era descer de carro a estrada litorânea para ir buscá-lo. Drumlin lhes agradecia com um sorriso exultante. Outros eram convidados a acompanhá-lo em seus voos, mas poucos aceitavam. Drumlin levava vantagem na competição, e se deliciava com isso. Outros professores viam os estudantes como recursos para o futuro, como seus sucessores intelectuais, encarregados de transmitir a tocha do saber à futura geração. Drumlin, porém, sentia Ellie, tinha uma concepção diferente. Para ele, os estudantes eram como pistoleiros. Não havia meio de adivinhar qual deles poderia, a qualquer momento, desafiá-lo pelo título de "Atirador Mais Rápido do Oeste". Tinham de ser mantidos em seus lugares. Drumlin nunca se atrevera a lhe passar uma cantada, porém mais cedo ou mais tarde, tinha certeza, tentaria.

No segundo ano de Ellie na Cal Tech, Peter Valerian voltou à instituição, depois de um ano no exterior. Era um homem delicado e despretensioso. Ninguém, e muito menos ele próprio, o considerava especialmente brilhante. No entanto, tinha uma respeitável folha de serviços na área da radioastronomia, pois, explicava ele quando lhe perguntavam, "dava duro". Havia em sua carreira científica apenas um lado ligeiramente desabonador: era fascinado pela possibilidade de inteligência extraterrestre. A cada membro do corpo docente, ao que parecia, era permitido um ponto fraco: Drumlin voava de asa-delta, Valerian acreditava na vida em outros planetas. Outros frequentavam bares em que garotas faziam topless, cultivavam plantas carnívoras ou se dedicavam a uma coisa chamada meditação transcendental. Valerian havia refletido a respeito da inteligência extraterrestre — IET — durante mais tempo e com mais afinco, e em muitos casos com mais cuidado, do que qualquer outra pessoa. À medida que Ellie o conhecia melhor, parecia-lhe que a IET proporcionava a Valerian um fascínio, uma fantasia, que contrastava muito com o marasmo de sua vida pessoal. Para ele, essa reflexão sobre a inteligência extraterrestre não era trabalho, mas lazer. Sua imaginação voava alto.

Ellie adorava escutá-lo. Era como penetrar no País das Maravilhas ou na Cidade das Esmeraldas. Na verdade, era até melhor, pois ao fim de suas especulações havia a ideia de que talvez aquilo fosse mesmo realidade, que poderia acontecer. Um dia, divagava Ellie, um dos grandes radiotelescópios poderia receber uma mensagem de verdade, e não apenas em fantasia. Num sentido, porém, era pior, pois Valerian, tal como Drumlin com relação a outros temas, frisava repetidamente que era preciso confrontar a especulação com a sóbria realidade física. Era uma espécie de peneira que separava a rara especulação útil de torrentes de absurdos. Tanto os extraterrestres como sua tecnologia tinham de obedecer rigorosamente às leis da natureza, fato esse que prejudicava seriamente muitas perspectivas encantadoras. Mas o que saía dessa peneira e sobrevivia à mais cética análise física e astronômica poderia até ser verdadeiro. Não se podia ter certeza, é claro. Decerto haveria possibilidades que tinham passado despercebidas, que pessoas mais hábeis um dia haveriam de computar.

Valerian gostava de salientar que estamos presos à nossa época, à nossa cultura e à nossa biologia, que somos, por definição, muito limitados quando nos dispomos a imaginar criaturas e civilizações fundamentalmente diferentes. E como elas haviam evoluído separadamente, em mundos muito diferentes, era *forçoso* que fossem muito diferentes de nós. Era possível que seres muito mais avançados do que nós dispusessem de tecnologias inimagináveis — na verdade, isso era quase inevitável — e até mesmo novas leis físicas. Constituía irremediável estreiteza de espírito, dizia ele, enquanto caminhavam por uma série de arcos que lembravam um quadro de De Chirico, imaginar que todas as leis importantes da física tivessem sido descobertas no momento em que nossa geração começou a se debruçar sobre o problema. Haveria uma física do século XXI e uma física do século XXII, e até uma física do Quarto Milênio. Poderíamos, talvez, estar ridiculamente impossibilitados de chegar a imaginar os meios de comunicação de uma civilização muito diferente.

No entanto, ele sempre repisava, os extraterrestres deviam saber como somos atrasados. Se fôssemos um pouco mais adiantados, já saberiam de nossa existência. Estávamos apenas começando a caminhar com os dois pés, descobrimos o fogo na quarta-feira passada e só ontem topamos com a dinâmica newtoniana, as equações de Maxwell, os radiotelescópios e pistas da superunificação das leis da física. Valerian tinha certeza de que eles não dificultariam as coisas para nós. Procurariam facilitá-las, pois, se desejassem comunicar-se com palermas, teriam de lhes fazer concessões. Era por isso, pensava, que teria uma possibilidade efetiva se algum dia chegasse realmente uma mensagem. A falta de brilhantismo dele representava, com efeito, a sua força. Ele sabia — estava convicto disso — o que sabiam os palermas.

Como tema de sua tese de doutorado, Ellie escolheu, com a anuência do corpo docente, o aperfeiçoamento dos sensíveis receptores empregados nos radiotelescópios. Com isso, ela poderia lançar mão de seu talento para a eletrônica, fugiria da propensão de Drumlin para a teorização e ficaria livre para prosseguir suas discussões com Valerian — sem, no entanto, dar o passo, profissionalmente perigoso, de trabalhar com ele no campo da inteligência extraterrestre. Esse assunto era demasiado especulativo para uma tese de doutorado. O padrasto de Ellie se habituara a criticar a grande variedade de interesses dela, tachando-os de irrealisticamente ambiciosos ou, vez por outra, descrevendo-os como irremediavelmente triviais. Quando tomou conhecimento, da boca de outras pessoas, da tese que ela havia escolhido (a essa altura, Ellie já não falava mais com ele), disse que o tema era irrelevante.

Ellie estava trabalhando no *maser* de rubi. O rubi compõe-se predominantemente de alumina, substância de transparência quase perfeita. A coloração vermelha decorre de uma pequena impureza de cromo, distribuída pelo cristal de alumina. Quando o rubi é submetido a um forte campo magnético, os átomos de cromo aumentam sua energia ou, como gostam de dizer os físicos, são levados a um estado de excitação. Ellie adorava imaginar todos os pequenos átomos de cromo sendo conduzidos a uma atividade febril em cada amplificador, postos em frenesi para servir a uma boa causa prática — amplificar um débil sinal de rádio. Quanto mais forte era o campo magnético, mais excitados ficavam os átomos. Assim, o *maser* podia ser ajustado de maneira a se tornar particularmente sensível a determinada frequência de rádio. Ellie descobriu um meio de produzir rubis com impurezas provocadas pela presença de lantanídeos, além de átomos de cromo, e com isso um *maser* podia ser sintonizado em uma faixa de frequência mais estreita, tornando-se capaz de detectar um sinal muito mais fraco que os *masers* anteriores. Seu detector tinha de ficar imerso em hélio líquido. Ela instalou o novo instrumento em um dos radiotelescópios da Cal Tech, no vale Owens, e detectou, em frequências inteiramente novas, aquilo que os astrônomos chamam de radiação de fundo — o remanescente do espectro de rádio da imensa explosão que deu início a nosso universo, o chamado big-bang.

"Vamos expor as coisas pela ordem", dizia ela a si própria. "Peguei um gás inerte que existe no ar, transformei-o em líquido, introduzi algumas impurezas num rubi, liguei-o a um magneto e detectei as fornalhas da criação."

E Ellie balançava a cabeça, atônita. Para uma pessoa que ignorasse os princípios básicos da física, aquilo poderia parecer uma arrogante e pretensiosa necromancia. Como explicar a coisa aos melhores cientistas de mil anos atrás, que conheciam o ar, os rubis e os ímãs, mas não o hélio líquido, a emissão estimulada e as bombas de fluxos supercondutores? Na verdade, recordava-se Ellie, eles não tinham a mínima ideia do que fosse o espectro de rádio. Nem mesmo imaginavam um espectro — salvo vagamente, quando contemplavam um arco-íris. Não sabiam que a luz era formada por ondas. Como podíamos esperar compreender a ciência de uma civilização mil anos à nossa frente?

Era necessário produzir rubis em grandes quantidades, pois somente alguns apresentavam as propriedades requeridas. Nenhum deles chegava a ter as características das gemas utilizadas em joalheria, e em geral eram pequeníssimos. No entanto, Ellie passou a usar alguns dos maiores. Combinavam bem com a tonalidade morena de sua pele. Mesmo que a pedra fosse cuidadosamente lapidada, podia-se perceber alguma anomalia quando ela era engastada num anel ou num broche: a maneira estranha, por exemplo, como refletia a luz em certos ângulos, ou uma mácula cor de pêssego em meio ao vermelho. Ela explicava aos amigos não cientistas que gostava de rubis, mas não podia comprá-los. Nisso, assemelhava-se um pouco ao cientista que, tendo descoberto o caminho bioquímico da fotossíntese das plantas verdes, usou pelo resto da vida agulhas de pinheiro ou um raminho de salsa na lapela. Os colegas, por respeito a seu desenvolvimento profissional, consideravam aquilo uma pequena idiossincrasia.


Os grandes radiotelescópios do mundo são construídos em locais remotos pelo mesmo motivo que levou Paul Gauguin a viajar para o Taiti: para funcionarem bem, precisam estar distantes da civilização. Com o aumento do tráfego de rádio, civil e militar, os radiotelescópios tiveram de se esconder — por exemplo, fugiram para um obscuro vale em Porto Rico ou se exilaram num vasto deserto do Novo México ou do Casaquistão. À medida que a interferência de transmissões de rádio continuar a crescer, fará cada vez mais sentido montar os telescópios fora da terra. Os cientistas que trabalham nesses observatórios isolados tendem a ser cabeçudos e obstinados. Os cônjuges os abandonam, os filhos saem de casa na primeira oportunidade, mas os astrônomos toleram tudo. Raramente se consideram pessoas sonhadoras. Os cientistas que formam os quadros permanentes dos observatórios remotos tendem a ser os práticos, os experimentalistas, os especialistas que sabem quase tudo a respeito de projetos de antenas e análise de dados, mas muito menos sobre quasares e pulsares. Em termos gerais, não ansiaram pelas estrelas na infância; estavam ocupados demais consertando o carburador do carro da família.

Depois de obter seu doutorado, Ellie aceitou uma nomeação como auxiliar de pesquisa no Observatório de Arecibo, um enorme prato de 305 metros de diâmetro, fixado ao solo de um vale carstenítico nos contrafortes da região noroeste de Porto Rico. Trabalhando no maior radiotelescópio do planeta, estava ansiosa por utilizar seu detector de *maser* para examinar o maior número possível de objetos astronômicos — planetas e estrelas próximos, o centro da galáxia, pulsares e quasares. Na qualidade de membro efetivo do quadro do observatório, caberia a ela uma cota significativa de tempo de observação. O acesso aos grandes radiotelescópios é motivo de acirrada competição, pois há muito mais projetos de pesquisa importantes do que disponibilidade de tempo e instalações. Por conseguinte, a reserva do telescópio ao quadro residente é uma vantagem que não tem preço. Para muitos dos astrônomos, essa é a única razão pela qual se conformam em viver nesses lugares ermos.

Além disso, Ellie tinha esperança de estudar algumas estrelas próximas, em busca de possíveis sinais de vida inteligente.

Com seu sistema de detecção, seria possível escutar as emissões de rádio de um planeta como a Terra, mesmo que ele estivesse situado a alguns anos-luz de distância. E uma sociedade avançada que tivesse a intenção de se comunicar conosco certamente possuiria uma potência de transmissão muito superior à nossa. Se Arecibo, utilizado como telescópio-radar, era capaz de transmitir um megawatt de potência para um local específico no espaço, uma civilização apenas um pouco mais avançada do que a nossa poderia, pensava Ellie, transmitir uma centena de megawatts ou mais. Se estivessem realizando transmissões intencionais para a Terra com um telescópio das mesmas dimensões do de Arecibo, mas com um transmissor de cem megawatts, Arecibo deveria ser capaz de detectá-las em praticamente qualquer lugar da Via Láctea. Quando refletia cuidadosamente sobre a questão da busca de inteligência extraterrestre, Ellie ficava surpresa com a distância existente entre o que *podia* ser feito e o que *havia* sido feito. Os recursos até então dedicados a isso eram irrisórios, pensava. No entanto, era-lhe difícil imaginar um problema científico de maior importância.

Os habitantes do lugar chamavam o radiotelescópio de Arecibo de "El Radar". De maneira geral, sua função era desconhecida, mas ele proporcionava mais de cem empregos, o que era importantíssimo. As moças do lugar eram mantidas a distância dos astrônomos, alguns dos quais podiam ser vistos a qualquer hora do dia ou da noite, cheios de energia nervosa, praticando corrida na pista circular em torno do prato. Em consequência disso, as atenções que se concentraram em Ellie quando ela ali chegou, embora não de todo mal recebidas, logo se tornaram um empecilho à sua pesquisa.

Era grande a beleza física do lugar. Ao crepúsculo, ela olhava pelas janelas de controle e via nuvens tempestuosas pairando sobre o outro lado do vale, pouco além de uma das três imensas torres das quais pendiam os pavilhões de alimentação e seu recém-instalado sistema de *maser*. No alto de cada torre, uma luz vermelha servia de advertência a qualquer avião que por acaso se houvesse desviado para aquela rota. Às quatro da manhã ela

*42*

saía um pouco para respirar ar puro e se esforçava para entender um denso coro de milhares de sapos terrestres, ali chamados *coquis*, uma onomatopeia de seu coaxar lamurioso.

Alguns astrônomos moravam perto do observatório, mas o isolamento, a que se acresciam o desconhecimento do espanhol e a inexperiência com qualquer outra cultura, tendia a fazer com que eles e suas esposas se recolhessem à solidão e ao marasmo. Outros tinham decidido morar na Base Ramey, da Força Aérea, onde havia a única escola da região em que o ensino era ministrado em inglês. Entretanto, o percurso de uma hora e meia também acentuava a sensação de isolamento. As reiteradas ameaças por parte de separatistas porto-riquenhos, erroneamente convencidos de que o observatório desempenhava alguma função militar importante, aumentavam ainda mais a impressão de histeria reprimida, de circunstâncias controladas apenas por um fio.

Depois de muitos meses, Valerian fez uma visita ao observatório. Ostensivamente, estava ali para proferir uma palestra, mas Ellie sabia que em parte seu objetivo consistia em verificar como ela vinha se saindo e proporcionar um simulacro de apoio psicológico. Suas pesquisas tinham ido muito bem. Ela havia descoberto o que parecia ser um novo complexo de nuvens moleculares interestelares e obtivera alguns dados excelentes sobre o pulsar no centro da nebulosa de Câncer. Tinha até mesmo completado a mais rigorosa pesquisa já realizada em busca de sinais provenientes de algumas dezenas de estrelas próximas, mas sem nenhum resultado positivo. Constatara uma ou duas regularidades suspeitas. Observara novamente as estrelas em questão, mas nada encontrara de extraordinário. Quando se observa um número suficiente de estrelas, cedo ou tarde a interferência terrestre ou a concatenação de ruídos aleatórios produz uma configuração que por um momento faz o coração palpitar. O observador se acalma e realiza nova investigação; se a situação não se repete, considera-a espúria. Tal disciplina era essencial para que Ellie preservasse algum equilíbrio emocional com relação ao que estava procurando. Estava resolvida a ser tão objetiva quanto possível, sem perder o senso de deslumbramento que a levara até ali.

Com o pouco que tinha no refrigerador comunitário, ela havia preparado um lanche simples de piquenique, e Valerian se sentou a seu lado na beirada do prato do telescópio. A distância, viam-se trabalhadores consertando ou substituindo painéis, calçados com um tipo especial de sapatos de neve para não rasgarem as lâminas de alumínio e caírem no solo lá embaixo. Valerian estava feliz com os resultados que Ellie havia obtido. Trocaram amenidades, falaram sobre colegas e novidades científicas. A conversa encaminhou-se para a PIET, sigla que começava a ser usada para designar a pesquisa de inteligência extraterrestre.

"Já pensou em trabalhar nisso em regime de tempo integral, Ellie?", perguntou Valerian.

"Não tenho pensado muito nisso. Mas, na realidade, não é viável, não é mesmo? Ao que eu saiba, não existe em todo o mundo uma só instalação de grande porte dedicada à PIET em tempo integral."

"Não, mas pode vir a existir. Há uma possibilidade de que dezenas de pratos adicionais venham a ser acrescentados à Grande Bateria, e com isso ela se tornaria um observatório especial para a PIET. Teriam de realizar alguma coisa de radioastronomia convencional também, é claro. Seria um interferômetro excelente. É apenas uma possibilidade, é claro, depende de haver um interesse político efetivo e, na melhor das hipóteses, só se concretizará daqui a alguns anos. Mas vale a pena pensar no assunto."

"Peter, acabei de examinar umas quarenta e poucas estrelas próximas, mais ou menos do mesmo tipo espectral do Sol. Usei a linha de hidrogênio de 21 centímetros, que todo mundo diz ser a frequência óbvia, uma vez que o hidrogênio é o elemento mais comum no universo e assim por diante. E fiz isso com o instrumental e os critérios mais precisos já utilizados. Não houve nem sombra de sinal. Talvez não haja ninguém lá. Talvez tudo isso seja perda de tempo."

"Como vida em Vênus? Essas palavras são ditadas pelo desapontamento. Vênus é um pontinho perdido no universo. É apenas um planeta. Entretanto, existem bilhões de estrelas na galáxia. Você examinou somente um punhado delas. Não acha que é um pouco cedo para desistir? Você solucionou apenas um bilionésimo do problema. Provavelmente muito menos do que isso, se levar em conta as outras frequências."

"Eu sei, eu sei. Mas você não tem a sensação de que, se eles existem em alguma parte, existem por toda parte? Se sujeitos realmente avançados vivem a mil anos-luz de distância, por que não disporiam de um posto avançado em nosso quintal? Você sabe muito bem que poderia trabalhar na PIET eternamente sem jamais se convencer de ter completado a pesquisa."

"Você está começando a falar igual a Dave Drumlin. Se não pudermos localizá-los durante a vida dele, Drumlin não está interessado. Estamos apenas começando a PIET. *Você* sabe quantas possibilidades existem. Este é o momento de deixarmos todas as possibilidades em aberto. Este é o momento de sermos otimistas. Se vivêssemos em qualquer época anterior da história humana, poderíamos pensar a respeito disso durante toda a nossa vida sem podermos fazer absolutamente nada para encontrar a resposta. Entretanto, vivemos numa época diferente. Esta é a primeira vez em que alguém dispõe da possibilidade de procurar inteligência extraterrestre. Você construiu o detector capaz de procurar civilizações nos planetas de milhões de outras estrelas. Ninguém está garantindo sucesso. Mas você é capaz de imaginar alguma questão mais importante do que essa? Imagine que eles estejam lá, enviando sinais para nós, e que ninguém na Terra esteja escutando. Isso seria uma brincadeira de mau gosto, uma coisa grotesca. Você não teria vergonha de nossa civilização se, sendo capazes de prestar atenção, nós não nos dispuséssemos a isso?"

Duzentas e cinquenta e seis imagens do lado esquerdo do mundo passaram pela esquerda. Duzentas e cinquenta e seis imagens do lado direito do mundo passaram pela direita. Ela integrou todas as 512 imagens num mosaico da área que a cercava. Estava imersa numa floresta de grandes lâminas ondulantes, algumas verdes, outras estioladas, quase todas maiores do que ela. Entretanto, não tinha dificuldade de escalá-las e descer do outro lado, às vezes balançando-se precariamente sobre uma lâmina inclinada, caindo sobre a almofada macia formada por lâminas horizontais, embaixo, e depois seguindo adiante sem vacilar. Sabia que estava seguindo sua trilha em linha reta. Era uma trilha sedutoramente nova. Se realmente levava ao que ela pensava, não lhe custaria nada escalar um obstáculo cem ou mil vezes mais alto. Não precisava de ganchos ou cordas; a natureza a equipara para aquilo. O chão à sua frente exalava um odor que fora deixado ali havia pouco, decerto por outro batedor do seu clã. A trilha levaria a alimento; quase sempre isso acontecia. O alimento apareceria espontaneamente. Batedores o localizavam e marcavam a trilha. Ela e suas companheiras o traziam. Às vezes o alimento era uma criatura parecida com ela; às vezes era um grumo amorfo ou cristalino. De vez em quando era tão grande que exigia o trabalho de muitas de seu clã a fim de transportá-lo para casa, carregando-o e o empurrando sobre as lâminas dobradas. Ela estalou as mandíbulas, na expectativa.

"O que mais me preocupa", prosseguiu Ellie, "é o contrário, a possibilidade de que eles *não* estejam tentando. Poderiam comunicar-se conosco, tudo bem, mas não o fazem porque não veem nenhum sentido nisso. É como..." Ellie olhou para a beirada da toalha que haviam estendido sobre a grama. "...como as formigas. Elas ocupam o mesmo espaço que nós. Têm muito o que fazer, coisas com que se ocuparem. Num determinado nível, têm plena percepção do ambiente em que se acham. Mas nós não tentamos nos comunicar com elas. Por isso, não creio que elas tenham a mais remota ideia de que existimos."

Uma formiga grande, mais ativa que suas companheiras, havia subido para cima da toalha e seguia resolutamente ao longo da diagonal de um dos quadrados vermelhos e brancos. Suprimindo uma leve pontada de asco, Ellie deu-lhe um piparote que a mandou de volta à grama — onde era seu lugar.

# 3. RUÍDO BRANCO

> *Doces são as melodias que se ouvem; mas as não ouvidas são ainda mais doces.*
> John Keats, "Ode sobre uma urna grega" (1820)

> *As mais cruéis mentiras são, muitas vezes, ditas em silêncio.*
> Robert Louis Stevenson, *Virginibus puerisque* (1881)

*Os pulsos vinham percorrendo, havia anos, o imensurável abismo entre as estrelas. Vez por outra, interceptavam uma nuvem irregular de gás e poeira, e um pouco da energia era absorvida ou dispersada. O restante prosseguia na direção original. À frente deles havia um débil fulgor amarelado, cujo brilho aumentava aos poucos entre as demais luzes inflexíveis. Ainda que para olhos humanos não passasse de um ponto, era o objeto mais brilhante no espaço negro. Os pulsos estavam encontrando um enxame de gigantescas bolas de neve.*

UMA MULHER ESBELTA, em seus trinta e tantos anos, entrou no edifício administrativo do Programa Argus. Os olhos, grandes e bem separados, suavizavam a estrutura óssea angulosa de seu rosto. Os cabelos escuros e compridos estavam presos na nuca por uma fivela de tartaruga. Vestida com blusa de linha e saia cáqui, seguiu por um corredor no primeiro andar e entrou por uma porta na qual se lia "E. Arroway, diretora". No momento em que retirou o polegar da fechadura dactiloscópica, um observador atento poderia ter reparado em sua mão direita um anel com uma pedra vermelha, estranhamente leitosa, engastada de maneira amadorística. Depois de acender uma lâmpada de mesa, ela procurou numa gaveta, dela tirando finalmente um par de fones de ouvido. Ao lado de sua mesa, mal iluminada, havia uma citação das *Parábolas* de Franz Kafka:

*Possuem as Sereias arma ainda mais fatal*
*que seu canto: o silêncio...*
*É concebível que alguém possa ter escapado*
*às suas canções;*
*mas de seu silêncio, decerto jamais.*

Apagando a lâmpada com um movimento da mão, ela caminhou para a porta na semiobscuridade.

Na sala de controle, verificou rapidamente que tudo estava em ordem. Pela janela, podia ver alguns dos 131 radiotelescópios que se estendiam por dezenas de quilômetros no deserto do Novo México, como uma estranha espécie de flor mecânica voltada para o céu. Passava pouco do meio-dia e ela ficara acordada até tarde na noite anterior. A radioastronomia pode ser realizada durante o dia, pois o ar não dispersa as ondas de rádio provenientes do Sol, como faz com a luz visível. Para um radiotelescópio apontado para qualquer parte do firmamento, a não ser para muito perto do Sol, o céu é negro como breu. Ele capta apenas as fontes de rádio.

Do outro lado da atmosfera terrestre, do outro lado do céu, há um universo fervilhante de radioemissão. Estudando as ondas de rádio, pode-se aprender sobre os planetas, as estrelas e as galáxias, sobre a composição das grandes nuvens de moléculas orgânicas que vagueiam entre as estrelas, sobre a origem, a evolução e o destino do universo. Entretanto, todas essas emissões de rádio são naturais — são causadas por processos físicos, por elétrons que giram no campo magnético interestelar, por moléculas que colidem umas com as outras ou ainda pelos ecos remotos da Grande Explosão, desviados para o vermelho —, desde os raios gama da origem do universo até as dóceis e gélidas ondas de rádio que preenchem todo o espaço em nossa época.

Durante as poucas décadas em que os seres humanos vinham praticando a radioastronomia, nunca se recebera um sinal verdadeiro das profundezas do espaço, alguma coisa fabricada, artificial, construída por uma mente diferente da nossa. Já houvera alarmes falsos. A variação regular, no tempo, da radioemissão dos quasares e, principalmente, dos pulsares havia sido a princípio considerada — de maneira tímida, temerosa — uma espécie de sinal emitido por outros seres, ou talvez um farol de radionavegação para naves exóticas que singrassem os espaços entre as estrelas. No entanto, descobrira-se que eram outra coisa — tão exótica, quem sabe, como sinais de seres pensantes no céu estrelado. Os quasares pareciam ser tremendas fontes de energia, talvez relacionadas a colossais buracos negros nos centros de galáxias, e muitos deles remontavam a mais da metade do tempo de existência do universo. Os pulsares são núcleos atômicos, em rápida rotação, do tamanho de uma cidade. E houvera ainda outras mensagens, substanciosas e enigmáticas, que com efeito eram inteligentes, mas não muito extraterrestres. Os céus estavam agora pontilhados de secretos sistemas militares de radar e satélites de comunicação que se achavam fora do alcance da grande maioria dos radioastrônomos civis. Às vezes se comportavam como verdadeiros bandidos, não atentando para os acordos internacionais de telecomunicações. Não existiam apelações nem punições. De vez em quando, todas as nações negavam responsabilidade. Mas nunca houvera um sinal genuíno emitido por extraterrestres.

E no entanto a origem da vida parecia agora ser de explicação tão fácil — e existiam tantos sistemas planetários, tantos mundos e tantos bilhões de anos disponíveis para a evolução biológica — que era difícil acreditar que a vida e a inteligência não pululassem na galáxia. O Projeto Argus era a maior instalação, em todo o mundo, devotada à pesquisa de inteligência extraterrestre através do rádio. As ondas de rádio viajavam à velocidade da luz, que parecia ser a velocidade máxima possível no universo. Eram fáceis de ser geradas e detectadas. Até mesmo civilizações tecnológicas muito atrasadas, como a da Terra, deviam tropeçar no rádio logo no início da exploração do mundo físico. Mesmo com a rudimentar tecnologia de rádio disponível — fazia somente algumas décadas que fora inventado o radiotelescópio —, era possível a comunicação com uma civilização idêntica no centro da galáxia. Contudo, tantos eram os lugares no céu a serem examinados, e tantas as frequências em que uma civilização extraterrestre poderia estar transmitindo, que se fazia necessário um programa paciente e sistemático de observação. Fazia mais de quatro anos que o Projeto Argus funcionava a pleno vapor. Tinha havido defeitos de instrumentação, brincadeiras, rebates falsos, esperanças. Mas nada de mensagens.

"Boa tarde, dra. Arroway."

O engenheiro sorriu-lhe amistosamente, e ela respondeu com um aceno. Todos os 131 telescópios do Projeto Argus eram controlados por computadores. Por si só, o sistema varria lentamente o céu, verificando se não havia defeitos mecânicos ou eletrônicos, comparando os dados fornecidos por diferentes elementos da bateria de telescópios. A dra. Arroway dirigiu o olhar para o analista de 1 bilhão de canais, um banco de circuitos eletrônicos que cobria toda uma parede, e para a imagem visual do espectrômetro.

Na verdade, não sobrava para os astrônomos e técnicos muito o que fazer enquanto o conjunto de telescópios varria vagarosamente o céu, ano após ano. Se detectava alguma coisa de interesse, automaticamente fazia soar um alarme, chamando os cientistas de noite em suas camas, se houvesse necessidade. Se isso acontecia, a dra. Arroway se apressava a determinar se a causa era alguma falha de instrumentos ou uma engenhoca espacial americana ou soviética. Ao lado dos engenheiros, imaginava meios de melhorar a sensibilidade do equipamento. Havia alguma configuração constante, alguma regularidade na emissão? Ela desviava alguns dos radiotelescópios para o exame de objetos astronômicos exóticos, descobertos recentemente por outros observatórios. Ajudava os integrantes do quadro e os visitantes em projetos não relacionados com a PIET. Viajava a Washington a fim de fazer com que o órgão que lhe fornecia verbas, a Fundação Nacional de Ciências, se mantivesse interessado. Dava algumas palestras públicas sobre o Projeto Argus — no Rotary Club de Socorro ou na Universidade do Novo

México, em Albuquerque —, e de vez em quando recebia um jornalista diligente que chegava, muitas vezes sem ser anunciado, àqueles confins do Novo México.

Ellie tinha de tomar cuidado para não ser tragada pelo tédio. Seus colegas de trabalho eram simpáticos, mas — mesmo excluindo-se a impropriedade de uma estreita relação pessoal com um profissional que nominalmente lhe estava subordinado — ela não se sentia atraída a estabelecer verdadeiras ligações afetivas. Houvera alguns relacionamentos breves, ardentes porém passageiros, com homens do lugar, não ligados ao Argus. Também nessa área de sua vida, uma espécie de cansaço, de lassidão, a invadira.

Sentou-se diante de uma das mesas e colocou os fones de ouvido. Era futilidade e presunção, sabia, imaginar que ela, operando em um ou dois canais, fosse detectar uma configuração se o vasto sistema de computação, que monitorava 1 bilhão de canais, não o fizera. No entanto, isso lhe proporcionava a modesta ilusão de ser útil. Recostou-se, com os olhos semicerrados e uma expressão quase sonhadora envolvendo-lhe os contornos do rosto. Ela é realmente linda, o técnico permitiu-se pensar.

Como de hábito, Ellie ouviu uma espécie de estática, um contínuo ruído aleatório ressonante. Certa vez, enquanto escutava uma parte do céu que incluía a estrela AC + 79 3888, em Cassiopeia, tivera a impressão de ouvir uma espécie de canto sedutor, que sumia e voltava, mas que não chegou a convencê-la de que houvesse realmente alguma coisa ali. Era rumo àquela estrela que a nave *Voyager I*, então na vizinhança da órbita de Netuno, acabaria por seguir. A nave transportava um disco fonográfico de ouro, no qual estavam registradas saudações, fotografias e canções da Terra. Estariam eles, porventura, enviando-nos seus cantos à velocidade da luz, enquanto nós lhes mandávamos os nossos com um milésimo dessa velocidade? Em outros momentos, como agora, quando a estática patentemente carecia de regularidade, ela recordava o famoso axioma de Shannon sobre a teoria da informação: a mensagem codificada de maneira mais eficiente era indistinguível do ruído se o receptor não dispusesse, de antemão, da chave para a decodificação. Rapidamente, ela mexeu em alguns botões na mesa à sua frente, cotejando entre si duas das frequências de banda estreita. Nada. Prestou atenção aos dois planos de polarização das ondas de rádio, e depois ao contraste entre a polarização linear e a circular. Havia 1 bilhão de canais entre os quais escolher. Poder-se-ia passar a vida toda tentando competir com o computador, escutando com os ouvidos e o cérebro humanos, pateticamente limitados, em busca de uma regularidade.

Os seres humanos estão bem equipados, ela sabia, para discernir regularidades sutis que realmente existem; mas tendem também a imaginá-las onde se acham inteiramente ausentes. Sobrevinha às vezes uma ou outra sequência de pulsos, como se a estática ganhasse forma, que por um instante produziam um ritmo sincopado ou uma breve melodia. Ellie comutou para um par de radiotelescópios orientados para uma conhecida fonte galáctica de rádio. Ouviu um glissando descendente nas radiofrequências, um "assovio" em razão da dispersão das ondas de rádio por elétrons no tênue gás interestelar entre a fonte de rádio e a Terra. Quanto mais pronunciado era o glissando, mais elétrons se interpunham e mais distante estava a fonte da Terra. Ela havia feito isso com tamanha frequência que, só por ouvir um desses silvos pela primeira vez, era capaz de fazer uma avaliação exata de sua distância. Aquela, calculou, devia localizar-se a aproximadamente mil anos-luz — muito além do aglomerado de estrelas próximas, mas ainda perfeitamente dentro dos limites da grande galáxia da Via Láctea.

Ellie retornou à modalidade de varredura celeste do Projeto Argus. Nenhuma regularidade. Era como se um músico prestasse atenção ao ronco de uma tormenta distante. Os ocasionais retalhos de regularidade a atormentavam e se intrometiam em sua memória com tanta insistência que às vezes ela era forçada a recorrer às fitas gravadas de determinada observação a fim de conferir se havia alguma coisa que seu cérebro tivesse captado e que passara despercebida aos computadores.

Durante toda a sua vida, os sonhos tinham sido seus amigos.

Em geral eram sonhos pormenorizados, bem estruturados, vívidos. Ela via bem de perto o rosto do pai ou a parte traseira de um velho receptor de rádio, e o sonho lhe oferecia pormenores visuais completos. Sempre fora capaz de recordar seus sonhos, até as menores minúcias, a não ser sob pressão extrema, como antes de fazer a exposição oral de sua tese de doutorado ou quando ela e Jesse estavam se separando. Agora, entretanto, enfrentava dificuldades para relembrar as imagens de seus sonhos. E, desconcertantemente, começou a sonhar com sons, como as pessoas cegas de nascença. Nas primeiras horas da manhã seu inconsciente gerava um tema ou cantilena que ela nunca havia escutado. Ellie acordava, dava uma ordem audível à luz em sua mesinha de cabeceira, pegava a caneta deixada ali de propósito, riscava um pentagrama e anotava a melodia no papel. De quando em vez, após um estafante dia de trabalho, ela a reproduzia no gravador e se punha a imaginar se a teria ouvido em Ofiúco ou em Capricórnio. Pesarosamente, admitia para si mesma que estava sendo perseguida pelos elétrons e pelos buracos móveis que habitam os sintonizadores e os amplificadores, bem como pelas partículas carregadas e pelos campos magnéticos do frio e tênue gás entre as estrelas que cintilam a distância.

Era uma nota única, reiterada, aguda e áspera em suas bordas. Levou um momento para reconhecê-la. A seguir, teve certeza de que fazia 35 anos que não a escutava. Era a polia metálica do varal, que rangia a cada vez que sua mãe dava um puxão e punha outro avental recém-lavado para secar ao sol. Quando menina, adorava ver aquele batalhão de prendedores de roupas em marcha; e quando não havia ninguém por perto, enterrava o rosto nos lençóis que tinham acabado de secar. O cheiro, a um só tempo doce e cáustico, a encantava. Estaria agora sentindo uma exalação daquele odor? Lembrou-se de si mesma rindo, afastando-se dos lençóis em passos vacilantes, enquanto a mãe, com um movimento gracioso, a erguia — até o céu, parecia — e a carregava dali na dobra do braço, como se ela própria fosse uma trouxinha de roupas a serem arrumadas com capricho na cômoda do quarto dos pais.

\* \* \*

"Dra. Arroway? Dra. Arroway?" O técnico olhava para suas pálpebras trêmulas e lhe observava a respiração leve. Ellie piscou duas vezes, retirou os fones e lhe dirigiu um sorriso de desculpa. Às vezes seus colegas tinham de falar muito alto para serem ouvidos, por causa do ruído amplificado das emissões cósmicas. Por sua vez, ela compensava o volume do ruído — detestava remover os fones de ouvido para conversas breves — gritando também. Quando se achava suficientemente preocupada, uma casual troca de amenidades pareceria a um observador inexperiente o fragmento de uma discussão feroz e imotivada que houvesse surgido inesperadamente no silêncio do vasto radiobservatório. Agora, entretanto, ela disse apenas: "Desculpe. Acho que cochilei".

"O dr. Drumlin está ao telefone. Está no escritório de Jack e disse que tem um encontro marcado com a senhora."

"Santo Deus, esqueci."

Com o passar dos anos, o brilhantismo do dr. Drumlin permanecera inabalável, mas nele se notavam várias idiossincrasias não demonstradas quando Ellie fora orientada por ele, durante algum tempo, na Cal Tech. Por exemplo, ele adquirira agora o hábito embaraçoso de verificar, quando não se julgava observado, se estava com a braguilha aberta. À medida que passava o tempo, ele se tornava cada vez mais convicto de que os extraterrestres não existiam, ou ao menos que eram demasiado raros ou se achavam distantes demais para serem detectados. Tinha vindo ao Argus a fim de proferir a palestra científica semanal. Ellie, porém, descobriu que sua visita tinha também outra finalidade. Drumlin escrevera uma carta à Fundação Nacional de Ciências, na qual recomendava que o Argus interrompesse sua pesquisa de inteligência extraterrestre e se dedicasse em tempo integral a uma radioastronomia mais convencional. Tirou-a de um bolso interno e insistiu com Ellie para que a lesse.

"Mas só estamos trabalhando nisso há quatro anos e meio. Examinamos menos de um terço do céu setentrional. Este é o primeiro levantamento capaz de estudar todo o mínimo de ruído de rádio nos comprimentos de banda ideais. Por que haveríamos de parar agora?"

"Não, Ellie, isso é interminável. Daqui a doze anos você continuará sem encontrar sinal algum. Você argumentará então que um outro observatório Argus tem de ser construído, a um custo de centenas de milhões de dólares, na Austrália ou na Argentina, a fim de observar o céu meridional. E, quando isso fracassar, você há de falar na construção de um paraboloide com um alimentador em queda livre, em órbita terrestre, a fim de captar ondas milimétricas. Você sempre será capaz de imaginar algum tipo de observação que não tenha sido realizado. Sempre inventará uma explicação para o fato de os extraterrestres gostarem de transmitir em algum lugar onde não olhamos."

"Ah, Dave, já discutimos isso centenas de vezes. Se fracassarmos, teremos aprendido alguma coisa sobre a raridade da vida inteligente... ou pelo menos da vida inteligente que pensa como nós e deseja comunicar-se com civilizações atrasadas como a nossa. E, se tivermos êxito, tiramos a sorte grande. Não se pode imaginar descoberta mais importante."

"Há projetos de primeira linha para os quais não existe disponibilidade de observatórios. Muita gente está estudando a evolução dos quasares, os pulsares binários, as cromosferas de estrelas próximas e até aquelas loucas proteínas interestelares. Esses projetos estão esperando na fila porque este observatório aqui, que é o mais completo do mundo, está sendo utilizado quase só para a PIET."

"Setenta e cinco por cento para a PIET, Dave, e 25 por cento para a radioastronomia de rotina."

"Não diga que é de rotina. Temos possibilidade de pesquisar a época em que as galáxias se formavam, ou talvez uma época bem anterior. Podemos examinar os núcleos de nuvens moleculares gigantes e os buracos negros nos centros das galáxias. Estamos na iminência de uma revolução na astronomia, e você está atrapalhando."

"Dave, procure não levar as coisas para o lado pessoal. Se

não existisse apoio público para a PIET, o Argus nunca teria sido construído. A ideia do Argus não foi minha. Você sabe que me escolheram como diretora quando os últimos quarenta pratos ainda estavam em construção. A FNC apoia inteiramente..."

"Não inteiramente, e não dará apoio algum se eu puder fazer alguma coisa. Isso é exibicionismo. É uma concessão a esses doidos que vivem atrás de OVNIs, às revistas em quadrinhos e a adolescentes de miolo mole."

A essa altura, Drumlin estava simplesmente gritando, e Ellie se sentiu irresistivelmente tentada a silenciá-lo. Devido à natureza de seu trabalho e à sua posição no mundo científico, via-se constantemente em situações nas quais era a única mulher presente, com exceção das que serviam café ou faziam transcrições estenográficas. Apesar de todo o esforço de Ellie, ainda havia um bando de cientistas do sexo masculino que só falavam entre si, insistiam em interrompê-la e não levavam em conta, quando possível, o que ela dizia. Ocasionalmente, surgiam aqueles que, como Drumlin, demonstravam aberta antipatia. Mas ao menos ele a estava tratando como tratava muitos homens. Drumlin era imparcial em suas invectivas, distribuindo-as igualmente entre cientistas de ambos os sexos. Dentre os colegas de Ellie do sexo masculino, eram raros os que não mostravam canhestras mudanças de personalidade na presença dela. Devia passar mais tempo com eles, pensou. Pessoas como Kenneth der Heer, o biólogo molecular do Instituto Salk, que recentemente fora nomeado consultor de ciências da presidência. E Peter Valerian, é claro.

A impaciência de Drumlin com o Projeto Argus, sabia Ellie, era partilhada por muitos astrônomos. Passados os dois primeiros anos, uma espécie de melancolia tinha se infiltrado no observatório. Havia debates acalorados, na cantina ou durante as longas e arrastadas vigílias, sobre as intenções dos supostos extraterrestres. Não podíamos adivinhar até onde eram diferentes de nós. Já era bastante difícil adivinhar as intenções dos deputados em Washington. Quais seriam as intenções de seres fundamentalmente diferentes, que viviam em mundos fisicamente diversos, a centenas ou milhares de anos-luz? Alguns acreditavam que o sinal não seria sequer transmitido no espectro de rádio, mas sim no espectro infravermelho ou no visível, ou ainda em alguma frequência dos raios gama. Ou quem sabe os extraterrestres não estivessem enviando sinais frenéticos, mas com uma tecnologia que só poderíamos entender daqui a mil anos?

Astrônomos de outras instituições estavam realizando descobertas extraordinárias entre as estrelas e galáxias, detectando os objetos que, por este ou aquele mecanismo, geravam intensas ondas de rádio. Outros radioastrônomos publicavam teses científicas, compareciam a congressos, eram incentivados por uma sensação de fazerem progresso e terem objetivos definidos. Os astrônomos do Argus tendiam a não publicar coisa alguma e eram, em geral, esquecidos quando da distribuição de convites para a apresentação de trabalhos na reunião anual da Sociedade Astronômica americana ou para os simpósios e sessões plenárias trienais da União Astronômica Internacional. Por isso, com a anuência da Fundação Nacional de Ciências, a direção do Argus reservara 25 por cento do tempo de observação para projetos desvinculados da pesquisa de inteligência extraterrestre. Haviam feito algumas descobertas importantes: sobre objetos extragalácticos que pareciam, paradoxalmente, mover-se mais depressa que a luz; sobre a temperatura superficial de Tritão, a grande lua de Netuno; e sobre a matéria escura dos limites externos de galáxias próximas, onde não se viam estrelas. O moral começou a melhorar. O pessoal do Argus começou a sentir que estava dando uma contribuição efetiva à vanguarda da astronomia. O prazo para a conclusão de uma pesquisa completa do céu havia sido ampliado; agora, entretanto, suas carreiras profissionais contavam com certa proteção. Talvez não lograssem êxito em captar sinais enviados por outros seres inteligentes, mas poderiam arrancar outros segredos do tesouro da natureza.

A pesquisa de inteligência extraterrestre — em toda parte abreviada como PIET, exceto por aqueles que, com mais otimismo ainda, falavam de comunicação com inteligência extraterrestre (CIET) — constituía-se, essencialmente, de uma rotina de observação, o tedioso prato de resistência para o qual a maior parte do observatório fora construída. Entretanto, durante um quarto do tempo se podia utilizar o mais poderoso conjunto de radiotelescópios do planeta para outros projetos. Bastava ter paciência para chegar ao fim da parte enfadonha. Uma pequena parcela de tempo também fora reservada para astrônomos de outras instituições. Embora o moral tivesse melhorado perceptivelmente, havia muitos que concordavam com Drumlin; olhavam com inveja o milagre tecnológico representado pelos 131 radiotelescópios do Argus e imaginavam usá-los para seus próprios programas, sem dúvida meritórios. Ora ela procurava argumentar com Dave, ora discutia com ele, mas de nada adiantava. Ele não se achava com boa disposição para conversar.

A palestra de Drumlin era, em parte, uma tentativa de demonstrar que não existiam extraterrestres em parte alguma. Se havíamos realizado tanto em apenas alguns milhares de anos de alta tecnologia, perguntou ele, o que uma espécie verdadeiramente avançada poderia ser capaz de fazer? Teriam meios de mover estrelas, dar nova configuração a galáxias. No entanto, em toda a astronomia não existia nenhum indício de um fenômeno que não pudesse ser explicado por processos naturais, para o qual fosse preciso recorrer à inteligência extraterrestre. Por que o Argus não tinha detectado até então um sinal de rádio? Por acaso imaginavam um único transmissor de rádio em todo o céu? Percebiam quantos bilhões de estrelas já haviam examinado? A experiência era meritória, mas se esgotara. Não precisavam examinar o restante do céu. A resposta já fora dada. Nem no espaço mais profundo, nem nas proximidades da Terra havia sinal algum de extraterrestres. Eles não existiam.

No período dedicado às perguntas, um dos astrônomos do Argus se referiu à Hipótese do Zoológico, a ideia de que, com efeito, os extraterrestres existiam, mas preferiam não tornar sua presença conhecida, a fim de ocultar aos seres humanos o fato de haver outros seres inteligentes no cosmo — da mesma forma como um especialista em comportamento de primatas poderia desejar observar um bando de chimpanzés na selva, mas sem interferir em suas atividades. Em resposta, Drumlin fez uma pergunta diferente: seria provável que, com 1 milhão de civilizações na galáxia — o número que, segundo ele, era "a bandeira" do Argus —, não houvesse um único caçador furtivo? Como explicar que todas as civilizações da galáxia obedecessem à ética da não interferência? Seria provável que nenhuma delas se intrometesse nos negócios da Terra?

"Acontece que na Terra", replicou Ellie, "os caçadores furtivos e os guardas-florestais dispõem mais ou menos dos mesmos níveis de tecnologia. Mas se o guarda-florestal goza de uma vantagem indiscutível, como, por exemplo, radares e helicópteros, nesse caso os caçadores furtivos não têm o que fazer."

A observação foi recebida com satisfação por alguns integrantes do quadro do Argus, mas Drumlin disse apenas: "Você está exagerando, Ellie, está exagerando".


Quando desejava espairecer, Ellie tinha o costume de fazer longos passeios, sozinha, em seu Thunderbird conversível modelo 1958, cuidadosamente conservado, que constituía sua única extravagância. Muitas vezes ela deixava a capota em casa e disparava pelo deserto à noite, com as janelas abaixadas e os cabelos escuros ao vento. Com o passar dos anos, ao que parecia, viera a conhecer todas as cidadezinhas empobrecidas, todos os tabueiros e morros isolados, todos os patrulheiros rodoviários do sudoeste do Novo México. Depois de um período noturno de observação, ela adorava passar correndo pela guarita do Argus (isso antes de ser construída a cerca de proteção contra ciclones), mudando as marchas rapidamente e seguindo para o norte. Em torno de Santa Fé, viam-se às vezes os primeiros clarões da madrugada sobre os montes Sangre de Cristo. (Por que razão uma religião, perguntava-se Ellie, tendia a chamar os lugares de sangue, coração, corpo ou pâncreas de sua figura mais sagrada? E por que nunca o cérebro, entre outros órgãos importantes, mas nunca celebrados?)

Dessa vez ela rumou para sudeste, na direção dos montes Sacramento. Dave teria razão? Seria possível que a PIET e o Argus fossem uma espécie de delírio coletivo de alguns astrônomos insuficientemente objetivos? Seria verdade que, não importa quantos anos transcorressem sem uma mensagem, o projeto prosseguiria, sempre inventando uma nova estratégia para a civilização transmissora, concebendo continuamente uma instrumentação nova e dispendiosa? Qual seria o sinal convincente do fracasso? Quando estaria ela disposta a desistir e se voltar para alguma coisa mais segura, com resultados mais garantidos? No Japão, o Observatório Nobeyama havia acabado de anunciar a descoberta da adenosina, uma complexa molécula orgânica, um dos componentes do DNA, numa densa nuvem molecular. Era evidente que ela poderia prestar uma contribuição útil se procurasse no espaço moléculas relacionadas com a vida, mesmo que para isso tivesse de renunciar à pesquisa de inteligência extraterrestre.

Chegando ao alto da serra, Ellie olhou para o sul e vislumbrou no horizonte a constelação do Centauro. Naquelas estrelas, os antigos gregos tinham visto uma criatura quimérica, metade homem, metade cavalo, que havia ensinado a sabedoria a Zeus. No entanto, Ellie jamais conseguira discernir nelas nenhum desenho que remotamente lembrasse um centauro. Era de Alpha Centauri, a estrela mais brilhante da constelação, que ela gostava. Aquela era a estrela mais próxima da Terra, de que distava apenas quatro e meio anos-luz. Na verdade, Alpha Centauri era um sistema triplo, formado por dois sóis que giravam, bem próximos, um ao redor do outro, além de um terceiro, mais afastado, que girava em torno de ambos. Vistas da Terra, as três estrelas se juntavam, formando um único ponto de luz. Em noites particularmente claras, como aquela, ela às vezes conseguia ver Alpha Centauri pairando sobre algum ponto do México. Outras vezes, quando o ar estava carregado de poeira do deserto, após vários dias consecutivos de tempestades de areia, ela subia às montanhas para obter um pouco de altitude e transparência atmosférica, descia do carro e fitava o sistema estelar mais próximo. Embora fosse difícil detectá-los, era possível que existissem planetas ali. Alguns poderiam estar girando ao redor de qualquer um dos três sóis. Uma órbita mais interessante, com razoável estabilidade em termos de mecânica celeste, seria uma figura em forma de oito, contornando os dois sóis interiores. Como alguém se sentiria, imaginou Ellie, vivendo num mundo com três sóis no céu? Provavelmente faria mais calor do que no Novo México.

A estrada asfaltada, com duas pistas, notou Ellie com um ligeiro estremecimento, estava ladeada de coelhos. Já os vira anteriormente, sobretudo quando seus passeios a tinham levado até o oeste do Texas. Apoiavam-se sobre as quatro patas, nos acostamentos; mas no instante em que um deles era momentaneamente iluminado pelos novos faróis de quartzo do Thunderbird, levantava-se nas patas traseiras, transfixado, com as patas dianteiras pendentes. Durante quilômetros ela foi, por assim dizer, homenageada por uma guarda de honra de coelhos silvestres em posição de sentido, enquanto corria pela noite. Levantavam o olhar, e eram mil focinhos rosados que se contraíam, 2 mil olhos vermelhos luzindo na escuridão, no momento em que aquela aparição se precipitava sobre eles.

Talvez seja uma espécie de experiência religiosa, pensou Ellie. Aqueles coelhos pareciam jovens, na maioria. Talvez nunca tivessem visto faróis de automóveis. Pensando bem, era uma coisa espantosa, dois feixes intensos de luz avançando a 130 quilômetros por hora. Apesar de haver milhares de coelhos ladeando a estrada, parecia que nunca um deles se postava no meio dela, nunca se via um borrão saindo do caminho, nunca aparecia um corpo morto estendido sobre o asfalto. Afinal, por que se alinhavam ao longo do acostamento? Talvez a explicação estivesse na temperatura do asfalto, pensou Ellie. Ou talvez só estivessem mordiscando as ervas próximas e sentissem curiosidade pelas luzes brilhantes que se aproximavam. Mas seria razoável que jamais algum deles desse uns poucos saltos para visitar seus primos do outro lado da estrada? Que pensavam que fosse a estrada? Uma presença alienígena próxima a eles, de função inima-

*61*

ginável, construída por criaturas que a maioria deles nunca vira? Ellie duvidava de que algum daqueles coelhos chegasse a se ocupar com tais conjecturas.

O sibilar dos pneus na estrada era uma espécie de ruído branco, e Ellie percebeu que, involuntariamente, estava — também ali — em busca de uma regularidade audível. Adquirira o hábito de prestar muita atenção a várias fontes de ruído branco: o motor da geladeira de noite, ligando-se e desligando-se automaticamente; a água que caía do chuveiro; a lavadora, quando ela punha a roupa para lavar na pequena área ao lado da cozinha; o ronco do mar durante uma breve excursão à ilha de Cozumel, perto da península do Yucatán, que ela abreviou devido à impaciência para voltar ao trabalho. Ellie prestava atenção a essas fontes cotidianas de ruídos aleatórios e procurava determinar se havia nelas menos regularidades aparentes do que na estática interestelar.

Estivera em Nova York em agosto para uma reunião da URSI (abreviação francesa para a International Scientific Radio Union). As linhas de metrô eram perigosas, tinham-na avisado, mas o ruído branco era irresistível. No plac-ti-plac do trem subterrâneo, ela julgara ter percebido uma regularidade, e resolutamente deixara de lado meio dia de reuniões para viajar da rua 34 até Coney Island, voltando ao centro de Manhattan e, baldeando para outra linha, indo até o distante Queens. Mudou de trem numa estação em Jamaica, e depois voltou, um pouco afogueada e sem fôlego (afinal, pensou ela, era um dia quente de agosto), ao hotel em que se realizava a convenção. Às vezes, quando o trem fazia uma curva mais fechada, as lâmpadas do carro se apagavam e ela via uma sucessão regular de luzes, de fulgor azulado, passando velozmente, como se ela se encontrasse num impossível veículo interestelar hiper-relativístico, zunindo através de um aglomerado de jovens supergigantes azuis. Depois, quando o trem entrava numa reta, as luzes interiores se acendiam de novo, e ela novamente ganhava consciência do cheiro acre, dos sacolejões de passageiros em pé a seu lado, das pequeninas câmeras de televisão (metidas em gaiolas protetoras e posteriormente inutilizadas por jatos de tinta em spray), do mapa multicor estilizado que mostrava todo o sistema de transporte subterrâneo de Nova York, do guincho estridente dos freios quando o veículo parava numa estação.

Aquilo era um tanto excêntrico, sabia. Mas sempre tivera uma imaginação ativa. Tudo bem, talvez fosse um pouco compulsiva com relação a ruídos, mas isso não fazia mal algum. Ninguém parecia notar aquilo. De qualquer forma, tinha relação com seu trabalho. Nesse caso, talvez ela pudesse deduzir as despesas de sua viagem a Cozumel do imposto de renda, por causa do barulho das ondas. É, talvez estivesse ficando obsessiva mesmo.

Percebeu, com um sobressalto, que havia chegado à estação do Rockefeller Center. Enquanto saía rapidamente, caminhando sobre uma porção de jornais abandonados no chão, uma manchete do *News-Post* lhe chamou a atenção: "GUERRILHEIROS TOMAM RÁDIO DE JOBURG". Se gostamos deles, são defensores da liberdade, pensou Ellie. Se não gostamos, são terroristas. Se ocorre o caso improvável de não termos ideia formada, temporariamente são apenas guerrilheiros. Num pedaço de jornal perto dali, havia uma grande fotografia de um homem rubicundo e confiante, com uma manchete: "COMO ACABARÁ O MUNDO? TRECHOS DO NOVO LIVRO DO REV. BILLY JO RANKIN. ESTA SEMANA. EXCLUSIVO PARA O *news-post* ". Lera as manchetes rapidamente e logo procurou esquecê-las. Caminhando depressa no meio da multidão, rumo ao hotel onde se daria o encontro, Ellie esperava que não estivesse atrasada para a exposição de Fujita sobre projetos de radiotelescópios homomórficos.

Ao silvo dos pneus se superpunha o baque periódico das junções de pedaços da pavimentação, que tinha sido recapeada em épocas diferentes por diferentes turmas de trabalhadores. E se uma mensagem interestelar estivesse sendo recebida pelo Projeto Argus, mas com muita lentidão — um fragmento de informação por hora, digamos, ou por semana, ou por década? E se fossem murmúrios muito antigos, muito pacientes, de alguma civilização que não tivesse meio de saber que nos cansamos de identificar sinais significativos depois de transcorridos segundos ou minutos? Suponha-se que vivessem dezenas de milhares de anos. E que *faaalaaasssem muiiito deeevaaagaaar*. O Argus nunca saberia. Poderiam existir essas criaturas longevas? Teria havido na história do universo tempo suficiente para que criaturas que se reproduzissem com grande lentidão alcançassem alto nível de inteligência? Porventura a decomposição estatística das ligações químicas, a deterioração dos organismos de acordo com a Segunda Lei da Termodinâmica, não os obrigaria a se reproduzirem mais ou menos com a mesma frequência dos seres humanos? E a terem um tempo de vida semelhante ao nosso? Ou talvez eles habitassem um mundo velho e frígido, no qual até as colisões moleculares ocorressem de modo extremamente lento. Ellie imaginou um radiotransmissor, de desenho reconhecível e familiar, colocado num penhasco de metano congelado, baçamente iluminado por um distante sol anão vermelho, enquanto lá embaixo as ondas de um oceano de amoníaco se chocavam incessantemente contra a praia — gerando, incidentalmente, um ruído branco indistinguível daquele da arrebentação em Cozumel.

O contrário também era possível: criaturas que falavam rapidamente, talvez pequenos maníacos, movendo-se aos saltos e de modo agitado, capazes de transmitir uma mensagem de rádio completa — o equivalente a centenas de páginas de texto numa língua terrestre — em um nanossegundo. Evidentemente, se dispuséssemos de um radiorreceptor de banda muito estreita, teríamos de aceitar, forçosamente, a constante de tempo longo. Jamais seríamos capazes de detectar uma modulação rápida. Isso representava uma simples consequência do Teorema Integral de Fourier, relacionado de perto com o Princípio da Incerteza de Heisenberg. Assim, por exemplo, com um comprimento de banda de um quilohertz, jamais poderíamos identificar um sinal com modulação superior a um milissegundo. Captaríamos uma espécie de borrão sonoro. Os comprimentos de banda do Argus tinham menos de um hertz, de modo que, para serem captados, os transmissores tinham de modular muito lentamente, menos de um bit de informação por segundo. Modulações ainda mais lentas — digamos, que demorassem mais do que horas — podiam ser detectadas com facilidade, desde que se estivesse disposto a assestar o telescópio para a fonte durante esse tempo e desde que o observador fosse dotado de extrema paciência. Havia tantos pedaços de céu para serem examinados, tantas centenas de bilhões de estrelas para serem pesquisadas. Não era possível dedicar todo o tempo a algumas delas. Ellie temeu que, na pressa de realizarem todo o levantamento do céu num período menor que o da vida de um ser humano, de pesquisarem a totalidade do firmamento em 1 bilhão de frequências, eles houvessem abandonado tanto as criaturas que falavam velozmente como as de emissão lentíssima.

Decerto, porém, pensou ela, eles saberiam melhor do que nós quais eram as frequências moduladas aceitáveis. Já disporiam de experiência prévia em comunicação interestelar e com civilizações em via de desenvolvimento. No caso de existir uma larga faixa de velocidades de pulsação passíveis de serem adotadas pelas civilizações receptoras, a civilização transmissora certamente utilizaria toda essa faixa. Modulariam em microssegundos, modulariam em horas. Que lhes custaria isso? Teriam a seu dispor, quase todas essas civilizações, uma tecnologia excepcional e vastos recursos energéticos, pelos padrões da Terra. Se desejassem comunicar-se conosco, facilitariam as coisas. Enviariam sinais em muitas frequências diferentes. Empregariam muitas escalas temporais de modulação. Saberiam como somos atrasados e teriam pena.

Nesse caso, por que não havíamos recebido sinal algum? Seria possível que Dave tivesse razão? Não existiam civilizações extraterrestres em parte alguma? Todos aqueles bilhões de mundos seriam ermos, estéreis? Só existiriam seres inteligentes neste canto obscuro de um universo incompreensivelmente imenso? Por mais que tentasse, Ellie não conseguiu levar a sério essa possibilidade. Ela coincidia à perfeição com os medos e pretensões humanos, com doutrinas não comprovadas sobre a vida além-túmulo, com pseudociências como a astrologia. Era a encarnação moderna do solipcismo geocêntrico, a presunção que dominara nossos antepassados, a ideia de que éramos *nós* o centro do universo. Só por esse motivo, a argumentação de Drumlin era suspeita. Fazíamos força demais para acreditar nela.

Um momento, pensou Ellie. Nem sequer examinamos todo o céu setentrional uma única vez com o sistema Argus. Dentro de mais sete ou oito anos, se ainda não tivermos escutado coisa alguma, aí teremos razão para começar a nos preocupar. Este é o primeiro momento na história humana em que é possível procurar os habitantes de outros mundos. Se fracassarmos, teremos determinado alguma coisa sobre a raridade e o valor da vida em nosso planeta — e só isso, se for verdade, compensa o esforço. E, se tivermos êxito, teremos modificado a história de nossa espécie, rompido os grilhões do provincianismo. Como o que está em jogo é tão importante, vale a pena correr alguns pequenos riscos profissionais, disse Ellie a si mesma. Afastou-se do acostamento, deu uma rápida meia-volta, mudou de marcha duas vezes e acelerou o carro de volta, em direção ao observatório. Os coelhos, ainda à beira da estrada, mas agora tingidos de cor-de-rosa pelo dia que nascia, viraram os pescoços para acompanharem sua partida.

# 4. NÚMEROS PRIMOS

> *Porventura não existirão morávios na Lua, para que nem um único missionário já tenha visitado esse nosso pobre planeta pagão a fim de civilizar a civilização e cristianizar a cristandade?*
> Herman Melville, *White jacket* (1850)

> *Só o silêncio é grande; tudo mais é fragilidade.*
> Alfred de Vigny, *A morte do lobo* (1864)

*O grande vácuo negro fora deixado para trás. Os pulsos aproximavam-se agora de uma estrela anã, ordinária e amarela, e já haviam começado a se espalhar pelo séquito de mundos daquele sistema obscuro. Haviam passado, vibrando, por planetas de hidrogênio gasoso, penetrado em luas de gelo, clivado as nuvens orgânicas de um mundo gélido no qual se agitavam os elementos precursores da vida e varrido um planeta que já ultrapassara em 1 bilhão de anos o seu apogeu. Agora os pulsos batiam num mundo quente, azul e branco, que girava contra o fundo das estrelas.*

*Existia vida nesse mundo, vida em extravagante quantidade e diversificação. Havia aranhas saltadoras nos topos gelados das montanhas mais elevadas e vermes que se alimentavam de enxofre em respiradouros quentes que jorravam para o alto por cristas no leito dos oceanos. Havia seres que só podiam viver num ambiente de ácido sulfúrico concentrado, assim como seres que eram destruídos ao contato com essa substância; organismos para os quais o oxigênio era veneno, e também organismos que só logravam sobreviver com oxigênio, que na verdade o respiravam.*

*Uma forma de vida em especial, dotada de um tantinho de inteligência, se disseminara havia pouco pelo planeta. Já se aventurava a viver nos leitos dos oceanos e em órbitas de baixa altitude. Ocupava, em enxames, todos os recantos e recessos de seu pe-*

*queno planeta. A fronteira que assinalava a transição entre a noite e o dia movia-se em direção a oeste, e, acompanhando seu movimento, milhões desses seres faziam suas abluções matinais. Vestiam sobretudos e* dhotis; *ingeriam bebidas feitas de café, chá e dente-de-leão; para se locomover, utilizavam bicicletas, automóveis e bois; e pensavam em trabalhos escolares, nas perspectivas da semeadura de primavera e no destino do mundo.*

*Os primeiros pulsos da cadeia de ondas de rádio insinuaram-se pela atmosfera e pelas nuvens, atingiram o solo e foram parcialmente refletidos para o espaço. Enquanto a Terra girava sob eles, pulsos sucessivos chegavam, engolfando não só um planeta, mas todo o sistema. Cada um dos mundos interceptou uma parte pequeníssima da energia. A maior parte dela continuou em frente, sem esforço — enquanto a estrela amarela e os mundos que compunham sua comitiva mergulhavam, numa direção inteiramente diferente, nas trevas caliginosas.*

USANDO UMA JAQUETA de *dacron* com a palavra *Marauders* sobre uma bola de vôlei estilizada, o oficial de dia, que dava início ao turno da noite, aproximou-se do edifício de controle. Um grupo de radioastrônomos saía para jantar.

"Há quanto tempo vocês estão à procura de homenzinhos verdes? Já faz mais de cinco anos, não é, Willie?"

Brincaram com ele jovialmente, mas o oficial de dia captou uma ponta de implicância.

"Dá um tempo, Willie", disse o outro. "O programa de luminosidade dos quasares vai de vento em popa. Mas vai durar eternamente se só tivermos dois por cento do tempo de observação."

"Claro, Jack, claro."

"Willie, estamos investigando a origem do universo. Nosso programa também tem um objetivo da maior importância. E *nós* sabemos que existe um universo lá; e vocês não sabem se existe um único homenzinho verde."

"Fale com a dra. Arroway. Tenho certeza de que ela terá prazer em ouvi-lo", respondeu Willie com certo azedume.

O oficial de dia entrou na área de controle. Lançou uma rápida olhada para dezenas de terminais de vídeo que monitoravam o progresso da pesquisa. Tinham acabado de examinar a constelação de Hércules. Haviam perscrutado o âmago de um grande enxame de galáxias muito além da Via Láctea, o Aglomerado de Hércules, a uma distância de 100 milhões de anos-luz; tinham se voltado para a M-13, um enxame de 300 mil estrelas, pouco mais ou pouco menos, que, ligadas gravitacionalmente, moviam-se em órbita em torno da Via Láctea, a 26 mil anos-luz de distância; haviam examinado Ras Algethi, um sistema duplo, a Zeta e Lambda Herculis — algumas estrelas diferentes do Sol, outras semelhantes, mas todas próximas. A maioria das estrelas que podem ser vistas a olho nu situa-se a menos de umas poucas centenas de anos-luz da Terra. Haviam monitorado, cuidadosamente, centenas de pequenos setores do céu compreendidos na constelação de Hércules, em 1 bilhão de frequências distintas, sem nada ouvirem. Em anos anteriores tinham investigado as constelações que ficavam imediatamente a oeste de Hércules: Serpens, Corona Borealis, Boötes, Canes Venatici... mas nada haviam captado.

Alguns dos telescópios, o oficial de dia verificava, estavam dedicados a coletar alguns dados que faltavam sobre Hércules. Os restantes achavam-se apontados, com toda a precisão, para uma área adjacente do céu, a constelação logo a leste de Hércules. Alguns milhares de anos atrás, um povo do Mediterrâneo oriental a julgara semelhante a um instrumento musical de cordas, sendo associada ao herói grego Orfeu. Era a constelação da Lira.

Os computadores faziam os telescópios acompanharem as estrelas da Lira por todo o horizonte, acumulavam os fótons de rádio, conferiam a exatidão dos telescópios e processavam os dados de maneira acessível a seus operadores humanos. Até mesmo um único oficial de dia constituía certa condescendência. Passando por um vidro de caramelos duros, uma máquina automática de café, uma frase em runas fantasiosas, extraída de um livro de Tolkien pelo Laboratório de Inteligência Artificial em Stanford, e por um adesivo de automóvel que dizia "OS BURACOS

NEGROS SÃO INVISÍVEIS", Willie se aproximou do console de comando. Com um gesto de cabeça, cumprimentou o encarregado da tarde, que reunia seus apontamentos e se preparava para ir jantar. Como os dados do dia estavam convenientemente sumarizados no monitor principal, Willie não precisava perguntar sobre o progresso das horas precedentes.

"Como você vê, pouca coisa. Houve uma irregularidade puntiforme... ou pelo menos era isso que parecia ser... em 49", disse ele, apontando de modo vago na direção da janela. "O pessoal dos quasares desocupou os conjuntos 110 e 120 há mais ou menos uma hora. Parece que estão obtendo dados ótimos."

"É, ouvi dizer. Eles não compreendem..."

Willie se calou no instante em que uma luz de alarme acendeu no console. Num terminal de vídeo, marcado "Intensidade × Frequência", subia uma nítida linha vertical.

"Ei! Veja, é um sinal monocromático."

Um outro terminal, "Intensidade × Tempo", mostrava uma série de pulsos que se moviam da esquerda para a direita e saíam da tela.

"São números", disse Willie, frouxamente. "Alguém está transmitindo números."

"Deve ser uma interferência da Força Aérea. Vi um avião-radar, provavelmente da base de Kirkland, mais ou menos às quatro da tarde. Talvez estejam brincando conosco."

Tinham sido firmados acordos solenes visando à salvaguarda de ao menos algumas radiofrequências para astronomia. No entanto, exatamente porque tais frequências representavam um canal livre, de vez em quando os militares as achavam irresistíveis. Se algum dia ocorresse a guerra global, talvez os radioastrônomos fossem os primeiros a saber; nesse caso, suas janelas para o cosmo seriam inundadas por ordens dirigidas a satélites de orientação de combate e avaliação de danos, colocados em órbita geossincrônica, e pela transmissão de ordens de lançamento codificadas a postos estratégicos distantes. Mesmo na ausência de tráfego militar, como lidavam com 1 bilhão de frequências ao mesmo tempo, os astrônomos sempre esperavam alguma interferência. Relâmpagos, ignições de automóveis, satélites de transmissão direta... todas essas eram fontes de interferência. Entretanto, os computadores as identificavam, conheciam suas características e sistematicamente as deixavam de lado. No caso de sinais ambíguos, o computador os escutava com mais cuidado e verificava se não coincidiam com o inventário de dados para os quais estava programado. De vez em quando, uma aeronave de vigilância eletrônica — às vezes com um prato de radar parecido com um disco-voador preso em sua fuselagem — sobrevoava a região em missão de treinamento, e de repente o Argus detectava sinais inequívocos de vida inteligente. Sempre, entretanto, se verificava tratar-se de uma vida de natureza estranha e melancólica, inteligente mas não muito, e só um pouco extraterrestre. Alguns meses antes, um F-29E, equipado com o que havia de mais moderno em contramedidas eletrônicas, havia sobrevoado o observatório a 24 mil metros de altitude, fazendo soar os alarmes de todos os 131 telescópios. Aos olhos dos astrônomos, pouco afeitos às coisas militares, a característica da emissão fora bastante complexa para parecer, plausivelmente, a primeira mensagem de uma civilização extraterrestre. Entretanto, constataram que o radiotelescópio situado mais a oeste havia recebido o sinal nada menos que um minuto antes do situado mais a leste, e logo ficou claro que sua fonte era um objeto que percorria o estreito invólucro de ar em torno da Terra, e não uma civilização inimaginavelmente diferente, situada nas profundezas do espaço. Com toda certeza, o sinal que recebiam agora era da mesma natureza.

Os dedos de sua mão direita estavam metidos em cinco receptáculos, uniformemente separados, numa caixinha colocada sobre a mesa. Desde a invenção daquilo, pensou Ellie, ela conseguia ganhar meia hora por semana. Na verdade, entretanto, não havia muito o que fazer com essa meia hora extra.

"Estive contando tudo à sra. Yarborough. É a da cama ao lado da minha, agora que a sra. Wertheimer faleceu. Não quero contar prosa, mas sempre acabo sendo muito elogiada pelo que você tem feito."

"Sei, mamãe."

Ellie examinou o brilho das unhas e achou que precisavam de mais um minuto, talvez um minuto e meio.

"Eu estava me lembrando daquela vez na quarta série... lembra-se? Quando estava chovendo e você não quis ir à escola? Você queria que no dia seguinte eu escrevesse um bilhete dizendo que tinha faltado por doença. Mas eu me recusei a fazer isso. Eu disse: 'Ellie, você é bonita, mas a coisa mais importante que pode fazer na vida é conseguir uma boa educação. Quanto a ser bonita, a gente não pode fazer muita coisa contra ou a favor, mas você pode se esforçar por ter uma boa educação. Vá à aula. Você nunca sabe o que poderá aprender hoje'. Não foi?"

"Foi, sim, mamãe."

"Quero dizer, não foi isso que eu lhe disse?"

"Foi. Eu me lembro, mamãe."

O brilho de quatro dedos estava perfeito, mas o polegar ainda tinha um aspecto um tanto fosco.

"Por isso, peguei suas galochas e sua capa... era amarela, e você ficava linda com ela... e levei você até a escola. E não foi nesse dia que você não soube responder uma pergunta na aula de matemática? Você ficou tão zangada que foi até a biblioteca da universidade e leu sobre o assunto até saber mais a respeito dele do que o sr. Weisbrod. Ele ficou impressionado. Veio comentar comigo."

"Ele comentou com a senhora? Nunca soube disso. Quando foi que conversou com o sr. Weisbrod?"

"Numa reunião de pais e mestres. Ele me disse: 'Aquela sua filha é uma danada'. Ou qualquer coisa assim. 'Ela ficou tão furiosa comigo que se tornou especialista na coisa.' *Especialista*. Foi isso que ele disse. Tenho certeza de que lhe contei."

Os pés de Ellie estavam apoiados numa gaveta da mesa, enquanto ela se reclinava na cadeira giratória; só seus dedos na máquina esmaltadora a equilibravam. Sentiu o bip tocar quase antes de escutar o som, e sentou-se de súbito.

"Mãe, preciso ir."

"Tenho certeza de que já lhe contei essa história. É que você nunca prestava atenção ao que eu dizia. O sr. Weisbrod era um homem excelente. Você é que não prestava atenção ao lado bom dele."

"Mamãe, preciso ir mesmo. Captamos algum tipo de interferência."

"Interferência?"

"A senhora sabe, mamãe, alguma coisa que poderá ser um sinal. Já conversamos a respeito."

"Nós duas sempre estamos achando que uma não escuta o que a outra diz. Tal mãe, tal filha."

"Até logo, mamãe."

"Pode ir, mas prometa que depois vai telefonar para mim."

"Está certo, mamãe. Prometo."

Durante toda a conversa, a dependência e a solidão de sua mãe haviam causado a Ellie um desejo de pôr fim à conversa, de sair correndo. Ela se odiou por isso.

Resolutamente, entrou na área de controle e se aproximou do console principal.

"Boa noite, Willie, Steve. Vamos ver os dados. Muito bem. Onde você pôs o gráfico de amplitude? Ótimo. Tem a posição interferométrica? Certo. Vamos ver se há alguma estrela perto desse campo. Ora essa, estamos apontados para Vega. É uma vizinha bem próxima."

Seus dedos apertavam o teclado enquanto ela falava.

"Vejam, fica apenas a 26 anos-luz de distância. Já foi observada antes, sempre com resultados negativos. Eu mesma investiguei essa área em meu primeiro levantamento em Arecibo. Qual é a intensidade absoluta? Santo Deus! São centenas de *janskys*. Quase se pode captar isso com um radinho FM. Muito bem. Temos então uma interferência muito perto de Vega no plano do céu. A frequência é em torno de 9,2 gigahertz, e não muito monocromática. A largura de banda é de algumas centenas de hertz. Tem polarização linear e está transmitindo uma série de pulsos restritos a duas amplitudes diferentes."

Em resposta a seus comandos, o monitor mostrava agora a disposição de todos os radiotelescópios.

"Está sendo recebida por 116 telescópios diferentes. Evidentemente, não se trata de disfunção de um ou dois deles. Muito bem, devemos dispor então de muita linha-base temporal. O sinal está acompanhando as estrelas? Ou poderia ser algum satélite ou avião de vigilância eletrônica?"

"Posso confirmar que há movimento sideral, dra. Arroway."

"Ótimo, isso é muito convincente. A fonte não está na Terra, e provavelmente não se trata de um satélite artificial numa órbita do tipo Molniya, embora devamos checar isso. Quando puder, Willie, chame o NORAD e veja o que eles têm a dizer a respeito da possibilidade de ser um satélite. Se pudermos excluir os satélites, só restarão duas possibilidades: ou se trata de fraude ou alguém finalmente conseguiu enviar-nos uma mensagem. Steve, faça uma verificação manual. Cheque alguns radiotelescópios... a potência do sinal deve ser suficiente... e veja se há alguma possibilidade de isso ser uma fraude. Sabe como é, alguém pode estar pregando uma peça para nos mostrar como este trabalho é inútil."

Alertados por seus bips, ativados pelo computador do Argus, um punhado de outros cientistas e técnicos havia se reunido em torno do console de comando. Seus rostos estavam quase sorridentes. Nenhum deles estava pensando seriamente em uma mensagem emanada de outro mundo, mas havia no ar uma sensação de gazeta, uma quebra da tediosa rotina a que se tinham habituado, e, talvez, um ligeiro clima de expectativa.

"Se algum de vocês é capaz de imaginar outra explicação além de inteligência extraterrestre, eu gostaria de ouvir", disse Ellie.

"Não há possibilidade de ser Vega, dra. Arroway. O sistema só tem algumas centenas de milhões de anos. Seus planetas ainda se acham na fase de formação. Não houve tempo para surgir vida inteligente ali. Tem de ser alguma estrela mais atrás. Ou uma galáxia."

"Nesse caso, a potência de transmissão teria de ser impossivelmente grande", respondeu um membro do grupo de pesquisa de quasares, que voltara para ver o que estava acontecendo. "Precisamos começar imediatamente um rigoroso estudo de movimento próprio para verificar se a fonte de rádio acompanha Vega."

"Claro, você tem toda a razão, Jack", disse Ellie. "Mas há outra possibilidade. Talvez eles não se tenham desenvolvido no sistema de Vega. Talvez estejam apenas de visita."

"Também não creio. O sistema está cheio de destroços. É um sistema solar fracassado ou ainda nas primeiras etapas de evolução. Se permanecessem ali por muito tempo, a nave deles ficaria em pedacinhos."

"Nesse caso, chegaram recentemente. Ou são capazes de vaporizar meteoritos. Ou realizam manobras de evasão quando há um fragmento de destroço em rota de colisão. Ou não se encontram no plano do anel de destroços, mas em órbita polar, com o que minimizam os encontros com esses destroços. Há 1 milhão de possibilidades. Mas você está absolutamente certo. Não precisamos *adivinhar* se a fonte se localiza no sistema de Vega. Podemos verificar isso. Quanto tempo será preciso para um estudo de movimento próprio? A propósito, Steve, este não é o seu turno. Ao menos diga a Consuelo que vai chegar tarde para o jantar."

Willie, que estivera falando ao telefone num console próximo, tinha no rosto um sorriso estranho. "Bem, falei com o major Braintree, do NORAD. Ele jura de pés juntos que sua organização não dispõe de nada que seja capaz de emitir esse sinal, principalmente em nove gigahertz. É claro, eu sei que eles dizem isso todas as vezes que ligamos. De qualquer forma, ele acrescentou que não detectaram nenhuma aeronave na ascensão ou declinação retas de Vega."

"E quanto a satélites apagados?"

Havia nessa época muitos satélites "apagados", com baixas seções cruzadas de radar, destinados a orbitar em torno da Terra sem serem detectados, até o momento em que fossem necessários. Serviriam como equipamentos de reserva para a detecção de lançamentos ou para comunicações numa guerra nuclear, no caso de os satélites militares de primeira linha destinados a essas finalidades subitamente desaparecerem em ação. De vez em quando, um desses satélites apagados era detectado por um dos grandes sistemas de radar astronômicos. Todos os países negavam que tais artefatos lhes pertencessem, e surgia a especulação de que uma nave extraterrestre tivesse sido detectada na órbita da Terra. À medida que se avizinhava o Milênio, voltava a vicejar o culto dos OVNIS.

"A interferometria elimina a possibilidade de um satélite numa órbita do tipo Molniya, dra. Arroway."

"Está cada vez melhor. Vamos dar uma olhada mais atenta nesses pulsos móveis. Supondo que se trate de aritmética binária, alguém já a converteu à base 10? Sabemos qual é a sequência de números? OK, podemos calcular de cabeça... 59, 61, 67... 71... Esses números não são primos?"

Um zumbido de agitação perpassou pela sala de controle. O próprio rosto de Ellie revelou por um instante a sombra de alguma coisa muito profunda, logo substituída pela sobriedade, pelo medo de se entusiasmar demais, pelo temor de parecer tola, pouco científica.

"Muito bem. Vamos fazer uma breve recapitulação. E na linguagem mais simples possível. Por favor, corrijam se eu esquecer alguma coisa. Temos um sinal extremamente forte, não muito monocromático. Nas imediações do comprimento de banda desse sinal, as demais frequências só transmitem ruído. O sinal tem polarização linear, como se estivesse sendo transmitido por um radiotelescópio. Situa-se em torno de nove gigahertz, perto do mínimo do ruído de fundo galáctico. É o tipo certo de frequência para quem desejasse ser ouvido a grande distância. Confirmamos que a fonte apresenta movimento sideral, de modo que ela se move como se estivesse entre as estrelas; não pode ser um transmissor terrestre. O NORAD afirma que não detectou nenhum satélite, nosso ou de outro país, que coincida com a posição dessa fonte. De qualquer maneira, a interferometria exclui uma fonte na órbita da Terra.

"Steve verificou os dados na modalidade manual, e não parece que alguém, dotado de um senso de humor deformado, tenha introduzido algum programa no computador. A região do céu que estamos examinando inclui Vega, que é uma estrela anã A-zero da sequência principal. Não é exatamente como o Sol, mas está a apenas 26 anos-luz de distância e possui o cinturão de destroços estelares característico. Não possui planetas conhecidos, mas decerto poderia haver em torno de Vega planetas a respeito dos quais nada sabemos. Estamos iniciando um estudo de movimento próprio para verificar se a fonte se situa muito atrás de nossa linha de mirada para Vega, e deveremos ter uma resposta em... hum... algumas semanas, se tivermos de contar com nossos próprios meios, algumas horas se realizarmos um pouco de interferometria de longa base.

"Finalmente, o que está sendo transmitido parece ser uma longa sequência de números primos, números inteiros que só são divisíveis por si próprios e por um. Não é verossímil que algum processo astrofísico gere números primos. Por tudo isso, eu diria... quero usar de cautela, naturalmente... mas eu diria que, segundo todos os critérios imagináveis, estamos diante do que procurávamos.

"Entretanto, a ideia de que isso seja uma mensagem de criaturas que se desenvolveram em algum planeta do sistema de Vega enfrenta um problema: eles teriam de ter evoluído muito depressa. A estrela não tem mais que aproximadamente 400 milhões de anos. Trata-se de um local improvável para a existência da civilização mais próxima. Por isso, o estudo de movimento próprio é de máxima importância. Mesmo assim, eu gostaria de verificar um pouco mais a possibilidade de embuste."

"Escute", disse um dos astrônomos que investigava os quasares, e que se mantivera calado até então. Fez um gesto com o queixo na direção do horizonte, a oeste, onde um débil halo róseo mostrava inequivocamente onde caíra o Sol. "Vega vai se pôr daqui a algumas horas. Provavelmente já nasceu na Austrália. Não podemos contatar Sydney e pedir a eles que investiguem enquanto ainda a estamos vendo?"

"Boa ideia. Ainda estão no meio da tarde lá. E, trabalhando juntos, teremos linha de base suficiente. Deem-me a transcrição do sumário. Vou passá-lo por telex à Austrália, de meu escritório."

Procurando controlar-se, Ellie deixou o grupo reunido em torno dos consoles e voltou à sua sala. Fechou a porta com todo o cuidado.

"Santo Deus!", murmurou.

"Ian Broderick, por favor. Isso! Aqui é Eleanor Arroway, do Projeto Argus. É uma espécie de emergência. Obrigada, eu espero... Alô! Ian? Olhe, é possível que não seja nada, mas temos uma irregularidade aqui e queríamos que você verificasse para nós. É por volta de nove gigahertz, com um comprimento de banda de algumas centenas de hertz. Daqui a pouco vou passar os parâmetros por telex... Você já está com um alimentador em nove gigahertz no prato? Bem, estamos com sorte... Sim, Vega está bem no meio do campo de visão. E estamos recebendo uma coisa que parece ser pulsos de números primos... É isso mesmo. Está certo, espero."

Ellie pensou nesse momento, mais uma vez, em como a comunidade astronômica mundial ainda estava atrasada. Ainda não havia uma rede de computadores on-line para a determinação de dados. A importância de uma rede dessas, só para comunicações, seria...

"Escute, Ian, enquanto o telescópio está se posicionando, você poderia providenciar um gráfico de amplitude/tempo? Vamos chamar os pulsos de baixa amplitude de pontos, e os de alta amplitude, de traços. Estamos recebendo... Sim, é exatamente essa a configuração que estivemos recebendo durante a última meia hora... Talvez. Bem, é a coisa que mais parece autêntica em cinco anos, mas não paro de lembrar como os soviéticos se enganaram feio com o incidente do satélite Big Bird, por volta de 1974. Bem, pelo que sei, foi um levantamento altimétrico por radar, feito pelos Estados Unidos para orientação de mísseis Cruise... É, um trabalho de cartografia. E os soviéticos captavam as emissões em antenas onidirecionais. Não tinham como dizer de que parte do céu provinham os sinais. Tudo que sabiam era que estavam recebendo a mesma sequência de pulsos, vindos do céu, mais ou menos à mesma hora toda manhã. As Forças Armadas lhes garantiram que não era uma transmissão militar, de modo que só podia ser extraterrestre... Não, já excluímos a possibilidade de ser uma transmissão de satélite. Ian, você teria condições de acompanhar isso enquanto a fonte estiver no seu céu? Mais tarde eu lhe falo a respeito da interferometria de longa base. Vou ver se é possível conseguir que outros radiobservatórios, distribuídos de maneira mais ou menos uniforme em longitude, acompanhem a fonte até ela reaparecer aqui... Sim, mas não sei se é fácil fazer uma ligação direta para a China. Estou pensando em enviar um telegrama... Ótimo. Muito obrigada, Ian."

Ellie deteve-se à porta da sala de controle — utilizavam essa designação com consciente ironia, pois eram os computadores, em outra sala, que efetuavam praticamente todo o controle —, admirando o pequeno grupo de cientistas que conversavam animadamente, examinando com atenção os dados que apareciam no terminal de vídeo e brincando entre si sobre a natureza do sinal. Não eram pessoas elegantes, pensou ela. Não eram o que convencionalmente se consideram pessoas bonitas. Havia neles, porém, alguma coisa de inequivocamente atraente. Eram da maior competência profissional e, sobretudo no processo de descoberta, eram inteiramente absorvidos pelo trabalho. No momento em que ela se aproximou, silenciaram e a olharam, tomados de expectativa. Os numerais estavam sendo convertidos, automaticamente, da base 2 para a base 10... 881, 883, 887, 907... cada qual confirmado como um número primo.

"Willie, traga-me um mapa-múndi. E, por favor, ligue para Mark Auerbach, em Cambridge. É provável que ele esteja em casa. Passe para ele essa mensagem, que deverá ser um telegrama da UIA para todos os observatórios, mas principalmente para todos os grandes radiobservatórios. E veja se ele confirma o número do telefone do Radiobservatório de Beijing. Depois, quero falar com o consultor de ciências da presidência."

"A senhora vai passar por cima da Fundação Nacional de Ciências?"

"Depois de Auerbach, ligue para o consultor de ciências da presidência."

Ellie teve a impressão de ouvir, mentalmente, um grito de alegria em meio ao clamor das outras vozes.

Por meio de bicicletas, carteiros a pé ou telefones, o breve parágrafo foi passado a centros astronômicos em todo o mundo. No caso de alguns grandes radiobservatórios — na China, Índia, União Soviética e Holanda, por exemplo —, a mensagem foi transmitida por teletipo. À medida que chegava, era examinada por um oficial de segurança ou algum astrônomo que estivesse próximo, arrancada e, com alguma curiosidade, levada a uma sala adjacente. Dizia ela:

> FONTE DE RÁDIO INTERMITENTE E
> ANÔMALA EM ASCENSÃO RETA 18H 34MIN,
> DECLINAÇÃO MAIS 38 GRAUS 41
> MINUTOS, DESCOBERTA PELO
> LEVANTAMENTO CELESTE SISTEMÁTICO
> ARGUS. FREQUÊNCIA 9,24176684
> GIGAHERTZ, COMPRIMENTO DE BANDA
> APROXIMADAMENTE 430 HERTZ.
> AMPLITUDES BIMODAIS
> APROXIMADAMENTE 174 E 179 JANSKYS.
> AS AMPLITUDES CODIFICAM SEQUÊNCIA
> DE NÚMEROS PRIMOS. NECESSITAMOS
> URGENTEMENTE DE PLENA COBERTURA
> LONGITUDINAL. FAVOR TELEFONAR A
> COBRAR PARA MAIS INFORMAÇÕES
> RELATIVAS À COORDENAÇÃO DE
> OBSERVAÇÕES.
> E. ARROWAY, DIRETORA, PROJETO
> ARGUS, SOCORRO, NOVO MÉXICO, EUA.

# 5. ALGORITMO DECRIPTOGRÁFICO

*Ah, fala outra vez, anjo luzente...*
William Shakespeare, *Romeu e Julieta*

**TODOS OS APOSENTOS** destinados a cientistas visitantes achavam-se agora ocupados, na verdade apinhados de selecionados luminares da comunidade da PIET. Quando as delegações oficiais começaram a chegar de Washington, não encontraram acomodações adequadas no Argus e tiveram de se hospedar em motéis de Socorro, a localidade mais próxima. Kenneth der Heer, o consultor de ciências da presidência, era a única exceção. Havia chegado um dia depois da descoberta, atendendo a um chamado urgente de Eleanor Arroway. Durante os dias que se seguiram, chegaram dirigentes da Fundação Nacional de Ciências, da Administração Nacional de Aeronáutica e Espaço, do Departamento de Defesa, da Comissão Consultiva de Ciências da presidência, do Conselho Nacional de Segurança e da Agência de Segurança Nacional. Havia ainda alguns representantes do governo cujas instituições permaneciam obscuras.

Na noite anterior, alguns deles tinham se reunido junto à base do telescópio 101, sendo-lhes mostrada Vega pela primeira vez. Sua luz branco-azulada cintilava, linda como sempre.

"Eu já vi essa estrela antes, mas não sabia como se chamava", observou um deles. Vega parecia mais brilhante do que as outras estrelas; afora isso, em nada se destacava. Era apenas uma das milhares de estrelas visíveis a olho nu.

Os cientistas estavam realizando um contínuo seminário de pesquisa sobre a natureza, a origem e o possível significado dos pulsos de rádio. À Divisão de Relações Públicas do Argus — maior que a da maioria dos observatórios, devido ao interesse generalizado pela busca de inteligência extraterrestre — foi atribuída a tarefa de instruir os funcionários menos graduados. A chegada de cada um deles impunha a necessidade de pormenorizadas explicações. Obrigada a sumariar os acontecimentos às autoridades superiores, supervisionar a pesquisa em curso e se submeter ao crivo de seus colegas, Ellie estava exausta. Desde a descoberta não conseguira dormir uma noite inteira.

A princípio, haviam tentado manter tudo aquilo em segredo. Afinal de contas, não tinham certeza absoluta de que se tratasse de uma mensagem extraterrestre. Um anúncio prematuro ou equivocado seria um desastre em matéria de relações públicas. Pior do que isso — iria interferir na análise dos dados. Se a imprensa se envolvesse, a ciência certamente seria prejudicada. Mas os cientistas haviam comentado com suas famílias, o telegrama da União Astronômica Internacional fora enviado a todos os quadrantes do mundo, e sistemas astronômicos ainda rudimentares da Europa, da América do Norte e do Japão estavam disseminando notícias acerca da descoberta.

Embora existisse todo um sistema de planos preestabelecidos para a liberação de qualquer descoberta ao público, as circunstâncias os haviam apanhado inteiramente desprevenidos. Redigiram a declaração mais neutra possível, e só a divulgaram quando não houve como evitá-lo. A notícia, naturalmente, causara sensação.

Tinham pedido paciência aos meios de comunicação, mas sabiam que teriam apenas um período mínimo de trégua antes que a imprensa caísse sobre eles com toda a força. Tentaram dissuadir os repórteres de visitar o local, explicando que não havia, na verdade, informação alguma nos sinais que estavam recebendo, que eram apenas números primos tediosos e repetitivos. A imprensa estava impaciente com a ausência de notícias claras e objetivas. "Não podemos ficar a vida toda dando matérias frias como 'Que são números primos?'", explicou um repórter a Ellie pelo telefone.

Cinegrafistas da TV, em táxis aéreos e helicópteros alugados, começaram a fazer voos rasantes sobre o observatório, às vezes gerando fortes interferências de rádio, facilmente detectadas pelos telescópios. Alguns jornalistas seguiam as autoridades de Washington quando estas voltavam a seus motéis, de noite.

Os mais audaciosos haviam tentado entrar no observatório sem ser notados — em *buggies* de praia, de motocicleta e até a cavalo. Ellie fora obrigada a averiguar quanto custava a instalação de cercas de proteção contra ciclones.

Logo depois de chegar, Der Heer havia escutado as explicações que Ellie já praticamente padronizara: a surpreendente intensidade do sinal, o fato de se situar quase no mesmo local da estrela Vega, a natureza dos pulsos.

"Posso ser consultor de ciências da presidente", dissera ele, "mas sou apenas um biólogo. Por isso, por favor, fale devagar. Entendo que, se a fonte se situa a 26 anos-luz, a mensagem foi emitida há 26 anos. Durante a década de 1960, alguns sujeitos engraçados, de orelhas pontudas, acharam que gostaríamos de saber que eles adoram números primos. Mas os números primos não são uma coisa difícil. Não é provável que eles estejam se gabando. O mais plausível é que estejam querendo nos ensinar aritmética. Talvez devamos nos sentir insultados."

"Não, veja as coisas de outra maneira", respondeu Ellie, sorrindo. "É como um farol. É um sinal, um anúncio. Destina-se a atrair nossa atenção. Recebemos emissões estranhas de quasares, pulsares e radiogaláxias, sabe Deus mais de quê. Mas os números primos são coisas muito específicas, não têm nada de artificial. Por exemplo, nenhum número par é primo. É difícil imaginar um plasma radiante ou uma galáxia emitindo um conjunto regular de sinais matemáticos como esses. Os números primos servem para atrair nossa atenção."

"Mas para quê?", perguntara Der Heer, genuinamente intrigado.

"Não sei. Mas nesta atividade é preciso ter muita paciência. Talvez daqui a certo tempo os números primos cessem e sejam substituídos por outra coisa, muito significativa, a mensagem verdadeira. Só podemos nos manter na escuta."

Isso era o mais difícil de explicar à imprensa: que os sinais não possuíam, essencialmente, nenhum conteúdo, nenhum significado — eram apenas as primeiras centenas de números primos em ordem, uma volta ao início, e novamente a série das representações aritméticas binárias simples: 1, 2, 3, 5, 7, 11, 13, 17, 19, 23, 29, 31... Nove não era número primo, explicava Ellie, pois era divisível por 3 (além de por 9 e por 1, naturalmente). Dez não era um número primo, pois podia ser dividido por 5 e por 2 (além de por 10 e 1). Onze era um número primo, pois só era divisível por 1 e por si próprio. Mas por que transmitiriam números primos? Aquilo lhe lembrava um *idiot savant*, uma daquelas pessoas que, embora apresentassem sérias deficiências no tocante ao desembaraço social ou à capacidade verbal, eram capazes de realizar mentalmente prodigiosos feitos de aritmética — como dizer, depois de um instante de reflexão, em que dia da semana cairá o dia 1º de junho do ano 11997. Não era *para* nada; faziam isso porque gostavam, porque eram *capazes*.

Ellie sabia que apenas alguns dias haviam transcorrido desde a primeira captação dos sinais, mas se achava ao mesmo tempo eufórica e profundamente desapontada. Depois de tantos anos, tinham recebido finalmente um sinal — ao menos, uma espécie de sinal. Entretanto, seu conteúdo era banal, vazio, oco. Imaginara receber a *Encyclopaedia galactica*.

Só inventamos a radioastronomia há poucas décadas, lembrava-se ela, e isso numa galáxia onde a estrela média tem bilhões de anos. A possibilidade de recebermos um sinal de uma civilização com um grau de avanço exatamente igual ao nosso deve ser mínima. Se fossem mais atrasados do que nós, mesmo que pouco, não disporiam de capacidade tecnológica para se comunicarem conosco. Por conseguinte, era provável que o sinal proviesse de uma civilização muito mais adiantada. Talvez fossem capazes de compor melódicas fugas especulares: o contraponto seria o tema escrito de trás para diante. Não, concluiu. Embora essa possibilidade constituísse, sem dúvida, marca de genialidade, e decerto estivesse além da capacidade dela própria, era uma pequena extrapolação do que os seres humanos eram capazes de fazer. Bach e Mozart haviam realizado ao menos ensaios respeitáveis nesse sentido.

Ellie decidiu tentar um salto maior, sondar a mente de uma criatura cuja inteligência fosse enormemente superior à dela, de

Drumlin ou de Eda, o jovem físico nigeriano que acabara de ganhar o prêmio Nobel. Mas era inútil. Ela podia conjecturar sobre a possibilidade de se demonstrar o último teorema de Fermat ou a Hipótese Goldbach em apenas algumas linhas de equações. Podia imaginar problemas que desafiam seriamente nossa capacidade, mas que para os extraterrestres fossem coisas de escolares. No entanto, não conseguiria penetrar-lhes a mente; não tinha meios de imaginar como seria o pensamento de uma criatura muito mais inteligente do que um ser humano. Claro. Não havia motivo para surpresa. Que ela esperava? Era como tentar visualizar uma nova cor primária ou um mundo onde se pudessem identificar várias centenas de conhecidos só pelo cheiro... Podia-se falar sobre isso, mas não vivenciar a situação. Por definição, só pode ser extremamente difícil compreender o comportamento de um ser muito mais inteligente. Mas, ainda assim, por que somente números primos?

Os radioastrônomos do Argus tinham feito progressos nos últimos dias. Vega tinha um movimento conhecido — um componente conhecido de sua velocidade de aproximação ou de afastamento da Terra, e um componente conhecido lateralmente, contra o fundo das estrelas mais distantes. Os telescópios do Argus, trabalhando em conjunto com radiobservatórios na Virgínia Ocidental e na Austrália, haviam determinado que a fonte estava se movendo juntamente com Vega. O sinal não apenas provinha, segundo cuidadosas mensurações, do ponto celeste onde se situava Vega, como também apresentava os movimentos peculiares e característicos da estrela. A menos que aquilo se tratasse de um embuste de proporções heroicas, a fonte dos números primos estava realmente no sistema de Vega. Não havia nenhum efeito Doppler adicional, decorrente do movimento do transmissor, talvez ligado a um planeta, em torno de Vega. Os extraterrestres tinham compensado o movimento orbital. Talvez isso fosse uma espécie de cortesia interestelar.

"É a coisa mais sensacional que já ouvi. E não tem nada a

ver com o que a gente faz", disse um funcionário da Agência de Projetos de Pesquisa Avançada do Ministério da Defesa, preparando-se para retornar a Washington.

Logo depois da descoberta, Ellie designara alguns telescópios para examinarem Vega numa faixa de outras frequências. E também eles haviam captado o mesmo sinal, a mesma sucessão monótona de números primos, na raia de hidrogênio de 1420 megahertz, na raia de hidroxila de 1667 megahertz e em muitas outras frequências. Em todo o espectro do rádio, Vega estava lançando ao espaço números primos, usando uma orquestra eletromagnética.

"Isso não faz sentido", disse Drumlin, levando a mão casualmente à fivela do cinto. "Não podia ter passado despercebido antes. Todo mundo olhou Vega. Durante anos. Arroway a investigou, em Arecibo, há dez anos. E de repente, na terça-feira passada, Vega começa a irradiar números primos? Por que agora? Que está acontecendo agora de tão especial? Como é possível que tenham começado a transmitir apenas alguns anos depois de Argus ter iniciado a escuta?"

"Talvez o transmissor deles tenha estado no conserto durante alguns séculos", sugeriu Valerian, "e acabaram de colocá-lo em funcionamento outra vez. Talvez o ciclo de trabalho deles consista em transmitir apenas em um a cada milhão de anos. Há também todos aqueles planetas capazes de abrigar vida. Provavelmente, não somos o único garoto do bairro." Mas Drumlin, visivelmente insatisfeito, apenas balançou a cabeça.

Ainda que, por natureza, nada tivesse de desconfiado, Valerian julgou perceber uma indireta na última pergunta de Drumlin. Poderia tudo aquilo ser uma tentativa desesperada, por parte dos cientistas do Projeto Argus, de evitar uma interrupção do programa? Não era possível. Valerian sacudiu a cabeça. No momento em que Der Heer passou por dois especialistas na questão da PIET, notou que eles faziam silenciosos sinais de cabeça um para o outro.

Havia entre os cientistas e os burocratas uma espécie de constrangimento, um mal-estar, um choque de pressupostos fundamentais. Um dos engenheiros eletrotécnicos dava àquilo o nome de desemparelhamento de impedância. Os cientistas eram demasiado especulativos e quantitativos, exageradamente descontraídos, dados a conversar com qualquer pessoa, para o gosto de muitos dos burocratas. Estes, para muitos dos cientistas, eram despidos de imaginação, demasiado qualitativos e introvertidos. Ellie e Der Heer, principalmente este, esforçavam-se por construir uma ponte entre os dois grupos, mas a corrente sempre a destruía.

Naquela noite havia pontas de cigarros e xícaras de café por toda parte. Cientistas vestidos descontraidamente, funcionários do governo, usando ternos claros, e um ou outro oficial militar de alta patente enchiam a sala de controle, o salão de seminários, o pequeno auditório, espalhando-se pelas portas, onde, iluminadas por cigarros e pela luz das estrelas, algumas discussões prosseguiam. Entretanto, as pessoas estavam exaustas. A tensão começava a mostrar seus efeitos.

"Dra. Arroway, apresento-lhe Michael Kitz, secretário-assistente da Defesa para o C3I."

Ao apresentar Kitz e se colocar um passo atrás dele, Der Heer estaria tentando comunicar o quê...? Uma implausível mescla de emoções. Irritação, de braços dados com prudência? Ele parecia estar pedindo calma. Por acaso a julgava uma pessoa de cabeça quente? "C3I", cê-ao-cubo-i, significava "Comando, Controle, Comunicações, e Informações", responsabilidades importantes numa época em que os Estados Unidos e a União Soviética faziam, corajosamente, grandes reduções paulatinas em seus arsenais nucleares estratégicos. Eram atribuições que só podiam ser entregues a um homem cauteloso.

Kitz instalou-se em uma das duas cadeiras diante da mesa de Ellie, chegou-se para a frente e leu a citação de Kafka. Não pareceu impressionado.

"Dra. Arroway, vamos logo ao assunto. Estamos preocupados, não sabemos se a divulgação geral dessa informação atende aos melhores interesses dos Estados Unidos. Não ficamos muito satisfeitos com o fato de a senhora ter enviado aquele telegrama para o mundo inteiro."

"O senhor quer dizer... à China? À Rússia? À Índia?" Apesar de seu esforço, a voz de Ellie revelava certa aspereza. "Os senhores pretendiam manter os primeiros 261 números primos em segredo? Por acaso supõe, sr. Kitz, que os extraterrestres desejem comunicar-se apenas com os americanos? Não acha que uma mensagem de outra civilização se dirige ao mundo inteiro?"

"A senhora poderia nos ter consultado."

"E arriscar-me a perder o sinal? Veja, segundo tudo que sabemos, alguma coisa de essencial poderia ter sido transmitida depois que Vega caísse abaixo do horizonte aqui no Novo México, mas enquanto ainda estivesse em pleno céu de Beijing. Esses sinais não são exatamente uma chamada de pessoa a pessoa, destinada aos Estados Unidos da América. Não são nem mesmo uma chamada de pessoa a pessoa destinada à Terra. É uma chamada de estação a estação, dirigida a qualquer planeta do sistema solar. Por acaso, tivemos a sorte de atender o telefone."

Der Heer estava novamente tentando comunicar alguma coisa. Que estaria querendo dizer? Que apreciara essa analogia, mas que tivesse cuidado com Kitz?

"Seja como for", continuou Ellie, "é tarde demais. Todo mundo agora sabe que existe alguma espécie de vida inteligente no sistema de Vega."

"Não creio que seja tarde demais, dra. Arroway. A senhora parece pensar que alguma transmissão informativa ainda está por vir, uma mensagem. O dr. Der Heer me disse que a senhora acredita que esses números primos sejam um anúncio, alguma coisa destinada a fazer com que prestemos atenção. E se *houver* uma mensagem, e se ela for sutil... alguma coisa que esses outros países não possam decifrar de imediato... desejo que ela seja mantida em sigilo até podermos conversar a respeito."

"Quase todos nós temos desejos, sr. Kitz", respondeu Ellie meio a contragosto, apesar do cenho franzido de Der Heer. Havia no comportamento de Kitz algo de irritante, quase provocador. E, provavelmente, também no dela. "Eu, por exemplo, tenho o desejo de compreender o significado desse sinal, o que está acontecendo em Vega e o que isso significa para a Terra. É possível que cientistas de outros países sejam a chave para se compreender isso. Talvez precisemos dos dados de que eles dispõem. Talvez tenhamos necessidade de seus talentos. Imagino que esse problema talvez seja grande demais para que um único país queira resolvê-lo sozinho."

Der Heer parecia agora quase alarmado. "Dra. Arroway, a sugestão do secretário Kitz não deixa de ter algum fundamento. É bem possível que venhamos a envolver outros países nisso. Tudo que ele pede é que converse conosco primeiro. E isso apenas se houver uma nova mensagem."

Seu tom de voz era apaziguador, mas não meloso. Ellie examinou-lhe novamente a fisionomia. Der Heer não era um homem patentemente bonito, mas tinha uma expressão amável e inteligente. Usava um terno azul e uma camisa muito elegante. Sua seriedade e seu ar de autoconfiança eram amenizados pelo calor de seu sorriso. Por que estaria pondo panos quentes na conversa com aquele chato? Parte de seu trabalho? Seria possível que Kitz estivesse sendo sensato?

"De qualquer forma, é uma possibilidade remota." Kitz suspirou enquanto se levantava. "O secretário da Defesa apreciaria sua colaboração." Estava procurando ser simpático. "Combinado?"

"Vou pensar", retrucou Ellie, apertando-lhe a mão sem nenhum vigor.

"Encontro-me com você daqui a alguns minutos, Mike", disse Der Heer jovialmente.

Já com a mão na maçaneta da porta, Kitz se deteve, tirou um documento do bolso interno do paletó, voltou e o colocou delicadamente no canto da mesa. "Ah, ia me esquecendo. Aqui está uma cópia da Decisão Hadden. A senhora provavelmente a conhece. Refere-se ao direito do governo de considerar sigilosos materiais vitais para a segurança dos Estados Unidos. Mesmo que não tenham se originado em um órgão secreto."

*89*

"Os senhores querem tornar sigilosos os números primos?", perguntou Ellie, simulando espanto.

"Vejo você lá fora, Ken."

Ellie começou a falar no momento em que Kitz saiu de sua sala. "Do que ele está com medo? Dos raios da Morte? De que a Terra seja invadida? Afinal, que significa tudo isso?"

"Ele está apenas sendo prudente, Ellie. Vejo que você acha que existe mais coisa por trás disso. Muito bem. Suponhamos que venha outra mensagem... você entende, uma mensagem com algum conteúdo... e que haja nela alguma coisa que ofenda os muçulmanos, digamos, ou os metodistas. Não deveríamos liberá-la com cuidado, para que os Estados Unidos não enfrentassem problemas?"

"Ken, não me venha com histórias. Esse homem é secretário-assistente da *Defesa*. Se estivessem preocupados com os muçulmanos ou metodistas, teriam mandado um secretário-assistente de Estado ou... não sei... um daqueles fanáticos religiosos que fazem as orações nas refeições da presidente. Você é consultor de ciências da presidente. Que foi que disse a ela?"

"Eu não lhe disse coisa alguma. Desde que cheguei aqui, só conversei com ela uma vez, rapidamente, pelo telefone. E vou ser franco com você, ela não me deu nenhuma instrução a respeito de sigilo. Acho que Kitz está equivocado. Creio que está agindo por conta própria."

"Quem é ele?"

"Ao que eu saiba, é advogado. Era um importante executivo da indústria de material eletrônico antes de trabalhar para o governo. Ele realmente conhece a C3I, mas isso não faz com que tenha autoridade sobre mais nada."

"Ken, eu confio em você. Acredito que não me tenha armado essa cilada, essa história de Decisão Hadden." Agitou o documento diante dele, olhando-o nos olhos. "Sabe que Drumlin acha que há outra mensagem na polarização?"

"Não entendi."

"Há algumas horas, Dave terminou um estudo estatístico aproximado da polarização. Representou os parâmetros de Stokes por esferas de Poincaré; muitas delas estão variando no tempo."

Der Heer olhou-a com ar perplexo. Por acaso os biólogos não usam luz polarizada em seus microscópios?, pensou Ellie.

"Quando uma onda luminosa vem em sua direção... luz visível, luz de rádio, qualquer espécie de luz... ela vibra em ângulos retos em relação à sua linha de mirada. Se essa vibração gira, dizemos que a onda é elipticamente polarizada. Se gira no sentido horário, a polarização é chamada dextrogira; se gira no sentido anti-horário, é levogira. Sei que a terminologia não é das melhores. Seja como for, variando os dois tipos de polarização, seria possível transmitir informações. Uma certa polarização para a direita, e isso seria zero; um pouco de polarização para a esquerda, e teríamos um. Está entendendo? É perfeitamente possível. Dispomos de frequência modulada e de amplitude modulada, mas nossa civilização, por convenção, normalmente não emprega a polarização modulada.

"Bem, ao que parece o sinal de Vega apresenta uma polarização modulada. Neste momento estamos trabalhando para verificar isso. Entretanto, Dave constatou que não há um volume igual dos dois tipos de polarização. Há menos polarização esquerda do que direita. É bem possível que haja na polarização alguma mensagem que ainda não tenhamos percebido. É por isso que desconfio de seu amigo. Kitz não está simplesmente me dando um conselho gratuito. Ele sabe que podemos estar investigando alguma outra coisa."

"Ellie, vá com calma. Faz quatro dias que você quase não dorme. Você tem lidado com a ciência, o governo e a imprensa. Já fez uma das mais importantes descobertas do século e, se compreendi bem o que disse, talvez esteja na iminência de alguma coisa ainda mais importante. Tem todo o direito de estar um tanto nervosa. E ameaçar militarizar o projeto foi uma atitude desastrada da parte de Kitz. Não me é nada difícil entender por que você desconfia dele. Mas o que ele diz faz algum sentido."

"Conhece o homem?"

"Participei de algumas reuniões junto com ele. Mas isso não

quer dizer que o conheça. Ellie, se há uma possibilidade de recebermos uma mensagem de verdade, não seria boa ideia diminuir um pouco a quantidade de pessoas por aqui?"

"Claro. Ajude-me um pouco com os mandachuvas de Washington."

"Está certo. E, se você deixar esse documento em cima de sua mesa, alguém vai entrar aqui e tirar conclusões erradas. Por que não o guarda em algum lugar?"

"Você vai me ajudar?"

"Se a situação ficar como está agora, ajudo. Não vamos poder contribuir com muita coisa se esse negócio for considerado sigiloso."

Sorrindo, Ellie ajoelhou-se ao lado de seu pequeno cofre e premiu as teclas da combinação, 314159. Deu uma última olhada no documento, que tinha como título, em grandes letras pretas, OS ESTADOS UNIDOS VS. HADDEN CYBERNETICS, e o guardou.

Era um grupo de cerca de trinta pessoas — técnicos e cientistas ligados ao Projeto Argus, alguns altos funcionários do governo, entre os quais o vice-diretor da Agência de Informações do Ministério da Defesa, em trajes civis. Entre eles estavam Valerian, Drumlin, Kitz e Der Heer. Ellie era a única mulher. Haviam montado um grande sistema de projeção de TV, focalizado num telão de dois metros de lado, preso à parede. Simultaneamente, Ellie falava ao grupo e operava o programa de decriptografia, com os dedos no teclado.

"Durante vários anos nos preparamos para a decriptografia computadorizada de muitos tipos de possíveis mensagens. A análise do dr. Drumlin acabou de demonstrar que há informações na polarização modulada. Toda aquela passagem frenética da esquerda para a direita significa alguma coisa. Não se trata de um ruído aleatório. É como se uma pessoa estivesse atirando uma moeda para o alto. Evidentemente, ela esperaria o mesmo número de caras e de coroas, mas, em vez disso, obtém duas vezes mais caras do que coroas. Daí concluir-se que a moeda esteja fraudada ou, em nosso caso, que a polarização modulada não é fortuita. Ela possui conteúdo... Ah, vejam isso. O que o computador acabou de nos dizer é ainda mais interessante. A sequência precisa de caras e coroas se repete. É uma sequência longa, de modo que se trata de uma mensagem bastante complexa, e a civilização que a transmite deseja que a recebamos direito. Aqui, veem? Essa é a repetição da mensagem. Estamos agora na primeira repetição. Cada fragmento de informação, cada ponto e cada traço... se desejarem considerá-los assim... é idêntico ao que estava no último bloco de dados. Agora, analisamos o número total de fragmentos. Situa-se na casa das dezenas de bilhões. Muito bem, correto! É o produto de três números primos."

Embora tanto Drumlin como Valerian sorrissem, Ellie tinha a impressão de que sentiam emoções muito diferentes.

"E daí? Que significam mais alguns números primos?", perguntou um visitante de Washington.

"Significa... talvez... que estão nos enviando uma imagem. Entenda, essa mensagem compõe-se de grande número de fragmentos de informações. Suponhamos que esse número seja o produto de três números menores; é um número vezes um número vezes um número. Portanto, a mensagem apresenta três dimensões. Meu palpite é que ou se trata de uma única mensagem tridimensional estática, como um holograma estacionário, ou é uma imagem bidimensional que muda com o tempo — um filme. Suponhamos que seja um filme. Se for um holograma, vamos levar mais tempo para poder exibi-lo. Temos um algoritmo decodificador ideal para ele."

No telão, os sinais produziam um desenho móvel e indistinto, composto de brancos e pretos perfeitos.

"Willie, por favor, tente acionar o programa de interpolação de meios-tons. Alguma coisa que seja razoável. E procure girá-lo até mais ou menos noventa graus no sentido anti-horário."

"Dra. Arroway, parece haver um canal auxiliar. Talvez seja o áudio que acompanha o filme."

"Ligue-o."

A única outra aplicação prática de números primos que Ellie conseguia recordar eram os métodos de criptografia, muito utilizados em contextos comerciais e de segurança nacional. Uma aplicação consistia em tornar uma mensagem inteligível ao público geral; a outra, em impedir que uma mensagem fosse compreendida por pessoas razoavelmente inteligentes.

Ellie olhou os rostos diante dela. Kitz parecia inquieto. Talvez estivesse pensando em algum invasor do espaço ou, pior ainda, no projeto de uma arma demasiado secreta para que os astrônomos de Ellie tomassem conhecimento. Willie parecia muito ansioso, e a todo momento engolia em seco. Uma imagem é diferente de simples números. A possibilidade de uma mensagem visual estava evidentemente despertando medos e fantasias nos corações de muitos dos presentes. Der Heer tinha no rosto uma expressão de êxtase; no momento, parecia muito menos o funcionário público, o burocrata, o consultor presidencial, e muito mais o cientista.

À imagem, ainda ininteligível, se juntou um som grave e deslizante; de início subiu, e depois desceu pelo espectro de áudio, até se estabilizar mais ou menos uma oitava abaixo do dó central. Aos poucos, o grupo identificou o som como sendo uma música, do tipo marcial, ainda em volume baixo. A imagem correu, fixou-se e entrou em foco.

Ellie viu-se fitando uma imagem granulada em preto e branco... de um enorme palanque, decorado com uma imensa águia em *art déco*. Das garras de concreto da águia pendia...

"Fraude! Isso não passa de fraude!" Ouviram-se gritos de espanto, incredulidade, risos, quase histeria.

"Está entendendo? Você foi ludibriada", dizia-lhe Drumlin, quase em tom de conversa. Sorria. "Foi uma peça muito bem arquitetada. Você fez com que todo mundo perdesse tempo aqui."

As garras de concreto da águia, Ellie via agora com clareza, sustinham uma suástica. A câmera aproximou-se, em *zoom*, do rosto sorridente de Adolf Hitler, que acenava para a multidão. Seu uniforme, despido de condecorações militares, transmitia uma impressão de modesta simplicidade. A voz abaritonada de um locutor, falando em alemão, enchia a sala. Der Heer aproximou-se de Ellie.

"Entende alemão?", perguntou ela. "O que ele está dizendo?"

"O Führer", traduziu ele, lentamente, "está dando as boas-vindas da pátria alemã, por ocasião da abertura dos Jogos Olímpicos de 1936."

# 6. PALIMPSESTO

> *E, se os Guardiães não estão felizes, quem mais po-*
> *derá estar?*
> Aristóteles, *Política*, livro 2, capítulo 5

QUANDO O AVIÃO atingiu a altitude de cruzeiro, com Albuquerque já quase duzentos quilômetros atrás deles, Ellie olhou
de relance o pequeno retângulo de cartão branco, impresso em
azul, que havia sido grampeado ao envelope com seu bilhete.
Dizia o texto, numa linguagem que jamais fora alterada desde
que ela fizera sua primeira viagem de avião: "Esta não é a nota
de bagagem descrita pelo artigo 4 da Convenção de Varsóvia".
Por que razão as empresas aéreas temiam tanto que os passageiros confundissem aquele cartãozinho com a nota da Convenção
de Varsóvia? Aliás, que era uma nota da Convenção de Varsóvia? Por que ela jamais vira essa nota? Onde as armazenavam?
Em algum esquecido acontecimento crítico na história da avia-
ção, uma empresa desatenta devia ter se esquecido de imprimir
aquela advertência em retângulos de cartolina, tendo sido levada à bancarrota pelos processos abertos por passageiros enfure-
cidos que tinham como certo que aquilo *fosse* a nota de bagagem
da Convenção de Varsóvia. Sem dúvida existiam sérias razões fi-
nanceiras para essa preocupação mundial, jamais articulada de
outra maneira, quanto aos cartões que não são os descritos pela
Convenção de Varsóvia. Imagine-se, pensou Ellie, que todas
aquelas linhas impressas fossem dedicadas a alguma coisa útil —
a história da exploração do planeta, digamos, ou a divulgação de
fatos científicos, ou até mesmo o número médio de quilômetros
por passageiro até um avião cair.

Se tivesse aceitado a proposta de Der Heer e viajado numa
aeronave militar, estaria fazendo outras associações casuais. Mas
aceitar a oferta representaria excessiva familiaridade, talvez uma
abertura que acabaria levando a uma militarização do projeto.

Preferiram viajar num voo comercial. Os olhos de Valerian se fecharam no momento em que ele acabou de se instalar no assento ao lado dela. Não tiveram que se apressar muito, mesmo depois de cuidar daqueles detalhes de última hora sobre a análise dos dados, que insinuavam que a segunda camada da cebola estava para aparecer. Tinham conseguido lugares num voo comercial que chegaria a Washington bem antes da reunião do dia seguinte; na verdade, havia tempo de sobra para uma boa noite de sono.

Ellie dirigiu o olhar ao sistema de telefax, acomodado numa maleta de couro debaixo do assento à sua frente. Era muitas centenas de quilobits mais veloz do que o velho modelo de Peter e mostrava gráficos com muito mais clareza. Bem, no dia seguinte ela teria de usar aquele equipamento para explicar à presidente dos Estados Unidos o que Adolf Hitler fazia em Vega. Estava um pouco nervosa, admitia. Nunca se encontrara antes com uma pessoa de tal eminência e, pelos padrões de fins do século XX, a presidente não era tão ruim. Ellie não tivera tempo de ir ao cabeleireiro, muito menos de fazer uma limpeza de pele. Ora essa, não estava indo à Casa Branca para um concurso de beleza.

Que pensaria seu padrasto? Ainda julgaria que ela não tinha vocação para a ciência? E sua mãe, agora confinada a uma cadeira de rodas numa instituição para idosos? Desde a descoberta, uma semana antes, só conseguira dar um breve telefonema à mãe, e prometeu a si mesma ligar no dia seguinte.

Como já fizera cem vezes antes, olhou pela janelinha do avião e ficou a imaginar que impressão a Terra causaria a um observador extraterrestre, daquela altitude de doze ou catorze quilômetros, e isso supondo que o extraterrestre tivesse olhos parecidos com os nossos. Havia no Meio-Oeste vastas áreas que exibiam complicados desenhos geométricos, como quadrados, retângulos e círculos; e ali no Sudoeste várias áreas em que o único sinal de vida inteligente era uma ocasional linha reta que corria entre montanhas e através de desertos. Seriam os planetas das civilizações mais adiantadas totalmente geometrizados, inteiramente reconstruídos por seus habitantes? Ou a marca de uma civilização realmente avançada seria o fato de ela não deixar marca alguma? Seriam eles capazes de dizer, exatamente, após um exame rápido, em que estágio estávamos de alguma grandiosa sequência evolutiva cósmica do desenvolvimento de seres inteligentes?

Que mais poderiam dizer? Pela tonalidade azul do céu, seriam capazes de fazer uma estimativa aproximada do Número de Loschmidt, de quantas moléculas havia num centímetro cúbico de ar ao nível do mar. Mais ou menos três vezes dez elevado à décima nona potência. Poderiam facilmente determinar a altitude das nuvens pelo comprimento de suas sombras no solo. Se soubessem que as nuvens se compunham de água condensada, poderiam calcular aproximadamente a taxa de queda da temperatura da atmosfera, pois a temperatura teria de cair a cerca de quarenta graus centígrados negativos à altitude das nuvens mais altas que ela podia avistar. A erosão dos acidentes geográficos, os desenhos dendríticos e os meandros fluviais, a presença de lagos e de desgastadas "rolhas" vulcânicas, tudo isso dava o testemunho de uma antiga batalha entre os processos geomorfológicos e os erosivos. Na verdade, podia-se ver, num relance, que aquele era um planeta antigo, com uma civilização bastante recente.

Na maioria, os planetas da galáxia deveriam ser vulneráveis e pré-técnicos, talvez até destituídos de vida. Alguns abrigariam civilizações muito mais velhas que a nossa. Os mundos em que civilizações técnicas estivessem começando a surgir deviam ser extremamente raros. Talvez fosse essa a única característica fundamentalmente *sui generis* da Terra.

Enquanto almoçavam, a paisagem aos poucos se tornou verdejante, ao se aproximarem do vale do Mississippi. As modernas viagens aéreas haviam praticamente eliminado a sensação de movimento, pensou Ellie. Olhou para Peter, que ainda dormia; ele tinha se recusado, com alguma indignação, a comer o almoço de bordo. Na primeira cadeira ao lado dele, do outro lado do corredor, um ser humano muito jovem, com talvez três meses de idade, estava confortavelmente aninhado nos braços do pai. Qual seria a impressão de um lactente sobre viajar de avião? A pessoa chega a um lugar especial, entra numa grande sala com cadeiras e se senta. A sala ronca e se sacode durante quatro horas. Depois, a pessoa se levanta e sai. Magicamente, está em outro lugar. O meio de transporte parece obscuro, mas a ideia básica é de fácil apreensão, nem exige um domínio precoce das equações de Navier-Stokes.

Era fim de tarde quando começaram a sobrevoar Washington, à espera de permissão para aterrissar. Ellie conseguia divisar, entre o monumento de Washington e o Lincoln Memorial, uma grande massa humana. Tratava-se, segundo lera havia apenas uma hora no telefax do *Times*, de um grande comício de negros americanos que protestavam contra as disparidades econômicas e as desigualdades na área da educação. A julgar pela justeza de suas queixas, pensou Ellie, tinham demonstrado enorme paciência. Imaginou qual seria a reação da presidente ao comício e à transmissão de Vega, dois assuntos sobre os quais seria necessário fazer algum comentário público oficial no dia seguinte.

"O que você quer dizer, Ken, com 'eles saem'?"

"Quero dizer, sra. presidente, que nossos sinais de televisão deixam este planeta e viajam pelo espaço."

"Exatamente até onde vão?"

"Com todo o devido respeito, sra. presidente, as coisas não se passam exatamente assim."

"Bem, como é que se passam?"

"Os sinais afastam-se da Terra em ondas esféricas, mais ou menos como ondulações numa lagoa. Viajam à velocidade da luz... 300 mil quilômetros por segundo... e, no essencial, viajam eternamente. Quanto melhores forem os receptores das outras civilizações, mais distantes podem estar e ainda assim captar nossos sinais de TV. Mesmo *nós* poderíamos detectar uma forte transmissão de TV originária de um planeta em órbita ao redor da estrela mais próxima."

Por um instante, a presidente manteve-se ereta, olhando pelas janelas para o roseiral. Voltou-se para Der Heer. "Você quer dizer... tudo?"

"Tudo."

"Quer dizer, toda aquela porcaria da televisão? Os acidentes de carro? As lutas livres? Os canais de pornografia? Os noticiários?"

"Tudo, sra. presidente." Der Heer balançou a cabeça, unindo-se à consternação que ela demonstrava.

"Der Heer, estarei entendendo direito? Quer dizer que todas as minhas entrevistas coletivas, meus debates, meu discurso de posse, tudo isso está lá?"

"Essa é a boa notícia, presidente. A má notícia é que o mesmo acontece com as aparições na televisão de seu predecessor. E de Dick Nixon. E da liderança soviética. E também uma porção de coisas feias que o outro candidato disse a seu respeito."

"Deus do céu! Muito bem, vamos adiante."

A presidente havia se afastado das janelas e agora estava, aparentemente, preocupada em examinar um busto de mármore do Tom Paine, recém-trazido do depósito da Smithsonian Institution, para onde fora mandado pelo ocupante anterior do cargo.

"Vejamos as coisas assim", disse Der Heer. "Aqueles poucos minutos de televisão provenientes de Vega foram transmitidos originalmente em 1936, quando da instalação dos Jogos Olímpicos em Berlim. Embora só tenham sido mostrados na Alemanha, foi a primeira transmissão de TV, na Terra, de potência moderada. Ao contrário da radiodifusão comum dos anos 1930, aqueles sinais de TV atravessaram a ionosfera e saíram para o espaço. Estamos tentando determinar exatamente o que foi transmitido naquela época, mas isso levará algum tempo, provavelmente. Talvez aquelas boas-vindas de Hitler sejam o único fragmento da transmissão que conseguiram captar em Vega. Assim, do ponto de vista deles, Hitler é o primeiro sinal de vida inteligente na face da Terra", continuou ele. "Não estou querendo ser irônico. Eles não sabem o que significa a transmissão, de

*100*

maneira que a gravam e a retransmitem para nós. É uma forma de dizer 'Alô, escutamos vocês'. Parece-me um gesto bastante amistoso."

"Então, Der Heer, quer dizer que não houve transmissões de televisão a não ser depois da Segunda Guerra Mundial?"

"Praticamente não. Houve uma transmissão local na Inglaterra por ocasião da coroação de Jorge VI, algumas coisas assim. As transmissões regulares começaram em fins dos anos 1940. Todos esses programas estão deixando a Terra à velocidade da luz. Imagine que a Terra esteja aqui." Der Heer fez um gesto no ar. "E que haja uma pequena onda esférica se afastando dela à velocidade da luz, começando em 1936. Ela não para de se expandir e se afastar da Terra. Mais cedo ou mais tarde, chega à civilização mais próxima. Eles parecem estar surpreendentemente perto, a somente 26 anos-luz de distância, em algum planeta da estrela Vega. Eles a gravam e a retransmitem para nós. Mas é preciso mais 26 anos para que a Olimpíada de Berlim volte à Terra. Isso significa que os veganos não perderam décadas pensando no assunto. Deviam estar muito bem preparados, apenas à espera de nossos primeiros sinais de televisão. Eles os detectam, gravam-nos e depois de algum tempo retransmitem o que receberam. Mas a menos que já tivessem estado aqui... em alguma missão de reconhecimento, há uns cem anos... não poderiam saber que estávamos a pique de inventar a televisão. Por isso, a dra. Arroway acredita que essa civilização esteja monitorando todos os sistemas planetários próximos, para verificar se algum de seus vizinhos desenvolve alta tecnologia."

"Ken, há muitas coisas aqui para serem consideradas. Tem certeza de que esses... como foi que você os chamou, veganos?... tem certeza de que eles não compreendem o que significava aquele programa de televisão?"

"Sra. presidente, não resta dúvida de que são inteligentes. Aquele sinal de 1936 era muito fraco. Os detectores deles devem ser de uma sensibilidade fantástica para o terem captado. No entanto, não vejo como poderiam entender do que se tratava. É provável que o aspecto físico deles seja bastante diferente

*101*

do nosso. Eles têm de ter uma história diferente, costumes diferentes. Não há como poderem saber o que seja uma suástica ou quem foi Adolf Hitler."

"Adolf Hitler! Ken, isso me deixa *furiosa*. Quarenta milhões de pessoas morrem para derrotar aquele megalomaníaco, e ele se transforma no astro da primeira transmissão a uma outra civilização? Ele nos está *representando*. E a *eles*. É a concretização do sonho mais delirante daquele louco."

A presidente fez uma pausa e depois prosseguiu, mais calma. "Sabe, sempre achei que Hitler nunca conseguia fazer direito aquela saudação hitlerista. Ele nunca esticava o braço direito, o braço ficava sempre meio torto. Assim, uma coisa meio gay. Se alguma outra pessoa fizesse aqueles 'Heil Hitler' de maneira tão incompetente, teria sido mandada para a frente russa."

"Mas não há uma diferença? Ele estava apenas retribuindo as saudações de outras pessoas. Ele não estava saudando Hitler."

"Ah, estava sim", retrucou a presidente, e, com um gesto, indicou a Der Heer a porta da Sala Rosada e entraram num corredor. De repente, ela se deteve e encarou seu consultor de ciências.

"E se os nazistas não tivessem televisão em 1936? Que teria acontecido?"

"Bem, imagino que teríamos a coroação de Jorge VI ou uma das transmissões sobre a Feira Mundial de Nova York de 1939, se alguma delas fosse forte o suficiente para ser recebida em Vega. Ou alguns programas de fins dos anos 1940, começo dos 50. A senhora sabe... Howdy Doody, Milton Berle, as reportagens sobre o caso McCarthy — todos aqueles maravilhosos sinais de vida inteligente na Terra."

"Aqueles malditos programas são nossos embaixadores no espaço... a Mensagem da Terra." A presidente fez uma ligeira pausa para saborear a frase. "Quando se nomeia um embaixador, procura-se escolher o melhor que existe, e durante quarenta anos temos mandado para o espaço quase que só porcarias. Gostaria de ver os executivos das grandes redes resolverem esse abacaxi. E aquele louco do Hitler foi a primeira notícia que receberam da Terra... Que vão pensar de nós?"

*102*

\* \* \*

Quando Der Heer e a presidente entraram na sala do gabinete, as pessoas que estavam de pé, em pequenos grupos, calaram-se, e algumas das que estavam sentadas fizeram menção de se levantar. Com um gesto geral, a presidente manifestou sua preferência pela informalidade e cumprimentou o secretário de Estado e um secretário-assistente da Defesa. Com um movimento lento de cabeça, olhou o grupo. Alguns retribuíram-lhe o olhar. Outros, percebendo uma expressão de leve irritação no rosto da presidente, evitaram-lhe os olhos.

"Ken, aquela sua astrônoma não está aqui? Arrowsmith? Arrowroot?"

"Arroway, sra. presidente. Ela e o dr. Valerian chegaram na noite passada. Talvez tenham enfrentado problemas de trânsito."

"A dra. Arroway telefonou do hotel, sra. presidente", disse um jovem muito bem vestido. "Disse que alguns dados novos estavam chegando por seu telefax, e que ela desejava trazê-los para esta reunião. Devemos começar sem a presença dela."

Michael Kitz inclinou-se para a frente, com um quê de incredulidade na voz e na expressão. "Estão transmitindo dados novos por uma linha telefônica aberta, desprotegida, para um apartamento de hotel em Washington?"

Der Heer respondeu tão baixo que Kitz teve de se inclinar ainda mais a fim de ouvir. "Mike, creio que o telefax dela tem ao menos um sistema de criptografia comercial. Mas lembre-se de que essa questão não está sujeita a diretrizes de segurança. Tenho certeza de que a dra. Arroway há de cooperar se essas diretrizes forem estabelecidas."

"Muito bem, vamos começar", disse a presidente. "Esta é uma reunião informal do Conselho de Segurança Nacional e daquilo que, por enquanto, estamos chamando de Grupo-Tarefa Especial de Emergência. Desejo encarecer a todos os senhores que nada do que for dito nesta sala... repito, absolutamente *nada*... deve ser discutido com qualquer pessoa que não se encontre aqui, com exceção do secretário de Defesa e do vice-

-presidente, que se acham no exterior. O dr. Der Heer fez ontem, à maioria dos senhores, uma preleção sobre esse inacreditável programa de TV que estamos recebendo da estrela Vega. A opinião do dr. Der Heer e de outras pessoas..." Nesse ponto, a presidente olhou em torno da mesa. "...é que apenas por acaso o primeiro programa de televisão a chegar a Vega teve como astro principal Adolf Hitler. No entanto isso constitui motivo de... embaraço. Pedi ao diretor da CIA que preparasse uma avaliação das implicações do assunto para questões de segurança nacional. Existe alguma ameaça direta por parte de quem quer que seja que esteja enviando isso? Enfrentaremos problemas se houver uma nova mensagem e se algum outro país a decifrar antes de nós? Mas, primeiro, Marvin, quero perguntar uma coisa: isso tem alguma coisa a ver com discos voadores?"

O diretor da CIA, homem de aspecto enérgico, que já passava da meia-idade e usava óculos com aro de aço, fez o seu sumário. Os objetos voadores não identificados, chamados comumente de OVNIs, tinham constituído preocupação intermitente para a CIA e a Força Aérea, principalmente nos anos 1950 e 1960, em parte porque uma potência hostil poderia se aproveitar dos boatos acerca deles para espalhar confusão ou sobrecarregar os canais de comunicação. Alguns dos incidentes mais fidedignos tinham sido, de acordo com investigações, causados por invasões do espaço aéreo americano ou por sobrevoos de bases norte-americanas no exterior por aeronaves de alto desempenho, da União Soviética ou de Cuba. Tais sobrevoos são uma forma comum de testar o estado de alerta de um adversário em potencial, e os Estados Unidos haviam realizado grande número de invasões, ou simulações de invasão, do espaço aéreo soviético. O fato de um MiG cubano percorrer 350 quilômetros na bacia do Mississippi antes de ser detectado era considerado má publicidade por parte do NORAD. O procedimento rotineiro da Força Aérea consistia em negar que qualquer de *seus* aviões tivesse estado na área onde se dissera ter sido avistado um OVNI, e nada declarar a respeito de aeronaves estrangeiras que invadissem o espaço aéreo americano. Ouvindo essas explicações, o che-

*104*

fe do estado-maior da Força Aérea pareceu constrangido, mas ficou calado.

A grande maioria dos relatos a respeito de OVNIs, continuou o diretor da CIA, referia-se a objetos naturais confundidos com outra coisa pelos observadores. Aeronaves incomuns ou experimentais, faróis de automóveis cuja luz se refletia em nuvens baixas, balões, pássaros, insetos luminescentes e até planetas e estrelas, avistados em condições atmosféricas inusitadas, tudo isso já havia sido descrito como OVNIs. Uma quantidade significativa de relatos não passava de fraudes ou delírios de ordem psiquiátrica. Mais de 1 milhão de aparições de OVNIs tinham sido relatadas em todo o mundo desde a criação do termo "disco voador", em fins dos anos 1940, e nenhuma delas parecia, segundo as melhores opiniões, estar relacionada com uma visita de extraterrestres. No entanto, a ideia gerava poderosas emoções, e havia grupos e publicações, e até alguns cientistas, que mantinham viva a suposta ligação entre os OVNIs e a vida em outros mundos. Doutrinas religiosas recentes contribuíam com sua cota de redentores extraterrestres transportados em discos. A investigação oficial da Força Aérea, denominada, em uma de suas últimas encarnações, Projeto Livro Azul, fora cancelada na década de 1960 por falta de progresso, muito embora tanto a CIA como a Força Aérea houvessem mantido um grupo residual encarregado de estudar a questão. A comunidade científica estava de tal modo convencida de que tudo aquilo era balela que, quando o presidente Jimmy Carter solicitara à NASA que realizasse um amplo estudo sobre os OVNIs, o órgão rejeitou a solicitação presidencial, numa reação sem precedentes.

"Na verdade", aparteou um dos cientistas presentes, não afeito ao protocolo de reuniões desse tipo, "essa história de OVNIs só serviu para dificultar o trabalho sério da PIET."

"Muito bem." A presidente suspirou. "Por acaso algum dos presentes acredita que os OVNIs e esse sinal de Vega tenham alguma coisa a ver entre si?" Der Heer examinou as unhas. Ninguém respondeu.

"Seja como for, muitos adeptos de OVNIs vão logo dizer: 'Bem que avisamos'. Marvin, por que não continua?"

"Em 1936, sra. presidente, um fraquíssimo sinal de televisão transmite as cerimônias de abertura dos Jogos Olímpicos para um punhado de televisores na área de Berlim. Trata-se de um golpe de relações públicas. A transmissão mostra o progresso e a superioridade da tecnologia alemã. Já houvera antes algumas transmissões de TV, mas todas em níveis de potência baixíssimos. Na verdade, nós o fizemos antes dos alemães. Herbert Hoover, que na ocasião era secretário do Comércio, fez uma alocução pela televisão em... 27 de abril de 1927. De qualquer forma, o sinal alemão deixa a Terra à velocidade da luz, e 26 anos depois chega a Vega. Eles guardam esse sinal durante alguns anos... sejam quem forem esses 'eles'... e depois nos devolvem a transmissão imensamente amplificada. A capacidade de receberem esse sinal é importante, e a capacidade de o devolverem com tal nível de potência é ainda mais importante. Evidentemente, existem aqui implicações de segurança. A comunidade de informações eletrônicas, por exemplo, gostaria de saber de que modo sinais tão fracos podem ser detectados. Aquelas pessoas de Vega, sejam quem forem, decerto são mais adiantadas do que nós... talvez apenas algumas décadas, talvez muito mais do que isso.

"Não nos deram nenhuma outra informação a respeito deles... exceto que, em certas frequências, o sinal transmitido não mostra o efeito Doppler decorrente do movimento do seu planeta em torno da estrela. Simplificaram para nós essa medida de redução de dados. Eles são... prestativos. Até agora, nada de interesse militar ou de outra natureza foi recebido. Tudo quanto comunicaram é que entendem de radioastronomia, gostam de números primos e são capazes de nos devolver nossas primeiras transmissões de TV. Não faria mal que qualquer outra nação tomasse conhecimento disso. E cumpre lembrar que todos esses países estão recebendo o mesmo clipe de Hitler, com três minutos, e isso repetidamente. Só que ainda não descobriram como interpretá-lo. Os russos, os alemães ou quaisquer outros provavelmente chegarão a essa polarização modulada, mais cedo ou mais tarde. Minha impressão pessoal, sra. presidente — não sei se o Departamento de Estado concorda —, é que agiríamos com acerto se liberássemos o que sabemos ao mundo, antes de sermos acusados de encobrir alguma coisa. Se a situação permanecer estável — se não houver grande mudança em relação ao estado de coisas do momento —, poderíamos pensar em fazer uma declaração pública ou mesmo em liberar esse filmete de três minutos.

"A propósito, não nos foi possível encontrar nos arquivos alemães nenhum registro do que havia naquela transmissão original. Não podemos ter absoluta certeza de que as pessoas de Vega não tenham feito alguma mudança no conteúdo antes de o devolver a nós. Certo, podemos reconhecer Hitler; e a parte do estádio olímpico que vemos corresponde com precisão à Berlim de 1936. Mas se naquele momento Hitler estava coçando o bigode em vez de estar sorrindo, como aparece na transmissão, isso não temos meios de saber."

Ellie chegou, ligeiramente sem fôlego, seguida por Valerian. Tentaram se sentar junto à parede, sem chamar a atenção, mas Der Heer os notou e atraiu a atenção da presidente para eles.

"Dra. Arrow... way? Nossas boas-vindas. Primeiro, quero dar-lhe os parabéns por sua esplêndida descoberta. Esplêndida. Ah, Marvin..."

"Não tenho mais nada a dizer, sra. presidente."

"Ótimo. Dra. Arroway, soubemos que a senhora dispõe de dados novos. Importa-se de nos dizer do que se trata?"

"Sra. presidente, desculpe-me por chegar atrasada, mas acredito que acabamos de tirar a sorte grande. Nós... é que... Permita-me explicar da seguinte maneira: há milhares de anos, quando o pergaminho era escasso, as pessoas escreviam sobre um pergaminho já usado, produzindo o que se chama de palimpsesto. Havia uma escrita debaixo de uma escrita, e esta também debaixo de outra. Esse sinal de Vega é, naturalmente, fortíssimo. Como a senhora já sabe, há os números primos e, 'debaixo' deles, no que se chama polarização modulada, esse estranho negócio de Hitler. No entanto, debaixo da sequência de números primos e debaixo da transmissão devolvida das Olimpíadas, acabamos de detectar uma mensagem incrivelmente rica... ao menos estamos convictos de que se trata de uma mensagem. Até onde posso dizer, ela esteve ali o tempo todo. Tudo o que fizemos agora foi detectá-la. É mais fraca do que o sinal de chamada, e me sinto embaraçada por não a termos descoberto mais cedo."

"Que diz ela?", perguntou a presidente. "Do que trata?"

"Não temos a menor ideia, sra. presidente. Alguns membros do Projeto Argus a descobriram esta manhã, hora de Washington. Trabalhamos nisso a noite inteira."

"Por um telefone aberto?", perguntou Kitz.

"Com criptografia comercial ordinária." Ellie pareceu um pouco contrafeita. Abrindo a maleta do telefax, gerou rapidamente uma impressão em diapositivo e, usando um epidiascópio, projetou a imagem numa tela. "Eis o que sabemos até agora. Recebe-se um bloco de informações, constituído por cerca de mil bits. Há uma pausa e então o mesmo bloco é repetido, bit por bit. Segue-se nova pausa e se passa para o bloco seguinte. E *esse* bloco também é repetido. É provável que a repetição de cada bloco vise diminuir os erros de transmissão. Decerto, julgam da maior importância que recebamos o que estão dizendo com toda a exatidão. Vamos chamar cada um desses blocos de informação de uma página. O Argus está recebendo algumas dezenas dessas páginas por dia. Mas não sabemos do que se trata. Não são um simples código imagístico, como a mensagem das Olimpíadas. Trata-se de coisa muito mais profunda e mais rica. Pela primeira vez, parece ser uma informação gerada *por eles*. A única pista que temos até agora é que as páginas parecem ser numeradas. No começo de cada página há um número, em aritmética binária. Por exemplo, este aqui. E a cada vez que surge outro par de páginas idênticas, ele vem marcado com o número seguinte. No momento, estamos na página... 10 413. É um livro grande. Em retrospecto, parece que a mensagem começou há mais ou menos três meses. Foi uma sorte que a tenhamos captado ainda cedo."

"Eu estava certo, não?" Kitz debruçou-se sobre a mesa, na direção de Der Heer. "Não se trata do tipo de mensagem que desejaremos dar aos japoneses, aos chineses ou aos russos, não é?"

"Será fácil decifrar essa mensagem?", perguntou a presidente, encobrindo o murmúrio de Kitz.

"É claro que faremos tudo que pudermos. E provavelmente será útil contarmos também com a ajuda da Agência de Segurança Nacional. Mas sem uma explicação de Vega, sem uma chave, meu palpite é que não faremos muito progresso. Evidentemente, isso não parece estar escrito em inglês, alemão ou qualquer outra língua da Terra. Nossa esperança é que a Mensagem chegue ao fim, talvez na página 20 mil ou 30 mil, e que depois recomece, de modo que possamos completar as partes que faltam. É possível que, antes de a Mensagem inteira ser repetida, surja uma chave, uma espécie de cartilha, que nos possibilite compreendê-la."

"Se me permite, sra. presidente..."

"Sra. presidente, este é o dr. Peter Valerian, do Instituto de Tecnologia da Califórnia, um dos pioneiros nesse campo."

"Por favor, dr. Valerian."

"Essa é uma mensagem intencional, dirigida a nós. Eles sabem que estamos aqui. Fazem alguma ideia, devido à recepção de nossa transmissão em 1936, do ponto em que se encontra nossa tecnologia, do nosso grau de inteligência. Não se dariam a todo esse trabalho se não desejassem que compreendêssemos a Mensagem. Em algum lugar nessa transmissão está a chave que nos ajudará a compreendê-la. É apenas uma questão de acumular todos os dados e analisá-los cuidadosamente."

"Bem, na sua opinião, qual é o assunto da Mensagem?"

"Não tenho como dizer, sra. presidente. Tudo que posso fazer é repetir o que disse a dra. Arroway. É uma Mensagem emaranhada e complexa. A civilização que a transmite está ansiosa para que a recebamos. É possível que tudo isso não passe de um pequeno volume da *Encyclopaedia galactica*. A estrela Vega tem massa cerca de três vezes maior que a do Sol, e é aproximadamente cinquenta vezes mais brilhante. Por queimar seu com-

*109*

bustível nuclear assim tão depressa, terá uma vida muito mais breve que a do Sol..."

"Isso. Quem sabe, alguma coisa de errado esteja para suceder a Vega", interrompeu o diretor da CIA. "Talvez o planeta em que eles vivem esteja ameaçado de destruição. Talvez queiram que outros conheçam sua civilização antes que eles sejam arrasados."

"Ou então", sugeriu Kitz, "podem estar em busca de um novo lugar para onde se transferirem, e a Terra lhes convém. Talvez não seja por acidente que nos enviaram uma fotografia de Hitler."

"Um momento", disse Ellie. "As possibilidades são muitas, mas nem *tudo* é possível. A civilização transmissora não tem como saber se recebemos a Mensagem, muito menos se estamos conseguindo decodificá-la. Se considerarmos a Mensagem ofensiva, não temos de respondê-la. E, mesmo que a respondêssemos, 26 anos se passariam antes que recebessem a resposta, e outros 26 para que pudessem fazer nova transmissão. A velocidade da luz é alta, mas não infinitamente alta. Estamos muito bem protegidos de Vega. E, se nessa nova Mensagem houver alguma coisa que nos preocupe, temos décadas para decidir o que fazer. Não há por que entrarmos em pânico já." Ellie formulou a última frase dirigindo a Kitz um sorriso simpático.

"Entendo seu ponto de vista, dra. Arroway", replicou a presidente. "Mas as coisas estão acontecendo depressa. Depressa até demais. E são muitos os pontos duvidosos. Não fiz nenhuma declaração pública a respeito disso tudo. Nem mesmo sobre os números primos, quanto mais sobre a droga do Hitler. Agora temos de pensar sobre esse 'livro', que, segundo a senhora, estão enviando. E, como os senhores, cientistas, falam uns com os outros sem papas na língua, a boataria corre à solta. Phyllis, onde está aquela pasta? Aqui, vejam essas manchetes."

Exibidos sucessivamente, todos os recortes traziam a mesma mensagem, com pequenas variações de estilo jornalístico. "Cientistas afirmam: monstros do espaço enviam programa de rádio", "Telegrama de astrônomos fala sobre inteligência extraterrestre", "Vozes do céu?", "Os invasores estão chegando! Os invasores estão chegando!". A presidente deixou os recortes caírem na mesa.

"Pelo menos a história de Hitler ainda não se tornou de conhecimento público. Já imagino uma manchete: 'EUA dizem que Hitler está vivo e mora no espaço'. E piores. Muito piores. Acho melhor encerrarmos esta reunião e voltarmos a nos reunir mais tarde."

"Com licença, sra. presidente", interrompeu Der Heer, com evidente relutância. "Desculpe-me, mas há algumas implicações internacionais que, no meu entender, devem ser examinadas agora."

A presidente aquiesceu, embora revelasse cansaço.

Der Heer continuou. "Corrija-me se necessário, dra. Arroway. A cada dia Vega nasce no deserto do Novo México, e então a senhora recebe uma página dessa complexa transmissão... seja qual for... que por acaso estejam transmitindo no momento. Depois, passadas oito horas ou qualquer coisa assim, a estrela se põe. Estou certo? Muito bem. No dia seguinte a estrela nasce novamente a leste, mas a senhora perdeu algumas páginas durante o tempo em que não pôde acompanhá-la, depois que ela se pôs na noite anterior. Certo? Nesse caso, é como se a senhora estivesse recebendo da página trinta à cinquenta, depois da página oitenta à cem, e assim por diante. Por maior que seja a paciência que dedicarmos à observação, hão de nos faltar enormes quantidades de informação. Lacunas. Mesmo que a mensagem mais tarde venha a ser repetida, vamos ter lacunas."

"Não tenho o que corrigir." Ellie ergueu-se e se aproximou de um enorme globo terrestre. Evidentemente, a Casa Branca se opunha à inclinação da Terra, pois o eixo daquele globo era desafiadoramente vertical. De leve, Ellie fez com que ele rodasse. "A Terra gira. Precisaremos de radiotelescópios distribuídos de maneira uniforme, por várias latitudes, se não quisermos lacunas. Qualquer nação que observe apenas de seu território há de receber partes da mensagem e depois deixará de recebê-la... Talvez até as partes perdidas sejam as mais interessantes. Esse é o mesmo problema enfrentado por uma sonda interplanetária americana. Ela transmite seus dados para a Terra quando passa por um planeta, mas os Estados Unidos poderiam estar do outro lado na ocasião. Por isso a NASA tomou providências para que três estações de rastreamento fossem distribuídas uniformemente em torno da Terra. Durante décadas, elas têm funcionado admiravelmente. Entretanto..." Sua voz silenciou, timidamente, e ela olhou para P. L. Garrison, o administrador da NASA, homem magro, macilento e simpático. Garrison fingiu não perceber.

"Ahn... obrigado. Sim. O sistema chama-se Rede do Espaço Profundo, e causa-nos grande orgulho. Temos estações no deserto de Mojave, na Espanha e na Austrália. Naturalmente, nossas verbas são insuficientes, mas, com um pouco de auxílio, estou certo de que poderíamos atender no que fosse necessário."

"Espanha e Austrália?", perguntou a presidente.

"Destinam-se a trabalhos puramente científicos", disse o secretário de Estado. "Estou certo de que não há problemas. No entanto, se esse programa de pesquisas tivesse aspectos políticos, as coisas poderiam complicar-se."

As relações entre os Estados Unidos e aqueles dois países tinham arrefecido ultimamente.

"Não há dúvida alguma de que isso tem aspectos políticos", respondeu a presidente, com alguma irritação.

"Mas não precisamos ficar presos à superfície da Terra", aparteou um general da Força Aérea. "Podemos neutralizar o período de rotação. Tudo de que precisamos é um grande radiotelescópio em órbita em torno da Terra."

"Muito bem." Mais uma vez, a presidente olhou em torno da mesa. "Temos um radiotelescópio espacial? Quanto tempo seria necessário para colocar um em órbita? Quem pode responder? Dr. Garrison?"

"Ah, sinto muito, presidente. Submetemos uma proposta de um projeto ao Observatório Maxwell em cada um dos três últimos anos fiscais, mas as verbas pedidas foram sempre cortadas do orçamento. Temos um projeto detalhado, é claro, mas levaria anos... bem, pelo menos uns três... antes de podermos colocá-lo em órbita. E creio ser meu dever lembrar a todos que até o outono passado os russos tinham no espaço um telescópio de ondas milimétricas e submilimétricas. Não sei por que deixou de funcionar, mas eles estariam em melhores condições de enviar alguns astronautas para consertá-lo do que nós para construir e lançar um radiotelescópio a partir do zero."

"É essa a situação?", perguntou a presidente. "A NASA tem um telescópio comum em órbita, mas não um grande radiotelescópio. E a comunidade de informações? A Agência de Segurança Nacional? Ninguém?"

"Então, apenas para concluir meu raciocínio", disse Der Heer, "trata-se de um sinal forte e que aparece em muitas frequências. Depois que Vega se põe nos céus dos Estados Unidos, radiotelescópios em meia dúzia de países detectam e gravam o sinal. Não são tão avançados quanto os do Projeto Argus, e provavelmente seus operadores ainda não pensaram na polarização modulada. Se esperarmos até prepararmos um radiotelescópio espacial e o lançarmos, a mensagem poderia já estar terminada, inteiramente perdida. Não segue daí, dra. Arroway, que a única solução seja a cooperação imediata com vários outros países?"

"Não creio que alguma nação possa realizar esse projeto sozinha. Seriam necessários muitos países, espalhados em longitude, que dessem toda a volta à Terra. O projeto envolverá o trabalho de todos os grandes equipamentos de radioastronomia em operação... os grandes radiotelescópios instalados na Austrália, na China, na Índia, na União Soviética, no Oriente Médio e na Europa ocidental. Seríamos irresponsáveis se nossa cobertura tivesse lacunas porque uma parte fundamental da Mensagem chegou quando não havia nenhum telescópio apontado para Vega. Teremos de fazer alguma coisa com relação ao Pacífico oriental, entre o Havaí e a Austrália, e talvez também com relação ao Atlântico."

"Bem", redarguiu o diretor da CIA, de má vontade, "os soviéticos dispõem de vários navios rastreadores de satélites, bons desde a banda S até a banda X. Por exemplo, o *Akademik Kel-*

*113*

*dysh*. Ou o *Marechal Nadelin*. Se fizermos algum acordo com eles, talvez possam estacionar navios no Atlântico ou no Pacífico e preencher as lacunas."

Ellie fez menção de dizer alguma coisa, mas a presidente já estava com a palavra.

"Muito bem, Ken. Talvez você tenha razão. Mas repito que essa história está andando depressa demais. Tenho de cuidar de outras questões no momento. Gostaria que o diretor da CIA e o pessoal da Segurança Nacional estudassem, ainda esta noite, se dispomos de outras opções além da cooperação com outros países... sobretudo países que não sejam nossos aliados. Gostaria que o secretário de Estado preparasse, em cooperação com os cientistas, uma lista de nações e pessoas a serem procuradas se tivermos de pedir cooperação, e uma avaliação das consequências disso. Alguma nação se aborrecerá conosco se não lhe pedirmos que capte a mensagem? Podemos ser chantageados por alguém que prometa os dados e depois volte atrás? Devemos tentar conseguir mais de um país em cada longitude? Estudem as implicações de tudo isso. E pelo amor de Deus..." Seus olhos se detiveram em cada um dos rostos em torno da longa mesa polida. "...não saiam daqui falando sobre isso. Você também, Arroway. Já temos problemas demais."

# 7. O ETANOL EM W-3

*Não cabe dar crédito algum, seja qual for, à opinião [...] de que os demônios atuam como mensageiros entre os deuses e os homens, a fim de levar aos deuses todas as nossas petições e dos deuses trazer-nos o adjutório. Pelo contrário, devemos considerá-los espíritos propensíssimos a infligir o mal, de todo avessos à retidão, cheios de orgulho, lívidos de inveja, sutis na astúcia [...]*
Santo Agostinho, *A cidade de Deus*, VIII, 22

*Que apareceriam Heresias, sobre isso temos a profecia de Cristo; mas que as antigas fossem abolidas, disso não temos previsão.*
Thomas Browne, *Religio Medici*, I, 8 (1642)

**ELLIE PLANEJARA RECEBER** Vaygay no aeroporto de Albuquerque e voltar com ele para o Projeto Argus no Thunderbird. Os demais membros da delegação soviética viajariam nos carros do observatório. Teria gostado de ir de automóvel até o aeroporto, no frio da madrugada, passando novamente, quem sabe, por uma guarda de honra de coelhos. Além disso, antegozava uma longa e substanciosa conversa em particular com Vaygay no caminho de volta. Entretanto, a nova turma de segurança da administração de Serviços Gerais vetara a ideia. A cobertura dada ao assunto pelos meios de comunicação e a declaração da presidente ao fim de sua entrevista coletiva, duas semanas antes, haviam trazido verdadeiras multidões àquele local isolado no deserto. Existia um potencial de violência, disseram a Ellie. De agora em diante ela só deveria viajar em veículos do governo e, mesmo assim, com discretas escoltas armadas. O pequeno comboio dirigia-se a Albuquerque a uma velocidade tão baixa e contida que Ellie a todo momento se via apertando, sem querer, um acelerador imaginário no tapete de borracha à sua frente.

Seria bom passar novamente algum tempo com Vaygay. A última vez que o vira tinha sido em Moscou, três anos antes, durante um daqueles períodos em que ele fora proibido de viajar ao Ocidente. Ao longo dos anos o governo soviético ora lhe dava, ora lhe negava autorização para viajar ao exterior, de acordo com a situação política do momento e em reação ao imprevisível comportamento do próprio Vaygay. Às vezes lhe era negada permissão depois de uma pequena provocação política, coisa da qual ele parecia incapaz de abster-se, ou então ela lhe era concedida quando não conseguiam encontrar outra pessoa da mesma eminência para dar peso a uma delegação científica. De todo o mundo lhe chegavam convites para conferências, seminários, simpósios, palestras, grupos de estudo e comissões internacionais. Na qualidade de detentor do Nobel de física e membro pleno da Academia Soviética de Ciências, ele podia dar-se ao luxo de ser um pouco mais independente que a maioria de seus colegas. Com frequência parecia equilibrar-se precariamente nos limites da paciência e contenção do governo.

Seu nome era Vasili Gregorovitch Lunacharski, mas era conhecido em toda a comunidade de físicos como Vaygay, a partir das iniciais de seu prenome e seu patronímico. Suas relações oscilantes e ambíguas com o regime soviético intrigavam Ellie e outros cientistas ocidentais. Vaygay era parente distante de Anatoli Vasilievitch Lunacharski, antigo contemporâneo bolchevista de Gorki, Lênin e Trotski; o velho Lunacharski servira mais tarde como comissário do povo para a Educação e como embaixador soviético em Madri até sua morte, em 1933. A mãe de Vaygay era judia. Segundo se dizia, ele tinha trabalhado no programa soviético de armas nucleares, embora fosse, na época, jovem demais para ter desempenhado papel de relevo na primeira explosão termonuclear soviética.

Seu instituto contava com uma boa equipe e ótimas instalações; sua produtividade científica era simplesmente prodigiosa, o que indicava uma estranha distração do Comitê de Segurança

116

do Estado. Apesar do fluxo e refluxo das permissões para se ausentar do país, Vaygay participava de importantes conferências internacionais, entre as quais os simpósios Rochester sobre física de alta energia, as reuniões Texas de astrofísica relativística e os encontros científicos Pugwash, informais, mas vez por outra fecundos, sobre meios de reduzir a tensão internacional.

Na década de 1960, pelo que soubera Ellie, Vaygay visitara a Universidade da Califórnia, em Berkeley, deliciando-se com a grande quantidade de palavras de ordem, irreverentes, escatológicas e politicamente subversivas, impressas em *buttons* baratos. Era possível, lembrava-se Ellie com certa nostalgia, avaliar com um simples olhar as mais prementes preocupações sociais de uma pessoa. Os *buttons* também eram comuns e ferozmente disputados na União Soviética, mas em geral exaltavam a equipe de futebol do Dínamo ou uma das bem-sucedidas naves espaciais da série *Luna*, as primeiras a pousarem na Lua. Os *buttons* de Berkeley eram diferentes. Vaygay havia adquirido dúzias deles, mas gostava de usar um em particular. Era do tamanho da palma de sua mão e dizia "Reze por sexo". Chegara mesmo a usá-lo em reuniões científicas. Quando indagado sobre o motivo de seu interesse por aquele *button*, respondia: "Em seu país, ele só é subversivo num sentido. No meu, é subversivo em dois sentidos independentes". Se lhe pediam mais pormenores, comentava apenas que seu famoso parente bolchevista havia escrito um livro a respeito do lugar da religião numa sociedade socialista. Desde então, seu domínio do inglês tinha melhorado enormemente — muito mais que o de Ellie em relação ao russo —, mas sua propensão para usar *buttons* com palavras ofensivas, infelizmente, diminuíra.

Certa feita, durante uma acalorada discussão sobre os méritos relativos dos dois sistemas políticos, Ellie gabara-se de que tivera liberdade de participar de uma passeata diante da Casa Branca em protesto contra o envolvimento dos Estados Unidos na guerra do Vietnã. Vaygay respondera que no mesmo período também tivera toda a liberdade de desfilar diante do Kremlin protestando contra o envolvimento americano na guerra do

Vietnã. Vaygay nunca se sentira inclinado, por exemplo, a fotografar as chatas de lixo, carregadas de detritos malcheirosos e de gaivotas guinchantes, reunidas desordenadamente diante da Estátua da Liberdade. Fora isso que fizera outro cientista soviético quando, para espairecerem, Ellie o acompanhara num passeio de barca a Staten Island, durante um intervalo de uma reunião em Nova York. Tampouco Vaygay fotografara avidamente, como alguns de seus colegas, as favelas e os casebres com telhados de zinco de porto-riquenhos pobres durante uma excursão de ônibus, entre um luxuoso hotel à beira-mar e o Observatório de Arecibo. Ellie imaginava a quem mostrariam tais fotos. Visualizava uma vasta biblioteca da KGB dedicada às agruras, injustiças e contradições da sociedade capitalista. Por acaso, quando desconsolados com algumas das falhas da sociedade soviética, aquecia-lhes os corações contemplar os desbotados instantâneos de seus imperfeitos primos americanos?

Na União Soviética, muitos cientistas brilhantes, por desconhecidas transgressões, havia décadas não tinham permissão para sair da Europa oriental. Konstantinov, por exemplo, só em meados dos anos 1960 fora autorizado a viajar ao Ocidente. Certa vez, numa reunião internacional em Varsóvia — junto a uma mesa repleta de garrafas vazias de aguardente do Azerbaijão —, depois de terminados os trabalhos, perguntaram a Konstantinov o motivo disso e ele respondeu: "Porque os desgraçados sabem que, se me deixam sair, nunca mais volto". Não obstante, haviam-no deixado sair durante o degelo nas relações científicas entre os dois países, em fins dos anos 1960 e começos dos 70, e ele sempre voltara. Agora, entretanto, não o deixavam ausentar-se, e Konstantinov limitava-se a enviar a seus colegas ocidentais cartões de Ano-Novo, nos quais se retratara sentado desconsoladamente, de pernas cruzadas e cabisbaixo, numa esfera sob a qual se via a equação de Schwarzschild para o raio de um buraco negro. Ele se encontrava num profundo poço potencial, era o que dizia na metáfora da física. Nunca mais o deixariam sair.

Questionado a respeito, Vaygay dizia que a posição soviética oficial era de que a revolução húngara de 1956 fora organizada por criptofascistas e que a Primavera de Praga de 1968 tinha sido provocada por um grupo antissocialista que ocupava a liderança do país. Entretanto, acrescentava, se o que lhe haviam dito fosse falso, se aquelas revoltas fossem legítimos levantes populares, nesse caso seu país errara em reprimi-las. Com relação ao Afeganistão, ele nem se dava ao trabalho de mencionar as justificativas oficiais. Certa vez, em sua sala do instituto, insistira em mostrar a Ellie seu radiorreceptor pessoal de ondas curtas, com frequências claramente marcadas — "Londres", "Paris", "Washington" — em caracteres cirílicos. Tinha liberdade, disse, de escutar a propaganda de todos os países.

Numa determinada época, muitos de seus colegas haviam se rendido à retórica nacional sobre o perigo amarelo. "Imagine toda a fronteira entre a China e a União Soviética ocupada por soldados chineses, ombro a ombro, um exército invasor", sugerira um deles, desafiando a imaginação de Ellie. Estavam reunidos, de pé, em torno do samovar na sala do diretor, no instituto. "Com a atual taxa de natalidade chinesa, quando eles ultrapassariam a fronteira?" E a resposta fora pronunciada, numa estranha mistura de previsão pressaga e prazer aritmético: "Nunca". William Randolph Hearst teria se sentido à vontade. Mas não Lunacharski. Estacionar tamanho número de soldados chineses na fronteira reduzia automaticamente a taxa de natalidade, argumentou ele; por conseguinte, os cálculos estavam equivocados. Vaygay havia construído a frase como se o objeto de sua contestação fosse o uso errôneo de modelos matemáticos, mas poucos deixaram de entender o que ele queria dizer. Nem no auge das tensões sino-soviéticas, até onde Ellie sabia dizer, jamais Vaygay se deixara levar pela paranoia e pelo racismo.

Ellie adorava os samovares e era capaz de compreender o afeto que os russos tinham por eles. Parecia-lhe que o *Lunakhod*, o bem-sucedido veículo lunar teleguiado, parecido com uma banheira sobre rodas raiadas, tinha alguma coisa da tecnologia do samovar. Certa vez Vaygay a levara para ver um modelo do *Lunakhod* num parque de exposições perto de Moscou, numa maravilhosa manhã de junho. Havia ali, perto de um pavilhão que exibia os produtos e encantos da República Autônoma do Tadjik, um enorme edifício cheio até o teto de modelos em escala real de veículos espaciais civis da URSS. O *Sputnik 1*, o primeiro satélite artificial; o *Sputnik 2*, o primeiro satélite a transportar um animal, a cadela Laika, que morreu no espaço; o *Luna 2*, primeiro engenho espacial a atingir outro corpo celeste; o *Luna 3*, primeiro artefato espacial a fotografar o lado oculto da Lua; o *Venera 7*, primeira sonda planetária a pousar com segurança em outro planeta; e o *Vostok 1*, primeira nave espacial tripulada, que transportara Yuri A. Gagarin, herói da União Soviética, em órbita em torno da Terra. Do lado de fora, crianças usavam as aletas do foguete lançador da *Vostok* como escorregador, com seus belos cabelos louros cacheados e os lenços encarnados de Komsomolsr brilhando ao sol, enquanto, muito risonhos, deslizavam desde o alto até a terra. *Zemlya* — assim se dizia terra em russo. A grande ilha soviética no mar Ártico chamava-se Novaya Zemlya, Terra Nova. Fora ali que, em 1961, haviam detonado um artefato termonuclear de 58 megatons, a maior explosão realizada em todos os tempos pela espécie humana. No entanto, naquele dia de primavera, com vendedores ambulantes apregoando o sorvete de que os moscovitas tanto se orgulhavam, com famílias saindo a passeio e um velho desdentado sorrindo para Ellie e Lunacharski como se estes fossem amantes, a velha terra parecera muito bela.

Nas raras visitas dela a Moscou ou Leningrado, Vaygay muitas vezes organizava as saídas noturnas. Um grupo de seis ou oito deles ia ao Bolshoi ou ao balé de Kirov. De uma forma ou de outra, Lunacharski conseguia as entradas. Ellie agradecia aos anfitriões pela noitada, e eles — explicando que só na companhia de visitantes estrangeiros eles próprios podiam assistir a tais espetáculos — também lhe agradeciam. Vaygay apenas sorria. Nunca trazia a esposa, e Ellie nunca a vira. Segundo Vaygay, era uma médica dedicada aos pacientes. Ellie lhe perguntara qual era seu maior pesar, já que seus pais não haviam emigrado para a América, como chegaram a desejar. "Só tenho uma tristeza", respondera ele, com sua voz grave. "Minha filha casou-se com um búlgaro."

Certa vez ele organizou um jantar num restaurante caucasiano em Moscou, contratando um *tamada*, ou brindador profissional, chamado Khaladze. O homem era mestre em sua arte, mas o russo de Ellie era tão pobre que ela se viu obrigada a pedir que traduzissem a maioria dos brindes. Khaladze virou-se para ela e, como que prenunciando o que seria o restante da noite, observou: "Para nós, o homem que bebe sem brinde é um alcoólatra". Um dos primeiros brindes, medíocres em comparação aos restantes, terminara assim: "À paz em todos os planetas", e Vaygay lhe explicara que a palavra *mir* significava "mundo", "paz" e uma comunidade autônoma de camponeses que remontava aos tempos de antanho. Haviam conjecturado se o mundo era mais pacífico quando suas maiores unidades políticas não eram maiores que aldeias. "Toda aldeia é um planeta", dissera Lunacharski, erguendo o copo. "E todo planeta, uma aldeia", retrucara Ellie.

Essas reuniões eram um tanto barulhentas. Bebiam-se enormes quantidades de conhaque e vodca, mas ninguém jamais parecia embriagar-se. Saíam do restaurante, fazendo muito barulho, à uma ou duas da manhã, e tentavam, frequentemente em vão, conseguir um táxi. Várias vezes, Vaygay a acompanhou, a pé, por cinco ou seis quilômetros, de volta ao hotel. Era atencioso, um pouco inclinado a agir como protetor, condescendente em seus julgamentos políticos, impetuoso em seus pronunciamentos científicos. Embora os colegas o tivessem na conta de mulherengo, ele jamais se permitira sequer dar um beijo de boa-noite em Ellie. Isso sempre a deixara um tanto magoada, embora fosse patente o afeto que ele lhe dedicava.

Eram muitas as mulheres na comunidade científica soviética, muito mais, proporcionalmente, que nos Estados Unidos. Entretanto, tendiam a ocupar posições de subalternas a médias, e os cientistas soviéticos do sexo masculino, tal como seus colegas americanos, admiravam o fato de existir uma mulher bonita, de óbvia competência científica, que manifestava com energia seus pontos de vista. Alguns a interrompiam ou fingiam não ouvir o que ela dizia. Quando isso acontecia, Lunacharski sempre se inclinava para a frente e perguntava, com voz mais alta

*121*

que de costume: "O que a senhora disse, dra. Arroway? Não escutei direito". Os outros então se calavam e ela continuava a falar sobre detectores de arsenieto de gálio alterado ou sobre o teor de etanol na nuvem galáctica W-3. A quantidade de álcool a duzentos graus nessa nuvem interestelar era mais que suficiente para abastecer a população da Terra, se todo adulto fosse alcoólatra contumaz, desde o surgimento do sistema solar. O *tamada* gostara da observação. Nos brindes subsequentes, haviam feito especulações sobre a possibilidade de outras formas de vida se embriagarem com etanol, se a embriaguez pública era um problema em toda a galáxia e se haveria, em algum mundo, um brindador tão exímio como Trofim Sergeievitch Khaladze.

Ao chegarem ao aeroporto de Albuquerque, descobriram que, miraculosamente, o voo comercial proveniente de Nova York, que trazia a delegação soviética, chegara meia hora adiantado. Ellie encontrou Vaygay numa loja de souvenirs do aeroporto, regateando o preço de alguma bugiganga. Ele a deve ter visto pelo canto do olho. Sem virar o rosto, ergueu um dedo: "Um instantinho, dra. Arroway. Dezenove e noventa e cinco?", continuou, dirigindo-se à desinteressada vendedora. "Vi um conjunto igualzinho em Nova York, ontem, por dezessete e setenta e cinco." Aproximando-se um pouco, Ellie observou Vaygay espalhando um baralho holográfico, com cenas de nus de ambos os sexos; as poses, agora consideradas apenas indecorosas, teriam escandalizado a geração precedente. A vendedora tentava juntar as cartas, enquanto Lunacharski fazia esforços vigorosos para cobrir o balcão com elas. Estava ganhando a disputa. "Desculpe, senhor, mas não sou eu quem faço os preços. Sou apenas empregada", queixou-se a moça.

"Eis um exemplo das deficiências de uma economia planejada", disse Vaygay a Ellie, estendendo uma nota de vinte dólares à vendedora. "Num verdadeiro sistema de livre empresa, é provável que eu conseguisse comprar isto por quinze dólares. Talvez até doze e noventa e cinco. Não olhe para mim desse jeito, Ellie. Esse baralho não é para mim. Com os curingas, temos aqui 54 cartas. Cada uma delas será um bom presente para algum operário do meu instituto."

Ellie sorriu e lhe tomou o braço. "Que bom ver você de novo, Vaygay."

"Um raro prazer, minha querida."

Por acordo mútuo, mas tácito, na viagem para Socorro trocaram sobretudo amenidades. Valerian e o motorista, um dos integrantes da nova equipe de segurança, iam na frente. Peter, que não era homem conversador, nem mesmo em circunstâncias comuns, satisfez-se em se recostar e prestar atenção à conversa deles, que só tangencialmente abordou a questão que os soviéticos tinham vindo debater: o terceiro nível do palimpsesto, a Mensagem complexa, intrincada e ainda não decifrada, que estavam recebendo coletivamente. Com certa relutância, o governo americano concluíra que a participação soviética era essencial. Principalmente porque o sinal de Vega era tão intenso que até radiotelescópios modestos eram capazes de detectá-lo. Anos antes, os soviéticos tinham espalhado, prudentemente, vários telescópios de pequeno porte por todo o continente eurasiano, que se estendia por 9 mil quilômetros da superfície da Terra, e recentemente haviam terminado a construção de um grande radiobservatório perto de Samarcanda. Além disso, navios soviéticos de rastreamento de satélites patrulhavam tanto o Atlântico como o Pacífico.

Alguns dos dados soviéticos eram redundantes, pois observatórios do Japão, da China, da Índia e do Iraque também os estavam registrando. Com efeito, todos os radiotelescópios dos países em cujo céu Vega aparecia estavam voltados para essa estrela. Astrônomos da Grã-Bretanha, França, Holanda, Suécia, Alemanha e Tcheco-Eslováquia, do Canadá e da Venezuela, e também da Austrália, registravam fragmentos da Mensagem, acompanhando Vega desde o momento em que a estrela se levantava no horizonte até aquele em que se punha. Em alguns observatórios, o equipamento de detecção não era bastante sensível para sequer distinguir os pulsos isoladamente. De qualquer forma, gravavam o borrão de áudio. Todos esses países dispunham de um pedaço do quebra-cabeça, pois, como Ellie lembrara a Kitz, a Terra gira. Todos os países tentavam decifrar os pulsos. Mas era difícil. Ninguém sabia dizer sequer se a Mensagem estava escrita em símbolos ou imagens.

Era perfeitamente concebível que não decifrassem a Mensagem até ela retornar à página um — se é que isso iria acontecer — e começasse outra vez com a introdução, a chave para a decodificação. Talvez fosse uma mensagem longuíssima, pensou Ellie, enquanto Vaygay tecia comparações entre as terras áridas da América e da União Soviética. Talvez só voltasse ao início daí a cem anos. Ou talvez não houvesse chave alguma. Talvez a Mensagem (em todo o mundo, ela começava a ser chamada assim, com maiúscula) fosse um teste de inteligência, de modo que mundos demasiado estúpidos para decifrá-la não pudessem utilizar mal o seu conteúdo. De repente ocorreu a Ellie como seria grande a vergonha que ela sentiria da espécie humana se por fim não fossem capazes de compreender a Mensagem. A partir do instante em que americanos e soviéticos resolveram trabalhar juntos e foi solenemente firmado o Protocolo de Acordo, todas as outras nações que possuíam um radiotelescópio tinham concordado em cooperar. Havia agora uma espécie de Consórcio Mundial da Mensagem, e as pessoas realmente utilizavam essa expressão. Para o deciframento da Mensagem, precisavam dos dados e dos talentos uns dos outros.

Os jornais quase não falavam de outra coisa. Os pouquíssimos fatos conhecidos — os números primos, a transmissão da Olimpíada e a existência de uma mensagem complexa — eram revisados interminavelmente. Seria difícil encontrar alguém no planeta que, de uma forma ou de outra, não tivesse tomado conhecimento da Mensagem de Vega.

As seitas religiosas, tanto as reconhecidas como as marginais, bem como algumas recém-inventadas expressamente com esse propósito, dissecavam as implicações teológicas da Mensagem. Algumas supunham-na procedente de Deus; para outras, ela vinha do Demônio. Surpreendentemente, algumas nem sequer tinham certeza de uma coisa ou de outra. Havia um lamentável ressurgimento de interesse por Hitler e pelo regime nazista, e Vaygay comentou com Ellie que contara um total de oito suásticas nos anúncios do suplemento literário do *The New York Times* daquele domingo. Ellie respondeu que essa era mais ou menos a média, mas sabia que estava exagerando; em algumas semanas havia apenas duas ou três. Um grupo que adotara o nome de "Spacarianos" brandia provas definitivas de que os discos voadores tinham sido inventados na Alemanha hitlerista. Uma nova raça, "desmestiçada", de nazistas tinha se desenvolvido em Vega e estava agora pronta para endireitar as coisas na Terra.

Havia aqueles que achavam que escutar o sinal era uma abominação e instavam junto aos observatórios para que cessassem de registrá-lo. Havia os que o tinham na conta de Marca do Advento e recomendavam a construção de radiotelescópios ainda maiores, alguns deles em órbita. Alguns advertiam contra o perigo de trabalhar com os dados soviéticos, sob a alegação de que poderiam ser falsificados, muito embora nas longitudes em que ocorria sobreposição de captação esses dados coincidissem com os que eram fornecidos pelo Iraque, pela China, pela Índia e pelo Japão. E havia aqueles que pressentiam uma modificação na atmosfera política mundial e argumentavam que a simples existência da Mensagem, mesmo que ela jamais viesse a ser decifrada, estava exercendo uma influência moderadora sobre os países, sempre em disputa uns com os outros. Como a civilização transmissora era, evidentemente, mais adiantada que a nossa, e como, obviamente — pelo menos até 26 anos antes —, ela não destruíra a si mesma, seguia-se, afirmavam alguns, que as civilizações tecnológicas não estavam destinadas a uma inevitável autodestruição. Num mundo que fazia suas primeiras experiências sérias com a liquidação dos arsenais nucleares, a Mensagem era vista por populações inteiras como razão de esperança. Muitos a consideravam a melhor notícia em muito tempo. Durante decênios, os jovens tinham tentado não pensar demais no dia de amanhã. Agora, surgia, afinal, a possibilidade de haver um futuro benigno.

Aqueles que se predispunham a esses prognósticos animadores às vezes se viam desconfortavelmente próximos de um terreno que durante uma década fora ocupado pelo movimento quiliasta. Alguns milenaristas propugnavam que a iminente chegada do Terceiro Milênio seria acompanhada pela volta de Jesus, de Buda, de Krishna ou do Profeta, que fundaria na Terra uma benevolente teocracia, severa em seu julgamento dos mortais. Possivelmente esse seria o prenúncio da Ascensão dos Eleitos. Mas havia outros milenaristas, e estes em muito maior número, que sustentavam ser a destruição física do mundo o indispensável pré-requisito para o Advento, tal como fora infalivelmente previsto em muitas obras proféticas da Antiguidade, mutuamente contraditórias sob outros aspectos. A esses milenaristas da destruição incomodava o cheiro de apaziguamento mundial que corria pelo ar, bem como o declínio contínuo, ano após ano, dos estoques de armas estratégicas em todo o mundo. O meio mais simples que existia para o cumprimento do preceito básico de sua fé estava sendo desmantelado dia a dia. Outras catástrofes possíveis — superpopulação, poluição industrial, terremotos, explosões vulcânicas, aquecimento do planeta através do efeito estufa, colisões de cometas com a Terra — eram demasiado lentas, improváveis ou insuficientemente apocalípticas para aquela finalidade.

Alguns líderes milenaristas haviam garantido em encontros-monstros de seus seguidores que os seguros de vida, exceto os por morte acidental, eram sinal de desvio da fé; que comprar uma sepultura ou tomar providências fúnebres, salvo em caso de extrema necessidade, representava flagrante impiedade. Todos os crentes seriam levados corporeamente ao céu, e estariam diante do trono de Deus, dentro de apenas alguns anos.

Ellie sabia que o famoso parente de Lunacharski fora uma pessoa raríssima, um revolucionário bolchevista com douto interesse pelas religiões do mundo. Mas a atenção que Vaygay dirigia à crescente fermentação teológica em todo o mundo era evidentemente irônica. "A principal questão religiosa em meu país", disse ele, "será saber se os veganos fizeram uma denúncia adequada de Leon Trotski."

À medida que se aproximavam das instalações do Projeto Argus, crescia à beira da estrada o número de carros estacionados, *trailers*, barracas e grupos de pessoas. De noite, a antes tranquila planície de San Augustin era iluminada por fogueiras. Nem todas as pessoas acampadas ao longo da estrada eram abastadas. Ellie notou dois casais jovens. Os homens usavam camisetas de malha e surradas calças jeans; contavam um pouco de prosa sobre suas aventuras na escola secundária, e a conversa era animada. Um deles empurrava um velho carrinho de bebê no qual estava sentado um garotinho dos seus dois anos. As mulheres seguiam atrás dos maridos, uma delas segurando pela mão uma criança que começava a exercitar a arte humana de caminhar, enquanto a outra andava um pouco curvada para a frente por causa do peso do que seria, daí a um mês ou dois, mais uma vida nascida neste obscuro planeta.

Havia místicos de comunidades apartadas oriundas das proximidades de Taos que usavam a psilocibina como sacramento, e freiras de um convento próximo a Albuquerque que usavam o etanol para o mesmo fim. Havia homens de pele coriácea e olhos enrugados que haviam passado a vida inteira ao ar livre, e estudantes de ar livresco e rostos macilentos da Universidade do Arizona em Tucson. Índios navajo vendiam gravatas de seda e penduricalhos brilhantes de prata a preços exorbitantes, uma pequena inversão das históricas relações comerciais entre brancos e ameríndios. Recrutas da base aérea de Davis-Monthan, de licença, mascavam vigorosamente fumo e chicletes. Um homem de cabelos brancos, num elegante terno de novecentos dólares e com um chapelão que combinava com a roupa, deveria ser, possivelmente, um fazendeiro. Havia pessoas que viviam em barracas e em arranha-céus, casebres de barro, dormitórios, parques de *trailers*. Alguns vieram porque não tinham nada melhor a fazer, outros porque queriam dizer aos netos que tinham estado ali. Alguns chegavam à espera de um fracasso; outros, confiantes em testemunharem um milagre. Sons de serena devoção, bulhenta hilaridade, místico êxtase e moderada expectativa erguiam-se da multidão para o sol brilhante da tarde. Algumas cabeças viraram-se, desinteressadas, na direção do cortejo de automóveis, cada um dos quais trazendo a inscrição: SERVIÇO DE TRANSPORTES GERAIS DO GOVERNO DOS EUA.

Algumas pessoas almoçavam, usando como mesa a porta traseira de suas peruas; outras examinavam os produtos de vendedores cujos empórios sobre rodas exibiam letreiros berrantes: LANCHES RÁPIDOS ou SOUVENIRS ESPACIAIS. Havia longas filas diante de cubículos, com capacidade máxima para uma pessoa, que o Projeto Argus julgara melhor fornecer. Crianças corriam entre veículos, sacos de dormir, cobertores e mesas portáteis de camping, quase nunca admoestadas pelos adultos, exceto quando chegavam perto demais da rodovia ou da cerca próxima ao telescópio 61, onde um grupo de jovens adultos de rabicho e cabeça raspada, vestidos com mantos alaranjados, entoavam solenemente a sagrada sílaba "Om". Havia cartazes com representações imaginárias de seres extraterrestres, algumas popularizadas por filmes ou revistas em quadrinhos. Um deles dizia: "Os extraterrestres estão entre nós". Um homem com brincos de ouro fazia a barba, usando o retrovisor de uma caminhonete, e uma mulher de cabelos negros, usando um poncho, ergueu uma xícara de café em saudação ao cortejo motorizado.

Ao se aproximarem do portão principal, perto do telescópio 101, Ellie avistou um rapaz que, sobre uma plataforma improvisada, falava a uma considerável multidão. Usava uma camiseta que representava a Terra sendo atingida por um raio celeste. Várias outras pessoas na multidão, observou ela, usavam esse mesmo enfeite enigmático. A pedido de Ellie, depois de transporem o portão, pararam à beira da estrada, abaixaram a janela do carro e ficaram ouvindo. O rapaz que falava estava de costas, e eles podiam ver os rostos dos ouvintes. Essas pessoas estão profundamente comovidas, pensou Ellie.

*128*

O rapaz ia bem adiantado em sua alocução: "...e outros dizem que existe um pacto com o Diabo, que os cientistas venderam suas almas. Há pedras preciosas em cada um desses telescópios". Fez um gesto na direção do telescópio 101. "Até os cientistas admitem isso. Algumas pessoas dizem que o Diabo entrou nessa trama."

"Arruaceiros religiosos", murmurou Lunacharski sombriamente, olhando ansioso a estrada que se abria diante deles.

"Não, não. Vamos ficar", disse Ellie. Em seus lábios brincava um sorriso, quase de espanto.

"Há outras pessoas... pessoas religiosas, pessoas tementes a Deus... que acreditam que essa Mensagem vem de seres do espaço, entidades, criaturas hostis que querem nos fazer mal, inimigos do Homem." O jovem quase gritou a última frase, e depois fez uma pausa, à espera do efeito. "Mas todos vocês estão cansados da corrupção, da decadência desta sociedade, uma decadência provocada pela tecnologia irrefletida, desvairada, ímpia. Não sei qual de vocês tem razão. Não posso lhes dizer o que a Mensagem significa, ou quem a enviou. Tenho minhas desconfianças. Em breve haveremos de saber. Mas uma coisa eu sei: os cientistas, os políticos e os governantes estão nos enganando. Não nos disseram tudo que sabem. Estão mentindo para nós, como sempre fizeram. Durante muito tempo, Senhor, temos engolido as mentiras que despejam sobre nós, sua corrupção."

Para o espanto de Ellie, elevou-se da multidão um coro de assentimento. O rapaz tocara numa ferida, num poço de ressentimento, de que só vagamente ela se dera conta.

"Esses cientistas não acreditam que nós sejamos filhos de Deus. Existem entre eles conhecidos comunistas. Vocês querem que pessoas dessa laia decidam o destino do mundo?"

A multidão respondeu com um tonitruante "Não!".

"Querem que uma súcia de ateus vá parlamentar com Deus?"

"Não!", gritou novamente a massa.

"Ou com o Diabo? O que eles estão fazendo é negociar nosso futuro com monstros de um mundo desconhecido. Meus irmãos e minhas irmãs: o mal habita este lugar."

Ellie imaginara que o orador não tivesse percebido a presença deles. Nesse momento, porém, ele se virou um pouco e apontou diretamente para o cortejo.

"Eles não falam em nosso nome! Eles não nos representam! Não têm nenhum direito de parlamentar em nosso nome!"

Algumas pessoas que estavam mais perto da cerca começaram a sacudi-la ritmicamente. Valerian e o motorista ficaram alarmados. Os motores tinham sido deixados a funcionar em marcha lenta, e num instante eles se afastaram do portão em direção ao prédio administrativo do Projeto Argus, que ficava a alguns quilômetros dali. Enquanto saíam, Ellie ainda pôde ouvir o orador, claramente, sobre o ranger dos pneus e o clamor da multidão.

"O mal que habita este lugar será destruído. Isso eu juro."

# 8. ACESSO ALEATÓRIO

*O teólogo pode comprazer-se na amena tarefa de descrever a Religião tal como ela desceu do céu, revestida de sua nativa pureza. Ao historiador se impõe um dever mais melancólico. Cumpre-lhe desvelar a inevitável mistura de erro e corrupção que ela contraiu numa longa permanência na Terra, entre uma fraca e degenerada raça de seres.*
Edward Gibbon, *Declínio e queda do Império romano*, XV

ELLIE DEIXOU DE LADO o acesso aleatório e avançou sequencialmente, passando de uma estação de TV a outra. Canais contíguos apresentavam programas de baixa categoria. Era evidente, num relance, que a televisão ainda não havia realizado tudo quanto se podia esperar dela. Havia um animado jogo de basquetebol entre os Wildcats de Johnson City e os Tigers; os rapazes e as moças estavam dando tudo que podiam. No canal seguinte se ouvia uma exortação em parse sobre as maneiras próprias e impróprias de se observar o ramadã. Mais adiante, um dos canais fechados, este aparentemente dedicado a práticas sexuais execráveis. Em seguida ela chegou a um dos canais computadorizados, dedicado a jogos fantasiosos, e que agora enfrentava tempos difíceis. Ligado a computadores pessoais, permitia a participação numa aventura; a daquele dia chamava-se, aparentemente, *Gilgamesh galáctico*, na esperança de que os telespectadores o julgassem suficientemente atraente para encomendar a fita correspondente num dos muitos pontos de venda. Tomavam precauções eletrônicas para que ninguém pudesse gravar o programa durante sua breve participação nele. A maioria desses jogos, pensou Ellie, constituía-se de tentativas desesperadamente falhas de preparar os adolescentes para um futuro desconhecido.

Sua atenção foi atraída para um ansioso apresentador de uma das antigas redes. Com indisfarçável ar de preocupação, ele falava de um ataque que, sem motivo aparente, lanchas torpedeiras norte-vietnamitas haviam desfechado contra dois destroieres da VII Frota dos Estados Unidos, no golfo de Tonquim, e da solicitação que o presidente norte-americano fizera ao Congresso para que lhe fosse dada autorização de "tomar todas as medidas cabíveis" em relação ao episódio. Aquele programa era um dos preferidos de Ellie. Intitulado *Notícias de ontem*, reapresentava noticiários antigos. Na segunda parte, o programa dissecava em pormenores a desinformação da primeira parte e criticava a facilidade com que os meios de comunicação aceitavam as declarações de qualquer governo, por mais infundadas e interesseiras que fossem. Era uma das muitas séries produzidas por uma organização chamada REALI-TV. Outras eram *Promessas, promessas*, dedicada a análises, a posteriori, de compromissos firmados — e nunca cumpridos — em campanhas eleitorais de todos os níveis, e *Chutes e lorotas*, programa semanal que desmascarava preconceitos, propagandas e mitos. A data que aparecia na tela era 5 de agosto de 1964, e Ellie foi tomada de uma onda de reminiscências — *nostalgia* não seria a palavra apropriada — de seus tempos de secundarista. Continuou em frente.

Percorrendo os canais, passou por uma série de culinária oriental, devotada naquela semana ao *hibachi*; um longo anúncio da primeira geração de robôs domésticos, de finalidades gerais, da Hadden Cybernetics; o programa de notícias e comentários em russo, apresentado pela Embaixada Soviética; vários programas infantis e de notícias; a estação de matemática mostrando os deslumbrantes gráficos de computador do novo curso de geometria analítica da Universidade Cornell; o canal de ofertas de apartamentos e anúncios imobiliários; e uma série inacabável de filmes da pior qualidade. Por fim chegou à rede religiosa, na qual a Mensagem era continuamente discutida.

A frequência às igrejas crescia vertiginosamente em todo o país. A Mensagem, acreditava Ellie, era uma espécie de espelho, e nela cada pessoa via suas crenças serem refutadas ou confirmadas. Era considerada uma confirmação geral de doutrinas apocalípticas e escatológicas, mutuamente excludentes. No Peru, na Argélia, no México, no Zimbabwe e entre os índios hopi, sucediam-se os debates a respeito de terem ou não suas civilizações matrizes provindo do espaço; as opiniões favoráveis à origem extraterrestre eram atacadas como colonialistas. Os católicos debatiam o estado de graça extraterrestre. Protestantes discutiam possíveis missões anteriores de Jesus a planetas próximos e, naturalmente, sua volta à Terra. Os muçulmanos receavam que a Mensagem pudesse violar o mandamento contra as imagens. No Kuwait, surgiu um homem que afirmava ser o Imame Oculto dos xiitas. Um fervor messiânico crescera entre os hassidianos. Em outras congregações de judeus ortodoxos, assistia-se a um súbito renascimento do interesse por Astruc, fanático que temia que o saber pudesse minar a fé; em 1305, ele induzira o rabino de Barcelona, o mais importante judeu letrado da época, a proibir o estudo das ciências e da filosofia por pessoas com menos de 25 anos de idade, sob pena de excomunhão. Correntes semelhantes ganhavam cada vez mais adeptos no Islã. Um filósofo da Tessalônica, chamado Nicolau Polidemos, atraía a atenção com uma série de argumentos passionais em favor do que ele chamava de "reunificação" das religiões, dos governos e dos povos do mundo. As críticas começavam pela contestação ao prefixo *re*.

Grupos de entusiastas dos OVNIs haviam organizado vigílias durante as 24 horas do dia junto à base aérea de Brooks, perto de San Antonio, onde se dizia que estavam congelados os corpos, perfeitamente preservados, de quatro ocupantes de um disco voador acidentado em 1947; constava que os extraterrestres tinham um metro de altura e dentaduras pequenas e perfeitas. Na Índia, havia relatos de aparições de Vishnu; no Japão, de Amida Buda; curas milagrosas eram anunciadas às centenas em Lourdes; uma nova Bodhisattva se autoproclamou no Tibete. Na Austrália, importou-se da Nova Guiné um novo "culto de carregamento", que pregava a construção de grosseiras simulações de radiotelescópios para atrair a generosidade dos extraterrestres. A União Mundial dos Livre-Pensadores declarou ser a

Mensagem uma prova da inexistência de Deus. A Igreja mórmon afirmou ser ela uma segunda revelação por parte do anjo Moroni.

Grupos diversos tinham a Mensagem na conta de comprovação da existência de muitos deuses, de um único deus ou de nenhum. O milenarismo reinava por toda parte. Havia aqueles que previam o Milênio para 1999 — uma inversão cabalística de 1666, o ano que Sabbatai Zevi adotara para o seu milênio; outros optavam por 1996 ou 2003, anos tidos como os do segundo milésimo aniversário do nascimento ou morte de Jesus. O Grande Ciclo dos antigos maias se completaria no ano 2011, quando — segundo essa tradição cultural independente — o cosmo chegaria ao fim. A combinação da previsão maia com o milenarismo cristão estava produzindo uma espécie de frenesi apocalíptico no México e na América Central. Alguns dos milenaristas que acreditavam nas datas anteriores haviam começado a distribuir sua riqueza entre os pobres, em parte porque em breve ela seria mesmo inútil, e em parte como dádiva a Deus, um suborno em favor do Advento.

Fanatismo, medo, esperança, debates passionais, preces serenas, nervosa reavaliação, desinteresse exemplar, estreita hipocrisia e a ânsia por ideias novas e sensacionais haviam se tornado epidemias, varrendo febrilmente a superfície do minúsculo planeta Terra. Dessa intensa fermentação, Ellie julgava ver surgir, vagarosamente, a ideia de que o mundo não passava de um fio num vasto tapete cósmico. Enquanto tudo isso acontecia, a Mensagem propriamente dita resistia a todas as tentativas de decodificação.

Nos canais sensacionalistas, protegidos pela Primeira Emenda, ela, Vaygay, Der Heer e, em menor medida, Peter Valerian estavam sendo acusados de um sem-número de transgressões, dentre as quais ateísmo, comunismo e recusa de divulgar o conteúdo da Mensagem. Na opinião de Ellie, Vaygay não era um comunista muito convicto, e Valerian tinha uma profunda, plácida, mas rica fé cristã. Se porventura tivessem a sorte de decifrar alguma coisa da Mensagem, ela faria questão de entregá-la pessoalmente àquele farisaico comentarista de TV. David Drumlin, contudo, estava sendo descrito como um herói, o homem que havia verdadeiramente decodificado os números primos e a transmissão da Olimpíada; esse tipo de cientista é que era necessário ao mundo. Ellie suspirou e mais uma vez mudou de canal.

Tinha chegado ao SETA, o Sistema de Emissoras Turner-American, a única sobrevivente das grandes redes comerciais que haviam dominado a televisão norte-americana até a generalização das transmissões diretas por satélite e o advento do cabo de 180 canais. Nessa estação, Palmer Joss estava fazendo uma de suas raras aparições na TV. Como a maioria dos americanos, Ellie reconheceu de imediato a voz ressonante, a figura atraente e um tanto desmazelada, e a descoloração sob os olhos, que levava as pessoas a crerem que ele jamais dormia, preocupado com elas.

"Que fez a ciência realmente por nós?", indagava ele, retoricamente. "Seremos realmente mais felizes? Não me refiro apenas ao fato de contarmos com receptores holográficos e uvas sem sementes. Somos mais felizes *fundamentalmente*? Ou os cientistas nos subornam com brinquedos, bugigangas tecnológicas, enquanto solapam a nossa fé?"

Ali estava um homem, pensou Ellie, que anelava por uma época mais simples, um homem que passara a vida tentando conciliar o inconciliável. Havia condenado os excessos mais gritantes da religião do consumo, e pensava que isso justificava ataques à evolução e à relatividade. Por que não atacar a existência do elétron? Palmer Joss nunca vira um deles, e a Bíblia nada fala sobre o eletromagnetismo. Por que acreditar nos elétrons? Ainda que Ellie nunca o tivesse escutado pregar, tinha certeza de que mais cedo ou mais tarde ele se referiria à Mensagem. Não precisou esperar muito.

"Os cientistas guardam suas descobertas para si mesmos, dão-nos pedacinhos, fragmentos... o suficiente para nos manter quietos. Acham que somos ignorantes demais para entender o que eles fazem. Dão-nos conclusões sem provas, opiniões, como se fossem escrituras sagradas e não especulações, teorias, hipóteses... aquilo que as pessoas comuns chamariam de palpites. Jamais perguntam se uma nova teoria é tão boa para as pessoas quanto a convicção que ela procura substituir. Superestimam o que eles sabem e subestimam o que nós sabemos. Quando lhes pedimos explicações, respondem que são necessários anos para se compreender. Isso eu entendo, pois na religião também há coisas cujo entendimento exige anos. Pode-se gastar a vida inteira sem que se chegue próximo à compreensão da natureza de Deus Todo-Poderoso. Mas não se veem cientistas procurando líderes religiosos para lhes perguntar sobre os anos de estudo, meditação e oração *deles*. Nunca se dão ao trabalho de pensar em nós, a não ser quando querem nos iludir e enganar.

"E agora dizem que receberam uma Mensagem da estrela Vega. Entretanto, uma estrela não pode enviar Mensagem alguma. *Alguém* a está enviando. Terá a Mensagem propósito divino ou satânico? Quando decodificarem a Mensagem, como terminará ela? 'Atenciosamente, Deus'... ou 'Sem mais, o Diabo'? E, quando os cientistas se dispuserem a nos dizer o que contém a Mensagem, haverão de nos dizer toda a verdade? Ou reterão alguma coisa, por julgarem que não estamos aptos a entender, ou porque alguma coisa não bate com aquilo em que *eles* acreditam? Não foram essas pessoas que nos ensinaram os meios de aniquilar a nós mesmos?

"Ouçam o que lhes digo, amigos, a ciência é importante demais para ser deixada aos cientistas. O processo de decodificação da Mensagem devia contar com a participação de representantes dos principais credos. Devíamos examinar os dados. De outra forma... de outra forma, onde estaremos? Decerto, hão de nos dizer alguma coisa sobre a Mensagem. Talvez aquilo em que realmente acreditam. Talvez não. E teremos de aceitar tudo que nos disserem. Há algumas coisas que os cientistas sabem. Há outras... dou-lhes minha palavra... sobre as quais nada conhecem. Talvez tenham recebido uma mensagem de outros seres do céu. Talvez não. Terão eles certeza de que a Mensagem não é um Bezerro de Ouro? Não acredito que reconhecessem um, se o vissem. Foram essas pessoas que nos deram a bomba de hidrogênio. Perdoa-me, Senhor, por eu não ser mais grato a essas almas bondosas.

"Eu contemplei Deus face a face. Eu O cultuo, O amo. Confio n'Ele com toda a minha alma, com todo o meu ser. Não creio que alguém possa ter fé maior que a minha. Não vejo como os cientistas possam crer na ciência mais do que eu creio em Deus.

"Os cientistas sempre estão prontos a jogar no lixo as suas 'verdades' quando aparece uma nova ideia. Orgulham-se disso. Não imaginam que o conhecimento possa ter limites. Supõem que estejamos presos à ignorância até o fim dos tempos, que em nenhuma parte da natureza exista certeza alguma. Newton suplantou Aristóteles. Einstein suplantou Newton. Amanhã alguém haverá de suplantar Einstein. Assim que conseguimos entender uma teoria, surge outra em seu lugar. Eu não me importaria tanto com isso se nos advertissem de que as ideias antigas eram experimentais. A *lei* da gravitação de Newton, era assim que diziam. Aliás, ainda dizem. Entretanto, se era uma lei natural, como poderia estar errada? Como poderia ser suplantada? Só Deus pode derrubar as leis da natureza, não os cientistas. Só que eles embaralharam tudo. Se Albert Einstein estava certo, Isaac Newton era um amador, um trapalhão.

"Lembrem-se: nem sempre os cientistas estão certos. Querem levar a nossa fé, as nossas crenças, e nada nos dão, em troca, que tenha valor espiritual. Não pretendo abandonar Deus porque os cientistas escrevem um livro e dizem que se trata de uma mensagem originária de Vega. Não hei de cultuar a ciência. Não desafiarei o primeiro mandamento. Não me curvarei diante de um Bezerro de Ouro."


Quando ainda muito jovem, antes de se tornar conhecido e admirado, Palmer Joss fora o factótum de um circo. Isso tinha sido mencionado em seu perfil biográfico, publicado na *Timesweek*; não era segredo. Para ajudar em sua busca de fortuna, ele havia feito com que um mapa-múndi, em projeção cilíndrica, fosse tatuado em seu tronco. Exibia-se em feiras rurais e em parques de diversões mambembes, desde o Oklahoma até o Mississippi, como um dos últimos remanescentes de uma era de maior atividade em matéria de diversão rural itinerante. Na vastidão do oceano azul, viam-se os quatro deuses dos ventos, com as bochechas soprando do oeste e do nordeste. Flexionando os músculos peitorais, Palmer Joss fazia Bóreas agitar-se, juntamente com o Atlântico. A seguir, para a estupefação da plateia, recitava um trecho do livro VI das *Metamorfoses* de Ovídio:

> *Monarca da violência, rolando pelas nuvens*
> *Provoco grandes vagas, derrubo enormes árvores [...]*
> *Possuído de demoníaca fúria, penetro*
> *No mais recôndito das grandes cavernas;*
> *E com esforço, subindo de tais profundezas,*
> *Espalho as sombras aterrorizadas do Hades;*
> *E lanço terremotos mortais pela face da terra!*

Fogo e enxofre da velha Roma. Com um pouco de ajuda das mãos, ele demonstrava a deriva continental, comprimindo a África ocidental contra a América do Sul, de modo a que estas se juntassem, como peças de um quebra-cabeça, de modo quase perfeito, na longitude em que se situava o seu umbigo. Anunciavam-no como "Geos, o Homem-Mapa".

Joss era ávido leitor e, não tendo recebido instrução formal depois da escola primária, ninguém lhe havia dito que a ciência e os clássicos eram cardápio impróprio para gente comum. Auxiliado por sua boa aparência, descontraída e amarfanhada, ele se insinuava junto às bibliotecárias das cidades por onde passava o circo, e perguntava quais os livros sérios que devia ler. Desejava, dizia, aprimorar sua educação. Obedientemente, lia sobre como fazer amigos e investir em negócios imobiliários, ou como intimidar os conhecidos sem que eles o percebessem, mas sentia que tais livros eram, de certa forma, superficiais. Em contraste, na literatura antiga e na ciência moderna ele julgava detectar qualidade. Em seus dias de folga, abancava-se na biblio-

138

teca local. Aprendeu sozinho um pouco de história e geografia. Eram disciplinas relacionadas ao seu trabalho, disse a Elvira, a Moça-Elefante, que o interrogava detidamente sobre suas ausências. Elvira suspeitava que ele fosse dado a namoricos compulsórios — uma bibliotecária em cada porto, disse ela certa vez —, mas tinha de admitir que sua arenga profissional estava melhorando. O conteúdo era demasiado livresco, mas a exposição era clara como água. Surpreendentemente, a tenda de Joss começou a fazer dinheiro para o circo.

De costas para a plateia, certo dia ele estava demonstrando a colisão entre a Índia e a Ásia, e o resultante soerguimento do Himalaia, quando, de um céu plúmbeo mas sem chuva, caiu um raio que o prostrou desfalecido. Tinha havido tempestades de areia no sudeste do Oklahoma, e o tempo estava esquisito em todo o Sul. Joss teve a sensação, perfeitamente lúcida, de deixar seu corpo — atirado lastimosamente sobre as tábuas cobertas de serragem e observado com cautela e quase espanto pela pequena plateia — e de subir, elevando-se como que através de um longo e escuro túnel, até se aproximar lentamente de uma luz brilhante. E, no fulgor, ele aos poucos discerniu um vulto de proporções heroicas, realmente divinas.

Quando voltou a si, uma parte dele ficou desapontada por estar vivo. Achava-se num catre, num quarto pobre. Debruçado sobre ele estava o reverendo Billy Jo Rankin, não o atual religioso que tem esse nome, mas seu pai, um venerável eclesiástico do terceiro quartel do século XX. Ao fundo, Joss acreditou ver uma dúzia de figuras encapuzadas entoando o *Kyrie eleison*. Mas não podia ter certeza.

"Vou viver ou morrer?", perguntou o rapaz.

"Meu jovem, vais viver e vais morrer", respondeu o reverendo Rankin.

Joss foi logo tomado de uma sensação pungente de descoberta do mundo. De certa forma, entretanto, era-lhe difícil articular isso, a sensação conflitava com a imagem beatífica que ele havia contemplado e com a alegria infinita que a visão lhe proporcionara. Joss podia sentir as duas coisas brigando dentro de seu peito. Em várias situações, às vezes no meio de uma frase, ele tomava consciência de uma ou outra dessas sensações procurando se impor através da palavra ou da ação. Depois de algum tempo, aprendeu a conviver com ambas.

Ele *realmente* estivera morto, disseram-lhe mais tarde. Um médico o declarara morto. No entanto, tinham rezado sobre ele, cantado hinos e até tentado ressuscitá-lo mediante massagens. Haviam-no devolvido à vida. Ele renascera literalmente. Uma vez que isso correspondia tão bem à sua própria percepção da experiência, aceitou o relato, e com satisfação. Embora quase nunca falasse a respeito, persuadiu-se do que significara o episódio. Não havia sido prostrado à toa. Não fora trazido de volta ao mundo sem um motivo.

Sob a orientação de seu mentor, Joss começou a estudar as Escrituras a sério. A ideia da Ressurreição e a doutrina da Salvação comoveram-no profundamente. Ajudava o reverendo Rankin no que podia, às vezes substituindo-o nas missões evangélicas mais cansativas ou mais distantes, sobretudo depois que o filho do pastor, o jovem Billy Jo Rankin, viajou para Odessa, no Texas, atendendo ao chamado de Deus. Logo Joss encontrou um estilo de pregação todo seu, menos exortativo que explanatório. Em linguagem simples e lançando mão de metáforas batidas, explicava o batismo e a vida no além, a ligação entre a Revelação cristã e os mitos da Grécia e da Roma clássicas, a ideia do desígnio de Deus em relação ao mundo, a coincidência da ciência e da religião quando ambas eram corretamente compreendidas. Não era uma pregação convencional, e cheirava a um ecumenismo excessivo para muitos gostos. No entanto, revelava-se inexplicavelmente popular.

"Você renasceu, Joss", disse-lhe Rankin pai. "Por isso, deveria mudar o nome. Só que Palmer Joss é um nome tão bom para um pregador que seria bobagem você não conservá-lo."

Tal como os médicos e advogados, os vendedores de religião raramente criticavam os produtos uns dos outros, observou Joss. Certa noite, entretanto, ele foi assistir ao culto da nova Igreja de Cristo, Cruzado, a fim de ouvir o jovem Billy Jo Rankin, que voltara triunfante de Odessa. Billy Jo expôs uma severa doutrina de Recompensa, Retribuição e Êxtase. O culto daquela noite era dedicado à cura de enfermos. O instrumento curativo, disse Rankin à congregação, seria a mais sagrada das relíquias — mais sagrada que uma lasca da Vera Cruz, mais sagrada até que o fêmur de santa Teresa de Ávila que o generalíssimo Francisco Franco conservara em seu gabinete para intimidar os piedosos. O que Billy Jo Rankin brandiu diante da massa foi nada mais, nada menos que o líquido amniótico que havia circundado e protegido Nosso Senhor. O fluido fora cuidadosamente preservado num antigo recipiente de louça que pertencera, segundo foi dito, a santa Ana. A menor gota daquele líquido santo haveria de curar toda e qualquer moléstia, prometeu Rankin, através de um ato especial da Divina Graça. Tinha consigo naquela noite a mais santa das águas bentas.

Joss ficou atônito, não tanto com o fato de Rankin impingir uma fraude tão gritante, mas principalmente ao ver que todos os paroquianos se dispunham a aceitá-la credulamente. Em sua vida pregressa, tinha visto muitas tentativas de ludibriar o público. Mas eram feitas a título de diversão. Agora era diferente. Isso era religião. A religião era importante demais para que se esquecesse a verdade, o que dizer para que se forjassem milagres. Passou então a denunciar do púlpito a impostura.

À medida que crescia seu fervor, dedicava-se a vituperar outras formas aberrantes de fundamentalismo cristão, entre as quais os pretensos herpetólogos que testavam sua fé afagando cobras, em obediência à afirmação bíblica de que os puros de coração não devem temer o veneno das serpentes. Num sermão que viria a ser muito citado, parafraseou Voltaire. Nunca havia imaginado, disse, que haveria de encontrar clérigos venais a ponto de prestarem apoio aos blasfemos que ensinavam que o primeiro sacerdote fora o primeiro patife que conheceu o primeiro tolo. Tais religiões estavam prejudicando a religião, disse, com o dedo em riste.

Joss argumentava que em toda religião havia uma linha doutrinária que, se ultrapassada, insultava a inteligência de seus praticantes. Era admissível que pessoas sensatas discordassem quanto ao lugar em que devia ser traçada essa linha, mas as religiões só iam além dela por sua própria conta e risco. As pessoas não eram idiotas, dizia. Um dia antes de morrer, enquanto punha ordem em seus negócios, o velho Rankin mandou dizer a Joss que nunca mais queria pôr os olhos nele.

Ao mesmo tempo, Joss começou a ensinar que tampouco a ciência dispunha de todas as respostas. Apontava incoerências na teoria da evolução. As conclusões embaraçosas, os fatos que não se ajustavam entre si — essas coisas os cientistas varriam para debaixo do tapete, dizia. Na verdade eles não sabem se o mundo tem mesmo 4,6 bilhões de anos, do mesmo modo que o arcebispo Ussher não sabia que a idade do planeta era de 6 mil anos. Ninguém vira a evolução acontecer, ninguém vinha marcando o tempo desde a Criação. ("Cento e noventa e nove quatrilhões... 200 quatrilhões", imaginou ele certa vez o paciente cronometrista contando os segundos desde a origem da Terra.)

E também a teoria da relatividade de Einstein não havia sido comprovada. É absolutamente impossível uma velocidade superior à da luz, declarara Einstein. Como podia ele saber? Quão perto da velocidade da luz havia *ele* chegado? A relatividade era apenas uma forma de compreender o mundo. Einstein não tinha competência para restringir o que a humanidade poderia fazer no futuro remoto. E decerto Einstein não podia impor limites ao que Deus era capaz de fazer. Não poderia Deus viajar mais depressa do que a luz se Ele assim o desejasse? Não poderia Deus fazer com que *nós* viajássemos mais depressa que a luz se Ele assim o desejasse? Havia excessos na ciência e também na religião. Um homem sensato não se deixaria embair por nada disso. Eram muitas as interpretações das Escrituras, e também do mundo natural. Ambas as coisas tinham sido criadas por Deus, de forma que tinham de se coonestar reciprocamente. Sempre que parecesse haver discrepância, ou o cientista ou o teólogo não havia realizado direito seu trabalho. Talvez ambos tivessem errado.

Palmer Joss combinava essa crítica imparcial à ciência e à religião com uma ardente exortação à retidão moral e com o respeito pela inteligência de seu rebanho. Aos poucos, foi adquirindo reputação nacional. Nos debates a respeito do ensino do "criacionismo científico" nas escolas, sobre a ética do aborto e o congelamento de embriões, e ainda quanto à engenharia genética, ele procurava, à sua maneira, seguir um meio-termo, reconciliar caricaturas da ciência e da religião. Tanto uma como outra área se sentiam afrontadas com suas intervenções, e enquanto isso sua popularidade só fazia crescer. Joss tornou-se confidente de presidentes. Trechos de seus sermões eram transcritos nas páginas dos principais jornais. Entretanto, ele resistia aos muitos convites e algumas lisonjas de pessoas que queriam que fundasse uma Igreja eletrônica. Continuava a viver com simplicidade, e raramente, salvo quando convidado à Casa Branca e a congressos ecumênicos, abandonava o Sul rural. Afora um patriotismo convencional, fazia questão de não se imiscuir em política. Num domínio em que abundavam os concorrentes, muitos de dúbia probidade, Palmer Joss se tornou, em erudição e autoridade moral, o mais destacado pregador fundamentalista cristão de sua época.

Der Heer tinha perguntado se não podiam jantar calmamente em algum lugar. Estava chegando de viagem para um encontro com Vaygay e a delegação soviética, no qual avaliariam os mais recentes progressos na interpretação da Mensagem. No entanto, o centro-sul do Novo México estava abarrotado de jornalistas de todo o mundo, e não havia, num raio de centenas de quilômetros, um só restaurante onde pudessem conversar sem serem observados e ouvidos. Por isso, a própria Ellie preparou um jantar em seu modesto apartamento, perto das acomodações destinadas aos cientistas visitantes no Projeto Argus. Tinham muito o que conversar. Parecia, às vezes, que a sorte de todo o projeto pendia por um fio, a depender do humor da presidente. Mas o ligeiro estremecimento de expectativa que ela sentiu pouco antes da chegada de Ken era causado, percebeu vagamente, por algo mais do que isso. Joss não representava exatamente assunto de trabalho, de modo que só vieram a falar sobre ele quando punham a louça suja na máquina de lavar pratos.

"O homem está morto de medo", disse Ellie. "A perspectiva dele é estreita. Imagina que a Mensagem será uma exegese bíblica inaceitável ou alguma coisa que abale a sua fé. Não faz nenhuma ideia da maneira como um novo paradigma científico se subordina ao anterior. Quer saber o que a ciência fez por ele ultimamente. E é tido como a voz da razão."

"Comparado com os milenaristas da destruição e com os que acham que a Terra é o centro do universo, Palmer Joss é a moderação em pessoa", respondeu Der Heer. "Talvez não tenhamos explicado os métodos da ciência tão bem quanto devíamos. Tenho me preocupado muito com isso. Aliás, Ellie, você tem certeza de que não se trata de uma mensagem..."

"De Deus ou do Diabo? Ken, você não está falando sério!"

"Bem, e que tal seres adiantados comprometidos com o que chamamos de bem ou mal, seres que uma pessoa como Joss haveria de considerar indistinguíveis de Deus ou do Diabo?"

"Ken, sejam quem forem essas criaturas de Vega, garanto que não criaram o universo. E não têm nada a ver com o Deus do Velho Testamento. Lembre-se de que Vega, o Sol e todas as outras estrelas nas proximidades do sistema solar se encontram numa espécie de sertão de uma galáxia absolutamente prosaica. Por que razão Eu Sou o Que Sou estaria por lá? Decerto ele deve ter coisas mais importantes a fazer."

"Ellie, você está de mãos e pés atados. Sabe que Joss tem muita influência. Já fez parte do círculo de três presidentes, dentre os quais, a atual. A presidente está propensa a fazer algumas concessões a Joss, muito embora eu não acredite que deseje incluí-lo e a um bando de outros pregadores na Comissão de Decodificação preliminar, junto com você, Valerian e Drumlin... já não falando de Vaygay e seus colegas. É difícil imaginar os russos trabalhando na comissão ao lado de clérigos fundamentalistas. A situação toda poderia resolver-se com base nisso. Já que é assim, por que não conversa com ele? A presidente diz que Joss sente verdadeiro fascínio pela ciência. E se nós o conquistássemos?"

"Nós vamos *converter* Palmer *Joss*?"

"Não estou pensando em fazer com que ele mude de religião... só imagino fazermos com que ele compreenda o objetivo do Projeto Argus, que não temos de responder à Mensagem se não gostarmos do que ela diz, como as distâncias interestelares nos protegem de Vega."

"Ken, ele nem sequer acredita que a velocidade da luz seja um limite cósmico. Vai ser uma conversa de surdos. Além disso, desde menina não consigo conviver bem com as religiões convencionais. Minha tendência é perder a cabeça diante de incoerências e hipocrisias. Não tenho certeza de que esse encontro com Joss seja o que você quer. Ou o que a presidente quer."

"Ellie", disse Der Heer, "eu sei em *quem* eu apostaria meu dinheiro. Não vejo como conversar com Joss haveria de piorar as coisas."

Ellie retribuiu-lhe o sorriso.


Com os navios rastreadores agora em posição e alguns telescópios pequenos, mas adequados, instalados em lugares como Reykjavik e Jacarta, tornara-se redundante a cobertura do sinal emanado de Vega, cobrindo todas as longitudes. Estava marcada uma conferência, em Paris, de todos os integrantes do Consórcio Mundial da Mensagem. Era natural que os países que dispunham das maiores parcelas dos dados realizassem reuniões científicas preparatórias. Achavam-se reunidos havia quase quatro dias, e aquela reunião final visava principalmente colocar homens como Der Heer, que atuavam como intermediários entre os cientistas e os políticos, a par dos acontecimentos. A delegação soviética, embora nominalmente encabeçada por Lunacharski, incluía vários cientistas e técnicos da mesma eminência. Entre eles estavam Genrikh Arkhangelski, que recentemente fora nomeado chefe de um consórcio espacial internacional liderado pelos soviéticos, o Intercosmos, e Timofei Gotsridze, ministro da Indústria Meio-Pesada e membro do Comitê Central.

Era óbvio que Vaygay se sentia submetido a pressões incomuns, pois voltara a fumar um cigarro atrás do outro. Enquanto falava, segurava o cigarro entre o polegar e o indicador, com a palma da mão para cima.

"Concordo em que há uma sobreposição adequada no que diz respeito a longitudes, mas ainda assim estou preocupado com a redundância. Se houver uma falha no sistema de liquefação de hélio a bordo do *Marechal Nedelin* ou falta de energia em Reykjavik, a continuidade da Mensagem ficará ameaçada. Suponhamos que a Mensagem leve dois anos para retornar ao princípio. Se nos faltar uma parte, teremos de esperar dois anos para cobrir a lacuna. E cabe lembrar que não sabemos se a mensagem será repetida. Se não houver repetição, as lacunas nunca serão preenchidas. Acho que temos de estar preparados até para possibilidades implausíveis."

"Em que está pensando?", perguntou Der Herr. "Algo como geradores de emergência para todos os observatórios do consórcio?"

"Exatamente. E também amplificadores, espectrômetros, autocorrelacionadores e unidades de armazenamento em discos, e assim por diante, tudo independente, em todos os observatórios. E ainda planos para transporte aéreo rápido de hélio líquido até observatórios distantes, se for necessário."

"Ellie, você concorda?"

"Inteiramente."

"Alguma coisa mais?"

"Acho que devemos continuar a observar Vega numa faixa de frequências muito ampla", disse Vaygay. "Talvez amanhã venha uma mensagem diferente através de apenas uma das frequências. Além disso, deveríamos monitorar outras regiões do céu. É possível que a chave para a Mensagem não venha de Vega, mas de outro ponto..."

"Eu gostaria de dizer por que acho importante o ponto de vista de Vaygay", aduziu Valerian. "Estamos numa situação singular, pois recebemos uma mensagem mas não avançamos um centímetro no sentido de decifrá-la. Não temos nenhuma experiência anterior nessa área. Temos de nos proteger de todos os lados. Não vamos querer que, daqui a um ano ou dois, estejamos arrancando os cabelos por havermos deixado de tomar alguma precaução simples ou de fazer algum cálculo óbvio. A ideia de que a Mensagem venha a se repetir é simples palpite. Não há nada nela, até onde saibamos, que justifique essa convicção. Qualquer oportunidade perdida agora poderá estar perdida para sempre. Concordo também em que é preciso ir avante com o aperfeiçoamento do instrumental. Não temos como deixar de crer que o palimpsesto encerre uma quarta camada."

"Além disso, temos a questão do pessoal", prosseguiu Vaygay. "Suponhamos que essa mensagem não continue durante um ano ou dois, mas durante décadas. Ou suponhamos que esta seja apenas a primeira de uma longa série de mensagens, provenientes de todos os quadrantes do céu. Existem em todo o mundo, no máximo, algumas centenas de radioastrônomos de grande competência. Trata-se de um número irrisório em relação à importância da questão. Os países industrializados devem começar a treinar muito mais radioastrônomos e engenheiros de rádio de primeira linha."

Ellie notou que Gotsridze, que pouco havia falado, fazia apontamentos pormenorizados. Mais uma vez ela admirou a fluência dos soviéticos em inglês, muito maior que a dos americanos em russo. Por volta do começo do século, os cientistas de todo o mundo falavam (ou ao menos liam) alemão. Antes disso, a língua dominante fora o francês e, antes ainda, o latim. Era possível que daí a um século a língua universal da ciência houvesse mudado... seria chinês? No momento era o inglês, e em todo o planeta os cientistas lutavam para dominar suas ambiguidades e irregularidades.

Acendendo um cigarro na ponta do outro, Vaygay prosseguiu. "Há ainda uma outra coisa. Trata-se apenas de especulação. É ainda menos plausível que a ideia de que a Mensagem há de retornar ao princípio... e que o professor Valerian descreveu, acertadamente, como mero palpite. Eu preferiria não tocar numa ideia tão desprovida de base a esta altura dos acontecimentos. No entanto, se a especulação estiver correta, temos de começar a pensar em certas coisas imediatamente. Eu não teria ânimo de levantar essa possibilidade se o acadêmico Arkhangelski não tivesse chegado, por aproximações, à mesma conclusão. Ele e eu temos discordado sobre a quantificação dos deslocamentos para o vermelho dos quasares, a explicação das fontes luminosas superluminais, a massa de repouso do neutrino, a física dos quarks em estrelas de nêutrons... Temos discordado com relação a muitas coisas. Tenho de admitir que às vezes ele tinha razão, às vezes eu. Quase nunca concordamos na fase especulativa de um assunto. Entretanto, sobre isto estamos de acordo.

"Genrikh Dmit'tch, não seria melhor você explicar?"

Arkhangelski tinha no rosto uma expressão indulgente, quase risonha. Durante anos ele e Lunacharski haviam mantido intensa rivalidade pessoal, travando acesas discussões científicas e uma famosa controvérsia em torno do nível mais prudente de apoio à pesquisa soviética sobre a fusão nuclear.

"Supomos", disse ele, "que a Mensagem represente as instruções para a construção de uma máquina. Evidentemente, não temos nenhuma pista para a sua decodificação. Baseamo-nos nas referências internas. Vou dar um exemplo. Aqui, na página 15 441, há uma clara referência a uma página anterior, a 13 097. Por sorte, temos também esta última. A página 15 441 foi recebida aqui no Novo México, e a outra em nosso observatório perto de Tashkent. Na página 13 097, há outra referência, essa a uma época em que não estávamos cobrindo todas as longitudes. São muitas essas referências a material anterior. De modo geral, e isto é que é importante, há instruções complexas numa página recente, mas instruções mais simples numa página anterior. Em determinado caso, existem oito menções a material prévio de uma única página."

"Não creio que esse argumento seja concludente, meus amigos", disse Ellie. "Talvez seja um conjunto de exercícios matemáticos nos quais os posteriores sejam um desenvolvimento dos anteriores. Talvez seja um longo romance... eles poderiam ter vidas muito longas em comparação com as nossas... no qual os acontecimentos estejam relacionados com experiências da infância ou qualquer coisa dessa natureza que aconteça em Vega quando são jovens. Talvez seja um manual religioso com grande número de referências cruzadas."

"Os 10 Bilhões de Mandamentos", brincou Der Heer.

"Pode ser", disse Lunacharski, olhando para os telescópios através de uma nuvem de fumaça de cigarro. Pareciam fitar ansiosamente o céu. "Mas quando você examinar essas referências cruzadas, acho que vai concordar conosco: lembram muito um manual de instruções para a construção de uma máquina. Só Deus sabe para que ela pode servir."

# 9. O NUMINOSO

*O assombro é o fundamento do culto.*
Thomas Carlyle, *Sartor resartus*, (1833-1834)

*Sustento que o sentimento religioso cósmico constitui a mais nobre e forte motivação para a pesquisa científica.*
Albert Einstein, *Ideias e opiniões* (1954)

ELLIE LEMBRAVA-SE DO MOMENTO exato em que, numa de suas muitas viagens a Washington, descobriu que estava se apaixonando por Ken der Heer.

Os acertos para o encontro com Palmer Joss pareciam estar durando uma eternidade. Joss relutava em visitar as instalações do Argus; o que lhe interessava, dizia ele agora, era a impiedade dos cientistas, não sua interpretação da Mensagem. E para sondar o caráter deles era preciso um terreno mais neutro. Ellie estava disposta a se encontrar com Joss em qualquer lugar, e um assistente especial da presidente entabulava as negociações. Ao encontro não compareceriam outros radioastrônomos; a presidente queria que Ellie fosse sozinha.

Além disso, Ellie estava à espera do dia, daí a algumas semanas, em que viajaria a Paris para a primeira reunião plenária do Consórcio Mundial da Mensagem. Ela e Vaygay estavam coordenando o programa global de coleta de dados. O recebimento do sinal já se tornara então rotineiro, e nos últimos meses não tinha havido uma só lacuna na cobertura. Por isso, percebeu, com certa surpresa, que dispunha de algum tempo vago. Prometeu a si própria ter uma longa conversa com a mãe, dispondo-se a se manter cortês e gentil, qualquer que fosse a provocação. Houvera um acúmulo absurdo de papelada e correspondência eletrônica, não só congratulações e críticas de colegas, como também admoestações religiosas, especulações pseudocientíficas propostas

*150*

com grande segurança, e cartas de admiradores de todo o mundo. Fazia meses que ela não lia *The Astrophysical Journal*, muito embora tivesse contribuído com uma tese que era, com toda a segurança, o artigo mais extraordinário que já aparecera naquela douta publicação. O sinal de Vega era tão forte que muitos amadores, cansados das rotineiras comunicações entre eles próprios, haviam começado a construir pequenos radiotelescópios e analisadores de sinal. Nos primeiros estágios da captação da Mensagem, tinham fornecido dados úteis, e Ellie ainda era assediada por amadores que supunham saber alguma coisa que os profissionais da PIET ignorassem. Sentia-se na obrigação de escrever cartas de estímulo. Além disso, o Projeto levava a cabo outros importantes programas de radioastronomia, como o levantamento dos quasares, e era preciso dar-lhes atenção. Entretanto, em vez de fazer todas essas coisas, ela se viu passando quase todo o tempo na companhia de Ken.

Evidentemente, cabia-lhe fazer com que o consultor de ciências da presidência se envolvesse profundamente no Projeto Argus. Era importante que a presidente se mantivesse bem informada. Ellie esperava que os líderes de outros países fossem postos a par dos acontecimentos relativos à Mensagem tão bem quanto a presidente dos Estados Unidos. Embora não fosse uma cientista, a presidente gostava realmente do assunto e estava disposta a dar apoio à ciência, não só devido a seus benefícios práticos como também, ao menos um pouco, pelo puro prazer do saber. Poucos dirigentes do país, desde James Madison e John Quincy Adams, haviam demonstrado essa atitude.

Ainda assim, era notável o tempo que Der Heer se dispunha a passar no Argus. Na verdade, ele dedicava uma hora ou pouco mais, diariamente, às comunicações em código, realizadas em alto comprimento de banda, com seu Departamento de Política de Ciência e Tecnologia, em Washington. Contudo, no restante do tempo, até onde Ellie podia perceber, ele simplesmente... ficava por ali. Metia o nariz nas entranhas do sistema de computadores ou examinava de perto os radiotelescópios. Às vezes tinha a companhia de um assistente chegado de Washington; no mais das vezes, estava sozinho. Ellie o avistava pela porta, sempre aberta, da sala que lhe haviam dado, com os pés em cima da mesa, lendo algum relatório ou falando ao telefone. Der Heer cumprimentava-a alegremente, com um aceno, e voltava ao trabalho. Às vezes ela o encontrava conversando descontraidamente com Drumlin ou Valerian, mas também com técnicos subalternos ou com as moças da administração, que em mais de uma ocasião o haviam chamado, ao alcance dos ouvidos de Ellie, de "charmoso".

Também a ela Der Heer fazia muitas perguntas. De início, eram puramente técnicas ou metodológicas, mas logo ele passou a sugerir uma ampla variedade de fatos futuros concebíveis e, mais tarde, descambou para a especulação desenfreada. Nesses dias, era quase como se as conversas sobre o projeto não passassem de pretexto para passarem algum tempo juntos.

Numa bela tarde de outono, em Washington, a presidente se viu forçada a adiar uma reunião do Grupo-Tarefa Especial de Emergência por causa da crise Tyrone Free. Após um voo noturno do Novo México à capital, Ellie e Der Heer viram-se com algumas horas livres e resolveram visitar o monumento aos mortos do Vietnã, projetado por Maya Ying Lin quando ainda estudante de arquitetura em Yale. Entre as sombrias e melancólicas recordações de uma guerra insensata, Der Heer mostrou uma alegria de todo imprópria, e Ellie mais uma vez se pôs a conjecturar se ele não teria falhas de personalidade. Dois agentes de segurança, à paisana, seguiam-nos discretamente; usavam seus minúsculos fones de ouvido, cor de carne.

Der Heer fizera com que uma linda lagarta azul subisse num pauzinho. O animal avançava resolutamente, ondulando o corpo iridescente com os movimentos de seus catorze pares de pernas. No fim da vareta, segurava-se com os cinco últimos segmentos e se agitava no ar, numa valente tentativa de encontrar novo apoio. Não conseguindo êxito, virava-se em torno de si mesmo e refazia o longo caminho. Então, Der Heer segurava o pauzinho com a outra mão, de modo que, quando a lagarta chegava ao ponto de partida, mais uma vez não achava aonde ir.

Como um mamífero carnívoro enjaulado, a lagarta caminhou de um lado para outro várias vezes; nas últimas passagens — Ellie teve a impressão —, com crescente impaciência. Ela começava a sentir pena da pobre criatura.

"Que programa maravilhoso existe na cabecinha dessa coisa!", exclamou Der Heer. "Funciona sempre... um programa ideal de fuga. E ela sabe como não cair. Quero dizer, o pauzinho está, para todos os efeitos práticos, solto no ar. A lagarta nunca passa por essa experiência na natureza, pois o pauzinho está sempre ligado a alguma coisa. Você já imaginou, Ellie, como seria ter esse programa na sua cabeça? Quero dizer, seria óbvio para você o que deveria fazer quando chegasse ao fim de um pauzinho? Você teria a impressão de estar *raciocinando*? Você ficaria imaginando como é que sabia balançar seus dez pés anteriores no ar, enquanto se segurasse firme com os outros dezoito?"

Ellie inclinou ligeiramente a cabeça e examinou Der Heer, não a lagarta. A ele não parecia difícil imaginá-la como um inseto. Tentou responder de modo neutro, lembrando-se de que para ele aquilo representava um interesse profissional.

"Que vai fazer com a lagarta agora?"

"Ora, vou colocá-la na grama. Que mais poderia fazer?"

"Algumas pessoas a matariam."

"É difícil matar uma criatura depois que se tem um vislumbre de sua consciência." Der Heer continuou a carregar tanto o pauzinho como a lagarta.

Caminharam durante algum tempo em silêncio, passando pelos quase 55 mil nomes gravados no reluzente granito negro.

"Quando se prepara para a guerra, todo governo pinta seus adversários como monstros", disse Ellie. "Não querem que se veja o outro lado como humano. Se o inimigo é capaz de pensar e sentir, pode-se hesitar em matá-lo. E matar é de máxima importância. É melhor vê-los como monstros."

"Veja só esta beleza", respondeu Der Heer depois de um momento. "Olhe bem de perto."

Ellie olhou. Reprimindo certo estremecimento de repugnância, tentou ver a lagarta através dos olhos de Der Heer.

*153*

"Veja o que ela faz", continuou ele. "Se fosse grande como você ou eu, mataria todo mundo de medo. Seria um monstro *de verdade*, certo? Mas ela é pequena. Come folhas, trata de sua vida e acrescenta um pouco de beleza ao mundo."

Ellie deu a mão a Der Heer, em nada interessada na lagarta, e caminharam sem dizer palavra pelas fileiras de nomes, gravadas em ordem cronológica de morte. Aquelas eram, naturalmente, apenas as baixas americanas. A não ser nos corações das famílias e dos amigos, não havia em parte alguma do planeta um monumento semelhante em memória dos 2 milhões de pessoas do Sudeste asiático que também haviam morrido no conflito. Nos Estados Unidos, o comentário público mais comum acerca daquela guerra dizia respeito à utilização política do poder militar, psicologicamente semelhante, no entender de Ellie, ao "apunhalamento pelas costas" com que os militaristas alemães explicavam sua derrota na Primeira Guerra Mundial. A guerra do Vietnã era uma pústula na consciência nacional que até então nenhum presidente tivera a coragem de perfurar. (As políticas subsequentes da República Socialista do Vietnã não haviam facilitado a tarefa.) Ellie lembrava-se dos epítetos ofensivos com que os soldados americanos mimoseavam seus adversários vietnamitas. Seria possível resolver a próxima fase da história humana sem antes pôr fim a essa tendência a desumanizar o adversário?

Nas conversas do dia a dia, Der Heer não parecia um cientista. Se alguém o encontrasse numa banca de esquina, comprando um jornal, jamais lhe adivinharia a profissão. Ele nem mesmo havia perdido seu sotaque das ruas de Nova York. A princípio, a evidente incongruência entre sua linguagem e a qualidade de seu trabalho científico parecia engraçada a seus colegas. À medida que seus estudos, assim como ele próprio, se tornavam mais conhecidos, seu sotaque passava a ser visto como simples idiossincrasia. No entanto, o modo como ele pronunciava palavras como trifosfato de guanosina parecia dar a essa inofensiva molécula propriedades explosivas.

Só lentamente se haviam dado conta de que estavam apaixonados, o que devia ser evidente para muitas outras pessoas. Algumas semanas antes, enquanto Lunacharski ainda se encontrava no Argus, ele se entregava a uma de suas arengas ocasionais sobre a irracionalidade da linguagem. Agora, o que estava na berlinda era o inglês.

"Ellie, por que as pessoas dizem 'cometer o mesmo erro outra vez'? O que é que 'outra vez' acrescenta à frase?" E dera outros exemplos de incoerência.

Ellie assentira, meio desinteressada. Já o ouvira queixar-se a seus colegas soviéticos, mais de uma vez, das contradições do russo, e tinha certeza de que escutaria uma edição francesa de tudo aquilo na conferência de Paris. Não negava que as línguas tinham seus barbarismos, mas tantas eram as suas fontes e elas haviam evoluído em reação a tantas pequenas pressões que o espantoso seria que fossem perfeitamente coerentes. No entanto, Vaygay divertia-se tanto com esses comentários que normalmente ela não tinha ânimo para reclamar.

"E veja essa expressão inglesa, '*head over heels in love*'", continuou ele. "É uma expressão bem comum, não é? Mas está inteiramente invertida. Ou melhor, de cabeça para baixo. *Normalmente*, a pessoa anda com a cabeça acima dos calcanhares. Quando se apaixona é que fica com os calcanhares acima da *cabeça*. Certo? *Você* deve entender desse negócio de amor. Mas quem inventou essa expressão não entendia nada do assunto. Imaginava que as pessoas andassem da maneira normal, em vez de flutuarem no ar de cabeça para baixo, como nos quadros daquele pintor francês... como é mesmo o nome dele?"

"Ele era russo", respondeu Ellie. Marc Chagall possibilitara uma estreita saída daquele cipoal um tanto desagradável. Mais tarde ela ficou a imaginar se Vaygay pretendera brincar ou se realmente se esquecera do nome de Chagall. Talvez tivesse percebido, inconscientemente, o crescente vínculo entre ela e Der Heer.

Pelo menos parte da relutância de Der Heer tinha uma explicação clara. Ele, o consultor de ciências da presidência, estava dedicando um tempo enorme a uma questão sem precedentes, delicada e explosiva. Envolver-se afetivamente com Ellie, uma das pessoas mais importantes em tudo aquilo, seria arriscado. A presidente decerto desejaria que Der Heer mantivesse intacta sua capacidade de julgamento. Ele deveria ser capaz de recomendar caminhos a que Ellie talvez se opusesse, recomendar a rejeição de alternativas por ela aprovadas. Ligar-se a Ellie prejudicaria, de algum modo, a eficácia de Der Heer.

Para Ellie, a situação era ainda mais complicada. Antes de haver adquirido a respeitabilidade que lhe conferia o cargo de diretora de um grande radiobservatório, tivera vários amantes. Embora se sentisse apaixonada, e assim se declarasse, o casamento nunca a tentara seriamente. Lembrava-se vagamente da quadrinha (seria de William Butler Yeats?) com a qual tentava consolar seus antigos amantes quando decidia que o caso havia acabado:

> *Dizes tu, meu amor, que amor só vale*
> *Quando infinito. Que bobagem essa!*
> *Neste teatro da vida que vivemos,*
> *Momentos há melhores do que a peça...*

Lembrava-se de como John Staughton havia sido gentil em relação a ela enquanto cortejava sua mãe, e com que facilidade deixara de lado essa pose ao se tornar seu padrasto. Uma personalidade nova e monstruosa, até então mal percebida, podia surgir nos homens logo depois que se casavam. Ela não repetiria o erro da mãe. Além disso, havia o temor de se apaixonar sem reservas, de se entregar a alguém que pudesse depois lhe ser arrancado. Ou que simplesmente a abandonasse. Mas, se a pessoa nunca se apaixona de verdade, jamais pode realmente sentir falta disso. (Mas não se detinha por muito tempo nessa argumentação, pois percebia vagamente que não era real.) Além disso, se ela jamais se apaixonasse realmente por uma pessoa, nunca poderia verdadeiramente traí-la, como no fundo do coração achava que a mãe traíra o pai. Ainda sentia tremenda falta dele.

Com Ken, as coisas *pareciam* ser diferentes. Ou, por acaso, suas expectativas haviam diminuído no correr dos anos? Ao contrário de muitos outros homens de quem ela se lembrava, quando desafiado ou em situação de tensão Ken revelava um lado mais delicado, mais compassivo. A tendência para a conciliação e a habilidade no trato da política da comunidade científica eram parte do seu trabalho; por baixo disso, entretanto, Ellie tinha a impressão de ter vislumbrado alguma coisa de sólido. Ela o respeitava pela maneira como ele integrara a ciência em todos os aspectos de sua vida, e pelo corajoso apoio à ciência que tentara instilar em dois governos.

Da maneira mais discreta possível, estavam vivendo juntos, no pequeno apartamento de Ellie no Projeto. As conversas entre eles eram um constante motivo de alegria, e as ideias voavam de um lado para outro, como lançadeiras. De vez em quando, reagiam aos pensamentos inconclusos um do outro com presciência quase perfeita. Der Heer era um amante gentil e inventivo. E, de qualquer maneira, Ellie gostava de seus feromônios.

Às vezes se sentia atônita com aquilo que, devido ao amor entre eles, podia fazer e dizer na presença de Ken. Passou a admirá-lo tanto que o amor de Der Heer por ela afetou-lhe a própria autoestima. E como ele, evidentemente, sentia a mesma coisa, a ligação entre ambos construía-se sobre um infinito retorno de amor e respeito. Ao menos, era assim, em termos astronômicos, que ela o descrevia para si mesma. Na presença de muitos amigos, ela havia sentido uma sensação básica de solidão. Com Ken, não existia nada disso.

Sentia-se à vontade descrevendo-lhe seus devaneios, fragmentos de lembranças, problemas de infância. E Ken não só se interessava como se mostrava fascinado. Fazia perguntas sobre sua infância durante horas. Suas perguntas eram sempre diretas, às vezes minuciosas, mas invariavelmente delicadas. Ellie começou a entender por que os namorados falam um ao outro em tabibitate. Essa era a única situação socialmente aceitável em que a criança que existe dentro do adulto tem permissão de se manifestar. Se tanto o bebê como a criança, o adolescente e o adul-

*157*

to encontram personalidades compatíveis no ser amado, há uma possibilidade real de que todas essas subpersonas fiquem felizes. O amor põe fim à longa solidão de cada uma delas. Talvez a profundidade do amor possa ser mensurada pelo número de diferentes egos envolvidos ativamente num determinado relacionamento. Aparentemente, com os parceiros anteriores de Ellie, no máximo um desses seus egos conseguia encontrar um correspondente compatível; as outras personas simplesmente aguentavam a situação, irritadas.

No fim de semana que antecedeu o encontro marcado com Joss, estavam deitados na cama, enquanto o sol da tarde, que entrava pelas venezianas, projetava desenhos geométricos em seus vultos entrelaçados.

"Nas conversas cotidianas", dizia Ellie, "posso falar sobre meu pai sem sentir mais do que... uma ligeira pontada de tristeza. Mas se me permito *realmente* lembrar-me dele... de seu senso de humor ou daquela... imparcialidade passional... então a fachada desmorona e sinto vontade de chorar."

"Entendo perfeitamente. A linguagem nos exime dos sentimentos, ou quase isso", respondeu Der Heer, afagando-lhe o ombro. "É possível que essa seja uma de suas funções... compreendermos o mundo sem sermos inteiramente esmagados por ele."

"Se isso for verdade, então a invenção da linguagem foi mais que uma bênção. Sabe, Ken, eu daria qualquer coisa... digo qualquer coisa mesmo... para poder passar alguns minutos com meu pai."

Ellie imaginou um céu com todas as mamães e papais flutuando ou batendo as asas na direção de uma nuvem próxima. Teria de ser um lugar bastante espaçoso para acomodar todas as dezenas de bilhões de pessoas que tinham vivido e morrido desde o surgimento da espécie humana. Esse lugar devia ser muito congestionado, pensou, a não ser que o céu da religião tivesse uma escala comparável à do céu astronômico. Se não fosse assim, não haveria lugar que desse.

"Deve haver algum número", disse Ellie, "que meça a população total de seres inteligentes na Via Láctea. Que número você acha que é esse? Se houver 1 milhão de civilizações, cada uma com 1 bilhão de indivíduos, teremos então, hum... um número de seres inteligentes igual a dez elevado à décima quinta potência. Mas se a maioria dessas civilizações for mais adiantada do que a nossa, talvez a ideia de indivíduos se torne imprópria. Talvez isso seja apenas mais um chauvinismo terráqueo."

"Certíssimo. E nesse caso você pode calcular a produção galáctica de Gauloises, Twinkies, sedãs Volga e transmissores de bolso Sony. Poderíamos então calcular o Produto Galáctico Bruto. Uma vez efetuado esse cálculo, poderíamos avaliar o Produto Cósmico..."

"Você está caçoando de mim", disse Ellie com um sorriso. "Mas pense nesses números. Pense *mesmo*. Todos aqueles planetas, com todos aqueles seres, mais avançados do que nós. Não fica um pouco atordoado pensando nessas coisas?" Ellie adivinhava o que ele estava pensando, mas continuou. "Escute, veja isto. Estive lendo alguma coisa para o encontro com Joss."

Estendeu a mão na direção da mesinha de cabeceira e pegou o volume 16 de uma velha edição da *Encyclopaedia britannica macropedia*. Na lombada estava escrito "Rubens a Somália". Abriu uma página marcada com um pedaço de papel de computador. Mostrou um artigo intitulado "Sagrado e santo".

"Os teólogos parecem ter reconhecido um aspecto especial, não racional... eu não diria irracional... da sensação do sagrado ou do santo. Chamam isso de 'numinoso'. O termo foi usado pela primeira vez por... vamos ver... uma pessoa chamada Rudolf Otto, num livro publicado em 1923, *A ideia do sagrado*. Ele acreditava que os seres humanos estavam predispostos a detectar e venerar o numinoso. Chamou isso de *misterium tremendum*. Até o *meu* latim é suficiente para entender isso. Na presença do *misterium tremendum*, as pessoas se sentem absolutamente insignificantes, mas, se entendi bem, não alienadas pessoalmente. Rudolf Otto considerava o numinoso como uma coisa de 'completa alteridade' e a reação humana a ele como sendo de 'absoluto pasmo'. Se é a isso que as pessoas religiosas se referem quando usam palavras como *sagrado* ou *santo*, estou com elas. Já senti alguma coisa parecida só ao operar o radiotelescópio, à espera de um sinal, quanto mais ao recebê-lo de verdade. Acho que tudo na ciência provoca essa sensação de pasmo. Agora, escute isso." Ellie leu o texto:

> No decurso dos últimos duzentos anos, vários filósofos e cientistas sociais têm postulado o desaparecimento do sagrado e previsto o fim da religião. Um estudo da história das religiões mostra que as formas religiosas sofrem mutação e que nunca houve unanimidade com relação à natureza e à manifestação da religião. O fato de o homem [...]

"É claro que os textos religiosos também são escritos por machistas." Ellie voltou ao texto.

> O fato de o homem se achar ou não numa nova situação para elaborar estruturas de valores supremos radicalmente diferentes dos proporcionados pela consciência tradicional do sagrado constitui uma questão vital.

"E daí?"

"E daí que eu acho que as religiões burocráticas procuram institucionalizar nossa percepção do numinoso, em vez de proporcionar os meios para que se perceba diretamente o numinoso... como olhar através de um telescópio de quinze centímetros. Se perceber o numinoso constitui a essência da religião, quem você diria que é mais religioso: as pessoas que seguem a religião burocratizada ou as pessoas que estudam a ciência?"

"Vamos ver se entendi direito", respondeu Der Heer. Era uma frase de Ellie que ele havia adotado. "É uma tranquila tarde de sábado, e um casal está nu na cama, lendo a *Encyclopaedia britannica* e discutindo se a galáxia de Andrômeda é mais 'numinosa' que a Ressurreição. Eles sabem se divertir, não é mesmo?"

# PARTE 2
# A MÁQUINA

*O Mestre Todo-Poderoso, ao exibir os princípios da ciência na estrutura do universo, convidou o homem ao estudo e à emulação. É como se Ele houvesse dito aos habitantes deste globo a que chamamos nosso: "Fiz um mundo para que nele o homem viva, e tornei visível o firmamento estrelado a fim de lhe ensinar a ciência e as artes. Ele agora pode prover seu próprio conforto e aprender, com minha munificência, a ser generoso para com o próximo".*
Thomas Paine, *A idade da razão* (1794)

# 10. PRECESSÃO DOS EQUINÓCIOS

> *Ao acreditarmos que os deuses existem, porventura nos iludimos com sonhos e mentiras irreais, enquanto somente o acaso e a mudança, descuidados e fortuitos, regem o mundo?*
> Eurípides, *Hécuba*

FOI ESTRANHA A MANEIRA como as coisas acabaram acontecendo. Ellie havia imaginado que Palmer Joss fosse ao Argus, assistisse à captação do sinal pelos radiotelescópios e observasse a sala imensa, cheia de fitas e discos magnéticos, nos quais estavam armazenados os dados colhidos durante muitos meses. Faria algumas perguntas científicas e depois examinaria, em sua multiplicidade de zeros e uns, algumas das resmas de folhas de computador que registravam a Mensagem ainda incompreensível. Ellie não havia imaginado passar horas discutindo filosofia ou teologia. No entanto, Joss havia se recusado a ir até o Projeto. O que desejava observar não eram fitas magnéticas, disse, e sim o cérebro humano. Peter Valerian teria sido a pessoa ideal para aquela discussão: modesto, capaz de se comunicar com clareza e salvaguardado por uma genuína fé cristã que o absorvia continuamente. Todavia, aparentemente a presidente vetara a ideia; queria uma reunião com um mínimo de pessoas e pedira explicitamente que fosse Ellie a interlocutora de Joss.

O pregador insistira em que o encontro se realizasse ali, no Instituto e Museu de Pesquisa Científica da Bíblia, em Modesto, Califórnia. Ellie lançou um olhar além de Der Heer, pela divisória de vidro que separava a biblioteca da área de exposição do acervo. Logo depois do vidro havia uma impressão em gesso, tirada de um arenito do rio Vermelho, que mostrava pegadas de dinossauro misturadas com a de um caminhante calçado com sandálias, o que provava, segundo a legenda, que o Homem e o Dinossauro eram contemporâneos, pelo menos no Texas. Implicitamente, teriam existido também sapateiros no Mesozoico. A conclusão a inferir da legenda era que a evolução não passava de fraude. O parecer de muitos paleontologistas, de que a fraude no caso era o arenito, não era sequer mencionada, como observara Ellie duas horas antes. As pegadas humanas faziam parte de uma enorme exposição intitulada "A má-fé de Darwin". À sua esquerda havia um pêndulo de Foucault que demonstrava a assertiva científica, esta aparentemente incontestada, de que a Terra gira em torno de si mesma. À direita, Ellie via parte de uma magnífica unidade Matsushita de holografia, através da qual imagens tridimensionais das mais eminentes divindades podiam comunicar-se diretamente com os fiéis.

Naquele momento quem se comunicava ainda mais diretamente com ela era o reverendo Billy Jo Rankin. Ellie não soubera, até o último instante, que Joss convidara Rankin, e ficou surpresa com a notícia. Os dois haviam travado contínuas disputas teológicas; entre outras questões, se o Advento estava próximo, se o Juízo Final acompanharia necessariamente esse Advento, e qual o papel dos milagres no ministério religioso. Recentemente, porém, haviam se reconciliado com muita publicidade, visando, segundo se disse, o bem comum da comunidade fundamentalista dos Estados Unidos. Os sinais de aproximação entre Estados Unidos e União Soviética estavam gerando ramificações, em todo o mundo, no arbitramento de litígios. Realizar o encontro ali talvez fosse parte do preço que Palmer Joss tivera de pagar pela reconciliação. Provavelmente, Rankin acreditava que a exposição haveria de proporcionar apoio fatal à sua posição, no caso de haver controvérsia com relação a questões científicas. Agora, duas horas depois de iniciada a discussão, Rankin ainda alternava críticas e súplicas. O corte de seu terno era perfeito, as unhas tinham sido tratadas havia pouco e seu sorriso radioso contrastava com o aspecto de Joss, mais amarfanhado, distraído e castigado pelo tempo. Com um leve sorriso no rosto, Joss tinha os olhos semicerrados e a cabeça baixa, quase em atitude de oração. Não falara muito. Até então, as observações de Rankin — com exceção da referência ao Êxtase, achava Ellie —

*163*

eram doutrinariamente indistinguíveis da alocução de Joss pela televisão.

"Vocês, cientistas, são demasiado tímidos", dizia Rankin. "Gostam de esconder os próprios méritos. Pelos títulos, ninguém sabe jamais o que dizem os artigos. O primeiro trabalho de Einstein sobre a teoria da relatividade tinha o nome de 'A eletrodinâmica dos corpos em movimento'. Nada de $E = mc2$ logo de saída. Nada disso! 'A eletrodinâmica dos corpos em movimento.' Imagino que se Deus aparecesse a um bando de cientistas, talvez numa daquelas enormes reuniões da associação, eles viessem a escrever alguma coisa a respeito e dar um título como 'Sobre a combustão espontânea dendritiforme no ar'. Apresentariam uma porção de equações; falariam sobre 'economia de hipótese'; mas não diriam uma única palavra a respeito de Deus. Vocês, cientistas, são demasiado céticos." Pelo movimento lateral de cabeça feito por Rankin, Ellie deduziu que Der Heer também estava incluído na avaliação. "Questionam tudo, ou tentam questionar. Estão sempre querendo verificar se uma coisa é o que chamam de 'verdadeira'. E 'verdadeiro' significa apenas dados empíricos, sensoriais, coisas que vocês possam ver e tocar. Não existe lugar, no mundo de vocês, para a inspiração ou a revelação. Logo de saída, eliminam quase tudo de que trata a religião. Suspeito dos cientistas porque os cientistas suspeitam de tudo."

Apesar de tudo, Ellie achou que Rankin havia exposto muito bem seu ponto de vista. E ele era tido como o bronco entre os modernos evangelistas da TV. Não, corrigiu-se ela; era ele que considerava broncos seus paroquianos. Talvez ele fosse atiladíssimo. Deveria responder? Tanto Der Heer como o pessoal do museu estavam gravando o debate, e, embora os dois lados houvessem combinado que as gravações não seriam para uso público, ela temia deixar mal o Projeto ou a presidente se expusesse claramente suas opiniões. No entanto os comentários de Rankin vinham ganhando crescente virulência, e nem Der Heer nem Joss faziam nenhuma intervenção.

"Imagino que o senhor queira ouvir uma resposta", ela acabou falando. "Não existe uma posição científica 'oficial' a respeito de nenhuma dessas questões, e não posso me arvorar a falar em nome de todos os cientistas ou até mesmo em nome do Projeto Argus. Mas posso fazer alguns comentários, se o senhor desejar."

Rankin assentiu com um vigoroso gesto de cabeça, sorrindo encorajadoramente. Apático, Joss ficou apenas esperando.

"Quero que compreendam que não estou atacando as convicções de ninguém. No que me diz respeito, os senhores têm direito a acreditar nas doutrinas que desejarem, mesmo que sejam claramente errôneas. E muitas das coisas que o senhor está dizendo, reverendo Rankin, e que também o reverendo Joss disse... assisti a seu programa na televisão, há algumas semanas... não podem ser negadas frontalmente. Isso exigiria justificativas um tanto prolongadas. Entretanto, permitam-me explicar por que creio que são improváveis."

Até aqui, pensou Ellie, fui a contenção em pessoa.

"O senhor vê com maus olhos o ceticismo científico. Mas há um motivo para esse ceticismo ter surgido. O mundo é complicado. É sutil. A primeira ideia que passa pela cabeça de uma pessoa não será necessariamente correta. Além disso, as pessoas são capazes de iludir a si mesmas. Até mesmo os cientistas. Todas as doutrinas socialmente abomináveis já foram, numa ou em outra época, apoiadas por cientistas, cientistas conhecidos, cientistas de grande renome. E, naturalmente, por políticos. E por líderes religiosos respeitados. Por exemplo, a escravidão, ou a variedade nazista do fascismo. Os cientistas cometem erros, os teólogos cometem erros, todo mundo comete erros. Isso faz parte do homem. Os senhores mesmos dizem: 'Errar é humano'.

"Assim, a maneira que se tem para evitar os erros, ou pelo menos reduzir as possibilidades de se cometerem erros, consiste em ser cético. Põem-se as ideias à prova. Elas são verificadas através de normas rigorosas. Não acredito que existam verdades recebidas. Mas quando se permite o entrechoque de opiniões divergentes, quando qualquer cético pode realizar sua própria experiência a fim de comprovar a verdade ou a falsidade de alguma ideia, então a verdade tende a aparecer. Essa é, em síntese, toda a história da ciência. Não é um caminho perfeito, mas é o único que parece funcionar.

"Ora, quando olho para a religião, vejo grande número de opiniões contraditórias. Por exemplo, os cristãos acreditam que o universo tenha um número finito de anos, desde a sua criação. De acordo com as peças expostas ali fora, fica claro que alguns cristãos (e também judeus e muçulmanos) julgam que o universo tem apenas 6 mil anos de idade. Os hindus, por outro lado... e há uma quantidade enorme de hindus no mundo... acham que o universo é infinitamente antigo, tendo havido um número infinito de criações e destruições complementares. Ora, não é possível que as duas posições estejam corretas. Ou o mundo tem uma idade determinada ou é infinitamente velho. Seus amigos ali..." Ellie fez um gesto na direção da porta de vidro, além da qual vários empregados do museu perambulavam de um lado para outro. "...deveriam debater com os hindus. Deus parece ter dito a eles uma coisa diferente do que disse ao senhor. Entretanto, os religiosos têm uma tendência a falarem sozinhos."

Terei sido contundente demais?, pensou Ellie.

"As principais religiões da Terra se contradizem a torto e a direito. Não é possível que todos os senhores estejam certos. E se estiverem todos errados? A possibilidade existe, hão de admitir. Devem preocupar-se com a verdade, certo? Bem, a melhor maneira de se distinguir a verdade da falsidade consiste em manter uma atitude de ceticismo. Não sou mais cética em relação às convicções religiosas dos senhores do que em relação a toda ideia científica nova de que tomo conhecimento. Entretanto, em minha profissão, essas ideias chamam-se hipóteses, não inspiração ou revelação."

Joss mexeu-se um pouco, mas foi Rankin quem respondeu.

"As revelações, as predições confirmadas de Deus, no Velho e no Novo Testamento, são numerosíssimas. A vinda do Salvador foi prevista em Isaías, 53; em Zacarias, 14; e nas Crônicas I, 17. Que Ele nasceria em Belém estava profetizado em Miqueias, 5. Que Ele pertenceria à casa de Davi, já fora predito em Mateus, 1, e..."

"Em Lucas. Entretanto, isso deveria representar para o senhor um motivo de embaraço, não uma profecia cumprida. Mateus e Lucas dão para Jesus genealogias completamente diferentes. Pior ainda, traçam a genealogia de Davi a José, e não de Davi a Maria. Ou o senhor não acredita em Deus Pai?"

Rankin continuou a falar, imperturbável. Talvez não a houvesse compreendido.

"...o ministério e a Paixão de Jesus são previstos em Isaías, 52 e 53, bem como no Salmo 22. Que Ele seria traído por trinta dinheiros está explícito em Zacarias, 11. Se a senhora for honesta, não pode deixar de levar em consideração o cumprimento dessas profecias. E a Bíblia fala à nossa própria época. Israel e os árabes, Gog e Magog, os Estados Unidos e a Rússia, a guerra nuclear... tudo isso está na Bíblia. Qualquer pessoa que tenha um mínimo de bom senso pode ver. Não é preciso ser um presunçoso professor universitário."

"Seu problema", retorquiu Ellie, "é deficiência de imaginação. Essas profecias... quase todas elas... são vagas, ambíguas, imprecisas, passíveis de fraude. Admitem uma porção de interpretações possíveis. Até mesmo as profecias mais claras, de que o senhor procura se livrar... como a promessa de Jesus de que o Reino de Deus viria durante a vida de algumas das pessoas que o escutavam. E não me diga que o Reino de Deus está dentro de mim. Os que escutavam Jesus entendiam suas palavras literalmente. O senhor só cita as passagens que lhe parecem cumpridas, e deixa de lado o resto. E é preciso não esquecer que havia ânsia de ver as profecias concretizadas. Mas imaginemos que sua espécie de Deus... onipotente, onisciente e compassivo... realmente quisesse deixar um registro para as gerações futuras, tornar sua existência inequívoca para, digamos, os descendentes remotos de Moisés. É fácil, banal. Bastariam algumas frases enigmáticas e uma ordem enérgica de que fossem passadas adiante sem alteração..."

Joss inclinou-se para a frente, de modo quase imperceptível: "Como, por exemplo...?"

"Como por exemplo: 'O Sol é uma estrela'. Ou: 'Marte é um lugar oxidado com desertos e vulcões, como o Sinai'. Ou: 'Um corpo em movimento tende a se manter em movimento'. Ou... vejamos..." Ellie rabiscou rapidamente alguns números num bloco. "'A Terra pesa 1 milhão de milhões de milhões de milhões de vezes mais que uma criança'. Ou... sei que ambos os senhores parecem ter dificuldades com a relatividade especial, mas ela é confirmada todos os dias, rotineiramente, nos aceleradores de partículas e nos raios cósmicos... Que tal: 'Não existem quadros de referência privilegiados'? Ou mesmo: 'Não viajarás mais depressa do que a luz'. Qualquer coisa que não fosse possível saberem há 3 mil anos."

"Mais alguma coisa?", perguntou Joss.

"Bem, o número dessas afirmações é infinito... ou ao menos há uma para cada princípio da física. Vejamos... 'Calor e luz se ocultam no mais minúsculo seixo.' Ou até: 'A Terra comporta-se como dois, mas o ímã comporta-se como três'. Estou tentando dizer que a força gravitacional segue uma lei do inverso do quadrado, enquanto a força do dipolo magnético segue uma lei do inverso do cubo. Ou, no campo da biologia..." Ellie fez um gesto na direção de Der Heer, que parecia ter feito voto de silêncio. "...que tal: 'Dois feixes entrelaçados constituem o segredo da vida'?"

"Isso é interessante", disse Joss. "A senhora está se referindo, é claro, ao DNA. Mas conhece o báculo do médico, o símbolo da medicina? Os médicos do Exército o usam na lapela. Chama-se caduceu. É formado de duas serpentes entrelaçadas. É uma perfeita hélice dupla. Desde a Antiguidade, não tem sido o símbolo da preservação da vida? Não é exatamente o tipo de ligação que está sugerindo?"

"Bem, eu julgava tratar-se de uma espiral, não de uma hélice. Mas, se houver uma quantidade suficiente de símbolos, profecias, mitos e folclore, por fim alguns deles se ajustarão, por uma pura casualidade, a algumas peças do conhecimento científico atual. Mas não posso ter certeza. Talvez o senhor tenha razão. Talvez o caduceu seja realmente uma mensagem de Deus. Naturalmente, não é um símbolo cristão, ou um símbolo de qualquer uma das grandes religiões atuais. Não imagino que o senhor quisesse argumentar que os deuses só falassem com os gregos antigos. O que estou dizendo é que, se Deus desejasse enviar-nos uma mensagem, e se os textos antigos fossem a única maneira que ele imaginasse para fazer isso, poderia ter realizado um trabalho mais bem feito. E de maneira alguma ele *teria* de se limitar aos textos escritos. Por que não existe um imenso crucifixo em órbita ao redor da Terra? Por que na superfície da Lua não estão gravados os Dez Mandamentos? Por que Deus haveria de ser tão claro na Bíblia e tão obscuro no mundo?"

Algum tempo antes Joss dera mostras de desejar dizer alguma coisa, e surgira em seu rosto uma inesperada expressão de genuíno prazer. Todavia, o fluxo de palavras de Ellie estava ganhando crescente rapidez e talvez ele julgasse descortês interrompê-la.

"Além disso, por que o senhor acha que Deus nos abandonou? Ele costumava bater papo com os patriarcas e os profetas toda segunda terça-feira de cada mês, conforme o senhor acredita. Ele é onipotente, dizem os senhores, e também onisciente. Por isso, não lhe seria difícil lembrar-nos de maneira direta, sem ambiguidade, seus desejos, pelo menos algumas vezes em cada geração. E então, amigos? Por que não o vemos com limpidez cristalina?"

"Nós O *vemos*." Rankin empregou enorme vigor nessa frase. "Ele está em toda parte ao nosso redor. Nossas preces são atendidas. Dezenas de milhões de pessoas neste país renasceram e testemunharam a glória indizível de Deus. A Bíblia nos fala hoje com a mesma clareza que falava no tempo de Moisés e de Jesus."

"Ora, deixe disso. O senhor entendeu o que eu disse. Onde estão as sarças ardentes, as colunas de fogo, a voz que proclama, do céu, tronitruante: 'Eu sou o que sou'? Por que haveria Deus de se manifestar desses modos sutis e inconcludentes se poderia tornar sua presença inteiramente inequívoca?"

"Mas uma voz do céu é justamente o que a senhora diz ter encontrado." Joss fez esse comentário casualmente, enquanto Ellie parava para respirar. Olhou-a firme nos olhos. Rankin aproveitou rapidamente a deixa. "Perfeito. Era isso mesmo que eu ia dizer. Abraão e Moisés não dispunham de rádios ou telescópios. Não poderiam escutar o Todo-Poderoso falando em FM. Talvez hoje em dia Deus nos fale por outros meios e nos permita ter uma nova compreensão. Ou talvez não se trate de Deus..."

"Sim, talvez seja Satã. Já ouvi falar nisso. Parece maluquice. Mas deixemos isso de lado por um momento, se concordarem. Os senhores julgam que talvez a Mensagem seja a Voz de Deus, seu Deus. Onde é, em sua religião, que Deus atende a uma oração repetindo-a e devolvendo-a?"

"Bem, quanto a mim, eu não chamaria um jornal cinematográfico nazista de oração", disse Joss. "Seu Projeto diz que isso visa atrair nossa atenção."

"Nesse caso, por que o senhor acha que Deus preferiu conversar com os cientistas? Por que não com pregadores como o senhor?"

"Deus conversa *comigo* constantemente." O indicador de Rankin bateu audivelmente em seu esterno. "E também com o reverendo Joss. Deus me adiantou que uma revelação é iminente. Quando for chegado o fim dos tempos, o Êxtase sobrevirá, o julgamento dos pecadores, a ascensão dos eleitos ao céu..."

"Por acaso ele lhe disse que faria o anúncio no espectro do rádio? Sua conversa com Deus está gravada em algum lugar, para que possamos verificar o que realmente aconteceu? Ou temos de aceitar sua palavra? Por que Deus optaria por fazer o anúncio aos radioastrônomos e não a clérigos e religiosas? O senhor não acha estranho que a primeira mensagem de Deus em 2 mil anos ou mais seja constituída de números primos?... E da figura de Adolf Hitler nas Olimpíadas de 1936? Seu Deus deve ter um incrível senso de humor."

"Meu Deus pode ter qualquer senso que queira."

Der Heer mostrou-se nitidamente alarmado ante essa primeira manifestação de raiva. "Ah... talvez eu deva lembrar a todos nós o que esperamos alcançar com este encontro", começou.

Aí vem Ken com seu espírito apaziguador, pensou Ellie. Com relação a certos assuntos, ele é corajoso, principalmente quando não é ele quem tem de agir. Ele fala com valentia... em

*170*

particular. Mas quando se trata de política científica, e sobretudo quando ele está representando a presidente, torna-se muito acomodador, dispõe-se a transigir até com o Diabo. Ellie deu-se conta do que estava pensando. A linguagem teológica já se insinuava em seu raciocínio.

"Há mais uma coisa." Ellie interrompeu seus próprios pensamentos, assim como o de Der Heer. "Se esse sinal vem de Deus, por que se origina de apenas um ponto do céu... nas vizinhanças de uma estrela próxima, particularmente brilhante? Por que não vem do céu todo ao mesmo tempo, como a radiação cósmica de fundo? Vindo de apenas uma estrela, parece o sinal de outra civilização. Se viesse do céu inteiro, seria muito mais semelhante a um sinal de seu Deus."

"Deus pode fazer um sinal do ânus da Ursa Menor, se Ele assim desejar." O rosto de Rankin tornou-se rubro. "Desculpe-me, mas a senhora conseguiu me irritar. Deus pode fazer *qualquer coisa.*"

"Tudo que o senhor não compreende, reverendo Rankin, atribui a Deus. Deus é o lugar para onde o senhor varre todos os mistérios do mundo, todos os desafios à nossa inteligência. O senhor simplesmente desliga o cérebro e diz que é coisa de Deus."

"Minha senhora, não vim aqui para ser insultado..."

"'Vim aqui'? Pensei que o senhor *morasse* aqui."

"Minha senhora..." Rankin estava para dizer alguma coisa, mas então desistiu. Respirou fundo e continuou. "Este é um país cristão, e os cristãos possuem conhecimento verdadeiro com relação a esse assunto, uma responsabilidade sagrada de assegurar que a sagrada palavra de Deus seja compreendida..."

"Sou cristã e o senhor não fala por mim. O senhor se deixou prender em alguma espécie de mania religiosa do século V. Desde então, houve a Renascença, houve o Iluminismo. Onde o senhor esteve?"

Tanto Joss como Der Heer estavam quase se pondo de pé. "Por favor", implorou Ken, olhando diretamente para Ellie. "Se não nos ativermos mais ao temário, não vejo como poderemos realizar o que a presidente nos pediu."

*171*

"Bem, o que se propôs foi 'uma franca troca de pontos de vista'."

"Já é quase meio-dia", observou Joss. "Por que não fazemos uma interrupção para o almoço?"

Do lado de fora da sala de reuniões, apoiada na cerca em volta do pêndulo de Foucault, Ellie começou um breve diálogo com Der Heer, aos sussurros.

"O que eu queria era esmurrar aquele doutor Sabe-Tudo, aquele santarrão, aquele..."

"Mas por quê, Ellie, exatamente? A ignorância e o erro já não são bastante dolorosos?"

"Sim, se ele se calasse. Mas está corrompendo milhões de pessoas."

"Meu amor, ele pensa o mesmo de você."


Quando ela e Der Heer voltaram do almoço, Ellie notou imediatamente que Rankin parecia contido, ao passo que Joss, que foi o primeiro a falar, parecia animado, além do que exigia a mera cordialidade.

"Dra. Arroway", disse ele, "entendo que a senhora está ansiosa por nos mostrar suas descobertas e que não veio aqui para uma contenda teológica. Mas, por favor, tenha um pouco mais de paciência conosco. A senhora tem a língua ferina. Não me lembro qual foi a última vez em que o irmão Rankin se mostrou tão furioso por motivos de fé. Deve fazer anos."

Joss olhou de relance para o colega, que rabiscava num bloco pautado, aparentemente à toa, com o colarinho aberto e a gravata afrouxada.

"Fiquei admirado com algumas coisas que a senhora disse esta manhã. A senhora declarou-se cristã. Posso fazer uma pergunta? Em que sentido se diz cristã?"

"Entenda que isso não estava na linha das minhas qualificações quando aceitei a direção do Projeto Argus", respondeu Ellie com um sorriso. "Sou cristã no sentido de que acho Jesus Cristo uma figura histórica admirável. Creio que o Sermão da

Montanha é uma das maiores cartas de princípios éticos e um dos melhores discursos da história. Acho que 'Ama teu inimigo' poderia ser até uma solução para o problema da guerra nuclear. Gostaria que Jesus estivesse vivo atualmente. Isso seria benéfico para todas as pessoas deste planeta. Mas creio que Jesus era apenas um homem. Um grande homem, um homem corajoso, um homem que percebia verdades desagradáveis. Mas não acredito que ele fosse Deus, o filho de Deus ou o sobrinho-neto de Deus."

"A senhora não *quer* acreditar em Deus." Joss pronunciou essas palavras com naturalidade. "A senhora julga que pode ser cristã sem acreditar em Deus. Permita-me perguntar diretamente: a senhora acredita em Deus?"

"Essa pergunta tem uma estrutura toda peculiar. Se eu responder que não, estarei dizendo que estou convencida de que Deus não existe ou que não estou convencida de que ele exista? São duas coisas muito diferentes."

"Vejamos se são tão diferentes, dra. Arroway. A senhora aceita o princípio da Navalha de Occam, não é mesmo? Se tem duas explicações diferentes, mas igualmente eficazes, para a mesma experiência, escolhe a mais simples. Toda a história da ciência corrobora esse princípio, diz a senhora. Ora, se a senhora nutre dúvidas sérias quanto à existência de Deus... dúvidas suficientes para impedi-la de abraçar a Fé... nesse caso deve ser capaz de imaginar um mundo *sem* Deus: um mundo que surge sem Deus, um mundo que leva sua vida diária sem Deus, um mundo em que as pessoas morrem sem Deus. Não há castigo. Não há recompensa. Todos os santos e profetas, todos os fiéis que já viveram... a senhora terá de acreditar que foram todos néscios. Foram vítimas de autoilusão, a senhora diria, provavelmente. Esse seria um mundo em que existiríamos sem nenhum bom motivo... quero dizer, sem propósito algum. Tudo se reduziria a complicadas colisões de átomos... não é isso? Inclusive dos átomos que se acham dentro dos seres humanos. Para mim, esse seria um mundo odiento e inumano. Não gostaria de viver nele. Entretanto, se a senhora *pode* imaginar um mundo assim, por que ficar em cima do muro? Por que se colocar num meio-termo? Se a senhora já acredita em tudo isso, não seria muito mais simples dizer que Deus não existe? A senhora não está obedecendo ao princípio de Occam. Acho que está contemporizando. Como pode uma cientista rigorosamente conscienciosa ser agnóstica se é capaz de *imaginar* um mundo sem Deus? A senhora não seria ateia *por obrigação*?"

"Pensei que o senhor fosse argumentar que Deus é a hipótese mais simples", disse Ellie, "mas sua colocação foi muito mais interessante. Se tudo isso fosse apenas uma questão de discussão científica, eu concordaria com o senhor, reverendo Joss. A ciência cuida essencialmente do exame e da correção de hipóteses. Se as leis naturais explicam todos os fatos disponíveis sem intervenção sobrenatural, ou pelo menos se os explicam tão bem quanto a hipótese divina, então por ora eu me diria ateia. Mas, se depois se descobrisse uma única prova que não se ajustasse ao quadro, eu recuaria do ateísmo. Somos plenamente capazes de detectar alguma quebra das leis da natureza. O motivo pelo qual não me digo ateia é que essa questão não é basicamente de caráter científico. É uma questão religiosa, e também uma questão política. A natureza experimental da hipótese científica não se estende a esses campos. O *senhor* não fala de Deus como uma hipótese. O senhor pensa ter a posse da verdade, de modo que eu me permito observar que talvez lhe tenham passado despercebidas uma ou duas coisas. Mas, se o senhor perguntar, estou disposta a lhe dizer que não posso ter *certeza* de estar certa."

"Sempre entendi que um agnóstico é um ateu sem a coragem de expressar suas convicções."

"Da mesma forma, o senhor poderia dizer que um agnóstico é uma pessoa profundamente religiosa que possui um conhecimento ao menos rudimentar da falibilidade humana. Quando digo que sou agnóstica, quero apenas dizer que não disponho de provas. Não existem provas concludentes da existência de Deus... pelo menos da sua espécie de deus... como também não existem provas convincentes de sua inexistência. Como mais de metade da população da Terra não é formada de judeus, cristãos ou muçulmanos, eu diria que não há argumentos conclusivos para a existência do deus em que o senhor acredita. Se não fosse assim, todos os habitantes da Terra teriam sido convertidos. Repito: se seu Deus quisesse convencer-nos, poderia ter feito um trabalho muito melhor.

"Veja como é clara a autenticidade da Mensagem. Ela está sendo captada em todo o mundo. Radiotelescópios a estão detectando em países de diferentes antecedentes históricos, línguas, posições políticas e religiões. Todos recebem o mesmo tipo de dados, do mesmo lugar do céu, e nas mesmas frequências, com a mesma polarização modulada. Todos, muçulmanos, hindus e cristãos, estão recebendo a mesma Mensagem. Qualquer cético pode armar um radiotelescópio... nem precisa ser muito potente... e obter dados idênticos."

"A senhora não está sugerindo que sua mensagem venha de Deus!", aparteou Rankin.

"De modo algum. Só estou dizendo que a civilização de Vega... que dispõe de poderes infinitamente inferiores àqueles que o senhor atribui a seu Deus... pôde tornar as coisas bastante claras. Se seu Deus quisesse falar conosco através de meios implausíveis, como a transmissão oral ou textos de milhares de anos, poderia ter feito isso de modo a não deixar margem a debates sobre sua existência."

Ellie fez uma pausa, mas, como nem Joss nem Rankin dissessem coisa alguma, tentou mais uma vez dirigir a conversa para os dados.

"Por que não adiamos por algum tempo uma conclusão a respeito disso, até avançarmos mais na decodificação da Mensagem? Os senhores gostariam de ver uma parte dos dados?"

Dessa vez assentiram, e de bom grado. Mas tudo que Ellie pôde mostrar foram resmas de zeros e uns, nem edificantes, nem inspiradores. Explicou com cuidado a presumida divisão da Mensagem em páginas e a esperança de que houvesse uma chave. Por acordo tácito, nem ela nem Der Heer fizeram comentário algum sobre o ponto de vista dos soviéticos de que a Mensagem conteria os planos de uma máquina. Isso era, no máximo, um palpite, e ainda não fora discutido publicamente pelos soviéticos. Terminada a exposição, ela falou um pouco a respeito de Vega — sua massa, temperatura de superfície, cor, distância da Terra, idade e o cinturão de detritos ao seu redor, descoberto pelo Satélite Astronômico Infravermelho em 1983.

"Mas, além de ser uma das estrelas mais brilhantes do céu, Vega tem alguma outra coisa de especial?", quis saber Joss. "Ou alguma coisa que a ligue à Terra?"

"Bem, em termos de propriedades estelares, ou qualquer coisa assim, não me ocorre coisa alguma. No entanto, há uma curiosidade: Vega foi a estrela polar há cerca de 12 mil anos e voltará a ser mais ou menos daqui a 14 mil anos."

"Eu pensava que a estrela polar fosse Polaris." Ainda rabiscando, Rankin disse isso para si mesmo.

"E é, há alguns milhares de anos. Mas não foi sempre. A Terra gira como um pião. Seu eixo descreve lentamente um círculo." Ellie demonstrou o movimento de rotação, usando seu lápis como o eixo da Terra. "Dá-se a isso o nome de precessão dos equinócios."

"Descoberto por Hiparco de Rodes", acrescentou Joss. "Século II a. C." Era surpreendente que ele tivesse essa informação na ponta da língua.

"Exatamente. Assim, hoje em dia", prosseguiu Ellie, "uma seta que parta do centro da Terra na direção do Polo Norte aponta para a estrela que chamamos de Polaris, na constelação da Ursa Menor. Acredito que foi a essa constelação que o senhor se referiu pouco antes do almoço, reverendo Rankin. Na medida em que o eixo da Terra muda lentamente de direção, ele passa a apontar para uma outra direção no céu, e não para Polaris, e, no decorrer de 26 mil anos, o lugar do céu para onde a estrela polar aponta descreve um círculo completo. A estrela polar, ou estrela do norte, aponta hoje em dia para um ponto muito próximo de Polaris, bastante próximo para ser útil à navegação. Há 12 mil anos, por acidente, apontava para Vega. No entanto, não existe nenhuma ligação em termos físicos. A maneira como as estrelas se distribuem na Via Láctea nada tem a ver com o fato de o eixo de rotação da Terra estar inclinado num ângulo de 23 graus e meio."

"Doze mil anos, no passado, representam o ano 10 000 a.C., época em que a civilização estava começando. Não é mesmo?", perguntou Joss.

"A não ser que o senhor acredite que o mundo foi criado no ano 4004 a.C."

"Não, não acreditamos nisso. Não é mesmo, irmão Rankin? Não cremos que a idade da Terra seja conhecida com a precisão que os cientistas afirmam. No que se refere a essa questão, somos aquilo que a senhora poderia chamar de agnósticos." Joss sorriu de maneira cativante.

"Quer dizer que, se havia navegadores há 10 mil anos, no Mediterrâneo ou no golfo Pérsico, por exemplo, eles teriam Vega como guia?"

"Há 10 mil anos, ainda estávamos na Idade do Gelo. Provavelmente, um pouco cedo para navegação. Mas os caçadores que atravessaram o estreito de Bering, quando congelado, passando para a América do Norte, viviam nessa época. Devem ter achado uma coincidência fantástica... providencial, se o senhor assim preferir... que uma estrela tão brilhante se situasse exatamente no norte. Aposto que muita gente deixou de morrer devido a essa coincidência."

"Isso é deveras interessante!"

"Por favor, não pense que usei a palavra *providencial* a não ser como metáfora."

"Eu jamais pensaria isso, minha querida."

Joss já começava a dar sinais de que a tarde chegava ao fim, e não se mostrara aborrecido com isso. Entretanto, ainda parecia haver alguns pontos na agenda de Rankin.

"Espanta-me que a senhora não pense que o fato de Vega ser a estrela polar fosse obra da Divina Providência. Minha fé é tamanha que dispenso provas, mas, toda vez que surge um fato novo, ele simplesmente confirma a minha fé."

"Nesse caso, então, creio que o senhor não prestou muita atenção ao que eu disse esta manhã. Não aceito de maneira alguma a ideia de que estejamos travando alguma espécie de concurso de fé e que o senhor seja o vencedor final. O senhor está disposto a arriscar a vida por sua fé? Eu estou, pela minha. Veja, olhe por aquela janela. Vemos do outro lado um enorme pêndulo de Foucault. Deve pesar uns 250 quilogramas. Minha fé ensina que a amplitude de um pêndulo livre... a distância em que ele se move, afastando-se da posição vertical... jamais pode aumentar. Só pode diminuir. Estou disposta a ir até lá, colocar o peso diante de meu nariz, soltá-lo e deixar que ele vá até o outro lado e depois volte em minha direção. Se minhas convicções forem falsas, levarei no rosto um golpe de 250 quilos. Vamos lá. Quer testar a minha fé?"

"Francamente, não é preciso. Acredito no que a senhora diz", respondeu Joss. Rankin, porém, parecia interessado. Está imaginando, pensou Ellie, como ficaria o meu rosto depois.

"Mas o *senhor* estaria disposto", continuou Ellie, "a se colocar um palmo mais perto do mesmo pêndulo e pedir a Deus que diminuísse a amplitude? E, se chegarmos à conclusão de que o senhor entendeu tudo errado, que o que está ensinando não é de forma alguma a vontade de Deus? Talvez seja obra do demônio. Talvez seja pura invenção humana. Como o senhor pode ter certeza *total*?"

"Fé, inspiração, revelação, reverência", respondeu Rankin. "Não julgue todas as pessoas com base em sua experiência limitada. O simples fato de a senhora haver rejeitado o Senhor não impede que outras pessoas proclamem a Sua glória."

"Escute, todos nós temos sede de coisas prodigiosas. Esse é um atributo profundamente humano. Tanto a ciência como a religião vivem disso. O que estou querendo dizer é que não precisamos inventar histórias, não temos de exagerar. No mundo real existe uma dose suficiente de prodígios e reverência. A natureza inventa prodígios muito melhor do que nós."

"Talvez sejamos todos caminhantes na estrada que leva à verdade", respondeu Joss.

Diante desse comentário conciliador, Der Heer interveio habilmente e, entre gentilezas forçadas, prepararam-se para sair.

Ellie imaginava se haviam obtido qualquer coisa de útil. Valerian teria sido muito mais eficaz e muito menos provocador, pensou. Oxalá ela tivesse se controlado mais.

"Foi um encontro muito interessante, dra. Arroway, e eu lhe agradeço." Joss parecia novamente polido, mas distante dali. Entretanto, apertou-lhe a mão calorosamente. A caminho do carro do governo que os esperava, passaram por uma exposição tridimensional, muito bem montada, intitulada: "A falácia do universo em expansão". Um cartaz dizia: "Nosso Deus está vivo e passa bem. E o seu?".

"Desculpe-me se tornei seu trabalho ainda mais difícil", murmurou Ellie para Der Heer.

"De modo algum, Ellie. Você esteve magnífica."

"Esse Palmer Joss é um homem muito persuasivo. Não creio que eu tenha feito muita coisa no sentido de convertê-lo. Mas eu lhe digo que ele quase me converteu." Estava brincando, é claro.

# 11. O CONSÓRCIO MUNDIAL DA MENSAGEM

> *O mundo está quase todo repartido, e o que resta vem sendo partilhado, conquistado e colonizado. E pensarmos nessas estrelas que são vistas sobre nossas cabeças durante a noite, esses imensos mundos que jamais podemos alcançar! Se eu pudesse, anexaria os planetas; penso com frequência nisso. Entristece- -me vê-los tão nítidos, mas tão distantes.*
> Cecil Rhodes, *Últimas vontades e testamento* (1902)

**DA MESA DELES,** junto à janela, Ellie via o temporal caindo forte na rua. Um transeunte passou apressado, todo encharcado, com a gola levantada. O proprietário do restaurante havia baixado o toldo listrado sobre as tinas de lagostas, que, separadas por tamanho e qualidade, constituíam uma espécie de publicidade para a especialidade da casa. Ellie sentia-se aquecida e à vontade no restaurante, o Chez Dieux, famoso ponto de encontro de gente de teatro. Como a previsão fora de bom tempo, ela estava sem capa ou sombrinha.

Também desprotegido da chuva, Vaygay mudou de assunto. "Minha amiga Meera", declarou, "é uma *stripteaser*... essa é a palavra certa, não? Quando trabalha aqui neste país, ela se apresenta para grupos de profissionais, em encontros e convenções. Diz Meera que quando tira a roupa para operários... em convenções de sindicatos, essas coisas... eles enlouquecem, gritam propostas indecorosas, ou tentam subir ao palco. Mas que, quando faz exatamente o mesmo número para médicos ou advogados, estes ficam sentados, imóveis. Na verdade, diz ela, alguns lambem os beiços. Minha pergunta é a seguinte: os advogados são mais saudáveis que os operários de siderúrgicas?"

Que Vaygay tinha um grande círculo de amizades femininas, sempre fora evidente. Seu modo de abordar as mulheres era tão direto e inusitado (com exceção dela, o que por algum motivo tanto a lisonjeava como ofendia) que elas sempre podiam recusar sem embaraço. Muitas aceitavam. No entanto, o que ele acabara de dizer sobre Meera era um tanto inesperado.

Tinham passado a manhã numa comparação de última hora das interpretações dos novos dados. A transmissão da Mensagem havia chegado a um estágio importante. De Vega estavam sendo transmitidos diagramas, da mesma forma como são passadas as radiofotos de jornais. Cada imagem era uma retícula. O número de minúsculos pontos brancos e pretos que compunham a imagem era o produto de dois números primos. Mais uma vez, a transmissão tinha como base números primos. Havia um grande conjunto de tais diagramas, em série, e nem todos inseridos no texto. Assemelhavam-se a um caderno de ilustrações em papel cuchê encartado no fim de um livro. Após a transmissão da longa sequência de diagramas, continuara a do texto ininteligível. Alguns diagramas deixavam óbvio que Vaygay e Arkhangelski tinham razão: a Mensagem era constituída, pelo menos em parte, pelas instruções, o esquema, para a construção de uma máquina de finalidade desconhecida. Na sessão plenária do Consórcio Mundial da Mensagem, que se realizaria no dia seguinte no Elysée, ela e Vaygay apresentariam, pela primeira vez, algumas minúcias a representantes dos outros países-membros. No entanto, sem estardalhaço, já corriam boatos sobre a hipótese da máquina.

Durante o almoço, ela fizera um resumo de seu encontro com Rankin e Joss. Vaygay se mostrara atento, mas não fizera perguntas. Foi como se ela estivesse confessando alguma implausível predileção pessoal, e talvez fosse isso que tivesse provocado, da parte dele, aquela inesperada associação de ideias.

"Você tem uma amiga chamada Meera que faz *striptease*? E com uma carreira internacional?"

"Desde que Wolfganf Pauli descobriu o Princípio de Exclusão enquanto assistia ao espetáculo do Folies-Bergère, considero ter o dever profissional, como físico, de visitar Paris tanto quanto possível. Considero isso uma homenagem a Pauli. No entanto, jamais consigo persuadir as autoridades de meu país a aprovarem viagens unicamente com esse objetivo. Em geral, tenho de fazer algum trabalho rotineiro para justificar a viagem. Entretanto, nesses estabelecimentos... foi num deles que conheci Meera... sou um estudante da natureza, à espera do estalo." De repente, seu tom mudou, de expansivo para factual. "Diz Meera que os cientistas americanos são sexualmente reprimidos e têm um terrível sentimento de culpa."

"É verdade. E o que Meera tem a dizer sobre os cientistas russos?"

"Bem, nessa categoria a única pessoa que ela conhece sou eu. De modo que, naturalmente, ela os tem em boa conta. Na verdade, eu preferiria passar com Meera o dia de amanhã."

"Mas todos os seus amigos estarão na reunião do Consórcio", brincou ela.

"É... ainda bem que você vai estar lá também", respondeu Vaygay, taciturno.

"Que o preocupa, Vaygay?"

Ele fez uma longa pausa antes de responder, e começou a falar com uma hesitação que, embora ligeira, não lhe era própria. "Talvez não seja o caso de falar em preocupação... mas de receios. E se a Mensagem contiver realmente os planos de uma máquina? Vamos construí-la? Quem? Todos juntos? O Consórcio? As Nações Unidas? Alguns países, independentemente e em competição uns com os outros? E se o custo de construção for imenso? Quem vai arcar com as despesas? Por que alguém se disporia a isso? E se a máquina não funcionar? A construção dessa máquina poderia prejudicar algumas nações do ponto de vista econômico? Ou em outros sentidos?"

Sem interromper essa catadupa de perguntas, Lunacharski encheu as taças com o restante do vinho. "Mesmo que a Mensagem recomece do início, e mesmo que a decifremos completamente, poderemos confiar na tradução? Sabe o que disse Cervantes? Segundo ele, ler uma tradução é como examinar o *avesso* de uma tapeçaria. Talvez não seja possível traduzir a Mensagem de maneira perfeita. Nesse caso, não poderíamos construir a máquina direito. Além disso, poderemos ter certeza de que dispomos de todos os dados? Talvez haja informações essenciais em alguma outra frequência que ainda não localizamos.

"Sabe, Ellie, sou da opinião de que se deveria pensar bem antes de construir essa máquina. No entanto, amanhã poderá surgir alguma coisa que torne imperiosa a sua construção imediata... quero dizer, imediatamente depois de recebermos a chave e decodificarmos a Mensagem, supondo que o façamos. Que vai propor a delegação americana?"

"Não sei", respondeu Ellie, lentamente. Mas se lembrou de que, logo após o recebimento dos diagramas, Der Heer havia começado a perguntar se seria provável que a máquina estivesse ao alcance da economia e tecnologia da Terra. Ela pouco pudera dizer a respeito disso. Lembrou-se novamente de como Ken se mostrara preocupado, até inquieto, nas últimas semanas. Suas responsabilidades com relação à questão eram, naturalmente...

"O dr. Der Heer e o sr. Kitz estão no mesmo hotel que você?"

"Não, estão hospedados na embaixada."

Devido à natureza da economia soviética e à opção pelo custeio de tecnologia militar em vez da aquisição de bens de consumo com as poucas divisas fortes de que dispunham, os russos não tinham muito dinheiro para gastar quando visitavam o Ocidente. Viam-se na contingência de se hospedarem em hotéis de segunda ou terceira categoria, ou mesmo em pensões, ao passo que seus colegas americanos levavam, em comparação, uma vida de luxo. Isso representava um contínuo motivo de embaraço para os cientistas de ambos os países. Pagar a conta daquela refeição, bastante corriqueira, nada representaria para Ellie, mas seria um ônus para Vaygay, apesar de sua posição relativamente elevada na hierarquia científica soviética. Mas o que estaria ele...

"Vaygay, seja franco comigo. Que você quer dizer? Acha que Ken e Mike Kitz estão avançando o sinal?"

"*Avançando*. Eis uma palavra interessante. Nem para a direita, nem para a esquerda, mas sempre em frente. Receio que nos próximos dias assistamos a discussões prematuras sobre a construção de uma coisa que não temos o direito de construir. Os políticos pensam que sabem tudo. Na verdade, quase nada sabemos. Uma situação assim seria perigosa."

Ellie percebeu, enfim, que Vaygay estava se recriminando pessoalmente por haver previsto a natureza da Mensagem. Se por acaso ela levasse a uma catástrofe, ele a consideraria culpa sua. Além disso, tinha motivos menos pessoais, é claro.

"Quer que eu converse com Ken?"

"Se julgar apropriado. Tem oportunidades frequentes de estar com ele?" Lunacharski fez a pergunta com naturalidade.

"Vaygay, você não é ciumento, é? Acho que percebeu meus sentimentos em relação a Ken antes mesmo que eu os percebesse. Quando estava no Argus. Nos dois últimos meses eu e Ken temos vivido, de certo modo, juntos. Faz alguma objeção?"

"Claro que não, Ellie. Não sou seu pai, nem um amante ciumento. Tudo que desejo é que sejam muito felizes. Acontece apenas que prevejo muitas possibilidades desagradáveis."

Entretanto, ele nada mais disse.

Voltaram às interpretações preliminares de alguns dos diagramas, que acabaram cobrindo a mesa. Discutiram também um pouco de política: o debate nos Estados Unidos sobre os Princípios de Mandela para resolver a crise na África do Sul e a crescente guerra verbal entre a União Soviética e a República Democrática da Alemanha. Como de costume, Arroway e Lunacharski se deleitaram criticando a política externa de seus respectivos países. Era muito mais interessante do que criticar a política externa do país do outro, o que teria sido igualmente fácil. Enquanto travavam a discussão ritual sobre a conveniência de racharem a despesa, ela notou que o temporal se reduzira a um leve chuvisco.


A essa altura as notícias sobre a Mensagem proveniente de Vega haviam alcançado todos os povoados e aldeias da Terra. Pessoas que nada sabiam de radiotelescópios e que nunca tinham tomado conhecimento de números primos escutaram uma história esquisita a respeito de uma voz que estava chegando das estrelas e sobre seres estranhos — não exatamente homens, mas também não exatamente deuses — descobertos no céu estrelado. Não se originavam da Terra. A estrela que lhes dava luz e calor podia ser avistada facilmente, mesmo em noite de lua cheia. Em meio à agitação de comentários sectários, havia também — no mundo inteiro, era visível — uma sensação de assombro, até de reverente admiração. Alguma coisa transformadora, quase miraculosa, estava acontecendo. O ar estava cheio de possibilidades, da sensação de um recomeço.

"A humanidade passou para o ginásio", escrevera o editorialista de um jornal americano.

Havia no universo outros seres inteligentes. Podíamos nos comunicar com eles. Eram provavelmente mais antigos que nós; possivelmente, mais sábios. Estavam a nos enviar bibliotecas inteiras de informações complexas. Verificava-se uma expectativa generalizada de iminente revelação de ordem secular. Por isso, especialistas de todas as áreas começavam a se preocupar. Os matemáticos temiam ter deixado de fazer descobertas elementares. Líderes religiosos receavam que os valores veganos, por mais exóticos que fossem, ganhassem facilmente adeptos, sobretudo entre os jovens sem instrução. Astrônomos afligiam-se com a possibilidade de terem interpretado erroneamente dados fundamentais sobre as estrelas próximas. Políticos e chefes de Estado temiam que outros sistemas de governo, alguns radicalmente diferentes dos que existiam na Terra, pudessem ser adotados por uma civilização superior. Tudo quanto os veganos sabiam não fora influenciado por instituições peculiarmente humanas, ou pela história ou biologia dos homens. E se grande parte do que aceitamos como verdadeiro fosse um erro de interpretação, um caso especial ou um erro de lógica? Os especialistas começavam, inquietos, a reavaliar os fundamentos de suas disciplinas.

Além dessa estreita inquietação profissional, notava-se a grandiosa e elevada percepção de uma nova aventura para a espécie humana. Ela estaria para virar uma esquina, ingressar de chofre numa nova era — um simbolismo poderosamente ampliado pela aproximação do Terceiro Milênio. Ainda havia conflitos políticos, alguns sérios, como a persistente crise sul-africana. No entanto, ocorria, em muitas partes do mundo, um notável declínio da retórica jingoísta e do nacionalismo pueril. Crescia a sensação de *humanidade*, bilhões de pequenos seres espalhados pelo mundo, aos quais se apresentava, coletivamente, uma oportunidade sem precedentes ou mesmo um grave perigo comum. A muitos parecia absurdo que nações litigantes continuassem suas rixas mortíferas quando confrontadas com uma civilização não humana de capacidade imensamente superior. Havia uma aragem de esperança no ar. Certas pessoas ainda não tinham se acostumado com a novidade e a tomavam por outra coisa — derrotismo, talvez, ou covardia.

Durante décadas, desde 1945, o estoque mundial de armas nucleares estratégicas crescera constantemente. Os líderes mudavam, os sistemas de armamentos mudavam, a estratégia mudava, mas o número de armas estratégicas só fazia crescer. Chegou o dia em que havia mais de 25 mil delas no planeta, dez para cada grande cidade. A tecnologia avançava no sentido de tornar mais breve o tempo de voo, além de oferecer incentivos para um primeiro ataque contra alvos essenciais e propiciar lançamentos rápidos. Somente um perigo tão monumental seria capaz de desfazer tamanha estupidez, endossada por tantos dirigentes de tantas nações durante tanto tempo. Finalmente, porém, o mundo recobrou o juízo, pelo menos com relação a isso, e Estados Unidos, União Soviética, Grã-Bretanha, China e França firmaram um acordo. O tratado não previa a erradicação completa das armas nucleares no mundo. Poucos esperavam que ele trouxesse em seu bojo a Utopia. Entretanto, norte-americanos e russos tomaram providências a fim de reduzir seus arsenais estratégicos a mil artefatos nucleares para cada um dos dois países. Os pormenores foram planejados cuidadosamente para que nenhuma dessas superpotências ficasse em situação de clara desvantagem em qualquer etapa do processo. A Grã-Bretanha, a França e a China concordaram em reduzir seus arsenais assim que as superpotências houvessem reduzido os seus a menos de 3200 bombas. Os Acordos de Hiroshima foram assinados, para júbilo de todo o mundo, ao lado da placa em memória das vítimas da primeira cidade a ser destruída por uma bomba nuclear: "Repousem em paz, pois isso nunca voltará a acontecer".

A cada dia, os disparadores de fissão de um número igual de ogivas americanas e soviéticas eram entregues a um órgão especial, administrado por técnicos dos dois países. O plutônio era retirado, registrado, selado e transportado por equipes binacionais para usinas de energia nuclear, onde era consumido e convertido em eletricidade. Esse processo, conhecido como Plano Gayler, nome de um almirante americano, era considerado o máximo a que se chegara no sentido de transformar espadas em arados. Como, mesmo assim, cada país ainda conservava uma devastadora capacidade de retaliação, mesmo as organizações militares acabaram por aprová-lo. Tanto quanto quaisquer outras pessoas, os generais não querem que os filhos morram, e a guerra nuclear é a negação das virtudes militares convencionais; é difícil achar muita valentia no ato de apertar um botão. A cerimônia da primeira desmontagem — televisada ao vivo e retransmitida várias vezes — mostrou técnicos americanos e soviéticos, vestidos de branco, trazendo num carrinho dois daqueles objetos metálicos, de cor cinza-fosco, cada um do tamanho de um banquinho, cobertos com as bandeiras dos Estados Unidos e da União Soviética. O ato foi visto por uma enorme parcela da população mundial. Os noticiário noturnos da TV informavam regularmente quantas armas estratégicas de ambos os lados tinham sido desmontadas e quantas ainda faltavam. Em pouco mais de duas décadas, também essas notícias chegariam a Vega.

Nos anos seguintes, a liquidação dos arsenais prosseguiu, quase sem problemas. A princípio, houve poucas modificações nas doutrinas estratégicas, mas agora os cortes já eram sentidos, e os sistemas de armamentos mais desestabilizadores estavam sendo abolidos. Essa era uma coisa que os especialistas haviam tachado de impossível e declarado "contrária à natureza humana". No entanto, como observara Samuel Johnson, uma sentença de morte concentra maravilhosamente o espírito. No semestre anterior, o desmantelamento das armas nucleares pelos

Estados Unidos e União Soviética fizera progressos importantes, e em breve equipes de inspeção de cada uma das superpotências, com amplos poderes, seriam enviadas para o território da outra — apesar da desaprovação e da preocupação manifestada publicamente pelos estados-maiores de ambos os países. Inesperadamente, as Nações Unidas viram-se arbitrando litígios internacionais com eficácia, ficando resolvidas as guerras de fronteira no oeste do Irã e entre o Chile e a Argentina, pelo menos aparentemente. Houve até quem propusesse, com alguma base, um tratado de não agressão entre a OTAN e o Pacto de Varsóvia.

Num grau sem precedentes nas últimas décadas, os delegados que chegavam para a primeira sessão plenária do Consórcio Mundial da Mensagem estavam predispostos à cordialidade.

Toda nação que dispunha de ao menos um punhado de fragmentos da Mensagem se fizera representar, enviando tanto delegados científicos como políticos; grande número de países mandara também representantes militares. Em alguns casos, as delegações nacionais eram encabeçadas por ministros do Exterior ou até mesmo chefes de Estado. A delegação do Reino Unido incluía o visconde Boxforth, lorde do Selo Privado — título honorífico que Ellie julgou hilariante. A delegação da URSS era chefiada por B. Ya. Abukhimov, presidente da Academia Soviética de Ciências; Gotsridze, ministro da Indústria Meio-Pesada, e Arkhangelski nela desempenhavam funções de relevo. A presidente dos Estados Unidos fizera questão de que a delegação americana fosse liderada por Der Heer, embora incluísse também o subsecretário de Estado, Elmo Honicutt; Michael Kitz, entre outros, representava o Departamento de Defesa.

Um enorme mapa, em projeção isométrica, mostrava a disposição dos radiotelescópios no planeta, e incluía os navios rastreadores soviéticos. Ellie olhou em torno da recém-preparada sala de conferências, perto do palácio de despachos e da residência do presidente da França. Cumprindo ainda o segundo ano de seu septênio, ele estava envidando todos os esforços para o êxito do encontro. Um sem-número de rostos, bandeiras e trajes nacionais refletia-se nas longas mesas de mogno e nas paredes espelhadas. Ellie reconhecia poucos dos políticos e militares, mas em cada delegação parecia haver ao menos um rosto familiar, entre cientistas e engenheiros: Annunziata e Ian Broderick, da Austrália; Fedirka, da Tcheco-Eslováquia; Braude, Crebillon e Boileau, da França; Kumar Chandrapurana e Devi Sukhavati, da Índia; Hironaga e Matsui, do Japão... Muitos dos delegados eram especialistas em áreas tecnológicas, e não em radioastronomia. A ideia de que o temário da conferência pudesse incluir a construção de uma grande máquina motivara alterações de última hora na composição das delegações.

Ellie também reconheceu Malatesta, da Itália; Bedenbaugh, físico que enveredara para a política, Clegg e o idoso sir Arthur Chatos, conversando atrás de uma bandeira inglesa, do tipo que se encontra comumente em mesas de restaurantes nos centros turísticos europeus; Jaime Ortiz, da Espanha; Prebula, da Suíça (isso era enigmático, pois, ao que ela sabia, a Suíça não possuía um radiotelescópio); Bao, que realizara um trabalho brilhante na montagem do sistema chinês de radiotelescópios; Wintergaden, da Suécia. As delegações da Arábia Saudita, do Paquistão e do Iraque eram surpreendentemente numerosas; e, naturalmente, os soviéticos, entre os quais se achavam Nadya Rojdestvenskaia e Genrikh Arkhangelski, gozavam um instante de genuína hilaridade.

Ellie procurou ver Lunacharski, e finalmente o localizou com a delegação chinesa. Estava apertando a mão de Yu Renqiong, diretor do Radiobservatório de Beijing. Lembrou-se de que os dois tinham sido amigos e companheiros durante o período de cooperação sino-soviética. No entanto, as hostilidades entre os dois países haviam encerrado todos os contatos entre eles, e as restrições impostas pelos chineses a viagens de cientistas importantes ainda eram quase tão severas quanto as dos soviéticos. Ela talvez estivesse testemunhando, pensou, o primeiro encontro dos dois homens em mais ou menos um quarto de século.

"Quem é aquele velho china que Vaygay está cumprimentando?" Isso, para Kitz, era uma tentativa de cordialidade. Fazia alguns dias que ele vinha tentando aproximações desse tipo, mas Ellie não via grande futuro naquilo.

"É Yu, diretor do Observatório de Beijing."

"Pensei que esses sujeitos se odiassem."

"Michael", disse Ellie, "o mundo é, ao mesmo tempo, melhor e pior do que você imagina."

"É provável que você conheça melhor do que eu o 'melhor'", respondeu ele, "mas não pode querer me ensinar o 'pior'."


Após as boas-vindas do presidente da França (que, surpreendentemente, permaneceu para ouvir as exposições preliminares) e de uma exposição sobre o temário e o processo de encaminhamento dos debates, feita por Der Heer e Abukhimov, na qualidade de copresidentes da conferência, Ellie e Vaygay fizeram um sumário dos dados. Expuseram, de um modo que já se havia tornado rotina — não demasiado técnico, devido à presença de políticos e militares —, o funcionamento dos radiotelescópios, a distribuição das estrelas próximas no espaço e a história da Mensagem. A exposição conjunta terminou com uma exibição, nos terminais de vídeo diante de cada delegação, dos diagramas recebidos recentemente. Ellie teve o cuidado de mostrar como a polarização modulada era convertida numa sequência de zeros e uns e como esses algarismos se combinavam para formar uma imagem. Frisou que, na maioria dos casos, não se tinha a mais vaga ideia do que significava a imagem.

Os pontos reuniram-se nas telas dos computadores. Ellie viu rostos iluminados pela luz branca, âmbar e verde emitida pelos terminais do salão, agora parcialmente obscurecido. Os diagramas mostravam retículas complicadas; formas grumosas, quase indecentemente biológicas; um dodecaedro regular perfeito. Uma longa série de páginas compunha, quando montada, uma pormenorizada estrutura tridimensional que girava lentamente.

Cada um daqueles enigmáticos objetos trazia embaixo uma legenda ininteligível.

Vaygay sublinhou as incertezas com mais vigor do que Ellie. Não obstante, disse ele, em sua opinião era agora incontestável que a Mensagem constituía o manual para a construção de uma máquina. Deixou de mencionar que essa ideia fora aventada originalmente por ele e Arkhangelski, e Ellie aproveitou a oportunidade para retificar o lapso.

Ellie havia falado a respeito daquele assunto o suficiente, nos meses anteriores, para saber que tanto os cientistas como o público em geral muitas vezes ficavam fascinados com os pormenores da Mensagem e atormentados com a possibilidade, ainda não confirmada, de haver uma chave. Mas não estava preparada para a reação daquela plateia, supostamente sóbria. Vaygay e ela tinham feito a exposição em conjunto. Ao acabarem, houve uma prolongada salva de palmas. As delegações da Europa oriental e da URSS aplaudiram em uníssono, numa frequência de mais ou menos três batidas por pulsação cardíaca. Os americanos e muitos outros aplaudiram sem sincronia, produzindo um mar de ruído branco. Envolta numa espécie desconhecida de alegria, ela não pôde deixar de pensar nas diferenças de caráter nacional — os americanos individualistas, os russos empenhados numa atividade coletiva. Além disso, lembrou-se de que, em multidões, os americanos tentavam colocar um máximo de distância em relação às outras pessoas, ao passo que os soviéticos tendiam a se encostar tanto quanto possível uns nos outros. Os dois estilos de aplauso, sendo que o americano predominava nitidamente em matéria de volume, a encantaram. Apenas por um momento, ela se permitiu pensar no padrasto. E no pai.

Depois do almoço houve uma série de outras exposições sobre a coleta e interpretação dos dados. David Drumlin realizou uma exposição extraordinariamente competente sobre a análise estatística, que havia empreendido pouco tempo antes, de todas as páginas anteriores da Mensagem referentes aos novos diagramas numerados. Argumentou que a Mensagem, em seu entender, continha não só os planos para a construção de uma máquina como também descrições dos projetos e dos meios de fabricação de componentes e subcomponentes. Em alguns casos, julgava ele, havia descrições de indústrias inteiras ainda desconhecidas na Terra. Ellie, boquiaberta, sacudiu o dedo na direção de Drumlin, perguntando silenciosamente a Valerian se ele tivera conhecimento daquilo. Comprimindo os lábios, Valerian encolheu os ombros e mostrou as palmas das mãos. Ellie procurou ver alguma expressão de emoção nos demais delegados, mas só pôde detectar sinais de fadiga. A complexidade do material técnico e a necessidade de, mais cedo ou mais tarde, serem tomadas decisões políticas já produziam tensão. Depois da sessão, ela cumprimentou Drumlin por sua interpretação, mas lhe perguntou por que não lhe comunicara sua opinião. Antes de se afastar, Drumlin respondeu: "Ah, não pensei que fosse importante o bastante para incomodar você. Foi só uma coisinha que fiz enquanto você consultava fanáticos religiosos".

Tivesse Drumlin sido seu orientador na pós-graduação, ela *ainda* estaria tentando o doutorado, pensou Ellie. Ele nunca a aceitara completamente. Nunca viriam a manter um relacionamento acadêmico sereno. Suspirando, ela ficou a imaginar se Ken tomara conhecimento do novo trabalho de Drumlin. Mas, como copresidente da conferência, Der Heer estava sentado com seu colega soviético sobre um estrado defronte aos delegados. Como acontecia havia semanas, era quase impossível o acesso a ele. Drumlin não era obrigado a discutir com ela suas opiniões, claro; ambos tinham estado extremamente ocupados. Mas por quê, ao conversar com Drumlin, ela sempre se mostrava transigente, só insistindo em seus pontos de vista em condições extremas? Evidentemente, uma parte dela ainda achava que a obtenção de seu doutorado e a oportunidade de seguir sua carreira científica eram possibilidades futuras, que Drumlin mantinha em suas mãos.

Na manhã do segundo dia, foi dada a palavra a um delegado soviético que Ellie conhecia. "Stefan Alexeivitch Baruda", apareceu escrito em seu terminal de computador. "Diretor, Instituto para Estudos sobre a Paz, Academia Soviética de Ciências, Moscou; membro do Comitê Central, Partido Comunista da União Soviética."

"Agora vai começar o jogo duro", Ellie ouviu Michael Kitz dizer a Elmo Honicutt, do Departamento de Estado.

Baruda era um janota, e usava um terno ocidental, muito bem cortado e no rigor da moda, talvez italiano. Seu inglês era fluente e quase sem sotaque. Nascera numa das repúblicas do Báltico, era jovem para chefiar uma organização importante — criada para estudar as implicações a longo prazo da política estratégica de desarmamento nuclear — e excelente exemplo da "jovem guarda" da liderança soviética.

"Sejamos francos", dizia Baruda nesse momento. "Uma Mensagem nos está sendo enviada do espaço. A maior parte das informações foi colhida pela União Soviética e pelos Estados Unidos. Partes essenciais foram coletadas também por outros países. Todos esses países acham-se representados nesta conferência. Qualquer nação... a União Soviética, por exemplo... poderia ter esperado que a Mensagem se repetisse várias vezes, como achamos que vá acontecer, preenchendo assim as muitas lacunas. Mas isso levaria anos, talvez decênios, e somos um pouco impacientes. Por isso, todos partilhamos os dados.

"Qualquer nação... a União Soviética, por exemplo... poderia colocar na órbita da Terra grandes radiotelescópios munidos de radiômetros sensíveis que funcionassem nas frequências da Mensagem. Também os americanos poderiam ter feito isso. Talvez igualmente o Japão, a França ou a Agência Espacial Europeia. Nesse caso, qualquer nação poderia, sozinha, coletar todos os dados, pois no espaço um radiotelescópio pode ficar assestado para Vega constantemente. Entretanto, isso poderia ser visto como um ato hostil. Não é segredo que os Estados Unidos ou a União Soviética poderiam ser capazes de derrubar tais satélites. E também por esse motivo, talvez, todos nós repartimos os dados.

"É melhor cooperar. Nossos cientistas desejam trocar entre si não só os dados que conseguiram, mas também suas especu-

*193*

lações, seus palpites... seus sonhos. Todos os cientistas aqui presentes são semelhantes nesse aspecto. Eu não sou um cientista. Minha especialidade é governo. Por isso, sei que as nações também são semelhantes. Toda nação é cautelosa. Toda nação é desconfiada. Nenhum de nós concederia vantagem a um adversário em potencial se pudesse evitá-lo. E assim surgiram dois pontos de vista... talvez mais, porém ao menos dois: um que aconselha o intercâmbio de todos os dados, outro que aconselha cada nação a procurar uma posição de vantagem em relação às demais. 'Pode ter certeza de que o outro lado está tentando obter alguma vantagem', dizem. A mesma coisa ocorre na maioria dos países.

"Os cientistas ganharam esse debate. Assim, por exemplo, a maior parte dos dados... ainda que, quero frisar, nem todos... colhidos pelos Estados Unidos e pela União Soviética foi trocada. A maior parte dos dados originários de todos os outros países foi trocada em escala mundial. Estamos satisfeitos por termos tomado essa decisão."

Ellie murmurou para Kitz: "Isso não está me parecendo 'jogo duro'".

"Continue a ouvir", sussurrou ele.

"No entanto, existem outros tipos de perigos. Gostaríamos de expor um deles à consideração do Consórcio."

O tom de Baruda lembrou a Ellie o de Vaygay durante o almoço na antevéspera. Que estaria atazanando o espírito dos soviéticos?

"Ouvimos o acadêmico Lunacharski, a dra. Arroway e outros cientistas dizerem que, segundo acreditam, estamos recebendo instruções para a construção de uma máquina complicada. Suponhamos que, como todos parecem esperar, a Mensagem chegue ao fim; que volte ao começo; e que recebamos a introdução ou... a 'chave', não foi essa a palavra usada?... a chave que nos permitirá ler a Mensagem. Suponhamos ainda que continuemos a cooperar, todos nós. Que troquemos todos os dados, todas as fantasias, todos os sonhos.

"Ora, os seres de Vega não nos estão remetendo essas instruções por diversão. Querem que construamos uma máquina.

Talvez nos digam qual a sua função. Talvez não. Mas, mesmo que o façam, por que deveríamos acreditar neles? Por isso, faço minha própria fantasia, meu próprio sonho. Não são animadores. E se essa máquina for um cavalo de Troia? Nós construímos a máquina com grandes investimentos, nós a ligamos, e de repente um exército invasor surge de dentro dela. E se for uma Máquina do Juízo Final? Nós a construímos, nós a ligamos, e a Terra vai pelos ares. Talvez seja esse o método que usem para suprimir civilizações que estejam em surgimento no cosmo. Não seria muito dispendioso. Eles pagam apenas o preço de um telegrama, e a civilização incipiente obedientemente se destrói.

"O que vou perguntar representa tão somente uma sugestão, um assunto de conversa. Submeto-o à consideração dos senhores. Minha intenção é ser construtivo. Com relação a esse ponto, todos partilhamos o mesmo planeta, todos temos os mesmos interesses. Sem dúvida, hei de ser demasiado franco. Eis minha pergunta: não seria melhor queimar os dados e destruir os radiotelescópios?"

Seguiu-se um tumulto. Muitas delegações pediram a palavra ao mesmo tempo. Em lugar de concedê-la, os copresidentes pareceram dispostos sobretudo a lembrar aos delegados que as sessões não deveriam ser gravadas. Não deveriam dar entrevistas à imprensa. Haveria *press releases* diários, com textos aprovados pelos copresidentes e pelos chefes das delegações. Até mesmo os assuntos da discussão em curso não deveriam sair da sala da conferência.

Vários delegados pediram esclarecimentos à mesa. "Se Baruda tem razão quanto a um cavalo de Troia ou uma Máquina do Juízo Final", gritou um delegado holandês, "não nos compete informar ao público?" Mas a palavra não lhe havia sido concedida, e seu microfone permaneceu desativado. Passaram a outras questões, mais urgentes.

Ellie digitara rapidamente o terminal de computador diante dela para obter uma posição no início da fila. Descobriu que seria a segunda a falar, depois de Sukhavati e antes de um dos delegados chineses.

*195*

Ellie conhecia Devi Sukhavati ligeiramente. Mulher de porte majestoso e quarentona, usava um penteado à ocidental, sandálias de salto alto e um belíssimo sári de seda. Tendo se formado em física, tornara-se uma das principais especialistas indianas em biologia molecular e agora dividia o tempo entre o King's College, em Cambridge, e o Instituto Tata de Bombaim. Integrava o pequeno grupo de indianos da Real Sociedade de Londres, e dela se dizia estar bem posicionada politicamente. Haviam se encontrado pela última vez alguns anos antes, num simpósio internacional em Tóquio, antes que o recebimento da Mensagem tivesse eliminado os indefectíveis pontos de interrogação nos títulos de algumas das teses científicas de ambas. Ellie percebera uma afinidade mútua entre ela e Devi, apenas em parte devida ao fato de estarem entre as poucas mulheres que participavam de reuniões científicas sobre vida extraterrestre.

"Admito que o acadêmico Baruda levantou uma questão importante e delicada", começou Sukhavati, "e seria tolice descartar levianamente a possibilidade do cavalo de Troia. Em vista da maior parte da história recente, trata-se de uma ideia natural, e até me surpreende que não tenha sido levantada antes. No entanto, eu gostaria de sugerir certa cautela contra esses temores. É extremamente improvável que os seres de um planeta da estrela Vega estejam exatamente no nosso nível de avanço psicológico. Mesmo em nosso planeta, as culturas não se desenvolvem no mesmo passo. Algumas começam mais cedo, outras mais tarde. Reconheço que algumas culturas podem retardar-se, ao menos na área tecnológica. Quando existiam civilizações adiantadas na Índia, na China, no Iraque e no Egito, os nômades da Europa e da Rússia se achavam no máximo na Idade do Ferro, e as culturas americanas estavam na Idade da Pedra.

"Entretanto, as diferenças tecnológicas devem ser muito mais pronunciadas nas atuais circunstâncias. Os extraterrestres estão, provavelmente, muito à nossa frente, decerto mais de alguns séculos... Talvez milênios ou mesmo milhões de anos. Ora, peço aos presentes que comparem isso com o ritmo do avanço tecnológico da humanidade no último século.

196

"Cresci numa aldeola do sul da Índia. No tempo da minha avó, a máquina de costura a pedal era uma maravilha da tecnologia. De que seriam capazes seres milhares de anos à nossa frente? Ou milhões? Um filósofo de meu país disse uma vez: 'Os artefatos de uma civilização extraterrestre suficientemente avançada seriam indistinguíveis da magia'.

"Não podemos impor-lhes ameaça alguma. Eles nada têm a temer de nós, e isso ainda será assim por muito tempo. Não há comparação possível com os gregos e troianos, que estavam em igualdade de condições. Não se trata de um filme de ficção científica, em que seres de planetas diferentes lutam com armas semelhantes. Se nos desejassem destruir, decerto poderiam fazê-lo sem nossa coopera..."

"Mas a que custo?", interrompeu alguém no plenário. "Não percebe? O que Baruda diz é que nossas transmissões de televisão para o espaço representam para eles um aviso de que chegou a hora de nos destruir, e que a Mensagem é o meio para isso. As expedições punitivas são dispendiosas. A Mensagem é barata."

Ellie não foi capaz de determinar quem fizera essa intervenção. Parecia ter sido alguém da delegação britânica. As observações não tinham sido amplificadas pelo sistema de áudio, pois também nesse caso a mesa não dera a palavra ao aparteador. No entanto, a acústica do salão era boa, e todos puderam ouvi-lo perfeitamente. Der Heer, na mesa, procurou manter a ordem. Abukhimov inclinou-se para a frente e sussurrou alguma coisa a um assessor.

"O senhor julga haver perigo em construirmos a máquina", respondeu Sukhavati. "No meu entender, perigo haveria se *não* a construíssemos. Eu teria vergonha do nosso planeta se viréssemos as costas ao futuro. Seus antepassados...", e nesse ponto ela pôs um dedo em riste na direção do interlocutor, "...não foram tão tímidos quando se lançaram ao mar na direção da Índia ou da América."

A conferência estava começando a revelar surpresas, pensou Ellie, embora duvidasse de que Clive ou Raleigh fossem o modelo ideal para a decisão em questão. Talvez Sukhavati estivesse apenas implicando com os ingleses por causa de antigas atitudes colonialistas. Esperou que se acendesse a luz verde em seu console, indicando que o microfone fora ativado.

"Senhor presidente." Ellie achou esquisito estar se dirigindo dessa maneira formal a Der Heer, a quem pouco vira nos últimos dias. Haviam combinado passar juntos a tarde do dia seguinte, durante um intervalo da conferência, e ela se sentia um tanto ansiosa com relação ao que diriam um ao outro. Epa, nada de ideias deprimentes, pensou.

"Senhor presidente, acredito que possamos lançar alguma luz sobre essas duas questões: o cavalo de Troia e a Máquina do Juízo Final. Eu pretendia abordar isso amanhã, mas evidentemente o assunto ganhou relevância neste momento." Ellie apertou algumas teclas no console, digitando os números de código para a projeção de certos slides. O grande salão espelhado mergulhou na penumbra.

"O dr. Lunacharski e eu estamos convencidos de que estas imagens são projeções diferentes da mesma configuração tridimensional. Mostramos ontem toda a configuração, numa rotação simulada por computador. Acreditamos, embora não tenhamos certeza disso, que este seja o aspecto do interior da máquina. Não existe ainda uma indicação clara de escala. Talvez ela tenha um quilômetro de largura, talvez seja submicroscópica. Entretanto, chamo a atenção para estes cinco objetos, dispostos a intervalos iguais em torno da periferia da câmara interna principal, dentro do dodecaedro. Aqui está um plano próximo de um deles. São as únicas coisas na câmara que parecem identificáveis.

"Parece ser uma poltrona acolchoada, com desenho anatômico, projetada para seres humanos. É muito improvável que seres extraterrestres, que evoluíram num mundo inteiramente diferente, se assemelhassem a nós o suficiente para ter as mesmas preferências no que diz respeito à mobília da sala de estar. Vejam esta imagem. Parece uma coisa que havia no quarto de despejo de minha mãe quando eu era pequena."

Com efeito, a peça quase parecia ser forrada com uma estamparia de flores. Ellie teve uma leve sensação de culpa. Não havia telefonado para a mãe antes de viajar para a Europa, e, na verdade, só lhe telefonara uma ou duas vezes desde o recebimento da Mensagem. Ellie, como você pôde fazer *isso?*, censurou-se.

Voltou a olhar para o gráfico de computador. A simetria quíntupla do dodecaedro refletia-se nas cinco cadeiras interiores, cada qual diante de uma superfície pentagonal. "Por tudo isso, em nossa opinião... minha e do dr. Lunacharski... essas cinco cadeiras se destinam a nós. A pessoas. Isso significa que a câmara interior da máquina tem apenas alguns metros de largura e que o exterior deve ter uns dez ou vinte metros. A tecnologia é, naturalmente, colossal, mas não julgamos estar falando em construir alguma coisa do tamanho de uma cidade grande. Ou complexa como um porta-aviões. Podemos perfeitamente ser capazes de construir isso, seja o que for, se todos trabalharmos juntos.

"O que estou tentando dizer é que ninguém coloca poltronas dentro de uma bomba. Não creio que isso seja uma Máquina do Juízo Final ou um cavalo de Troia. Concordo com o que disse a dra. Sukhavati, ou com o que ela talvez tenha apenas deixado implícito. A própria ideia de que isso seja um cavalo de Troia constitui indicação de como ainda estamos atrasados."

Mais uma vez houve tumulto. Dessa vez, entretanto, Der Heer não fez nenhum esforço para interrompê-lo; na verdade, chegou a ativar o microfone do aparteador. Era o mesmo delegado que havia interrompido Devi Sukhavati alguns minutos antes, Philip Bedenbaugh, do Reino Unido, um ministro do Partido Trabalhista, integrante de um instável governo de coalizão.

"...simplesmente não compreende a nossa preocupação. Se fosse literalmente um cavalo de madeira, não seríamos tentados a colocar o engenho dentro dos portões da cidade. Já lemos Homero. Mas, se alguém o enfeita com estofamentos, nossas suspeitas desaparecem. Por quê? Porque estamos sendo lisonjeados. Ou subornados. Isso encerra, implicitamente, uma aventura histórica. Há a promessa de novas tecnologias. Há uma insinuação de aceitação por parte de... como dizer?... seres superiores. Mas o que eu digo é que, a despeito das fantasias desvairadas dos radioastrônomos, se houver ao menos uma possibilidade ínfima de a máquina ser um meio de destruição, ela não deve ser construída. Seria melhor, como propôs o delegado soviético, queimar as fitas com os dados e cominar a pena de morte para quem construir radiotelescópios."

A reunião descambou para a balbúrdia. Dezenas de delegados solicitavam eletronicamente autorização para falar. O alarido transformou-se num ronco surdo que lembrou a Ellie os muitos anos que ela passara à escuta de estática radioastronômica. Não parecia fácil chegar a um consenso, e os copresidentes se achavam evidentemente impossibilitados de conter os delegados.

Ao ser dada a palavra ao delegado chinês, os letreiros de identificação não surgiram logo na tela de Ellie, e ela olhou ao redor em busca de ajuda. Não fazia nenhuma ideia de quem fosse aquele homem. Nguyen "Bobby" Bui, assessor do Conselho de Segurança Nacional que estava prestando serviços a Der Heer, inclinou-se para a frente e disse: "Xi Qiaomu. Figura histórica. Nasceu enquanto a mãe participava da Longa Marcha. Ainda muito jovem, foi voluntário na Coreia. Funcionário público, principalmente na área política. Caiu em desgraça durante a Revolução Cultural. Agora é membro do Comitê Central. Muito influente. Tem aparecido no noticiário ultimamente. Dirige também as escavações arqueológicas chinesas".

Xi Qiaomu era um homem alto e espadaúdo, de seus sessenta anos. As rugas o faziam parecer mais idoso, mas seu porte lhe dava um aspecto quase juvenil. Usava a túnica abotoada no colarinho, indumentária tão obrigatória para os líderes políticos chineses quanto o terno com colete dos próceres políticos americanos, excluindo, é claro, a presidente. Os letreiros apareceram então na tela de Ellie, que se lembrou de ter lido um longo artigo sobre Xi Qiaomu num noticiário da TV em videotexto.

"Se ficarmos assustados", dizia ele, "nada faremos. Isso os retardará um pouco. Mas, lembrem-se, eles sabem que estamos aqui. Nossa televisão chega ao planeta deles. Todos os dias tomam conhecimento da nossa existência. Por acaso, os senhores têm assistido aos programas de TV de seus países? Não hão de nos esquecer. Se nada fizermos e se eles estiverem preocupados conosco, virão até nós, com ou sem máquina. Não podemos nos esconder deles. Se tivéssemos nos mantido calados, não estaríamos às voltas com esse problema. Se tivéssemos apenas a televisão a cabo e não contássemos com um único grande radar militar, talvez eles não soubessem da nossa existência. Agora, porém, é tarde demais. Não podemos voltar atrás. Nosso rumo está determinado.

"Se os senhores estiverem assustados seriamente com a possibilidade de essa máquina destruir a Terra, então não a construam aqui. Montem-na em outro lugar. Nesse caso, se ela for *realmente* uma Máquina do Juízo Final e explodir um mundo... não será o nosso mundo. Mas isso será caríssimo. Com toda a certeza, caro demais. Ou, se não estivermos *tão* assustados, podemos construí-la num deserto isolado. Os senhores poderiam ter uma imensa explosão no Takopi, na província de Xinjing, e ainda assim ninguém morreria. E, se não estivermos nem um pouco assustados, podemos construí-la em Washington. Ou em Moscou. Ou em Beirute. Ou nesta bela cidade.

"Na antiga China, Vega e duas estrelas próximas eram chamadas Chih Neu. Significa 'moça com a roca'. Temos aí um símbolo auspicioso: uma máquina destinada a produzir roupas novas para a população da Terra.

"Recebemos um convite. Um convite raríssimo. Talvez seja para um banquete. A Terra nunca foi convidada antes para um banquete. Seria descortês recusar."

# 12. O ISÔMERO UM-DELTA

> *Olhar para as estrelas sempre me faz sonhar, com*
> *a mesma simplicidade com que sonho ao contemplar*
> *os pontinhos negros que representam vilas e cidades*
> *num mapa. Por quê, eu me pergunto, os pontinhos*
> *brilhantes do céu não poderiam ser tão acessíveis co-*
> *mo os pontinhos negros no mapa da França?*
> Vincent van Gogh

ERA UMA ESPLÊNDIDA TARDE de outono, tão inesperadamente quente que Devi Sukhavati tinha saído sem casaco. Ellie e
Devi caminhavam pelos Champs-Elysées, apinhados de gente,
em direção à place de la Concorde. A diversidade étnica de Paris
só era igualada em Londres, Manhattan e pouquíssimas outras cidades do planeta. Não havia ali nada de estranho no fato de duas
mulheres passearem juntas, uma de saia e suéter, a outra de sári.

Diante de uma charutaria havia uma longa e ordeira fila de
pessoas falando várias línguas, atraídas pela primeira semana de
venda legal de cigarros de maconha importados dos Estados
Unidos. Pela lei francesa, não podiam ser vendidos a menores
de dezoito anos. Muitos dos que estavam na fila eram de meia-
-idade ou mais velhos. Alguns talvez fossem argelinos ou mar-
roquinos naturalizados. Sobretudo na Califórnia e no Oregon,
eram cultivadas variedades extrapotentes de cânabis, para expor-
tação. Estava à venda naquela loja uma nova variedade, muito
admirada, cultivada sob luz ultravioleta, o que convertia alguns
dos canabinoides inertes no isômero $1\Delta$, e comercializada com
o nome de "Sun-Kissed". O maço, que aparecia num cartaz de
um metro e meio de altura, tinha dizeres em francês: "Isto será
deduzido de sua parte no Paraíso".

As vitrines do bulevar eram um tumulto de cores. Ellie e
Devi compraram castanhas de um ambulante e se deliciaram
com o gosto e a consistência. Por algum motivo, toda vez que

Ellie via um letreiro anunciando o BNP, Banque Nationale de Paris, interpretava-o como se fosse uma palavra russa que significasse *beer* [cerveja], com a letra do meio invertida. A incongruência a divertia, e era com dificuldade que ela conseguia convencer a parte de seu cérebro encarregada de ler que aquele alfabeto era latino, e não cirílico. Pouco mais adiante, elas admiraram o Obelisco — um antigo monumento militar roubado com grandes despesas para se tornar um moderno monumento militar. Resolveram ir em frente.

Der Heer havia desmarcado o encontro... ou, pelo menos, dava no mesmo. Telefonara para ela naquela manhã, um tanto contrafeito, mas não muito. Um número muito grande de questões políticas estava sendo levantado na sessão plenária. O secretário de Estado chegaria no dia seguinte, interrompendo uma visita a Cuba. Der Heer estava superatarefado e esperava que Ellie compreendesse. Ela compreendia. Odiou-se por dormir com ele. Para evitar passar a tarde a sós, havia telefonado para Devi Sukhavati.

"Uma das palavras em sânscrito que significam 'vitorioso' é *abhijit*. Era esse o nome que davam a Vega na Índia antiga. Foi sob a influência de Vega que as divindades hindus, os heróis de nossa cultura, conquistaram os *asuras*, os deuses do mal. Ellie! Está prestando atenção?... É curioso, na Pérsia também havia *asuras*, mas lá eles eram os deuses do bem. Por fim, surgiram religiões nas quais o deus principal, o deus da luz, o deus Sol, chamava-se Ahura-Mazda. Os zoroastrianos, por exemplo, e também os mitraístas. Ahura, Asura, é o mesmo nome. Ainda hoje existem zoroastrianos, e os mitraístas pregaram um susto nos primeiros cristãos. Mas, nessa mesma história, essas divindades hindus... aliás, eram quase todas femininas... chamavam-se Devis. Essa é a origem de meu próprio nome. Na Índia, as Devis são deusas do bem. Na Pérsia, tornaram-se deusas do mal. É provável que tudo isso seja um relato vagamente reminiscente da invasão ariana que expulsou os drávidas, meus antepassados, para o sul. Assim, dependendo de que lado da serra de Kirthar a pessoa viva, Vega apoia Deus ou o Diabo."

Essa história, narrada jovialmente por Devi, decerto nascera do fato de a indiana ter tomado conhecimento das aventuras religiosas de Ellie na Califórnia, duas semanas antes. Ao ouvi-la, porém, Ellie lembrou-se de que nem sequer mencionara a Joss a possibilidade de que a Mensagem contivesse os planos de uma máquina de finalidade ignorada. Em breve ele tomaria conhecimento disso pelos meios de comunicação. Na realidade, pensou ela, devia telefonar-lhe a fim de explicar o que estava acontecendo. Entretanto, constava que Joss estava em retiro. Não fizera nenhuma declaração pública depois do encontro que haviam mantido em Modesto. Rankin, em entrevista coletiva, anunciara que, embora pudesse haver alguns perigos, ele não se opunha a que os cientistas recebessem a Mensagem até o fim. Entretanto, a decodificação era outra coisa. Fazia-se necessário, disse, um acompanhamento periódico por todos os segmentos da sociedade, principalmente por aqueles a quem cabia salvaguardar os valores morais e espirituais.

Aproximavam-se agora dos jardins das Tulherias, que exibiam as cores garridas do outono. Homens frágeis e idosos — Ellie achou que fossem do Sudeste asiático — discutiam com vigor entre si. Os portões de ferro fundido estavam enfeitados com balões multicores, à venda. No centro de um laguinho havia uma Anfitrite de mármore. A seu redor, corriam iates-modelos, com a torcida de um grupo exuberante de crianças com aspirações náuticas. Um bagre saltou repentinamente, atirando água no barco que ia à frente, e os meninos e meninas silenciaram de súbito, surpresos com aquela aparição, de todo inesperada. O Sol já caía no poente, e Ellie sentiu um calafrio momentâneo.

Chegaram perto de L'Orangerie, em cujo anexo havia uma exposição especial — segundo anunciava um cartaz, "Imagens marcianas". Os veículos automáticos franco-americano-soviéticos haviam produzido uma avalanche de fotografias espetaculares de Marte; algumas delas, como as imagens que a *Voyager* obtivera dos planetas exteriores do sistema solar, por volta de 1980, ultrapassavam a mera finalidade científica e constituíam verdadeiras obras de arte. O cartaz tinha como fundo uma paisagem fotografada no imenso planalto Elysium. No primeiro plano se destacava uma pirâmide de três faces, regular e altamente erodida, com uma cratera de impacto perto de sua base. Fora produzida por milhões de anos de jatos de areia, soprada pelos violentos ventos marcianos, segundo os geólogos planetários. Um segundo veículo automático, destinado a explorar Cydonia, do outro lado de Marte, tinha ficado preso numa duna movediça, e os controladores em Pasadena até então não haviam conseguido atender a seus desolados pedidos de socorro.

Ellie achava-se encantada com a aparência de Sukhavati: os imensos olhos negros, o porte ereto e outro sári igualmente deslumbrante. Não sou bonita, pensou. Em geral, ela conseguia manter uma conversa ao mesmo tempo que, mentalmente, dedicava atenção a outras coisas. Naquele dia, porém, tinha dificuldade em acompanhar uma única linha de raciocínio, quanto mais duas. Enquanto debatiam os méritos das diversas opiniões a respeito da conveniência de construir a Máquina, Ellie voltou à imagem, evocada por Devi, da invasão da Índia por arianos há 3500 anos: uma guerra entre dois povos, cada um alegando ter obtido a vitória, cada um exagerando nos relatos históricos. Por fim, a narrativa se converte numa guerra entre deuses. "Nosso" lado, naturalmente, é o bom; o outro, naturalmente, é mau. Ellie imaginou o Diabo do Ocidente, de rabo pontudo e cascos fendidos, a evoluir no decurso de milhares de anos, a partir de algum antecedente hindu que, ao que ela sabia, tinha cabeça de elefante e era pintado de azul.

"O cavalo de Troia de Baruda... talvez não seja uma ideia inteiramente estapafúrdia", Ellie se viu dizendo. "Mas acho que não temos mesmo muitas opções, como disse Xi. Eles poderão *estar* aqui dentro de vinte e poucos anos, se desejarem."

Chegaram a um arco monumental, em estilo romano, encimado por uma heroica, na verdade apoteótica, estátua de Napoleão como condutor de biga. De uma perspectiva distante, extraterrestre, como era patética aquela posição! Descansaram num banco próximo, e suas longas sombras se projetaram sobre um canteiro de flores com as cores da República francesa.

Ellie teve vontade de falar sobre seu próprio problema emocional, mas percebeu que isso poderia ser delicado, por encerrar problemas políticos. Seria, no mínimo, indiscreto. Não conhecia Sukhavati muito bem. Por isso, preferiu estimular a companheira a falar da vida pessoal *dela*. Devi não se fez de rogada.

Pertencia a uma família brâmane, mas sem muitos recursos e com inclinações matriarcais, do estado meridional de Tamil Nadu. As famílias matriarcais ainda eram comuns em todo o sul da Índia. Havia se matriculado na Universidade Hindu de Benares. Na Inglaterra, na faculdade de medicina, havia conhecido Surindar Ghosh, um colega, por quem se apaixonara perdidamente. No entanto, Surindar eram um *harijan*, um intocável, pertencente a uma casta tão malvista que os brâmanes ortodoxos diziam que o simples ato de olhar para um deles causava polução. Os ancestrais de Surindar tinham sido obrigados a levar uma existência noturna, como os morcegos e as corujas. A família ameaçou deserdar Devi se eles se casassem. O pai declarou que não teria na conta de filha uma pessoa que levasse avante tal união. Se ela se casasse com Ghosh, ele a consideraria morta. E Devi se casou com ele. "Estávamos apaixonados demais", disse ela. "Na verdade, não havia alternativa." Um ano depois ele morreu de uma septicemia contraída enquanto realizava uma autópsia com supervisão inadequada.

Entretanto, a morte de Surindar, em vez de propiciar a reconciliação dela com a família, teve justamente o efeito oposto, e depois de colar grau Devi resolveu permanecer na Inglaterra. Descobriu ter uma afinidade natural pela biologia molecular, e considerou isso um prosseguimento de seus estudos de medicina. Logo verificou ter rara competência nessa trabalhosa disciplina. O conhecimento da duplicação do ácido nucleico levou-a a pesquisar a origem da vida e, por extensão, a voltar a atenção para a possibilidade da existência de vida em outros planetas.

"Pode-se dizer que minha carreira científica tem sido uma sequência de livres associações. Uma coisa levou a outra."

Estivera trabalhando recentemente na caracterização da matéria orgânica marciana, medida em alguns sítios do planeta pelos mesmos veículos automáticos cujos assombrosos produtos fotográficos elas tinham acabado de ver anunciados. Devi jamais voltara a se casar, embora deixasse claro que alguns homens a desejavam como esposa. Ultimamente estivera saindo com um cientista de Bombaim, por ela descrito como um "*wallah* de computador".

Caminhando mais um pouco, viram-se na cour Napoléon, o pátio interno do Museu do Louvre. No seu centro estava a entrada piramidal, recém-completada e motivo de acesa controvérsia; em nichos elevados em torno do pátio, viam-se representações esculóricas dos heróis da civilização francesa. Sob cada uma das estátuas daqueles homens — não havia sinal de veneração a mulheres — lia-se o seu sobrenome. Em algumas inscrições, as letras estavam erodidas pelo desgaste natural ou, em certos casos, talvez apagadas por algum visitante desagradado. Em uma ou duas estátuas, era difícil adivinhar quem fora o sábio. Numa delas, alvo evidente do maior ressentimento do público, só sobravam as letras LTA.

Embora o sol estivesse se pondo e o Louvre ficasse aberto até mais tarde, não entraram, preferindo passear pela margem do Sena, seguindo o rio pelo quai D'Orsay. Os proprietários das bancas de livros fechavam-nas e encerravam seu dia. Durante algum tempo, Ellie e Devi caminharam de braços dados, à maneira europeia.

Um casal francês seguia à frente delas, segurando as mãos de uma menina de uns quatro anos que, de vez em quando saltava da calçada. Na momentânea suspensão em gravidade zero, ela experimentava, obviamente, algo próximo do êxtase. Os pais discutiam o Consórcio Mundial da Mensagem, o que não representava coincidência alguma, já que os jornais quase não se referiam a outra coisa. O homem era a favor da construção da Máquina; isso poderia criar novas tecnologias e aumentar o nível de emprego na França. A mulher se mostrava mais cautelosa, mas por motivos que tinha dificuldade de explicar. A menina, com as tranças voando ao vento, revelava total desinteresse quanto ao que devia ser feito com os desenhos que vinham das estrelas.

\* \* \*

Der Heer, Kitz e Honicutt haviam convocado uma reunião na embaixada americana, na manhã seguinte, a fim de se prepararem para a chegada do secretário de Estado, ainda no mesmo dia. A reunião, sigilosa, deveria realizar-se no Salão Negro da embaixada, aposento eletromagneticamente apartado do mundo externo, o que impossibilitava até mesmo a utilização de avançados sistemas eletrônicos de espionagem. Pelo menos, era o que se propalava. No entender de Ellie, talvez existissem instrumentos capazes de superar essas precauções.

Depois de passar a tarde com Devi Sukhavati, ela havia recebido o recado no hotel e tentara telefonar para Der Heer, mas só conseguira falar com Michael Kitz. Opunha-se a uma reunião sigilosa com relação ao assunto, disse. Era questão de princípio. Evidentemente, a Mensagem destinava-se a todo o planeta. Kitz respondeu que nenhum dado estava sendo negado ao resto do mundo, ao menos por parte dos americanos; e que a reunião era simplesmente consultiva — tinha o intuito de auxiliar os Estados unidos nas difíceis negociações que estavam por vir. Apelou para o patriotismo de Ellie, para seu interesse pessoal e, por fim, invocou novamente a Decisão Hadden. "Ao que eu saiba, aquele documento ainda está no seu cofre, sem que tenha sido lido", disse Kitz. "Leia-o."

Ellie tentou, novamente sem êxito, falar com Der Heer. A princípio, o homem não saía do Projeto Argus. Passou a morar no apartamento dela. Ellie teve certeza, pela primeira vez em muitos anos, de que estava apaixonada. Mas, logo a seguir, nem mesmo conseguia falar com ele ao telefone. Resolveu comparecer à reunião, ao menos para ver Ken face a face.

Kitz era entusiasticamente favorável à construção da Máquina, Drumlin apoiava a ideia com cautela, Der Heer e Honicutt, ao menos exteriormente, assumiam uma atitude neutra, e Peter Valerian se debatia na agonia da indecisão. Kitz e Drumlin até mesmo discutiam onde a coisa deveria ser montada. Os custos de transporte tornavam proibitiva a constru-

208

ção ou mesmo a montagem no lado oculto da Lua, como sugerido por Xi.

"Se empregarmos a frenagem aerodinâmica, é mais barato mandar uma carga de um quilograma a Fobos ou a Deimos do que ao lado oculto da Lua", comentou Bobby Bui.

"Onde fica esse negócio de Fobusidimos?", quis saber Kitz.

"As luas de Marte. Eu estava me referindo à frenagem aerodinâmica na atmosfera marciana."

"E quanto tempo é preciso para chegar a Fobos ou Deimos?" Drumlin estava mexendo o café na xícara.

"Talvez um ano, mas assim que dispusermos de uma frota de veículos de transbordo interplanetário e o oleoduto estiver..."

"Quer comparar isso com três dias de viagem à Lua?", interpôs Drumlin. "Bui, não nos faça perder tempo."

"Trata-se apenas de uma sugestão", protestou ele. "Apenas uma coisa para se considerar."

Der Heer parecia impaciente, longe dali. Era evidente que se achava submetido a grande pressão. Ora evitava os olhos dela, ora parecia fazer-lhe um apelo mudo. Ellie viu aquilo como um sinal de esperança.

"Se vocês se preocupam com Máquinas do Juízo Final", dizia Drumlin, "têm de se preocupar com suprimentos de energia. Se ela não tiver acesso a uma enorme quantidade de energia, não pode ser uma Máquina do Juízo Final. Assim, desde que as instruções não peçam um reator nuclear de um gigawatt, não creio que nos devamos preocupar com Máquinas do Juízo Final."

"Por que vocês estão com tamanha pressa de se comprometer com a construção?", perguntou Ellie a Kitz e Drumlin. Estavam sentados juntos, com um prato de croissants entre eles.

Kitz olhou para Honicutt e depois para Der Heer antes de responder. "Esta reunião é sigilosa", começou ele. "todos nós sabemos que você não vai transmitir a seus amigos russos o que for dito aqui. A situação é a seguinte: não sabemos qual é a finalidade da Máquina, mas a análise de Dave Drumlin mostra claramente que ela encerra novas tecnologias, provavelmente novas indústrias. A construção da Máquina fatalmente terá consequências econômicas... quer dizer, pense no que iríamos aprender. E poderia ter valor militar. Ao menos é isso que os russos estão pensando. Veja, os russos estão num impasse. Temos aqui toda uma nova área tecnológica que eles terão de dividir com os Estados Unidos. É possível que a Máquina traga instruções para alguma arma decisiva ou alguma vantagem econômica. Eles não podem ter certeza. Terão de arrebentar a economia deles tentando descobrir. Notou como Baruda não parava de se referir a custos-benefícios? Se toda essa história da Máquina fosse para o beleléu... se os dados fossem queimados, os telescópios, destruídos... nesse caso os russos poderiam manter paridade militar. É por isso que estão mostrando tanta cautela. E por isso, é claro, vamos mergulhar de cabeça na coisa." Kitz sorriu.

Por temperamento, Kitz era impassível, pensou Ellie; mas não tinha nada de tolo. Quando se mostrava frio e impessoal, as pessoas tendiam a não gostar dele. Por isso, habituara-se a mostrar um ocasional verniz de urbanidade. Ellie o julgava da espessura de uma monocamada molecular.

"Agora, quero fazer a *você* uma pergunta", continuou ele. "Lembra-se das observações de Baruda a respeito da sonegação de alguns dados? Estão faltando dados?"

"Só da fase muito inicial", respondeu Ellie. "Só das primeiras semanas, creio. Pouco depois disso, ocorreram algumas falhas na cobertura dos chineses. Ainda há uma pequena quantidade de dados que não foram trocados, por parte de todos os lados. Mas não vejo sinais de sonegação. Seja como for, vamos conseguir preencher as lacunas depois que a Mensagem recomeçar."

"*Se* recomeçar", rosnou Drumlin.

Der Heer encaminhou uma discussão sobre planejamento contingente: que fazer quando recebessem a chave; quais as indústrias americanas, alemãs e japonesas que deveriam ser logo notificadas a respeito de possíveis grandes projetos; como selecionar os cientistas e engenheiros a serem incumbidos da construção da Máquina, se fosse tomada a decisão de ir avante; e, rapidamente, a necessidade de fazer o Congresso e o povo americanos verem o projeto com entusiasmo. Der Heer apressou-se a dizer que tudo aquilo não passava de planos de contingência, que não estava sendo tomada nenhuma decisão final e que, sem dúvida, os temores dos soviéticos sobre um cavalo de Troia eram, pelo menos em parte, justificados.

Kitz perguntou a respeito da "tripulação". "Estão falando em colocar pessoas em cinco assentos acolchoados. Que pessoas? Como resolver? É provável que essa tripulação tenha de ser internacional. Quantos americanos? Quantos russos? Mais alguém? Não sabemos o que há de acontecer a essas cinco pessoas quando se sentarem nessas cadeiras, mas sem dúvida vamos querer os melhores homens para isso." Ellie não mordeu a isca, e Kitz prosseguiu. "Ora, vamos ter de responder perguntas importantes. Quem paga o quê, quem constrói o quê, quem se encarrega da integração geral dos sistemas. Creio que poderemos fazer uma boa barganha com relação a isso, em troca de uma significativa representação americana na tripulação."

"Mas sempre haveremos de querer mandar as melhores pessoas disponíveis", observou Der Heer, de modo um tanto óbvio.

"Claro", retorquiu Kitz. "Mas que significa 'melhores'? Pessoas com experiência em informações militares? Com força e resistência física? Patriotas?... Isso não é palavrão, vocês sabem. Além disso..." Desviou o olhar de um croissant para fitar Ellie diretamente. "...existe a questão do sexo. Dos sexos, quero dizer. Enviaremos somente homens? Se forem homens e mulheres, terá de prevalecer um sexo sobre o outro. São cinco assentos, número ímpar. Será que todos os membros da tripulação trabalharão bem, juntos? Se formos avante com esse projeto, vai haver uma porção de negociações difíceis."

"Isso não me parece correto", disse Ellie. "Não se trata de um posto de embaixador que se compra com uma contribuição para a campanha eleitoral. É assunto sério. Além disso, vamos querer mandar algum idiota musculoso, algum rapaz de vinte anos que nada sabe sobre a vida... que só seja capaz de correr cem metros em tempo recorde e de obedecer ordens? Ou algum cabo eleitoral? Não é *possível* que essa viagem se reduza a isso."

"Não, você tem razão." Kitz sorriu. "Creio que conseguiremos pessoas que atendam a todos os nossos critérios."

Com enormes olheiras a lhe darem um aspecto quase doentio, Der Heer encerrou a reunião. Dirigiu a Ellie um leve sorriso em particular, mas só com os lábios. As limusines da embaixada esperavam para levá-los de volta ao Elysée Palace.

"Vou lhe explicar por que seria melhor mandar russos", disse Vaygay. "Quando vocês, americanos, exploraram seu país... pioneiros, caçadores, guias índios, tudo isso... não encontraram obstáculos, pelo menos por parte de quem dispusesse do mesmo nível de tecnologia. Dispararam pelo continente, do Atlântico ao Pacífico. Depois de algum tempo, vocês *esperaram* que tudo fosse fácil. Nossa situação foi diferente. Fomos conquistados pelos mongóis. A tecnologia rotineira deles era muito superior à nossa. Quando nos expandimos para o leste, tivemos cuidado. Nunca nos aventurávamos pelo deserto pensando que seria fácil. Estamos mais habituados à adversidade do que vocês. Além disso, os americanos estão acostumados a estar na frente do ponto de vista tecnológico. Nós estamos acostumados ao atraso tecnológico. Ora, toda a população da Terra é um russo... Entenda, quero dizer que toda a população se encontra em nossa posição histórica. Essa missão precisa mais de soviéticos que de americanos."

O simples fato de estar a sós com ela acarretava certos riscos para Vaygay — e também para ela, como Kitz se dera ao trabalho de lhe lembrar na embaixada. Às vezes, durante um encontro de caráter científico nos Estados Unidos ou na Europa, Vaygay tinha permissão de passar uma tarde com ela. Em geral, era acompanhado por colegas ou por um representante da KGB, apresentado como intérprete, muito embora seu inglês fosse nitidamente inferior ao de Vaygay, ou como cientista da secretaria desta ou daquela comissão da Academia, ainda que seu conhecimento de assuntos científicos fosse com frequência superficial. Vaygay balançava a cabeça quando interrogado a respeito dessas pessoas. De modo geral, porém, considerava aqueles acompanhantes parte do jogo, o preço que ele tinha de pagar pela autorização de viajar ao Ocidente, e mais de uma vez ela acreditou perceber um tom de solidariedade na voz de Vaygay ao falar com seu acompanhante. Viajarem a um país estrangeiro e simularem ser especialistas em assuntos que mal conheciam deviam tornar aquelas pessoas extremamente ansiosas. No fundo, talvez os homens da KGB detestassem sua tarefa tanto quanto Vaygay.

Estavam sentados à mesma mesa, no Chez Dieux, junto à janela. O ar estava frio, numa premonição do inverno, e um rapaz que, como única concessão ao frio, usava um longo cachecol azul passou rapidamente pelas tinas de ostras do lado de fora. Pelas observações de Vaygay, inusitadamente cautelosas, Ellie deduziu a confusão que grassava na delegação soviética. Os russos temiam que, de um modo ou de outro, a Máquina pudesse redundar em vantagem tecnológica para os Estados Unidos na competição global que já durava cinco décadas. Na verdade, Vaygay ficara chocado com a sugestão de Baruda de que os dados fossem queimados e os radiotelescópios, destruídos. Não tivera conhecimento da proposta com antecedência. Os soviéticos haviam desempenhado papel capital no recebimento da Mensagem, uma vez que o tamanho de seu país permitia uma enorme cobertura no sentido longitudinal, acentuou Vaygay, e eram eles que dispunham dos únicos radiotelescópios eficazes montados em navios. Podiam esperar um papel de relevo em qualquer coisa que viesse a acontecer. Ellie garantiu-lhe que, pelo menos no que dizia respeito a ela, eles teriam essa participação efetiva.

"Ouça, Vaygay, eles sabem, por nossas transmissões de TV, que a Terra gira e que temos muitas nações diferentes. Bastaria o programa das Olimpíadas para lhes informar isso. Transmissões posteriores, de outros países, deixariam a situação bem clara. Assim, se são tão avançados como acreditamos, podiam ter orientado a transmissão de acordo com a rotação da Terra, de modo a que só um país recebesse a Mensagem. Mas não fizeram isso. Querem que a Mensagem seja captada por todos no planeta. Estão à espera de que a Máquina seja construída pelo planeta inteiro. Esse projeto *não pode* ser americano ou russo. Não é o que nosso... cliente quer."

No entanto, ela não tinha certeza, disse-lhe, de que viesse a desempenhar algum papel na construção da Máquina ou na escolha da tripulação. Voltaria para os Estados Unidos no dia seguinte, sobretudo para se inteirar dos novos dados recebidos nas últimas semanas. As sessões plenárias do Consórcio pareciam intermináveis, e ainda não fora marcada uma data para o encerramento. O governo soviético pedira a Vaygay que ficasse pelo menos um pouco mais em Paris. O ministro do Exterior havia chegado e agora estava chefiando a delegação soviética.

"Tenho medo de que tudo isso termine mal", disse ele. "Há muitas coisas que podem dar errado. Problemas tecnológicos. Problemas humanos. E, mesmo se chegarmos bem ao fim de tudo, se não tivermos uma guerra por causa da Máquina, se a construirmos corretamente e não formos pelos ares, ainda assim estou preocupado."

"Com quê? O que você quer dizer?"

"O melhor que poderá acontecer será bancarmos os bobos."

"Nós quem?"

"Arroway, você não compreende?" Uma veia do pescoço de Lunacharski latejou. "Surpreende-me que você não perceba. A Terra é um... gueto. Isso, um gueto. Todos os seres humanos estão presos aqui. Ouvimos dizer, vagamente, que existem grandes cidades lá fora, além do gueto, com amplas avenidas cheias de *droshkis* e mulheres lindas, perfumadas e vestidas com peles. Mas as cidades são distantes demais, e nós, mesmo os mais ricos, somos demasiado pobres para viajar até lá. De qualquer forma, sabemos que não nos querem. Foi por isso que, para começar, deixaram-nos nesta aldeia, de uma pequenez patética.

"E agora chega um convite. Como disse Xi. Cortês, elegante. Mandaram-nos um cartão em alto-relevo e um *droshki* vazio. Devemos escolher cinco aldeões, e o *droshki* os levará a... quem sabe?... Varsóvia. Ou Moscou. Talvez até Paris. Naturalmente, alguns são tentados a ir. Sempre haverá pessoas que se sentirão

*214*

lisonjeadas pelo convite, ou que julguem ser esse um meio de escapar a nossa pobre aldeia.

"E o que é que você acha que vai acontecer quando chegarmos lá? Pensa que o grão-duque nos convidará para jantar? Que o presidente da Academia vai fazer perguntas interessadas sobre a vida cotidiana em nossa imunda *shtetl*? Imagina que o metropolita ortodoxo russo fará para nós uma bela palestra sobre religião comparada?

"Não, Arroway. Nós vamos ficar embasbacados com a cidade grande, e vão rir de nós. Vão exibir-nos aos curiosos. Quanto mais atrasados formos, melhor eles se sentirão, mais seguros de si hão de ficar.

"É um sistema de cotas. A intervalos de alguns séculos, cinco de nós conseguem passar um fim de semana em Vega. O negócio é ter pena dos provincianos e fazer com que eles conheçam o seu lugar."

# 13. BABILÔNIA

*Com os mais ignóbeis companheiros, eu seguia pelas ruas de Babilônia* [...]
Santo Agostinho, *Confissões*, II, 3

O COMPUTADOR CRAY 21 do Argus fora instruído para cotejar a coleta de dados diários provenientes de Vega com os primeiros registros do nível três do palimpsesto. Com efeito, uma longa e incompreensível sequência de zeros e uns vinha sendo comparada automaticamente com outra, anterior. Isso fazia parte de uma colossal intercomparação estatística de vários segmentos do texto ainda não decodificado. Havia breves séries de zeros e uns — os analistas chamavam-nas, esperançosamente, de "palavras" — repetidas várias vezes. Muitas sequências apareciam somente uma vez em milhares de páginas de texto. Esse método estatístico de decriptografia era familiar a Ellie desde os tempos de colégio. Entretanto, as sub-rotinas fornecidas pelos especialistas da Agência de Segurança Nacional eram brilhantes. Aliás, só haviam sido postas à disposição do Projeto Argus por ordem presidencial e, mesmo assim, com instruções de se autodestruírem se examinadas com muita atenção.

Quantos prodígios de inventividade humana, refletia Ellie, estavam sendo dirigidos para a leitura da correspondência alheia! A confrontação mundial entre Estados Unidos e União Soviética — agora, a rigor, abrandada — ainda dominava o mundo. Não se tratava apenas dos recursos financeiros dedicados ao sistema militar de todos os países. Essas verbas aproximavam-se de 2 trilhões de dólares por ano, e representavam, *per se*, um dispêndio ruinoso quando ainda havia tantas necessidades humanas urgentes por atender. Pior ainda, sabia Ellie, era o esforço intelectual devotado à corrida armamentista.

Quase metade dos cientistas do planeta, segundo estimativas, trabalhava para um ou outro dos quase duzentos sistemas militares em todo o mundo. E não constituíam a escória dos programas de doutoramento em física e matemática. Alguns dos colegas de Ellie se consolavam com essa ideia quando surgia o desagradável problema do que dizer a um candidato a doutorado que estivesse sendo cortejado por um dos centros de pesquisas de armamentos. "Se ele prestasse para alguma coisa, teriam ao menos lhe oferecido uma cadeira de professor assistente em Stanford", ela se lembrava de ter ouvido Drumlin dizer certa vez. Não, havia certo tipo de mente e de caráter que era atraído para as aplicações militares da ciência e da matemática — pessoas que gostavam de grandes explosões, por exemplo; ou aquelas que, não tendo nenhum gosto pelo combate pessoal, aspiravam a um comando militar para se vingar de uma injustiça sofrida na escola; ou inveterados solucionadores de enigmas, que ansiavam por decifrar as mais complexas mensagens existentes. Às vezes, a motivação era de fundo político, remontando a litígios internacionais, políticas de imigração, horrores da guerra, brutalidade policial ou propaganda nacional desta ou daquela nação há vários decênios. Muitos desses cientistas tinham grande competência, sabia Ellie, quaisquer que fossem as ressalvas que ela fizesse às suas motivações. Espantava-a imaginar o que aquele acúmulo de talento poderia conseguir se estivesse realmente dedicado ao bem-estar da espécie e do planeta.

Debruçou-se sobre os estudos que se haviam acumulado durante sua ausência. Quase não estavam fazendo progresso na decodificação da Mensagem, ainda que as análises estatísticas já formassem uma pilha de um metro de altura. Era tudo muito desalentador.

Ellie desejava que houvesse no Argus alguém, de preferência uma amiga íntima, com quem ela pudesse desabafar sua mágoa e raiva pela conduta de Ken. Mas não havia, e ela não estava disposta a usar o telefone para isso. Conseguiu passar um fim de semana com uma amiga de faculdade, Becky Ellenbogen, em Austin, mas Becky, cujas opiniões sobre os homens tendiam a se situar entre a repugnância e a virulência, nesse caso mostrou surpreendente brandura.

"Ele *é* o consultor de ciências da presidência, e esta descoberta é, nada mais, nada menos, a mais espetacular da história do mundo. Não se queixe tanto", disse Becky. "Ele vai aparecer."

Entretanto, Becky era outra daquelas que achavam Ken "charmoso" (conhecera-o por ocasião da inauguração do Observatório Nacional de Neutrinos), e parecia um pouco exagerada em sua propensão a se curvar ante o poder. Tivesse Der Heer tratado Ellie daquele modo indigno quando não passava de um professor de biologia molecular em uma universidade obscura, Becky teria tripudiado sobre ele.

Depois de voltar de Paris, Der Heer realizara uma verdadeira campanha de desculpas e dedicação. Estivera estafado, disse a ela, esmagado por enormes responsabilidades, que incluíam questões políticas difíceis, com as quais não estava familiarizado. Sua posição como líder da delegação americana e copresidente do plenário poderia ter se tornado menos segura se o relacionamento entre Ellie e ele se tornasse de conhecimento público. Kitz tinha se mostrado insuportável. Ken passara muitas noites seguidas quase sem dormir. Na opinião de Ellie, havia explicações demais. No entanto, permitiu que o relacionamento prosseguisse.

Quando a coisa aconteceu, foi novamente Willie, dessa vez em seu plantão noturno, que primeiro a notou. Mais tarde, ele veio a atribuir a rapidez da descoberta menos ao computador supercondutor e aos programas da ASN do que aos novos chips Hadden de identificação de contexto. De qualquer forma, Vega estava perto do horizonte, mais ou menos uma hora antes da alvorada, quando tocou o alarme do computador, baixo, como se não fosse nada demais. Um tanto chateado, Willie deixou de lado o livro que estava lendo, um novo compêndio sobre espectroscopia transformacional rápida de Fourier, e leu as seguintes palavras na tela:

RPT. TEXTO PP. 41617-41619: BIT MISMATCH 0/2271.
COEFICIENTE DE CORRELAÇÃO 0,99+

Enquanto ele olhava, 41 619 tornou-se 41 620 e, logo a seguir, 41 621. Os algarismos depois da barra diagonal corriam em mancha contínua. Tanto o número de páginas como o coeficiente de correlação, uma medida da improbabilidade de que a correlação fosse aleatória, cresciam enquanto ele olhava a tela. Deixou que avançassem mais duas páginas antes de pegar a linha direta para o apartamento de Ellie.

Ela dormia profundamente e ficou momentaneamente desorientada. Mas logo acendeu a luz de cabeceira e, após um instante, deu instruções para que o pessoal da direção do Projeto Argus se reunisse. Disse a Willie que ela própria localizaria Der Heer, que se encontrava em algum lugar do observatório. A procura não foi demorada. Ellie o sacudiu.

"Ken, levante-se. Estão dizendo que começou a repetir."

"O quê?"

"A Mensagem voltou ao início. Pelo menos foi o que Willie disse. Estou indo para lá. Por que você não espera dez minutos, para fingirmos que você estava no seu quarto?"

Já estava quase na porta quando ele gritou: "Como podemos voltar ao início? Ainda não temos a chave".

Pelas telas corria uma sequência emparelhada de zeros e uns, uma comparação em tempo real dos dados que estavam sendo recebidos e dos dados de uma página anterior, recebida no Argus um ano antes. O programa teria identificado quaisquer divergências. Até então não houvera nenhuma. Era tranquilizador saber que não tinham cometido erros de transcrição, que aparentemente não houvera erros de transmissão e que, se uma pequena nuvem densa de matéria interestelar entre Vega e a Terra fosse capaz de engolir alguma coisa, isso era ocorrência rara. O Argus encontrava-se agora em comunicação em tempo real com dezenas de outros telescópios que integravam o Consórcio Mundial da Mensagem, e a notícia da repetição foi passada às estações de observação a oeste, na Califórnia e no Havaí, para o navio *Marechal Nedelin*, que se encontrava agora no Pacífico Sul, e para Sydney. Se a descoberta tivesse sido feita enquanto Vega estava sobre um dos demais telescópios da rede, Argus teria sido informado instantaneamente.

A ausência da chave era uma terrível decepção, mas não foi a única surpresa. Os números de página da Mensagem tinham saltado, intermitentemente, da casa dos 40 000 para a dos 10 000, onde a repetição fora detectada. Evidentemente, o Argus havia descoberto a transmissão de Vega quase no momento em que ela chegara à Terra. Era um sinal de extraordinária intensidade e teria sido captado até por pequenos telescópios onidirecionais. Mas foi uma coincidência surpreendente que a transmissão chegasse à Terra no exato momento em que o Argus observava Vega. Além disso, que poderia significar o início do texto numa página de número 10 000 e tantos? Estariam faltando aquelas 10 mil páginas? Seria apenas por atraso tecnológico que na Terra, um planeta provinciano, os livros começavam pela página um? Seriam aqueles números sequenciais uma outra coisa, e não números de páginas? Ou — e era isso que mais preocupava Ellie — haveria alguma diferença fundamental e inesperada entre as maneiras como os seres humanos e os extraterrestres pensavam? Nesse caso, o Consórcio enfrentaria imensas complicações para entender a Mensagem, com ou sem chave.

A Mensagem repetiu-se exatamente; todas as lacunas foram preenchidas; e ninguém conseguiu entender uma palavra. Parecia improvável que à civilização transmissora, em tudo mais meticulosa, houvesse simplesmente passado despercebida a necessidade de uma chave. Pelo menos a transmissão das Olimpíadas e o desenho do interior da Máquina pareciam ter sido talhados especificamente para seres humanos. Não era de imaginar que tivessem tido tanto trabalho para preparar e transmitir a Mensagem sem que tomassem medidas para que os homens pudessem lê-la. Portanto, alguma coisa devia ter passado despercebida aos seres humanos. Em breve, houve um consenso geral de que o palimpsesto devia conter uma quarta camada. Mas onde?

Os diagramas foram publicados numa coleção de luxo, em oito volumes, logo republicados em todo o mundo. Em todos os recantos do planeta, as pessoas tentavam descobrir o que significavam as imagens. Atraíam especial atenção o dodecaedro e as formas quase biológicas. Muitas sugestões interessantes, feitas pelo público, foram cuidadosamente submetidas ao crivo da equipe do Argus. Corriam também muitas interpretações absurdas, sobretudo nas revistas semanais. Surgiam novas indústrias — fato, sem dúvida, não previsto pelos que haviam transmitido a Mensagem —, dedicadas a usar os diagramas para ludibriar o público. Anunciou-se a criação da antiga e Mística Ordem do Dodecaedro. A Máquina era um OVNI. A Máquina era a Roda de Ezequiel. Um anjo revelou o significado da Mensagem e dos diagramas a um empresário brasileiro, que distribuiu sua interpretação — inicialmente, a sua própria custa — por todo o mundo. Havendo tantos diagramas enigmáticos a interpretar, era inevitável que muitas religiões reconhecessem parte de sua iconografia na Mensagem chegada das estrelas. Uma importante seção transversal da Máquina assemelhava-se a um crisântemo, fato que despertou grande entusiasmo no Japão. Se tivesse aparecido a imagem de um rosto humano em algum dos diagramas, o fervor messiânico poderia ter atingido um ponto de explosão.

Por tudo isso, um número surpreendentemente grande de pessoas liquidava seus negócios, preparando-se para o Advento. A produtividade industrial caía no mundo inteiro. Eram muitos os que, tendo doado tudo o que possuíam aos pobres, viam-se obrigados, com a protelação do fim do mundo, a buscar auxílio junto às instituições de caridade ou ao Estado. Uma vez que doações desse gênero representavam uma parcela substancial dos recursos de entidades assistenciais, alguns filantropos terminaram sendo sustentados pela próprias doações. Os governantes eram procurados por delegações que urgiam a erradicação da esquistossomose ou da fome no mundo até o Advento; caso contrário, não se poderia prever o que nos aconteceria. Outros aconselhavam, mais sobriamente, que, se estava para sobrevir mais ou menos uma década de loucura generalizada, seria possível obter, de algum modo, vantagens monetárias ou nacionais.

Havia quem dissesse que não existia chave alguma, que toda a transmissão objetivava ensinar os homens a serem humildes, ou levá-los à loucura. Os jornais publicavam editoriais que diziam que não somos tão inteligentes como supomos, e se notava certo ressentimento contra os cientistas que, depois de todo o apoio dado pelos governos, os haviam decepcionado no momento crucial. Ou talvez os seres humanos fossem muito mais tolos do que supunham os veganos. Talvez existisse algum fato inteiramente óbvio a todas as civilizações emergentes já contactadas daquela maneira, uma coisa que ninguém na história da galáxia tivesse deixado de entender. Alguns comentaristas defendiam com ardor essa ideia de humilhação cósmica. Ela provava o que vinham dizendo sobre a raça humana. Depois de algum tempo, Ellie chegou à conclusão de que precisava de ajuda.

Atravessaram sub-repticiamente a porta de Enlil, acompanhados de um guarda enviado pelo proprietário. O segurança da Administração de Serviços Gerais mostrava-se inquieto, a despeito da proteção adicional, ou talvez por causa dela.

Embora ainda restasse um pouco da claridade do dia, as ruas sujas eram iluminadas por braseiros, lampiões a óleo ou um ou outro archote. Duas ânforas, cada qual capaz de conter um adulto, ladeavam a entrada de uma loja que vendia azeite a varejo. O letreiro era escrito em caracteres cuneiformes. Num edifício público próximo, havia um magnífico baixo-relevo do reinado de Assurbanipal, representando uma caçada a leões. Ao se aproximarem do templo de Assur, houve um tumulto no meio da multidão, e a escolta de Ellie abriu espaço para protegê-la. Agora ela via, sem obstruções, o Zigurate no fim de uma larga avenida iluminada por archotes. Causava mais admiração ao vivo do que em fotografias. Ouviu-se um floreio marcial num desconhecido instrumento de metal. Passaram três homens e um cavalo, cujo condutor trazia na cabeça um barrete frígio. Como numa representação medieval de uma narrativa extraída do livro do Gênesis, o topo do Zigurate achava-se envolto em baixas nuvens tocadas pela luz do poente. Deixaram a via de Ishtar e penetraram no Zigurate por uma rua lateral. No elevador privado, o guarda que acompanhava Ellie apertou o botão do último andar: "Quarenta", dizia. Não havia algarismos. Apenas a palavra. E então,

*222*

como que para não dar margem a dúvidas, apareceu escrito num painel de vidro: "Os Deuses".

O sr. Hadden viria ter com ela num instante. Gostaria de beber alguma coisa enquanto esperava? Pensando na reputação do lugar, Ellie recusou. Diante dela se estendia Babilônia — deslumbrante, como diziam todos, em sua recriação de um tempo e de um lugar há tanto desaparecidos. Durante o dia, chegavam ônibus e mais ônibus trazendo pessoas — de museus, de algumas escolas e das agências de turismo. Desembarcavam na porta de Ishtar, vestiam roupas apropriadas e viajavam no tempo. Politicamente, Hadden doava todos os lucros advindos de sua clientela diurna a entidades beneficentes de Nova York e Long Island. Os tours diurnos eram extremamente populares, em parte por representarem, para aqueles que nem por sonho visitariam Babilônia à noite, uma oportunidade de examinar o lugar.

Depois que escurecia, Babilônia era descrita como um "parque de diversões para adultos". A opulência, a escala e a inventiva deixavam longe qualquer lugar congênere, como, por exemplo, a Reeperbahn de Hamburgo. Era, sem sombra de dúvida, a maior atração turística da área metropolitana de Nova York e a que mais receita bruta auferia. Eram notórios os métodos de que Hadden se valera para convencer os dirigentes de Babilônia, no estado de Nova York, e a maneira como ele conseguira que fossem "facilitadas" as leis municipais e estaduais referentes à prostituição. A viagem de trem do centro de Manhattan à porta de Ishtar levava agora meia hora. Ellie havia insistido em tomar esse trem, a despeito da argumentação do pessoal da segurança, e verificara que quase um terço dos visitantes era formado por mulheres. Ali não havia grafitos, era pouco o perigo de assaltos, mas se ouvia um ruído branco muito inferior ao dos comboios do metrô de Nova York.

Muito embora Hadden fosse membro da Academia Nacional de Engenharia, nunca, ao que Ellie sabia, comparecera a uma reunião, e ela jamais o vira. Alguns anos antes, porém, seu rosto se tornara conhecido de milhões de americanos em decorrência da campanha que lhe fora movida pelo Conselho de Publicidade; sob uma fotografia sua, nada lisonjeira, lia-se um dístico: "O Antiamericano". Mesmo assim, ela quase se assustou quando, em meio ao seu devaneio, junto à parede de vidro inclinada, foi interrompida por uma pessoa baixa e gorducha, que lhe acenava.

"Ah, desculpe-me. Nunca entendo que uma pessoa possa ter medo de mim."

A voz de Hadden era surpreendentemente musical. Na verdade, ele parecia falar em quintas. Não julgara necessário apresentar-se, e mais uma vez inclinou a cabeça em direção à porta, que deixara entreaberta. Era difícil acreditar que algum crime passional pudesse ameaçá-la naquelas circunstâncias, e sem uma palavra Ellie entrou na sala ao lado.

Hadden conduziu-a a uma maquete, feita com esmero, de uma cidade antiga, de aspecto menos pretensioso que Babilônia.

"Pompeia", disse, como explicação. "Este estádio... aqui... é o ponto-chave. Com as atuais restrições ao boxe, não restam nos Estados Unidos saudáveis esportes sanguinolentos. São de extrema importância. Sugam alguns dos venenos da corrente sanguínea nacional. Estava tudo projetado, as licenças concedidas, e agora isto."

"'Isto' o quê?"

"Nada de jogos de gladiadores. Acabaram de me avisar de Sacramento. Há no Legislativo um projeto para proibir os jogos de gladiadores na Califórnia. Violentos demais, dizem. Quando autorizam a construção de um novo espigão, sabem que vão perder dois ou três operários. Os sindicatos sabem, os construtores sabem, e isso só para construir escritórios de companhias de petróleo ou de advogados de Beverly Hills. Certo, perderíamos alguns. Mas estamos mais voltados para o tridente e a rede do que para a espada curta. Esses deputados não têm noção das prioridades."

Hadden dirigiu a Ellie um olhar morno e ofereceu uma bebida, que ela novamente recusou. "Com que então, você quer conversar comigo sobre a Máquina, e eu quero conversar com você sobre a Máquina. Primeiro você. Quer saber onde está a chave?"

224

"Estamos pedindo ajuda a algumas pessoas, escolhidas a dedo, que possam nos prestar algum auxílio. Pensamos que com suas muitas invenções... e também porque sua microplaqueta de identificação de contexto teve participação na descoberta da repetição... que o senhor poderia colocar-se no lugar dos veganos e imaginar onde colocaria a chave. Sabemos que está muito ocupado, e peço desculpas por..."

"Ah, não, por favor! É verdade que estou ocupado. Estou tentando regularizar os meus negócios, pois vou dar uma grande guinada em minha vida..."

"Para o Milênio?" Ellie tentou imaginá-lo doando aos pobres a S. R. Hadden and Company, a firma corretora de Wall Street; e a Genetic Engineering, Inc.; a Hadden Cybernetics; e Babilônia.

"Não é bem isso. Não. Foi divertido pensar no que vocês querem. Eu me senti bem por ser consultado. Examinei os diagramas." Fez um gesto para os oito volumes, espalhados numa mesa. "Há coisas maravilhosas aí, mas não creio que a chave esteja escondida nelas. Não nos diagramas. Não sei por que vocês imaginam que a chave tenha de estar na Mensagem. Talvez a tenham deixado em Plutão, em Marte ou na nuvem cometária Oort, e vamos descobri-la dentro de alguns séculos. Por ora, sabemos que existe essa Máquina maravilhosa, com desenhos do projeto e 30 mil páginas de texto explicativo. Mas não sabemos se seríamos capazes de construir a geringonça se pudéssemos ler o texto. Assim, esperaremos alguns séculos, melhorando nossa tecnologia, sabendo que mais cedo ou mais tarde decerto teremos condições de construí-la. O fato de não dispormos da chave nos liga às gerações futuras. Os seres humanos estão recebendo um problema cuja solução leva gerações. Não acho que isso seja tão ruim. Pode ser ótimo. Talvez você esteja cometendo um erro ao procurar uma chave. Talvez seja melhor não encontrá-la."

"Não, eu quero localizar essa chave imediatamente. Não sabemos se ela estará à nossa espera eternamente. Se desligarem o telefone porque ninguém atendeu, será muito pior do que se nunca tivessem ligado."

*225*

"Bem, talvez nisso você tenha razão. Seja como for, considerei todas as possibilidades que pude imaginar. Vou lhe falar de algumas possibilidades banais, e depois de uma nada banal. Primeiro as triviais. A chave está na Mensagem, mas num regime de dados bem diferente. Suponhamos que houvesse outra mensagem ali, a uma velocidade de um bit por hora... poderiam detectar isso?"

"De maneira alguma. Verificamos rotineiramente o desvio de recepção a longo prazo, por desencargo de consciência. Mas verificar também um bit por hora consome... vejamos... 10, 20 mil *tops* de bits antes de a Mensagem voltar ao início."

"Nesse caso, isso só faz sentido se a chave for *muito* mais fácil do que a Mensagem. Você acha que não é. Agora, e no caso de regimes muito mais rápidos? Como sabe que debaixo de cada bit de sua Mensagem da Máquina não há 1 milhão de bits da mensagem da chave?"

"Porque isso produziria larguras de banda monstruosas. Saberíamos num instante."

"Muito bem. Então há, de vez em quando, um rápido despejo de dados. Pense nisso como se fosse um microfilme. Há um ponto minúsculo de microfilme ali, inserido nas partes repetitivas da Mensagem. Estou imaginando um pequeno quadro que diz em sua linguagem ordinária: 'Eu sou a chave'. Então, logo depois vem um ponto. E nesse ponto há 1 milhão de bits, muito velozes. Você poderia ver se tivesse um quadro."

"Sinceramente, nós o teríamos visto."

"Muito bem, e que me diz de modulação de fase? Nós a usamos em telemetria de radar e em naves espaciais, e isso de maneira alguma confunde o espectro. Já utilizou um correlacionador de fase?"

"Não. Essa é uma ideia útil. Vou examiná-la."

"Bem, vamos agora à ideia não banal. Se a Máquina chegar a ser construída, se nossa gente se sentar nela, alguém vai apertar um botão e esses cinco irão para algum lugar. Não importa aonde. Ora, isso suscita uma pergunta interessante: esses cinco vão voltar? Talvez não. Gosto da ideia de que essa Máquina tenha sido projetada por ladrões de cadáveres veganos. Imagine, para os estudantes de medicina deles, ou antropólogos, alguma coisa assim. Precisam de alguns seres humanos. Vir à Terra dá muito trabalho... é preciso autorização, licenças das autoridades de trânsito... um inferno, não vale a pena. Mas com um pouco de esforço podem mandar à Terra uma Mensagem e então os terráqueos se viram para lhes enviar cinco corpos.

"É como colecionar selos. Eu costumava colecionar selos quando menino. Podia-se mandar uma carta a alguém num país estrangeiro, e quase sempre respondiam. Não importava o que diziam. O que interessava era o selo. Então, eis aí o que eu estou imaginando: há em Vega alguns filatelistas. Enviam cartas quando têm vontade, e os corpos lhes chegam de todos os lados. Gostaria de ver a coleção?"

Hadden sorriu e continuou. "Muito bem, mas que é que isso tem a ver com a localização da chave? Nada. Só é relevante se eu estiver errado. Se meu cenário for falso, se as cinco pessoas voltarem à Terra, então isso tudo será de grande ajuda se tivermos inventado o voo espacial. Não importa o quanto sejam adiantados, será trabalhoso fazer a Máquina pousar. Existem partes móveis demais. Só Deus sabe qual é o sistema de propulsão. Se você se esborracha alguns metros abaixo do solo, está liquidada. E que são alguns metros em 26 anos-luz? É arriscado demais. Quando a Máquina voltar, vai aparecer... ou alguma coisa assim... no espaço, perto da Terra, mas não sobre ela ou dentro dela. Por isso, eles têm de ter certeza de que conhecemos o voo espacial, para que os cinco possam ser resgatados no espaço. Estão com muita pressa e não podem ficar sentados esperando que o noticiário de 1957 chegue a Vega. Assim, o que fazem? Providenciam para que parte da Mensagem só possa ser detectada do espaço. Que parte é essa? A chave. Se você consegue detectar a chave, é porque conhece o voo espacial e pode voltar em segurança. Por isso, imagino que a chave esteja sendo enviada na frequência das absorções de oxigênio no espectro de micro-ondas ou perto do infravermelho... alguma parte do espectro que você não pode detectar a não ser que se afaste bastante da atmosfera da Terra..."

"Fizemos com que o telescópio Hubble examinasse Vega através do ultravioleta, da radiação visível e da vizinhança do infravermelho. Não houve sinal de nada. Os russos consertaram o instrumento de ondas milimétricas deles. Praticamente, não têm examinado outra coisa além de Vega, e nada encontraram. Mas continuaremos a observar. Outras possibilidades?"

"Tem certeza de que não quer beber alguma coisa? Eu não bebo, mas sei que muitas pessoas gostam." Mais uma vez Ellie agradeceu e recusou. "Não, não há outras possibilidades. Agora é minha vez?

"Escute, quero lhe pedir uma coisa. Mas não sou bom para pedir. Nunca fui. Minha imagem pública é a de uma pessoa rica, engraçada, inescrupulosa... uma pessoa que procura fraquezas no sistema para ganhar dinheiro fácil. E não me diga que não acredita em nada disso. Todo mundo acredita em pelo menos uma parte. É provável que você já tenha ouvido parte do que vou dizer, mas me dê dez minutos e eu lhe digo como começou tudo isso. Quero que saiba uma coisa a meu respeito."

Ellie recostou-se na poltrona, imaginando o que ele poderia querer dela, e afastou da mente as fantasias envolvendo o templo de Ishtar, Hadden e talvez um ou dois condutores de bigas.

Anos antes, ele inventara um módulo que, quando aparecia um comercial na televisão, automaticamente baixava o volume. A princípio não era um dispositivo de identificação de contexto. Simplesmente monitorava a amplitude da onda portadora. Os anunciantes da TV haviam passado a transmitir seus anúncios com mais sonoridade e com menos interferência de áudio do que os programas que constituíam seus veículos nominais. A notícia do módulo de Hadden espalhou-se de boca a boca. As pessoas falavam de uma sensação de alívio, de se livrarem de um grande peso, até de uma sensação de alegria por se libertarem da barragem publicitária durante o período de seis a oito horas diárias que o americano médio passava diante do televisor. Antes que as agências de publicidade tivessem uma reação coordenada, o Adnix, nome comercial do módulo, se tornara extremamente popular. Obrigou os anunciantes e as redes a novas escolhas estratégicas de ondas portadoras, sempre neutralizadas por uma nova invenção de Hadden. Às vezes ele inventava circuitos para derrotar estratégias que as agências e as redes ainda nem tinham imaginado. Dizia que lhes estava poupando o trabalho de criar invenções, com grandes despesas para seus acionistas, fatalmente destinadas ao fracasso. À medida que aumentava o volume de suas vendas, ele baixava continuamente os preços. Era uma espécie de guerra eletrônica. E Hadden estava vencendo.

Tentaram processá-lo — falaram de conspiração em detrimento da economia. Dispunham de poder político suficiente para fazer com que o pedido de arquivamento sumário do processo fosse indeferido, mas insuficiente para ganhar a causa. O julgamento havia obrigado Hadden a estudar os códigos jurídicos. Pouco depois, através de uma conhecida agência de publicidade, da qual era agora um dos sócios principais, embora não aparecesse como tal, solicitou autorização para anunciar seu próprio produto na televisão comercial. Após algumas semanas de controvérsia, seus anúncios foram recusados. Hadden processou todas as três redes e *nesse* julgamento conseguiu provar sua alegação de conspiração em detrimento do livre exercício do comércio. Recebeu uma gigantesca indenização, que representou, na época, a maior em causas dessa natureza e que contribuiu, ainda que modestamente, para o fim das redes originais.

Sempre havia pessoas que gostavam dos comerciais, naturalmente, e para elas o Adnix não tinha nenhuma serventia. Entretanto, constituíam uma minoria decrescente. Hadden fizera imensa fortuna através da erradicação da publicidade na TV. Também fizera muitos inimigos.

Na época em que os chips de identificação de contexto foram lançados no mercado, ele já havia criado o Preachnix, submódulo capaz de ser acoplado ao Adnix. O dispositivo simplesmente mudava de canal se porventura surgisse um programa religioso. O usuário pré-selecionava palavras-chaves, como "advento" ou "pecado", evitando as pregações religiosas. O Preachnix ganhou inúmeros adeptos junto a uma minoria substancial de telespectadores que não suportava tais programas. Havia boatos, alguns com foros de seriedade, de que o próximo submódulo de Hadden visaria evitar as apresentações de presidentes e primeiros-ministros.

À proporção que ele aperfeiçoava os chips de identificação de contexto, percebia que os dispositivos poderiam ter aplicações muito mais amplas — desde a educação, a ciência e a medicina até a coleta de informações militares e a espionagem industrial. Foi essa questão que terminou levando ao famoso processo movido pelo governo norte-americano contra a Hadden Cybernetics. Um dos chips de Hadden foi considerado inconveniente para uso por civis e, por recomendação da Agência de Segurança Nacional, o governo assumiu o controle das instalações e do pessoal que produziam os tipos mais avançados de chips de identificação de contexto. O caso era que ler a correspondência russa era importante demais. Só Deus saberia, disseram-lhe, o que iria acontecer se os russos pudessem ler a correspondência dos Estados Unidos.

Hadden recusou-se a cooperar com a estatização e jurou atuar em áreas que não pudessem, de forma alguma, estar relacionadas com a segurança nacional. O governo estava nacionalizando a indústria, alegou. Afirmavam abraçar o capitalismo, mas na hora da verdade mostravam sua face socialista. Ele havia descoberto que o público tinha uma necessidade insatisfeita, e empregou uma nova tecnologia, legal, para dar ao público o que este desejava. Isso era o capitalismo clássico. Havia, porém, muitos capitalistas serenos que lhe diziam que já fora longe demais com o Adnix, que ele criara uma ameaça real ao estilo de vida americano. Numa acrimoniosa coluna assinada por um certo V. Petrov, o *Pravda* citou o caso como exemplo concreto das contradições do capitalismo. O *The Wall Street Journal* contra-atacou, talvez um pouco pela tangente, chamando o *Pravda*, que em russo significa "verdade", de exemplo concreto das contradições do comunismo.

Hadden suspeitava que a estatização fosse apenas um pretexto, que o motivo real do desagrado consistira no ataque à publicidade e ao evangelismo televisivo. Tanto o Adnix como o

230

Preachnix representavam a essência do capitalismo empresarial, argumentava reiteradamente. O objetivo do capitalismo consistia em oferecer alternativas ao público.

"Bem, a *ausência* de publicidade é uma alternativa, foi o que eu disse a eles. Só existem imensas verbas publicitárias quando não há diferença alguma entre os produtos. Se os produtos fossem realmente diferentes, as pessoas comprariam o que melhor lhes conviesse. A publicidade ensina as pessoas a não acreditarem em si mesmas. A publicidade ensina as pessoas a serem idiotas. Um país forte precisa de gente inteligente. Por isso o Adnix é patriótico. Os fabricantes podem usar parte de suas verbas de publicidade para melhorarem seus produtos. Os consumidores serão beneficiados. A circulação de revistas e jornais aumentará e os serviços de mala direta crescerão, e com isso a situação das agências de publicidade há de melhorar. Não vejo onde está o problema."

Muito mais do que os inúmeros processos contra as redes comerciais originais, foi o Adnix o responsável direto por elas desaparecerem. Durante algum tempo houve um pequeno exército de executivos de publicidade desempregados, ex-dirigentes de televisões na miséria e adivinhos desocupados; todos juravam de pés juntos vingar-se de Hadden. Enquanto isso, crescia o número de adversários ainda mais temíveis. Não havia dúvida, pensou Ellie, de que Hadden era um homem interessante.

"Por tudo isso, acho que é hora de dar o fora. Tenho mais dinheiro do que consigo gastar, minha mulher não me suporta e arranjei inimigos por todo lado. Quero fazer uma coisa importante, uma coisa meritória. Quero fazer uma coisa que leve as pessoas, daqui a séculos, a agradecerem o fato de eu ter existido."

"O senhor quer..."

"Quero construir a Máquina. Veja, estou perfeitamente capacitado para isso. Disponho dos melhores especialistas em cibernética, cibernética prática, que existem no ramo... melhores que os da Carnegie-Mellon, melhores que os do MIT, melhores que os de Stanford, melhores que os de Santa Barbara. E pelo menos uma coisa esses planos deixam claro: esse trabalho não é para um artesão da velha guarda. E você vai precisar de alguma coisa como engenharia genética. Não pode encontrar alguém mais dedicado a isso do que eu. E vou trabalhar pelo preço de custo."

"Sinceramente, sr. Hadden, a decisão de quem construirá a Máquina, se chegarmos a esse ponto, não me compete. Trata-se de uma decisão internacional. Envolve grande quantidade de decisões políticas. Ainda estão debatendo em Paris *se* a coisa deve ser feita ou não, se e quando decifrarmos a Mensagem."

"Pensa que não sei disso? Também estou me mexendo através dos canais costumeiros de influência e corrupção. Quero apenas que você fale em meu favor, pelas razões corretas, do lado dos anjos. Compreende? E, por falar em anjos, você realmente abalou Palmer Joss e Billy Jo Rankin. Faz muito tempo que não os vejo tão agitados, pelo menos desde aquela confusão a respeito das águas de Maria. Rankin está dizendo que deturparam deliberadamente o que ele disse sobre apoiar a Máquina. Essa não!"

Hadden balançou a cabeça com fingida consternação. Parecia provável que existisse uma velha inimizade pessoal entre aqueles ativos proselitistas e o inventor do Preachnix, e por algum motivo Ellie passou a defendê-los.

"Eles são muito mais sabidos do que o senhor pensa. E Palmer Joss é... bem, ele passa alguma coisa de verdadeiro. Não é um impostor."

"Tem certeza de que não se trata apenas de outra cara bonita? Desculpe-me, mas é importante que as pessoas entendam o que eles sentem a respeito disso. A questão é importante demais para ser minimizada. Eu conheço esses palhaços. No fundo, na hora da verdade, são uns chacais. Muita gente acha a religião atraente... você entende: pessoalmente, sexualmente. Devia ver o que acontece no templo de Ishtar."

Ellie reprimiu um ligeiro sobressalto de repugnância. "Acho que vou aceitar aquela bebida", disse.

Olhando do alto da cobertura, ela avistava os escalonamentos do Zigurate, enfeitados de flores, algumas artificiais, outras naturais, dependendo da estação. Era uma reconstrução dos jardins suspensos da Babilônia, uma das Sete Maravilhas do mundo antigo. Por milagre, os arquitetos tinham conseguido que a estrutura não se assemelhasse a um hotel da cadeia Hyatt. Lá embaixo, ela divisou uma procissão, à luz de tochas, que voltava do Zigurate em direção à porta de Enlil. Encabeçava-a uma espécie de liteira sustentada por quatro homens corpulentos, desnudos até a cintura. Mas não podia saber o que ou quem ela levava.

"É uma cerimônia em honra de Gilgamesh, um dos antigos heróis sumérios."

"Já ouvi falar dele."

"Ele mexia com a imortalidade."

Disse isso com negligência, a título de explicação, e olhou para o relógio de pulso.

"Era ao topo do Zigurate, você sabe, que os reis subiam a fim de receber instruções dos deuses. Principalmente de Anu, o deus do céu. A propósito, investiguei o nome que eles davam a Vega. Era Tiranna, a Vida do Céu. É engraçado que usassem essa denominação."

"E o senhor recebeu instruções?"

"Não, eles foram procurar você, não a mim. Mas vai haver outra procissão de Gilgamesh às nove horas."

"Acho que não vou poder esperar tanto. Quero lhe fazer uma pergunta. Por que Babilônia? E Pompeia? O senhor é uma das pessoas mais produtivas deste país. Criou várias indústrias importantes; derrotou a publicidade no próprio campo dela. Certo, levou a pior naquela história relativa ao chip de identificação de contexto. O senhor poderia ter feito uma porção de outras coisas. Por que... isso?"

A distância, o cortejo havia chegado ao templo de Assur.

"Está perguntando por que não uma coisa mais... útil?", inquiriu ele. "Estou apenas tentando satisfazer as necessidades da sociedade que o governo não vê ou que desdenha. Isso é o capitalismo. É legal. Faz muita gente feliz. E acredito que seja uma válvula de segurança para algumas das maluquices que esta sociedade não para de gerar.

"Mas na época eu não pensei em tudo isso. É muito simples. Lembro exatamente o momento em que tive a ideia de Babilônia. Foi no Disney World, navegando pelo Mississippi, numa daquelas barcas de roda, com meu neto Jason. Ele tinha seus quatro, cinco anos. Eu estava pensando no golpe inteligente que o pessoal de Disney tinha dado, ao acabar com os bilhetes para cada brinquedo e adotar um passe de um dia, com o qual a pessoa podia utilizar todos os brinquedos. Com isso, tinham economizado os salários... de alguns bilheteiros, por exemplo. O mais importante, entretanto, é que as pessoas tendiam a superestimar seu apetite pelos brinquedos. Pagavam um ágio para poder utilizar tudo, e no fim ficavam felizes com muito menos.

"Ora, ao lado de mim e de Jason havia um garoto de uns oito anos, com uma expressão de devaneio. Estou tentando adivinhar a idade dele. Talvez tivesse dez anos. O pai lhe fazia perguntas, e ele respondia com monossílabos. O menino estava sentado numa cadeira, afagando o cano de uma espingarda de brinquedo. A coronha estava entre as suas pernas. Tudo que ele queria era ficar em paz e alisar a espingarda. Atrás dele se viam as torres e as flechas do Reino da Magia, e de repente tudo se encaixou. Entende o que estou dizendo?"

Hadden encheu um copo com um refrigerante dietético e bateu-o contra o dela.

"Perturbação aos seus inimigos!", disse Hadden, num brinde amável. "Vou pedir que a levem pela porta de Ishtar. A procissão vai armar muita confusão perto da porta de Enlil."

Como que por magia, os dois acompanhantes apareceram, e ficou evidente que Hadden dera a reunião por terminada. De qualquer modo, Ellie não sentia vontade de permanecer ali.

"Não se esqueça da modulação de fase e de investigar as raias do oxigênio. Mas, mesmo que eu esteja enganado quando à localização da chave, não se esqueça: só eu tenho condições de construir a Máquina."

Holofotes faziam brilhar a porta de Ishtar. Estava coberta de representações, em cerâmica esmaltada, de um animal azul. Os arqueólogos lhe haviam dado o nome de dragão.

# 14. OSCILADOR HARMÔNICO

> *O ceticismo é a castidade do intelecto, e é vergonho-*
> *so entregá-lo cedo demais ou ao primeiro que chega:*
> *existe nobreza em preservá-lo com serenidade e al-*
> *tivez durante uma prolongada juventude, até que*
> *por fim, na madureza do instinto e da discrição,*
> *possa ser trocado, com segurança, pela fidelidade e*
> *pela placidez.*
> George Santayana, *Ceticismo e fé animal*, IX

**A PRESIDENTE ESPIRROU** e tentou achar um lenço de papel no bolso do roupão felpudo. Não estava usando maquilagem, mas os lábios rachados mostravam vestígios de bálsamo umedecedor mentolado.

"Meu médico me disse que devo ficar na cama para não pegar uma pneumonia virótica. Quando lhe peço um antibiótico, ele diz que não existem antibióticos para os vírus. Então, como ele sabe que tenho um vírus?"

Der Heer ainda estava abrindo a boca para responder quando a presidente falou:

"Nada disso, deixe para lá. Você vai começar a falar de DNA e reconhecimento de hospedeiros, e estou cansada demais para ouvir essas histórias. Se não tiver medo do meu vírus, puxe uma cadeira."

"Obrigado, sra. Presidente. Trata-se da chave. Tenho o relatório comigo. Há uma longa parte técnica, incluída como apêndice. Julguei que a senhora poderia interessar-se também por ela. Em resumo, estamos lendo e compreendendo a coisa quase sem dificuldade. É um programa de aprendizado diabolicamente hábil. É evidente que não uso o termo *diabólico* em sentido literal. Já devemos ter um vocabulário de 3 mil palavras a esta altura."

"Não entendo como é possível. Compreendi a maneira que eles usaram para ensinar a vocês os nomes dos números deles.

É fazer um ponto e escrever debaixo as letras U M, e assim por diante. Compreendi que vocês tinham a imagem de uma estrela e então entreviam E S T R E L A debaixo dela. Mas não consigo entender como resolvem a questão dos verbos ou dos pretéritos e do condicional."

"Parte disso eles resolvem com cinema. O cinema é um meio perfeito para ensinar os verbos. E também usam muitos números. Até abstrações. Conseguem comunicar abstrações com números. É mais ou menos assim: primeiro contam os números para nós, depois introduzem algumas palavras novas... palavras que não entendemos. Veja, vou indicar as palavras deles com letras. Lemos alguma coisa parecida com isto... e as letras representam os símbolos que os veganos apresentam." Der Heer escreveu:

1A1B2Z
1A2B3Z
1A7B8Z

"Que a senhora acha que isto significa?"

"Meu boletim do colégio? Você quer dizer que há uma combinação de pontos e traços representada por A e uma combinação diferente de pontos e traços representada por B, e assim por diante?"

"Exatamente. Sabe-se o que significam 1 e 2, mas não se sabe o que significam A e B. Que lhe diz uma sequência como esta?"

"A significa 'mais' e B significa 'igual a'. É a isso que quer chegar?"

"Ótimo. Mas não sabemos ainda o que significa Z, certo? A seguir aparece alguma coisa assim:"

1A2B4Y

"Entendeu?"

"Talvez. Mostre outro que termine em Y."

# 2000A4000B0Y

"Certo, acho que entendi. Desde que eu não interprete os três últimos símbolos como uma palavra. Z significa 'verdadeiro' e Y significa 'falso'."

"Exato. Perfeito. Muito bom para uma presidente com uma infecção virótica e uma crise na África do Sul. Assim, em poucas linhas nos ensinaram quatro palavras: *mais, igual, verdadeiro, falso*. Quatro palavras muito úteis. Depois eles ensinam divisão, dividem um por zero e nos dizem a palavra que indica infinito. Ou talvez seja apenas a palavra que quer dizer 'indeterminado'. Ou eles dizem: 'A soma dos ângulos internos de um triângulo perfaz dois ângulos retos'. Depois observam que a proposição é correta se o espaço for plano, mas falsa se o espaço for curvo. Com isso, aprende-se a dizer 'se' e..."

"Eu não sabia que o espaço podia ser *curvo*. Ken, de que diabo você está falando? Como é que o espaço pode ser curvo? Não, deixe para lá. Isso não pode ter nada a ver com o assunto de que estamos tratando."

"Na verdade..."

"Sol Hadden disse que foi ele quem teve a ideia da localização da chave. Não me olhe desse jeito, Der Heer. Eu falo com todo tipo de gente."

"Não pretendi... ah... Pelo que entendo, o sr. Hadden deu algumas sugestões, que também tinham sido feitas, todas elas, por outros cientistas. A dra. Arroway verificou todas e acertou com uma delas. Chama-se modulação de fase ou codificação fásica."

"Eu sei. Agora, Ken, isso está correto? A chave está espalhada por toda a Mensagem, certo? Uma porção de repetições. E havia uma chave logo depois que Arroway captou o sinal."

"Logo depois de haver captado a terceira camada do palimpsesto, o projeto da Máquina."

"E muitos países possuem tecnologia para ler a chave, certo?"

"Bem, precisam de um instrumento chamado correlacionador de fases. Sim, pelo menos os países que contam."

"Nesse caso, os russos poderiam ter lido a chave há um ano, certo? Ou os chineses, ou os japoneses. Como você sabe que neste exato momento já não construíram metade da Máquina?"

"Pensei nisso, mas Marvin Yang diz que é impossível. Fotografias de satélites, reconhecimento eletrônico, pessoas bem relacionadas... tudo confirma que não há sinal do grande projeto de engenharia que seria necessário para construir a Máquina. Não, *todos* nós dormimos no ponto. Ficamos seduzidos pela ideia de que a chave teria de vir no começo da Mensagem e não espalhada ao longo dela. Só quando a Mensagem voltou ao início e descobrimos que a chave não estava ali é que começamos a pensar em outras possibilidades. Todo esse trabalho foi realizado em estreita cooperação com os russos e todos mais. Não cremos que ninguém disponha de vantagem sobre nós, mas, por outro lado, todo mundo tem a chave agora. Não acho que possamos seguir um rumo unilateral."

"Eu *não* quero que sigamos um rumo unilateral. Só quero ter certeza de que *ninguém* está trabalhando unilateralmente. Muito bem, vamos voltar à chave. Vocês sabem distinguir verdadeiro de falso, dizer 'sim' e 'então', e sabem que o espaço é curvo. Como vão construir uma Máquina a partir disso?"

"Presidente, não creio que seu resfriado ou seja lá o que for lhe tenha prejudicado o espírito. Bem, a partir daí, eles começam. Por exemplo, traçam para nós uma tabela periódica dos elementos, de modo que dão os nomes de todos os elementos químicos, a ideia de átomo, a ideia de núcleo, prótons, nêutrons, elétrons. Depois fazem uma revisão da mecânica quântica, só para terem certeza de que estamos prestando atenção... na verdade, o material que forneceram já nos proporcionou algumas ideias novas. Depois o texto passa a se concentrar nos materiais necessários à construção. Por exemplo, precisamos, por algum motivo, de duas toneladas de érbio. Aí eles apresentam uma sensacional técnica para extraí-lo de rochas comuns."

Der Heer levantou a mão espalmada, pedindo paciência.

"Não me pergunte por que precisamos de duas toneladas de érbio. Ninguém tem a menor ideia."

"Eu não ia perguntar isso. O que eu queria saber é como disseram 'tonelada'."

"Contaram a quantidade em massas de Planck. Uma massa de Planck é..."

"Esqueça, esqueça. É uma coisa que os físicos do mundo inteiro sabem, não é? E nunca ouvi falar disso. Agora, vamos ao fim. Já entendemos a chave o suficiente para começar a ler a Mensagem? Somos capazes de construir a coisa ou não?"

"Parece que sim. Faz apenas algumas semanas que descobrimos a chave, mas capítulos inteiros da Mensagem estão entrando nos eixos direitinho. Há desenhos meticulosos, explicações redundantes e, ao que eu percebo, uma tremenda redundância no projeto da Máquina. Deveremos ter um modelo tridimensional da Máquina para a senhora ver antes daquela reunião para a escolha da tripulação, na quinta-feira, se a senhora quiser. Por enquanto, não faço ideia do funcionamento da Máquina ou de para que ela serve. E há alguns componentes químicos orgânicos engraçados, que não fazem nenhum sentido como parte de uma máquina. Mas quase todo mundo acha que podemos construir a coisa."

"Quem não acha?"

"Bem, Lunacharski e os outros russos. E Billy Jo Rankin, é claro. Ainda há quem receie que a Máquina vá explodir o mundo, alterar o eixo da Terra ou alguma coisa assim. Mas o que mais tem impressionado os cientistas é a exatidão das instruções e as muitas maneiras diferentes que usam para explicar a mesma coisa."

"E o que diz Eleanor Arroway?"

"Que, se quiserem acabar conosco, poderão estar aqui dentro de uns 25 anos, e que não há nada que possamos fazer nesse prazo para nos protegermos. São muito mais adiantados do que nós. Portanto ela diz: 'Construam, e, se estiverem preocupados com ameaças ao meio ambiente, construam longe'. O professor Drumlin diz que, por ele, podemos construí-la no centro de Pasadena. Na verdade, diz que estará lá o tempo todo, de modo que, se a Máquina explodir, ele será o primeiro a ir pelos ares."

"Drumlin é o sujeito que imaginou que isso poderia ser o plano de uma Máquina, certo?"

"Não foi bem assim, ele..."

"Vou ler todo o material em tempo para a reunião de quinta-feira. Trouxe mais alguma coisa para mim?"

"A senhora está pensando seriamente na proposta de Hadden, de construir a Máquina?"

"Bem, como você sabe, isso não compete somente a mim. O tratado que estamos acertando em Paris nos dá mais ou menos 25 por cento da decisão. Os russos têm outro tanto, chineses e japoneses outro tanto, e o resto do mundo outro tanto, isso em termos gerais. Muitos países querem construir a Máquina, ou pelo menos parte dela. Estão pensando em prestígio, novas indústrias, novos conhecimentos. Desde que não passem à nossa frente, não tenho nada a opor. É possível que Hadden fique com uma parte. Qual é o problema? Não o considera tecnicamente competente?"

"Claro que é. Eu só..."

"Se não há mais nada, Ken, vejo você na quinta-feira, se o vírus deixar."

No momento em que Der Heer fechava a porta e passava à antessala adjacente, ouviu-se um explosivo espirro presidencial. O oficial de segurança, sentado tesamente num sofá, assustou-se. A maleta a seus pés estava atulhada de códigos de autorização para a guerra nuclear. Der Heer acalmou-o com um gesto muito dele: dedos abertos, palma para baixo. O rapaz sorriu.


"Isso é Vega? O motivo de toda essa confusão?", perguntou a presidente com certo desapontamento. O período durante o qual havia sido permitido aos repórteres tirar fotografias estava terminado, e seus olhos já se tinham quase habituado à escuridão depois de muitos flashes e das luzes da televisão. As fotografias da presidente olhando através do telescópio do Observatório Naval, publicadas em todos os jornais no dia seguinte, eram de certo modo falsas. Ela não pudera ver coisa alguma até os fotógrafos se retirarem e a escuridão voltar.

"Por que ela dança?"

"É a turbulência da atmosfera, presidente", explicou Der Heer. "A passagem de bolhas de ar quente distorce a imagem."

"É como olhar para Si do outro lado da mesa do café da manhã quando há uma torradeira entre nós. Lembro que, uma vez eu vi um lado inteiro do rosto dele se soltar", disse ela afetuosamente, elevando a voz para que o consorte presidencial, que estava perto dali, conversando com o comandante do observatório, pudesse ouvir.

"É, mas hoje em dia não há mais torradeiras na mesa", respondeu ele, brincalhão.

Antes de se aposentar, Seymour Lasker era um dos dirigentes do Sindicato Internacional dos Trabalhadores da Indústria de Confecções Femininas. Havia conhecido a mulher décadas antes, quando ela representava a Companhia Girl Coat de Nova York, e se apaixonaram no decurso de uma longa negociação trabalhista. Considerando o quanto suas posições atuais tinham de novidade para eles, era extraordinária a aparente firmeza do relacionamento entre ambos.

"Sem a torradeira eu passo, mas acho que Si e eu devíamos tomar o café da manhã juntos mais vezes." Curvou as sobrancelhas na direção dele, e depois voltou à ocular do telescópio. "Parece uma ameba azul... meio alongada."

Depois da difícil reunião para a escolha da tripulação, a presidente estava em bom estado de espírito. Seu resfriado já tinha quase passado.

"E se não houvesse turbulência, Ken? Que é que eu veria?"

"Seria exatamente como a imagem produzida pelo telescópio espacial, fora da atmosfera da Terra. A senhora veria um ponto luminoso, firme e sem vacilação."

"Só a estrela? Só Vega? Nada de planetas, anéis, estações militares com armas de laser?"

"Não, sra. presidente. Tudo isso seria muito débil para vermos, mesmo com um telescópio possante."

"Bem, espero que vocês, cientistas, saibam o que estão fazendo", disse ela, quase num sussurro. "Estamos tendo muito trabalho com uma coisa que nunca vimos."

*241*

Der Heer ficou um pouco espantado. "Mas já vimos 31 mil páginas de texto... imagens, palavras e uma chave enorme."

"No meu livro, isso não é o mesmo que *ver*. É um pouco... ilativo demais. Não me diga que em todo o mundo os cientistas recebem os mesmo dados. Isso eu sei. Nem me diga que os planos da Máquina são claros e inequívocos. Sei disso também. Sei de tudo isso. Mas, mesmo assim, ainda estou nervosa."

O grupo voltou, a passo lento, pela área do Observatório Naval, até a residência do vice-presidente. Nas semanas anteriores, em Paris, haviam ocorrido negociações preliminares sobre a escolha da tripulação. Estado Unidos e União Soviética tinham defendido a ideia de que cada um deles deveria indicar dois tripulantes; com relação a essas questões, eram aliados firmes. Mas fora difícil convencer disso as outras nações que integravam o Consórcio Mundial da Mensagem. Naqueles dias era muito mais difícil aos Estados Unidos ou à União Soviética — mesmo em assuntos nos quais concordavam — impor seus desejos aos demais países do que no passado.

O empreendimento era agora anunciado amplamente como uma atividade da espécie humana. O nome "Consórcio Mundial da Mensagem" estava prestes a ser mudado para "Consórcio Mundial da Máquina". Os países que dispunham de um fragmento da Mensagem tentavam utilizar esse fato para forçar a indicação de um de seus cidadãos como tripulante. Os chineses haviam argumentado, sem estardalhaço, que em meados do próximo século eles seriam 1 bilhão e meio no planeta, muitos dos quais filhos únicos, devido à experiência de controle da natalidade patrocinada pelo Estado. Na vida adulta, previam, essas crianças seriam mais inteligentes e mais seguras, do ponto de vista emocional, do que as crianças de outros países, onde prevaleciam normas menos rígidas sobre as dimensões das famílias. Uma vez que dentro de cinquenta anos os chineses desempenhariam um papel mais destacado nos assuntos mundiais, mereciam ao menos uma das cinco cadeiras da Máquina. Esse argumento vinha sendo debatido em muitos países que nada tinham a ver com a Mensagem ou com a Máquina.

A Europa e o Japão haviam renunciado à representação na tripulação em troca de maior participação na construção de componentes da Máquina, que no entender deles seria de grande benefício econômico. Por fim, ficou reservada uma cadeira para os Estados Unidos, uma para a União Soviética, uma para a China e outra para a Índia, ficando a quinta pendente. Esse resultado representou uma longa e difícil negociação multilateral, na qual foram levadas em conta a população, o poder econômico, industrial e militar, os atuais alinhamentos políticos e até um pouco da história da espécie humana.

À quinta cadeira candidataram-se o Brasil e a Indonésia, com base no tamanho da população e no equilíbrio geográfico; a Suécia propôs que lhe coubesse um papel moderador no caso de disputas políticas; o Egito, o Iraque, o Paquistão e a Arábia Saudita levantaram questões de equidade religiosa. Outros países sugeriram que ao menos essa quinta poltrona fosse decidida segundo critérios de mérito individual, e não de nacionalidade. Durante algum tempo, a decisão ficou em suspenso, como um curinga para uso posterior.

Nos quatro países já escolhidos, cientistas, líderes políticos e outras pessoas entregaram-se à tarefa de escolher seus candidatos. Surgiu nos Estados Unidos uma espécie de debate nacional. Em pesquisas de opinião, muitas pessoas eram indicadas, com vários graus de entusiasmo: líderes religiosos, heróis do esporte, astronautas, detentores da medalha de honra do Congresso, cientistas, estrelas de cinema, uma ex-primeira-dama, apresentadores de televisão, deputados, milionários com ambições políticas, dirigentes de fundações, cantores de country e rock, reitores de universidades, e até a atual miss América.

Obedecendo a uma longa tradição, inaugurada desde que a residência do vice-presidente fora transferida para os terrenos do Observatório Naval, os criados domésticos eram suboficiais filipinos que serviam na Marinha dos Estados Unidos. Usando dólmãs azuis, nos quais estavam bordadas as palavras "Vice-presidente dos Estados Unidos", no momento serviam café. A maioria dos participantes da reunião para a escolha da tripulação não havia sido convidada para esse encontro vespertino informal.

Quisera o destino que Seymour Lasker inaugurasse a linhagem dos primeiros-consortes nos Estados Unidos. Ele carregava essa cruz — as charges políticas, as brincadeiras de mau gosto, a piada segundo a qual ele tinha ido até onde nenhum homem já fora — com tal elegância e boa vontade que por fim o país pôde perdoar-lhe ter se casado com uma mulher com coragem suficiente para imaginar que poderia liderar metade do mundo. Lasker fez a esposa do vice-presidente e seu filho adolescente rirem às gargalhadas, enquanto a presidente conduzia Der Heer ao anexo da biblioteca.

"Muito bem", começou ela. "Hoje não temos de tomar nenhuma decisão oficial nem fazer um anúncio público de nossas deliberações. Mas vamos ver se podemos fazer um resumo de tudo. Não sabemos para que essa maldita Máquina foi planejada, mas não é absurdo imaginar que ela vá até Vega. Ninguém tem a menor ideia de como seria seu funcionamento ou mesmo de quanto tempo levaria essa viagem. Diga-me de novo: a que distância fica Vega?"

"Vinte e seis anos-luz, presidente."

"Assim, se essa máquina fosse uma espécie de nave espacial e viajasse à velocidade da luz... sei que não pode atingir essa velocidade, apenas aproximar-se dela, não me interrompa... levaria 26 anos para chegar lá, mas apenas da maneira como medimos o tempo aqui na Terra. Certo, Der Heer?"

"Certíssimo. Talvez mais um ano para a Máquina alcançar a velocidade da luz e mais outro para desacelerar ao penetrar no sistema de Vega. Entretanto, do ponto de vista dos membros da tripulação, levaria muito menos. Talvez apenas uns dois anos, dependendo de a velocidade ser mais ou menos próxima à da luz."

"Para um biólogo, Der Heer, você vem aprendendo um bocado de astronomia."

"Obrigado, sra. presidente. Tentei inteirar-me do assunto."

A presidente olhou para ele por um momento e prosseguiu. "Portanto, desde que a Máquina se aproxime bastante da velo-

244

cidade da luz, talvez não importe muito a idade dos membros da tripulação. Mas se a viagem levar dez, vinte anos... ou mais... e você diz que isso é possível... nesse caso deveríamos mandar uma pessoa jovem. Ora, os russos não estão aceitando esse argumento. Pelo que sabemos, estão entre Arkhangelski e Lunacharski, e ambos são sessentões."

Havia lido os nomes, com certa dificuldade, num cartão.

"Com toda a certeza, os chineses vão indicar Xi. Ele também está na casa dos sessenta anos. Por isso, se tivesse certeza de que eles sabem o que estão fazendo, eu me sentiria tentada a dizer: 'Com os diabos, vamos mandar um homem de sessenta anos'."

Drumlin, sabia Der Heer, tinha exatamente sessenta anos.

"Por outro lado...", contrapôs ele.

"Eu sei, eu sei. A médica indiana. Está com seus quarenta anos... De certa forma, isso é a coisa mais estúpida que já vi. Estamos escolhendo uma pessoa para mandar às Olimpíadas, e nem sabemos as provas que serão disputadas. Não sei por que estamos falando em mandar cientistas. O Mahatma Gandhi, era ele quem devíamos mandar. Ou, aliás, Jesus Cristo. Não me diga que não estão vivos, Der Heer. Eu sei."

"Quando não se sabe quais serão as provas, escolhe-se um decatleta."

"E aí se descobre que as disputas serão de xadrez, de oratória ou de escultura, e seu atleta acaba em último lugar. Certo, você acha que deve ser uma pessoa que tenha refletido sobre a vida extraterrestre e que tenha se envolvido profundamente com a recepção e o deciframento da Mensagem."

"Pelo menos uma pessoa com essa descrição estará envolvida estreitamente com o modo de pensar dos veganos. Ou ao menos com a forma que eles esperam que pensemos."

"E, se tivermos de escolher entre gente fora de série, você diz que isso reduz o campo a três pessoas."

Mais uma vez a presidente consultou seus apontamentos. "Arroway, Drumlin e... aquele que se julga um general romano."

"Dr. Valerian, sra. presidente. Não sei se ele se *julga* um general romano. É só o nome."

"Valerian não quis nem preencher um questionário da comissão de seleção. Não quis nem mesmo levar em conta a proposta porque não quer deixar a esposa. Não foi isso? Não o critico. Não é bobo. Sabe levar um relacionamento. Espero que não seja porque a mulher é doente ou alguma coisa assim. É isso?"

"Não. Pelo que sei, ela goza de excelente saúde."

"Ótimo. Melhor para eles. Mande a ela uma nota pessoal em meu nome... alguma coisa que lhe diga que em minha opinião ela deve ser uma grande mulher para que um astrônomo renuncie ao universo por ela. Mas floreie a linguagem, Der Heer. Você sabe o que eu quero. E use alguma citação. Talvez um poema. Mas não muito piegas." A presidente sacudiu o indicador. "Esses Valerian podem nos ensinar alguma coisa. Por que não os convidamos para um jantar oficial? O rei do Nepal estará aqui dentro de duas semanas. Creio que será adequado."

Der Heer fazia apontamentos rapidamente. Teria de ligar para o secretário da Casa Branca assim que aquela reunião terminasse, e tinha de dar também um telefonema ainda mais urgente. Fazia horas que não conseguia aproximar-se de um telefone.

"Com isso, só nos restam Arroway e Drumlin. Ela tem mais ou menos vinte anos a menos, mas Drumlin está em magnífica forma física. Pratica paraquedismo, mergulho, asa-delta... é um cientista brilhante, prestou grande contribuição para a decodificação da Mensagem e vai se divertir bastante discutindo com aqueles outros velhinhos. Por acaso ele trabalhou com armas nucleares? Não quero enviar ninguém que tenha atuado nessa área.

"Agora, Arroway também é uma cientista brilhante", continuou. "Tem dirigido todo esse Projeto Argus, conhece a Mensagem de cor e salteado e tem espírito inquisitivo. Todos sabem que os interesses dela são bastante amplos. Além disso, passaria uma imagem mais jovem do povo americano." A presidente fez uma pausa. "E você gosta dela, Ken. Não vejo nada demais nisso. Também gosto dela. Mas, às vezes, parece uma espalha-brasas. Examinou bem o questionário dela?"

"Creio que sei a que trecho a senhora se refere, sra. presidente. Mas a comissão de seleção já estava fazendo perguntas havia oito horas, e às vezes ela fica irritada com o que considera perguntas bobas. Drumlin também é assim. Talvez ela tenha aprendido isso com ele. Foi aluna de Drumlin por algum tempo, acho que a senhora sabe."

"Sei, e ele também disse coisas bobas. Prepararam tudo para nós nessa fita. Primeiro o questionário de Arroway, depois o de Drumlin. Passe a fita, Ken."

Na tela do monitor, Ellie apareceu sendo entrevistada em seu escritório no Projeto Argus. Der Heer viu até o papel amarelado com a citação de Kafka. Era possível que, ao fim e ao cabo, Ellie preferisse que as estrelas tivessem continuado em silêncio. Havia rugas em torno de sua boca e ela mostrava profundas olheiras. Viam-se também dois desconhecidos vincos verticais, pouco acima do nariz. No videoteipe, Ellie mostrava uma expressão de terrível cansaço, e Der Heer sentiu uma pontada de remorso.

"Que penso sobre a 'crise demográfica mundial'?", dizia ela. "Querem saber se sou contra ou a favor? Acham que essa possa ser uma pergunta importante que me farão em Vega e querem ter certeza de que vou dar a resposta certa? Tudo bem. É por causa da superpopulação que sou a favor do homossexualismo e do celibato do clero. Pastores solteiros são, aliás, uma ideia excelente, pois isso tende a suprimir qualquer propensão hereditária para o fanatismo."

Ellie esperou, impassível, na verdade imóvel, a próxima pergunta. A presidente havia apertado a tecla de pausa.

"Na verdade, admito que algumas perguntas possam não ter sido as ideais", continuou a presidente. "Mas não queríamos que uma pessoa em posição tão importante, dirigindo um projeto com implicações internacionais verdadeiramente positivas, mostrasse algum tipo de tendência racista. Queremos que, com relação a isso, o mundo em desenvolvimento esteja do nosso lado. Tínhamos bons motivos para fazer uma pergunta como essa. Não acha que a resposta dela revela certa... falta de tato? É um tanto arrogante essa sua dra. Arroway. Vejamos agora Drumlin."

Usando uma gravata-borboleta de bolinhas azuis, Drumlin parecia queimado de sol e em excelente forma.

"É, eu sei que todos nós temos emoções", dizia ele, "mas é bom que entendamos perfeitamente o que são as emoções. São motivações para o comportamento adaptativo, provenientes de uma época em que éramos ignorantes demais para definir bem as coisas. Mas sou capaz de imaginar que, se um bando de hienas corre em minha direção com os dentes à mostra, há perigo pela frente. Não preciso de alguns centímetros cúbicos de adrenalina para entender melhor a situação. Posso imaginar que talvez fosse importante eu dar alguma contribuição genética para a próxima geração. Na verdade, não preciso de testosterona em minha corrente sanguínea para entender isso. Vocês têm certeza de que um ser extraterrestre, muito mais adiantado do que nós, também terá emoções? Sei que há pessoas que me consideram demasiado frio, demasiado reservado. Mas, se querem realmente compreender os extraterrestres, mandem-nos a mim. Sou mais parecido com eles do que qualquer outra pessoa que possam encontrar."

"Que escolha!", exclamou a presidente. "Uma é ateia, o outro pensa que já está emVega. Por que temos de mandar cientistas? Por que não podemos mandar uma pessoa... normal? Essa pergunta é apenas retórica", acrescentou rapidamente. "Sei por que temos de mandar cientistas. O conteúdo da Mensagem é científico e ela está vazada em linguagem científica. A ciência é aquilo que, ao que sabemos, compartilhamos com os seres de Vega. Não, essas razões são boas, Ken. Não me esqueci delas."

"Ela não é ateia. É agnóstica. Mantém o espírito aberto. Não se deixa dominar por dogmas. É inteligente, corajosa, altamente profissional. Domina diversas áreas de conhecimento. É exatamente a pessoa de que precisamos nessa situação."

"Ken, fico satisfeita por vê-lo tão dedicado a defender a integridade desse projeto. Mas está havendo muito medo. Não pense que não sei o quanto o pessoal já teve de engolir. Mais de metade das pessoas com quem converso acredita que não devíamos nos meter a construir essa coisa. Se não houver como voltar atrás, querem que mandemos uma pessoa absolutamente digna de confiança. Arroway pode ser tudo quanto você diz que é, mas digna de toda confiança ela não é. Há muita gente me pressionando: o Congresso, os que preferem dar prioridade aos assuntos da Terra, os membros do meu próprio Comitê Nacional, as Igrejas. Acho que ela impressionou Palmer Joss naquele encontro na Califórnia, mas conseguiu deixar Billy Jo Rankin furioso. Ontem ele telefonou para mim e disse: 'Sra. presidente, aquela Máquina vai voar direto para Deus ou para o Diabo. Seja lá qual deles for, é melhor mandar um bom cristão'. Tentou usar sua amizade com Palmer Joss para me convencer. Pelo amor de Deus! Não tenho muitas dúvidas de que estava mexendo os pauzinhos para que ele próprio fosse o escolhido. Drumlin será muito mais digerível por uma pessoa como Rankin do que Arroway. Admito que Drumlin seja um tanto chato", prosseguiu ela. "Mas é religioso, patriota, confiável. Suas credenciais científicas são impecáveis. E ele quer ir. É, tem de ser Drumlin. O máximo que posso oferecer a Arroway é o segundo lugar na lista, para o caso de Drumlin desistir."

"Posso dizer isso a ela?"

"Não podemos dizer isso a Arroway antes de avisar Drumlin que ele foi escolhido, não é? Comunico a você assim que tivermos uma decisão final e houvermos informado Drumlin... Ora, ânimo, Ken! Afinal, você não quer que ela *fique* na Terra?"


Já passava das seis quando Ellie terminou sua reunião com a Equipe Tigre, que dava apoio aos negociadores americanos em Paris. Der Heer prometera telefonar-lhe assim que terminasse a reunião da comissão de seleção. Queria que ele, e não outra pessoa, lhe comunicasse se havia sido escolhida ou não. Não demonstrara o devido respeito aos examinadores, sabia disso, e poderia perder o lugar por esse motivo, entre uma dúzia de outros. Ainda assim, refletia, talvez houvesse uma possibilidade.

Havia um recado para ela no hotel, não um formulário cor-de-rosa preenchido por um recepcionista, mas um envelope entregue pessoalmente, e fechado. Dizia: "Venha encontrar-se comigo no Museu Nacional de Ciência e Tecnologia, às oito. Palmer Joss".

Nenhuma saudação, nem explicações, nem fórmulas de despedida, pensou Ellie. Aquele Joss era realmente um homem de fé. O papel era do hotel, e o bilhete não dava endereço para resposta. Joss devia ter passado pelo hotel de tarde, tendo sido informado pelo próprio secretário de Estado, provavelmente, de que Ellie estava na cidade. O dia fora cansativo, e era irritante não poder voltar logo à tarefa de juntar os fragmentos da Mensagem. Ainda que uma parte dela relutasse em ir, Ellie tomou banho, trocou de roupa, comprou um saco de castanhas-de-caju e entrou num táxi, tudo isso em 45 minutos.

Faltava cerca de uma hora para o museu fechar, e não havia mais quase ninguém ali. O vasto saguão estava atulhado de gigantescas máquinas escuras — o orgulho das indústrias têxteis, de sapatos e de carvão do século XIX. Várias peças, inclusive um instrumento musical a vapor, tinham sido parte da Exposição de 1876. Não se via Joss. Ellie reprimiu um ímpeto de dar meia-volta e retornar ao hotel.

Se uma pessoa tivesse de se encontrar com Palmer Joss naquele museu, pensou ela, e se a única coisa que já tivesse discutido com ele fosse religião e a Mensagem, onde o procuraria? A situação lembrava um pouco o problema da seleção de frequência na PIET: ainda não foi recebida uma mensagem de uma civilização avançada e é preciso decidir em que frequência esses seres (sobre os quais não se sabe praticamente nada, nem mesmo se de fato existem) resolveram transmitir. A decisão tem de envolver, forçosamente, algum conhecimento que tanto os terráqueos como eles possuem. Eles e nós sabemos, decerto, qual é o átomo mais abundante no universo, assim como a frequência de rádio em que ele caracteristicamente absorve e emite. Fora esse o raciocínio que fizera com que a raia do hidrogênio atômico neutro, de 1420 megahertz, fosse incluída em todas as primeiras atividades da PIET. Qual seria o equivalente ali? O telefone de Graham Bell? O telégrafo? Marconi?... Claro.

"Por acaso este museu tem um pêndulo de Foucault?", perguntou ela ao guarda.

O barulho dos saltos de seu sapato ecoaram pelos corredores de mármore enquanto ela se aproximava da rotunda. Joss estava debruçado no corrimão, fitando um mosaico que representava os pontos cardeais. Havia pequenos marcadores verticais de horas, alguns eretos, outros evidentemente derrubados pelos visitantes do dia. Por volta das sete da noite, alguém detivera o pêndulo, agora imobilizado. Estavam inteiramente a sós. Joss a ouvira aproximar-se durante um minuto pelo menos, e nada dissera.

"Por acaso o senhor chegou à conclusão de que a oração *pode* deter um pêndulo?", perguntou Ellie, sorridente.

"Isso seria abusar da fé", respondeu Joss.

"Não vejo por quê. O senhor conseguiria converter muita gente. É muito fácil para Deus fazer isso e, se me lembro bem, o senhor conversa com Ele frequentemente... Não é assim? Quer realmente testar minha fé na física dos osciladores harmônicos? Perfeitamente."

Uma parte dela sentia-se assombrada com o fato de Joss estar disposto a submetê-la a essa prova, mas Ellie resolveu não voltar atrás. Deixou que a bolsa escorregasse do seu ombro e tirou os sapatos. Gentilmente, ele transpôs o pequeno cercado de metal e a ajudou. Caminhara até o pêndulo, escorregando um pouco no pavimento de mosaicos. Tinha um acabamento negro, fosco, e Ellie ficou a imaginar se seria de aço ou de chumbo.

"O senhor vai ter de me ajudar", disse ela. Podia abraçar o peso com facilidade, e juntos o puxaram até ele se afastar um bom ângulo da vertical, ficando encostado ao rosto dela. Joss a observava com atenção. Não lhe perguntou se estava mesmo decidida, não lhe disse que tomasse cuidado para não cair para a frente, não a preveniu que evitasse dar ao peso um componente horizontal de velocidade ao soltá-lo. Atrás de Ellie havia bem um metro ou um metro e meio de piso plano, antes de se curvar para cima e transformar-se numa parede circular. Se ela se mantivesse calma, pensou Ellie, aquilo seria uma brincadeira.

Soltou o peso.

O período de um pêndulo simples, pensou Ellie, um tanto aturdida, é $2\pi$ vezes raiz quadrada de L sobre g, onde L é o comprimento do fio e g é a aceleração da gravidade. Devido ao atrito com o ar, o pêndulo nunca pode avançar, em sua oscilação, além da posição original. Tudo que tenho a fazer é não chegar para a frente, pensou Ellie.

Ao chegar perto da cerca, do outro lado, o peso retardou-se e se deteve. Invertendo a trajetória, estava, de repente, movendo-se muito mais depressa do que ela havia esperado. À medida que se projetava em sua direção, parecia crescer de maneira alarmante. Estava enorme, e já quase sobre ela. Ellie arquejou.

"Eu recuei", disse ela, desapontada, enquanto o peso se afastava dela.

"Um quase nada."

"Não, eu recuei."

"A senhora acredita. Acredita na ciência. Resta apenas uma pitadinha de dúvida."

"Não, não se trata disso. Meu recuo foi o resultado de 1 milhão de anos de pensamento lutando contra 1 bilhão de anos de instinto. É por isso que a tarefa do senhor é muito mais fácil do que a minha."

"No tocante a isso, nossas tarefas são as mesmas. Agora é minha vez", disse Joss. Tremulamente, agarrou o peso no ponto mais alto de sua trajetória.

"Mas não estamos testando a *sua* fé na conservação da energia."

Joss sorriu e procurou firmar os pés.

"Que estão fazendo aí?", perguntou uma voz. "Vocês são doidos?" Um guarda do museu, que cumpria sua obrigação de verificar se todos os visitantes já haviam saído, dera com aquela cena implausível — um homem, uma mulher, um poço e um pêndulo — num recesso deserto do cavernoso edifício.

"Ah, não é nada, guarda", disse Joss, jovialmente. "Estamos apenas experimentando nossa fé."

"Não podem fazer isso na Smithsonian Institution", respondeu o guarda. "Isto aqui é um museu."

Rindo, Joss e Ellie detiveram o pêndulo, quase o imobilizando, e subiram pelo piso inclinado de ladrilhos.

"Isso deve ser permitido pela Primeira Emenda à Constituição", disse Ellie.

"Ou pelo Primeiro Mandamento", replicou Joss.

Ellie calçou os sapatos, pôs a bolsa no ombro e, de cabeça erguida, saiu da rotunda, acompanhada de Joss e do guarda. Sem se identificarem e sem serem reconhecidos, conseguiram convencê-lo a não os prender. Mas foram conduzidos até a porta do museu por uma verdadeira falange de guardas uniformizados, que talvez temesse que Ellie e Joss arranjassem outra maneira perigosa de levar a efeito sua busca de um Deus esquivo.


A rua estava deserta. Caminhavam em silêncio pelos gramados do Mall. A noite era clara, e Ellie divisou no horizonte o contorno da constelação da Lira.

"Veja aquela estrela brilhante lá. É Vega", disse ela.

Joss fitou o astro durante muito tempo. "Aquele trabalho de decodificação foi uma façanha brilhante", disse por fim.

"Ah, nada disso. Foi banal. Era a mensagem mais simples que uma civilização adiantada poderia imaginar. Vergonha teria sido não conseguirmos decifrá-la."

"A senhora não aceita elogios com facilidade, já notei. Não, essa é uma daquelas descobertas que modificam o futuro. Pelo menos as nossas expectativas do futuro. É como o fogo, a escrita ou a agricultura. Ou a Anunciação." Joss voltou a fitar Vega. "Se a senhora dispusesse de um lugar naquela Máquina, se pudesse levá-la de volta ao Remetente, que julga que iria ver?"

"A evolução é um processo estocástico. Há um número excessivo de possibilidades para permitir previsões razoáveis sobre como será a vida em outro lugar. Se o senhor tivesse visto a Terra antes da origem da vida, teria previsto um gafanhoto ou uma girafa?"

"Conheço a resposta a essa pergunta. Creio que a senhora imagina que simplesmente inventamos esse negócio, que o lemos num livro ou que o recebemos numa tenda de oração. Mas não é nada disso. Eu disponho de conhecimento seguro, positivo, derivado de experiência pessoal direta. Não posso usar palavras mais claras. Eu vi Deus face a face."

Não parecia haver dúvida quanto à profundidade de sua fé.

"Fale-me disso."

E Joss falou.


"Está certo", disse Ellie por fim. "O senhor estava clinicamente morto, depois ressuscitou, e lembra-se de ter subido em meio à escuridão, na direção de uma luz brilhante. O senhor viu uma radiação com forma humana, que tomou por Deus. Mas não houve nada nessa experiência que lhe dissesse que a radiação havia criado o universo ou estabelecido a lei moral. A experiência é uma experiência. Ela o tocou profundamente, disso não há dúvida. Mas há outras explicações possíveis."

"Por exemplo?"

"Bem, como o nascimento. O parto consiste em percorrer um túnel longo e escuro rumo a uma luz brilhante. Não esqueça como ela é brilhante... o bebê passou nove meses na escuridão. O nascimento é o primeiro encontro com a luz. Pense em como o senhor se sentiria atônito e espantado com seu primeiro contato com a cor, a luz e a sombra, ou com o rosto humano... e é provável que o bebê esteja programado para reconhecer essas coisas. É possível que, à beira da morte, o hodômetro volte a zero por um instante. Entenda bem, não insisto nessa explicação. É apenas uma entre muitas possibilidades. Estou sugerindo que talvez o senhor tenha interpretado mal a experiência."

"A senhora não viu o que eu vi." Mais uma vez Joss olhou para a cintilante luz branco-azulada que emanava de Vega, depois se voltou para Ellie. "A senhora nunca se sente... perdida no universo? Como sabe o que deve fazer, como deve proceder, se não existe Deus? Simplesmente obedece à lei para não ser presa?"

"O senhor não está preocupado em se sentir perdido, sr. Palmer. Está preocupado com o fato de não ocupar a posição central, não ser a razão pela qual o universo foi criado. Há muita ordem em meu universo. A gravitação, o eletromagnetismo, a mecânica quântica, a superunificação, tudo isso envolve leis. Quanto ao comportamento, não podemos *descobrir* qual seja nosso melhor interesse... como espécie?"

"Essa é uma visão nobre e altruísta do mundo, com certeza, e eu seria a última pessoa a negar que existe bondade no coração humano. Mas quanta crueldade não foi cometida quando não existia o amor a Deus?"

"E a crueldade cometida quando esse amor existia? Savonarola e Torquemada amavam a Deus, ou pelo menos era o que diziam. A sua religião parte do princípio de que as pessoas são crianças e precisam de um bicho-papão para se comportarem bem. O senhor quer que as pessoas acreditem em Deus para que obedeçam à lei. Esse é o único meio que lhe ocorre: uma rígida força policial secular e a ameaça de castigo por um Deus onividente, que puna tudo quanto a polícia não viu. O senhor faz pouco dos seres humanos.

"Acha que, se não tive a sua experiência religiosa, não posso avaliar a grandeza do seu deus. Mas é exatamente o contrário. Ao ouvi-lo, penso: como o deus dele é pequeno! Um planeta reles, alguns milhares de anos... isso decerto não vale a atenção de uma divindade secundária, quanto mais do Criador do universo."

"A senhora está me confundindo com algum outro pregador. Aquele museu era território do irmão Rankin. Estou preparado para um universo com bilhões de anos de idade. Tudo o que digo é que os cientistas não provaram isso."

"E eu digo que o senhor não compreendeu as explicações. Qual será o benefício para as pessoas se a sabedoria convencional, as 'verdades' religiosas forem uma balela? Quando o senhor realmente acreditar que as pessoas podem ser adultas, há de pregar um sermão diferente."

Houve um breve silêncio, só quebrado pelos ecos de seus passos.

"Desculpe se fui um pouco contundente", disse ela. "Isso me acontece de vez em quando."

"Dou-lhe minha palavra de honra, dra. Arroway, de que vou pensar seriamente no que a senhora disse esta noite. A senhora levantou algumas questões para as quais eu devia ter respostas. Mas, dentro do mesmo espírito, permita-me fazer-lhe algumas perguntas. Certo?"

Ellie fez um gesto de cabeça e Joss continuou. "Pense em como é a consciência, no que ela é para a senhora neste exato momento. Por acaso tem a *sensação* de bilhões de minúsculos átomos se acomodando em seus lugares? E, fora da máquina biológica, como é que uma criança pode aprender, na ciência, o que é o amor? Isso..."

O bip de Ellie tocou. Provavelmente era Ken, com a notícia que ela estava esperando. Se fosse, a reunião dele tinha sido longuíssima. Ainda assim, talvez isso fosse uma boa notícia. Ellie olhou de relance as letras e números que se formavam no cristal líquido: o telefone do escritório de Ken. Não havia telefones públicos à vista, mas daí a alguns minutos conseguiram parar um táxi.

"Sinto muito ter de interromper a conversa assim de repente", desculpou-se ela. "Gostei do nosso encontro, e vou pensar seriamente em suas perguntas... Quer fazer mais uma?"

"Quero. Qual é o preceito da ciência que impede um cientista de fazer o mal?"

# 15. TARUGO DE ÉRBIO

> *A terra, basta isso.*
> *Não quero as constelações mais próximas,*
> *Sei que estão muito bem onde estão,*
> *Sei que bastam para os que pertencem a elas.*
> Walt Whitman, *Folhas de relva*, "Canção da estrada aberta" (1855)

LEVOU ANOS, representou um sonho tecnológico e um pesadelo diplomático, mas finalmente teve início a construção da Máquina. Propuseram-se vários neologismos, além de nomes para o projeto que evocavam mitos antigos. Desde o início, porém, todos haviam-na chamado simplesmente a Máquina, e essa ficou sendo a designação oficial. As complexas e delicadas negociações internacionais eram descritas pelos editorialistas do Ocidente como a "política da Máquina". Quando se chegou à primeira estimativa fidedigna do custo total, até os titãs da indústria aeroespacial tremeram. Por fim, o custo foi definido em meio trilhão de dólares anuais, durante alguns anos, aproximadamente um terço do orçamento militar total — nuclear e convencional — do planeta. Houve temores de que a construção da Máquina arruinasse a economia mundial. "Vega provoca guerra econômica?", perguntou a revista *The Economist*, de Londres. As manchetes diárias de *The New York Times* eram, sem dúvida alguma, mais extravagantes do que tinham sido as do jornal sensacionalista *The National Enquirer*, já extinto, dez anos antes.

Qualquer pessoa poderá verificar que nenhum paranormal, vidente ou adivinho, nenhuma pessoa que afirmasse ter capacidade de prever o futuro, nenhum astrólogo ou numerologista, como também nenhum redator de jornal que, todo ano, em fins de dezembro, produz uma matéria do tipo "Como será o ano que vem" havia predito a Máquina ou a Mensagem — e muito menos Vega, números primos, Adolf Hitler, as Olimpíadas e tudo o mais. Eram muitas, porém, as reivindicações por parte de pessoas que, tendo previsto claramente os fatos, haviam levianamente deixado de escrever a previsão. As predições de fatos surpreendentes sempre se revelam mais precisas se não são registradas no papel. Essa é uma daquelas estranhas regularidades da vida cotidiana. Muitas religiões enquadravam-se numa categoria ligeiramente diferente: um exame cuidadoso e imaginativo de suas escrituras sagradas, argumentava-se, revelaria uma meridiana profecia daqueles prodigiosos acontecimentos.

Para outros, a Máquina representava uma benesse em potencial para a indústria aeroespacial de todo o mundo, que mostrava preocupante declínio desde a entrada em vigor dos Acordos de Hiroshima. Havia pouquíssimos sistemas de armamentos estratégicos em desenvolvimento. Os habitats espaciais representavam um negócio florescente, mas de modo algum compensavam a perda de estações orbitais de laser e outros componentes da defesa estratégica, prevista por governos anteriores. Assim, mesmo alguns dos que se preocupavam com a segurança do planeta no caso de a Máquina ser construída engoliam os escrúpulos quando imaginavam suas implicações em termos de empregos, lucros e avanço profissional.

Algumas pessoas bem situadas argumentavam que não havia melhor perspectiva para as indústrias de alta tecnologia do que uma ameaça do espaço. Seria preciso haver defesas, radares de reconhecimento imensamente poderosos e, mais tarde, postos avançados em Plutão ou na nuvem cometária Oort. Nenhum comentário sobre as disparidades militares entre os terrestres e os extraterrestres impressionava esses visionários. "Mesmo que não possamos nos defender deles", perguntavam, "vocês não querem que sejamos capazes de vê-los chegar?" Havia ali promessas de lucros quase tangíveis. Estavam construindo a Máquina, é claro, uma Máquina que valia trilhões de dólares; mas a Máquina seria apenas o começo, se jogassem seus trunfos corretamente.

Uma inverossímil aliança política se formara por trás da reeleição da presidente Lasker; o pleito se tornou, na realidade, um plebiscito nacional sobre se deveriam ou não construir a Máquina. Seu adversário advertia quanto a cavalos de Troia e Máquinas do Juízo Final, assim como à perspectiva de desmoralização da inventiva americana em face de seres que já haviam "inventado tudo". A presidente manifestou-se confiante em que a tecnologia dos Estados Unidos se colocaria à altura do desafio e deu a entender, embora não o dissesse realmente, que a inventiva americana acabaria por igualar tudo quanto existisse em Vega. Foi eleita por margem considerável, embora de modo algum esmagadora.

As instruções representaram, em si, um fator decisivo. Tanto na chave da linguagem e da tecnologia básica como na Mensagem sobre a montagem da Máquina, nada fora deixado sem explicação. Às vezes, procedimentos intermediários que pareciam de total obviedade eram tediosamente pormenorizados. Por exemplo, nos fundamentos da aritmética, provava-se que, se duas vezes três é igual a seis, então três vezes dois também é igual a seis. A cada passo da construção havia rotinas de conferência: o érbio produzido por tal processo deveria ter pureza de 96 por cento, sem mais que uma fração da impureza percentual das outras terras-raras. Quando o componente 31 estiver terminado e colocado numa solução molar 6 de ácido hidrofluorídrico, os elementos estruturais restantes deverão ter a aparência do diagrama da figura que vinha em anexo. Quando o componente 408 estiver montado, a aplicação de um campo magnético transversal de dois megagauss deve fazer o rotor realizar tantas rotações por segundo antes de voltar a se imobilizar. Se qualquer um dos testes falhasse, seria preciso voltar atrás e refazer tudo.

Depois de algum tempo, a pessoa se acostumava aos testes e esperava ser aprovada neles. Era parecido com aprender uma coisa de cor. Muitos dos componentes de sustentação, fabricados em instalações especiais construídas a partir da estaca zero, seguindo as instruções da chave, desafiavam a compreensão humana. Era difícil imaginar que funcionassem. Mas funcionavam. Mesmo nesses casos, podia-se imaginar aplicações práticas da nova tecnologia. De vez em quando, surgiam informações promissoras para a metalurgia ou para os semicondutores orgânicos. Em alguns casos, forneciam-se várias tecnologias alternativas para a produção de um componente equivalente; era evidente que os extraterrestres não sabiam com certeza qual método seria mais fácil para a tecnologia da Terra.

Construídas as primeiras fábricas e produzidos os primeiros protótipos, diminuiu o pessimismo quanto à capacidade humana de reconstruir uma tecnologia alienígena, obtida numa Mensagem grafada em linguagem desconhecida. Havia a sensação inebriante de se chegar à escola despreparado para uma prova e descobrir que se podem dar as respostas com base na instrução geral e no bom senso. Como em todos os exames bem formulados, submeter-se a ele era uma experiência de aprendizado. Todos os primeiros testes produziram resultados auspiciosos: o érbio era de pureza adequada; a superestrutura planejada surgiu depois de o material inorgânico ter sido dissolvido pelo ácido hidrofluorídrico; o rotor girou como fora dito que devia girar. A Mensagem lisonjeava os cientistas e engenheiros, diziam os críticos; estavam se absorvendo na tecnologia e perdendo de vista os perigos.

Para a construção de determinado componente, as instruções especificavam um conjunto particularmente complicado de reações químicas, e o produto resultante foi introduzido numa mistura de formaldeído e amoníaco aquoso do tamanho de uma piscina. A massa cresceu, diferenciou-se, especializou-se e, de repente, imobilizou-se — com um aspecto estranho e mais complexo do que aquele que os seres humanos saberiam produzir. Tinha uma rede, extraordinariamente ramificada, de finíssimos túbulos, através da qual talvez viesse a circular algum fluido. Era coloidal, polposa, de um vermelho escuro. Não se reproduzia, mas era suficientemente biológica para assustar muita gente. Repetiram o processo, produzindo coisa aparentemente idêntica. A maneira como o produto final podia ser substancialmente mais complexo do que as instruções que permitiam fazê-lo era um mistério. A massa orgânica continuou em sua plataforma, sem nada fazer, até onde se percebia. Deveria ser colocada no interior do dodecaedro, pouco acima e abaixo da área da tripulação.

Máquinas idênticas estavam em construção nos Estados Unidos e na União Soviética. Ambos os países haviam escolhido para isso locais remotos, menos para proteger os centros populacionais, no caso de ser mesmo uma Máquina do Juízo Final, do que para controlar o acesso por curiosos, manifestantes e jornalistas. Nos Estados Unidos, a Máquina foi construída no Wyoming; na União Soviética, pouco além do Cáucaso, na República Socialista Soviética da Usbéquia. Novas fábricas foram erigidas perto dos locais de montagem. Nos casos em que certos componentes podiam ser produzidos pela indústria existente, a produção fora bastante dispersada. Um subempreiteiro óptico de Iena, por exemplo, fabricava e testava componentes a serem utilizados nas Máquinas americana e soviética; esses componentes iam também para o Japão, onde tudo era sistematicamente examinado, numa tentativa de compreender como funcionava. Contudo, o progresso em Hokkaido era lento.

Temia-se que submeter um componente a um teste não autorizado pela Mensagem pudesse destruir alguma espécie de simbiose sutil entre os vários componentes de uma Máquina em funcionamento. Uma das principais subestruturas da Máquina era constituída por três invólucros esféricos, concêntricos, dispostos com eixos perpendiculares entre si e destinados a girar a rápida velocidade. Tais invólucros esféricos deveriam apresentar desenhos gravados, precisos e complexos. Por acaso um invólucro que tivesse sido posto a girar algumas vezes, num teste não autorizado, funcionaria impropriamente quando montado na Máquina? E, em contraste, um invólucro não testado funcionaria à perfeição?

A Hadden Industries era um dos principais empreiteiros da Máquina. Sol Hadden insistira em que não se realizassem testes não autorizados e até mesmo em que não se juntassem componentes destinados à montagem final na Máquina. As instruções, determinou ele, deveriam ser seguidas à risca, pois não havia na Mensagem informações soltas. Instava seus empregados a se considerarem necromantes medievais, a seguirem meticulosamente as palavras de um encantamento mágico. Não se atrevam a pronunciar mal uma única sílaba, recomendava.

*261*

Tudo isso acontecia, a depender da doutrina cronológica ou escatológica que se abraçava, dois anos antes do Milênio. Eram tantas as pessoas que se estavam "aposentando", numa feliz antecipação do Dia do Juízo ou do Advento, ou mesmo de ambas as coisas, que em algumas indústrias havia escassez de operários qualificados. A disposição de Hadden de reestruturar sua força de trabalho, a fim de otimizar a construção da Máquina e de proporcionar incentivos aos subempreiteiros, era vista como um dos principais fatores do sucesso americano até então.

No entanto, Hadden também se havia "aposentado" — uma surpresa em vista das notórias posições do inventor do Preachnix. Constava que ele teria dito: "Os milenaristas transformaram-me em ateu". As decisões fundamentais ainda cabiam a ele, diziam seus subordinados. Entretanto, as comunicações com Hadden se faziam através da telecomunicação assíncrona: seus subordinados deixavam relatórios de progresso, solicitações de serviço e perguntas numa caixa lacrada de um serviço de telecomunicações científicas. Suas respostas vinham em outra caixa lacrada. Era um sistema estranho, mas parecia estar funcionando. Depois de transpostos os primeiros estágios, mais difíceis, e depois que a Máquina começou realmente a ganhar forma, passou-se a ouvir falar cada vez menos de S. R. Hadden. Os executivos do Consórcio Mundial da Máquina manifestaram preocupação, mas depois de lhe fazerem uma visita, em local não revelado (a visita foi descrita como "prolongada"), voltaram mais tranquilos. Todos os demais lhe desconheciam o paradeiro.

Os arsenais mundiais de armas estratégicas caíram abaixo de 3200 artefatos nucleares, pela primeira vez desde meados dos anos 1950. Progrediam as negociações multilaterais a respeito das fases mais difíceis do desarmamento, que tinham como meta o estabelecimento de uma força mínima de dissuasão nuclear. Quanto menos armas houvesse de um lado, mais perigoso se tornaria para o outro ocultar um pequeno número delas. E, com a redução do número de sistemas de ataque — agora muito mais fáceis de verificar —, com os novos métodos de monitoramento automático do cumprimento dos tratados e com os recém-

-firmados acordos de inspeção local, pareciam boas as perspectivas de reduções ainda maiores. O processo tinha adquirido uma espécie de impulso próprio nas mentes dos especialistas e do público. Tal como acontece na espécie comum de corrida armamentista, as duas potências rivalizam entre si, mas dessa vez buscando reduzir seus arsenais. Em termos militares práticos, não haviam renunciado a muita coisa; ainda conservavam a capacidade de destruir a civilização planetária. Contudo, no otimismo gerado em relação ao futuro, na esperança despertada na geração que chegava à maioridade, esse começo já realizara muito. Talvez como efeito das iminentes comemorações do Milênio, tanto as seculares como as canônicas, o número de hostilidades armadas entre as nações a cada ano diminuía mais. "A paz de Deus", assim o cardeal arcebispo da cidade do México descrevera a situação.

Tanto no Wyoming como no Usbequistão, novas indústrias haviam sido criadas, cidades inteiras brotavam do chão. Os países industrializados, naturalmente, arcavam com uma parte desproporcional das despesas, mas o custo *per capita* para toda a população da Terra era da ordem de cem dólares anuais. Para um quarto da população terrestre, cem dólares por ano representavam parcela substancial da renda anual. O dinheiro despendido na Máquina não produzia nenhum bem ou serviço imediato. No entanto, pelo estímulo que proporcionava a novas tecnologias, era considerado um preço baixo, mesmo que a Máquina jamais viesse a funcionar.

Havia muitos que opinavam que as coisas estavam andando depressa demais, que era preciso compreender cada etapa antes de passar à seguinte. Se a construção da Máquina levasse gerações, argumentavam, e daí? Dividir os custos do desenvolvimento por decênios aliviaria o ônus econômico da construção da Máquina para a economia mundial. Segundo muitos critérios, o conselho era prudente, mas impraticável. Como seria possível construir apenas um componente da Máquina? Em todo o mundo, cientistas e engenheiros, de vários campos especializados, faziam esforços para atuar indiscriminadamente nos aspectos da Máquina que se referiam, pelo menos em parte, às suas áreas disciplinares.

Havia quem temesse que, se a Máquina não fosse construída depressa, jamais seria completada. A presidente americana e o premiê soviético haviam comprometido seus países com a construção da Máquina. Não se podia garantir que todos os possíveis sucessores fizessem o mesmo. Ademais, devido a razões perfeitamente compreensíveis, os que controlavam o projeto desejavam vê-lo concluído enquanto ainda ocupavam cargos de responsabilidade. Alguns argumentavam que havia urgência intrínseca numa Mensagem transmitida em tantas frequências, com tamanha intensidade e por tanto tempo. Não nos estavam pedindo que construíssemos a Máquina quando estivéssemos dispostos. Estavam pedindo que a montássemos agora. O ritmo acelerou-se.

Todos os subsistemas iniciais baseavam-se em tecnologias elementares descritas na primeira parte da chave. Os testes prescritos tinham produzido bons resultados, com relativa facilidade. Ao se testarem os subsistemas posteriores, mais complexos, verificaram-se fracassos ocasionais. Isso acontecia em ambos os países, mas com maior frequência na União Soviética. Como ninguém sabia como funcionavam os componentes, em geral era impossível voltar atrás, a partir da falha, a fim de identificar o erro no processo de fabricação. Em alguns casos, os componentes eram produzidos em paralelo, por dois fabricantes diferentes, que competiam em rapidez e precisão. Se havia dois componentes, ambos aprovados nos testes, cada nação tendia a escolher o produto nacional. Assim, as Máquinas que vinham sendo montadas nos dois países não eram absolutamente idênticas.

Finalmente, no Wyoming, chegou o dia de começar a integração dos sistemas, a montagem dos componentes separados numa máquina completa. Era de prever que essa fosse a parte mais fácil do processo de construção. Era provável que a Máquina estivesse concluída dentro de um ou dois anos. Algumas pessoas imaginavam que a Ativação da Máquina poria fim ao mundo instantaneamente.

\* \* \*

No Wyoming, os coelhos eram muito mais sabidos. Ou menos. Era difícil avaliar. Mais de uma vez os faróis do Thunderbird tinham iluminado um ou outro coelho perto da estrada. Mas não havia centenas deles organizados em fila — evidentemente, o costume ainda não se espalhara do Novo México ao Wyoming. A situação ali, verificou Ellie, era muito diferente da do Argus. Havia uma importante instalação científica cercada por milhares de hectares de lugares lindos, quase desabitados. Ela não estava dirigindo o espetáculo nem integrava a tripulação. Mas estava *ali*, trabalhando num dos maiores empreendimentos já levados a efeito. Evidentemente, não importava o que acontecesse depois que a Máquina fosse ativada, a descoberta feita no Argus seria considerada um momento crucial na história da humanidade.

No exato momento em que se faz necessária alguma força unificadora adicional, esse raio cai do azul do céu. Do negro espaço exterior, corrigiu-se Ellie. De 26 anos-luz de distância, de 230 trilhões de quilômetros. É difícil para uma pessoa considerar-se basicamente um escocês, um esloveno ou um pequinês quando todos, indiscriminadamente, estão sendo saudados por uma civilização milênios à frente. O hiato entre a mais atrasada nação da Terra, do ponto de vista tecnológico, e os países industrializados era decerto muito menor que o hiato entre os países industrializados e os seres de Vega. De repente, diferenças que no passado tinham parecido esmagadoras — raciais, religiosas, nacionais, étnicas, linguísticas, econômicas e culturais — começaram a parecer um pouco menos prementes.

"Somos todos humanos." Essa era uma frase que se ouvia com frequência naqueles dias. Era extraordinária a raridade com que, em décadas anteriores, se expressavam sentimentos dessa natureza, sobretudo nos meios de comunicação. Compartilhamos o mesmo pequeno planeta, dizia-se, e — quase — a mesma civilização global. Era difícil imaginar os extraterrestres levando a sério um pedido de favorecimento por parte de representantes de uma ou outra facção ideológica. A existência da Mensagem — mesmo deixando de lado sua enigmática função — estava unindo o mundo. Isso era uma coisa percebida com facilidade.

A primeira pergunta de sua mãe, ao saber que Ellie não tinha sido escolhida, foi: "Você chorou?". Sim, ela chorara. Nada mais natural. Havia, é claro, uma parte dela que ansiava por estar a bordo. Drumlin, porém, era uma excelente escolha, dissera à mãe.

Os soviéticos não tinham tomado uma decisão entre Lunacharski e Arkhangelski; ambos "treinariam" para a missão. Era difícil imaginar qual seria o treinamento apropriado, além de compreenderem a Máquina da melhor maneira que eles, ou qualquer outra pessoa, pudessem. Alguns americanos acusavam os soviéticos de estarem tentando simplesmente dispor de dois porta-vozes principais da Máquina, mas Ellie achava que isso era mesquinhez. Tanto Lunacharski como Arkhangelski eram extremamente capazes. Como os soviéticos fariam a escolha final? Lunacharski achava-se nos Estados Unidos, mas não ali no Wyoming. Estava em Washington, com uma delegação soviética de alto nível, reunida com o secretário de Estado e com Michael Kitz, recém-promovido a vice-secretário da Defesa. Arkhangelski estava no Usbequistão.

A nova metrópole que crescia no ermo do Wyoming chamava-se Máquina; a cidade soviética levava o nome equivalente em russo, Makhina. Cada uma delas era um complexo de residências, serviços públicos, bairros residenciais e comerciais e — sobretudo — fábricas. Algumas delas eram despretensiosas, ao menos externamente. Em outras, porém, percebiam-se de relance os aspectos estranhos — cúpulas e minaretes, quilômetros de complicadas tubulações aparentes. Somente as fábricas consideradas potencialmente perigosas — as que produziam os componentes orgânicos, por exemplo — ficavam ali no deserto do Wyoming. As tecnologias mais bem compreendidas distribuíam-se pelo mundo inteiro. O núcleo do aglomerado de novas indústrias era a Instalação de Integração de Sistemas, construída nas proximidades do que tinha sido Wagonwheel, no Wyoming, para onde eram enviados os componentes acabados. Às vezes Ellie assistia à chegada de um componente e pensava que fora o primeiro ser humano a vê-lo como desenho de projeto. Ao ser desencaixotada cada nova parte, ela se apressava a inspecioná-la. À medida que os componentes eram montados uns sobre os outros, e os subsistemas, aprovados nos testes prescritos, ela sentia uma espécie de alegria que adivinhava ser semelhante ao orgulho materno.

Ellie, Drumlin e Valerian chegaram para uma reunião rotineira, marcada com grande antecedência, sobre o monitoramento do sinal de Vega, agora amplamente redundante. Ao desembarcarem, verificaram que todos falavam do incêndio de Babilônia. Acontecera nas primeiras horas da manhã, talvez num momento em que só estivessem no lugar os clientes mais depravados e incorrigíveis. Um grupo de ataque, armado com morteiros e bombas incendiárias, tinha irrompido simultaneamente pelas portas de Enlil e Ishtar. O Zigurate fora arrasado. Havia uma fotografia de pessoas sumariamente vestidas que corriam para fora do templo de Assur. Era extraordinário que ninguém houvesse morrido, embora fossem muitos os feridos.

Pouco antes do ataque, o *New York Sun*, jornal controlado pelo grupo Primeiro a Terra, que tinha como logotipo um globo despedaçado por um raio, recebera um telefonema anunciando a incursão. Tratava-se de uma punição inspirada por Deus, declarou o informante, levada a cabo em nome da decência e da moralidade americana, por parte de pessoas nauseadas e cansadas de tanta imundície e corrupção. Havia declarações do presidente da Babylon, Inc., deplorando o ataque e condenando uma alegada conspiração criminosa, mas até então nem uma só palavra se ouvira de S. R. Hadden, onde quer que estivesse.

Como se sabia que Ellie visitara Hadden em Babilônia, alguns quiseram ouvi-la. Até Drumlin se interessou por sua opinião com relação ao assunto, ainda que, pelo evidente conhecimento que demonstrava sobre o lugar, parecesse possível que ele próprio já o tivesse visitado mais de uma vez. Não era difícil a Ellie imaginá-lo conduzindo um carro de guerra. Talvez, entretanto, ele só tivesse lido sobre Babilônia. As revistas semanais haviam publicado mapas do lugar.

Por fim, voltaram aos assuntos profissionais. Fundamentalmente, a Mensagem prosseguia nas mesmas frequências, comprimentos de bandas, constantes temporais e modulação de polaridade e de fase; os números primos e a transmissão dos Jogos Olímpicos ainda se sobrepunham ao projeto da Máquina e à chave. A civilização de Vega parecia muito persistente; ou talvez simplesmente tivessem esquecido de desligar o transmissor. Valerian tinha nos olhos uma expressão perdida.

"Peter, por que você tem de ficar olhando para o teto para pensar?"

Diziam que Drumlin havia abrandado nos últimos anos, mas, a julgar por comentários como aquele, sua transformação nem sempre era visível. O fato de ter sido escolhido pela presidente dos Estados Unidos para representar a nação junto aos extraterrestres era, dizia, uma grande honra. A viagem, comentava com os amigos, seria o coroamento de sua vida. Sua mulher, transplantada temporariamente para o Wyoming, e ainda obstinadamente fiel, tinha de suportar as mesmas exibições de slides, agora para novas plateias, formadas por cientistas e engenheiros que construíam a Máquina. Como o local de construção ficava perto de seu estado natal, Montana, Drumlin o visitava de vez em quando. De certa feita, Ellie o levara de carro a Missoula. Pela primeira vez, desde que se conheciam, ele se mostrara cordial com ela durante algumas horas consecutivas.

"Psiu! Estou pensando", respondeu Valerian. "É uma técnica de supressão de ruído. Estou procurando minimizar as distrações em meu campo visual, e aí você traz uma distração no espectro de áudio. Poderia me perguntar se não faz o mesmo efeito olhar para uma folha de papel em branco. O problema é que uma folha de papel é muito pequena. Vejo coisas com a visão periférica. De qualquer forma, o que eu estava pensando era o seguinte: por que ainda estamos recebendo a mensagem de

Hitler, a transmissão da Olimpíada? Passaram-se anos. A esta altura, já devem ter recebido o programa da coroação britânica. Por que ainda não vimos imagens do orbe, do cetro e do arminho, com uma voz dizendo: '...coroado agora como Jorge VI, pela Graça de Deus, rei da Inglaterra e da Irlanda do Norte, e imperador da Índia'?"

"Tem certeza de que Vega estava sobre a Inglaterra à época da coroação do rei Jorge?", perguntou Ellie.

"Tenho. Verificamos isso poucas semanas depois da captação do programa das Olimpíadas. E a intensidade era mais forte do que a da transmissão de Hitler. Tenho certeza de que Vega poderia ter recebido a coroação."

"Está preocupado com a possibilidade de que não queiram que saibamos tudo que sabem a nosso respeito?", perguntou ela.

"Estão com pressa", disse Valerian. Às vezes ele era dado a pronunciamentos oraculares.

"É mais provável", sugeriu Ellie, "que queiram repisar que conhecem Hitler."

"Não é muito diferente do que eu estava dizendo", respondeu Valerian.

"Muito bem. Não vamos perder muito tempo com fantasias", resmungou Drumlin. Sempre se impacientava com especulações sobre as motivações dos extraterrenos. Tentar adivinhar era total perda de tempo, dizia; em breve saberiam. Enquanto isso, recomendava a todos que se concentrassem na Mensagem; eram dados concretos — redundantes, inequívocos, compostos com brilhantismo.

"Escutem, talvez um pouco de realidade seja bom para vocês dois. Por que não vamos à área de montagem? Acho que estão trabalhando na integração de sistemas com os tarugos de érbio."

A forma geométrica da Máquina era simples. Já os detalhes eram de extrema complexidade. As cinco poltronas em que a tripulação se sentaria ficavam no centro do dodecaedro, onde era mais proeminente a sua protuberância. Não havia instalações para comer, dormir ou realizar outras funções corporais, uma clara evidência de que a viagem a bordo da Máquina — se houvesse uma — seria curta. Alguns acreditavam que isso significava que a Máquina, quando ativada, se acoplaria rapidamente a um veículo interestelar na vizinhança da Terra. O único problema era que as meticulosas buscas ópticas e por meio de radar não encontravam nenhum vestígio de tal nave. Não parecia provável que os extraterrestres tivessem desprezado as mais elementares necessidades fisiológicas dos seres humanos. Talvez a Máquina não se destinasse a *ir* a parte alguma. Talvez ela *exercesse* algum efeito sobre os tripulantes. Não havia instrumentos na área da tripulação, nada que servisse para dirigi-la, nem mesmo um botão de ignição. Somente os cinco assentos, voltados para dentro, de modo que cada pessoa pudesse ver as demais. E o limite máximo do peso da tripulação e seus pertences estava rigorosamente determinado. Na prática, a restrição favorecia pessoas de pequena estatura.

Em cima e embaixo da área dos tripulantes, na parte afunilada do dodecaedro, ficavam os elementos orgânicos, com sua complicada e enigmática arquitetura. Por toda essa parte do dodecaedro se distribuíam os tarugos de érbio, aparentemente ao acaso. E o dodecaedro era cincundado pelos três invólucros esféricos concêntricos, cada qual representando, de certa forma, uma das três dimensões físicas. Os invólucros mantinham-se suspensos, aparentemente, por força magnética — pelo menos as instruções incluíam um potente gerador de campo magnético, e o espaço entre os invólucros esféricos e o dodecaedro deveria representar um vácuo total.

A Mensagem não dava nome a nenhum componente da Máquina. O érbio era identificado como um átomo com 68 prótons e 99 nêutrons. Também as várias partes da Máquina eram designadas numericamente — por exemplo, componente 31. Por isso, os invólucros esféricos concêntricos, rotativos, foram batizados como *benzels* por um técnico tcheco que conhecia alguma coisa da história da tecnologia. Em 1870, Gustav Benzel inventara o carrossel.

O projeto e a função da Máquina eram insondáveis, sua construção exigira tecnologias em tudo novas, mas ela era feita de matéria, a estrutura podia ser diagramada — com efeito, desenhos dela, em corte, haviam sido estampados em jornais e revistas de todo o mundo — e sua forma final podia ser facilmente visualizada. Reinava um contínuo espírito de otimismo tecnológico.

Drumlin, Valerian e Arroway passaram pela sequência habitual de identificação, que compreendia credenciais, impressões digitais e impressões vocais, sendo admitidos à vasta área de montagem. Pontes rolantes de três pavimentos estavam posicionando tarugos de érbio na matriz orgânica. Vários painéis pentagonais, destinados à parte externa do dodecaedro, pendiam de trilhos elevados. Enquanto os soviéticos haviam enfrentado certos problemas, os subsistemas americanos tinham sido finalmente aprovados em todos os testes, e aos poucos surgia a arquitetura geral da Máquina. Tudo está entrando nos lugares, pensou Ellie. Olhou para o lugar onde seriam montados os *benzels*. Uma vez concluída, a aparência externa da Máquina seria semelhante a uma daquelas esferas armilares dos astrônomos renascentistas. Que teria pensado Johannes Kepler de tudo aquilo?

O piso e os círculos de trilhos, em várias altitudes, no edifício de montagem estavam cheios de técnicos, autoridades governamentais e representantes do Consórcio Mundial da Máquina. Enquanto observavam, Valerian comentou que a presidente de vez em quando escrevia cartas para a mulher dele, a qual se recusava a lhe dizer sequer o tema da correspondência. Invocava o direito à privacidade.

O posicionamento dos tarugos já estava quase chegando ao fim, e daí a pouco seria realizado, pela primeira vez, um importante teste de integração de sistemas. Havia quem julgasse que o dispositivo de monitoramento prescrito era um telescópio de ondas gravitacionais. No exato momento em que o teste ia ter início, rodearam um pilar para poderem ver melhor.

De repente, Drumlin estava no ar, voando. Tudo o mais também parecia voar. Ellie lembrou-se do furacão que transportara Dorothy à terra de Oz. Como num filme em câmera lenta, Drumlin avançou na direção dela, de braços abertos, e a derrubou com violência ao chão. Depois de todos aqueles anos, pensou Ellie, seria aquela a ideia que Drumlin fazia de uma cantada? Tinha muito o que aprender.

Nunca se determinou quem fora o responsável. Entre as organizações que publicamente reivindicavam a autoria estavam o grupo Primeiro a Terra, a fração do Exército Vermelho, o Jihad islâmico, a agora clandestina Fundação de Energia de Fusão, os separatistas sikh, o Sendero Luminoso, o Khmer Verde, a Renascença Afegã, a ala radical das Mães contra a Máquina, a Igreja Reunificada da Reunificação, a Ômega Sete, os Milenaristas do Juízo final (embora Billy Jo Rankin desmentisse qualquer ligação com a organização e alegasse que as confissões eram anunciadas por ímpios, numa tentativa inútil de desacreditar Deus), o Broederbond, El Catorce de Febrero, o Exército Secreto do Kuomintang, a Liga Sionista, o Partido de Deus e a recém-ressuscitada Frente Simbionesa de Libertação. A maioria dessas organizações carecia dos meios para executar a sabotagem; a extensão da lista era meramente um indicador de como se generalizara a oposição à Máquina.

A Ku Klux Klan, o Partido Nazista americano, o Partido Democrata Nacional-Socialista e algumas agremiações congêneres contiveram-se e não alegaram responsabilidade. Uma influente minoria de seus membros acreditava que a Mensagem fora enviada por Hitler em pessoa. De acordo com uma versão, ele havia sido levado para fora da Terra, utilizando a tecnologia alemã de foguetes, em maio de 1945, e os nazistas tinham logrado um progresso substancial desde então.

"Não sei aonde a Máquina ia", disse a presidente alguns meses depois, "mas, se nesse lugar houver metade da maluquice da Terra, é provável que a viagem não valesse a pena mesmo."

De acordo com a reconstrução realizada pela comissão de inquérito, um dos tarugos de érbio fora rasgado por uma explosão; os dois fragmentos haviam sido projetados para baixo, de uma altura de vinte metros, e também impelidos para os lados com considerável velocidade. Uma viga-parede interior foi atingida e o impacto a fez desabar. Onze pessoas tinham morrido, ficando 48 feridas. Vários componentes importantes da Máquina foram destruídos; e, como um sinistro não fazia parte dos protocolos de testes prescritos pela Mensagem, a explosão poderia ter arruinado componentes que haviam ficado aparentemente incólumes. Se não se tinha nenhuma ideia do funcionamento da Máquina, era necessário muito cuidado em sua construção.

Apesar do sem-número de organizações que se diziam responsáveis pela sabotagem, nos Estados Unidos as suspeitas se concentraram imediatamente em dois dos poucos grupos que não a reivindicavam: os extraterrestres e os russos. A boataria sobre Máquinas do Juízo Final voltou a grassar. Os extraterrestres haviam projetado a Máquina para provocar uma explosão catastrófica quando montada, mas, por felicidade, diziam alguns, tínhamos sido negligentes em sua construção e apenas uma pequena carga explodira — talvez a espoleta para a Máquina do Juízo Final. Recomendavam que a construção fosse interrompida enquanto ainda havia tempo e que os componentes restantes fossem enterrados em dispersas minas de sal.

No entanto, a comissão de inquérito reuniu provas de que o Desastre da Máquina, como veio a ser chamado o incidente, tinha origem mais terrena. Os tarugos apresentavam uma cavidade elipsoide central de finalidade ignorada, e sua parede interior era revestida de uma complicada retícula de finíssimos fios de gadolínio. Essa cavidade tinha sido enchida com explosivo plástico e um timer, itens ausentes da lista de materiais da Mensagem. O tarugo havia sido usinado, a cavidade, revestida, e o produto final, testado e lacrado numa fábrica da Hadden Cybernetics em Terre Haute, Indiana. A retícula de gadolínio era complicada demais para ser feita à mão; havia exigido servomecanismos robóticos cuja manufatura, por sua vez, determinara a construção de uma grande fábrica. O custo de construção da fábrica coube inteiramente à Hadden Cybernetics, mas haveria outras aplicações, mais lucrativas, para seus produtos.

Os outros três tarugos de érbio do mesmo lote foram inspecionados, sem revelarem a presença de nenhum explosivo plástico. (Equipes soviéticas e japonesas realizaram diversas experiências de inspeção remota, antes de se atreverem a abrir seus tarugos.) Alguém havia introduzido, com todo o cuidado, uma carga explosiva e um timer na cavidade, perto do fim do processo de fabricação em Terre Haute. Depois de deixar a fábrica, esse tarugo e os de outras proveniências tinham sido transportados por trem especial e com guarda armada ao Wyoming. O tempo calculado para a explosão e a natureza da sabotagem pareciam apontar para alguém que estivesse a par da construção da Máquina; era obra de um integrante do projeto.

No entanto, a investigação pouco progrediu. Dezenas e dezenas de pessoas — técnicos, controladores de qualidade, inspetores que lacravam o componente para transporte — teriam tido a oportunidade de cometer essa sabotagem, se não os meios e a motivação. Os que não passaram no teste do detector de mentiras tinham álibis perfeitos. Nenhum dos suspeitos soltou sem querer uma palavra incriminadora nos bares. Nenhum começou a gastar mais do que seus recursos permitiam. Nenhum "abriu o bico" sob interrogatório. A despeito dos esforços dos órgãos de investigação, descritos como vigorosos, o mistério permaneceu insolúvel.

Os que consideravam responsáveis os soviéticos declaravam que eles tinham feito aquilo para impedir que os Estados Unidos ativassem a Máquina primeiro. Os russos dispunham de capacidade técnica para a sabotagem e, naturalmente, conhecimento minucioso dos programas de construção da Máquina em ambos os lados do Atlântico. Assim que ocorreu o desastre, Anatoly Goldmann, ex-aluno de Lunacharski que se achava trabalhando como oficial de ligação soviético no Wyoming, telefonou urgentemente para Moscou e ordenou que desmontassem todos os seus tarugos. A rigor, essa conversa — que fora, como de costume, gravada pela ASN — não parecia mostrar nenhuma culpa dos russos, mas algumas pessoas alegavam que o telefonema havia sido uma cortina de fumaça para desviar as suspeitas, ou que Goldmann não tivera conhecimento antecipado da sabotagem. O argumento foi logo encampado por norte-americanos

274

inquietos com a redução das tensões entre as duas superpotências nucleares. Compreensivelmente, Moscou expressou profundo descontentamento com a insinuação.

Na verdade, os soviéticos vinham enfrentando mais dificuldades na construção da Máquina do que se imaginava no Ocidente. Utilizando a Mensagem decodificada, o Ministério da Indústria Meio-Pesada fez consideráveis progressos na extração de minério, metalurgia, máquinas-ferramentas etc. Os novos campos da microeletrônica e da cibernética apresentaram maiores dificuldades, e a maioria desses componentes era produzida para os soviéticos, por empreitada, na Europa e no Japão. Mais difícil ainda para a indústria nacional soviética foi a parte de química orgânica, que dependia fortemente de técnicas desenvolvidas na área da biologia molecular.

A genética soviética sofrera um golpe quase fatal quando, na década de 1930, Stálin decidira que a moderna genética mendeliana era inadequada do ponto de vista ideológico, promulgando, por decreto, a ortodoxia científica da teoria amalucada de um agricultor politizado, Trofim Lysenko. Duas gerações de brilhantes estudantes soviéticos nada haviam aprendido de importante sobre os fundamentos da hereditariedade. Agora, sessenta anos depois, a biologia molecular e a engenharia genética estavam relativamente atrasadas na URSS; os cientistas soviéticos tinham contribuído com poucas descobertas importantes nessa área. Coisa semelhante quase aconteceu nos Estados Unidos, onde, por motivos teológicos, tentara-se fazer com que os alunos das escolas públicas não estudassem o evolucionismo, o princípio básico da biologia moderna. O litígio era claro, pois uma interpretação fundamentalista da Bíblia era tida como contrária ao processo evolutivo. Felizmente para a biologia molecular americana, os fundamentalistas não tinham, nos Estados Unidos, tanta força quanto tivera Stálin na união Soviética.

O inquérito realizado para a presidente concluiu que não havia provas de envolvimento soviético na sabotagem. Pelo contrário, como os soviéticos dispunham de paridade com os americanos na tripulação, tinham grandes motivos para promover a conclusão da Máquina americana. "Se uma pessoa possui tecnologia de terceiro nível", explicou o diretor da CIA, "e o adversário tem tecnologia de quarto nível, só há motivo de alegria quando, inesperadamente, cai do céu uma tecnologia de quinto nível. Isso, desde que tenha acesso igual a esta e disponha de recursos adequados." Poucas autoridades do governo americano acreditavam que os soviéticos fossem responsáveis pela explosão, e a presidente havia declarado isso, de público, mais de uma vez. Entretanto, os velhos hábitos tendem a persistir.

"Nenhum grupo terrorista, por mais organizado que seja, haverá de desviar a humanidade dessa meta histórica", declarou a presidente. Na prática, entretanto, agora era muito mais difícil alcançar um consenso nacional. A sabotagem dera vida nova a todas as objeções, razoáveis ou não, levantadas anteriormente. Somente a perspectiva de os soviéticos completarem sua Máquina é que mantinha o projeto americano em curso.


A mulher de Drumlin pretendia que o enterro dele fosse uma cerimônia familiar, mas nisso, como em muitas outras coisas, suas boas intenções malograram. Físicos, aficionados do voo em asa-delta, esquiadores aquáticos, autoridades públicas, entusiastas da caça submarina, radioastrônomos, paraquedistas, a comunidade da PIET — todo mundo queria assistir ao funeral. Durante algum tempo, pensaram em realizar o serviço fúnebre na catedral St. John the Divine, em Nova York, pois era o único templo do país de tamanho adequado. No entanto, a mulher de Drumlin venceu, pelo menos nesse ponto, e a cerimônia teve lugar ao ar livre, em sua cidade natal, Missoula, no estado de Montana. As autoridades haviam concordado porque Missoula simplificava os problemas de segurança.

Embora Valerian não estivesse muito ferido, seus médicos foram de opinião de que ele deveria abster-se de comparecer ao funeral; não obstante, ele pronunciou um dos discursos, em sua cadeira de rodas. O que Drumlin tinha de melhor consistia em saber que perguntas fazer, disse Valerian. Havia abordado o problema da PIET com ceticismo, pois isso representava a essência da ciência. Mas logo que se patenteou estar se recebendo uma Mensagem, ninguém contribuíra com mais esforço e talento. Representando a presidente, o vice-secretário da Defesa, Michael Kitz, ressaltou as qualidades pessoais de Drumlin: a cordialidade, a preocupação com os sentimentos alheios, a extraordinária capacidade atlética. Não fosse aquele acontecimento trágico e funesto, Drumlin teria entrado para a história como o primeiro americano a visitar outra estrela.

Que não lhe pedissem um discurso, dissera Ellie a Der Heer. E nada de entrevistas à imprensa. Talvez algumas fotografias... ela compreendia a importância de algumas fotos. Não confiava em poder dizer as coisas certas. Durante anos havia servido como uma espécie de porta-voz da PIET, do Argus e, depois, da Mensagem e da Máquina. No entanto, aquilo era diferente. Precisava de algum tempo para ruminar sobre a situação.

Até onde ela podia dizer, Drumlin morrera para lhe salvar a vida. Ele vira a explosão antes que os outros a ouvissem, percebera a massa de érbio, de centenas de quilogramas, projetando-se contra eles. Com seus reflexos rápidos, Drumlin saltara a fim de empurrá-la para trás do pilar.

Ellie mencionara essa possibilidade a Der Heer, que respondera: "É provável que Drumlin tenha saltado para proteger a si mesmo. Por acaso, você estava no caminho". A observação não fora gentil. Ou então, prosseguiu Der Heer, ao observar que ela não gostara, Drumlin fora atirado ao ar pela concussão do piso, atingido pelo érbio.

Entretanto, Ellie tinha plena certeza. Assistira a tudo. A preocupação de Drumlin fora salvar-lhe a vida. E conseguira. Afora alguns arranhões, Ellie saíra ilesa do acidente. Valerian, que estivera inteiramente protegido pelo pilar, sofrera fratura nas duas pernas, esmagadas pelo desabamento de uma parede. Em mais de um sentido, ela tivera sorte. Nem sequer perdera a consciência.

A primeira coisa que sentiu, assim que percebeu o que havia acontecido, não foi tristeza por ver seu velho professor, David Drumlin, dilacerado diante de seus olhos; nem foi espanto pela possibilidade de Drumlin haver dado a vida para salvar a dela; nem angústia diante da ameaça a todo o projeto da Máquina. Não, claramente, seu pensamento fora: *Eu posso ir, terão de me mandar, não há outra pessoa, agora eu vou.*

Logo se reprimira. Mas era tarde demais. Sentiu-se estupefata com seu espírito interesseiro, pelo egoísmo desprezível que revelara a si própria naquele instante de crise. Não importava que Drumlin pudesse ter defeitos semelhantes. Ellie ficou atônita por encontrá-los, mesmo que momentaneamente, dentro de si... tão vigorosa, ativa, planejando decisões futuras, esquecida de tudo, menos de seus interesses. O que mais a horrorizava era a absoluta mesquinhez do seu ego. Não pedia desculpas, não dava trégua, ia em frente. Ellie sabia que seria impossível arrancar aquilo totalmente de sua mente. Teria de raciocinar com paciência, distrair seu ego, talvez até ameaçá-lo.

Quando os investigadores chegaram ao local do sinistro, ela pouco falou. "Acho que não posso prestar muita ajuda. Estávamos, os três, caminhando por ali, e de repente houve uma explosão e tudo saiu voando pelos ares. Sinto muito. Gostaria de poder ajudar mais."

Deixou claro aos colegas que não queria conversar sobre o episódio e se refugiou em seu apartamento, durante tanto tempo que mandaram um grupo saber dela. Procurava lembrar-se de cada pormenor do caso. Tentava reconstruir a conversa entre eles antes de penetrarem na área de montagem, o que Drumlin e ela haviam conversado durante a viagem de carro a Missoula, como era Drumlin quando ela o conhecera no começo do curso. Aos poucos, veio a descobrir que uma parte dela desejava a morte de Drumlin — mesmo antes de se tornarem concorrentes a um dos assentos americanos na Máquina. Ela o odiava por tê-la diminuído na frente de outros estudantes, por se opor ao projeto Argus, pelo que ele lhe havia dito após o filme de Hitler ser reconstituído. Ela o desejara morto. E agora ele estava morto. Através de um certo raciocínio — imediatamente identificado como confuso e espúrio —, ela se acreditava responsável por essa morte.

Por acaso, ele sequer *estaria* ali se não fosse ela? Claro, pensou Ellie. Outra pessoa teria descoberto a Mensagem, e Drumlin teria participado de tudo. Isso era uma coisa. Entretanto, porventura — talvez devido à sua própria negligência científica —, não levara Drumlin a se envolver cada vez mais no projeto da Máquina? Passo a passo, Ellie pesou as possibilidades. Quando muito abomináveis, aí então é que se detinha nelas; havia alguma coisa oculta ali. Pensou nos homens que, por um motivo ou por outro, ela admirara. Drumlin. Valerian. Der Heer. Hadden... Joss. Jesse... Staughton?... Seu pai.

"Dra. Arroway?"

Uma mulher rechonchuda e de meia-idade, de vestido estampado azul, despertou Ellie dessas reflexões. Seu rosto tinha um quê familiar. O crachá de identificação sobre seus seios exuberantes dizia: "H. Bork, Gøteborg".

"Dra. Arroway, sinto muito por sua... por nossa perda. David me falava muito sobre a senhora."

Claro! A lendária Helga Bork, companheira de mergulho de Drumlin em tantas exibições tediosas de slides nos tempos de universidade. Quem, pensou Ellie pela primeira vez, havia tirado aquelas fotografias? Por acaso chamavam um fotógrafo para acompanhá-los em suas excursões submarinas?

"Ele me disse que eram muito íntimos."

O que essa mulher está querendo dizer? Por acaso terá Drumlin insinuado que... Os olhos de Ellie encheram-se de lágrimas.

"Desculpe, dra. Bork, mas não estou me sentindo bem."

Baixando a cabeça, a mulher retirou-se.

Muitas pessoas que ela queria ver compareceram ao funeral: Vaygay, Arkhangelski, Gotsridze, Baruda, Yu, Xi, Devi. E Abonnema Eda, cada vez mais citado como o quinto membro da tripulação... se as nações tivessem juízo, pensou Ellie, e se chegassem a terminar uma Máquina. Mas seus nervos estavam em frangalhos e ela não suportava reuniões prolongadas. Para começar, não tinha confiança no que viesse a dizer. Em que medida suas palavras visariam beneficiar o projeto? E em que medi-

*279*

da teriam a finalidade de satisfazer suas próprias necessidades pessoais? As pessoas mostraram solidariedade e compreensão. Afinal de contas, era ela a pessoa mais próxima a Drumlin quando o tarugo de érbio o esmigalhou.

# 16. OS SÁBIOS DE OZÔNIO

> *O Deus reconhecido pela ciência deve ser exclusivamente um Deus de leis universais, um Deus que trabalhe no atacado, e não no varejo. Não pode amoldar seus processos segundo a conveniência dos indivíduos.*
> William James, *As variedades da experiência religiosa* (1902)

A ALGUMAS CENTENAS de quilômetros de altitude, a Terra enche metade do céu, e a faixa de azul que se estende de Mindanao a Bombaim, e que a vista discerne num único olhar, é de uma beleza estonteante. Minha terra, você pensa. Minha Terra. Esse é o meu mundo. É a ele que eu pertenço. Todas as pessoas que conheço, todas as pessoas de quem já ouvi falar, cresceram aí, sob aquele azul implacável e lindo.

Você corre de horizonte a horizonte, em direção a leste, de alvorecer a alvorecer, circundando o planeta em uma hora e meia. Depois de algum tempo, passa a conhecê-lo, estuda suas idiossincrasias e anomalias. Pode-se ver tanta coisa a olho nu! Em breve a Flórida aparecerá outra vez. Por acaso, aquela tempestade tropical que você viu na última órbita, rodopiando e correndo pelo Caribe, já alcançou Fort Lauderdale? Estarão algumas das montanhas do Hindu Kuch livre de neve este verão? Você admira os recifes do mar de Coral. Contempla as geleiras da parte ocidental da Antártida e imagina se seu desaparecimento realmente inundaria todas as cidades litorâneas do planeta.

De dia, é difícil vislumbrar qualquer sinal dos habitantes. À noite, porém, tudo que você vê, com exceção da aurora polar, se deve aos seres humanos. Aquela faixa de luz é a costa leste dos Estados Unidos, um clarão contínuo de Boston até Washington. Do outro lado do mundo, vê-se a queima de gás natural na Líbia. As luzes ofuscantes da frota camaroneira do Japão mo-

*281*

vem-se na direção do mar da China Meridional. A cada órbita, a Terra conta novas histórias. Você avista uma erupção vulcânica em Kamtchatka, uma tempestade de areia proveniente do Saara aproximando-se do Brasil, uma excepcional queda de temperatura na Nova Zelândia. Você passa a pensar na Terra como um organismo, uma coisa viva. Passa a se preocupar com ela, a lhe querer bem. As fronteiras nacionais são tão invisíveis quanto os meridianos ou os trópicos de Câncer e Capricórnio. As fronteiras são arbitrárias. O planeta é real.

Por conseguinte, o voo espacial é subversivo. Quando tem a sorte de se ver em órbita da Terra, a maior parte das pessoas, após um pouco de reflexão, pensa a mesma coisa. As nações que haviam instituído o voo espacial fizeram-no sobretudo por motivos nacionalistas; ironicamente, quase todos que estiveram no espaço tiveram uma visão sobressaltante de uma perspectiva transnacional, da Terra como um só mundo.

Não era difícil imaginar uma época em que a lealdade predominante seria a esse mundo azul, ou mesmo ao aglomerado de mundos reunidos em torno da estrela próxima, uma anã amarela a que os seres humanos, no passado desatentos ao fato de que toda estrela é um sol, haviam atribuído o artigo definido: *o* Sol. Só agora, quando muitas pessoas penetravam no espaço por longos períodos e passavam a dispor de algum tempo de reflexão, é que a força da perspectiva planetária começava a se fazer sentir. Por fim, um número substancial dos que descreviam órbitas baixas ao redor da Terra tornaram-se pessoas influentes na Terra.

Desde o começo, antes que os seres humanos tomassem contato com o espaço, eles haviam enviado animais. Amebas, drosófilas, ratos, cães e macacos tinham se tornado veteranos do espaço. Ao se tornarem possíveis voos espaciais de maior duração, verificara-se algo de inesperado. Esses voos não tinham nenhum efeito sobre microrganismos e pouco sobre as drosófilas. No entanto, aparentemente, a gravidade zero ampliava a expectativa de vida dos mamíferos. Em dez ou vinte por cento. Se a pessoa vivia em zero g, seu corpo despendia menos energia lutando contra a força da gravidade, suas células oxidavam-se mais lentamente e ela vivia mais tempo. Alguns médicos sustentavam que o efeito seria muito mais pronunciado sobre os seres humanos do que sobre os ratos. Surgia no ar uma leve fragrância de imortalidade.

A taxa de novos cânceres era oitenta por cento inferior no caso dos animais em órbita em comparação com um grupo de controle na Terra. A incidência de leucemia e de carcinomas linfáticos era noventa por cento menor. Havia até indícios, talvez ainda não significativos do ponto de vista estatístico, de que a taxa de regressão espontânea das neoplasias era muito maior em gravidade zero. Meio século antes, o químico alemão Otto Warburg sugerira que a oxidação fosse a causa de muitos cânceres. De repente, o baixo consumo de oxigênio celular nas condições de imponderabilidade pareceu coisa muito atraente. Pessoas que em décadas anteriores teriam feito uma peregrinação a um centro de curas agora clamavam por um bilhete para o espaço. No entanto, o preço era exorbitante. Quer como medicina preventiva, quer como terapia, o voo espacial era para uns poucos eleitos.

De repente, quantias até então sem precedentes puderam ser investidas em estações orbitais civis. Nos últimos anos do segundo milênio, havia hotéis de repouso rudimentares a algumas centenas de quilômetros de altitude. Afora as despesas, existia, é claro, uma séria desvantagem: as progressivas lesões osteológicas e vasculares tornavam impossível o retorno ao campo gravitacional da superfície da Terra. Para alguns velhos ricos, porém, isso não representava óbice de grande monta. Em troca de mais um decênio de vida, ficavam felizes por poderem refugiar-se no céu e, finalmente, morrer ali.

Havia quem temesse que isso constituísse um investimento impensado da limitada riqueza do planeta; eram muitas as necessidades urgentes e as queixas justas, de pobres e desamparados, para que recursos exíguos fossem gastos com os ricos e poderosos. Era insensatez, diziam, permitir que uma elite emigrasse para o espaço, deixando as massas na Terra — um planeta reduzido a feudo de senhores ausentes. Outros tinham aquilo na conta de dádiva dos céus: os proprietários do planeta estavam se juntando em bandos e indo embora; não podiam causar-lhe tanto mal lá em cima, argumentavam, como faziam aqui embaixo.

Praticamente ninguém previra o principal resultado, a transferência de uma intensa perspectiva planetária àqueles que podiam realizar o máximo de bem à Terra. Passados alguns anos, restavam poucos nacionalistas em órbita terrestre. O confronto nuclear global coloca problemas concretos para os que se inclinam à imortalidade.

Havia industriais japoneses, armadores gregos, príncipes herdeiros sauditas, um ex-presidente dos Estados Unidos, um ex-secretário-geral do Partido Comunista da URSS, um senhor feudal chinês e um magnata da heroína aposentado. No Ocidente, excetuados alguns convites de natureza promocional, só existia um critério para a residência em órbita: era preciso ter condições de pagar. A clínica soviética era diferente: chamava-se estação espacial e constava que o ex-secretário-geral estivesse ali para "pesquisa gerontológica". De modo geral, as multidões não demonstravam ressentimento. Um dia, imaginavam, iriam também.

Os que moravam na órbita da Terra tendiam a ser circunspectos, cautelosos, serenos. Suas famílias e seus servidores tinham traços pessoais semelhantes. Eram foco de atenção discreta por parte de outros ricos e poderosos que ainda se encontravam na Terra. Não faziam nenhum pronunciamento público, mas seus pontos de vista aos poucos influenciaram o pensamento de líderes em todo o mundo. O desmantelamento dos arsenais nucleares pelas cinco grandes potências era uma coisa que os veneráveis em órbita apoiavam. Sem alarde, haviam endossado a construção da Máquina, devido a seu potencial para a unificação do mundo. Vez por outra, organizações nacionalistas escreviam a respeito de uma vasta conspiração que estaria ocorrendo na órbita da Terra, liderada por trôpegos anciãos dispostos a vender suas pátrias. Havia panfletos que passavam por ser transcrições taquigráficas de uma reunião a bordo do *Matusalém* a que tinham comparecido representantes das outras estações espaciais privadas. Mostrava-se uma lista de "ações planejadas", redigidas de modo a instilar terror no coração do mais morno patriota. Os panfletos eram falsos, anunciou a revista *Timesweek*, que os chamou de "Protocolos dos Sábios de Ozônio".

Nos dias que precederam o lançamento, Ellie tentou passar algum tempo — com frequência, logo depois do alvorecer — em Cocoa Beach. Haviam lhe emprestado um apartamento que dava para a praia e o Atlântico. Levava côdeas de pão para a praia e as atirava às gaivotas. Pegavam-nas no ar com eficiência, numa média mais ou menos igual, calculou Ellie, à de um bom jogador de beisebol. Havia momentos em que vinte ou trinta gaivotas pairavam no ar, a apenas um metro ou dois sobre sua cabeça. Batiam as asas vigorosamente para se manterem ali, com os bicos bem abertos, espantadas com o milagroso surgimento de comida. Roçavam-se umas nas outras, num movimento aparentemente aleatório, mas o efeito geral era de imobilização. Ao voltar, Ellie notou uma pequena fronde de palmeira, de linhas perfeitas, na areia. Pegou-a e a levou para o apartamento, limpando cuidadosamente a areia com os dedos.

Hadden a convidara a visitá-lo em sua casa orbital, seu *château* no espaço. Batizara-a de *Matusalém*. Pedira a Ellie que não falasse do convite a ninguém que não fosse do governo, devido à sua paixão pela privacidade. Na verdade, ainda não era do conhecimento público que ele havia passado a residir em órbita, que se refugiara no céu. Todos os integrantes do governo a quem ela pediu opiniões foram favoráveis. "Mudar de cenário vai lhe fazer bem", foi o conselho de Der Heer. A presidente colocou-se claramente a favor da viagem, pois de repente surgira um lugar no próximo lançamento do avião espacial, o já velho SRS *Intrepid*. A viagem às casas de repouso em geral era feita em veículos comerciais de carreira. Uma lançadeira não reutilizável muito maior estava passando por testes finais de homologação. No entanto, a frota de aviões espaciais ainda era o fulcro das atividades do governo dos Estados Unidos nesse campo, tanto para fins civis como para fins militares.

"É sempre o mesmo. Perdemos um bocado de pastilhas refratárias na reentrada, e as colamos de novo antes do lançamento seguinte", um dos astronautas-pilotos explicou a Ellie.

Além de boa higidez geral, não havia requisitos especiais para os voos. Em geral, os lançamentos comerciais subiam cheios e voltavam vazios. Em contraste, os voos das lançadeiras reutilizáveis subiam e desciam apinhados. Antes do retorno do *Intrepid*, na semana anterior, ele se acoplara com a *Matusalém* a fim de trazer dois passageiros de volta à Terra. Ellie reconhecera seus nomes; um deles era projetista de sistemas de propulsão; o outro, um criobiólogo. Que teriam ido fazer na *Matusalém*?

"A senhora vai ver", continuou o piloto. "Vai ser como cair de um tronco. Quase todo mundo gosta da sensação."

Ellie gostou. Ao lado do piloto, de dois especialistas de missão, de um oficial militar casmurro e de um empregado da Secretaria do Imposto de Renda, a decolagem foi perfeita e ela sentiu a euforia de sua primeira experiência com gravidade zero mais prolongada do que a viagem no elevador de alta desaceleração do World Trade Center em Nova York. Uma e meia órbita depois, acoplaram-se com a *Matusalém*. Daí a dois dias, o transporte comercial *Narnia* a levaria de volta.

O Château — Hadden insistia em chamar a estação por esse nome — girava lentamente, uma rotação a cada noventa minutos, de modo que o mesmo lado estava sempre voltado para a Terra. O estúdio de Hadden permitia um esplêndido panorama do planeta. Não era um terminal de vídeo, mas uma janela transparente de verdade. Os fótons que ela via tinham sido refletidos pelos picos nevados dos Andes havia apenas uma fração de segundo. Exceto junto da periferia da janela, onde o trajeto oblíquo através da grossa chapa de polímero era maior, quase não se notava distorção.

Ela conhecia muitas pessoas, até mesmo pessoas que se consideravam religiosas, às quais a sensação de reverência causava vergonha. Mas só uma pessoa sem sangue nas veias, pensou ela, seria capaz de olhar por aquela janela sem sentir tal emoção. Deviam mandar para ali jovens poetas e compositores, pintores,

286

cineastas e pessoas profundamente religiosas que não estivessem inteiramente escravizadas às burocracias sectárias. Essa experiência podia ser facilmente transmitida ao habitante médio da Terra. Era pena que isso não tivesse sido tentado a sério. O sentimento era... numinoso.

"A gente se acostuma", disse-lhe Hadden, "mas nunca se cansa. De vez em quando, essa vista ainda é inspiradora."

Abstêmio, ele tomava um refrigerante dietético. Ellie recusara uma bebida mais forte. O efeito do álcool em órbita devia ser muito maior, pensou.

"Evidentemente, sente-se falta de certas coisas... longas caminhadas, nadar no mar, velhos amigos que aparecem sem serem anunciados. De qualquer modo, nunca fui muito dado a essas coisas. E, como você vê, os amigos podem vir visitar-nos."

"Mas a que custo!", respondeu ela.

"Vem sempre uma mulher visitar Yamagishi, um vizinho meu da ala ao lado. Sobe toda segunda terça-feira de cada mês, chova ou faça sol. Mais tarde vou apresentar você a ele. Que sujeito! É um criminoso de guerra classe A... mas apenas indiciado, veja, nunca condenado."

"Qual é a atração?", perguntou Ellie. "O senhor não acha que o mundo esteja para acabar. Que está fazendo aqui em cima?"

"Gosto da vista. E há algumas vantagens jurídicas."

Ellie olhou para ele.

"Você compreende, uma pessoa em minha posição... novas invenções, novas indústrias... está sempre à beira de violar alguma lei. Em geral, isso acontece porque as leis antigas não acompanharam a nova tecnologia. Pode-se perder muito tempo com demandas judiciais. Isso diminui a eficiência. Entretanto, tudo isto..." Hadden fez um gesto largo, indicando tanto o Château como a Terra. "...não pertence a nenhum país. O Château pertence a mim, a meu amigo Yamagishi e algumas outras pessoas, poucas. Nunca poderia haver nada de ilegal em eu receber alimentos e ver atendidas minhas necessidades materiais. Só por segurança, estamos pesquisando sistemas ecológicos fechados. Não existe um tratado de extradição entre este Château e qualquer um dos países lá debaixo. É mais... eficiente para mim ficar aqui em cima.

"Não quero que pense que fiz alguma coisa realmente ilegal. É que estamos fazendo tantas coisas novas que é melhor garantir a segurança. Por exemplo, há pessoas que acreditam que eu tenha sabotado a Máquina, e isso quando gastei uma fortuna incalculável, meu próprio dinheiro, tentando construí-la. E você sabe o que fizeram com Babilônia. Os investigadores do seguro acham que os mesmos responsáveis pelo incêndio de Babilônia podem ter causado o estrago em Terre Haute. Parece que tenho inimigos em penca. Não entendo por quê. Acho que fiz um grande bem a muita gente. Seja como for, no final das contas é melhor eu estar aqui em cima.

"Mas é sobre a Máquina que eu quero conversar com você. Aquilo foi terrível... a catástrofe do tarugo de érbio no Wyoming. Fiquei realmente triste com o que aconteceu a Drumlin. Era um sujeito e tanto! E deve ter sido um choque para você. Tem certeza de que não quer tomar nada?"

Ellie só queria ver a Terra e escutar.

"Se *eu* não perdi o entusiasmo pela Máquina", prosseguiu Hadden, "não vejo por que você perderia. É provável que esteja preocupada com a possibilidade de que nunca venha a existir uma Máquina americana, uma vez que há pessoas demais torcendo pelo fracasso. A presidente tem o mesmo medo. E as fábricas que construímos não são linhas de montagem. Estivemos produzindo coisas por encomenda especial. Será caro substituir todas as peças quebradas. Entretanto, você está pensando principalmente: talvez tudo isso não tenha sido uma boa ideia. Talvez tenhamos sido tolos em correr tanto. Por isso, vamos repensar tudo com muito cuidado. Mesmo que você não esteja pensando assim, a presidente está. Mas, se não fizermos a Máquina depressa, tenho medo de não a fazermos nunca. E há uma outra coisa: não creio que esse convite fique de pé eternamente."

288

"É engraçado ouvir isso do senhor. É exatamente o que Valerian, Drumlin e eu estávamos conversando antes do acidente. Da sabotagem", corrigiu-se Ellie. "Continue, por favor."

"Entenda, as pessoas religiosas... a maioria delas... pensam realmente que esse planeta seja uma experiência. É a isso que se resumem suas crenças. Sempre há um ou outro deus se metendo nas coisas, andando com mulheres de mercadores, dando tábuas em montanhas, ordenando aos pais que mutilem os filhos, ensinando às pessoas as palavras que podem dizer e as que não podem, fazendo as pessoas se sentirem culpadas por gozarem a vida, e assim por diante. Por que os deuses não deixam as coisas como estão? Todo esse intervencionismo cheira a incompetência. Se Deus não queria que a mulher de Ló olhasse para trás, por que não a fez obediente, de modo que fizesse o que lhe disse o marido? Ou, se Deus não tivesse feito Ló tão bobo, talvez a mulher dele lhe prestasse mais atenção. Se Deus é onipotente e onisciente, por que não fez logo o universo de maneira a ser como ele quer? Por que está sempre consertando e se queixando? Não, há uma coisa que a Bíblia deixa claro: o Deus bíblico é um industrial desleixado. Como não é bom de projeto, não é bom de execução. Se houvesse concorrência, ele estaria falido. É por isso que não acredito que sejamos uma experiência. Poderia haver uma porção de planetas experimentais no universo, lugares onde deuses aprendizes põem à prova suas habilidades. É uma vergonha que Rankin e Joss não tenham nascido num desses planetas. Mas *neste* planeta..." Mais uma vez ele apontou para a janela. "...não há nenhuma microintervenção. Os deuses não dão uma passadinha aqui para consertar as coisas quando metemos os pés pelas mãos. Basta olhar a história da humanidade para ficar claro que sempre vivemos por nossa própria conta."

"Até agora", disse Ellie. "*Deus ex machina*? É isso que está pensando? Acha que os deuses finalmente ficaram com pena de nós e nos mandaram a Máquina?"

"É mais provável que seja *Machina ex deo*, ou seja lá como for, não sei latim. Não! Acho que não somos uma experiência.

Creio que somos o meio de controle, o planeta em que ninguém estava interessado, o lugar onde ninguém intervinha. Um mundo de calibração que se estraga. É isso que acontece quando eles não intervêm. A Terra é uma aula prática para os deuses aprendizes. 'Se vocês errarem muito, fazem uma coisa como a Terra', dizem a eles. Mas, evidentemente, seria desperdício destruir um mundo perfeitamente íntegro. Por isso eles nos dão uma olhadinha de vez em quando, só por segurança. É possível que de cada vez tragam os deuses que cometeram bobagens. Da última vez que olharam, estávamos brincando nas savanas, tentando correr mais do que os antílopes. 'Muito bem, está tudo certo', disseram. 'Esses sujeitos aí não vão nos dar nenhum problema. Daqui a 10 milhões de anos, a gente olha outra vez. Mas, por segurança, vamos acompanhá-los com radiofrequências.' Então, um belo dia, soa um alarme. Uma mensagem da Terra. 'O quê? Eles já têm televisão? Vamos ver o que estão fazendo.' Estádio olímpico. Bandeiras nacionais. Ave de rapina. Adolf Hitler. Milhares de pessoas aplaudindo. 'Chi!', dizem. Conhecem os sinais de perigo. Num abrir e fechar de olhos, eles nos dizem: 'Ei, pessoal, chega disso. Vocês têm aí um ótimo planeta. Tomem, construam esta Máquina'. Eles estão preocupados conosco. Viram que estamos descendo morro abaixo. Acham que temos de ser consertados depressa. Aliás, o que eu também penso. Nós *temos* de construir a Máquina."

Ellie sabia o que Drumlin teria pensado de conversas como aquela. Ainda que grande parte do que Hadden tinha acabado de dizer coincidisse com aquilo que ela mesma pensava, estava cansada dessas especulações sedutoras e confiantes sobre o que os veganos tinham em mente. Ela queria que o projeto continuasse, desejava a Máquina concluída e ativada, que tivesse início o novo estágio na história da humanidade. Ainda suspeitava de suas próprias motivações, ainda se mostrava cautelosa mesmo quando mencionavam seu nome como possível tripulante de uma Máquina concluída. Por isso, as protelações na retomada da construção traziam-lhe um benefício pessoal. Davam-lhe tempo para refletir sobre seus problemas.

"Vamos jantar com Yamagishi. Você vai gostar dele. Mas estamos um pouco preocupados. Ele está mantendo a pressão parcial de oxigênio baixa demais à noite."

"Como assim?"

"Bem, quanto menor o teor de oxigênio no ar, mais se vive. Pelo menos, é o que os médicos dizem. Por isso, todos nós passamos a baixar a quantidade de oxigênio em nossos quartos. De dia não se pode reduzi-lo muito abaixo de vinte por cento, senão fica-se tonto. Prejudica o funcionamento do cérebro. Mas de noite, quando se está dormindo, pode-se abaixar a pressão parcial do oxigênio. Mas é preciso cuidado. Não se pode baixá-lo demais. A de Yamagishi tem estado em catorze por cento, pois ele quer viver para sempre. Por causa disso, só fica lúcido lá pela hora do almoço."

"Então, passei a vida inteira assim, a vinte por cento de oxigênio." Ellie riu.

"Agora ele está fazendo experiências com drogas nootrópicas para eliminar a tonteira. Você sabe, como o piracetam. Realmente, melhoram a memória. Não sei se tornam mesmo a pessoa mais inteligente, mas dizem que sim. Por isso Yamagishi está tomando um bocado de nootrópicos, e não está respirando oxigênio suficiente à noite."

"E é por isso que fica amalucado?"

"Amalucado? É difícil dizer. Não conheço muitos criminosos de guerra classe A com 92 anos."

"É por isso que toda experiência exige um grupo de controle", disse ela.

Hadden sorriu.


Mesmo na idade avançada, Yamagishi exibia o porte ereto que adquirira durante o longo tempo em que servira ao Exército imperial. Era um homem pequeno, inteiramente calvo, de bigodinho branco e uma expressão fixa e benigna no rosto.

"Estou aqui por causa dos quadris", explicou. "Conheço o câncer e as expectativas de vida. Mas estou aqui por causa dos quadris. Em minha idade, os ossos se quebram com facilidade. O barão Tsukuma morreu depois de cair de seu *futon* em cima de seu *tatami*. Foi uma quedinha de meio metro. Meio metro! E os ossos dele se quebraram. Em zero g, os quadris não se quebram."

A ideia parecia plausível.

Apesar de algumas concessões gastronômicas, o jantar foi de surpreendente elegância. Haviam desenvolvido uma certa tecnologia especializada para as refeições na imponderabilidade. Os utensílios de servir tinham tampas, as taças de vinho contavam com coberturas e canudos. Alimentos como nozes ou flocos de milho eram proibidos.

Yamagishi insistiu com Ellie para que provasse o caviar. Era um dos poucos alimentos ocidentais, explicou, cujo preço de aquisição por quilo, na Terra, era superior ao custo de mandá-lo para o espaço. Era uma sorte que as ovas de caviar fossem coesas, conjecturou Ellie. Tentou imaginar milhares de ovas separadas em queda livre, obstruindo os corredores daquele centro de gerontologia orbital. De repente, lembrou-se de que sua mãe também estava numa espécie de asilo, várias ordens de magnitude mais modesto do que aquele ali. Na verdade, orientando-se pelos Grandes Lagos, visíveis pela janela naquele momento, ela podia determinar com exatidão a localização da mãe. Ela podia perder dois dias batendo papo, em órbita, com bilionários desocupados, mas não achava quinze minutos para telefonar à mãe? Prometeu a si mesma telefonar assim que voltasse a Cocoa Beach. Um comunicado proveniente do espaço, pensou, talvez representasse novidade excessiva para a clínica de repouso de Janesville, Wisconsin.

Yamagishi interrompeu-lhe os pensamentos para lhe informar que era o homem mais idoso a viver no espaço. Em todos os tempos. Até mesmo o antigo vice-premiê chinês era mais jovem. Tirou o paletó, enrolou a manga esquerda da camisa, flexionou o bíceps e pediu-lhe que sentisse sua musculatura. Daí a pouco despejava detalhes vívidos sobre as meritórias campanhas beneficentes para as quais contribuíra com grandes somas.

Ellie tentou conversar educadamente. "É muito plácido e sossegado aqui. O senhor deve estar aproveitando muito bem sua aposentadoria."

Havia dirigido essa observação a Yamagishi, mas foi Hadden quem respondeu.

"Nem sempre as coisas são tão calmas. De vez em quando há uma crise e temos de agir depressa."

"Explosões solares, extremamente feias. Tornam os homens estéreis", disse Yamagishi.

"É verdade. Quando uma grande explosão solar é detectada por telescópio, daí a mais ou menos três dias as partículas carregadas atingem o Château. Por isso, os residentes permanentes, como Yamagishi-san e eu, nos refugiamos no abrigo contra tempestades. Muito espartano, muito confinado. Mas o escudo de radiação é eficiente. Há um pouco de radiação secundária, naturalmente. O caso é que todo pessoal não permanente e os visitantes têm de sair nesse período de três dias. Esse tipo de emergência causa transtornos à frota comercial. Às vezes temos de convocar a NASA ou os soviéticos para tirar pessoas. Você não faz ideia das pessoas que a gente tem de pôr para fora quando há explosões solares... mafiosos, chefes de serviços de informações, homens e mulheres bonitas..."

"Por que tenho sempre a sensação de que o sexo ocupa lugar importante na lista de importações da Terra?", perguntou Ellie com certa relutância.

"Ah, isso acontece mesmo. Há muitos motivos. A clientela, a localização. Mas o motivo principal é zero g. Em gravidade zero, podem-se fazer aos oitenta anos coisas nunca consideradas possíveis aos vinte. Você devia passar férias aqui em cima... com seu namorado. Tome isso como um convite."

"Noventa", disse Yamagishi.

"Que quer dizer?"

"Podem-se fazer aos noventa anos coisas com que não se sonharia aos vinte. É isso que Yamagishi-san está dizendo. É por isso que todo mundo quer vir para cá."

Durante o café, Hadden voltou ao assunto da Máquina.

"Yamagishi-san e eu estamos associados a algumas outras pessoas. Ele é o presidente de honra das Indústrias Yamagishi. Como você sabe, são os principais empreiteiros dos testes dos componentes da Máquina, em Hokkaido. Agora, imagine nosso problema. Vou lhe dar um exemplo. Há três grandes invólucros esféricos, um dentro do outro. São feitos de uma liga de nióbio, gravados com desenhos esquisitos e se destinam, obviamente, a girar muito depressa em três direções ortogonais. *Benzels*, é o nome que lhes dão. Você sabe tudo isso, é claro. Que acontecerá se você construir um modelo em escala dos três *benzels* e girá-los muito rapidamente? Que acontece? Todos os físicos competentes acham que nada. Mas, evidentemente, ninguém fez a experiência. A experiência exata. Ou seja, ninguém sabe de verdade. Suponhamos que alguma coisa realmente aconteça quando a Máquina for ativada. Vai depender da velocidade de rotação? Da composição dos *benzels*? Ou das configurações dos desenhos? Será uma questão de escala? Por isso estivemos construindo essas coisas e fazendo-as funcionar... tanto modelos em escala como protótipos em escala natural. Queremos fazer girar nossa versão dos grandes *benzels*, os que serão ligados aos outros componentes nas duas Máquinas. Imaginemos que nada aconteça. Nesse caso, desejamos adicionar novos componentes, um a um. Continuaríamos a adicioná-los, num pequeno trabalho de integração de sistemas, e assim, talvez, chegasse um momento em que, ao acrescentarmos um componente, não o último, a Máquina fizesse alguma coisa que nos deixasse espantados. Só estamos tentando descobrir como a Máquina funciona. Percebe aonde quero chegar?"

"Está dizendo que estão montando secretamente, no Japão, uma cópia idêntica da Máquina?"

"Bem, não se trata, a rigor, de segredo. Estamos testando os componentes isolados. Ninguém disse que só podemos testar um de cada vez. Então, eis o que Yamagishi-san e eu propomos: mudamos o cronograma das experiências em Hokkaido. Faremos agora uma integração completa dos sistemas e, se nada funcionar, faremos mais tarde o teste dos componentes isolados.

De qualquer forma, toda a verba para isso já está liberada. Achamos que se passarão meses... talvez anos... para que o programa americano volte aos eixos. E não acreditamos que os russos possam completar a Máquina mesmo nesse prazo. A única possibilidade é o Japão. Não temos de anunciar isso imediatamente. Não temos de tomar logo a decisão de ativar a Máquina. Estamos apenas testando componentes."

"O senhor pode tomar esse tipo de decisão por conta própria?"

"Ah, enquadra-se bem naquilo que chamam de nossas responsabilidades delegadas. Avaliamos que dentro de mais ou menos seis meses poderemos chegar ao ponto em que estava a Máquina de Wyoming. Teremos de cuidar muito mais da parte de segurança, é claro. Mas, se os componentes estiverem OK, creio que a Máquina estará OK; é meio difícil ocorrer uma sabotagem em Hokkaido. Depois, quando tudo estiver verificado e pronto, podemos perguntar ao Consórcio Mundial da Máquina se gostaria de fazê-la funcionar. Se a tripulação estiver disposta, aposto que o Consórcio vai concordar. Que acha, Yamagishi-san?"

Yamagishi não ouvira a pergunta. Cantarolava "Queda livre", música que estava na parada de sucessos e que descrevia em detalhes a história de uma pessoa que sucumbira à tentação orbitando em torno da Terra. Não sabia a letra toda, explicou quando a pergunta foi repetida.

Sem se perturbar, Hadden continuou. "Alguns componentes devem ter sido amassados ou estragados. De qualquer forma, terão de passar pelos testes prescritos. Achei que isso não seria razão para você ficar com medo. Em termos pessoais, quero dizer."

"Em termos pessoais? Que o faz pensar que eu irei? Ninguém me convidou, para começar. E há vários fatores novos."

"É muito alta a probabilidade de que a comissão de seleção a convide, e a presidente dará todo o apoio. Com entusiasmo. Ora, vamos", disse Hadden, sorrindo. "Quer passar a vida toda sendo deixada para trás?"

Havia nuvens sobre a Escandinávia e o mar do Norte, e o canal da Mancha estava coberto por uma névoa rendilhada, quase transparente.

"A senhora vai, sim." Yamagishi estava de pé, muito teso. Dirigiu a Ellie uma mesura.

"Em nome dos 22 milhões de empregados das empresas que controlo, fiquei encantado em conhecê-la."

Ellie cochilava no cubículo de dormir que lhe haviam destinado. O cubículo era preso, frouxamente, a duas paredes, de modo que, se ela se mexesse durante o sono, em gravidade zero, não bateria em nenhum obstáculo. Acordou enquanto todos os demais ainda pareciam dormir, e se apoiou numa série de puxadores até se encontrar diante da janela. Estavam passando sobre o hemisfério da Terra em que era noite. O planeta estava mergulhado em trevas, e não se viam muitas luzes. Vinte minutos depois, ao alvorecer, ela decidiu que, se a convidassem, aceitaria.

Hadden apareceu atrás dela, sobressaltando-a um pouco.

"É sensacional, admito. Faz anos que estou aqui, e ainda acho sensacional. Mas não a incomoda saber que está dentro de uma nave espacial? Veja, há uma experiência pela qual ninguém passou ainda. Você está vestindo um traje espacial, e não há cabo de ligação, nenhuma nave. Talvez o Sol esteja às suas costas e você se vê circundada de estrelas por todos os lados. Talvez a Terra esteja abaixo de você. Ou um outro planeta. Pessoalmente, imagino Saturno. E lá está você, flutuando no espaço, como se estivesse realmente integrada no cosmo. Hoje em dia os trajes espaciais dispõem de meios para manter a pessoa viva durante horas. A nave espacial que a colocou em órbita pode ter desaparecido há muito tempo. Talvez se encontre com você dentro de uma hora. Talvez não.

"E o melhor seria se a nave não voltasse. Suas últimas horas, cercada pelo espaço, por estrelas e astros. Se você tivesse uma doença incurável, ou mesmo se quisesse dar a si própria um magnífico presente final, que poderia ser melhor do que isso?"

"Está falando sério? Pretende comercializar esse... plano?"

"Bem, é cedo demais para isso. Talvez não seja esse o melhor meio de lançar a coisa. Digamos que eu esteja pensando em testes de viabilidade."

Ellie resolveu que não comunicaria a Hadden sua decisão, nem ele perguntou. Mais tarde, enquanto o *Narnia* realizava a manobra de aproximação e acoplamento com a *Matusalém*, Hadden colocou-se ao lado dela.

"Estávamos comentando que Yamagishi é a pessoa mais velha aqui. Bem, mas se estivermos falando de vida *permanente* aqui... não me refiro a serventes, astronautas e bailarinas... eu sou a pessoa *mais jovem* aqui em cima. É claro que tenho interesse pessoal na resposta, sei disso, mas há uma verdadeira possibilidade médica de que a gravidade zero me mantenha vivo durante séculos. Vê? Estou empenhado numa experiência de imortalidade.

"Ora, não estou dizendo isso para me gabar de nada. Estou falando por uma razão prática. Se estamos imaginando meios de prolongar nossa vida, pense no que aquelas criaturas de Vega devem ter feito. É provável que sejam imortais, ou quase. Eu sou uma pessoa prática, e tenho pensado muito na imortalidade. É provável que tenha pensado mais nisso, e com maior seriedade, do que qualquer outra pessoa. E uma coisa eu digo sobre os imortais, com certeza: eles são muito cuidadosos. Não deixam nada entregue à sorte. Investiram esforço demais em se tornarem imortais. Não sei qual é o aspecto deles, não sei o que eles querem, mas, se você algum dia chegar a vê-los, só tenho um conselho prático a lhe dar. Uma coisa que você julgar inteiramente certa, eles hão de considerar um risco inaceitável. Se, por acaso, você tiver de fazer qualquer negociação lá em cima, não se esqueça do que estou lhe dizendo."

# 17. O SONHO DAS FORMIGAS

> *A fala humana é como uma chaleira rachada em que batemos ritmos grosseiros para os ursos dança- rem, enquanto ansiamos por produzir uma música que derreta as estrelas.*
> Gustave Flaubert, *Madame Bovary* (1857)

> *A teologia popular* [...] *é uma vasta incongruência, derivada da ignorância.* [...] *Os deuses existem por- que a própria natureza imprimiu uma concepção deles nas mentes dos homens.*
> Cícero, *De natura deorum*, I, 16

ELLIE ESTAVA ARRUMANDO o que mandaria para o Japão — apontamentos, fitas magnéticas e uma fronde de palmeira —, quando recebeu um recado, comunicando que sua mãe sofrera um derrame. Logo depois lhe foi trazida uma carta pelo serviço de mensageiros. Era de John Staughton, e se abstinha de intro- duções e cortesias:

Sua mãe e eu temos discutido muitas vezes as suas falhas e deficiências. Sempre foi uma conversa difícil. Quando eu a defendia (e, embora você possa não acreditar, isso aconte- ceu muitas vezes), ela me dizia que eu não passava de um joguete em suas mãos. Quando eu a criticava, ela me man- dava cuidar da minha própria vida.

Mas quero que saiba que sua relutância em visitá-la, du- rante os últimos anos, desde que começou esse negócio de Vega, tem sido sempre motivo de tristeza para ela. Dizia às amigas naquele asilo horroroso, para onde insistiu em ir, que em breve você a visitaria. Durante anos ela lhes disse is- so. "Breve." Fazia planos para exibir a filha famosa, imagi- nava em que ordem lhe apresentaria as pessoas.

Com toda a certeza não lhe agrada ouvir isso, e eu próprio lhe escrevo com sofrimento. Mas é para o seu próprio bem. Para ela, o seu comportamento trouxe mais dor do que qualquer outra coisa, até a morte de seu pai. Você hoje pode ser uma figuraça, com hologramas no mundo inteiro, mas como ser humano não aprendeu nada desde a escola secundária...

Com os olhos marejados, ela começou a amassar a carta e o envelope, mas descobriu em seu interior um pedaço de papel duro, um pedaço de holograma feito a partir de uma velha fotografia bidimensional através de uma técnica de extrapolação por computador. Tinha-se uma sensação, ligeira mas satisfatória, de poder ver em torno dos cantos e ângulos. Era uma fotografia que ela não conhecia. A mãe ainda jovem, muito bonita, sorria, com o braço sobre o ombro do pai de Ellie, que tinha a barba por fazer. Pareciam tomados de incontida felicidade. Invadida de angústia, culpa, raiva de Staugthon e um pouco de autocompaixão, Ellie encarou a realidade evidente de que nunca mais voltaria a ver nenhuma das duas pessoas que estavam na fotografia.

Sua mãe jazia imóvel na cama. Tinha uma expressão estranhamente neutra, que não refletia nem alegria nem tristeza. Simplesmente... esperava. Seu único movimento era uma piscadela ocasional. Ellie não tinha certeza de que a mãe ouvisse ou compreendesse o que ela estava dizendo. Pensou em meios de se comunicar. A ideia surgiu em sua mente, sem que pudesse evitá-la: a mãe piscaria uma vez para responder sim, duas vezes para dizer não. Ou poderiam armar um encefalógrafo com um tubo de raios catódicos que a mãe pudesse ver, e ensinar-lhe a modular suas ondas beta. Mas quem estava ali na cama era sua *mãe*, não a estrela Alfa da Lira, e o que se impunha ali não eram algoritmos de decodificação, mas sentimento.

Segurou a mão da anciã e conversou durante horas. Falou a esmo sobre a mãe e o pai, sobre a infância. Lembrou o tempo em que ainda aprendia a andar entre os lençóis recém-lavados, sendo carregada na direção do céu. Falou sobre John Staughton. Desculpou-se por muitas coisas. Chorou um pouco.

Os cabelos de sua mãe estavam despenteados e, assim que encontrou uma escova, Ellie os arrumou. Examinou o rosto sulcado e reconheceu nele sua própria fisionomia. Os olhos de sua mãe, profundos e úmidos, achavam-se fixos numa distância incomensurável.

"Eu sei de onde eu vim", disse Ellie, baixinho.

Quase imperceptivelmente, sua mãe balançou a cabeça de um lado para o outro, como se lamentasse todos aqueles anos em que ela e a filha tinham se mantido distante. Ellie apertou a mão dela e teve a impressão de que a mãe fazia a mesma coisa.

A vida de sua mãe não corria perigo, disseram-lhe. Se acontecesse alguma alteração em seu estado, ligariam imediatamente para o escritório de Ellie no Wyoming. Daí a alguns dias poderiam transferi-la do hospital para a clínica de repouso, onde as instalações, garantiram-lhe, eram adequadas.

Staughton parecia triste, demonstrando ter pela mãe dela sentimentos que Ellie não adivinhava. Telefonaria com frequência, disse ao despedir-se.

O austero saguão de mármore continha, de modo um tanto incongruente, uma estátua verdadeira — não uma holografia — representando uma mulher nua à maneira de Praxíteles. Subiram num elevador Otis-Hitachi, no qual a segunda língua era o inglês, e Ellie se viu conduzida a um salão imenso, onde muitas pessoas se curvavam sobre processadores de texto. Digitava-se uma palavra em *hiragana*, o alfabeto fonético japonês de 51 caracteres, e na tela aparecia o ideograma chinês correspondente, em *kanji*. Havia centenas de milhares desses ideogramas, armazenados nas memórias do computador, embora apenas 3 ou 4 mil bastassem, em geral, para a leitura de um jornal. Como muitos ideogramas, de sentido inteiramente diferentes, eram expressos pela mesma palavra, apareciam na tela todas as possíveis traduções em *kanji*, em ordem de probabilidade. O processador de texto possuía uma sub-rotina contextual pela qual os ideogramas possíveis eram também enfileirados de acordo com a estimativa que o computador fazia do significado pretendido. Raramente errava. Num idioma que até recentemente nunca contara com uma máquina de escrever, o processador de texto estava operando uma revolução nas comunicações vista com algum desprazer pelos tradicionalistas.

Na sala de conferência, sentaram-se em cadeiras baixas — evidente concessão aos gostos ocidentais —, em torno de uma mesa baixa e laqueada, e o chá foi servido. De onde estava, Ellie via pela janela a cidade de Tóquio. Estava passando muito tempo diante de janelas, pensou. O jornal era o *Asahi Shimbun — Notícias do Sol Nascente* —, e Ellie admirou que uma das repórteres políticas fosse mulher, coisa rara nos meios de comunicação dos Estados Unidos e da União Soviética. O Japão estava empenhado numa reavaliação nacional do papel das mulheres. Os tradicionais privilégios masculinos estavam cedendo lentamente, no que parecia ser uma surda guerra de rua em rua. Na véspera mesmo, o presidente de uma firma chamada Nanoeletrônica queixara-se a ela de que não existia em Tóquio uma única "menina" que ainda soubesse dar o laço numa faixa, ou *obi*. Tal como acontecera com as gravatas-borboleta de clipe metálico, um sucedâneo mais simples havia dominado o mercado. As mulheres japonesas tinham coisas melhores a fazer do que passar a metade de cada dia dobrando e ligando faixas. A repórter vestia um austero vestido, cuja bainha chegava aos tornozelos.

Por motivos de segurança, ninguém da imprensa tinha acesso ao local, em Hokkaido, onde era testada a Máquina. Por isso, quando os membros da tripulação ou pessoas encarregadas do projeto iam à ilha principal, Honshu, programavam rotineiramente uma rodada de entrevistas com jornalistas japoneses e de outros países. Como de hábito, as perguntas não variavam. Em todo o mundo, os repórteres tinham quase a mesma atitude em relação à Máquina, com pouquíssimas idiossincrasias nacionais. Como ela via, depois das "decepções" nos Estados Unidos e na União Soviética, o fato de uma Máquina estar sendo construída no Japão? Sentia-se isolada na ilha de Hokkaido? Estava preocupada com o fato de os componentes utilizados em Hokkaido passarem por testes não previstos na Mensagem?

Antes de 1945, aquela parte da cidade fora propriedade da Marinha imperial, e, com efeito, logo ao lado ela avistava o telhado do Observatório Naval, cujas duas cúpulas prateadas ainda abrigavam telescópios usados para a verificação do tempo cronológico. Reluziam ao sol do meio-dia.

Por que a Máquina incluía um dodecaedro e os três invólucros esféricos chamados *benzels*? Os jornalistas entendiam que ela não soubesse. Mas o que ela *achava*? Ellie explicou que, numa questão dessa natureza, seria tolice emitir uma opinião que não se fundamentasse em provas. Ao insistirem, ela alegou serem inúmeras as possibilidades. Se houvesse perigo real, deveriam mandar robôs no lugar de pessoas, como recomendara um especialista japonês em inteligência artificial? Por acaso ela levaria objetos pessoais? Fotografias de família? Microcomputadores? Um canivete do Exército suíço?

Ellie notou dois vultos que surgiam de um alçapão no teto do observatório próximo. Seus rostos estavam obscurecidos por viseiras. Vestiam a couraça acolchoada cinza-azulada do Japão medieval. Brandindo cajados de madeira mais altos do que eles, curvaram-se um diante do outro, fizeram uma ligeira pausa e depois trocaram golpes durante meia hora. As respostas de Ellie aos repórteres se tornaram um tanto desatentas; ela estava hipnotizada pelo espetáculo que se desenrolava diante dela. Ninguém mais parecia notá-lo. Os cajados deviam ser pesados, pois o combate cerimonial era lento, como se os guerreiros lutassem no fundo do oceano.

Ela já conhecia o dr. Lunacharski e a dra. Sukhavati muito antes da captação da Mensagem? E o dr. Eda? O sr. Xi? Que pensava deles, do que haviam feito? Como era o relacionamento entre os cinco? Na verdade, ela se sentia honrada por fazer parte de um grupo tão seleto.

Que pensava ela sobre a qualidade dos componentes japoneses? Que poderia dizer sobre a reunião que os Cinco haviam tido com o imperador Akihito? As conversas deles com dirigentes xintoístas e budistas faziam parte de um esforço geral, por parte do projeto da Máquina, para ouvir líderes religiosos do mundo inteiro antes que a Máquina fosse acionada, ou tinham sido apenas um gesto de cortesia para com o Japão? Porventura ela acreditava que a Máquina pudesse ser um cavalo de Troia ou uma Máquina do Juízo Final? Em todas as respostas, Ellie procurava ser cortês, sucinta e não provocar controvérsias. O relações-públicas do projeto, que a acompanhava, estava visivelmente satisfeito.

Abruptamente, a entrevista terminou. Desejavam, a ela e a seus colegas, enorme sucesso, declarou o redator-chefe. Faziam votos de que pudessem entrevistá-la novamente depois de seu regresso. Esperavam que ela visitasse o Japão muitas outras vezes.

Seus anfitriões sorriram e fizeram mesuras. Os guerreiros encouraçados haviam descido pelo alçapão. Ellie viu os agentes de segurança, atentos, pela porta da sala de conferência agora aberta. Enquanto saía, perguntou à repórter sobre as aparições do Japão medieval.

"Ah!", respondeu a moça. "São astrônomos da Guarda Costeira. Praticam o *kendo* na hora do almoço todos os dias. Pode-se acertar o relógio por eles."


Xi nascera por ocasião da Longa Marcha e, ainda adolescente, combatera o Kuomintang durante a Revolução. Serviu como oficial de informações na Coreia, terminando por chegar a uma posição de mando sobre a tecnologia estratégica chinesa. Por ocasião da Revolução Cultural, no entanto, fora publicamente humilhado e condenado a confinamento, embora mais tarde fosse reabilitado com certa pompa.

Um dos crimes de Xi, aos olhos da Guarda Vermelha, tinha sido admirar algumas das antigas virtudes confucianas, e sobretudo uma passagem do *Grande ensinamento*, que durante séculos todo chinês, mesmo de instrução rudimentar, soubera de cor. Fora nessa passagem, dissera Sun Yat-sen, que ele baseara seu próprio movimento nacionalista revolucionário no início do século XX:

Quando quiseram disseminar a virtude ilustre por todo o Reino, os antigos primeiro ordenaram bem seus próprios Estados. Querendo ordenar bem seus Estados, primeiro regularam suas famílias. Querendo regular suas famílias, primeiro cultivaram suas pessoas. Querendo cultivar suas pessoas, primeiro emendaram seus corações. Querendo emendar seus corações, primeiro buscaram ser sinceros em seus pensamentos. Querendo ser sinceros em seus pensamentos, primeiro aumentaram até onde foi possível os seus conhecimentos. Esse aumento do conhecimento fundou-se na investigação das coisas.

Por isso, acreditava Xi, a busca do saber era essencial ao bem-estar da China. Mas os guardas vermelhos pensavam diferente.

Durante a Revolução Cultural, Xi fora posto a trabalhar numa fazenda coletiva arruinada na província de Ningxia, perto da Grande Muralha, região de rica tradição muçulmana. Ali, certo dia em que arava um campo, descobriu um capacete de bronze, ricamente ornamentado, da dinastia Han. Ao retornar à liderança, ele voltou a atenção das armas estratégicas para a arqueologia. A Revolução Cultural tentara quebrar uma tradição cultural chinesa que ostentava uma história contínua de cinco milênios. A reação de Xi foi construir pontes para o passado nacional. Cada vez mais dedicou atenção à escavação do subsolo da cidade funerária de Xian.

Fora ali que se fizera a espetacular descoberta do exército de soldados de terracota do imperador que dera nome à própria China. Seu nome oficial era Qin Shi Huangdi, mas, devido a variações de transliteração, terminara conhecido no ocidente como Ch'in. No século III a.C., Qin unificou o país, construiu a Grande Muralha e, misericordioso, decretou que, quando de sua morte, os integrantes de sua corte — soldados, servos e nobres —, que, pela tradição, teriam sido sepultados vivos juntamente com ele, fossem substituídos por modelos de terracota. O exército de argila compunha-se de 7500 soldados, aproximadamente uma divisão. Cada um deles tinha traços fisionômicos específicos.

*304*

Percebia-se que ali estavam representadas pessoas de toda a China. O imperador havia consolidado em uma só nação muitas províncias isoladas e antagônicas. Um túmulo próximo continha o corpo, preservado quase à perfeição, da marquesa de Tai, funcionária subalterna da corte do imperador. A tecnologia chinesa de mumificação — distinguia-se claramente a expressão severa no rosto da marquesa, talvez refinada por décadas de autoridade sobre os servos — era imensamente superior à do antigo Egito.

Qin havia simplificado a grafia, codificado as leis, construído estradas, completado a Grande Muralha e unificado o país. Além disso, confiscara as armas. Embora fosse acusado de massacrar letrados que lhe criticavam os programas políticos, e de queimar livros porque via certos conhecimentos como prejudiciais, Qin insistia em que havia eliminado a corrupção endêmica e instituído a paz e a ordem. Xi lembrava-se da Revolução Cultural. Imaginava conciliar essas tendências conflitantes no coração de uma única pessoa. A arrogância de Qin havia alcançado proporções aterradoras: para punir uma montanha que o desagradara, ele a mandara desnudar de vegetação e pintar de vermelho, a cor usada pelos criminosos condenados. Qin era grande, mas também era louco. Seria possível unificar uma coleção de nações diversificadas e belicosas sem ser um pouco doido? Era preciso ser louco só para tentar, disse Xi a Ellie, rindo.

Tomado de crescente fascínio, Xi tomara providências para realizar em Xian escavações em grande escala. Aos poucos, convenceu-se de que o próprio imperador Qin estava sepultado, perfeitamente preservado, num mausoléu próximo ao exército de terracota. Nas proximidades, segundo os textos antigos, também estava enterrado, sob grande quantidade de terra, um modelo minucioso da China no ano 210 a.C., que representava em pormenores cada templo e cada pagode do país. Os rios, ao que se dizia, eram feitos de mercúrio, e neles a barca do imperador, em miniatura, navegava perpetuamente. Quando se descobriu que a terra em Xian estava contaminada por mercúrio, cresceu a agitação de Xi.

Xi havia desenterrado um relato da época que descrevia uma

enorme cúpula que o imperador mandara fazer para cobrir esse reino em miniatura, chamado, tal como o verdadeiro, Reino Celestial. Como o chinês escrito praticamente não sofrera modificações em 2200 anos, ele pôde ler o relato diretamente, sem a ajuda de um especialista em linguística. Xi ouvia diretamente, sem intercessão, um cronista da época de Qin. Adormecia, muitas noites, tentando visualizar a grande Via Láctea que riscava a abóbada celeste no mausoléu cupulado do magnífico imperador, bem como a noite incendiada pelos cometas que haviam surgido, quando de seu falecimento, para lhe honrar a memória.

A procura do mausoléu de Qin e de seu modelo do universo tinha ocupado Xi durante a última década. Ainda não encontrara coisa alguma, mas sua busca empolgara a imaginação da China. Dele se dizia: "Há 1 bilhão de pessoas na China, mas somente um Xi". Numa nação que aos poucos aliviava as restrições sobre o individualismo, julgava-se que Xi estivesse exercendo uma influência construtiva.

Qin, evidentemente, ficara obcecado pela imortalidade. O homem que dera seu nome à mais populosa nação da Terra, o homem que construíra o que era, na época, a maior estrutura do planeta, receava, previsivelmente, que fosse esquecido. Por isso, providenciou a ereção de outras estruturas monumentais; a preservação ou reprodução para a posteridade dos corpos e dos rostos de seus cortesãos; a construção de sua própria tumba e do modelo do mundo, ainda não descobertos; e o envio de numerosas expedições ao mar Oriental, em busca do elixir da vida. Queixava-se amargamente das despesas ao despachar esses grupos. Uma dessas missões envolveu dezenas de juncos oceânicos e uma guarnição de 3 mil rapazes e moças. Jamais regressaram, e seu paradeiro permaneceu ignorado. A poção da imortalidade nunca foi achada.

Apenas cinquenta anos depois, surgiram no Japão, de repente, o cultivo irrigado do arroz e a metalurgia do ferro — fatos que alteraram profundamente a economia japonesa e criaram uma classe de guerreiros aristocratas. Xi argumentava que o nome do Japão em japonês refletia claramente a origem chinesa da cultura nipônica: a Terra do Sol Nascente. Onde seria

306

preciso que uma pessoa estivesse, indagava Xi, para que julgasse que o Sol nascia sobre o Japão? Assim, o próprio nome do jornal que Ellie acabara de visitar era, argumentava Xi, uma lembrança da vida e da época do imperador Qin. No entender de Ellie, comparado com Qin, Alexandre, o Grande, parecia um colegial valentão. Pelo menos, quase isso.

Se Qin estivera obcecado com a imortalidade, Xi estava obcecado com Qin. Ellie falou-lhe sobre a visita que fizera a Sol Hadden em órbita da Terra, e concordaram em que, se o imperador Qin vivesse nos últimos anos do século XX, ele se mudaria para lá. Ellie apresentou Xi a Hadden, através do videofone, deixando que conversassem a sós. O excelente inglês de Xi só fizera aperfeiçoar-se quando, recentemente, ele participara da transferência da colônia de Hong Kong para a República Popular da China. Ainda estavam conversando quando a *Matusalém* desapareceu do outro lado do mundo, e tiveram de prosseguir o diálogo através da rede de satélites de comunicação em órbita geossincrônica. Devem ter se tornado bons camaradas. Pouco depois, Hadden solicitou que a Ativação da Máquina fosse sincronizada de maneira a que ele estivesse sobre ela naquele momento. Queria Hokkaido no foco do seu telescópio, disse, quando chegasse a hora.

"Afinal, os budistas acreditam ou não em Deus?", perguntou Ellie enquanto se dirigiam ao local onde iriam jantar com o abade.

"Ao que parece", respondeu Vaygay, secamente, "eles julgam que o Deus deles é tão grande que nem precisa existir."

Enquanto seguiam velozmente pela estrada, conversavam sobre Utsumi, o abade do mais famoso mosteiro zen-budista do Japão. Alguns anos antes, nas cerimônias que haviam assinalado o quinquagésimo aniversário da destruição de Hiroshima, Utsumi pronunciara um discurso que chamara a atenção de todo o planeta. Tinha boas ligações nos círculos políticos do Japão e servia como uma espécie de conselheiro espiritual do partido político no poder, mas passava a maior parte do tempo em atividades monásticas e devocionais.

"O pai dele também foi abade de um mosteiro budista", comentou Devi Sukhavati.

Ellie franziu o cenho.

"Não fique tão surpresa. Eles tinham permissão para se casar, como o clero da Igreja ortodoxa russa. Não é, Vaygay?"

"Nesse tempo eu não era nascido", respondeu ele, um tanto distraído.

O restaurante situava-se num bambuzal e se chamava Ungestsu — Lua Nublada. Com efeito, havia uma lua obscurecida por nuvens no céu vespertino. Seus anfitriões japoneses tinham tomado medidas para que não houvesse outros comensais. Ellie e seus companheiros tiraram os sapatos e, deslizando os pés pelo piso, entraram numa pequena sala de jantar cuja janela dava para touceiras de bambu.

O abade tinha a cabeça raspada e vestia um manto negro e prateado. Saudou-os num inglês perfeito; seu chinês, Xi disse mais tarde a Ellie, também era razoável. O ambiente era tranquilizador, a conversa, amena. Cada prato era uma pequena obra de arte, joias comestíveis. Ellie entendeu por que se dizia que a *nouvelle cuisine* francesa se originava da tradição culinária japonesa. Se o costume fosse comer de olhos vendados, ela teria ficado satisfeita. Se, por outro lado, os acepipes fossem exibidos apenas para serem admirados, e não para serem comidos, também se satisfaria. Tanto olhar como comê-los era provar um pouco das delícias do céu.

Ellie estava sentada diante do abade e ao lado de Lunacharski. Outras pessoas perguntavam sobre a espécie — ou pelo menos sobre o reino — a que pertencia essa ou aquela iguaria. Entre o *sushi* e os coquinhos de *ginkgo*, a conversa passou para a missão.

"Mas *por que* nós nos comunicamos?", perguntou o abade.

"Para trocar informações", respondeu Lunacharski, que aparentemente dedicava toda a sua atenção aos recalcitrantes pauzinhos.

"Mas por que *queremos* trocar informações?"

"Porque nos alimentamos de informações. Elas são necessárias à nossa sobrevivência. Sem informações, morremos."

Lunacharski prestava atenção a um coquinho *ginkgo* que fugia a seus pauzinhos a cada vez que tentava levá-lo à boca. Baixou a cabeça para se encontrar com os pauzinhos no meio do caminho.

"Eu acredito", continuou o abade, "que nós nos comunicamos por amor ou compaixão." Pegou com os dedos um de seus próprios coquinhos e o colocou na boca.

"Nesse caso, o senhor pensa", perguntou Ellie, "que a Máquina seja um instrumento de compaixão? Acredita que não haja risco algum?"

"Posso comunicar-me com uma flor", continuou ele, como se respondesse. "Posso conversar com uma pedra. A senhora não teria nenhuma dificuldade em compreender os seres... será essa a palavra correta?... de um outro mundo."

"Estou inteiramente disposto a acreditar que a pedra se comunique com o senhor", disse Lunacharski, mastigando o coquinho de *ginkgo*. Seguira o exemplo do abade. "Mas não tenho certeza de que o senhor se comunique com a pedra. Como nos convenceria de que pode fazer isso? O mundo está cheio de enganos. Como sabe que não está iludindo a si próprio?"

"Ah, o ceticismo científico." O abade abriu-se num sorriso que Ellie achou cativante; era inocente, quase pueril. "Para se comunicar com uma pedra, é preciso tornar-se muito menos... preocupado. Não se deve pensar tanto, falar tanto. Quando digo que me comunico com uma pedra, não estou falando de palavras. Os cristãos dizem: 'No princípio era o Verbo'. No entanto, estou falando de uma comunicação muito anterior, muito mais fundamental do que essa."

"É só o Evangelho de são João que fala sobre o Verbo", comentou Ellie. Assim que pronunciou essas palavras, achou-se pedante. "Os evangelhos sinóticos, que são anteriores, nada dizem a respeito. Trata-se, na verdade, de um acréscimo originário da filosofia grega. A que tipo de comunicação pré-verbal o senhor se refere?"

"Sua pergunta é composta de palavras. A senhora está me pedindo que use palavras para descrever o que nada tem a ver com palavras. Vejamos. Existe uma história japonesa que se chama 'O sonho das formigas'. Passa-se no Reino das Formigas. É uma história comprida, e não vou contá-la agora. Mas a sua moral é a seguinte: para compreender a linguagem das formigas, é preciso tornar-se uma formiga."

"A linguagem das formigas, na verdade, é uma linguagem química", disse Lunacharski, fitando o abade. "Elas depositam marcas moleculares específicas para indicar o caminho que seguiram a fim de localizar seu alimento. Para compreender a linguagem das formigas, eu preciso de um cromatógrafo de gases ou um espectrômetro de massa. Não preciso transformar-me em formiga."

"É provável que essa seja a única maneira que o senhor conhece de se tornar formiga", replicou o abade, sem olhar para ninguém em particular. "Diga-me uma coisa: por que as pessoas estudam os sinais deixados pelas formigas?"

"Bem, acho que um entomologista diria que é para entender as formigas e sua sociedade", sugeriu Ellie. "Os cientistas sentem prazer em entender as coisas."

"Isso é apenas outra maneira de dizer que sentem amor pelas formigas."

Ellie reprimiu um ligeiro estremecimento.

"Sim, mas os que liberam verbas para os entomologistas dizem outra coisa. Dizem que é para controlar o comportamento das formigas, para fazer com que deixem uma casa que tenham infestado ou compreender a biologia do solo, com fins agrícolas. Essa compreensão poderia proporcionar uma alternativa aos pesticidas. Mas creio que o senhor poderia dizer que isso encerra algum amor pelas formigas", conjecturou Ellie.

"Mas também é por interesse próprio", disse Lunacharski. "Os pesticidas são um veneno para nós também."

"Por que estão falando de pesticidas durante um jantar tão maravilhoso?", disse Sukhavati, do outro lado da mesa.

"Haveremos de sonhar o sonho das formigas em outra oportunidade", disse o abade a Ellie, dirigindo-lhe novamente aquele sorriso perfeito e plácido.

*310*

Voltando a calçar os sapatos, auxiliados por calçadeiras de um metro de comprimento, aproximaram-se da pequena frota de automóveis, enquanto as criadas e a proprietária do restaurante se curvavam cerimoniosamente. Ellie e Xi ficaram olhando o abade entrar numa limusine, com alguns outros japoneses.

"Perguntei a ele se, já que pode comunicar-se com uma pedra, é capaz de se comunicar com os mortos", disse Xi.

"E o que ele respondeu?"

"Que com os mortos é fácil. Sua dificuldade é com os vivos."

# 18. SUPERUNIFICAÇÃO

*Um rude mar!*
*Espraiada sobre Sado,*
*A Via Láctea.*
Matsuo Bashô (1644-1694)

TALVEZ TIVESSEM ESCOLHIDO Hokkaido por sua reputação de indisciplina. O clima exigia técnicas de construção altamente estranhas pelos padrões japoneses, e essa ilha era também o habitat dos aino, os aborígines peludos que ainda eram desprezados por muitos nipônicos. O inverno ali era tão inclemente como no Minnesota ou no Wyoming. Hokkaido apresentava certos problemas de logística, mas era um local conveniente em caso de catástrofe, por estar separada das outras ilhas do Japão. No entanto, de modo algum estava isolada, agora que fora concluído o túnel de 51 quilômetros que a ligava a Honshu — era o mais longo túnel submarino do mundo.

Hokkaido parecera um local seguro para a realização dos testes dos componentes da Máquina. No entanto, algumas pessoas manifestaram preocupação a respeito da montagem da Máquina ali. Essa região, como bem comprovavam as montanhas que circundavam o canteiro, tinha sido palco de vulcanismo recente. Havia uma montanha que crescia nada menos que um metro por dia. Até os soviéticos — a ilha de Sacalina ficava a apenas 43 quilômetros de distância, do outro lado do estreito de Soya, ou La Pérouse — haviam expressado temores com relação a essa questão. Entretanto, perdido por um, perdido por dois. Até onde podiam dizer, mesmo uma Máquina montada do lado oculto da Lua poderia explodir a Terra quando acionada. A decisão de construir a Máquina era o fato básico na avaliação dos perigos; *onde* construí-la era uma consideração de todo secundária.

No começo de julho, a Máquina estava novamente ganhando forma. Nos Estados Unidos, ela ainda se achava envolvida

*312*

em controvérsias políticas e sectárias; e evidentemente a Máquina soviética enfrentava sérios problemas técnicos. Em Hokkaido, porém, em instalações muito mais modestas que as do Wyoming, os tarugos haviam sido montados e o dodecaedro, completado, embora sem divulgação pública. Os antigos pitagóricos, os primeiros a descobrir o dodecaedro, tinham declarado que sua própria existência era um segredo, cominando penas severas para a revelação. Assim, talvez estivesse correto que aquele dodecaedro do tamanho de uma casa, quase do outro lado do mundo e 2600 anos depois, só fosse do conhecimento de umas poucas pessoas.

O diretor do projeto japonês determinara alguns dias de férias para todos. A cidade mais próxima dali era Obihiro, muito simpática e situada na confluência dos rios Yubetsu e Tokachi. Alguns foram esquiar em faixas de neve que ainda não haviam degelado no monte Asahi; outros procuraram fontes termais, aquecendo-se com a desintegração de elementos radioativos emitidos pela explosão de uma supernova bilhões de anos antes. Alguns poucos membros do pessoal foram às corridas de Bamba, nas quais enormes cavalos de tiro arrastavam trenós com pesados lastros por faixas paralelas a campos de cultivo. Entretanto, pensando numa comemoração séria, os Cinco voaram de helicóptero a Sapporo, a maior cidade da ilha de Hokkaido, a menos de duzentos quilômetros de distância.

Propiciamente, chegaram em tempo para o festival Tanabata. Os riscos para a segurança eram considerados pequenos, pois a Máquina em si, muito mais que aquelas cinco pessoas, é que representava o êxito ou o fracasso do projeto. Não haviam passado por nenhum treinamento especial, além de um rigoroso estudo da Mensagem, da Máquina e dos instrumentos miniaturizados que levariam consigo. Num mundo racional, pensava Ellie, seria fácil substituí-los, apesar dos consideráveis problemas políticos surgidos para selecionar cinco pessoas que fossem aceitas por todos os integrantes do Consórcio Mundial da Máquina.

Xi e Vaygay tinham "discussões inacabadas", como disseram, e que só podiam ser terminadas numa mesa de saquê. Por isso, Ellie, Devi Sukhavati e Abonnema Eda viram-se guiados por seus anfitriões japoneses por uma das ruas laterais do passeio Odori, cercados por complicadas bandeirolas e lanternas, imagens de folhas, tartarugas e ogros, além de interessantes representações humorísticas de um rapaz e uma moça em trajes medievais. Entre dois edifícios, estava estendida uma grande lona na qual fora pintado um pavão rampante.

Ellie olhou para Eda, que vestia um manto de linho ondulante e bordado e trazia na cabeça um gorro rígido, e para Devi, que usava outro de seus maravilhosos sáris de seda. Sentia-se feliz. A Máquina japonesa passara por todos os testes prescritos, e fora definida uma tripulação que não só representava — embora imperfeitamente — a população do planeta, como se compunha de pessoas da maior qualidade, não marcadas pelos regimes políticos de suas cinco nações. Cada uma delas era, em certo sentido, um rebelde.

Por exemplo, Eda. Era um grande físico, o descobridor do que se chamava superunificação — uma teoria precisa e simples, que incluía como casos especiais questões que iam desde a gravitação até os quarks. Tratava-se de uma proeza comparável à de Isaac Newton ou Albert Einstein, e Eda estava sendo comparado a ambos. Nascera na Nigéria, de família muçulmana, o que não era nada demais; entretanto, era adepto de uma facção islâmica pouco ortodoxa, chamada Ahmadiyah, que englobava os sufistas. Os sufistas, explicara ele depois da noite com o abade Utsumi, estavam para o Islã assim como o zen para o budismo. A Ahmadiyah proclamava "uma *jihad* da pena, não da espada".

A despeito de seus modos serenos, na verdade humildes, Eda era veemente adversário do conceito muçulmano mais convencional de *jihad* — guerra santa — e defendia uma vigorosa e livre troca de ideias. Nisso ele era motivo de embaraço para grande parte do Islã conservador, e alguns países islâmicos se opuseram a que ele integrasse a tripulação da Máquina. E não estavam sozinhos. Um negro laureado com o prêmio Nobel — e que era, vez por outra, descrito como a pessoa mais inteligente da Terra — parecia ser demais para alguns que haviam mascarado seu racismo com concessões às convenções sociais. Por ocasião da visita que Eda fizera a Tyrone Free, quatro anos antes, notara-se um acentuado aumento do orgulho entre os negros americanos, surgindo um novo modelo para os jovens. Eda fazia vir à tona o que havia de pior nos racistas e de melhor em todos os demais.

"O tempo necessário para se praticar a física é um luxo", ele disse a Ellie. "Há muitas pessoas que seriam capazes do mesmo se tivessem as mesmas oportunidades. No entanto, se você tem de bater as ruas atrás de comida, não dispõe de tempo suficiente para a física. Eu tenho a obrigação de melhorar as condições de vida dos jovens cientistas em meu país."

À medida que, gradualmente, se tornava um herói nacional na Nigéria, ele se manifestava cada vez mais sobre a corrupção, sobre o sentido injusto das prerrogativas, sobre a importância da honestidade na ciência e em todos os demais setores, sobre a possível grandeza de uma nação como a Nigéria. Seu país tinha a mesma população dos Estados Unidos nos anos 1920, dizia. Era rico em recursos naturais, e suas muitas culturas constituíam um fator positivo. Se a Nigéria fosse capaz de superar seus problemas, argumentava, seria um farol para o resto do mundo. Embora se inclinasse para o sossego e o isolamento em tudo o mais, com relação a essas coisas Eda se mostrava eloquente. Muitos nigerianos jovens — muçulmanos, cristãos e animistas —, mas não só eles, levavam a sério a visão de Eda.

Dos muitos traços notáveis de Eda, talvez o que mais chamasse a atenção fosse a sua modéstia. Raramente opinava. As respostas que dava à maioria das perguntas diretas eram lacônicas. Somente em suas obras — ou em suas conversas, depois que se passava a conhecê-lo bem — é que se tinha um vislumbre da profundidade de suas ideias. Em meio a toda a especulação sobre a Mensagem e a Máquina, ou sobre o que aconteceria depois de sua ativação, Eda fizera um único comentário: em Moçambique, segundo se diz, os macacos não falam, pois sabem que, se pronunciarem uma única palavra, aparecerá algum homem que os porá a trabalhar.

Num grupo tão loquaz, era estranho que houvesse alguém tão taciturno quanto Eda. Como muitas outras pessoas, Ellie prestava atenção mesmo às palavras mais simples que ele dizia. Eda descrevia como "erros idiotas" sua versão anterior, só em parte bem-sucedida, da superunificação. Estava na casa dos trinta anos e era, como Ellie e Devi haviam comentado em particular, dono de um magnetismo devastador. Como Ellie sabia, era bem casado, com uma única mulher; no momento, ela e os filhos achavam-se em Lagos.

Uma barraca feita de mudas de bambu plantadas para tais ocasiões estava enfeitada, enguirlandada e, na verdade, recoberta de milhares de fitas de papel colorido. Figuras de homens e mulheres aumentavam a estranha folhagem. O festival Tanabata celebra o amor. A história central era mostrada em cartazes enormes e também representada num palco ao ar livre: duas estrelas estavam apaixonadas uma pela outra, mas separadas pela Via Láctea. Somente uma vez por ano, no sétimo dia do sétimo mês do calendário lunar, podiam os amantes encontrar-se — desde que não chovesse. Ellie ergueu os olhos para o azul cristalino daquele céu alpino e desejou felicidades aos enamorados. O moço-estrela, rezava a lenda, era uma espécie de vaqueiro japonês, e representavam-no pela estrela anã A7, Altair. A donzela era uma tecelã, representada por Vega. A Ellie pareceu estranho que Vega ocupasse posição tão central num festival japonês poucos meses antes da Ativação da Máquina. Entretanto, estudando um número suficiente de culturas, é provável que se encontrem lendas interessantes sobre todas as estrelas brilhantes do céu. A lenda era de origem chinesa e fora mencionada por Xi quando Ellie o conhecera, anos antes, na primeira reunião do Consórcio Mundial da Mensagem, em Paris.

Na maioria das grandes cidades, o festival Tanabata estava morrendo. Os casamentos arranjados tinham deixado de ser a norma, e a angústia dos amantes apartados já não feria uma nota tão dolorida quanto no passado. Em alguns lugares, porém — Sapporo, Sendai e outras cidades —, o festival se tornava mais popular a cada ano. Em Sapporo, tinha pungência especial, devido à desaprovação ainda generalizada aos casamentos entre ainos e japoneses. Havia na ilha toda uma rede de detetives que, a preço módico, investigavam os parentes e antepassados dos possíveis cônjuges para os jovens de uma família. A presença de ancestrais ainos ainda era motivo de rejeição sumária. Devi, lembrando-se de seu jovem marido, tantos anos antes, verberou com indignação o costume. Eda sem dúvida ouvira uma ou duas histórias congêneres, mas nada disse.

Em Sendai, na ilha de Honshu, o festival Tanabata era um prato de resistência, na TV, para pessoas que agora raramente tinham oportunidade de ver a Altair ou a Vega verdadeiras. Ellie ficou a imaginar se os veganos haveriam de transmitir a mesma Mensagem para a Terra eternamente. Em parte porque a Máquina estava sendo completada no Japão, ela recebeu considerável atenção no comentário da televisão que, naquele ano, acompanhou o festival Tanabata. No entanto, os Cinco, como às vezes eram chamados, não tinham sido convidados a aparecer na televisão japonesa, e a presença deles ali em Sapporo não era do conhecimento público. Ainda assim, Eda, Sukhavati e Ellie foram imediatamente reconhecidos — e retornaram ao passeio Odori, aplaudidos educadamente pelos transeuntes. Muitos também se curvavam. Diante de uma loja de discos, um alto-falante tocava um rock que Ellie reconheceu. Chamava-se "Quero ricochetear em você", e era cantado pelo grupo negro White Noise [Ruído Branco]. Um cão velho e de olhos úmidos caminhava no sol da tarde, o qual, ao se aproximar de Ellie, balançou debilmente a cauda.

Os comentaristas japoneses falavam do Machindo, o Caminho da Máquina — a perspectiva cada vez mais disseminada da Terra como um único planeta e de todos os seres humanos como iguais no futuro. Alguma coisa assim havia sido proclamada em algumas religiões — mas não todas. Os adeptos dessas últimas mostravam-se compreensivelmente ressentidos com o efeito que estava sendo atribuído a uma Máquina alienígena. Se a aceitação de uma nova concepção do nosso lugar no universo representa uma conversão religiosa, pensou Ellie, nesse caso uma revolução teológica estava varrendo a Terra. Até mesmo os milenaristas americanos e europeus tinham sido influenciados pelo Machindo. Entretanto, se a Máquina não funcionasse e a Mensagem desaparecesse, quanto tempo, refletia Ellie, duraria esse novo modo de pensar? Mesmo que tivéssemos cometido algum erro de interpretação ou construção, ela meditava, mesmo que nunca mais viéssemos a saber coisa alguma sobre os veganos, a Mensagem demonstrava, sem sombra de dúvida, que existiam outros seres no universo, e que eles eram mais adiantados do que nós. Isso ajudaria a manter o planeta unificado durante algum tempo.

Ellie perguntou a Eda se algum dia passara por uma experiência religiosa transformadora.

"Já", disse ele.

"Quando?" Às vezes era preciso estimulá-lo a falar.

"Quando comecei a estudar Euclides. E também quando compreendi pela primeira vez a gravitação newtoniana. E as equações de Maxwell, e a relatividade geral. E durante meu trabalho sobre a superunificação. Tive a sorte de passar por muitas experiências religiosas."

"Não", replicou Ellie. "Você sabe o que eu quero dizer. Fora da ciência."

"Nunca", respondeu ele, no ato. "Nunca, fora da ciência."

Falou um pouco da religião em que fora educado. Não se considerava comprometido com todos os seus princípios, disse, mas se sentia à vontade nela. Achava que ela podia fazer muito bem. Era uma seita relativamente nova — da mesma época da Ciência Cristã ou das Testemunhas de Jeová —, e fora fundada por Mirza Ghulam Ahmad, no Pundjab. Devi tinha informações a respeito da Ahmadiyah como uma seita proselitista de grande sucesso na África ocidental. A religião tinha suas origens envolvidas com a escatologia. Ahmad afirmara ser ele o Mahdi, a figura que os muçulmanos esperavam que surgisse no final dos tempos. Declarava também ser Cristo uma encarnação de Krishna e um *buruz*, ou reaparecimento de Maomé. O milenarismo cristão fora atingido pela Ahmadiyah, e o advento de Jesus era iminente, segundo alguns fiéis. O ano 2008, centenário da morte de Ahmad, era agora apontado como data de sua Volta Final como o Mahdi. O fervor messiânico, ainda que intermitente, parecia de maneira geral estar crescendo, e Ellie se confessou preocupada com as predileções irracionais da espécie humana.

"Num festival do amor", disse Devi, "você não devia estar tão pessimista."

Caíra em Sapporo neve em abundância, e o costume local de construir esculturas de gelo, representando animais e figuras mitológicas, foi atualizado. Haviam esculpido, com esmero, um imenso dodecaedro, que era mostrado regularmente, como uma espécie de símbolo, no noticiário da noite. Depois de alguns dias de calor fora de época, viam-se os escultores reparando os estragos.

Já se manifestava com frequência o temor de que a Ativação da Máquina pudesse, de uma forma ou de outra, provocar um apocalipse global. O projeto da Máquina respondia ao público com garantias confiantes, e aos governos com serenas notas tranquilizadoras e ordens internas para que a data de Ativação fosse mantida em segredo. Alguns cientistas propunham a Ativação em 17 de novembro, pois na noite desse dia estava prevista a mais espetacular chuva de meteoros do século. Seria um simbolismo interessante, argumentavam. Valerian, porém, era do parecer que, se a Máquina tivesse de deixar a Terra naquele momento, atravessar uma nuvem de detritos cometários constituiria um risco adicional desnecessário. Por isso, a Ativação foi adiada por algumas semanas, para o final do último mês de mil novecentos e tantos. Embora essa data não fosse, literalmente, a do Novo Milênio, mas um ano antes, aqueles que não se deixavam tolher, que não compreendiam as convenções cronológicas ou que desejavam comemorar o Terceiro Milênio em dois dezembros consecutivos planejavam festas grandiosas.

Embora os extraterrestres não tivessem como saber o peso de cada membro da tripulação, especificavam em minúcias a massa de cada componente da Máquina e a massa total permitida. Sobrava muito pouco para equipamentos de projeto terráqueo. Alguns anos antes, esse fato fora usado como argumento pelos que defendiam uma tripulação composta apenas de mulheres, pois assim a quantidade de equipamentos poderia aumentar; no entanto, a proposta fora descartada como frívola.

Não havia espaço para trajes espaciais. Os tripulantes teriam de contar com a esperança de que os veganos se lembrassem de que os seres humanos têm propensão a respirar oxigênio. Não dispondo praticamente de equipamentos pessoais, levando em conta as diferenças culturais das civilizações e sendo o destino dos tripulantes ignorado, era claro que a missão poderia envolver grandes riscos. A imprensa mundial discutia o assunto com frequência; os Cinco, nunca.

Grande variedade de câmeras, espectrômetros, supercomputadores supercondutores, tudo miniaturizado, além de bibliotecas em microfilme, estava sendo imposta à tripulação. Isso ao mesmo tempo fazia e não fazia sentido. Não havia instalações para alimentação ou higiene a bordo da Máquina. Os tripulantes levariam consigo apenas um mínimo de provisões, algumas metidas nos bolsos dos macacões. Devi teria um estojo médico de emergência. Quanto a si própria, pensava Ellie, o máximo que pretendia levar seria uma escova de dentes e uma muda de roupa de baixo. Se podem fazer-me chegar a Vega numa cadeira, pensava ela, provavelmente poderão conseguir tudo de que eu precisar. Se precisasse de uma câmera fotográfica, disse aos dirigentes do projeto, simplesmente pediria uma aos veganos.

Havia uma corrente de opinião, defendida com evidente seriedade, segundo a qual os Cinco deveriam ir nus; como a Mensagem não falava em roupas, não deveriam ser incluídas, pois poderiam perturbar o funcionamento da Máquina. Ellie e Devi, entre muitas outras pessoas, achavam graça nisso, observando que não havia nenhuma palavra *contra* o uso de roupas, costume humano que ficara patente na transmissão das Olimpíadas. Os veganos sabiam que usávamos roupas, protestaram Xi e Vaygay. As únicas restrições diziam respeito à massa total. Por acaso deve-

*320*

ríamos também remover as próteses dentárias, perguntavam, e deixar os óculos em casa? O ponto de vista deles acabou vitorioso, em parte devido à relutância de muitas nações a se associarem a um projeto que culminava em tamanha falta de decoro. No entanto, o debate provocou muitos risos entre os jornalistas, os técnicos e os Cinco.

"Aliás", comentou Lunacharski, "na verdade a Mensagem não especifica o envio de seres humanos. Talvez aceitassem chimpanzés com satisfação."

Até mesmo uma fotografia bidimensional de uma máquina de Vega teria valor inestimável, disseram a Ellie. Imagine-se uma fotografia dos próprios extraterrestres! Ela estava disposta a reconsiderar sua decisão e levar uma máquina fotográfica? Der Heer, que se encontrava então em Hokkaido, com uma grande delegação americana, pediu-lhe que se conduzisse com seriedade. O que estava em jogo era valioso demais, disse ele, para... mas Ellie o silenciou com um olhar tão duro que Der Heer não pôde completar a frase. Contudo, ela sabia o que ele pretendia dizer: para um comportamento infantil. Era incrível, mas Der Heer estava agindo como se fosse ele a parte ofendida no relacionamento entre ambos. Ellie explicou a situação a Devi, que não se mostrou muito receptiva. Der Heer, disse ela, era "um doce de pessoa". Por fim, Ellie concordou em levar uma câmera de vídeo ultraminiaturizada.

No registro de carga exigido pelo projeto, ela escreveu, sob a rubrica "Pertences pessoais": "Palmeira, fronde de, 0,811 kg".

Pediram a Der Heer que fosse falar com ela. "Você sabe que pode levar um sensacional sistema de imagens em infravermelho que pesa dois terços de um quilograma. Por que quer levar um ramo de árvore?"

"Uma fronde. É uma fronde de palmeira. Sei que você cresceu em Nova York, mas deve saber o que é uma palmeira. Está tudo em *Ivanhoé*. Não leu no ginásio? No tempo das Cruzadas, os peregrinos que faziam a longa viagem à Terra Santa traziam de volta uma fronde de palmeira para mostrar que realmente tinham estado lá. É para manter meu moral elevado. Não me importa que *eles* sejam adiantados. A Terra é a *minha* Terra Santa. Vou levar para eles uma fronde, para mostrar de onde eu vim."

Der Heer só fez balançar a cabeça. Mas, quando Ellie explicou seus motivos para Vaygay, ele disse: "Entendo isso muito bem".

Ellie lembrava-se das preocupações de Vaygay e da história que ele lhe contara em Paris sobre o *droshky* enviado a uma aldeia pobre. Mas não era essa a sua preocupação, de modo algum. A fronde de palmeira atendia a outra finalidade, compreendeu. Ela precisava de alguma coisa que lhe lembrasse a Terra. Tinha medo de ser tentada a não voltar.

Na véspera do dia em que a Máquina seria ativada, ela recebeu um pequeno embrulho que fora entregue em seu apartamento em Wyoming e remetido ao Japão por um serviço de entrega rápida. Não havia endereço para resposta e, no interior, nenhum bilhete ou assinatura. O embrulho continha um medalhão de ouro preso numa corrente. Seria possível usá-lo como pêndulo. Os dois lados do medalhão tinham sido gravados, com letras pequenas, mas legíveis. Um lado dizia:

> *Hera, a Rainha magnífica*
> *Dos mantos dourados,*
> *Comandou o Argus,*
> *Cujos olhares fuzilam*
> *Por todo o mundo.*

No reverso, leu:

Esta é a resposta dos defensores de Esparta ao comandante do Exército romano: "Se és um deus, não quererás ferir aqueles que nunca te fizeram mal. Se és homem, avança... e encontrarás homens iguais a ti". E também mulheres.

Ellie sabia quem havia mandado o embrulho.

\* \* \*

No dia seguinte, o esperado Dia da Ativação, realizaram uma pesquisa de opinião entre o pessoal da direção do projeto a respeito do que iria acontecer. A maioria opinou que nada aconteceria, que a Máquina não ia funcionar. Uns poucos acreditavam que os Cinco se veriam rapidamente levados para o sistema de Vega, a despeito do que rezava a relatividade. Outros sugeriram que a Máquina fosse um veículo para explorar o sistema solar; a mais dispendiosa peça pregada em toda a história; uma sala de aula; uma máquina do tempo; ou uma cabine telefônica galáctica. Um cientista escreveu: "Cinco substitutos horrendos, de escamas verdes e dentes afiados, lentamente se materializarão nos assentos". Dentre todas as respostas, essa foi a que mais se aproximou do cenário do cavalo de Troia. Uma outra resposta, mas somente uma, dizia: "Máquina do Juízo Final".

Houve uma espécie de cerimônia. Fizeram-se discursos e foram servidos canapés e bebidas. Pessoas se abraçaram. Outras choraram. Apenas algumas mostravam um ceticismo ostensivo. Podia-se perceber que, se, após a Ativação, qualquer coisa acontecesse, a reação seria trovejante. Havia uma expectativa de alegria em muitos rostos.

Ellie conseguiu ligar para a clínica de repouso e se despediu da mãe. Falou em Hokkaido, e em Wisconsin foi gerado o mesmo som. No entanto, não houve resposta. Sua mãe estava recuperando algumas funções motoras do lado lesionado, disse-lhe a enfermeira. Em breve seria capaz de pronunciar algumas palavras. Quando desligou, Ellie já se sentia quase feliz.

Os técnicos japoneses usavam os *hachimaki*, faixas de pano em torno da cabeça, utilizados tradicionalmente quando alguém se preparava para um esforço mental, físico ou espiritual, sobretudo um combate. Nas faixas havia sido estampada uma projeção convencional do mapa da Terra. Nenhum país ocupava posição predominante.

Não tinha havido muita movimentação de caráter nacional. Até onde Ellie sabia, ninguém fora instado a honrar seu país. Os líderes dos cinco países enviaram breves declarações em videoteipe. A da presidente Lasker era ótima, achou Ellie:

"Isto não é um discurso, nem um adeus. É apenas um até logo. Cada um de vocês está fazendo essa viagem em nome de 1 bilhão de almas. Vocês representam todos os povos do planeta Terra. Se forem transportados para algum lugar, então olhem por todos nós... não só a ciência, mas tudo que puderem aprender. Vocês representam toda a espécie humana, passada, presente e futura. Aconteça o que acontecer, o lugar de vocês na história está garantido. Vocês são heróis do nosso planeta. Falem por todos nós. Sejam sensatos. E... voltem."

Algumas horas depois, entraram, pela primeira vez, na Máquina — um a um, através de uma pequena câmara pressurizada. Acenderam-se luzes internas, muito suaves. Mesmo depois de a Máquina ter sido concluída e aprovada em todos os testes especificados, havia o receio de que os Cinco ocupassem seus lugares prematuramente. Alguns integrantes do projeto temiam que o simples fato de alguém sentar-se induzisse a Máquina a funcionar, mesmo que os *benzels* estivessem imobilizados. No entanto, estavam ali, e até então nada de extraordinário acontecera. Aquele era o primeiro momento em que Ellie havia conseguido recostar-se, com certa cautela, é verdade, no plástico moldado e acolchoado. Ela preferira que fosse *chintz*; capas de *chintz* teriam sido perfeitas para aqueles assentos. Mesmo isso, porém, descobrira, era motivo de orgulho nacional. O plástico parecia mais moderno, mais científico, mais sério.

Conhecendo os hábitos distraídos de Vaygay, haviam decretado que não seria permitido levar cigarros a bordo da Máquina. Lunacharski pronunciara, com toda a fluência, pragas em dez idiomas. Agora, ele entrou depois dos outros, tendo acabado seu último Lucky Strike. Arquejou um pouquinho ao se sentar ao lado de Ellie. Como não havia cintos de segurança nos desenhos extraídos da Mensagem, eles não existiam ali. Alguns membros do projeto haviam argumentado, ainda assim, que era temerário omiti-los.

*324*

A Máquina *vai* a algum lugar, pensou Ellie. Era um meio de transporte, uma abertura para algum lugar... ou alguma época. Era um trem de carga perfurando a noite, resfolegante. Se uma pessoa subisse a bordo, a Máquina a tiraria das sufocantes cidadezinhas provincianas da infância e a conduziria às esplêndidas cidades de cristal. Era descoberta e fuga, um fim à solidão. Cada atraso na produção, ditado por motivos logísticos, cada altercação sobre a interpretação correta de algum subcodicilo das instruções a haviam feito mergulhar em desespero. O que ela buscava não era a glória... não principalmente, não muito... mas sim uma espécie de libertação.

Ellie era uma viciada em prodígios. Em sua mente, ela fazia parte de uma tribo montanhesa, boquiaberta diante da verdadeira porta de Ishtar na antiga Babilônia; era Dorothy, contemplando pela primeira vez as espirais da Cidade de Oz; era um menino dos cortiços do Brooklyn posto no Corredor das Nações na Feira Mundial de 1939, com o Trylon e o Perisfério acenando a distância; era Pocahontas subindo de barco o estuário do Tâmisa, descortinando a cidade de Londres de um horizonte a outro.

Agitado por expectativas, seu coração cantava. Ela haveria de descobrir, tinha certeza, o que mais era possível, o que podia ser feito por outros seres, grandes seres — seres que, provavelmente, tinham passeado entre as estrelas quando os ancestrais do homem ainda saltavam de galho em galho nas selvas luxuriantes.

Como muitas outras pessoas, Drumlin a havia chamado de romântica incurável. E Ellie se viu imaginando, outra vez, por que tantas pessoas julgavam isso um terrível defeito. Seu romantismo tinha sido uma força propulsora em sua vida, uma fonte de prazeres. Defensora e praticante do Romance, ela estava de partida para ver a Magia.


Chegaram informações pelo rádio. Não havia defeitos aparentes, de acordo com a bateria de instrumentos que fora instalada do lado de fora da Máquina. Estavam à espera de que se fizesse vácuo no espaço entre os *benzels* e em torno deles. Um sistema de extraordinária eficiência estava bombeando o ar, para conseguir o maior vácuo já obtido na Terra. Ellie voltou a verificar o estojo de seu sistema ultraminiaturizado de vídeo, e passou a mão pela fronde de palmeira. No lado de fora do dodecaedro, luzes fortes tinham se acendido. Dois dos invólucros esféricos, em rotação, haviam atingido a velocidade que a Mensagem definira como crítica. Já era um borrão para os que a tudo assistiam do exterior. O terceiro *benzel* chegaria a essa velocidade em um minuto. Uma intensa carga elétrica estava em formação. Quando todos os três invólucros esféricos, de eixos mutuamente perpendiculares, alcançassem a velocidade prescrita, a Máquina seria ativada. Pelo menos, assim dizia a Mensagem.

O rosto de Xi traduzia determinação intensa, pensou Ellie; o de Lunacharski, calma deliberada; os olhos de Sukhavati estavam arregalados; Eda exibia apenas uma atitude de serena atenção. O olhar de Devi cruzou com o de Ellie e as duas mulheres sorriram.

Ellie desejou ter tido um filho. Esse foi seu último pensamento antes que as paredes tremeluzissem e se tornassem transparentes. Foi como se a Terra se abrisse e a tragasse.

# Parte 3
# A GALÁXIA

*Assim, caminho sem peias pelos montes, sabendo que existe esperança para aquilo que Tu moldaste do pó para se ligar às coisas eternas.*
Manuscritos do mar Morto

# 19. SINGULARIDADE NUA

[...] *ascender ao paraíso*
*Pela escada da surpresa.*
Ralph Waldo Emerson, "Merlin", *Poemas* (1847)

*Não é impossível que a algum ser infinitamente su-*
*perior todo o universo não passe de uma só planície,*
*sendo a distância entre planeta e planeta como os*
*poros de um grão de areia, e os espaços entre siste-*
*ma e sistema, semelhantes aos intervalos entre um*
*grão e o adjacente.*
Samuel Taylor Coleridge, *Omniania*

ESTAVAM CAINDO. Os painéis pentagonais do dodecaedro
tinham se tornado transparentes, da mesma forma que o teto e
o piso. Tanto no alto como embaixo, Ellie podia distinguir a
retícula de organossilicatos e os tarugos de érbio implantados,
que pareciam mexer-se. Todos os três *benzels* haviam desaparecido. O dodecaedro acelerava-se, mergulhando por um longo
túnel escuro cuja largura só permitia sua passagem. A aceleração parecia situar-se em torno de 1 g. Em resultado disso, Ellie, virada para a frente, foi comprimida contra o assento, ao passo que Devi, diante dela, estava ligeiramente dobrada na altura
da cintura. Talvez devessem mesmo ter acrescentado os cintos
de segurança.

Era difícil reprimir a ideia de que haviam sido arremessados
ao interior da litosfera da Terra e que seguiam na direção do seu
núcleo de ferro fundido. Ou talvez estivessem a caminho de...
Ellie tentou imaginar aquele veículo inverossímil como a barca
do Estige.

As paredes do túnel tinham uma contextura pela qual se podia avaliar a velocidade. Eram mosqueaduras irregulares e de
contornos indistintos, sem formas bem definidas. As paredes não

eram notáveis por seu aspecto, apenas por sua função. Mesmo a algumas centenas de quilômetros sob a crosta terrestre, as rochas estariam vermelhas por causa do calor. Não havia sinal disso.

De vez em quando um vértice anterior do dodecaedro roçava a parede, fazendo soltar flocos de um material desconhecido. O dodecaedro em si não parecia ser afetado. Logo depois, era como se uma verdadeira nuvem de minúsculas partículas os acompanhasse. Toda vez que o dodecaedro tocava a parede, Ellie sentia uma ondulação, como se um material macio houvesse recuado para amortecer o impacto. A débil iluminação amarela era difusa e uniforme. De quando em quando o túnel se curvava ligeiramente, e o dodecaedro descrevia a curva. Nada, ao que Ellie pudesse perceber, se dirigia rumo a eles. Em tal velocidade, até mesmo uma colisão com uma andorinha produziria uma explosão devastadora. E se aquilo fosse uma queda infinita num poço sem fundo? Ellie sentia uma contínua ansiedade física na boca do estômago. Mesmo assim, não procurava imaginar o que estava por vir.

*Buraco negro*, pensou. *Buraco negro*. Estou caindo no horizonte de eventos de um buraco negro, na direção da singularidade terrível. Ou talvez isto não seja um buraco negro e eu esteja voando rumo a uma singularidade nua. Era assim que diziam os físicos, singularidade nua. Perto de uma singularidade, a causalidade podia ser violada, os efeitos podiam preceder as causas, o tempo podia fluir para trás e era improvável que se sobrevivesse à experiência, quanto mais recordá-la. Para um buraco negro em rotação — Ellie arrancou a lembrança de seus estudos, havia tantos anos —, não existia um ponto, e sim uma singularidade anular ou alguma coisa ainda mais complexa a ser evitada. Os buracos negros eram uma coisa feia. As forças gravitacionais eram tão grandes que a pessoa se transformaria num longuíssimo fio delgado se tivesse o descuido de cair num deles. Além disso, seria esmagada lateralmente. Por sorte, não havia nenhum sinal de algo assim. Através das cinzentas superfícies transparentes em que tinham se convertido o teto e o piso, Ellie via uma intensa atividade. A matriz de organossilicatos im-

329

plodia em certos pontos e se desdobrava em outros; os tarugos de érbio, metidos nela, giravam e rodopiavam sobre si mesmos. Tudo que havia no interior do dodecaedro, inclusive ela própria e seus companheiros, tinha a mesma aparência de sempre. Bem, talvez estivessem um tanto excitados. Mas ainda não se haviam convertido em fios longos e finos.

Tudo isso era especulação ociosa, ela sabia. A física dos buracos negros não era sua especialidade. De qualquer forma, não podia entender como isso podia ter alguma relação com os buracos negros, que ou eram primordiais — produzidos na origem do universo — ou se haviam criado em época posterior, pelo colapso de uma estrela de massa maior que a do Sol. Nesse caso, a gravidade seria tão forte que nem a luz poderia escapar — com exceção de efeitos quânticos —, embora o campo gravitacional decerto continuasse a agir. Daí "buraco", daí "negro". Entretanto, eles não tinham provocado o colapso de uma estrela, nem ela podia imaginar alguma forma pela qual tivessem capturado um buraco negro primordial. De qualquer maneira, ninguém fazia ideia de onde poderia estar escondido o buraco negro primordial mais próximo. Só haviam construído a Máquina e feito os *benzels* girarem.

Ellie lançou um olhar para Eda, que estava calculando alguma coisa num pequeno computador. Através da condução óssea, ela tanto podia sentir como ouvir um ronco de baixa frequência toda vez que o dodecaedro roçava a parede, e levantou a voz para que Eda a escutasse.

"Compreende o que está acontecendo?"

"Nada, absolutamente nada", gritou ele. "Posso quase provar que isto não pode estar ocorrendo. Conhece as coordenadas Boyer-Lindquist?"

"Desculpe, mas não."

"Depois eu explico."

Ellie gostou de saber que ele julgava que haveria um "depois".

Sentia a desaceleração antes de vê-la, como se tivessem estado a descer numa montanha-russa, houvessem corrido por um trecho plano e agora estivessem subindo lentamente. Pouco antes de começar a desaceleração, o túnel descrevera uma sequência complexa de oscilações. Não houve mudança perceptível na cor ou na intensidade da iluminação. Ellie levantou a câmera, armou a teleobjetiva e olhou para o mais longe possível. Tudo que via era a próxima curva no caminho tortuoso. Ampliada, a contextura da parede pareceu complicada, irregular e, por um instante, debilmente luminosa.

Agora o dodecaedro quase se arrastava. Não se via o fim do túnel. Ellie imaginou se chegariam ao destino, fosse qual fosse. Talvez os projetistas houvessem errado nos cálculos. Talvez a Máquina tivesse sido mal construída, apresentasse alguma deficiência; talvez o que em Hokkaido tivesse sido considerado uma imperfeição tecnológica aceitável significasse o fracasso da missão deles ali em... Onde? Ou, relanceando o olhar para a nuvem de pequenas partículas que os seguia e de vez em quando chegava até eles, ela imaginou que possivelmente tivessem batido nas paredes um pouco mais do que deviam, perdendo com isso mais impulso do que o projeto admitia. O espaço entre o dodecaedro e as paredes parecia agora estreitíssimo. Talvez eles ficassem presos naquela terra de ninguém, fenecendo ali até o oxigênio acabar. Seria possível que os veganos tivessem tido tanto trabalho, mas se esquecido de que precisamos respirar? Não tinham visto todos aqueles nazistas aos berros?

Vaygay e Eda conheciam profundamente os mistérios da física gravitacional — *twistors*, renormalização de propagadores de fantasmas, vetores Killing espaço-temporais, invariância valorativa não abeliana, refocalização geodésica, as hipóteses undedimensionais Kaluza-Klein da supergravidade e, naturalmente, a própria superunificação de Eda. Mas bastava olhar para saber que ainda não tinham resposta pronta. Ellie imaginou que dentro de algumas horas os dois físicos avançariam na solução do problema. A superunificação englobava praticamente todas as escalas e aspectos da física conhecidos na Terra. Era difícil acreditar que aquele... túnel não fosse, em si mesmo, uma solução até então inimaginada das equações de campo de Eda.

"Alguém viu uma singularidade nua?", perguntou Vaygay.

"Não sei como são. Nunca vi uma", respondeu Devi.

"Desculpe, mas provavelmente não seria nua. Você sentiu alguma inversão de causalidade, alguma coisa esquisita... maluca mesmo... talvez no que estava pensando, alguma coisa como ovos se recompondo em gemas e claras...?"

Devi olhou para Vaygay, apertando os olhos.

"Está tudo certo", apressou-se Ellie a dizer. Vaygay está um pouco agitado, pensou consigo mesma. "Devi, são perguntas lógicas com relação a buracos negros. Parece doideira, mas não é."

"Não", respondeu Devi, lentamente. "Foi só a pergunta..." A seguir, ela se animou. "Na verdade, foi uma viagem maravilhosa."

Todos concordaram. Vaygay exultava.

"Esta é uma versão muito forte da censura cósmica", disse ele. "As singularidades são invisíveis até *dentro* dos buracos negros."

"Vaygay só está brincando", acrescentou Eda. "Depois que se entra no horizonte de eventos, não há meio de escapar à singularidade do buraco negro."

Apesar dos comentários tranquilizadores de Ellie, Devi continuou a olhar com insegurança para Vaygay e Eda. Os físicos eram obrigados a inventar palavras e expressões para conceitos muito distantes da experiência cotidiana. Tinham o hábito de evitar neologismos, preferindo evocar, mesmo que longinquamente, algum lugar-comum análogo. A alternativa consistia em dar às descobertas e equações os nomes uns dos outros. Também faziam isso. Mas, se uma pessoa não soubesse que estavam conversando sobre física, teria todo motivo para julgá-los de miolo mole.

Ellie levantou-se para caminhar até Devi, mas no mesmo momento Xi soltou um grito. As paredes do túnel estavam ondulando, fechando-se sobre o dodecaedro, comprimindo-o para a frente. Surgia um ritmo definido. Toda vez que o dodecaedro diminuía o movimento e quase se imobilizava, recebia outra compressão das paredes. Ellie começou a sentir uma ponta de enjoo. Em alguns lugares, a agitação era forte, as paredes apertavam com mais vigor, e ondas de contração e expansão corriam pelo túnel. Em outros pontos, sobretudo nas retas, passavam com facilidade.

A grande distância, Ellie divisou um vago ponto luminoso, que aos poucos crescia em intensidade. Um brilho branco-azulado começou a inundar o interior do dodecaedro, refletindo-se nos cilindros negros de érbio, já quase imóveis. Embora a viagem parecesse ter levado apenas dez ou doze minutos, era notável o contraste entre a suave iluminação durante a maior parte da jornada e o ofuscamento que se percebia à frente. Estavam correndo agora em sua direção, disparando pelo túnel, lançando-se depois em alguma coisa que parecia ser o espaço ordinário. Diante deles havia um gigantesco sol branco-azulado, desconcertantemente próximo. No mesmo instante Ellie compreendeu que era Vega.

Relutava em olhar diretamente através da teleobjetiva; isso seria loucura até mesmo no caso do Sol, uma estrela mais fria e mais débil. Entretanto, arranjou um pedaço de papel branco, posicionou-o de modo que ele ficasse no plano focal da teleobjetiva, e obteve em projeção uma imagem brilhante da estrela. Percebeu dois grandes grupos de manchas solares e uma insinuação, uma sombra, de parte do material que formava o plano anular. Depondo a câmera, ergueu a mão, com o braço estendido, a palma para a frente, de modo a cobrir o disco de Vega, e pôde contemplar uma enorme coroa brilhante em torno da estrela; estivera invisível antes, encoberta pelo clarão de Vega.

Com a palma da mão ainda estendida, observou o anel de detritos que cercava a estrela. A natureza do sistema de Vega fora objeto de aceso debate desde a recepção da Mensagem dos números primos. Agindo em nome da comunidade astronômica do planeta Terra, Ellie pôs a funcionar a câmera de videoteipe em várias aberturas e velocidades de filmagem, esperando que não estivesse cometendo nenhum erro sério. Eles haviam emergido quase no plano anular, numa brecha circum-estelar quase livre de detritos. O anel era extremamente delgado em comparação com suas vastas dimensões laterais. Ellie distinguia ligeiras gradações de cores no interior dos anéis, mas nenhuma das partículas isoladas. Se fossem como os anéis de Saturno, uma partícula de poucos metros de diâmetro seria gigantesca. Talvez os anéis de Vega se compusessem inteiramente de partículas de poeira, grãos de rocha e pedacinhos de gelo.

Virou-se para olhar o lugar de onde tinham emergido e viu um campo negro — um negrume circular, mais negro que o veludo, mais negro que o céu noturno. Eclipsava uma parte do sistema de anéis; a porção restante, não obscurecida por essa aparição escura, estava claramente visível. Olhando mais atentamente através da teleobjetiva, Ellie julgou ver débeis e irregulares clarões luminosos que emanavam do centro exato do sistema anular. Radiação? Não, seu comprimento de onda seria grande demais. Ou luz refletida pela Terra que ainda corria pelo túnel? Do outro lado daquele negrume ficava Hokkaido.

Planetas. Onde estariam os planetas? Ellie examinou o plano dos anéis com a teleobjetiva, à procura de planetas... ou ao menos do local onde residiam os seres que haviam transmitido a Mensagem. Em cada intervalo dos anéis ela buscava um mundo cuja influência gravitacional houvesse limpado as pistas de poeira. Mas nada encontrou.

"Achou algum planeta?", perguntou Xi.

"Nada. Há alguns cometas grandes por perto. Vejo as caudas. Mas nada que se pareça com um planeta. Deve haver milhares de anéis diferentes. Até onde posso perceber, são feitos de detritos. O buraco negro parece ter provocado uma enorme lacuna dos anéis. É nessa lacuna que estamos agora, em órbita lenta ao redor de Vega. O sistema é muito jovem... apenas algumas centenas de milhões de anos... e alguns astrônomos foram de opinião que era jovem demais para ter planetas. Mas, então, de onde veio a transmissão?"

"Talvez isto não seja Vega", sugeriu Vaygay. "É possível que o sinal de rádio viesse de Vega, mas que o túnel nos tenha trazido a outro sistema estelar."

"Pode ser, mas há uma coincidência muito estranha. Essa outra estrela teria mais ou menos a mesma temperatura de cor que Vega... veja, ela é azulada... e o mesmo tipo de sistema de detritos. Na verdade, não posso verificar isso pelas constelações, por causa do clarão. Mesmo assim, aposto que é Vega. Dou dez contra um."

"Mas então onde estão eles?", perguntou Devi.

Xi, cuja visão era mais penetrante, estava olhando para cima — através da matriz de organossilicatos, pelos painéis pentagonais transparentes, contemplando o céu muito além do plano anular. Nada disse, e Ellie acompanhou seu olhar. Havia realmente alguma coisa ali, reluzente e mostrando uma perceptível dimensão angular. Ellie olhou pela teleobjetiva. Era uma espécie de enorme poliedro irregular, e cada uma de suas faces era coberta por... uma espécie de círculo? Disco? Prato? Antena?

"Tome, Qiaomu, olhe por aqui. Diga o que está vendo."

"É, estou vendo. Seus colegas... radiotelescópios. Milhares deles, acho, apontando em todas as direções. Não é um planeta. É apenas um artefato."

Os cinco revezaram-se na teleobjetiva. Ellie reprimiu sua impaciência para olhar de novo. A natureza fundamental de um radiotelescópio era mais ou menos especificada pela física das ondas de rádio, mas Ellie se sentiu desapontada. Era decepcionante que uma civilização capaz de produzir, ou mesmo apenas utilizar, buracos negros para alguma espécie de transporte hiper-relativístico ainda usasse radiotelescópios de desenho reconhecível, por maior que fosse sua escala. Aquilo parecia definir os veganos como atrasados... destituídos de imaginação. Ela compreendia a vantagem de posicionar os telescópios em órbita polar em torno da estrela, protegidos de colisões com os detritos do plano dos anéis, a não ser duas vezes em cada revolução. Mas radiotelescópios apontados para todo o céu... milhares deles... isso sugeria um levantamento completo do céu, um Argus à enésima potência. Inúmeros mundos estavam sendo vigiados, à procura de transmissões de televisão, radares militares e, talvez, outras variedades de radiotransmissão primitiva desconhecidas na Terra. Encontrariam tais sinais com frequência, ou teria sido a Terra o primeiro êxito deles em 1 milhão de anos de observação? Não havia sinal algum de uma comissão de recepção. Seria uma delegação chegada das províncias coisa tão banal que ninguém fora incumbido sequer de anunciar sua chegada?

Quando a teleobjetiva lhe foi devolvida, Ellie marcou com todo cuidado o foco, a abertura e a velocidade de filmagem. Desejava um registro permanente, a fim de mostrar à Fundação Nacional de Ciências o que era uma radioastronomia séria. Seria tão bom se houvesse um meio de determinar o tamanho do mundo poliédrico! Os telescópios o cobriam como cracas numa baleia. Em condições de zero g, podia-se construir um radiotelescópio de qualquer dimensão imaginável. Depois que as fotografias fossem reveladas, ela teria condições de determinar o tamanho angular (talvez alguns minutos de arco), mas seria impossível conhecer a dimensão linear, o tamanho real, a menos que se soubesse a que distância estava a coisa. Mesmo assim, ela percebia que era imensa.

"Se não existem mundos aqui", estava dizendo Xi, "então não há veganos. Ninguém vive aqui. Vega é apenas uma guarita, um lugar onde a patrulha de fronteira esquenta as mãos."

"Aqueles radiotelescópios", disse Xi, levantando os olhos, "são as torres de vigia da Grande Muralha. Quando se está limitado pela velocidade da luz, é difícil manter coeso um império galáctico. Ordena-se que a guarnição sufoque uma rebelião. Dez mil anos depois fica-se sabendo o que aconteceu. Mau. Lento demais. Por isso, dá-se autonomia aos comandantes das guarnições. Aí, não existe mais império. Mas *aquilo*..." Agora ele fez um gesto na direção da mancha negra, cada vez menor, que cobria o céu deles. "...*aquilo* são estradas imperiais. A Pérsia as possuía. Roma as possuía. A China as possuía. Nesse caso, não se tem mais a restrição da velocidade da luz. Com estradas, pode-se manter a coesão de um império."

Entretanto, Eda, imerso em reflexão, balançava a cabeça. Algum problema de física o apoquentava.

O buraco negro, se é que era isso mesmo, podia ser visto agora girando em torno de Vega, numa faixa larga inteiramente livre de detritos. Tanto os anéis internos como os externos lhe davam amplo espaço. Era difícil acreditar em seu negrume.

Enquanto Ellie fazia tomadas panorâmicas do anel de detritos diante dela, imaginava se algum dia esse anel viria a formar seu próprio sistema planetário, com as partículas colidindo, espichando-se, tornando-se cada vez maiores, causando condensações gravitacionais, até que, por fim, alguns grandes mundos estivessem em órbita ao redor da estrela. Era muito semelhante ao quadro que os astrônomos traçavam da origem dos planetas em torno do Sol, há 4 bilhões e meio de anos. Agora ela distinguia ausências de homogeneidade nos anéis, lugares em que aparecia uma perceptível protuberância causada pela aglutinação de detritos.

O movimento do buraco negro em torno de Vega estava criando uma visível ondulação nas faixas de detritos adjacentes. O dodecaedro produzia, sem dúvida, um rastro mais modesto. Teriam aquelas perturbações gravitacionais, aquelas rarefações e condensações que se espraiavam, alguma consequência a longo prazo, modificando o padrão de uma formação planetária subsequente? Nesse caso, a própria existência de algum planeta, daí a bilhões de anos, poderia dever-se ao buraco negro e à Máquina... e, por conseguinte, à Mensagem, e, por conseguinte, ao Projeto Argus. Ellie sabia que estava sendo excessivamente personalista; se ela nunca houvesse existido, outro radioastrônomo decerto teria recebido a Mensagem, mais cedo ou mais tarde. A Máquina teria sido ativada num momento diferente e o dodecaedro teria chegado ali em outro tempo. Portanto, algum futuro planeta naquele sistema ainda deveria a ela sua existência. Então, por simetria, havia impedido o surgimento de algum outro mundo destinado a se formar se ela nunca houvesse nascido. Talvez estivesse exagerando, imaginar que suas inocentes ações fossem responsáveis pelo destino de mundos desconhecidos.

Tentou fazer uma tomada panorâmica, começando no interior do dodecaedro, passando para os montantes que ligavam os painéis pentagonais transparentes e saindo depois para a lacuna nos anéis de detritos na qual eles, juntamente com o buraco negro, estavam orbitando. Acompanhou a lacuna, flanqueada por dois anéis azulados, apontando a objetiva cada vez mais longe.

Havia alguma coisa esquisita à frente, uma espécie de arqueamento no anel interno adjacente.

"Qiaomu", disse ela, passando-lhe a teleobjetiva. "Olhe ali. Que é aquilo?"

"Onde?"

Ellie apontou de novo. Depois de um instante, Xi o encontrou. Ellie o percebeu pelo leve mas indisfarçável sobressalto do companheiro.

"Outro buraco negro", disse ele. "Muito maior."


Estavam caindo novamente. Dessa vez o túnel era mais espaçoso e a velocidade, maior.

"Será *isso*?", gritou Ellie para Devi. "Eles nos trazem a Vega para mostrar seus buracos negros. Permitem que vejamos seus radiotelescópios a mil quilômetros de distância. Passamos dez minutos ali, e depois eles nos metem em outro buraco negro e nos devolvem à Terra. Foi para isso que gastamos 2 trilhões de dólares?"

"Talvez pessoalmente nós não tenhamos nenhuma importância", disse Lunacharski. "Quem sabe se tudo que eles queriam não era fincar pé na Terra?"

Ellie imaginou escavações noturnas sob as portas de Troia.

Com as mãos espalmadas, Eda fez um gesto apaziguador.

"Vamos esperar para ver", disse. "Este túnel é diferente. Por que você acha que ele vai de volta à Terra?"

"Não era a Vega que íamos?", perguntou Devi.

"Lembremo-nos do método experimental. Vamos ver o que acontece."

Naquele túnel havia menos contato com as paredes e menos movimentos ondulatórios. Eda e Vaygay estavam discutindo um diagrama espaço-temporal que haviam desenhado em coordenadas Kruskal-Szekeres. Ellie nem fazia ideia do que estavam dizendo. A etapa de desaceleração, a parte da viagem que parecia ascendente, ainda era desconcertante.

Dessa vez a luz no fim do túnel era alaranjada. Saíram, a considerável velocidade, para o sistema de uma binária contactante; os dois sóis se tocavam. As camadas exteriores de uma estrela gigante vermelha, inchada e velha, sobrepunham-se à fotosfera de uma anã amarela, de vigorosa maturidade, um tanto semelhante ao Sol. A zona de contato entre as duas estrelas era ofuscante. Ellie procurou ver os anéis de detritos, planetas ou radioobservatórios em órbita, mas não viu coisa alguma. Isso não quer dizer muito, pensou. Esses sistemas poderiam ter grande número de planetas, mas eu nunca perceberia com esta teleobjetiva fraquinha. Projetou o sol duplo na folha de papel e fotografou a imagem com uma grande-angular.

Como não existiam anéis, havia menos dispersão de luz naquele sistema que no de Vega. Com a grande-angular ela pôde, depois de procurar um pouco, reconhecer uma constelação que se assemelhava suficientemente à Ursa Maior. No entanto, era-lhe difícil reconhecer as outras constelações. Como as estrelas mais brilhantes da Ursa Maior se situam a algumas centenas de anos-luz da Terra, Ellie concluiu que não haviam saltado mais que algumas centenas de anos-luz.

Comentou isso com Eda e lhe pediu a opinião.

"O que eu acho? Acho que isso é um metrô."

"Metrô?"

Ellie lembrou-se de sua momentânea sensação de cair, como que nas profundezas do inferno, logo depois da Ativação da Máquina.

"Um metrô. Essas são as paradas. As estações. Vega, esse sistema e outros. Os passageiros sobem e descem nas paradas. Mudam de trens aqui."

Eda apontou para a binária contactante e Ellie observou que a mão dele projetava duas sombras, uma antiamarela e a outra antivermelha, como numa... discoteca. Essa foi a única imagem que lhe ocorreu.

"Mas *nós*... não podemos descer", prosseguiu Eda. "Estamos num carro expresso. Vamos direto ao terminal, ao fim da linha."

Drumlin chamava tais especulações de Terra da Fantasia, e essa era a primeira vez, ao que Ellie sabia, que Eda sucumbira à tentação.

\* \* \*

Dos Cinco, ela era a única astrônoma prática, mesmo que sua especialidade não fosse o espectro óptico. Por isso, achou ser seu dever acumular o máximo possível de dados, nos túneis e no espaço-tempo quadridimensional comum em que emergiam periodicamente. O suposto buraco negro do qual saíam sempre estava em órbita em torno de uma estrela ou sistema estelar. Apresentavam-se sempre aos pares, sempre os dois em órbitas semelhantes — uma na qual eram ejetados e outra na qual caíam. Nunca dois sistemas tinham muita semelhança. Nenhum deles era como o solar. Todos proporcionavam lições astronômicas úteis. Nenhum deles exibia alguma coisa como um engenho artificial — um segundo dodecaedro ou algum enorme projeto de engenharia destinado a decompor um mundo e convertê-lo no que Xi denominara artefato.

Dessa vez emergiram perto de uma estrela que mudava visivelmente de luminosidade (Ellie percebia isso pela progressão de aberturas que se faziam necessárias nas câmeras de vídeo). Talvez fosse uma das estrelas da Lira RR; nas proximidades havia um sistema quíntuplo; a seguir, uma débil anã castanha. Algumas achavam-se no espaço aberto, outras, envoltas em nebulosidade, cercadas por fulgentes nuvens moleculares.

Ellie lembrou-se do aviso: "Isso será deduzido do seu quinhão no Paraíso". Nada havia sido deduzido do quinhão dela. Apesar de um esforço consciente para manter uma calma profissional, seu coração saltava ante aquela profusão de sóis. Oxalá cada um deles fosse o mundo nativo de alguém. Ou viesse a ser um dia.

No entanto, depois do quarto salto ela começou a se preocupar. Subjetivamente, e pelo que lhe dizia o relógio de pulso, parecia fazer uma hora que tinham "saído" de Hokkaido. Se aquilo durasse muito mais, sentiria a falta de conforto. Provavelmente havia aspectos da fisiologia humana que não podiam ser deduzidos, mesmo depois que uma civilização avançada assistisse atentamente à televisão.

E, se os extraterrestres eram tão capazes, por que os estavam submetendo a tantos pequenos saltos? Certo, talvez o pulo a partir da Terra usasse equipamento rudimentar, pois de um lado do túnel só havia primitivos. Mas, e depois de Vega? Por que não poderiam transportá-los diretamente ao lugar para onde estava indo o dodecaedro?

A cada saída de um túnel, Ellie se sentia na expectativa. Que maravilhas viriam a seguir? Aquilo a fazia pensar num parque de diversões em escala incomensurável, e ela ficou a imaginar Hadden olhando pelo telescópio para Hokkaido no momento em que a Máquina fora ativada.

Por mais espetaculares que fossem os panoramas oferecidos pelos produtores da Mensagem, e por mais que lhe satisfizesse uma espécie de domínio do assunto, ao explicar aos demais algum aspecto da evolução das estrelas, passado algum tempo Ellie se sentiu desapontada. Teve de se esforçar para identificar o que estava sentindo. Em breve descobriu: os extraterrestres estavam se exibindo. Aquilo era esquisito. Traía algum defeito de caráter.

Enquanto eram lançados por outro túnel, esse mais largo e serpenteante que os demais, Lunacharski pediu a Eda que imaginasse por que razão as estações se situavam em sistemas estelares tão pouco promissores. "Por que não em torno de uma estrela única, uma estrela jovem em boas condições e sem detritos?"

"Porque", respondeu Eda, "...e é claro que se trata apenas de um palpite, como você pediu... porque todos esses sistemas jovens são habitados..."

"E eles não querem que os turistas assustem os nativos", acrescentou Sukhavati.

Eda sorriu. "Ou o contrário."

"Mas é isso que você quer dizer, não é? Há alguma ética de não interferência no caso de planetas primitivos. Sabem que de vez em quando alguns primitivos poderiam usar o metrô..."

"E eles estão *muito* certos sobre os primitivos", aduziu Ellie, "mas não podem ter certeza *absoluta*. Afinal, primitivos são primitivos. Por isso, só podem viajar nos metrôs que passam pela periferia. Os construtores devem ser uma gente muito cautelosa. Mas, nesse caso, por que nos mandaram um trem parador e não um direto?"

"Provavelmente, é caro demais construir um túnel direto", disse Xi, lembrando-se de seus anos de experiência com escavações. Ellie pensou no túnel Honshu-Hokkaido, um dos orgulhos da engenharia civil da Terra, que tinha ao todo 51 quilômetros de extensão.

Algumas das curvas eram agora bastante pronunciadas. Ellie lembrou-se de seu Thunderbird, e logo pensou em enjoar. Resolveu que reprimiria a sensação até quando possível. O dodecaedro não fora equipado com sacolas para enjoo.

Repentinamente, entraram numa reta e o céu se encheu de estrelas. Para onde quer que ela olhasse, havia estrelas, não a pífia dispersão de alguns milhares que de vez em quando ainda se podia observar da Terra a olho nu, mas uma enorme multidão — muitas quase se tocavam, aparentemente — que a cercava em todas as direções, muitas tingidas de amarelo, azul ou vermelho, sobretudo vermelho. O céu era uma fogueira de sóis próximos. Ellie distinguia uma imensa nuvem espiralada de poeira, um disco de acresção que aparentemente se desdobrava num buraco negro de proporções fantásticas, do qual emanavam clarões de radiação como relâmpagos numa noite de verão. Se aquele era o centro da galáxia, como ela suspeitava, estaria banhado em radiação sincrotrônica. Era bom que os extraterrestres tivessem se lembrado de como os seres humanos eram frágeis.

E enquanto o dodecaedro girava, seu campo de visão foi ocupado por... um prodígio, um portento, um milagre. Deram com aquilo quase sem o perceber. Enchia metade do céu. Voavam agora sobre ele. Em sua superfície, havia centenas, talvez milhares de portais iluminados, cada qual de forma diferente. Muitos eram poligonais ou circulares, ou ainda de seção transversal elíptica, alguns tinham apêndices salientes ou uma sequência de círculos excêntricos imbricados. Ellie compreendeu que se tratava de dispositivos de atracamento, aos milhares e diferentes. Alguns teriam apenas alguns metros, outros, evidentemente, quilômetros de largura, ou mais ainda. Cada um deles, concluiu, dava passagem a alguma máquina interestelar como aquela. As criaturas grandes, que chegavam em máquinas sérias, dispunham de entradas imponentes; as pequenas, como eles cinco, tinham entradas minúsculas. Era um sistema democrático, que não privilegiava particularmente nenhuma civilização. A diversidade dos atracadouros sugeria poucas distinções sociais entre as diversas civilizações, mas implicava uma estonteante variedade de seres e de culturas. E havia quem enchia a boca para falar da grande estação central de Nova York!

A visão de uma galáxia povoada, de um universo transbordante de vida e inteligência, fez com que ela desejasse gritar de alegria.

Estavam se aproximando de um atracadouro iluminado de amarelo que, Ellie percebia, era a réplica exata do dodecaedro em que viajavam. Viu um atracadouro próximo, onde alguma coisa do tamanho do dodecaedro e que tinha a forma aproximada de uma estrela-do-mar se enfiava vagarosamente. Olhou para a esquerda e a direita, para cima e para baixo, para a curvatura quase imperceptível daquela imensa estação, situada no que ela supunha ser o centro da Via Láctea. Que honra para a espécie humana, enfim convidada a ir até lá! Há esperança para nós, pensou Ellie. Há esperança!

"Bem, não é Bridgeport."

Disse essas palavras em voz alta, enquanto a manobra de atracamento se completava em silêncio total.

# 20. ESTAÇÃO CENTRAL

*Todas as coisas são artificiais, pois a natureza é a
arte de Deus.*
Thomas Browne, "Dos sonhos", *Religio medici*
(1642)

*Os anjos necessitam assumir um corpo, não por eles,
mas por nossa causa.*
Santo Tomás de Aquino, *Summa theologica*, I,
51, 2

*O demônio tem a capacidade
De se disfarçar sob uma forma aprazível.*
William Shakespeare, *Hamlet*, II, 2

**A CÂMARA PRESSURIZADA** fora projetada de modo a só permitir a passagem de uma pessoa. Ao se levantarem questões de
prioridade — qual a nação que deveria ser a primeira a se fazer
representar no planeta de outra estrela —, os Cinco haviam ma-
nifestado seu desprazer, dizendo aos administradores do projeto que aquela missão nada tinha a ver com tais questiúnculas.
Haviam deliberadamente evitado debater o assunto entre si.

As portas da câmara, tanto a interna como a externa, abri-
ram-se simultaneamente. Ninguém ali dentro fizera coisa alguma nesse sentido. Aparentemente, aquele setor da Estação Central era provido de oxigênio.

"Bem, quem quer sair primeiro?", perguntou Devi.

Com a câmera de vídeo na mão, Ellie esperou na fila para
sair, mas resolveu que a fronde de palmeira deveria estar com
ela quando pisasse aquele mundo novo. Ao voltar para pegá-la,
ouviu uma exclamação de prazer do lado de fora, provavelmente de Vaygay. Ellie saiu para o sol brilhante. A soleira da porta
externa estava coberta de areia. Devi estava metida na água até

*344*

os tornozelos, espadanando água na direção de Xi. Eda tinha um sorriso largo no rosto.

Era uma praia. As ondas quebravam na areia. No céu azul nuvens preguiçosas brincavam. Havia uma fileira de palmeiras, distribuídas de maneira irregular perto da água. Um Sol fulgia no céu. Um só. Amarelo. Bem como o nosso, pensou Ellie. O ar recendia a cravos, talvez canela também. Podia ser uma praia em Zanzibar.

Ou seja, tinham viajado 30 mil anos-luz para passear numa praia. Podia ser pior, pensou Ellie. A brisa soprou um pouco mais forte, agitando um redemoinho diante de Ellie. Seria tudo aquilo uma trabalhosa simulação da Terra, talvez feita a partir dos dados recolhidos por uma expedição rotineira de reconhecimento, há milhões de anos? Ou teriam eles cinco realizado aquela viagem épica apenas para melhorar seu conhecimento da astronomia descritiva, sendo depois jogados sem cerimônia num canto agradável da Terra?

Ao se virar, Ellie constatou que o dodecaedro tinha desaparecido. Haviam deixado a bordo o supercomputador supercondutor, bem como sua biblioteca de referência. E também alguns dos instrumentos. Aquilo os preocupou por alguns instantes. Mas estavam bem e tinham feito uma viagem que valia a pena contar. Vaygay olhou para a fronde que tanto esforço custara a Ellie, olhou para as palmeiras da praia e riu.

"Choveu no molhado, Ellie", comentou Devi.

Mas a fronde *dela* era diferente. Talvez eles tivessem espécies diferentes ali. Ou então a variedade local fora produzida por um fabricante desatento. Ellie olhou para o mar, que irresistivelmente lhe trouxe à mente a imagem da primeira colonização da Terra, há cerca de 400 milhões de anos. Não importava onde estivessem — no oceano Índico ou no centro da galáxia —, os cinco haviam realizado uma coisa sem paralelo. O itinerário e os destinos estavam inteiramente fora do controle deles, era verdade. Mas tinham atravessado o oceano do espaço interestelar e dado início ao que certamente seria uma nova era da história humana. Ellie estava muito orgulhosa.

Xi tirou as botas e arregaçou até os joelhos as calças do macacão cheio de insígnias que os governos os haviam feito usar. Saiu caminhando pela água. Devi ocultou-se atrás de uma palmeira e apareceu usando um sári, com o macacão no braço. Ellie lembrou-se dos filmes de Dorothy Lamour. Eda apareceu com o tipo de traje branco que era sua marca registrada em todo o mundo. Ellie os filmou, fazendo tomadas curtas. Quando voltassem para casa, a impressão seria exatamente a de um filme doméstico. Juntou-se a Xi e Vaygay na arrebentação. A água parecia quase morna. Era uma tarde agradável e, pensando bem, era gostoso estar ali depois do inverno de Hokkaido, que haviam deixado pouco mais de uma hora antes.

"Todos vocês trouxeram alguma coisa de simbólico", disse Vaygay. "Menos eu."

"Que quer dizer?"

"Sukhavati e Eda trouxeram trajes nacionais. Xi trouxe um grão de arroz." Com efeito, Xi estava segurando um grão num saco de plástico, entre o polegar e o indicador. "Você tem sua fronde de palmeira", continuou Vaygay. "Mas eu não trouxe nenhum símbolo, nenhuma lembrança da Terra. Sou o único materialista de verdade neste grupo, e tudo que eu trouxe está em minha cabeça."

Ellie havia pendurado o medalhão no pescoço, debaixo do macacão. Tirou-o. Vaygay notou seu gesto e ela lhe deu o medalhão, para que ele lesse as inscrições.

"É de Plutarco, acho", disse ele, depois de um instante. "Palavras corajosas, essas dos espartanos. Mas lembre-se de que os romanos ganharam a batalha."

Pelo tom de sua admoestação, Vaygay devia ter imaginado que o medalhão fosse um presente de Der Heer. Ellie ficou satisfeita por ele desaprovar Ken — na verdade, uma desaprovação justificada pelo que havia acontecido — e por sua contínua solicitude. Tomou-lhe o braço.

"Eu daria tudo por um cigarro", disse ele, apertando a mão de Ellie.

Sentaram-se juntos numa pedra. A arrebentação gerava um suave ruído branco que lembrava a Ellie o Argus e seus muitos anos de observação da estática cósmica. O Sol estava a boa distância do zênite, sobre o oceano. Um siri passou correndo de lado pela areia. Com siris, cocos e as limitadas provisões que traziam nos bolsos, poderiam sobreviver tranquilamente por algum tempo. Não havia pegadas na praia além das deles.

"Achamos que eles fizeram quase todo o trabalho." Vaygay estava explicando a opinião dele e de Eda sobre o que os cinco haviam experimentado. "Tudo que o projeto fez foi fazer uma ruguinha no espaço-tempo para que eles pudessem ter onde prender o túnel. Em toda aquela geometria multidimensional, deve ser muito difícil achar uma ruguinha no espaço-tempo. Mais difícil ainda deve ser prender alguma coisa nele."

"Que está dizendo? Eles modificaram a geometria do espaço?"

"Foi. Estamos dizendo que o espaço não é conectado, topologicamente, de maneira simples. É como... sei que Abonnema não gosta dessa analogia... é como uma superfície bidimensional plana. O plano 1 está ligado, através de tubulações complicadas, a outra superfície bidimensional, o plano 2. O único meio de passar do plano 1 para o plano 2, em tempo razoável, é através dos tubos. Mas imaginemos que as pessoas do plano 1 abaixem um conduto com um bocal na ponta. Farão um túnel entre as duas superfícies, desde que as pessoas do plano 2 cooperem fazendo uma ruga na superfície *delas* para que o bocal possa prender-se ali."

"Assim, os sabidos mandam uma mensagem pelo rádio, ensinando os bobos a fazerem uma ruga. Mas, se são realmente seres bidimensionais, como poderiam fazer uma ruga na superfície deles?"

"Acumulando grande quantidade de massa num único local." Vaygay disse isso como que inseguro da explicação.

"Mas não foi isso que fizemos."

"Eu sei, eu sei. De alguma forma os *benzels* o fizeram."

"Vejam", explicou Eda, "se os túneis são buracos negros, isso implica grandes contradições. Temos então um túnel interior que é exatamente a solução de Kerr para as equações de campo de Einstein, mas é instável. A menor perturbação o lacraria e o converteria numa singularidade física através da qual nada pode passar. Tentei imaginar uma civilização superior que controlasse a estrutura interna de uma estrela em colapso, a fim de manter o túnel interior estável. Isso é muito difícil. A civilização teria de monitorar e estabilizar o túnel eternamente. A dificuldade seria maior ainda com uma coisa grande como o dodecaedro caindo no meio dele."

"Mesmo que Abonnema consiga descobrir como manter o túnel aberto, restam muitos outros problemas", disse Vaygay. "Problemas demais. Os buracos negros juntam problemas mais depressa do que juntam matéria. Há, por exemplo, as forças de maré. Devíamos ter sido despedaçados no campo gravitacional do buraco negro. Devíamos ter ficado esticados como as pessoas nos quadros de El Greco ou nas esculturas daquele italiano, o..." Virou-se para Ellie, à espera de que ela lhe desse o nome.

"Giacometti", sugeriu ela. "Mas ele era suíço."

"Isso, como Giacometti. Querem mais problemas? Medido da Terra, o tempo que levaríamos para atravessar um buraco negro seria infinito, e não poderíamos nunca, nunca, retornar ao nosso planeta. Talvez nunca voltemos para casa. Além disso, deveria haver um verdadeiro inferno de radiação perto da singularidade. Isto é uma instabilidade mecânico-quântica..."

"E, finalmente", continuou Eda, "um túnel do tipo Kerr pode levar a grotescas violações da causalidade. Com uma mudança mínima de trajetória no interior do túnel, poderíamos sair dele em qualquer instante do começo do universo... um picossegundo depois do big-bang, se quiserem. Seria um universo muito desordenado."

"Escutem, meus amigos", disse Ellie, "não sou especialista em relatividade geral. Mas nós não *vimos* buracos negros? Não caímos neles? Não saímos deles? Por acaso um grama de observação não vale uma tonelada de teoria?"

"Eu sei, eu sei", respondeu Vaygay, um tanto acabrunhado. "Tem de ser alguma coisa diferente. Nosso conhecimento de física não pode estar tão errado. Pode?"

Havia dirigido essa última pergunta, quase em tom de queixa, a Eda, que respondeu apenas: "Um buraco negro natural não pode ser um túnel. Eles apresentam no centro singularidades intransponíveis".

Com um sextante improvisado e seus relógios, mediram o movimento angular do Sol poente. Eram 360 graus em 24 horas, como na Terra. Antes que o Sol caísse demais no horizonte, desmontaram a câmera de Ellie e usaram a objetiva para fazer fogo. Ellie conservou a fronde a seu lado, com cuidado, com medo de que, por descuido, alguém a atirasse às chamas depois de escurecer. Xi mostrou-se perito na arte de fazer fogo. Colocou-os contra o vento e manteve a chama baixa.

Aos poucos, foram aparecendo as estrelas. Estavam todas lá, as constelações familiares da Terra. Ellie ofereceu-se para ficar acordada, mantendo a fogueira acesa, enquanto os outros dormiam. Queria ver a Lira nascer, o que aconteceu depois de algumas horas. A noite era excepcionalmente clara, e Vega brilhava, firme. Pelo movimento aparente das constelações no céu, pelas constelações do hemisfério austral que ela distinguia e pelo fato de a Ursa Maior localizar-se perto do horizonte, Ellie deduziu que se encontravam numa latitude tropical. Se tudo isto é uma simulação, pensou antes de adormecer, eles tiveram muito trabalho.

Teve um sonho estranho. Os cinco estavam nadando — nus, sem constrangimento, debaixo da água —, ora deslizando devagar perto de corais, ora entrando em locais que logo a seguir eram obscurecidos por algas. Em certo momento, ela subiu à superfície. Uma nave em forma de dodecaedro passou voando baixo. Suas paredes eram transparentes, e em seu interior ela via pessoas de *dhotis* e sarongues, lendo jornais e conversando descontraidamente. Ellie mergulhou de novo. Seu habitat era o fundo do mar.

Embora o sonho parecesse durar muito, nenhum deles tinha nenhuma dificuldade em respirar. Inalavam e expiravam água. Não sentiam desconforto algum, na verdade, nadavam com naturalidade, como se fossem peixes. A água devia ser fortemente oxigenada, pensou. No meio do sonho, ela se lembrou de um camundongo que vira certa vez num laboratório de fisiologia, muito feliz num frasco de água oxigenada, até mesmo nadando como um cachorrinho. Uma cauda vermiforme flutuava atrás dele. Ellie tentou lembrar-se da quantidade de oxigênio necessária, mas era muito trabalhoso. Estava pensando cada vez menos, pensou. Muito bem. Isso mesmo.

Os outros mostravam agora um nítido aspecto de peixe. As nadadeiras de Davi eram translúcidas. Era uma sensação esquisita, vagamente sensual. Ellie esperava que aquilo continuasse, de modo que ela pudesse descobrir uma coisa. No entanto, até mesmo a pergunta que ela queria responder lhe fugia. Ah, respirar água quente, pensou. Que será que eles pensariam a seguir?

Ellie acordou com uma sensação tão profunda de desorientação que se julgou à beira de uma vertigem. Onde estava? Wisconsin, Porto Rico, Novo México, Wyoming, Hokkaido? Ou no estreito de Malaca. Depois se lembrou. Não sabia em que ponto da Via Láctea estava; talvez aquele fosse o recorde de desorientação, pensou. Apesar da dor de cabeça, ela riu. E Devi, que dormia a seu lado, mexeu-se. Devido à inclinação da praia — haviam caminhado um quilômetro, mais ou menos, na tarde anterior, sem encontrarem sinal algum de habitação —, a luz do sol ainda não a atingia diretamente. Ellie estava deitada com a cabeça num monte de areia. Devi, acabando de acordar, dormira com a cabeça sobre o macacão enrolado.

"Você não acha que uma cultura que faz questão de travesseiros macios é um pouco boba?", perguntou Ellie. "Os que botam a cabeça em cangas de madeira à noite, são esses que juntam dinheiro."

Devi riu e lhe desejou bom-dia.

Ouviram gritos na praia. Os três homens estavam fazendo sinais com os braços e chamando-as. Ellie e Devi levantaram-se e foram ter com eles.

350

Havia, sobre a areia, uma porta em pé. Uma porta de madeira, com almofadas e maçaneta de metal. Pelo menos parecia latão. A porta tinha dobradiças metálicas pintadas de preto e uma moldura. Nenhuma laca. Nada havia nela de extraordinário. Para a Terra.

"Agora, contorne-a", convidou Xi.

Por trás, não se via porta alguma. Ellie viu Eda, Vaygay e Xi, Devi de pé, um pouco mais afastada, e a areia, sem solução de continuidade, entre os quatro e ela. Moveu-se para o lado, sentindo nos calcanhares a umidade da areia, e distinguiu uma linha vertical finíssima. Relutou em tocá-la. Retornando à parte de trás, verificou que não havia sombras ou reflexos no ar diante dela, e então avançou, passando por onde estaria a porta.

"Muito bem!" Eda riu. Ellie virou-se e deu com a porta fechada diante dela.

"O que você viu?", perguntou.

"Uma mulher linda atravessando a porta fechada de dois centímetros de espessura."

Vaygay parecia bem, apesar da vontade de fumar.

"Já tentaram abrir a porta?", perguntou Ellie.

"Ainda não", respondeu Xi.

Ellie deu um passo atrás, admirando a aparição.

"Parece uma coisa de... Como é o nome daquele surrealista francês?", perguntou Vaygay.

"René Magritte", respondeu Ellie. "Mas ele era belga."

"Estamos de acordo. Admito. Isto aqui não é a Terra", disse Devi, com um gesto que abarcava o oceano, a praia e o céu.

"A menos que estejamos no golfo Pérsico de 3 mil anos atrás e haja gênios da lâmpada por aí", disse Ellie, rindo.

"Não está impressionada com a meticulosidade?"

"Muito", respondeu Ellie. "Eles são ótimos, concordo. Mas para quê? Qual a finalidade de tanto esmero?"

"Talvez eles simplesmente gostem de fazer as coisas direito."

"Ou estejam se mostrando."

"Não entendo", continuou Devi. "Como podem conhecer

nossas portas tão bem? Imaginem quantas maneiras diferentes existem de construir uma porta. Como eles *poderiam* saber?"

"Poderia ser pela televisão", disse Ellie. "Vega já recebeu sinais de televisão da Terra até... vejamos... a programação de 1974. Evidentemente, podem mandar os clipes interessantes para cá, por entrega especial, rapidinho. É provável que tenham visto muitas portas na televisão entre 1936 e 1974. Muito bem", continuou ela, como se não estivesse mudando de assunto, "que achamos que aconteceria se abríssemos a porta e entrássemos?"

"Se estamos aqui para sermos postos à prova", disse Xi, "é provável que do outro lado dessa porta esteja a prova, talvez uma para cada um de nós."

Ele estava disposto. Ellie também desejava estar.

As sombras das palmeiras mais próximas já caíam sobre a praia. Sem uma palavra, entreolharam-se. Os outros quatro pareciam ansiosos para abrir a porta e entrar. Só ela sentia alguma... relutância. Perguntou a Eda se ele gostaria de ser o primeiro. Seria bom entrarmos com o pé direito, pensou ela.

Eda levantou o gorro, fez uma mesura graciosa, virou-se e caminhou para a porta. Ellie correu até ele e o beijou em ambas as faces. Os outros também o abraçaram. Eda virou-se de novo, abriu a porta, entrou e desapareceu; primeiro sumiu o pé direito, por fim a mão esquerda. Com a porta entreaberta, só se via a continuação da praia e a arrebentação. A porta se fechou. Ellie correu para o outro lado, mas não havia sinal de Eda.

Xi foi o próximo. Ellie admirava a docilidade com que se conduziam, aceitando de imediato todo convite anônimo que lhes era feito. Poderiam ter-nos dito aonde nos levariam e para que era tudo isso, pensou. Isso poderia ter feito parte da Mensagem, ou a informação poderia ter sido dada depois de ativada a Máquina. Poderiam ter-nos dito que íamos atracar numa simulação de praia da Terra. Poderiam ter dito que encontraríamos a porta. Na verdade, por mais avançados que fossem, os extraterrestres poderiam não dominar bem o inglês, pois só tinham a televisão como professora. O conhecimento de russo, mandarim, tâmil e hauçá seria mais rudimentar ainda.

352

Mas haviam inventado a linguagem introduzida na chave da Mensagem. Por que não usá-la? Só para manter a surpresa?

Vaygay viu-a olhando para a porta fechada e perguntou se ela gostaria de ser a seguinte.

"Obrigada, Vaygay. Estive pensando. Sei que é um pouco maluco. Mas passou uma coisa por minha cabeça: por que é que temos de pular para dentro de todo aro que nos mostram? E se não fizermos o que pedem?"

"Ellie, você é tão americana! Para mim, isto é igualzinho à minha terra. Estou acostumado a fazer tudo o que as autoridades sugerem... principalmente quando não tenho alternativa." Vaygay sorriu e girou nos calcanhares.

"Não se rebaixe diante do grão-duque", gritou Ellie.

No céu, uma gaivota soltou um guincho. Vaygay havia deixado a porta entreaberta. Do outro lado ainda se via apenas a praia.

"Está se sentindo bem?", perguntou Devi.

"Estou. De verdade. Só quero um momento para mim mesma. Já vou."

"É sério, estou perguntando como médica. Está se sentindo bem?"

"Acordei com dor de cabeça, e acho que tive uns sonhos muito estranhos. Não escovei os dentes nem tomei meu café. Além disso, gostaria de ler o jornal. Afora isso, estou bem."

"É, parece estar mesmo. Aliás, também estou com um pouco de dor de cabeça. Cuide-se, Ellie. Lembre-se de tudo para que possa me contar... quando nos virmos de novo."

"Prometo", disse Ellie.

Beijaram-se e se despediram. Devi avançou pelo portal e se desvaneceu. A porta fechou-se atrás dela. Mais tarde, Ellie julgou ter sentido um leve cheiro de curry.

Lavou a boca com água salgada. Sempre fora meticulosa. Quebrou o jejum com leite de coco. Com todo o cuidado, limpou a areia que se acumulara nas superfícies externas da câmera de vídeo e os cassetes em que havia registrado tantos prodígios. Lavou a fronde de palmeira na arrebentação, tal como fizera no dia em que a achara em Cocoa Beach, pouco antes da viagem até a *Matusalém*.

A manhã já estava quente e ela resolveu nadar um pouco. Com as roupas cuidadosamente dobradas e postas sobre a fronde, caminhou resolutamente até a água. A última coisa que ela esperava, pensou, é que os extraterrestres se sentissem excitados por verem uma mulher nua, mesmo que fosse uma mulher bem conservada. Tentou imaginar um microbiologista levado a cometer crimes passionais depois de observar um paramécio apanhado em flagrante delito de mitose.

Languidamente, boiou de costas, subindo e descendo nas ondas. Tentou imaginar milhares de... câmaras semelhantes, mundos simulados, fosse o que fosse aquela praia... cada qual uma cópia perfeita da parte mais agradável do planeta nativo de uma criatura. Milhares delas, cada qual com céu e clima, oceano, geologia e vida indistinguíveis dos originais. Parecia uma extravagância, embora sugerisse também um final feliz. Por maiores que sejam os recursos disponíveis, não se constrói uma paisagem naquela escala para cinco espécimes provenientes de um mundo condenado.

Por outro lado... a ideia de que os extraterrestres mantivessem jardins zoológicos estava se tornando batida. Mas, e se aquela enorme Estação, com sua profusão de atracadouros e ambientes, fosse *realmente* um zoológico? Ellie imaginou um guia com cabeça de lesma a gritar: "Vejam os animais exóticos em seus próprios habitats". Vinham turistas de todos os pontos da galáxia, principalmente nas férias escolares. E depois, quando havia uma prova, os chefes da estação transferiam temporariamente os animais e não deixavam entrar turistas, limpavam bem as pegadas na areia e davam aos primitivos recém-chegados meio dia de descanso e lazer antes que começassem os testes.

Ou talvez fosse assim que conseguiam animais para os zoológicos. Ellie pensou nos animais mantidos nos zoológicos terrestres; dizia-se deles que tinham dificuldade para procriar em cativeiro. Dando saltos na água, ela mergulhou num momento de constrangimento, e pela segunda vez em 24 horas desejou ter tido um filho.

Não havia ninguém por perto, nenhuma vela no horizonte. Algumas gaivotas caminhavam na praia, aparentemente à procura de siris. Seria bom ter trazido um pouco de pão para elas. Depois de se secar, vestiu-se e voltou a inspecionar a porta, que simplesmente a esperava. Ellie ainda se sentia relutante em entrar. Mais que relutante. Talvez fosse medo.

Recuou, mantendo a porta à vista. Debaixo de uma palmeira, encostou a cabeça nos joelhos e ficou a contemplar a brancura imensa da praia.

Depois de algum tempo, levantou-se e se espreguiçou. Carregando a fronde e a microcâmera numa das mãos, aproximou-se da porta e virou a maçaneta. A porta se abriu um pouco. Pela fresta ela viu a espuma branca no mar alto. Deu outro empurrão, e a porta se abriu sem nenhum som. A praia, tal como antes. Ellie balançou a cabeça e voltou para debaixo da árvore, retomando a atitude pensativa.

Pensava nos demais. Estariam agora em algum local estranhíssimo, respondendo avidamente a questões de múltipla escolha? Ou seria um exame oral? E quem eram os examinadores? Ellie voltou a se sentir ansiosa. Um outro ser inteligente, que se houvesse desenvolvido de maneira independente num mundo distante, em condições físicas diferentes das da Terra e com uma sequência de mutações genéticas aleatórias inteiramente diferentes — tal ser não seria semelhante a ninguém que ela conhecesse. Ou sequer imaginasse. Se aquela era uma Estação de Testes, nesse caso haveria chefes da Estação, e esses dirigentes seriam rigorosamente, devastadoramente, diferentes dos seres humanos. Havia no fundo da alma de Ellie alguma coisa que se sentia incomodada por insetos, cobras e toupeiras. Ela era uma pessoa que sentia um ligeiro estremecimento — para falar a verdade, até um sobressalto de repugnância — quando confrontada até mesmo com seres humanos ligeiramente deformados. Aleijados, crianças mongoloides, até sinais de doença de Parkinson provocavam nela, apesar de sua clara atitude intelectual, uma sensação de asco, um desejo de sair correndo. De maneira geral, sempre conseguira conter seu medo, embora não tivesse certeza de algum dia não ter magoado alguém com aquilo. Não era uma coisa sobre a qual ela pensasse muito; percebia seu próprio embaraço e desviava a atenção para outra coisa.

Agora, entretanto, temia mostrar-se incapaz de se defrontar com um ser extraterrestre, quanto mais representar bem, diante dele, a espécie humana. Não haviam pensado nisso ao estabelecer os critérios para a seleção dos Cinco. Não houvera nenhuma tentativa de determinar se tinham medo de camundongos, de anões ou de marcianos. Isso simplesmente não ocorrera às comissões de seleção. Por que motivo não tinham pensado nisso? Agora, parecia uma coisa óbvia.

Mandá-la até ali fora um erro. Era possível que, quando confrontada com um chefe de posto galáctico, com pelos em forma de serpente, ela se desesperasse — ou, pior ainda, provocasse a mudança da nota dada à espécie humana, em qualquer teste inimaginável que estivesse sendo feito, de aprovação para desaprovação. Ellie fitava, com apreensão e ânsia, a porta enigmática, cuja parte mais baixa já era tocada pelo mar. A maré estava subindo.

Havia um vulto na praia, a algumas centenas de metros de distância. A princípio ela pensou que fosse Vaygay, que poderia ter saído da sala de exames mais cedo e tivesse vindo dar-lhe boas notícias. Mas, fosse quem fosse, não estava usando um macacão do projeto da Máquina. Além disso, parecia ser uma pessoa mais jovem, mais vigorosa. Ellie estendeu a mão para pegar a teleobjetiva, mas por algum motivo hesitou. Levantando-se, protegeu os olhos do sol. Por um instante, havia parecido... Evidentemente, era impossível. Não se aproveitariam dela com tanta desfaçatez.

Entretanto, não se conteve. Estava correndo na direção daquele homem, pela areia mais dura perto da água, com os cabelos voando ao vento. Ele tinha o aspecto que mostrava na foto mais recente que Ellie vira, forte e feliz. Estava com a barba por fazer. Ellie atirou-se em seus braços, soluçando.

"Oi, Prinça", disse ele, afagando-lhe os cabelos.

A mesma voz. Ellie lembrou-se dela instantaneamente. E do cheiro, do riso, do andar dele. Do modo como sua barba lhe arranhava o rosto. Tudo aquilo se juntou para fazer em pedaços o seu autocontrole. Sentia uma enorme pedra sendo levantada e os primeiros raios de luz penetrando numa tumba antiga, quase esquecida.

Engoliu em seco e tentou controlar-se, mas ondas de angústia, aparentemente inesgotáveis, projetavam-se dela. Novamente, lágrimas. Ele não se movia, paciente, serenando-a com o mesmo olhar que, ela se lembrava agora, lhe dirigira do pé da escada quando ela descera sozinha pela primeira vez. Mais do que tudo, ela desejara vê-lo novamente, mas havia reprimido a sensação, impacientara-se com ela, pois era evidentemente algo impossível de concretizar. E Ellie chorava por todos os anos que os separavam.

Na infância e na juventude, ela costumava sonhar que ele lhe aparecia para dizer que sua morte fora um erro. Que estava bem. Levantava-a nos braços. Mas ela pagava esse breves momentos com voltas pungentes a um mundo onde ele já não existia. Mesmo assim, gostava desses sonhos e pagava de bom grado seu preço exorbitante quando, na manhã seguinte, era obrigada a redescobrir sua perda e reexperimentar a agonia. Aqueles momentos fantasmagóricos eram tudo que lhe sobrava dele.

E agora, ali estava ele — não um sonho ou um espectro, mas em carne e osso. Ou quase isso. Ele a chamara do pé da escada, e ela viera.

Ellie o abraçou com toda força. Sabia que era um truque, uma reconstrução, uma simulação, mas era perfeito. Por um momento, segurou-o pelos ombros, com os braços estendidos. Era perfeito! Era como se o pai houvesse morrido há tantos anos, ido para o céu e, finalmente — através daquele caminho nada ortodoxo —, ela tivesse conseguido juntar-se a ele. Ellie soluçou e o abraçou de novo.

Precisou de um minuto para se recompor. Se tivesse sido Ken, digamos, ela teria ao menos podido imaginar que outro dodecaedro — talvez a Máquina soviética, depois de consertada — houvesse feito uma segunda viagem, da Terra ao centro da galáxia. Mas nem por um instante seria possível imaginar essa possibilidade no caso do pai. Seus restos estavam se consumindo num cemitério à margem de um lago.

Ellie enxugou os olhos, rindo e chorando ao mesmo tempo.

"A que devo essa aparição? À cibernética ou à hipnose?"

"Quer saber se sou um artefato ou um sonho? Você poderia perguntar isso a respeito de qualquer coisa."

"Ainda hoje, não se passa uma semana sem que eu pense que daria tudo... qualquer coisa... apenas para passar alguns minutos com meu pai outra vez."

"Bem, aqui estou", disse ele, jovialmente, com as mãos erguidas, dando meia-volta para que Ellie verificasse que ele também tinha costas. Mas era tão jovem, decerto mais do que ela. Tinha apenas 36 anos ao morrer.

Talvez fosse aquela a maneira encontrada pelos extraterrestres para afastar o seu medo. Nesse caso, eram muito... imaginativos. Ellie o conduziu aonde estavam seus poucos pertences, ainda o enlaçando pela cintura. Na verdade, ele *parecia* de carne e osso. Se existiam engrenagens e circuitos integrados debaixo de sua pele, estavam muito bem escondidos.

"Mas, que estamos fazendo?", perguntou ela. A pergunta era ambígua. "Quero dizer..."

"Eu sei. Você precisou de muitos anos desde o recebimento da Mensagem até sua chegada aqui."

"A nota é pela rapidez ou pela exatidão?"

"Nenhuma das duas coisas."

"Quer dizer que ainda não completamos o Teste?"

Ele não respondeu.

"Bem, *explique* isso para mim." Ellie pronunciou essas palavras em tom de cansaço. "Alguns de nós passamos anos decifrando a Mensagem e construindo a Máquina. Não vai me dizer do que se trata?"

"Você se tornou uma abelhuda de verdade", disse ele, como se fosse realmente seu pai, como se comparasse as últimas lembranças que tinha dela com sua pessoa atual, ainda não inteiramente desenvolvida.

Mexeu nos cabelos dela, num gesto de afeto. Ellie lembrou-se daquilo também. Mas como podiam, a 30 mil anos-luz da Terra, conhecer os gestos afetuosos de seu pai, havia tanto tempo e no distante Wisconsin? De repente, entendeu.

"Sonhos", ela disse. "Na noite passada, quando todos estávamos sonhando, vocês estavam dentro das nossas cabeças, certo? Sugaram tudo o que nós sabemos."

"Só fizemos cópias. Acho que tudo que havia em sua cabeça ainda está lá. Experimente ver. Diga-me se está faltando alguma coisa." Ele sorriu e continuou a falar. "Havia tantas coisas que os programas de televisão de vocês não informavam. Ah, podíamos avaliar o nível tecnológico com bastante precisão, e muitas outras coisas. Mas a sua espécie tem muito mais do que isso, coisas que não poderíamos descobrir indiretamente. Admito que você possa se julgar invadida em sua privacidade..."

"Você está brincando."

"...mas temos tão pouco tempo!"

"Está dizendo que o Teste acabou? Respondemos todas as perguntas enquanto dormíamos na noite passada? E aí? Passamos ou não?"

"Não é assim", disse ele. "Não é como na sexta série." No ano em que ele morreu, ela estava na sexta série. "Não pense que somos uma delegacia de polícia interestelar, abatendo a tiros civilizações fora da lei. Pense em nós antes como o Departamento do Censo Galáctico. Colhemos informações. Sei que vocês acham que ninguém tem nada a aprender de vocês, por serem tão atrasados tecnologicamente. Mas uma civilização tem outros méritos."

"Quais?"

"Ah, a música. A ternura amorosa. (Gosto dessa expressão). Os sonhos. Os seres humanos sonham bem, embora nunca se pudesse adivinhar isso pela televisão. Em toda a galáxia existem culturas que trocam sonhos entre si."

"Vocês dirigem um intercâmbio cultural interestelar? Então é isso? Não têm medo de que alguma civilização cobiçosa e sedenta de sangue desenvolva a capacidade de fazer viagens interestelares?"

"Eu já disse que admiramos a ternura amorosa."

"Se os nazistas tivessem conquistado o mundo, nosso mundo, depois adquirido capacidade de fazer viagens interestelares, vocês não interviriam?"

"Você ficaria surpresa se soubesse como é raro acontecer uma coisa dessas. A longo prazo, as civilizações agressivas destroem a si próprias, quase sempre. Faz parte da sua natureza. Nesse caso, nossa tarefa seria deixá-las entregues a si mesmas. Para termos certeza de que ninguém as incomodaria. Para que cumprissem seu destino."

"Então, por que não *nos* deixaram em paz? Não estou me queixando, veja bem. Só estou curiosa para saber como funciona o Departamento do Censo Galáctico. A primeira coisa que receberam de nós foi aquela transmissão de Hitler. Por que fizeram contato?"

"A imagem, naturalmente, foi alarmante. Era fácil adivinhar que o problema de vocês era sério. Mas a música nos disse outra coisa. A música de Beethoven nos informou que havia esperança. Nossa especialidade são casos marginais. Achamos que vocês poderiam beneficiar-se de um pouco de ajuda. Na verdade, é muito pouco o que podemos oferecer. Você compreende. Há certas limitações impostas pela causalidade."

Ele se acocorara, molhando as mãos na água, e agora as secava nas calças.

"Na noite passada, olhamos dentro de vocês. De todos os cinco. Há muita coisa ali: sentimentos, lembranças, instintos, comportamento adquirido, ideias, loucura, sonhos, amores. O amor é muito importante. Vocês são uma mistura interessante."

"Tudo isso em uma só noite?" O tom de Ellie foi quase brincalhão.

"Tínhamos de andar depressa. Nosso prazo é curto."

"Por quê? Está por acontecer um..."

"Não, é que se não geramos uma causalidade consistente, ela se desfaz por si só. E aí quase sempre é pior."

Ellie não fazia ideia do que ele queria dizer.

"'Geramos uma causalidade consistente.' Meu falecido pai nunca falava desse jeito."

"Claro que sim. Não se lembra de como ele lhe falava? Ele era um homem de muitas leituras, e desde que você era bem pequena, ele... eu... lhe falava de igual para igual. Não se lembra?"

Ellie se lembrava. Lembrava-se. Pensou na mãe na clínica para idosos.

"Que bonito medalhão!", disse ele, exatamente com a expressão de reserva paternal que Ellie sempre imaginara que ele teria cultivado se tivesse chegado a vê-la adolescente. "Quem lhe deu?"

"Ah, isso", disse ela, passando os dedos no medalhão. "Na verdade, ganhei de uma pessoa que pouco conheço. Ele testou a minha fé... Ele... Mas você já deve saber de tudo isso."

Novamente, o sorriso.

"Quero saber o que pensa de nós", disse ela, lacônica. "O que realmente pensa."

Ele não teve um instante de hesitação. "Muito bem. Acho que é extraordinário que tenham se saído tão bem. Praticamente não dispõem de uma teoria de organização social, possuem sistemas econômicos incrivelmente atrasados, não têm nenhuma ideia do mecanismo de previsão histórica e possuem pouquíssimo conhecimento de si próprios. Considerando a rapidez com que o mundo de vocês está mudando, é assombroso que ainda não tenham voado pelos ares. É por isso que ainda não queremos abandoná-los. Vocês, humanos, têm certo talento para a adaptabilidade... pelo menos a curto prazo."

"É esse o problema, não é?"

"*Um* dos problemas. Pode-se ver que, depois de certo tempo, as civilizações que só têm perspectivas a curto prazo simplesmente deixam de existir. Também cumprem seus destinos."

Ellie quis perguntar-lhe o que ele, francamente, *sentia* a respeito dos seres humanos. Curiosidade? Compaixão? Absolutamente nenhum sentimento, tudo se reduzia a um dia de trabalho? No fundo do coração — ou de quaisquer órgãos internos que ele possuísse —, por acaso ele a via como... uma formiga? Mas não se dispôs a fazer a pergunta. Tinha medo demais da resposta.

Pelo tom de voz, pelas nuances de sua fala, Ellie tentou mais uma vez adivinhar quem estaria ali disfarçado como seu pai. Possuía enorme experiência com os seres humanos; os chefes da Estação tinham menos de um dia. Ser-lhe-ia possível discernir alguma coisa da verdadeira natureza deles sob aquela aparência benevolente e solícita? Não conseguia. O que ele estava dizendo nada tinha a ver com seu pai, naturalmente, nem ele simulava isso. Em todos os outros sentidos, porém, era fantasticamente semelhante a Theodore F. Arroway, 1924-1960, comerciante de ferragens, marido e pai carinhoso. Não fosse um esforço contínuo de controle, Ellie sabia que verteria lágrimas sem fim sobre aquele... simulacro. Uma parte dela não cessava de desejar perguntar como tinham corrido as coisas desde que ele fora para o céu. Que ele pensava do Advento e da Bem-aventurança? Estavam preparando alguma coisa de especial para o Milênio? Havia culturas humanas que falavam de uma vida além-túmulo em topos de montanhas ou em nuvens, em cavernas ou em oásis, mas ela não se lembrava de nenhuma que ensinasse que, se uma pessoa fosse muito, mas muito boa, quando morresse iria para a praia.

"Temos tempo para algumas perguntas antes... seja lá o que tivermos de fazer depois?"

"Claro. Pelo menos uma ou duas."

"Fale-me sobre o sistema de transporte de vocês."

"Farei melhor ainda", disse ele. "Vou mostrar-lhe. Firme-se."

Um negrume em forma de ameba desceu do zênite, obscurecendo o céu azul e o sol.

"Grande truque esse!", exclamou Ellie.

Seus pés estavam firmes na mesma praia arenosa. Ellie enterrou os dedos na areia. No alto... estava o cosmo. Achavam-se, ao que parecia, sobre a Via Láctea, contemplando-lhe a estrutura espiralada e caindo em sua direção, numa velocidade impossível. Ele dava as explicações com naturalidade, utilizando a linguagem científica da própria Ellie, que lhe era familiar, para descrever a vasta estrutura em espiral. Mostrou o Braço de Órion, no qual se achava incrustado, nessa época, o Sol. A seguir, em ordem decrescente de significado mitológico, vinham o Braço de Sagitário, o Braço Norma/Scutum e o Braço dos Três Quiloparsecs.

Surgiu uma rede de linhas retas, representando o sistema de transporte que eles haviam utilizado. Lembrava os mapas iluminados do metrô de Paris. Eda estivera certo. Cada estação, deduziu Ellie, situava-se num sistema estelar com um buraco negro de baixa massa. Sabia que aqueles buracos negros não podiam ter resultado de colapso estelar, da evolução normal de sistemas estelares de alta massa, pois eram demasiado pequenos. Talvez fossem primordiais, remanescentes do big-bang, capturados por alguma inimaginável nave estelar e rebocados para a estação que lhes estava destinada. Ou talvez tivessem sido produzidos a partir do nada. Ela quis perguntar sobre isso, mas a viagem avançava a um ritmo estonteante.

Um disco de hidrogênio fulgente girava em torno do centro da galáxia, e em seu interior havia um anel de nuvens moleculares que se precipitavam em direção à periferia da Via Láctea. Ele mostrou a Ellie os movimentos ordenados em Sagitário B2, um gigantesco complexo de nuvens moleculares que, durante décadas, fora observado com todo o interesse pelos radioastrônomos da Terra. Mais perto do centro, encontraram outra gigantesca nuvem molecular, e a seguir a Sagitário A Ocidente, uma intensa fonte de rádio que a própria Ellie observara no Argus.

E logo a seguir, no centro exato da galáxia, presos num apaixonado amplexo gravitacional, havia um par de imensos buracos negros. Um deles tinha massa equivalente à de 5 milhões de estrelas iguais ao Sol. Dele fluíam rios de gás do tamanho do sistema solar. Dois buracos negros colossais — como eram limitadas as línguas da Terra! —, supergigantescos, giravam um em volta do outro no centro da galáxia. Um deles era conhecido, ou pelo menos fora objeto de fortes suspeitas. Mas dois? Aquilo não deveria ter aparecido como um deslocamento doppleriano de raias espectrais? Ellie imaginou um cartaz sob um deles, dizendo ENTRADA, e debaixo do outro, SAÍDA. No momento, estava sendo utilizada a entrada; a saída apenas esperava.

E era ali que se localizava aquela Estação, a Grande Central — no centro da galáxia, fora dos buracos negros. Os céus fulguravam com milhões de jovens estrelas; mas as estrelas, o gás e a poeira estavam sendo devorados pelo buraco negro que constituía a entrada.

"Leva a algum lugar, certo?"

"Claro."

"Pode me dizer onde?"

"Pois não. tudo isso acaba em Cygnus A."

Cygnus A ela conhecia. Com a exceção de remanescentes de uma supernova próxima, em Cassiopeia, era a mais brilhante fonte de rádio nos céus da Terra. Ela havia calculado que em um segundo Cygnus A produz mais energia do que o Sol em 40 mil anos. A fonte de rádio localizava-se a 600 milhões de anos-luz, muito além da Via Láctea, já no domínio das galáxias. Tal como acontecia com muitas fontes de rádio extragalácticas, dois enormes jatos de gás, distanciando-se quase à velocidade da luz, produziam uma complexa rede de ondas de choque de Rankine-Hugonoit com o tênue gás intergaláctico — e no processo geravam um farol de rádio que reluzia intensamente sobre a maior parte do universo. Toda a matéria dessa enorme estrutura, que tinha 500 mil anos-luz de diâmetro, jorrava de um minúsculo ponto de luz no espaço, quase imperceptível, e que se localizava exatamente entre os jatos.

"Vocês estão *fazendo* Cygnus A?"

Vagamente, ela se lembrava de uma noite de verão em Michigan, quando ainda era menina. Tivera medo de cair no céu.

"Bem, não estamos sozinhos. Trata-se de um... projeto cooperativo de muitas galáxias. É principalmente isso que fazemos... engenharia. Apenas... alguns de nós estamos envolvidos com civilizações emergentes."

*364*

A cada pausa ela vinha sentindo uma espécie de comichão na cabeça, mais ou menos no lobo parietal esquerdo.

"Existem projetos cooperativos entre galáxias?", perguntou. "Muitas galáxias, cada uma delas com uma espécie de Administração Central? Com centenas de milhões de estrelas em cada galáxia? E depois essas administrações trabalham juntas? Para despejar milhões de sóis em Centauro... desculpe, em Cygnus A? A... Desculpe-me, é que estou atônita com a escala. E por que fazem tudo isso? Para quê?"

"Não pense que o universo é um deserto. Faz bilhões de anos que não é isso", disse ele. "Pense nele como... mais cultivado."

Novamente, a comichão.

"Mas para quê? Que há ali para cultivar?"

"O problema básico é fácil de descrever. Mas não fique espantada com a escala. Afinal, você é uma astrônoma. O problema é que o universo está em expansão, e não existe nele matéria suficiente para deter essa expansão. Depois de algum tempo, não há galáxias, estrelas, planetas novos, nem formas novas de vida... só as coisas de sempre. Tudo vai se decompondo. Vai ser enfadonho. Por isso, estamos testando em Cygnus A nossa tecnologia para produzir algo novo. Você poderia chamar isso de experiência de renovação urbana. Não é nossa única experiência. Em algum momento do futuro poderemos desejar cercar uma parte do universo e impedir que o espaço fique cada vez mais vazio com o passar das eras. Como fazer isso? Aumentando a densidade local da matéria, é claro. É um trabalho duro e sério."

Como dirigir uma casa de ferragens no Wisconsin.

Se Cygnus A estava a 600 milhões de anos-luz, então os astrônomos da Terra — ou, aliás, de qualquer parte da Via Láctea — estavam a observá-la como ela fora há 600 milhões de anos. Entretanto, há 600 milhões de anos não havia na Terra nenhuma forma de vida, nem nos oceanos, de tamanho suficiente para que se pudesse mexer com um pauzinho. Eles eram *velhos*.

Há 600 milhões de anos, numa praia como aquela... só que não havia siris, nem gaivotas, nem palmeiras. Ellie tentou imaginar uma planta microscópica atirada pelas águas à praia, firmando-se trêmula, pouco acima do limite da maré, enquanto aqueles seres estavam ocupados com galactogênese experimental e rudimentos de engenharia cósmica.

"Faz 600 milhões de anos que vocês estão despejando matéria em Cygnus A?"

"Bem, o que você detectou através da radioastronomia foi apenas uma parte dos nossos primeiros ensaios de viabilidade. Hoje estamos muito mais adiantados."

E no devido tempo, dentro de mais algumas centenas de milhões de anos, imaginou Ellie, os radioastrônomos da Terra — se ainda existirem — detectarão um progresso substancial na reconstrução do universo em torno de Cygnus A. Preparou-se para ouvir novas revelações e prometeu a si mesma não se intimidar. Havia uma hierarquia de seres numa escala que ela não imaginara. No entanto, a Terra tinha um lugar, um significado nessa hierarquia; não se teriam dado a todo aquele trabalho por coisa alguma.

A escuridão retrocedeu ao zênite e foi consumida; voltaram o Sol e o céu azul. O cenário era o mesmo: arrebentação, areia, palmeiras, a porta de Magritte, a microcâmera, a fronde e seu... pai.

"Aquelas nuvens e anéis interestelares móveis, perto do centro da galáxia... não se devem a explosões periódicas por aqui? Não é perigoso situar a Estação aqui?"

"Periódicas, não; episódicas. São explosões em pequena escala, nada semelhantes ao que estamos fazendo em Cygnus A. E podemos controlá-las. Sabemos quando estão para acontecer e em geral apenas nos protegemos. Quando são verdadeiramente perigosas, levamos a Estação para outro local, durante certo tempo. Tudo isso é rotina, compreenda."

"Claro. Rotina. Foram vocês que construíram tudo? Quero dizer, os metrôs? Vocês e aqueles outros... engenheiros das demais galáxias?"

"Ah, não. Não construímos nada disso."

"Alguma coisa me escapou. Ajude-me a compreender."

"Parece acontecer a mesma coisa em toda parte. Em nosso caso, surgimos há muito tempo, em muitos mundos diferentes da Via Láctea. Os primeiros de nós desenvolveram o voo espacial interestelar, e acabamos por nos encontrar em uma das estações de trânsito. Evidentemente, não sabíamos do que se tratava. Nem mesmo tínhamos certeza de que fosse artificial, até que os primeiros de nós tiveram coragem de deslizar por aqueles túneis."

"A quem você se refere ao dizer 'nós'? Aos ancestrais de sua... raça, de sua espécie?"

"Não, não. Somos muitas espécies, de muitos mundos. Por fim, encontramos grande número de túneis... de várias épocas, vários estilos de decoração, e todos abandonados. Na maioria, ainda estavam em bom estado de conservação. Tudo que fizemos foram alguns consertos e melhorias."

"Não havia outros artefatos? Cidades mortas? Registros do que havia acontecido? Remanescentes dos construtores dos túneis?"

Ele balançou a cabeça.

"Planetas industrializados, abandonados?"

De novo, o mesmo gesto.

"Havia uma civilização que ocupava toda uma galáxia e que desapareceu sem deixar vestígio... só as estações?"

"Mais ou menos isso. E a mesma coisa acontece em outras galáxias. Há bilhões de anos, todos foram para algum lugar. Não fazemos a menor ideia de onde."

"Mas para onde poderiam ir?"

Ele balançou a cabeça pela terceira vez, agora muito devagar.

"Nesse caso, vocês não são..."

"Não, somos apenas zeladores", disse ele. "Talvez um dia eles voltem."

"Certo. Só mais uma coisa", pediu Ellie, com o indicador diante de si, provavelmente como fora seu costume à idade de dois anos. "Só mais uma pergunta."

"Está certo", respondeu ele, tolerante. "Mas só nos restam alguns minutos."

Ellie olhou de novo para a porta, reprimindo um estremecimento ao ver passar na areia um pequeno siri, quase transparente.

"Quero saber dos mitos de vocês, de suas religiões. O que vocês respeitam? Ou porventura aqueles que produzem o numinoso são incapazes de senti-lo?"

"Vocês também fazem o numinoso. Não, entendo o que está perguntando. É claro que nós o sentimos. Você compreende que para mim é difícil comunicar parte disso. Mas vou lhe dar um exemplo do que você está pedindo. Não digo que seja exatamente isso, mas vou lhe dar um..."

Ele fez uma pausa momentânea e mais uma vez Ellie sentiu uma comichão, dessa vez no lobo occipital esquerdo. Teve a impressão de que ele estava a lhe sondar os neurônios. Teria deixado escapar alguma coisa na noite anterior? Nesse caso, ainda bem. Isso significava que não eram perfeitos.

"...sabor do nosso numinoso. Refere-se a pi, a razão entre a circunferência de um círculo e seu diâmetro. Você conhece bem esse número, é claro, e sabe também que jamais poderá chegar ao final de pi. Não existe nenhuma criatura no universo, por mais sábia que seja, capaz de calcular pi até o último algarismo... porque não existe último algarismo, apenas uma série infinita de algarismos. Os matemáticos de vocês se esforçaram por calculá-lo até..."

A comichão, mais uma vez.

"...nenhum de vocês parece saber. Digamos, até a décima bilionésima casa. Não será surpresa para você saber que outros matemáticos foram além. Bem, por fim... digamos que seja na casa equivalente a dez elevado à vigésima potência... acontece uma coisa. Desaparecem os algarismos que variam ao acaso e, durante um tempo inacreditavelmente longo, seguem-se apenas uns e zeros."

Ele estava traçando um círculo na areia com o dedão do pé. Ellie se deteve por um átimo antes de responder.

"E os zeros e uns finalmente param? Volta-se a uma sequência aleatória de algarismos?" Percebendo um leve sinal de assentimento por parte dele, Ellie continuou. "E o número de zeros e uns? É um produto de números primos?"

"Sim, de onze números primos."

"Está me dizendo que nas profundezas de pi se oculta uma mensagem em onze dimensões? Que alguém no universo comunica-se através da... matemática? Mas... ajude-me, está sendo realmente difícil entender você. A matemática não é arbitrária. Quero dizer, pi tem o mesmo valor em toda parte. Como é possível ocultar uma mensagem dentro de pi? Esse número está embutido na trama do universo."

"Exatamente."

Ellie o fitou.

"Na verdade, é até mais do que isso", continuou ele. "Suponhamos que somente na aritmética de base dez é que apareça a sequência de zeros e uns, ainda que você houvesse de perceber que alguma coisa estranha estava acontecendo em qualquer outra aritmética. Suponhamos ainda que as primeiras criaturas a descobrirem isso tivessem dez dedos. Vê como são as coisas? É como se pi estivesse esperando há bilhões de anos o surgimento de matemáticos com dez dedos e computadores rápidos. Compreende? É como se a Mensagem tivesse sido endereçada a nós."

"Mas isso é apenas uma metáfora, certo? Não se trata, na realidade, de pi e de dez elevado a vinte? Na verdade, vocês não têm dez dedos."

"Na verdade, não." Novamente ele sorriu para ela.

"Bem, pelo amor de Deus, que diz a Mensagem?"

Ele fez uma pausa momentânea, levantou um indicador e depois apontou para a porta. Um grupo de pessoas saía dela, animadamente.

Mostravam-se alegres, como se estivessem começando um piquenique muitas vezes adiado. Eda acompanhava uma moça de grande beleza, que vestia saia e blusa coloridas, com os cabelos cobertos pelo rendado *gele* usado pelas mulheres muçulma-

nas da terra dos ioruba; era evidente a satisfação de Eda por vê-
-la. Por fotografias que ele mostrara, Ellie a reconheceu como a
esposa de Eda. Devi Sukhavati estava de mãos dadas com um rapaz sério, de olhos grandes e tristonhos; Ellie supôs que fosse
Surindar Ghosh, o estudante de medicina com quem Devi se
casara e que morrera havia muito tempo. Xi travava uma conversa animada com um homem baixo e vigoroso, de porte marcial. Tinha bigodes caídos e trajava um rico manto de brocado.
Ellie o imaginou a dirigir, pessoalmente, a construção do modelo funerário do Reino do Meio, gritando ordens para aqueles
que vertiam o mercúrio.

Vaygay conduzia um menina de onze ou doze anos, com ba-
louçantes tranças louras.

"Esta é minha neta, Nina... mais ou menos isso. Minha grã-
-duquesa. Já devia tê-la apresentado a você antes. Em Moscou."

Ellie abraçou a menina. Estava aliviada por Vaygay não haver aparecido com Meera, a strip-teaser. Notou a ternura que
ele demonstrava em relação à garota e gostou mais dele do que
nunca. Durante todo o tempo em que o conhecia, e eram muitos anos, ele mantivera bem oculto aquele lugar secreto em seu
coração.

"Não fui bom pai para a mãe dela", confidenciou Vaygay.
"Hoje em dia, quase não vejo Nina."

Ellie olhou ao redor. Os chefes da Estação haviam criado
para cada um dos Cinco pessoas que só podiam ser descritas
como as que mais amavam. Talvez fosse apenas para facilitar a
comunicação com outra espécie, notavelmente diferente. Ellie
observou, com prazer, que nenhum deles estava conversando,
cheio de alegria, com uma cópia exata de si próprio.

E se fosse possível fazer isso na Terra? E se, apesar de toda
a nossa simulação e hipocrisia, fosse preciso aparecer em público com a pessoa que mais amássemos? Imagine-se isso como
pré-requisito para o discurso social da Terra. Mudaria tudo. Ellie imaginou uma falange de pessoas de um sexo circundando
um membro solitário do outro. Ou cadeias de pessoas. Círculos.
A letra H ou a Q. Oitos preguiçosos. Seria possível vislumbrar

370

os afetos profundos a um simples olhar, apenas observando a geometria — uma espécie de relatividade geral aplicada à psicologia social. As dificuldades práticas decorrentes disso seriam enormes, mas ninguém poderia mentir com relação ao amor.

Os Zeladores mostravam-se apressados, mas educados. Não havia muito tempo para conversar. A entrada do atracadouro do dodecaedro já se fazia visível, mais ou menos na posição em que estivera ao chegarem. Por simetria, ou devido a alguma lei de conservação interdimensional, a porta de Magritte havia desaparecido. Apresentaram-se uns aos outros. Ellie sentiu-se sem graça ao explicar ao imperador Qin, em inglês, quem era seu pai. Mas Xi traduziu sem constrangimento, e saudaram-se solenemente. Era como se estivessem sendo apresentados num churrasco. A mulher de Eda era lindíssima, e Surindar Ghosh a examinava com mais atenção do que seria apropriado. Devi não dava mostras de se importar; talvez estivesse apenas satisfeita com a exatidão do embuste.

"Aonde você foi quando atravessou a porta?", perguntou-lhe Ellie reservadamente.

"Avenida Maidenhall, 416", respondeu ela.

Ellie olhou para ela sem entender.

"Londres, 1973. Com Surindar."

Apontou com a cabeça na direção dele.

"Antes que ele morresse."

Que teria encontrado se houvesse transposto a soleira daquela porta na praia?, pensou Ellie. O Wisconsin, em fins dos anos 1950, com toda a certeza. Como não havia aparecido, ele viera à sua procura. Mais de uma vez tinha feito isso no Wisconsin.

Eda soubera também de uma mensagem oculta na profundeza de um número transcendental, mas nessa história não era $\pi$ ou $e$, a base dos logaritmos naturais, mas uma classe de números de que Ellie jamais ouvira falar. Como existia uma infinidade de números transcendentais, nunca saberiam com certeza qual número deveriam estudar quando voltassem à Terra.

"Eu estava ansioso por ficar aqui e trabalhar", ele disse a Ellie, em voz baixa, "e percebi que precisavam de ajuda... algum meio de pensar no deciframento que não lhes havia ocorrido. Entretanto, creio que se trata de uma coisa muito pessoal para eles. Não querem compartilhar com outras pessoas. E, sendo realista, acho que não temos capacidade suficiente para auxiliá-los."

Não haviam decodificado a mensagem em $\pi$? Os chefes da Estação, os Zeladores, os projetistas de novas galáxias não haviam decifrado uma mensagem que estivera diante deles durante uma ou duas rotações galácticas? Seria a mensagem tão difícil, ou eles...?

"Chegou a hora de voltar para casa", disse seu pai, suavemente.

Era doloroso. Ellie não queria ir. Procurou olhar para a fronde de palmeira. Tentou fazer mais perguntas.

"Que quer dizer com 'voltar para casa'? Quer dizer que vamos sair em algum ponto do sistema solar? Como vamos descer à Terra?"

"Você vai ver", respondeu ele. "Será interessante."

Ele a enlaçou com o braço, conduzindo-a para a porta aberta da câmara pressurizada.

Era como na hora de dormir. Podia demonstrar inteligência, fazer perguntas interessantes; talvez assim a deixassem ficar acordada um pouco mais. Costumava dar certo, pelo menos um pouco.

"A Terra está conectada agora, certo? Em ambos os sentidos. Se podemos voltar para casa, você pode vir a nós num abrir e piscar de olhos. Sabe, isso me deixa nervosíssima. Por que não corta a ligação? Podemos ir sozinhos a partir daqui."

"Sinto muito, Prinça", respondeu ele, como se ela já houvesse postergado mais do que devia a sua hora de ir dormir. O que ele sentia muito? Que ela tivesse de se recolher ou que não pudesse deixar de desligar o túnel? "Pelo menos por algum tempo, o caminho só vai estar aberto para cá", disse ele. "Mas não esperamos usá-lo."

Era-lhe agradável que a Terra estivesse isolada de Vega. Preferia um prazo de 52 anos entre um comportamento inaceitável na Terra e a chegada de uma expedição punitiva. A ligação pelo buraco negro era desconfortável. Poderiam chegar quase instantaneamente, talvez apenas em Hokkaido, talvez em qualquer outro ponto da Terra. Era uma transição para o que Hadden tinha chamado de microintervenção. Por mais que prometessem distância, agora iriam nos vigiar mais de perto. Não haveria mais visitas para inspeção informal com milhões de anos de intervalo.

Ellie sondou um pouco mais seu desconforto. Como as circunstâncias tinham se tornado... teológicas. Ali estavam seres que viviam no céu, seres colossalmente sábios e poderosos, seres preocupados com a nossa sobrevivência, seres com um conjunto de expectativas quanto à nossa conduta. Negam desempenhar esse papel, mas podem claramente distribuir recompensas e punições, vida e morte, às insignificantes criaturas da Terra. Ora, em que isso difere, perguntou-se ela, das antigas religiões? A resposta lhe ocorreu de imediato: era uma questão de comprovação. Em seus videoteipes, nos dados que os outros haviam colhido, haveria prova concreta da existência da Estação, do que acontecia ali, do sistema de trânsito através de buracos negros. Haveria cinco narrativas independentes, mutuamente coonestantes, apoiadas por evidências físicas convincentes. Dessa vez eram fatos, não tradições ou superstições.

Ellie virou-se para ele e deixou cair a fronde. Sem uma palavra, ele se abaixou e a devolveu.

"Foi muita generosidade sua responder todas as minhas perguntas", disse ela. "Quer me fazer alguma?"

"Obrigado. Você respondeu todas nossas perguntas na noite passada."

"Só isso? Não há ordens? Nenhuma instrução para as províncias?"

"As coisas não são assim, Prinça. Vocês agora estão crescidos. Estão por sua conta." Inclinou a cabeça, dirigiu-lhe o sorriso tão conhecido e ela caiu em seus braços, com os olhos marejados. Foi um longo abraço. Por fim, ela sentiu que ele afastava delicadamente os braços dela. Havia chegado a hora de ir dormir. Pensou em levantar o dedinho e pedir mais um minuto. Mas não quis desapontá-lo.

"Até logo, Prinça", disse ele. "Dê um beijo em sua mãe."

"Até logo", respondeu ela com voz embargada. Lançou um último olhar para a praia no centro da galáxia. Duas aves marinhas, talvez procelárias, elevavam-se numa corrente ascendente. Planavam quase sem bater as asas. No momento em que entrou no dodecaedro, ela se virou e o chamou.

"Que diz a sua *Mensagem*? A de pi?"

"Não sabemos", respondeu ele, um pouco triste, dando alguns passos na direção dela. "Talvez seja uma espécie de acidente estatístico. Ainda estamos investigando."

A brisa aumentou, agitando novamente os cabelos dele.

"Bem, avise-nos quando descobrirem", disse ela.

# 21. CAUSALIDADE

*Somos, para os deuses, como as moscas para as crianças:*
*Matam-nos para se divertirem.*
William Shakespeare, *Rei Lear*, IV, 1

*Quem for onipotente tudo deve temer.*
Pierre Corneille, *Cinna* (1640), ato IV, cena II

SENTIAM-SE EXULTANTES por estarem de volta. Deram vivas, numa vertigem de alegria. Subiram nos assentos, abraçaram-se e deram tapinhas nas costas uns dos outros. Estavam todos à beira das lágrimas. Haviam conseguido! E tinham voltado em segurança, passando por todos os túneis. De repente, em meio a um ruído de estática, o rádio começou a apresentar, em alto volume, o relatório sobre o funcionamento da Máquina. Todos os três *benzels* estavam desacelerando. A carga elétrica acumulada se dissipava. Pelos comentários, era evidente que o projeto não fazia ideia do que acontecera.

Quanto tempo se passara?, pensou Ellie. Olhou para o relógio. Ao menos um dia, o que já os colocava no ano 2000. Muito conveniente. Ah, quando eles ouvissem o que tinham a contar! Ellie segurou com mais força a caixa onde guardara as dezenas de videocassetes. Como o mundo se transformaria depois que aquelas fitas fossem liberadas!

O espaço entre os *benzels* e em torno deles tinha sido repressurizado. As portas da câmara de pressurização estavam se abrindo. Perguntavam agora, pelo rádio, como se sentiam.

"Estamos muito bem!", gritou ela ao microfone. "Já podemos sair. Não vão acreditar no que nos aconteceu."

Os cinco saíram do dodecaedro felizes, cumprimentando efusivamente seus camaradas, que os haviam ajudado a construir e operar a Máquina. Os técnicos japoneses os saudaram. Dirigentes do projeto correram na direção deles.

*375*

"Pelo que vejo, todos estão usando exatamente as mesmas roupas de ontem", disse Devi a Ellie. "Veja aquela gravata amarela de Peter Valerian, horrível."

"Ah, ele nunca troca de gravata", respondeu Ellie. "Usa sempre a mesma, essa aí, que ganhou da mulher."

Os relógios marcavam três e vinte. A Ativação ocorrera por volta das três horas da tarde anterior. Ou seja, haviam passado pouco mais de 24...

"Que dia é hoje?", perguntou Ellie. Olharam para ela sem compreender. Havia alguma coisa errada.

"Peter, pelo amor de Deus, que dia é hoje?"

"Que quer dizer?", respondeu Valerian. "É hoje. Sexta-feira, 31 de dezembro de 1999. Véspera de Ano-Novo. Que você quer dizer? Ellie, você está bem?"

Vaygay estava dizendo a Arkhangelski que lhe permitisse começar do começo, mas só depois que lhe dessem seus cigarros. Dirigentes do projeto e representantes do Consórcio da Máquina convergiam para eles. Ellie viu Der Heer abrir caminho entre a multidão, na direção dela.

"De sua perspectiva, que aconteceu?", perguntou ela finalmente, quando ele se aproximou o suficiente.

"Nada. O sistema de vácuo funcionou, os *benzels* giraram, acumularam uma enorme corrente elétrica, atingiram a velocidade prescrita e depois tudo voltou atrás."

"Que quer dizer com 'tudo voltou atrás'?"

"Os *benzels* desaceleraram-se e a carga se dissipou. O sistema foi repressurizado, os *benzels* pararam e vocês saíram. Tudo demorou uns vinte minutos, e não conseguíamos falar com vocês enquanto os *benzels* estavam girando. Sentiram alguma coisa?"

Ellie riu. "Ken, meu caro, tenho uma história e tanto para lhe contar."


Haviam organizado uma festa para comemorar a Ativação da Máquina e o Ano-Novo — ou Milênio Novo. Ellie e seus companheiros de viagem não foram. As estações de televisão estavam cheias de comemorações, desfiles, exposições, retrospectivas, prognósticos e discursos otimistas de líderes nacionais. Ellie ouviu por um instante os comentários do abade Utsumi, beatífico como sempre. No entanto, não conseguia celebrar coisa alguma. A diretoria do projeto concluíra, com base em fragmentos das aventuras que os Cinco tinham tido tempo de relatar, que alguma coisa saíra errado. Viram-se afastados apressadamente das multidões de gente do governo e do Consórcio para um interrogatório preliminar. Haviam julgado prudente, explicaram os dirigentes do projeto, que cada um dos Cinco fizesse seu depoimento em separado.

Der Heer e Valerian ouviram Ellie numa pequena sala de conferências. Havia outros dirigentes do projeto presentes, inclusive Anatoli Goldmann, ex-aluno de Vaygay. Ellie soube que Bobby Bui, que falava russo, estava representando os americanos no interrogatório de Vaygay.

Ouviram educadamente, e de vez em quando Peter interpunha alguma observação. No entanto, demonstravam dificuldade em compreender a sequência dos acontecimentos. Muita coisa do que ela dizia os deixava preocupados. Sua animação não os contagiava. Era difícil para eles aceitar que o dodecaedro tivesse estado fora dali durante vinte minutos, quanto mais um dia, pois o arsenal de instrumentos do lado de fora dos *benzels* filmara a Ativação, sem nada registrar de extraordinário. Tudo que acontecera, segundo explicou Valerian, fora que os *benzels* haviam alcançado a velocidade prescrita, coisas equivalentes a ponteiros em vários instrumentos de finalidade desconhecida se mexeram, os *benzels* tinham desacelerado e parado, e os Cinco haviam saído em estado de grande euforia. Não disse, com todas as letras, "dizendo bobagens", mas Ellie percebeu sua preocupação. Trataram-na com deferência, mas ela sabia o que estavam pensando: a única função da Máquina fora produzir, em vinte minutos, uma ilusão ou — quem sabe — levar os Cinco à loucura.

Ellie reproduziu para eles os videocassetes, cada qual cuidadosamente rotulado: "Sistema de anéis de Vega", por exemplo, ou "Instalação de rádio (?) de Vega", "Sistema quíntuplo", "Céu do centro galáctico" e um que trazia a inscrição "Praia". Um a um, inseriu-os no gravador. Nada havia neles. Os cassetes estavam virgens. Ellie não conseguia entender o que saíra errado. Havia aprendido, com todo o cuidado, a operar a câmera, e a usara com sucesso em testes feitos antes da ativação da Máquina. Chegara mesmo a fazer uma verificação do que filmara depois de deixarem o sistema de Vega. Mais aturdida ainda ficou depois, ao saber que os instrumentos levados pelos outros também não haviam funcionado. Peter Valerian queria acreditar nela, como também Der Heer. Mas era difícil, mesmo com a maior boa vontade do mundo. A história que os Cinco contavam era um tanto, bem, inesperada... e não tinha nenhum apoio em provas físicas. Ademais, não houvera tempo suficiente. Tinham estado fora de contato durante apenas vinte minutos.

Não era aquela a recepção que Ellie esperara. Mas tinha certeza de que tudo se esclareceria. Por ora, satisfez-se em relembrar a experiência e fazer minuciosos apontamentos. Queria ter certeza de que não se esqueceria de coisa alguma.


Embora uma excepcional frente fria estivesse descendo de Kamtchatka, ainda fazia calor quando, no dia de Ano-Novo, vários voos não programados chegaram ao Aeroporto Internacional de Sapporo. O novo secretário de Defesa dos Estados Unidos, Michael Kitz, e uma equipe de especialistas reunidos às pressas chegaram num avião da presidência. A presença deles ali só foi confirmada por Washington quando a história estava para ser noticiada em Hokkaido. O lacônico comunicado à imprensa informava que a visita era de rotina, que não havia nenhuma crise, nenhum perigo, e que "nada de extraordinário tinha sido noticiado na Instalação de Integração dos Sistemas da Máquina, a nordeste de Sapporo". Um Tu-120 chegara naquela noite de Moscou, trazendo, entre outras pessoas, Stefan Baruda e Timofei Gotsridze. Evidentemente, nenhum dos dois grupos se sentia feliz por passar aquele feriado de Ano-Novo longe das famílias. No entanto, o tempo em Hokkaido foi uma agradável surpresa. A temperatura ainda estava tão alta que as esculturas de Sapporo se derretiam, e a representação do dodecaedro quase se tornara um monte de gelo informe, com água gotejando das superfícies arredondadas que tinham sido as arestas de superfícies pentagonais.

Dois dias depois, uma violenta tempestade de inverno abateu-se sobre Hokkaido, e todo o trânsito para a instalação da Máquina, mesmo por veículos de tração nas quatro rodas, ficou interrompido. Foram cortadas algumas ligações de rádio e todas as de televisão; aparentemente, uma torre de micro-ondas fora derrubada. Durante a maior parte dos interrogatórios, a única comunicação com o mundo foi através do telefone. E, por que não dizer, pensava Ellie, através do dodecaedro. Sentia-se tentada a se esgueirar para dentro da Máquina e fazer girar os *benzels*. Deleitou-se durante algum tempo com essa fantasia. Na verdade, porém, não havia como saber se a Máquina voltaria a funcionar, pelo menos deste lado do túnel. Ele havia dito que não. Ellie deixou-se levar novamente pelas lembranças da praia. E dele. Não importava o que viesse a acontecer, uma ferida funda começava a cicatrizar dentro dela. Ela sentia os tecidos se juntarem. Aquela tinha sido a psicoterapia mais cara na história do mundo. E isso não era pouco, pensou.

Xi e Sukhavati foram ouvidos por representantes de seus países. Embora a Nigéria não tivesse desempenhado um papel importante na coleta da Mensagem ou na construção da Máquina, Eda aquiesceu prontamente em prestar um longo depoimento a autoridades nigerianas. No entanto, foi superficial quando comparado com os interrogatórios que lhe foram feitos pelos dirigentes do projeto. Vaygay e Ellie foram submetidos a interrogatórios ainda mais pormenorizados, por parte de equipes de alto nível trazidas da União Soviética e dos Estados Unidos para esse fim específico. A princípio, esses interrogatórios americanos e soviéticos excluíram estrangeiros, mas, depois de queixas veiculadas através do Consórcio Mundial da Máquina, os EUA e a URSS cederam e as sessões foram novamente internacionalizadas.

Kitz presidiu o depoimento de Ellie e, julgando-se pelo pouco tempo de que dispusera, chegou surpreendentemente bem preparado. Valerian e Der Heer, vez por outra, a ajudavam, e ocasionalmente faziam uma pergunta destinada a aclarar algum aspecto. Mas Kitz era o dono do espetáculo.

Disse a Ellie que estava abordando o relato dela com ceticismo, mas de maneira construtiva, dentro do que, esperava, era a melhor tradição científica. Tinha certeza de que ela não interpretaria mal a rudeza de suas perguntas, confundindo-a com má vontade. Disse que a tinha em alta conta. Por sua vez, ele não permitiria que sua opinião fosse prejudicada pelo fato de ter sido contrário ao projeto da Máquina desde o início. Ellie resolveu deixar passar essa hipocrisia e começou a contar sua história.

A princípio, Kitz ouviu com atenção, fez algumas perguntas sobre pormenores, pedindo desculpas ao interrompê-la. No entanto, já no segundo dia essas cortesias haviam sumido.

"Então, o nigeriano foi visitado pela esposa, a indiana, pelo marido morto, o russo, pela neta engraçadinha, o chinês, por um guerreiro mongol..."

"Qin não era mongol..."

"...e a senhora, pelo amor de Deus, recebeu a visita de seu falecido pai, de quem sente muita saudade, e ele lhe disse, nada mais, nada menos, que ele e os amigos tinham estado ocupados em reconstruir o universo. 'Pai nosso que estais no céu...'? Isso é religião, pura religião. Isso é pura antropologia cultural. Isso é puro Sigmund Freud. Não vê? Não só a senhora afirma que seu pai ressuscitou dos mortos, como na verdade espera que acreditemos que ele criou o universo..."

"Você está distorcendo o que..."

"Ora, vamos, Arroway. Não insulte nossa inteligência. Não nos mostra a menor prova e espera que nos disponhamos a dar ouvidos a essa história, a mais maluca de todos os tempos? Por favor. A senhora é uma pessoa inteligente. Como foi capaz de achar que aceitaríamos isso?"

Ellie protestou. Valerian também. Aquele tipo de interrogatório, disse ele, era perda de tempo. Naquele momento a Máquina estava passando por delicados exames físicos. Só assim a validade da história de Ellie poderia ser checada. Kitz concordou com a importância que teriam os exames físicos. No entanto, argumentou, a natureza da história de Arroway era reveladora, constituía um meio de compreender o que realmente havia acontecido.

"Encontrar seu pai no céu, e tudo o mais, dra. Arroway, é revelador, pois a senhora foi criada na cultura judaico-cristã. A senhora é, essencialmente, a única pessoa dos Cinco que pertence a essa cultura, e foi a única que encontrou o pai. Sua história é simplesmente demasiado banal. Não demonstra imaginação."

Isso era pior do que ela havia imaginado. Ellie sentiu um momento de pânico epistemológico — como o da pessoa que não encontra o carro onde o estacionou, ou acha escancarada, de manhã, a porta que trancou de noite.

"Pensa que inventei isso tudo?"

"Vou lhe dizer o que penso, dra. Arroway. Quando eu era muito jovem, trabalhei na promotoria do condado de Cook. Quando pensavam em indiciar uma pessoa, faziam três perguntas." Kitz as enumerou nos dedos. "Essa pessoa teve oportunidade? Teve meios? Teve motivo?"

"Para o quê?"

Kitz olhou para ela, enfarado.

"Mas nossos relógios mostravam que estivemos fora mais de um dia, protestou Ellie."

"Não sei como pude ser tão estúpido", disse Kitz, batendo na testa. "A senhora demoliu minha argumentação. Eu me esqueci que seria impossível adiantar seu relógio em um dia."

"Mas isso implica uma conspiração. O senhor acha que Xi mentiu? Que Eda mentiu? Que..."

"Eu acho que devemos passar para alguma coisa mais importante. Sabe, Peter..." Kitz virou-se para Valerian. "...estou con-

*381*

vencido de que você tem razão. Teremos aqui, amanhã de manhã, o laudo de avaliação de materiais. Não percamos mais tempo com... histórias. Vamos adiar a sessão até amanhã."

Der Heer não havia dito uma única palavra durante toda a reunião da tarde. Dirigiu um sorriso inseguro a Ellie, que não pôde evitar de compará-lo com o do pai. Às vezes a expressão de Ken parecia instar com ela, fazer-lhe uma súplica. No entanto, ela não tinha meios de saber o que ele queria. Talvez, que mudasse sua história. Ele se lembrara das recordações que ela guardava da infância, sabia o quanto pensava no pai. Evidentemente, estava pesando a possibilidade de que ela houvesse enlouquecido. Por extensão, ocorreu-lhe, estava considerando também a possibilidade de que os outros também tivessem perdido a razão. Histeria em massa. Delírio coletivo. *Folie à cinq*.

"Bem, aqui está", disse Kitz. O relatório tinha mais ou menos um centímetro de espessura. Kitz deixou-o cair na mesa, espalhando alguns lápis. "A senhora há de desejar examiná-lo, dra. Arroway, mas posso fazer um sumário sucinto. OK?"

Ellie assentiu. Tinha ouvido dizer que o relatório era altamente favorável ao depoimento feito pelos Cinco. Esperou que ele pusesse fim ao mal-entendido.

"O dodecaedro, *aparentemente*", Kitz deu grande ênfase a essa palavra, "foi exposto a um ambiente muito diferente daquele com que os *benzels* e as estruturas de sustentação estiveram em contato. *Aparentemente*, foi submetido a gigantescas tensões e compressões. É um milagre que a coisa não tenha sido feita em pedaços. Por isso, é um milagre que a senhora e os outros não tenham sido despedaçados ao mesmo tempo. Além disso, *aparentemente* foi exposto a um ambiente de intensa radiação, havendo indícios de radioatividade induzida de baixo nível, raios cósmicos etc. O fato de terem sobrevivido a essa radiação é outro milagre. Nada foi acrescentado ou retirado. Não há nenhum sinal de erosão ou arranhaduras nas laterais, que a senhora diz terem batido constantemente nas paredes dos túneis.

Não há nem mesmo sinais de aquecimento, como ocorreria se o dodecaedro tivesse entrado na atmosfera da Terra a grande velocidade."

"Nesse caso, isso não confirma o que dissemos? Michael, pense um pouco. Tensões e compressões... forças gravitacionais... exatamente o que se esperaria de um buraco negro clássico. Isso é sabido há pelo menos cinquenta anos. Não sei por que não as sentimos, mas talvez o dodecaedro nos tenha protegido, de alguma forma. E altas radiações emanam do interior de um buraco negro e do centro da galáxia, conhecida fonte de raios gama. Há provas independentes dos buracos negros, e há provas independentes do centro galáctico. Nós não inventamos essas coisas. Não compreendo a ausência de arranhões, mas isso depende da interação de um material que quase não estudamos com um material do qual nada sabemos. E eu não esperaria sinais de calor ou estorricamento, pois não afirmamos termos voltado pela atmosfera da Terra. Parece-me que o laudo confirma inteiramente a nossa história. Qual é o problema?"

"O problema é que vocês são muito hábeis. Hábeis demais. Veja tudo isso do ponto de vista de um cético. Dê um passo atrás e observe o quadro geral. Um grupo de pessoas brilhantes, de diversos países, acha que o mundo está indo de mal a pior. Afirmam que receberam do espaço uma Mensagem complicada."

"Afirmam?"

"Por favor. Decifram a Mensagem e anunciam instruções para a construção de uma Máquina muito complexa, a um custo de trilhões de dólares. O mundo não está nada bem, as religiões estão todas agitadas com a aproximação do Milênio, e para surpresa de todos a Máquina é construída. Há uma ou duas pequenas mudanças no pessoal, e então esse grupo, formado essencialmente pelas mesmas pessoas..."

"*Não* foram as mesmas pessoas. Não foi Sukhavati, nem Eda, nem Xi."

"Por favor, deixe-me acabar. *Essencialmente* as mesmas pessoas acabam sentando-se na Máquina. Por causa da maneira como a coisa foi construída, ninguém pode vê-las nem conversar com elas depois que a coisa é ativada. Então, a Máquina é ligada e depois se desliga sozinha. Depois de ligada, *não se pode* pará-la em menos de vinte minutos. Muito bem. E, vinte minutos depois, essas mesmas pessoas saem de dentro da Máquina, alegríssimas, contando uma história sem pé nem cabeça sobre viajar mais depressa do que a luz dentro de buracos negros e visitar o centro da galáxia. Ora, suponhamos que uma pessoa, que seja apenas normalmente cautelosa, ouça essa história. Pede provas. Fotografias, videoteipes, qualquer coisa. Adivinhe o que acontece? Tudo foi convenientemente apagado. Por acaso essas pessoas mostraram artefatos da civilização superior que dizem existir no centro da Via Láctea? Não. Recordações? Não. Um pedaço de pedra? Não. Animais? Não. Nada. O único indício físico é uma ligeira avaria na Máquina. Diante disso, a senhora pode perguntar-se: não poderiam essas pessoas, tão motivadas e tão hábeis, simular o que parecem ser tensões e radiação, sobretudo se foram capazes de gastar 2 trilhões de dólares forjando as provas?"

Ellie ficou boquiaberta. Não se lembrava da última vez em que ficara tão atônita. Aquilo era uma reconstrução dos fatos verdadeiramente virulenta. O que a tornava tão atraente a Kitz? Na verdade, pensou, ele devia estar desesperado.

"Não creio que qualquer pessoa vá dar ouvidos a essa história", prosseguiu ele. "Essa é a fraude mais complicada... e mais cara... que já foi perpetrada. A senhora e seus amigos tentaram ludibriar a presidente dos Estados Unidos e enganar o povo dos Estados Unidos, já não se falando de todos os outros governos da Terra. Devem pensar mesmo que todo mundo é imbecil."

"Michael, isso é uma loucura. Dezenas de milhares de pessoas trabalharam para coletar a Mensagem, decodificá-la e construir a Máquina. A Mensagem está em fitas magnéticas, folhas de computador e em discos laser, em observatórios de todo o mundo. Você diz agora que todos os radioastrônomos do planeta estão envolvidos numa conspiração, assim como as companhias de produtos aeroespaciais e de cibernética, e ainda..."

"Não, não seria preciso uma conspiração tão grande. Tudo que é necessário é um grande transmissor no espaço que dê a impressão de estar transmitindo de Vega. Vou dizer como acho que fizeram isso. Preparam a Mensagem e conseguem alguém... provavelmente alguém que disponha de meios para lançar artefatos em órbita... para levá-la ao espaço. Provavelmente como parte de outra missão. E colocam o transmissor numa órbita que dê a impressão de movimento sideral. Talvez houvesse mais de um satélite. Depois o transmissor é ligado, e estão prontos, em seus lindos observatórios, para receberem a Mensagem, fazer a sensacional descoberta e nos dizer, aos pascácios, o que ela significa."

Até mesmo para o impassível Der Heer isso foi demais. Ele se endireitou na cadeira. "Francamente, Mike...", começou, mas Ellie o atalhou.

"Não fui eu a responsável pela maior parte da decodificação. Muitas pessoas trabalharam nisso. Drumlin, principalmente. Ele começou com todo o ceticismo, como sabem. Mas, assim que os dados começaram a se acumular, Dave convenceu-se inteiramente. Você nunca o ouviu manifestar nenhuma reserva."

"Ah, sim, o coitado do Dave Drumlin. O *falecido* Dave Drumlin. A senhora armou aquela para ele. O professor de quem nunca gostou."

Der Heer afundou-se ainda mais na cadeira, e Ellie, de repente, imaginou-o em conluio com Kitz. Examinou-o com mais atenção. Não podia ter certeza.

"Durante o deciframento da Mensagem, a senhora não podia fazer tudo. Tinha de fazer *tantas* coisas! Por isso, não prestava atenção a uma coisinha e se esquecia de outras. Drumlin estava envelhecendo, preocupando-se com o fato de uma ex-aluna estar a eclipsá-lo e a receber todos os créditos. De repente, ele vê como se envolver, como desempenhar um papel central. A senhora apelou para o narcisismo dele, e o fisgou. E, se ele não houvesse descoberto a chave da Mensagem, a senhora mesmo teria tirado todas as camadas da cebola."

"Michael, você está dizendo que nós fomos capazes de inventar aquela Mensagem. Na verdade, é um esplêndido elogio a Vaygay e a mim. Só que é impossível. Não pode ser feito. Pergunte a qualquer engenheiro competente se aquele tipo de Máquina... com indústrias subsidiárias até então desconhecidas, componentes de todo inimagináveis na Terra... pergunte se tudo isso poderia ser inventado por alguns físicos e radioastrônomos, nos dias de folga. Quando é que imagina que teríamos *tempo* para inventar uma Máquina daquelas, mesmo que fôssemos capazes disso? Veja quantas informações existem nela. Isso teria levado anos."

"A senhora *teve* esses anos, o Argus não estava chegando a parte alguma. O projeto estava quase para ser encerrado. Drumlin, você deve se lembrar, estava procurando fazer isso. E aí, no momento exato, a senhora acha a Mensagem. Pronto, ninguém falou mais em fechar o seu projeto. Acho que a senhora e aquele russo inventaram mesmo tudo isso nas horas de folga. Tiveram anos."

"Isso é uma loucura", disse Ellie, baixinho.

Valerian interrompeu. Conhecera bem a dra. Arroway no período em questão. Ela havia realizado um trabalho científico produtivo. Jamais tivera tempo para uma fraude tão complexa. Por muito que a admirasse, concordava em que a Mensagem e a Máquina estavam muito além da capacidade dela — na verdade, além da capacidade de qualquer pessoa. Qualquer ser humano.

Kitz entretanto, não se convenceu. "Essa é uma opinião pessoal, dr. Valerian. Há muitas pessoas, e pode haver muitas opiniões. O senhor gosta da dra. Arroway. Compreendo. Também eu gosto dela. É compreensível que o senhor a defenda. Não levo isso a mal. Mas há uma coisa. O senhor ainda não sabe, mas vou lhe dizer agora."

Kitz inclinou-se para a frente, olhando Ellie atentamente. Estava, é claro, interessado em ver como ela reagiria ao que ele ia dizer.

"A Mensagem parou no momento em que ativamos a Máquina. No momento em que os *benzels* alcançaram a velocidade prescrita. Exatamente no mesmo segundo. No mundo inteiro. Todos os radiobservatórios apontados para Vega constataram a mesma coisa. Não lhe dissemos isso até agora para que a senhora não se distraísse em seu depoimento. A Mensagem parou no meio de um bit. Agora, francamente, aí a senhora cometeu uma tolice."

"Nada sei a respeito disso, Michael. Mas a Mensagem parou, e daí? Ela havia cumprido sua finalidade. Nós construímos a Máquina, nós fomos... aonde queriam que fôssemos."

"Mas isso a coloca numa posição peculiar", continuou Kitz.

De repente, Ellie percebeu aonde ele queria chegar. Não esperava por aquilo. Ele estava falando em conspiração, mas ela estava pensando em loucura. Se Kitz não estava louco, poderia ela estar? Se nossa tecnologia pode fabricar substâncias que induzem a delírios, não poderia uma tecnologia muito mais avançada induzir alucinações coletivas altamente detalhadas? Por um instante, aquilo pareceu possível.

"Vamos imaginar que estamos na semana passada", dizia Kitz. "As ondas de rádio que chegam à Terra nesse momento partiram de Vega, ao que se supõe, há 26 anos. Elas levam 26 anos para transpor a distância entre Vega e a Terra. Mas há 26 anos, dra. Arroway, não havia um observatório como o Argus, a senhora estava dormindo com viciados e protestando contra o Vietnã e Watergate. Os senhores são muito sabidos, mas se esqueceram da velocidade da luz. Não havia como a Ativação da Máquina pudesse fazer cessar a Mensagem, a não ser depois de 26 anos... a menos que no espaço comum se possa mandar uma mensagem mais depressa do que a luz. E tanto eu como a senhora sabemos que isso é impossível. Lembro-me de ter ouvido a senhora chamar Rankin e Joss de estúpidos por não saberem que não se pode viajar mais rápido do que a luz. Fico surpreso pelo fato de a senhora não ter pensado nisso."

"Michael, escute. E como foi que pudemos chegar lá num piscar de olhos? Pelo menos em vinte minutos? Essas coisas podem ser acausais, em torno de uma singularidade. Não sou especialista nisso. Devia conversar com Eda ou com Vaygay."

"Obrigado pela sugestão", disse ele. "Já conversamos."

Ellie imaginou Vaygay submetido ao mesmo tipo de interrogatório, dirigido por seu velho adversário, Arkhangelski, ou por Baruda, o homem que havia proposto destruir os radiotelescópios e queimar os dados. Era provável que eles e Kitz tivessem a mesma opinião sobre aquele assunto. Esperou que Vaygay estivesse aguentando a parada.

"A senhora compreende, dra. Arroway. Tenho *certeza* de que compreende. Mas vou explicar de novo. Talvez possa me mostrar onde foi que me enganei. Há 26 anos aquelas ondas de rádio partiram em direção à Terra. Agora, imagine o espaço entre Vega e o nosso planeta. Ninguém pode segurar as ondas de rádio depois que deixaram Vega. Ninguém pode detê-las. Mesmo que o transmissor soubesse instantaneamente... através do buraco negro, se assim a senhora quiser... que a Máquina havia sido ativada, passariam 26 anos para que o sinal parasse de chegar à Terra. Seus veganos não poderiam saber, há 26 anos, que a Máquina tinha sido ativada. E no minuto exato em que isso aconteceu. A senhora teria de mandar uma mensagem, *de volta no tempo, para 26 anos atrás*, a fim de que a Mensagem parasse no dia 31 de dezembro de 1999. Está compreendendo, não é?"

"Estou, estou. Esse é um território inteiramente inexplorado. Sabe, não é à toa que se usa a expressão '*continuum* espaço-tempo'. Se eles podem construir túneis através do espaço, imagino que possam construir alguma espécie de túnel através do tempo. O fato de termos voltado um dia antes mostra que realizamos pelo menos uma espécie limitada de viagem no tempo. Assim, é possível que logo que saímos da Estação eles tenham mandado uma mensagem para 26 anos atrás, a fim de cortar a transmissão. Não sei."

"A senhora percebe como lhe é conveniente que a Mensagem se interrompa agora. Se seu pequeno satélite ainda estivesse transmitindo, poderíamos encontrá-lo, capturá-lo e trazer de volta a fita de transmissão. Essa seria a prova definitiva da fraude. Inequívoca. Mas a senhora não podia arriscar-se a isso. Por isso, limita-se a esse palavreado sobre buracos negros. O que talvez seja embaraçoso para a senhora."

Kitz parecia empolgado.

Era como uma fantasia paranoide em que retalhos de fatos inocentes são montados e transformados numa conspiração complexa. Naquele caso, os fatos não eram absolutamente do domínio do dia a dia, e era compreensível que as autoridades testassem outras explicações possíveis. Mas a maneira como Kitz apresentava os acontecimentos era tão cáustica que revelava, pensou Ellie, uma pessoa verdadeiramente ferida, com medo, sentindo dor. A probabilidade de que tudo aquilo fosse um delírio coletivo diminuiu um pouco para ela. Mas a interrupção da Mensagem — se havia ocorrido como dizia Kitz — causava preocupação.

"Agora, dra. Arroway, pense comigo: os senhores, cientistas, tiveram talento para imaginar tudo isso, e tinham também a motivação. Mas, sozinhos, não teriam os meios. Se não foram os russos que lançaram esse satélite para os senhores, poderia ter sido qualquer um dentre meia dúzia de órgãos espaciais governamentais. Entretanto, já investigamos isso. Ninguém lançou um satélite na órbita apropriada. Isso só deixa uma possibilidade: um lançamento particular. E a possibilidade mais interessante que nos ocorre é um determinado senhor chamado S. R. Hadden. Conhece?"

"Não seja ridículo, Michael. Eu conversei com você sobre Hadden antes de subir à *Matusalém*."

"Eu só queria ter certeza de que estamos de acordo no que se refere ao fundamental. Agora, pense nisso: a senhora e o russo maquinam esse plano. A senhora consegue que Hadden custeie as fases iniciais: o projeto do satélite, a invenção da Máquina, a codificação da Mensagem, a simulação das avarias por radiação, tudo isso. Em troca, depois que o projeto da Máquina começa a operar, ele põe a mão em 2 trilhões de dólares. Grande ideia, pensa ele. Os lucros seriam bem interessantes e, tendo em vista fatos passados, ele gostaria muito de deixar o governo em má situação. Quando a senhora se vê em dificuldade para decodificar a Mensagem, quando não consegue encontrar a chave, chega até a procurá-lo. Ele lhe diz onde procurá-la. Isso também foi um pouco de descuido. Teria sido muito melhor se a senhora mesma a localizasse."

"Não seria negligência *demais*?", sugeriu Der Heer. "Por acaso uma pessoa que estivesse realmente maquinando uma fraude não..."

389

"Ken, estou surpreso com você. Foi crédulo demais, sabe? Está demonstrando exatamente por que Arroway e os outros acharam que seria inteligente pedir ajuda a Hadden. E deixar bem claro para nós que tinham ido procurá-lo."

Kitz voltou novamente a atenção para Ellie. "Dra. Arroway, procure ver a situação do ponto de vista de um observador neutro..."

Kitz prosseguiu, fazendo com que os fatos se concatenassem diante dela de maneira inteiramente nova, reescrevendo anos inteiros de sua vida. Ellie nunca pensara em Kitz como uma pessoa estúpida, mas também nunca o julgara tão imaginativo. Talvez ele tivesse recebido ajuda. No entanto, a propulsão emocional para essa fantasia provinha dele próprio.

Estava cheio de gestos expansivos e floreios de retórica. Aquilo não era simplesmente parte de seu trabalho. Aquele interrogatório, aquela interpretação alternativa dos acontecimentos, despertara nele algo de passional. Passado um momento, Ellie compreendeu o que era. Os Cinco haviam voltado sem nenhuma aplicação militar imediata, nenhum capital político líquido, apenas com uma história muito estranha. E a história tinha certas implicações. Kitz era agora senhor do mais devastador arsenal da Terra, enquanto os Zeladores estavam construindo galáxias. Ele era descendente, em linha direta, de uma série de líderes, americanos e soviéticos, que haviam arquitetado a estratégia da confrontação nuclear, enquanto os Zeladores eram um amálgama de diversas espécies, de mundos distintos, que trabalhavam em harmonia. A simples existência dos Zeladores era uma censura tácita. Então, considerando a possibilidade de que o túnel pudesse ser ativado do outro lado, que Kitz nada pudesse fazer para evitar isso... Eles poderiam chegar aqui num instante. Nessas circunstâncias, como poderia Kitz defender os Estados Unidos? Seu papel na decisão de construir a Máquina — cuja história ele parecia estar reescrevendo ativamente — poderia ser interpretado por um tribunal hostil como prevaricação no cumprimento do dever. E que explicação Kitz poderia dar aos extraterrestres sobre a maneira como dirigira o mundo, ele e seus predecessores? Mesmo que anjos vingadores nunca arremetessem por aquele túnel, se a verdade da viagem fosse divulgada o mundo mudaria. Já estava mudando. Mudaria muito mais.

Mais uma vez, Ellie olhou para ele com pena. Durante pelo menos cem gerações, o mundo fora dirigido por pessoas muito piores do que ele. Só que, para o azar de Kitz, sua hora de participar do jogo se dera no momento exato em que as regras estavam sendo reformuladas.

"...mesmo que acreditássemos em cada detalhe de sua história", dizia ele, "não acha que os extraterrestres a trataram mal? Tiraram proveito de seus sentimentos mais profundos, vestindo o disfarce de seu papai. Não lhe dizem o que estão fazendo, expõem todos os seus filmes, destroem todos os seus dados, e nem mesmo a deixam abandonar lá aquela estúpida fronde de palmeira. Nada falta na lista de carga, a não ser um pouco de comida; nem nada voltou que não estivesse na lista, a não ser um pouco de areia. Ou seja, em vinte minutos, a senhora e os outros comeram alguma coisa e espalharam um pouco de areia que tinham nos bolsos. A senhora e os outros voltam um nanossegundo ou alguma coisa assim depois de partir, de modo que, para qualquer observador neutro, na verdade nunca partiram.

"Ora, se os extraterrestres quisessem deixar inequivocamente claro que a senhora e os outros tinham ido a algum lugar, teriam feito com que voltassem um dia depois, ou uma semana. Certo? Se não houvesse nada dentro dos *benzels* durante algum tempo, teríamos certeza absoluta de que haviam ido a algum lugar. Se eles quisessem facilitar as coisas para os senhores, não teriam desligado a Mensagem. Certo? Isso fez as coisas ficarem esquisitas. A senhora sabe. Eles poderiam ter imaginado isso. Por que desejariam que a situação ficasse ruim para a senhora? E há outros meios que eles poderiam ter usado para corroborar essa história. Poderiam ter-lhes dado uma recordação. Poderiam ter deixado a senhora trazer seus filmes. Aí, ninguém diria que isso não passa de um embuste bem montado. E por que não fizeram nada disso? Como é que os extraterrestres não confirmam a sua história? A senhora passa anos de sua vida tentando encontrá-los. Por acaso não dão o devido valor ao seu esforço?

"Ellie, como você pode ter tanta certeza de que sua história realmente aconteceu? Se, como alega, nada disso é uma fraude, não poderia ser... uma ilusão? É doloroso pensar nisso, compreendo. Ninguém quer admitir que sofreu uma certa... perda das faculdades. Mas, considerando as tensões por que você tem passado, é compreensível. E se a única alternativa é uma conspiração criminosa... Talvez você queira refletir com cuidado."

Mas ela já refletira.


Mais tarde, naquele mesmo dia, ela encontrou-se com Kitz a sós. Na verdade, havia sido proposto um acordo. Ela não tinha nenhuma intenção de aceitá-lo, mas Kitz também estava preparado para essa possibilidade.

"Desde o início, você nunca gostou de mim", disse ele. "Mas vou passar por cima disso. Vamos chegar a um meio-termo. Já divulgamos uma nota dizendo que a Máquina simplesmente não funcionou quando a ativamos. Naturalmente, estamos procurando saber o que foi que não deu certo. Depois dos outros fracassos, no Wyoming e no Usbequistão, ninguém está duvidando desse. Então, daqui a algumas semanas, vamos anunciar que não estamos conseguindo coisa alguma. Fizemos tudo o que podíamos. A Máquina é cara demais para continuarmos a trabalhar nela. Provavelmente, ainda não temos competência suficiente para isso. Além do mais, ainda há perigos, afinal. Já sabíamos disso. A Máquina poderia explodir, ou alguma coisa assim. Tudo pesado, talvez seja melhor arquivarmos por algum tempo o projeto da Máquina. Pelo menos tentamos.

"Hadden e os amigos dele seriam contra, é claro, mas como ele não está mais conosco..."

"Mas ele está a apenas trezentos quilômetros de altura", observou Ellie.

"Ah, não soube? Hadden morreu mais ou menos na hora em que a Máquina foi ativada. É até engraçado que tenha acontecido assim. Desculpe por não ter contado. Eu me esqueci do quanto vocês eram... chegados."

Ellie não sabia se devia acreditar no que Kitz dizia. Hadden ainda estava na casa dos cinquenta, e em boa forma física. Mais tarde averiguaria isso.

"E o que, em sua fantasia, aconteceu conosco?", perguntou.

"'Conosco'? Com quem?"

"Conosco. Os Cinco. Os que estavam a bordo da Máquina que você diz que não funcionou."

"Ah! Depois de mais alguns depoimentos, sairão e farão o que quiserem. Não creio que algum de vocês cometa a tolice de sair contando essa história sem pé nem cabeça. Mas, apenas por segurança, estamos preparando dossiês psiquiátricos para todos. Perfis. Coisa simples. Você sempre foi rebelde, contrária ao sistema... qualquer que tenha sido o sistema em que foi educada. Está tudo certo. É bom que as pessoas sejam independentes. Nós estimulamos isso, principalmente nos cientistas. Mas a tensão dos últimos anos foi grande... não devastadora, na verdade... mas foi grande. Principalmente para a dra. Arroway e o dr. Lunacharski. Primeiro, envolveram-se na descoberta da Mensagem, em sua decodificação e em convencer os governos a construírem a Máquina. Depois vieram problemas de construção, sabotagem industrial, a experiência da Ativação que deu em nada... Foi duro. Tanto trabalho e nenhuma recompensa. E, na verdade, os cientistas sempre passam por muitas tensões. Se vocês todos ficaram um tanto desnorteados com o fracasso da Máquina, não há quem não fique com pena. Serão compreensivos. Mas ninguém vai acreditar na história de vocês. Ninguém. Se vocês se comportarem bem, não há motivo para pensar que os dossiês um dia venham a ser divulgados.

"É claro que a Máquina ainda está aqui. Vamos trazer alguns fotógrafos da imprensa para cá, assim que as estradas estiverem abertas. Vamos mostrar a eles que a Máquina não foi a parte alguma. E a tripulação. Naturalmente, estão decepcionados. Talvez um pouco sem graça. Por enquanto, ainda não querem falar à imprensa.

"Não acha bom esse plano?" Kitz sorriu. Queria que Ellie admitisse a perfeição do esquema. Ela nada respondeu.

"Não acha que estamos sendo razoáveis, depois de gastarmos 2 trilhões de dólares com esse monte de ferro-velho? Poderíamos trancafiar vocês a vida inteira, Arroway. Mas vamos deixá-los sair. Você nem precisa pagar fiança. Acho que estamos nos conduzindo como cavalheiros. É o Espírito do Milênio. É o Machindo."

# 22. GILGAMESH

*Que nunca mais há de voltar,*
*Eis o que faz tão doce a vida.*
Emily Dickinson, poema número 1741

NESSA ÉPOCA — eloquentemente descrita como a Alvorada de uma Nova Era —, o sepultamento no espaço era coisa corriqueira, embora cara. Transformadas em negócio lucrativo, as exéquias espaciais atraíam sobretudo aqueles que, em outras épocas, teriam deixado instruções para que suas cinzas fossem espalhadas pela cidade natal ou, pelo menos, no lugarejo onde haviam começado a fazer fortuna. Agora, porém, podiam tomar providências para que seus restos mortais girassem eternamente em torno da Terra — ou tão perto de "eternamente" quanto interessa na vida prática. Bastava incluir uma breve cláusula no testamento. Então, e supondo, naturalmente, que o falecido dispusesse dos recursos pecuniários para tanto, os restos mortais eram cremados, suas cinzas, comprimidas numa urna minúscula, quase de brinquedo, na qual eram gravados seu nome e suas datas de nascimento e morte, breves palavras de saudade e o símbolo religioso escolhido (podia-se escolher entre três). Junto de centenas de ataúdes em miniatura semelhantes, a urna era então levada ao espaço e lançada de uma altitude intermediária, com o que se evitava tanto os apinhados corredores das órbitas geossincrônicas como o desconcertante arrasto de uma órbita baixa. A partir de então, as cinzas do morto passavam a girar triunfantemente em torno do seu planeta, em meio aos cinturões de radiação Van Allen, uma chuva de prótons onde nenhum satélite de boa cabeça pensaria em se meter. Cinzas, porém, não se importam com isso.

Em tais altitudes, a Terra passara a estar cercada pelos restos de seus cidadãos eminentes, e um visitante desinformado, proveniente de um mundo longínquo, poderia com toda razão

*395*

julgar ter se deparado com uma melancólica necrópole da era espacial. A perigosa localização desse campo santo explicava a ausência de visitas por parte dos entes queridos.

Pensando nesse quadro, S. R. Hadden espantara-se ao imaginar quão poucas porções dessas falecidas eminências destinavam-se à imortalidade. Todas as suas partes orgânicas — cérebro, coração, tudo que os havia distinguido como pessoas — eram atomizadas por ocasião da cremação. Depois de cremada, pensou ele, nada restava de uma pessoa, apenas ossos pulverizados, o que nem sequer bastaria para que uma civilização muito adiantada pudesse reconstruí-la a partir das cinzas. E além disso, por bons motivos, o ataúde era lançado bem no meio dos cinturões Van Allen, onde até as cinzas eram lentamente volatilizadas.

Muito melhor seria fazer com que algumas de suas células fossem preservadas. Células vivas inteiras, com o DNA intacto. Imaginou uma empresa que, mediante o pagamento de uma tarifa bastante gorda, congelasse um pouco do tecido epitelial de uma pessoa e o colocasse numa órbita bastante elevada — muito acima dos cinturões Van Allen, talvez além até das órbitas geossincrônicas. Não havia razão para morrer primeiro. Podia-se fazer isso agora, enquanto o futuro morto ainda estava no gozo de suas faculdades. Depois, biólogos moleculares extraterrestres — ou seus colegas terrestres de um futuro remoto — poderiam reconstruir a pessoa, fazer um clone dela, mais ou menos a partir do nada. O morto esfregaria os olhos, se espreguiçaria e acordaria no ano 10000000. Ou, mesmo que nada fosse feito com aqueles tecidos, ainda assim continuariam a existir cópias múltiplas das instruções genéticas do falecido. *Em princípio*, ele continuaria vivo. Em qualquer um dos casos, se poderia dizer que viveria para sempre.

No entanto, à medida que refletia sobre o assunto, Hadden ainda achava esse plano demasiado modesto. Algumas células raspadas das solas dos pés não seriam verdadeiramente *a pessoa*. Na melhor das hipóteses, aqueles biólogos poderiam reconstruir a sua forma física. Mas isso não é a pessoa. Dentro de um procedimento sério, o falecido deveria incluir algumas fotografias de família, uma autobiografia com pormenores meticulosos, todos os livros e fitas que havia apreciado — o máximo possível de informações acerca de si. Por exemplo, suas marcas prediletas de loção de barba ou de refrigerante dietético. Era uma atitude de inacreditável narcisismo, ele sabia, mas que importava? Afinal de contas, tratava-se de uma era que havia produzido um contínuo delírio escatológico. Era natural que um homem pensasse em seu próprio fim enquanto todos os demais refletiam sobre o desaparecimento da espécie, do planeta ou sobre a ascensão em massa dos Eleitos ao reino celeste.

Não se poderia esperar que os extraterrestres soubessem inglês. Se iam reconstruir uma pessoa, era preciso que conhecessem sua língua. Por isso, era preciso incluir uma espécie de tradução, problema talhado para o prazer de Hadden. Era quase o inverso do problema da decodificação da Mensagem.

Tudo isso exigia uma cápsula espacial de bom tamanho, tão grande que a pessoa não precisava mais restringir-se a simples amostras de tecidos. Nesse caso, poderia mandar para o espaço o corpo inteiro. Se o morto pudesse congelar-se rapidamente ao falecer, haveria uma vantagem adicional. Talvez, quem sabe, uma porção substancial do organismo estivesse em estado operacional, de modo que quem o encontrasse pudesse fazer mais do que simplesmente reconstruí-lo. Talvez pudesse trazer o morto de volta à vida — depois, naturalmente, de consertar o defeito que o tinha levado à morte. Se o congelamento tardasse um pouco — por exemplo, porque os parentes não haviam percebido rapidamente a chegada da morte —, as perspectivas de revivificação se reduziriam. O que realmente faria sentido, refletiu Hadden, seria congelar alguém um pouco *antes* de sua morte. Isso tornaria muito mais provável a ressuscitação, ainda que com toda certeza houvesse pouca demanda para esse serviço.

No entanto, que significava exatamente "um *pouco* antes" da morte? Suponhamos que uma pessoa soubesse que lhe restava apenas um ou dois anos de vida. Não seria de bom alvitre congelar-se logo, conjecturou Hadden... antes que a carne se estragasse? Ainda assim, suspirou ele, não importava qual fosse a natureza da moléstia deterioradora, talvez ela *ainda* fosse irremediável depois da revivificação. A pessoa poderia passar congelada toda uma era geológica, e depois ser despertada apenas para morrer rapidamente de um melanoma ou de uma cardiopatia, doenças sobre as quais os extraterrestres nada soubessem.

Não, concluiu ele, havia uma única realização perfeita dessa ideia: uma pessoa de saúde perfeita teria de ser lançada, numa viagem sem volta, rumo às estrelas. Como benefício adicional, seria poupada da humilhação da enfermidade e da velhice. Longe do sistema solar interior, sua temperatura de equilíbrio cairia a apenas alguns graus acima do zero absoluto. Já não haveria mais necessidade de refrigeração. O espaço proveria, perpetuamente, os meios necessários à preservação. De graça.

Seguindo esse raciocínio, Hadden chegou à etapa final do argumento: se fossem necessários alguns anos para chegar ao frio interestelar, a pessoa bem poderia permanecer acordada para assistir ao espetáculo, só se submetendo à congelação rápida quando saísse do sistema solar. Isso minimizaria também uma excessiva dependência em relação ao equipamento de criogenia.

Hadden tomara todas as precauções contra um inesperado problema médico quando estivesse em órbita da Terra, prosseguia o relatório oficial, chegando até a desintegração sônica dos cálculos renais e biliares antes mesmo de pôr os pés em seu *château* celeste. E, com tudo isso, morrera de choque anafilático. Uma abelha havia saído, zumbindo furiosamente, de dentro de um buquê de flores enviadas até o *Narnia* por uma admiradora. Por negligência, a bem provida farmácia da *Matusalém* não tinha em estoque o antissoro necessário. O inseto, provavelmente, fora imobilizado pelas baixas temperaturas do porão de carga do *Narnia*, e na verdade não tinha culpa alguma. Seu corpinho, despedaçado, havia sido mandado à Terra a fim de ser examinado por entomologistas nomeados por tribunais. A ironia do biliardário abatido por uma abelha não escapara à observação dos editoriais da imprensa e dos pregadores.

Na verdade, porém, tudo isso era balela. Não houvera abelha, picada nem morte. Hadden continuava a gozar de excelente saúde. Com efeito, ao nascer o Ano-Novo, nove horas depois de a Máquina ter sido ativada, os foguetes de um espaçoso veículo auxiliar acoplado à *Matusalém* entraram em ignição. Rapidamente, ele alcançou a velocidade de escape necessária para fugir à atração do sistema Terra-Lua. Chamava-se *Gilgamesh*.

Hadden passara a vida acumulando poder e refletindo sobre o tempo. Quanto mais poder possui uma pessoa, descobriu, mais ela anseia por poder. Poder e tempo estavam ligados, pois todos os homens são iguais na morte. É por isso que os antigos reis construíram monumentos para si próprios. Mas os monumentos se desgastavam, as façanhas reais eram apagadas, os próprios nomes dos soberanos caíam no esquecimento. Mais importante, eles próprios estavam mortos, *mortos*. Não, isso era mais elegante, mais belo, mais satisfatório. Ele havia encontrado uma pequena porta na muralha do tempo.

Tivesse ele simplesmente anunciado seus planos ao mundo e se seguiriam certas complicações. Se Hadden estava congelado a uma temperatura de quatro graus Kelvin, a uma distância de 10 bilhões de quilômetros da Terra, qual era exatamente sua situação jurídica? Quem controlaria sua empresa? Dessa maneira, era muito mais interessante. Numa pequena cláusula de um complexo testamento final, ele havia deixado a seus herdeiros uma nova empresa, atuante no ramo de motores-foguetes e de criogenia, que um dia viria a denominar-se Imortalidade S/A. Nunca mais precisaria pensar no assunto.

O *Gilgamesh* não estava equipado com rádio. Hadden não desejava mais saber o que havia acontecido aos Cinco. Já não queria notícias da Terra — nada de animador, nada que o desconsolasse, nada dos tumultos inúteis que ele conhecera. Só pensamentos elevados... silêncio. Se qualquer adversidade ocorresse nos próximos anos, o equipamento de criogenia do *Gilgamesh* seria acionado com um simples apertar de um botão. Até então, ele dispunha de toda uma biblioteca, com seus livros, videoteipes e músicas favoritos. Jamais estaria só. Na verdade, nunca se preocupara muito com companhia. Yamagishi havia pensado em acompanhá-lo, mas depois desistira; estaria perdido, disse ele, sem o "estado-maior". E naquela viagem havia poucos atrativos, assim como espaço insuficiente, para serviçais. A monotonia da alimentação e a escala modesta dos confortos poderiam ser assustadoras para certas pessoas, mas Hadden se conhecia: era um homem que tinha um grande sonho. O conforto não importava em absoluto.

Dentro de dois anos, aquele sarcófago espacial cairia no poço gravitacional de Júpiter, pouco além do cinturão de radiação, passaria a girar em torno do planeta e depois seria arremessado ao espaço interestelar. Durante um dia, ele teria uma vista ainda mais espetacular do que a proporcionada pela janela de seu estúdio na *Matusalém* — as nuvens multicores de Júpiter, o maior planeta do sistema solar. Se a questão fosse apenas a vista, Hadden teria optado por Saturno e seus anéis. Preferia os anéis. Mas Saturno estava a pelo menos quatro anos da Terra e, pensando bem, seria arriscado. Se uma pessoa está pensando na imortalidade, tem de ter muito cuidado.

Àquelas velocidades, seriam necessários 10 mil anos para percorrer a distância que nos separava da estrela mais próxima. No entanto, se uma pessoa está congelada a quatro graus acima do zero absoluto, dispõe de tempo de sobra. Mas um belo dia — Hadden tinha certeza disso, mesmo que levasse 1 milhão de anos — o *Gilgamesh* entraria por acaso no sistema solar de uma outra civilização. Ou a sua barca fúnebre seria interceptada na escuridão entre as estrelas, e outros seres — muito avançados, muito inteligentes — levariam o sarcófago para a sua nave, sabendo o que era preciso fazer. Aquilo, na verdade, nunca fora tentado antes. Nenhum terráqueo chegara tão perto da imortalidade.

Convicto de que seu fim seria o seu começo, Hadden fechou os olhos e cruzou os braços, experimentalmente, sobre o peito, enquanto os motores se acendiam de novo, dessa vez durante menos tempo, e a reluzente nave iniciava sua longa jornada em direção às estrelas.

Daí a milhares de anos, Deus sabe o que estaria acontecendo na Terra, pensou ele. O problema não era dele. Na verdade, nunca tinha sido. Mas ele estaria adormecido, profundamente congelado, perfeitamente preservado, com seu sarcófago disparando pelo vazio interestelar, ultrapassando os faraós, superando Alexandre, suplantando Qin. Ele havia arquitetado a própria Ressurreição.

# 23. REPROGRAMAÇÃO

> *Não seguimos fábulas engenhosamente inventadas...*
> *mas fomos testemunhas oculares.*
> II Pedro, 1, 16

> *Olha e recorda. Contempla esse céu;*
> *Olha profundamente esse ar de mar claro,*
> *O termo, irrestrito, da prece.*
> *Fala agora, e fala para a abóbada santificada.*
> *Que ouves? Que responde o céu?*
> *Os céus estão tomados; esta não é tua terra.*
> Karl Jay Shapiro, *Guia de viagem para exilados*

**AS LINHAS TELEFÔNICAS** tinham sido consertadas, as estradas, desobstruídas; e representantes da imprensa internacional, escolhidos a dedo, tinham sido levados para uma breve visita às instalações do projeto. Alguns repórteres e fotógrafos atravessaram as três passagens iguais no interior dos *benzels*, penetraram na câmara de pressurização e entraram no dodecaedro. Ali foram gravados comentários para a televisão, com os jornalistas sentados nos assentos que os Cinco haviam ocupado, narrando ao mundo o fracasso daquela primeira e corajosa tentativa de ativar a Máquina. Ellie e seus colegas foram fotografados de longe, para que todos vissem que estavam vivos e passando bem, mas por enquanto não seriam concedidas entrevistas. O projeto da Máquina estava fazendo avaliações e considerando suas opções futuras. O túnel entre Honshu e Hokkaido fora novamente aberto, mas a passagem da Terra para Vega se encontrava fechada. Na verdade, não haviam posto isso à prova; Ellie imaginava se, depois que os Cinco finalmente saíssem daí, o projeto tentaria fazer girar novamente os *benzels*... mas acreditava no que lhe tinham dito: a Máquina nunca mais voltaria a funcionar; seres da Terra não teriam mais acesso aos túneis. Poderíamos fazer tantas rugas no espaço-tempo quanto desejássemos; entretanto, ninguém atenderia do outro lado. Haviam nos mostrado uma fresta, pensou ela, e depois a salvação fora deixada por nossa conta. Se conseguíssemos nos salvar.

Por fim, os Cinco tiveram autorização para conversar entre si. Sistematicamente, Ellie se despediu de cada um. Ninguém a culpou pelos cassetes virgens.

"Essas imagens de vídeo são gravadas magneticamente, em fitas", lembrou Vaygay. "Acumulou-se nos *benzels* um forte campo elétrico, e é claro que eles estavam se movendo. Um campo elétrico que varia no tempo produz um campo magnético. As equações de Maxwell. Acho que foi isso que causou o apagamento de suas fitas. Não foi culpa sua."

O interrogatório de Vaygay o deixara perplexo. Não chegaram propriamente a acusá-lo, mas simplesmente deixaram no ar a insinuação de que ele fazia parte de uma conspiração antissoviética que envolvia cientistas ocidentais.

"Uma coisa eu lhe digo, Ellie, a única questão que continua em aberto é a existência de vida inteligente no Politburo."

"E na Casa Branca. Não acredito que a presidente tenha autorizado Kitz a proceder como procedeu. Ela se envolveu no projeto."

"Este planeta é dirigido por loucos. Lembre-se do que eles tiveram de fazer para chegar aonde estão. As perspectivas deles são tão estreitas, tão... breves. Alguns poucos anos. Nos melhores casos, algumas décadas. Eles só se importam com o tempo em que se acham no poder."

Ellie pensou em Cygnus A.

"Mas não têm certeza de que nossa história seja mentirosa. Não podem provar isso. Por conseguinte, temos de provar a eles. No fundo da alma, eles ficam imaginando: 'Poderia ser verdade?'. Alguns até desejam que seja. Mas é uma verdade arriscada. Precisam de alguma coisa próxima à certeza... E talvez possamos fornecer isso. Podemos refinar a teoria da gravitação. Podemos fazer novas observações astronômicas que confirmem o que nos disseram... principalmente com relação ao centro galáctico e a Cygnus A. Eles não hão de interromper as pesquisas astronômicas. Além disso, podemos estudar o dodecaedro, se nos permitirem. Ellie, nós vamos mudar a opinião deles."

Coisa difícil, se forem todos loucos, pensou ela.

"Não vejo como os governos poderiam convencer o público de que isso foi uma fraude", disse Ellie.

"Por quê? Pense nas outras coisas em que induziram as pessoas a acreditar. Persuadiram-nos de que só teremos segurança se gastarmos toda a nossa riqueza de modo que a população inteira da Terra possa ser morta num instante... quando os governos resolverem que chegou a hora. Eu diria ser difícil fazer as pessoas acreditarem numa coisa tão idiota. Não, Ellie, eles sabem convencer. Basta dizerem que a Máquina não funciona e que nós enlouquecemos um pouco."

"Não acredito que pareceríamos tão loucos se contássemos nossa história juntos. Mas talvez você tenha razão. Talvez devêssemos antes tentar descobrir uma prova. Vaygay, você estará bem quando... voltar?"

"Que poderão fazer? Exilar-me em Gorki? Eu sobreviveria a isso. Já passei meu dia na praia... Não se preocupe, estarei em segurança. Você e eu temos um tratado de segurança mútua, Ellie. Enquanto você estiver viva, eles precisarão de mim. E vice-versa, é claro. Se a história for verdadeira, ficarão satisfeitos por haver uma testemunha soviética; chegará o dia em que gritarão isso do alto dos telhados. E, da mesma forma que seu governo, hão de ficar imaginando utilizações militares e econômicas para o que vimos. Não importa o que eles nos façam. O importante é permanecermos vivos. Depois contaremos a nossa história... nós cinco... discretamente, é claro. E, primeiro, apenas para as pessoas em quem confiamos. A história há de se espalhar. Não haverá como evitar isso. Mais cedo ou mais tarde, os governos hão de admitir o que nos aconteceu no dodecaedro. E, até lá, cada um de nós representa uma apólice de seguro para os demais. Estou muito satisfeito com tudo isso, Ellie. É a melhor coisa que já me aconteceu."

"Dê um beijo em Nina por mim", disse ela, pouco antes de ele embarcar no voo noturno para Moscou.

*404*

\* \* \*

Durante o café da manhã, ela perguntou a Xi se estava desapontado.

"Desapontado? Depois de ir *lá*..." Ele ergueu os olhos para o céu. "...e ver tudo aquilo eu ficaria desapontado? Eu sou um órfão da Longa Marcha. Sobrevivi à Revolução Cultural. Tentei cultivar batatas e beterrabas durante seis anos, à sombra da Grande Muralha. Sei o que é desapontamento. Se você foi a um banquete, ao voltar para sua aldeia faminta fica desapontada porque não a receberam com festas? Isso não é desapontamento. Você perdeu uma pequena escaramuça. Examine a... disposição de forças."

Em pouco tempo ele estaria embarcando para a China, onde se comprometera a não fazer declarações públicas sobre o que acontecera na Máquina. No entanto, Xi voltaria para supervisionar a escavação em Xia. O mausoléu de Qin estava à sua espera. Desejava ver o quanto o imperador se assemelhava à simulação que ele encontrara do outro lado do túnel.

"Desculpe-me, Xi", disse Ellie, depois de algum tempo. "Sei que é impertinência, mas a verdade é que, de todos nós, só você não encontrou alguém que... Em toda a sua vida, nunca houve uma pessoa a quem amasse?"

Ellie desejou ter formulado a pergunta melhor.

"Todos a quem amei me foram tirados. Apagados. Eu vi os imperadores do século XX chegarem e partirem", respondeu ele. "Eu ansiava por alguém que não pudesse ser revisado, reabilitado ou modificado. Existem apenas algumas figuras históricas que não podem ser apagadas."

Xi olhava para o tampo da mesa, mexendo com a colherinha. "Eu dediquei minha vida à Revolução, e não me arrependo. Mas quase nada sei de minha mãe e de meu pai. Não tenho recordações deles. Sua mãe ainda está viva. Você se lembra de seu pai, e o reencontrou. Não se esqueça de como é feliz."

*405*

Em Devi, Ellie percebeu uma mágoa que nunca notara. Supôs que fosse uma reação ao ceticismo com que a diretoria do projeto e os governos haviam encarado sua história. Devi, porém, balançou a cabeça.

"O fato de não acreditarem não é muito importante para mim. O que é central é a experiência em si. Transformadora. Ellie, aquilo realmente nos aconteceu. Foi *real*. Na primeira noite, depois de nossa volta a Hokkaido, eu sonhei que nossa experiência tinha sido um sonho, sabe? Mas não foi, não foi.

"É, eu estou mesmo triste. Minha tristeza é... Sabe, eu satisfiz um desejo de toda a minha vida lá em cima, quando reencontrei Surindar, depois de tantos anos. Ele estava exatamente como eu o lembrava, exatamente como eu sonhava. Mas quando eu o vi, quando vi uma simulação tão perfeita, eu descobri: este amor foi precioso *porque* foi tirado, *porque* eu renunciei a tanta coisa para me casar com ele. Nada mais. Aquele homem era um tolo. Dez anos com ele e nós nos teríamos divorciado. Quem sabe só cinco? Eu era muito jovem e boba."

"Realmente, sinto muito", disse Ellie. "Sei um pouco o que é chorar um amor perdido."

"Ellie", replicou Devi, "você não está entendendo. Pela primeira vez, em minha vida adulta, eu *não* choro por Surindar. Choro é pela família a que renunciei, por ele."

Sukhavati iria passar alguns dias em Bombaim e depois visitaria a aldeia ancestral em Tamil Nadu.

"Por fim", disse ela, "será fácil convencer-nos de que tudo isso foi uma ilusão. A cada manhã, quando acordarmos, nossa experiência estará mais distante, será mais parecida com um sonho. Seria muito melhor se todos nós ficássemos juntos, para reforçar nossas lembranças. *Eles* compreenderam esse perigo. Foi por isso que nos levaram à praia, a uma coisa semelhante ao nosso próprio planeta, uma realidade que podemos apreender. Não permitirei que ninguém trivialize essa experiência. Lembre-se. Aquilo aconteceu de verdade. Não foi um sonho. Não se esqueça, Ellie."

Considerando as circunstâncias, Eda estava muito sereno. Ellie logo compreendeu por quê. Enquanto ela e Vaygay passavam por prolongados interrogatórios, ele fazia cálculos.

"Creio que os túneis são pontes Einstein-Rosen", disse. "A relatividade geral admite uma classe de soluções, denominadas buracos de vermes, que são semelhantes aos buracos negros, mas sem nenhuma conexão evolutiva: não podem ser gerados, como os buracos negros, pelo colapso gravitacional de uma estrela. Entretanto, uma vez criado, o tipo comum de buraco de verme se expande e se contrai antes que qualquer coisa possa atravessá-lo; exerce desastrosas forças gravitacionais, e também exige... pelo menos como o vê um observador que ficou atrás... uma infinita quantidade de tempo para ser atravessado."

Ellie não entendeu em que isso representava muito progresso, e pediu a Eda que esclarecesse. O problema-chave estava em manter aberto o buraco de verme. Eda descobrira, para suas equações de campo, uma nova classe de soluções que sugeriam um novo campo macrocóspico, um tipo de tensão que poderia ser utilizado para impedir que um buraco de verme se contraísse plenamente. Tal buraco de verme não colocaria nenhum dos problemas dos buracos negros; apresentaria tensões gravitacionais muito menores, acesso bilateral, tempos rápidos de trânsito, pela percepção de um observador externo, e nenhum campo interior de radiação devastador.

"Não sei se o túnel é estável em face de pequenas perturbações", disse. "Caso não seja, eles teriam de construir um sistema de feedback muito complicado para acompanhar e corrigir as instabilidades. Ainda não tenho certeza de nada disso. Mas, ao menos se os túneis forem pontes Einstein-Rosen, poderemos dar alguma resposta quando disserem que sofremos alucinações."

Eda estava ansioso por voltar a Lagos, e Ellie viu o bilhete verde da Nigerian Airlines aparecendo no bolso do seu paletó. Por acaso ele conseguiria elaborar completamente a nova física implícita na experiência por que haviam passado? Mas ele não sabia se estaria à altura da tarefa, principalmente porque se dizia idoso para a física teórica. Tinha 38 anos de idade. Sobretudo, disse a Ellie, estava louco de vontade de rever a mulher e os filhos.

Ellie abraçou Eda. Disse sentir-se orgulhosa por o ter conhecido.

"Por que o pretérito?", perguntou ele. "É evidente que você voltará a me ver. E, Ellie", acrescentou. "Você me faz um favor? Lembre-se de tudo o que aconteceu, de cada detalhe. Anote-os. E envie seus apontamentos para mim. Nossa experiência representa dados experimentais. Um de nós pode ter visto alguma coisa que os outros não perceberam, alguma coisa essencial para a compreensão em profundidade do que aconteceu. Mande-me o que você escrever. Pedi aos outros que fizessem o mesmo."

Eda acenou, levantou a maleta surrada e entrou no carro que o esperava.

Estavam partindo para os seus países, e Ellie teve a sensação de que sua própria família estava sendo separada, dispersada. Também para ela a experiência fora transformadora. Como não seria? Um demônio tinha sido exorcizado. Vários. E justamente agora, quando se sentia mais capaz de amar do que em qualquer outra época, via-se sozinha.

Tiraram-na dali de helicóptero. Durante a longa viagem a Washington, a bordo do avião do governo, dormiu tão profundamente que tiveram de acordá-la quando o pessoal da Casa Branca subiu a bordo, pouco depois de o jato ter pousado para uma escala rápida em Hickam Field, Havaí.

Haviam feito um acordo. Ela poderia voltar para o Argus, embora não mais como diretora, e pesquisar qualquer área científica que lhe aprouvesse. Se quisesse, a nomeação era vitalícia.

"Somos pessoas razoáveis", dissera finalmente Kitz ao aceitar o acordo. "Se você aparecer com uma prova cabal, alguma coisa realmente convincente, nós nos reunimos a você para fazer o anúncio. Diremos que lhe pedimos que mantivesse a história em silêncio até termos certeza absoluta. Dentro do razoável, daremos apoio a qualquer pesquisa que você queira fazer.

Mas, se anunciarmos a história agora, haverá uma onda inicial de entusiasmo e depois os céticos começarão a falar. Isso vai embaraçar a você e a nós. É melhor juntar provas, se for possível." Talvez a presidente tivesse ajudado a fazer com que ele mudasse de ideia. Era improvável que Kitz estivesse gostando do acordo.

Em troca, porém, ela nada deveria dizer a respeito do que havia acontecido dentro da Máquina. Os Cinco haviam se sentado no dodecaedro, conversado entre si e depois saído. Se ela dissesse uma palavra sobre qualquer outra coisa, o falso perfil psiquiátrico acabaria chegando à imprensa e, a contragosto, ela seria demitida.

Ellie ficou a imaginar se teriam tentado comprar o silêncio de Peter Valerian, de Vaygay ou de Abonnema. Não via como — a menos que fuzilassem as equipes de interrogatório de cinco países e do Consórcio Mundial da Máquina — poderiam esperar que tudo aquilo jamais transpirasse. Era apenas questão de tempo. Por isso, concluiu, o que estavam fazendo era ganhar tempo.

Surpreendeu-a a suavidade dos castigos com que acenavam, mas as violações do acordo, se ocorressem, não se dariam na gestão de Kitz. Em breve ele se aposentaria. Dentro de um ano, o governo Lasker se dissolveria, pois a Constituição estipulava um máximo de dois mandatos. Kitz aceitara ser sócio de uma firma de advocacia em Washington que tinha como clientes empresas que trabalhavam para o Pentágono.

No entender de Ellie, Kitz tentaria algo mais. Parecia despreocupado com qualquer coisa que ela pudesse afirmar ter acontecido no centro galáctico. O que o mortificava, Ellie tinha certeza, era a possibilidade de que o túnel estivesse aberto *para* a Terra, ainda que não *da* Terra. Ellie julgava que as instalações em Hokkaido em breve seriam desmontadas. Os técnicos retornariam às suas indústrias e universidades. Que histórias contariam? Talvez o dodecaedro fosse exibido na Cidade da Ciência, em Tsukuba. Depois, passado um intervalo razoável, quando a atenção do mundo tivesse se desviado, pelo menos em parte, para outros assuntos, talvez ocorresse uma explosão no canteiro da

Máquina... até nuclear, se Kitz pudesse arranjar uma explicação plausível. No caso de uma explosão nuclear, a contaminação radiológica seria excelente razão para que toda a área fosse declarada zona proibida. Ao menos isso isolaria o local, afastando observadores, e talvez até fizesse o bocal soltar-se. Talvez a suscetibilidade japonesa com relação a armas nucleares, mesmo que a explosão fosse subterrânea, obrigasse Kitz a optar por explosivos convencionais. Poderiam fazer com que o incidente passasse por um dos desastres nas minas de carvão de Hokkaido, tão comuns. Mas Ellie duvidava que qualquer explosão, nuclear ou convencional, livrasse a Terra do túnel.

Mas talvez Kitz não estivesse pensando em nada disso. Talvez ela o estivesse julgando mal. Afinal, também ele devia ter sido influenciado pelo Machindo. Devia ter família, amigos, alguém a quem amasse. Devia ter sentido ao menos um cheirinho daquilo.


No dia seguinte, a presidente concedeu a Ellie a Medalha Nacional da Liberdade, numa cerimônia pública na Casa Branca. Troncos de madeira ardiam numa lareira embutida numa parede de mármore branco. A presidente havia empenhado muito capital político, além de financeiro, no projeto da Máquina e estava resolvida a tirar de tudo o melhor partido possível diante da nação e do mundo. Os investimentos na Máquina feitos pelos Estados Unidos e outros países, dizia-se, haviam rendido benefícios da maior importância. Floresciam novas tecnologias e novas indústrias, que prometiam para o homem comum ao menos tantos benefícios quanto as invenções de Thomas Edison. Havíamos descoberto que não estávamos sós, que inteligências mais avançadas do que a nossa existiam no espaço. Isso modificara para sempre, declarou a presidente, a ideia que fazemos de nós mesmos. Falando por si — mas também, acreditava, pela maioria dos americanos —, a descoberta havia fortalecido sua crença em Deus, que, sabia-se agora, criara a vida e a inteligência em muitos mundos, conclusão que a presidente julgava ser aceita por todas as religiões. No entanto, o maior bem que nos pro-

*410*

porcionara a Máquina, disse a presidente, foi o espírito que ela havia trazido à Terra: a crescente compreensão mútua da comunidade humana, a percepção de que éramos todos companheiros de viagem numa aventurosa jornada pelo espaço e pelo tempo, a meta de uma unidade global de propósito que hoje em dia todo o planeta conhecia como o Machindo.

A presidente apresentou Ellie à imprensa e às câmeras da televisão, falou de sua perseverança durante doze longos anos, de seu gênio em detectar e decodificar a Mensagem, de sua coragem em subir a bordo da Máquina. Ninguém sabia o que a Máquina faria. A dra. Arroway se dispusera a arriscar a vida. Não era culpa dela que nada tivesse acontecido ao ser ativada a Máquina. Ela fizera o máximo que se poderia esperar de qualquer ser humano. Merecia a gratidão de todos os americanos, de todos os habitantes da Terra. Ellie era uma pessoa muito reservada. A despeito de sua natural reticência, ao surgir a necessidade ela arcara com o ônus de explicar a Mensagem e a Máquina. Na verdade, demonstrara uma paciência com a imprensa que ela, a presidente, achava digna de particular admiração. Deveriam permitir agora à dra. Arroway uma verdadeira privacidade, de modo que ela pudesse retomar sua carreira científica. Tinha havido breves anúncios à imprensa, depoimentos, entrevistas com o secretário Kitz e com o consultor presidencial Der Heer. A presidente esperava que a imprensa respeitasse o desejo da dra. Arroway de que não houvesse uma entrevista coletiva. No entanto, teriam um período para fazer fotografias. Ellie saiu de Washington sem uma ideia do quanto a presidente sabia.


Colocaram-na a bordo de um jatinho do Comando Aéreo Militar Conjunto, concordando em fazer uma escala em Janesville. Sua mãe estava usando o velho quimono felpudo. Alguém lhe passara um pouco de pintura no rosto. Ellie comprimiu o rosto no travesseiro ao lado da mãe. Além de certa capacidade de falar, a anciã recuperara o uso do braço direito o suficiente para lhe dar no ombro umas batidinhas débeis.

"Mamãe, tenho uma coisa para lhe contar. É da maior importância. Mas procure ficar calma. Não quero perturbá-la. Mamãe... eu vi papai. Eu o *vi*. Mandou beijos."

"É..." A anciã sacudiu a cabeça, devagar. "Esteve aqui ontem."

John Staughton, Ellie sabia, estivera na clínica no dia anterior. Arranjara uma desculpa para não acompanhar Ellie naquele dia, pretextando excesso de trabalho, mas era possível que Staughton simplesmente não quisesse impor sua presença naquele momento. Mesmo assim, Ellie deu consigo dizendo, um tanto irritada: "Não, não. Estou falando de *papai*".

"Diga a ele..." A fala da anciã era entrecortada. "Diga a ele, vestido de *chiffon*. Passar na lavanderia... quando sair da loja."

O pai dela evidentemente ainda administrava a loja de ferragens no universo da mãe. E no de Ellie.

A longa cerca estendia-se agora, inútil, de um horizonte a outro. Ellie sentia-se satisfeita por estar de volta, feliz por estar organizando um novo programa de pesquisas, ainda que em escala muito mais modesta.

Jack Hibbert fora nomeado diretor interino do Observatório Argus, e Ellie se sentia aliviada das responsabilidades administrativas. Como muito tempo de telescópio fora liberado com a interrupção do sinal de Vega, havia um ar de progresso em uma dúzia de programas de radioastronomia que durante muito tempo tinham ficado quase arquivados. Seus colegas não demonstraram o menor apoio à ideia de Kitz de que a Mensagem fora uma burla. Que estariam Der Heer e Valerian dizendo a seus colegas sobre a Mensagem e a Máquina?

Ellie duvidava de que Kitz houvesse pronunciado uma só palavra a respeito fora de seu gabinete no Pentágono, que ele em breve deixaria. Ela estivera ali uma vez; um soldado da Marinha, com as mãos para trás, se mantivera teso junto do portal — para o caso de, no emaranhado de corredores, alguém sucumbir a um impulso irracional.

O próprio Willie trouxera o Thunderbird do Wyoming, para que o carro estivesse à espera dela. Pelo acordo, agora ela só poderia dirigi-lo nos terrenos do observatório, suficientemente grandes para passeios normais. Mas não haveria mais paisagens do Texas, nem guardas de honra de coelhos, nem excursões às montanhas para ver uma estrela do sul. Isso era a única coisa que a desgostava. De qualquer modo, porém, os coelhos não se colocavam em fileiras no inverno.

No começo, muitos jornalistas se postaram na área, na esperança de lhe gritar uma pergunta ou fotografá-la de longe. No entanto, ela permanecera em rigoroso isolamento. O pessoal de relações públicas, recentemente trazido para o Argus, era eficiente, até mesmo um pouco implacável, na tarefa de desestimular intromissões. Afinal, a presidente pedira que deixassem a dra. Arroway em paz.

Nas semanas e meses que se seguiram, o batalhão de jornalistas tornou-se uma companhia e depois se reduziu a um pelotão. Agora, só restava uma patrulha dos mais obstinados, sobretudo de *The World Hologram* e outras revistas semanais sensacionalistas e das publicações milenaristas; havia um representante solitário de um periódico chamado *Science and God*. Ninguém sabia a que seita pertencia, nem o repórter dizia.

Quando as reportagens foram escritas, falaram de doze anos de trabalho dedicado que haviam culminado no deciframento triunfante da Mensagem, seguido pela construção da Máquina. No auge da expectativa mundial, infelizmente o projeto fracassara. A Máquina não fora a parte alguma. Naturalmente, a dra. Arroway estava desapontada, especulavam; até mesmo, talvez, um pouco deprimida.

Muitos editorialistas comentaram que aquela pausa era bem-vinda. O ritmo das novas descobertas e a evidente necessidade de profundas reavaliações filosóficas e religiosas representavam uma mistura tão inebriante que se fazia necessário um tempo para repensar as coisas e para uma demorada reavaliação. Talvez a Terra ainda não estivesse pronta para contatos com civilizações extraterrestres. Sociólogos e alguns educadores alegavam que a mera existência de inteligências extraterrestres mais avançadas do que nós exigiria várias gerações para ser corretamente assimilada. Aquilo representava um golpe violento à autoestima humana, diziam. Já víramos o bastante. Dentro de mais algumas décadas, entenderíamos muito melhor os princípios em que se baseava a Máquina. Perceberíamos que erro havíamos cometido, riríamos da desatenção trivial que a impedira de funcionar em sua primeira Ativação, no ano de 1999.

Alguns comentaristas religiosos argumentavam que o fracasso da Máquina era castigo pelo pecado da soberba, pela arrogância dos homens. Numa alocução pela TV, para todo o país, Billy Jo Rankin sugeriu que a Mensagem proviera, na verdade, diretamente de um inferno chamado Vega, uma consolidação bem fundada de sua posição anterior sobre a questão. Tanto a Mensagem como a Máquina, disse ele, eram uma Torre de Babel dos dias atuais. Nesciamente, tragicamente, os homens haviam aspirado ao Trono de Deus. Há milhares de anos haviam construído uma cidade de fornicação e blasfêmia chamada Babilônia, destruída por Deus. Em nossa própria época houvera outra cidade com o mesmo nome. Os que estavam dedicados à palavra de Deus também haviam cumprido Seu desígnio ali. A Mensagem e a Máquina representavam apenas outro ataque da iniquidade contra os retos e os justos. Também nesse caso as iniciativas demoníacas tinham sido baldadas. No Wyoming, por um acidente de inspiração divina; na Rússia ateia, pela Graça Divina, que confundira os cientistas comunistas.

No entanto, perorou Rankin, a despeito dessas claras advertências de Deus, pela terceira vez os homens haviam tentado construir a Máquina. Deus permitira que o fizessem. Mas a seguir, sutil e suavemente, Ele fizera com que a Máquina falhasse, afastara o plano diabólico, e mais uma vez demonstrara Seu cuidado e preocupação por Seus filhos pecadores e iníquos — a rigor, indignos. Chegara a hora de aprendermos as lições da nossa iniquidade, das nossas abominações e, antes do Milênio iminente, do Milênio verdadeiro, que teria início em 1º de janeiro de 2001, rededicarmos nosso planeta e nós próprios a Deus.

As Máquinas deveriam ser destruídas. Cada uma delas, e todas as suas partes. A ideia de que era construindo uma máquina, e não purificando seus corações, que os homens poderiam colocar-se à mão direita de Deus deveria ser erradicada totalmente antes que fosse tarde demais.

Em seu pequeno apartamento, Ellie ouviu Rankin até o fim, desligou o televisor e retomou suas atividades.

Os únicos telefonemas interurbanos que lhe permitiam fazer eram para a clínica de Janesville, Wisconsin. Todas as ligações que ela recebia, exceto as de Janesville, eram censuradas. Já tinham desculpas prontas. Ela arquivava, sem abrir, as cartas de Der Heer, de Valerian e de sua velha amiga Becky Ellenbogen. Várias mensagens foram entregues pelo correio, e depois pelo serviço de mensageiros, enviadas por Palmer Joss. Sentia-se até tentada a ler estas últimas, mas não o fazia. Escreveu-lhe um bilhete que dizia apenas: "Caro Palmer, ainda não, Ellie". Colocou-o no correio sem endereço para resposta. Não tinha como saber se a carta seria entregue.

Um especial de TV sobre a sua vida, realizado sem seu consentimento, descreveu-a como uma pessoa que se tornara ainda mais introvertida do que Neil Armstrong, mais ainda do que Greta Garbo. Ellie aceitava tudo isso com serenidade. Estava ocupada com outras coisas. Na verdade, trabalhava noite e dia.

As proibições relativas a comunicações com o mundo exterior não se estendiam a colaborações puramente científicas e, através de um sistema de comunicação assincrônica em canal aberto, ela e Vaygay organizaram um programa de pesquisas a longo prazo. Entre os objetivos a serem examinados estavam a vizinhança de Sagitário A, no centro da galáxia, e a grande fonte extragaláctica de rádio, Cygnus A. Os telescópios do Argus eram utilizados como parte de um sistema em fase, ligados aos telescópios soviéticos em Samarcanda. Juntos, os telescópios americanos e soviéticos atuavam como se fizessem parte de um único radiotelescópio do tamanho da Terra. Operando num comprimento de onda de alguns centímetros, eram capazes de definir fontes de radioemissão do tamanho do sistema solar interior, mesmo que estivessem muito distantes, como no centro da galáxia.

Ellie receava que isso não fosse suficiente, que os dois buracos negros em órbita fossem consideravelmente menores. Ainda assim, um contínuo programa de monitoramento poderia produzir alguma coisa. O que eles realmente precisavam, pensou, era de um radiotelescópio lançado por um veículo espacial para o outro lado do Sol, e que trabalhasse em conjunto com radiotelescópios instalados na Terra. Dessa forma, os seres humanos poderiam criar um radiotelescópio que teria, efetivamente, o tamanho da órbita da Terra. Com ele, conjecturava Ellie, poderiam definir uma coisa do tamanho da Terra no centro da galáxia, ou talvez do tamanho da Estação.

Ellie passava a maior parte do tempo escrevendo, modificando os programas existentes para o Cray 21 e preparando um relato — o mais pormenorizado que lhe era possível — sobre os fatos importantes que tinham sido comprimidos nos vinte minutos de tempo terrestre depois de haverem ativado a Máquina. No meio do trabalho, ela percebeu que estava escrevendo um *samizdat*. Tecnologia de máquina de escrever e papel carbono. Guardou em seu cofre o original e duas cópias — ao lado de uma cópia já amarelada da Decisão Hadden —, escondeu a terceira cópia atrás de um painel frouxo no compartimento de circuitos eletrônicos do telescópio 49, e queimou as folhas de carbono, que ao arderem provocaram uma acre fumaça negra. Dentro de seis semanas ela havia acabado a reprogramação e, ao mesmo tempo em que seus pensamentos voltavam a Palmer Joss, ele se apresentou no portão de entrada do Argus.

O trânsito de Joss fora aberto por alguns telefonemas dados por um assistente especial da presidente, que, naturalmente, ele conhecia havia anos. Mesmo ali no Sudoeste, onde o estilo do vestuário era sempre descontraído, ele usava paletó, camisa branca e gravata. Ellie lhe deu a fronde de palmeira, agradeceu-lhe o medalhão e, apesar de todos os avisos de Kitz para que nada dissesse sobre suas alucinações, imediatamente lhe contou tudo.

416

Adotaram o costume dos colegas soviéticos de Ellie; sempre que era preciso dizer alguma coisa que a ortodoxia política não aprovava, descobriam a urgente necessidade de saírem passeando depressa. De vez em quando Joss parava e, como veria um observador distante, se debruçava na direção dela. A cada vez que isso acontecia, ela lhe tomava o braço e continuavam a caminhar.

Joss ouviu com solidariedade, com inteligência, e até com generosidade... principalmente para uma pessoa cujas doutrinas deveriam, pensou ela, estar sendo abaladas em seus fundamentos pelo que ouvia... se é que dava crédito às palavras dela. Depois de toda a relutância de Joss na época em que a Mensagem fora recebida, Ellie finalmente estava a lhe mostrar o Argus. Joss era boa companhia, e Ellie estava feliz por vê-lo. Desejava ter estado menos preocupada da última vez que o encontrara, em Washington.

Aparentemente ao acaso, subiram pela estreita escada externa na base do telescópio 49. Os 130 radiotelescópios — na maioria instalados sobre trilhos — eram diferentes de qualquer coisa existente na Terra. No compartimento dos circuitos, ela afastou o painel e tirou de dentro um volumoso envelope que trazia o nome de Joss. O pregador o meteu no bolso do paletó, onde se formou uma protuberância claramente visível.

Ellie lhe falou dos protocolos de observação de Sag A e de Cyg A. Falou sobre o programa do computador.

"Leva muito tempo, mesmo com um computador como o Cray, calcular pi até alguma coisa como dez elevado à vigésima potência. E não sabemos se o que estamos procurando está *em* pi. Mais ou menos, disseram que não estava. Poderia ser o número *e*. Poderia ser um membro da família dos números transcendentais sobre os quais falaram a Vaygay. Poderia ser um número inteiramente diferente. Por isso, uma atitude de força bruta obstinada... simplesmente calcular números transcendentais eternamente... é perda de tempo. Mas aqui no Argus dispomos de algoritmos de decodificação muito complexos, destinados a encontrar configurações num sinal, destinados a destacar qualquer coisa que não pareça aleatória. Por isso eu reescrevi os programas..."

Pela expressão no rosto de Joss, Ellie achou que não tinha sido clara. Fez uma pequena digressão no monólogo.

"...mas não para calcular os algarismos num número como pi, imprimi-los e apresentá-los à inspeção. Não há tempo suficiente para isso. Em vez disso, o programa corre pelos algarismos e só se detém, pelo menos para pensar a respeito, quando há uma sequência anômala de zeros e uns. Compreende o que estou dizendo? Alguma coisa não aleatória. Por acaso, haverá alguns zeros e uns, é claro. Dez por cento dos algarismos serão zeros e dez por cento serão uns. Em média. Quanto mais algarismos percorrermos, mais longas serão as sequências de zeros e de uns puros que encontraremos por acidente. O programa sabe o que se espera estatisticamente e só presta atenção a sequências de zeros e de uns inesperadamente longas. E não procura apenas na base dez."

"Não compreendo. Se você examina uma quantidade suficiente de números aleatórios, não há de encontrar qualquer configuração simplesmente por acaso?"

"Claro. Mas podemos calcular a probabilidade disso. Se recebermos uma mensagem muito complexa logo no início, saberemos que não poderá ser por acaso. Assim, todos os dias, nas primeiras horas da manhã, o computador trabalha nesse problema. Nenhum dado do mundo exterior entra nele. E até agora nenhum dado do mundo interior saiu. O computador apenas percorre a expansão de série ótima para pi e vê os algarismos correrem. Cuida de sua própria vida. A menos que encontre alguma coisa, não fala nada se ninguém perguntar. É como viver olhando para o umbigo."

"Não sou matemático, Deus sabe disso. Mas você poderia me dar um exemplo?"

"Claro." Ellie procurou nos bolsos do macacão um pedaço de papel, mas nada encontrou. Pensou em meter a mão no bolso interno do paletó de Joss, tirar o envelope que acabara de lhe entregar e escrever nele, mas concluiu que isso seria arriscado demais ali no campo. Depois de um instante, ele compreendeu e lhe deu uma caderneta de espiral.

"Obrigada. O número pi começa com 3,1415926... Você vê que os algarismos variam de maneira bem aleatória. Certo, o algarismo 1 aparece duas vezes nas quatro primeiras casas decimais, mas depois de certo tempo surge na média esperada. Cada algarismo — 0, 1, 2, 3, 4, 5, 6, 7, 8 e 9 — aparece quase que exatamente dez por cento das vezes depois que se acumulam um número suficiente de algarismos. De vez em quando, encontram-se alguns algarismos iguais consecutivamente — por exemplo, 4444 —, mas não mais do que se esperaria estatisticamente. Ora, suponhamos que você esteja olhando alegremente esses algarismos e que de repente não encontre nada senão quatros. Centenas de quatros enfileirados. Isso pode não transmitir nenhuma informação, mas também não pode ser um acaso estatístico. Você poderia calcular os algarismos de pi durante a idade do universo e, se os algarismos forem aleatórios, jamais avançaria o suficiente para encontrar cem quatros consecutivos."

"É como a pesquisa que você fez em busca da Mensagem. Com esses radiotelescópios."

"Isso. Em ambos os casos estávamos procurando um sinal que é bem diferente de um ruído, uma coisa que simplesmente não pode ser um acaso estatístico."

"Mas esse acaso não precisa ser formado por cem quatros... certo? Ele poderia nos *informar* alguma coisa?"

"Claro. Imagine que, depois de certo tempo, obtenhamos uma sequência de apenas zeros e uns. Depois, exatamente como fizemos com a Mensagem, poderíamos extrair disso uma imagem, se existir alguma. Entenda, poderia ser *qualquer coisa*."

"Está querendo dizer que você poderia decodificar uma imagem escondida em pi, e que essa imagem poderia ser uma algaravia de letras hebraicas?"

"Claro. Enormes letras pretas, gravadas em pedra."

Joss olhou para ela com expressão de perplexidade.

"Desculpe, Eleanor, mas não acha que está sendo um pouco indireta... demais? Você não faz parte de uma ordem budista de monjas silenciosas. Por que não conta a sua história de uma vez por todas?"

"Palmer, se dispusesse de provas, eu falaria. Mas, se eu não tiver prova alguma, pessoas como Kitz vão dizer que estou mentindo. Ou sofrendo alucinações. É por isso que o manuscrito está no seu bolso. Você vai lacrá-lo, datá-lo, registrá-lo em tabelião e guardá-lo num cofre de segurança. Se alguma coisa me acontecer, pode divulgá-lo para o mundo. Dou-lhe plena autoridade para fazer o que bem entender."

"E se nada lhe acontecer?"

"Se nada me acontecer? Então, quando descobrirmos o que estou procurando, esse manuscrito há de confirmar nossa história. Se encontrarmos provas de um duplo buraco negro no centro galáctico, ou de uma imensa obra artificial em Cygnus A, ou de uma mensagem escondida dentro de pi, isto..." Ellie bateu de leve no peito dele. "...será a minha prova. Aí eu falarei. Mas, até lá, não o perca."

"Ainda não compreendo", confessou ele. "Sabemos que o universo possui uma ordem matemática. A lei da gravidade e tudo o mais. Em que isso é diferente? Suponhamos que haja uma ordem dentro de pi. E daí?"

"Compreenda! Isso *seria* diferente! Isso não se reduz a um universo iniciado com certas leis matemáticas precisas que determinam a física e a química. Isso é uma *mensagem*. Quem quer que tenha criado o universo escondeu mensagens em números transcendentais, de modo que pudessem ser lidas 15 bilhões de anos depois, quando a vida inteligente finalmente se desenvolvesse. Quando nos encontramos pela primeira vez, eu critiquei você e Rankin por não compreenderem isso. 'Se Deus quisesse que soubéssemos que ele existe, por que não nos mandou uma mensagem inequívoca?', perguntei. Lembra-se?"

"Lembro-me muito bem. Então, você acha que Deus é um matemático?"

"Mais ou menos. Se o que nos disseram for verdade. Se isso não for uma procura sem fim. Se houver uma mensagem escondida em pi e não em outros números transcendentais, que são infinitos. Há muitas possibilidades."

"Você está recebendo a Revelação através da aritmética. Conheço forma melhor."

"Palmer, essa é a *única* forma. É a única coisa que convenceria um cético. Imagine que encontremos alguma coisa. Não precisa ser tremendamente complicada. Apenas uma coisa mais ordenada que fizesse com que a acumulação de tantos algarismos em pi não fosse obra do acaso. É tudo de que precisamos. Depois os matemáticos de todo o mundo poderiam encontrar exatamente a mesma configuração, mensagem ou seja lá o que for. Aí não haverá mais divisões sectárias. Todos começam a ler a mesma Escritura. Ninguém poderia argumentar então que o milagre-chave na religião era algum truque de prestidigitação, que historiadores falsificaram os registros, ou que se trata apenas de histeria, ilusão ou de um substituto para o pai quando crescermos. *Todo mundo* poderia ser crente."

"Você não pode ter certeza de que encontrará alguma coisa. Você pode ficar trancada aqui e fazer cálculos até o final dos tempos. Ou pode sair e contar sua história ao mundo. Mais cedo ou mais tarde terá de escolher."

"Fico na esperança de não ter de escolher, Palmer. Primeiro as provas, depois o anúncio público. De outra forma... Não percebe como estaríamos vulneráveis? Não falo por mim, mas..."

Joss sacudiu a cabeça quase imperceptivelmente. Um sorriso brincava nos cantos de sua boca. Ele havia detectado certa ironia nas circunstâncias atuais.

"Por que está tão ansioso para que eu conte minha história?", perguntou Ellie.

Talvez Joss tenha tomado isso por uma pergunta retórica. De qualquer forma não respondeu, e ela continuou a falar.

"Não acha que nossas posições sofreram uma estranha... inversão? Eu virei a portadora de uma profunda experiência religiosa que não posso provar... Na verdade, Palmer, mal posso sondá-la. E você, agora o cético empedernido, está tentando... com mais sucesso do que jamais tive... ser amável com os crédulos."

"Ah, não, Eleanor", disse ele. "Não sou um cético. Sou um crente."

"Será mesmo? A história que lhe contei não foi exatamente sobre Punição e Recompensa. Não se trata, exatamente, do Advento e da Bem-aventurança. Não há nela uma só palavra sobre Jesus. Parte de minha mensagem diz que não ocupamos posição central nos propósitos do cosmo. O que me aconteceu faz com que todos nós pareçamos muito pequenos."

"É verdade. Mas também torna Deus muito grande."

Ellie o olhou por um instante e continuou a falar.

"Você sabe que, como a Terra gira ao redor do Sol, no passado os poderosos do mundo... os líderes religiosos, os líderes seculares... no passado pretenderam que a Terra não se movia absolutamente. Estavam procurando argumentos para serem poderosos. Ou pelo menos estavam simulando ser poderosos. E a verdade os fazia sentir-se muito pequenos. A verdade os assustava; minava o poder deles. Aquelas pessoas achavam a verdade perigosa. Tem certeza de que entende quais as decorrências de acreditar em minhas palavras?"

"Estou tentando, Eleanor. Depois de todos esses anos, creia em mim, conheço a verdade quando a vejo. Qualquer fé que admire a verdade, que se esforce por conhecer Deus, deve ter coragem suficiente para acomodar o universo. Eu me refiro ao universo *real*. Todos aqueles anos-luz. Todos aqueles mundos. Penso no âmbito do seu universo, nas oportunidades que ele oferece ao Criador, e perco o fôlego. Isso é muito melhor do que prendê-lo dentro de um mundinho. Nunca apreciei a ideia da Terra como o escabelo verde de Deus. Era muito tranquilizadora como história para crianças... como sedativo. Mas o seu universo tem *espaço* suficiente, e tempo suficiente, para a espécie de Deus em que eu acredito.

"Eu digo que você não precisa de mais provas. Já há provas suficientes. Cygnus A e tudo o mais são apenas coisas para os cientistas. Você acha que será difícil convencer as pessoas comuns de que estão dizendo a verdade. Acho que será facílimo. Você acha que sua história é estranha demais, exótica demais. Mas eu já a ouvi antes. Conheço-a bem. E aposto que você também a conhece."

422

Joss fechou os olhos e, depois de um momento, recitou:

Então viu ele em sonhos uma escada cujos pés estavam fincados sobre a terra e o cimo tocava o céu; e os anjos de Deus subindo e descendo por essa escada [...] Em verdade que o Senhor está neste lugar, e eu não o sabia [...] Verdadeiramente, não é isto outra coisa que a casa de Deus e a porta do céu.

Joss se deixara empolgar um pouco, como se pregasse a uma multidão do púlpito de uma grandiosa catedral, e quando abriu os olhos sorriu, um pouco constrangido. Caminharam por uma larga avenida, flanqueada à direita e à esquerda por enormes radiotelescópios pintados de branco e voltados para o céu; depois de um instante, ele voltou a falar, em tom mais normal:

"Sua história já havia sido prevista. Já aconteceu antes. Em algum ponto dentro de você, você já sabia. Nenhum dos detalhes está no livro do Gênesis. Claro que não. Como poderiam estar? O relato do Gênesis era correto para o tempo de Jacó. Da mesma forma, seu testemunho é correto para este tempo, para o nosso tempo.

"As pessoas hão de acreditar em você, Eleanor. Milhões delas. No mundo inteiro. Tenho certeza absoluta..."

Ellie balançou a cabeça, e voltaram a caminhar em silêncio, antes que ele continuasse.

"Então, muito bem, compreendo. Leve o tempo que precisar. Mas, se houver alguma forma de apressar isso, por favor, se apresse... por mim. Falta menos de um ano para o Milênio."

"Também compreendo. Tenha paciência comigo por alguns meses. Se até então não houvermos descoberto nada em pi, eu pensarei em contar ao público o que aconteceu lá em cima. Antes de 1º de janeiro. Talvez Eda e os outros também se disponham a falar. Certo?"

Voltaram em silêncio na direção do edifício do Argus. Os borrifadores irrigavam o gramado ralo, e eles deram a volta numa poça que, naquela terra estorricada, parecia estranha, deslocada.

"Já foi casada?", perguntou Joss.

"Não, nunca. Acho que estive ocupada demais."

"Já se apaixonou?" A pergunta foi direta, natural.

"Mais ou menos, meia dúzia de vezes. Mas..." Ellie olhou para o telescópio mais próximo. "...sempre havia muito ruído, era difícil achar o sinal. E você?"

"Nunca", respondeu Joss. Seguiu-se uma pausa, e depois ele acrescentou com um leve sorriso: "Mas eu tenho fé".

Ellie resolveu não investigar essa ambiguidade por enquanto, e subiram os poucos degraus para examinar o grande computador do Argus.

# 24. A ASSINATURA DO ARTISTA

*Eis aqui, digo-vos um mistério*: *"Todos certamente ressuscitaremos, mas nem todos seremos mudados".*
I Coríntios, 15, 51

*O universo parece [...] ter sido determinado e ordenado em conformidade com o número, através da predição e do espírito do criador de todas as coisas; pois o padrão foi fixado, como um esboço preliminar, pelo domínio do número preexistente na mente do Deus que criou o mundo.*
Nicômacos de Gerasa, *Aritmética*, I, 6 (*c.* 100 d.C.)

ELLIE SUBIU CORRENDO os degraus da clínica e, na varanda recém-pintada de verde, na qual se viam, a intervalos regulares, cadeiras de balanço vazias, avistou John Staughton — curvo, imóvel, com os braços caídos como pesos mortos. Na mão direita segurava uma sacola de supermercado na qual Ellie podia ver uma touca de banho translúcida, uma bolsinha de maquilagem estampada e dois chinelos enfeitados com pompons.

"Ela se foi", disse ele, por fim. "Não entre", pediu. "Não a olhe. Ela odiaria ser vista assim. Você sabe como era vaidosa. De qualquer maneira, ela não está *ali*."

Quase por reflexo, devido a longos hábitos e a ressentimentos ainda não resolvidos, Ellie teve vontade de entrar assim mesmo. Estaria ela disposta, ainda agora, a desafiá-lo apenas por uma questão de princípio? Qual era o princípio, exatamente? Pela expressão arrasada do rosto de Staughton, não havia como duvidar da autenticidade de seu sentimento. Ele havia amado a mãe dela. Talvez, pensou Ellie, ele a amasse mais do que eu, e foi tomada de uma onda de autocensura. Sua mãe estivera tão frágil durante tanto tempo que Ellie havia testado, muitas vezes, como reagiria quando chegasse o momento. Lembrou-se de como a mãe estava bonita na fotografia que Staughton lhe mandara, e de repente, apesar de todos os ensaios para aquele momento, rompeu em soluços.

Surpreso com sua reação, Staughton adiantou-se para consolá-la. Mas Ellie levantou a mão e, com visível esforço, conseguiu controlar-se. Mesmo assim, não se dispôs a abraçá-lo. Eram estranhos, tenuemente ligados por um cadáver. No entanto, ela havia errado — sabia disso no fundo da alma — ao culpar Staughton pela morte do pai.

"Tenho uma coisa para você", disse ele, mexendo na sacola. Parte do conteúdo circulou entre a boca e o fundo da sacola, e Ellie viu uma carteira imitando couro e uma caixinha plástica de dentadura. Teve de desviar os olhos. Por fim, ele endireitou o corpo, mostrando um envelope muito velho.

"Para Eleanor", trazia escrito. Reconhecendo a caligrafia da mãe, Ellie deu um passo à frente. Staughton recuou, sobressaltado, erguendo o envelope diante do rosto, como se Ellie desejasse esbofeteá-lo.

"Espere", disse. "Espere. Sei que nunca nos demos bem. Mas um favor eu lhe peço. Só leia esta carta hoje à noite. Certo?"

Em sua dor, ele parecia ter envelhecido dez anos.

"Por quê?", perguntou Ellie.

"Sua pergunta favorita! Apenas me faça essa gentileza. Será pedir demais?"

"Tem razão", disse ela. "Não é pedir demais. Sinto muito."

Staughton a encarou nos olhos.

"Seja lá o que foi que lhe aconteceu naquela Máquina", disse, "talvez a tenha mudado."

"Espero que sim, John."


Ellie ligou para Joss e perguntou se ele poderia dirigir o serviço fúnebre. "Não preciso lhe dizer que não sou religiosa. Mas houve tempos em que minha mãe o foi. Você é a única pessoa que eu desejaria que fizesse isso, e tenho certeza de que meu padrasto aprovará." Joss garantiu que pegaria o próximo avião.

No quarto de hotel, depois de haver jantado cedo, Ellie passou os dedos pelo envelope, acariciando cada uma de suas dobras e vincos. Era velho. Sua mãe devia ter escrito aquilo havia muitos anos, levando-o de um lado para outro em algum compartimento da bolsa, debatendo consigo mesma a conveniência de entregá-lo à filha. Não parecia ter sido lacrado de novo há pouco. Por acaso Staughton o lera? Uma parte dela ansiava por abri-lo logo, outra recuava com uma sensação de pressentimento. Ficou muito tempo sentada na poltrona mofada, pensando, com os joelhos encostados de leve no queixo.

Soou uma campainha, e seu telefax, não muito silencioso, ganhou vida. Estava ligado ao computador do Argus. Embora o som lhe recordasse os tempos antigos, não havia urgência real. Qualquer coisa que o computador tivesse descoberto continuaria ali, não fugiria; $\pi$ não se poria no horizonte enquanto a Terra girasse. Se houvesse uma mensagem escondida em $\pi$, esperaria por ela eternamente.

Ellie examinou de novo o envelope, mas a campainha se intrometeu outra vez. Se havia conteúdo num número transcendental, só poderia ter sido embutido na geometria do universo desde o começo dos tempos. Aquele seu novo projeto pertencia ao domínio da teologia experimental. Mas toda ciência é experimental, pensou.

"Aguarde", imprimiu o computador na tela do telefax.

Ela pensou no pai... no simulacro do pai... e nos Zeladores, com sua rede de túneis através da galáxia. Haviam testemunhado e talvez influenciado a origem e o desenvolvimento da vida em milhões de mundos. Estavam a construir galáxias, a cercar setores do universo. Podiam realizar ao menos uma forma limitada de viagem no tempo. Eram deuses, além da piedosa imaginação de quase todas as religiões — pelo menos de todas as religiões ocidentais. No entanto, mesmo eles tinham suas limitações. Não haviam construído os túneis, e eram incapazes de fazê-lo. Não haviam inserido a mensagem no número transcendental, e nem mesmo eram capazes de lê-la. Os Construtores do Túnel e os que haviam escrito a mensagem em $\pi$ eram outras pessoas. Já não viviam aqui. Não tinham deixado endereço para resposta. Depois da partida dos Construtores do Túnel, pensou ela, aqueles que mais tarde se tornariam os Zeladores haviam se convertido em órfãos. Como ela, como ela.

Pensou na hipótese de Eda, de que os túneis fossem buracos de vermes, distribuídos a intervalos convenientes em torno de inúmeras estrelas, nesta e em outras galáxias. Assemelhavam-se a buracos negros, mas tinham diferentes propriedades e diferentes origens. Não eram exatamente destituídos de massa, pois ela os vira deixando esteiras gravitacionais nos destroços que orbitavam no sistema de Vega. E ao longo deles corriam seres e naves de muitos tipos, ligando a galáxia.

Buracos de vermes. No jargão revelador da física teórica, o universo era a maçã e alguém havia construído em seu interior inúmeras passagens entrecruzadas. Para um bacilo que vivesse na superfície da maçã, aquilo era um milagre. No entanto, um ser colocado fora da maçã poderia sentir-se menos impressionado. Dessa perspectiva, os Construtores do Túnel seriam apenas um estorvo. Mas se os Construtores são vermes, pensou Ellie, que somos nós?

O computador do Argus havia mergulhado profundamente em $\pi$, mais do que qualquer outro ser da Terra, natural ou artificial, embora não tivesse chegado nem perto de onde os Zeladores tinham ido. Ainda era cedo demais, pensou ela, para ser a resposta à mensagem que ainda desafiava qualquer esforço de decodificação, e sobre a qual Theodore Arroway lhe falara à beira daquele mar desconhecido. Talvez fosse apenas um aquecimento, uma previsão das atrações que estavam por vir, um estímulo ao prosseguimento da exploração, um sinal para que os seres humanos não esmorecessem. Fosse o que fosse, não podia ser a mensagem com que os Zeladores estavam lutando. Talvez houvesse mensagens fáceis e mensagens difíceis, fechadas nos vários números transcendentais, e o computador do Argus tivesse localizado a mais simples de todas. Com ajuda.

Na Estação, ela havia aprendido uma espécie de humildade, um lembrete a respeito de quão pouco os habitantes da Terra realmente sabiam. Era possível que houvesse, pensou, tantas categorias de seres mais avançados do que os seres humanos quanto as que existem entre nós e as formigas, ou talvez mesmo entre nós e os vírus. No entanto, isso não a deprimira. Em lugar de uma aterradora resignação, provocara nela uma crescente sensação de grandeza. Aumentara tanto a escala das coisas a que aspirar!

Era como a passagem da escola secundária para a universidade, da facilidade de aprender à necessidade de fazer um esforço contínuo e disciplinado a fim de compreender tudo. No colégio, ela absorvera os currículos mais depressa do que quase todos os colegas. Na universidade, havia descoberto várias pessoas muito mais rápidas do que ela. A mesma sensação de incremento de dificuldade se repetira quando ela passara à pós-graduação e quando se tornara astrônoma profissional. Em todos esses estágios, Ellie encontrara cientistas mais capazes do que ela, e cada etapa fora mais emocionante que a anterior. Que as revelações venham, pensou, olhando para o telefax. Estava pronta.

"PROBLEMA DE TRANSMISSÃO. S/N < 10. FAVOR AGUARDAR."

Ela se achava ligada ao computador do Argus por um satélite de comunicação chamado *Defcom Alpha*. Talvez tivesse ocorrido um problema de controle de procedimento, ou um defeito de programação. Antes que ela pensasse mais a respeito, verificou que havia aberto o envelope.

CASA ARROWAY, dizia o cabeçalho, e, na verdade, o tipo da máquina de escrever era o da velha Royal que o pai tinha em casa. "13 de junho de 1964", estava escrito no canto superior direito. Nessa época ela estava com quinze anos. Não fora o pai que escrevera aquela carta; já morrera havia anos. Um olhar para a parte de baixo da carta confirmou a assinatura firme da mãe.

Querida Ellie,

Agora que estou morta, espero que você encontre no coração meios para me perdoar. Sei que cometi um pecado contra você, e não somente você. Eu não seria capaz de suportar o seu ódio se você soubesse a verdade. Foi por isso que não tive a coragem de lhe dizer enquanto vivi. Sei o quanto você amava Ted Arroway, e eu também o amava, ainda amo. Mas ele não era seu verdadeiro pai. Seu verdadeiro pai é John Staughton. Eu fiz uma coisa muito feia. Não devia ter feito isso e fui fraca, mas se não tivesse sido você não estaria no mundo, e por isso seja bondosa quando pensar em mim. Ted sabia e me perdoou; e combinamos que nunca contaríamos a você. Mas neste momento estou olhando pela janela e vejo você no quintal. Você está sentada ali, pensando em estrelas e em coisas que eu nunca pude compreender, e eu me sinto orgulhosa de você. Você faz tanta questão da verdade que achei que seria justo conhecer essa verdade a seu respeito. Sobre seu começo, quero dizer.

Se John ainda estiver vivo, foi ele quem lhe deu essa carta. Sei que ele fará isso. Ellie, ele é melhor do que você pensa. Tive sorte de encontrá-lo outra vez. Talvez você o odeie tanto porque alguma coisa dentro de você descobriu a verdade. Mas na verdade você o odeia porque ele não é Theodore Arroway. Eu sei.

Você ainda está sentada ali. Não se mexeu desde que eu comecei esta carta. Está só pensando. Espero que, seja o que for, você encontre, e rezo por isso. Perdoe-me. Fui apenas humana.

Com todo amor,
Mamãe.

Ellie havia assimilado a carta de um fôlego só, e agora começou a relê-la. Era-lhe difícil respirar. Tinha as mãos úmidas. O impostor acabara tornando-se o real. Durante a maior parte de sua vida, havia rejeitado o pai verdadeiro, sem que tivesse a mais vaga ideia do que fazia. Quanta força de caráter ele demonstrara por ocasião de todas aquelas explosões adolescentes, quando ela o espicaçava por não ser seu pai, por não ter o direito de lhe dizer o que fazer!

O telefax soou de novo, e mais outra vez. Convidava-a agora a apertar a tecla RETORNO. No entanto, ela não se dispunha a isso. Que esperasse. Pensou em seu pai... em Theodore Arroway, em John Staughton e em sua mãe. Haviam sacrificado muita coisa por ela, que, de tão envolvida com sua própria vida, nem notara. Desejou que Palmer estivesse ali.

O telefax tocou novamente e começou a funcionar, como que a tentá-la. Ela havia programado o computador para ser persistente, até um pouco imaginativo, para lhe atrair a atenção se julgasse ter descoberto alguma coisa em $\pi$. Entretanto, ela estava ocupada demais em desfazer e reconstruir a mitologia da sua vida. Sua mãe devia ter se sentado à escrivaninha do quarto grande, no primeiro andar, olhando pela janela enquanto imaginava o melhor meio de redigir a carta, e seus olhos haviam dado com Ellie, aos quinze anos, desajeitada, ressentida, rebelde.

A mãe lhe dera outro presente. Com essa carta, Ellie voltara ao passado e dera consigo há tanto tempo. Tinha aprendido muito desde então. E ainda havia muito a aprender.

Sobre a mesa em que estava o telefax, havia um espelho. Nele Ellie viu uma mulher nem jovem nem velha, nem mãe, nem filha. Haviam agido bem ao lhe negarem a verdade. Não era suficientemente avançada para receber aquele sinal, muito menos para decifrá-lo. Toda sua carreira tentara fazer contato com os mais remotos e exóticos dos estranhos, enquanto em sua própria vida não fizera contato com praticamente ninguém. Mostrara-se feroz em desmascarar os mitos de criação de outras pessoas, esquecida da mentira que constituía a essência do seu próprio mito. Durante toda a sua vida, estudara o universo, mas desprezara sua mais clara mensagem: para criaturas pequenas como nós, a vastidão só é suportável através do amor.

*O computador do Argus foi tão persistente e imaginativo em suas tentativas de fazer contato com Eleanor Arroway que passou quase uma urgente necessidade pessoal de partilhar a descoberta.*

*A anomalia aparecia com mais nitidez na aritmética de base 11, onde podia ser grafada quase inteiramente como zeros e uns. Comparado com o que havia recebido de Vega, isso só poderia ser chamado de mensagem simples, embora seu significado estatístico fosse grande. O programa remontou os algarismos numa matriz quadrada, dividindo-os igualmente na horizontal e na vertical. A primeira linha era uma sequência ininterrupta de zeros, da esquerda para a direita. A segunda linha mostrava um único algarismo 1, exatamente no meio, com zeros até as margens, para a esquerda e a direita. Depois de mais algumas linhas, formara-se um arco inconfundível, composto de algarismos 1. A figura geométrica simples fora construída rapidamente, linha por linha, autorreflexiva, carregada de promessas. Surgiu a última linha da figura, toda ela formada de zeros, com exceção do único 1, centralizado. A linha seguinte seria formada apenas de zeros, como parte da moldura.*

*Escondida na configuração alternada de algarismos, nas profundezas de um número transcendental, estava um círculo perfeito, com sua forma delineada por unidades, num campo de zeros.*

*O universo fora construído com um sentido, dizia o círculo. Seja em que galáxia estiveres, toma a circunferência de um círculo, divide-a por seu diâmetro, mede com todo cuidado e descobre um milagre — outro círculo, traçado a quilômetros da vírgula decimal. Haveria, mais adiante, mensagens ainda mais ricas. Não importa a tua aparência, a matéria de que és feito ou de onde vieste. Desde que vivas neste universo, e tenhas um modesto talento para a matemática, mais cedo ou mais tarde o encontrarás. Já está aqui. Está dentro de tudo. Não precisas deixar teu planeta para encontrá-lo. Na trama do espaço, como na natureza da matéria, e ainda numa grande obra de arte, lá está ela, em letras pequenas, a assinatura do artista. Sobrepondo-se aos homens, aos deuses e aos demônios, englobando Zeladores e Construtores de Túneis, há uma inteligência que antecede o universo.*

*O círculo se fechara.*

*Ellie encontrara o que buscava.*

# NOTA DO AUTOR

**AINDA QUE, NATURALMENTE,** eu tenha sido influenciado por aqueles que conheço, nenhuma das personagens deste livro é um retrato aproximado de uma pessoa real. Não obstante, este livro deve muito à comunidade mundial da PIET — um punhado de cientistas, de todas as partes do nosso pequeno planeta, que trabalham juntos, às vezes arrostando imensos obstáculos, à procura de um sinal proveniente dos céus. Gostaria de registrar uma dívida especial para com alguns pioneiros da PIET: Frank Drake, Philip Morrison e o falecido I. S. Shklovskii. A procura da inteligência extraterrestre entra atualmente em nova fase, com o lançamento de dois grandes programas — o levantamento META/Sentinel, com 8 milhões de canais, na Universidade Harvard, patrocinado pela Sociedade Planetária, com base em Pasadena, e um programa ainda mais complexo, sob os auspícios da NASA. Minha maior esperança é que este livro se torne obsoleto com o progresso das descobertas científicas reais.

Vários amigos e colegas tiveram a gentileza de ler uma versão anterior e/ou fazer comentários detalhados que influenciaram a forma atual deste livro. Sou gratíssimo a eles, entre os quais estão Frank Drake, Pearl Druyan, Lester Grinspoon, Irving Gruber, Jon Lomberg, Philip Morrison, Nancy Palmer, Will Provine, Stuart Shapiro, Steven Soter e Kip Thorne. O professor Thorne deu-se ao trabalho de examinar o sistema de transporte galáctico aqui descrito, produzindo cinquenta linhas de equações referentes à física gravitacional relevante. Conselhos úteis sobre o conteúdo ou estilo foram dados por Scott Meredith, Michael Korda, John Herman, Gregory Weber, Clifton Fadiman e pelo falecido Theodore Sturgeon. Nos muitos estágios de preparação deste livro, Shirley Arden trabalhou com esmero e por muito tempo. Sou muito grato a ela, como também a Kel Arden. Agradeço a Joshua Lederberg haver me sugerido, há muitos anos, e talvez de brincadeira, que uma forma adiantada de inteligência talvez existisse no centro da Via Láctea. A ideia tem antecedentes, como todas as ideias, e alguma coisa semelhante parece ter sido imaginada, em torno de 1750, por Thomas Wright, a primeira pessoa a manifestar claramente a ideia de que a galáxia pudesse ter um centro. Uma xilogravura de Wright, representando o centro da galáxia, aparece no frontispício.

Este livro nasceu de um roteiro de cinema que Ann Druyan e eu escrevemos em 1980-1981. Lynda Obst e Gentry Lee facilitaram essa primeira fase. Em todas as etapas da elaboração deste livro, Ann Druyan foi de tremenda ajuda — desde a conceituação inicial da trama e das personagens centrais até a leitura final das provas. O que com ela aprendi no processo é o que mais prezo na elaboração deste livro.

CARL SAGAN (1934-1996) foi professor de astronomia e ciência espaciais na Cornell University e cientista visitante do Laboratório de Propulsão a Jato do Instituto de Tecnologia da Califórnia. Autor de dezenas de artigos e livros científicos, foi agraciado com várias medalhas e prêmios — incluindo o Pulitzer — por suas contribuições ao desenvolvimento e à divulgação da ciência. Dele, a Companhia das Letras já publicou *Pálido ponto azul*, *O mundo assombrado pelos demônios*, *Bilhões e bilhões* e *Variedades da experiência científica*.